Laila El Omari

Tage des Monsuns

Laila El Omari

# Tage des Monsuns

Roman

Weltbild

*Besuchen Sie uns im Internet:*
*www.weltbild.de*

Genehmigte Lizenzausgabe für die Verlagsgruppe Weltbild GmbH,
Steinerne Furt, 86167 Augsburg

Originalausgabe April 2008

Ein Unternehmen der Droemerschen Verlagsanstalt
Th. Knaur Nachf. GmbH & Co.KG, München

Redaktion: Ilse Wagner
Umschlaggestaltung: ZERO Werbeagentur, München
Umschlagabbildung: getty Images / Reggie Casagrande
Kartographie: Achim Norweg
Satz: Adobe InDesign im Verlag
Druck und Bindung: CPI – Clausen & Bosse, Leck
Printed in Germany
ISBN 978-3-8289-9271-9

4 5 3

»Die Region, landläufig bekannt unter dem Namen Nilgiri oder die blauen Berge von Coimbatore, liegt an jenem Punkt, wo das Ost- und West-Ghat sich vereinen […]«
Richard F. Burton, *Goa and the blue mountains*

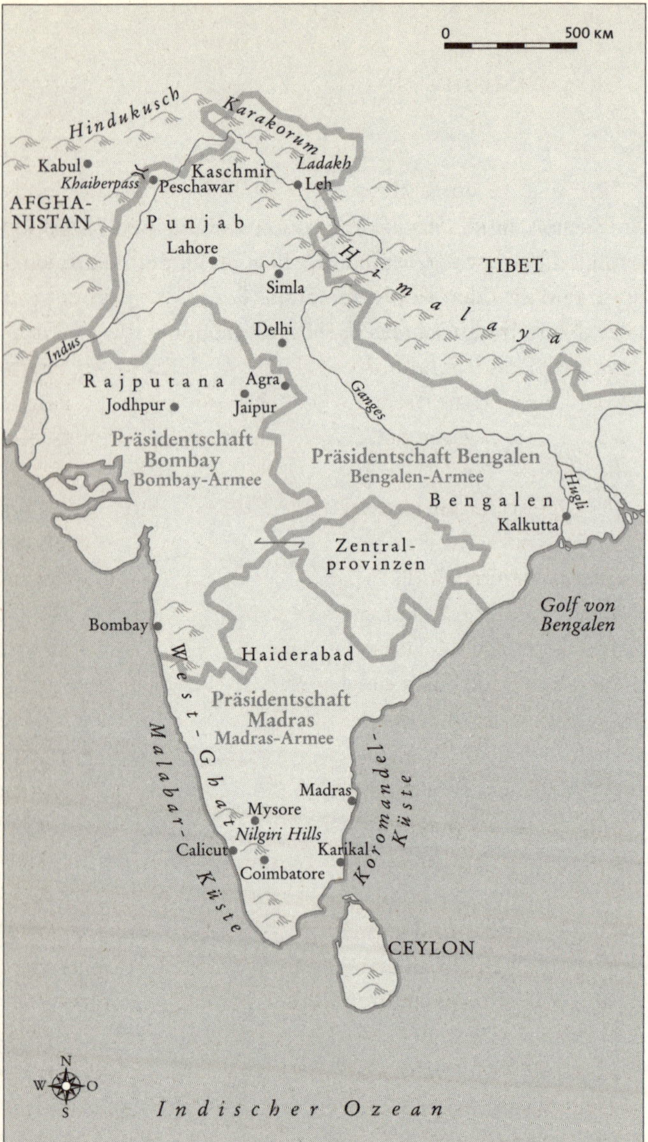
0
500 KM
Hindukusch
Karakorum
Kabul
Khaiberpass
Kaschmir
Ladakh
Peschawar
Leh
AFGHA-
NISTAN
Punjab
Lahore
Simla
Himalaya
TIBET
Delhi
Indus
Rajputana
Agra
Jaipur
Jodhpur
Ganges
Präsidentschaft
Bombay
Bombay-Armee
Präsidentschaft Bengalen
Bengalen-Armee
Hugli
Bengalen
Kalkutta
Zentral-
provinzen
Golf von
Bengalen
Bombay
Haiderabad
West-Ghat
Präsidentschaft
Madras
Madras-Armee
Malabar-Küste
Madras
Mysore
Nilgiri Hills
Calicut
Karikal
Coimbatore
Koromandel-
Küste
CEYLON
N
W
O
S
Indischer Ozean

# I

## Ootacamund, Nilgiri-Distrikt, März 1875

Vier Tage in einer Herberge, neben der sich das elendste Reiselager in den Bergen noch komfortabel ausnimmt, dachte Aidan Landor, während er auf dem Bett lag und, die Hände hinter dem Kopf verschränkt, an die Zimmerdecke starrte. Rotes Frühlicht tastete sich in den Raum, ließ Konturen hervortreten und Schatten entstehen. Erste Schritte tappten über den Flur und die Treppe hinab, während die Stadt langsam erwachte. In dem Zimmer neben ihm weinte eine Frau in leisen Schluchzern.

Zu viel Opium in der letzten Nacht. Ein weiterer Tag, an dem einem der Kopf schwamm und man in der Gewissheit trieb, dass sich nichts ändern würde. Während es im Zimmer langsam heller wurde, lauschte Aidan auf die Geräusche im Haus. Die Geschäftigkeit nahm zu, Türen wurden geöffnet und zugeschlagen. Die Frau hatte aufgehört zu weinen.

Eine Absteige, in die jene Leute angeschwemmt wurden, die Ootacamund aufsuchten und sich nicht einmal zur untersten Gesellschaftsschicht der Stadt zählen konnten. Unverputzte Wände, deren Schäbigkeit auch das rotgoldene Licht des Vorabends nicht hatte kaschieren können, waren im Tageslicht grau und wirkten pockennarbig. Der Raum war nur notdürftig gesäubert worden, und der Abort im Flur verbreitete auf der Treppe einen beinahe unerträglichen Gestank. Im Gegensatz zu den unglücklichen Gestalten, die hier landeten, konnte Aidan sich jederzeit etwas Besseres leisten. Wer nach Ootacamund kam, hatte die Möglichkeit, unter zwei Hotels zu wählen: dem Dawson's Hotel, das an der Westseite der Stadt lag, wenn man diese über den Sigur-Pass betrat, und das Alexandra Chambers, ehemals Victoria – beides wäre Aidan um einiges lieber gewesen. Aber er würde ein paar Tage warten, sich in die Stadt eingliedern, unauffällig, so, wie er gekommen war. Wenn er sich ein Zimmer nahm, würde keiner wissen, wie lange er schon hier war. Brian würde dann bereits fort sein, Brian, sein bester Freund und Reisegefährte, der in eben diesem Moment den Kopf zur Tür hereinsteckte.

»Störe ich?«

Ohne Aidans Antwort abzuwarten, trat er ein, warf die Tür hinter sich ins Schloss und ließ sich auf den einzigen Stuhl im Raum fallen. »Du hast nicht geschlafen«, schlussfolgerte er, mit Blick auf Aidan, der vollständig bekleidet auf dem Bett lag. Er wies mit dem Kinn zur Wand hin und schloss mit der Frage: »Waren wir zu laut?«

»Nein.«

»Thackery war gestern Abend kurz hier. Er wollte zu dir.«

»Ich war nicht da.«

»Das habe ich bemerkt. Er stand nämlich plötzlich unangemeldet in meinem Zimmer und wollte wissen, wo du zu finden bist.«

Aidan hörte die unausgesprochene Frage, ging aber nicht darauf ein. »Was hast du ihm gesagt?«

»Er soll heute wiederkommen.«

Einen leisen Fluch ausstoßend, sah Aidan zur Decke.

»Was hätte ich sagen sollen?« Brian streckte sich unbekümmert auf seinem Stuhl. »Ich werde übrigens doch schon heute weiterreisen.«

»Und sie?« Aidan nickte zur Wand hin.

»Bleibt hier. Ich habe es ihr heute Morgen gesagt.«

»Wie immer zartfühlend, Brian. Aus dem Bett einer Frau zu steigen und ihr zu sagen, dass es vorbei ist.«

Brian zuckte die Schultern.

»Ich dachte, sie sei ein anständiges Mädchen«, sagte Aidan. »Sie hat ihr Elternhaus verlassen, um mit mir zu ziehen, obwohl sie mich kaum kannte«, antwortete Brian. »Nennst du das anständig?«

»Was wird jetzt aus ihr?«

»Ich habe ihr Geld gegeben, damit sie zu ihren Eltern zurückkehren kann.«

Aidan sagte nichts weiter dazu, die Rolle des Fürsprechers verlassener Frauen stand ihm nicht besonders. Er war von Anfang an dagegen gewesen, Gillian mitzunehmen, aber Brian war allein in Kalkutta gewesen, und als sie später wieder aufeinandergetroffen waren, hatte er das Mädchen bei sich gehabt. »Wo geht es für dich hin?«, wechselte er das Thema.

»Offiziell zunächst über das West-Ghat bis zur Dekkan-Ebene.« Brian zwinkerte. »Inoffiziell in Richtung Norden, Himalaja.«

Aidan setzte sich auf und fuhr sich mit einer Hand über das Gesicht. Seine Augen brannten, hatten die ganze Nacht schon gebrannt vom Rauch der Opium-Pfeifen. »Du weißt, ich denke daran, mich hier im Distrikt niederzulassen.«

»Immer noch die alte Idee von der Teeplantage? Mir war nicht bekannt, dass du neuerdings Reichtümer hortest«, spöttelte Brian.

»Ich habe einiges gespart, und den Rest bekomme ich auch noch irgendwie zusammen.«

»Denkst du, du wirst lange genug Ruhe haben?«

»Zumindest lange genug, um alles vorzubereiten und die richtigen Kontakte zu knüpfen.«

Brian stand auf und streckte sich. »Dann wünsche ich dir alles Gute«, verabschiedete er sich. »Und erzähl mir später, wie es war.«

»Bis wir uns wieder sehen, interessiert es dich vermutlich ohnehin nicht mehr.« Damit spielte Aidan auf die lange Trennung und Brians immer nur kurz währendes Interesse an den Angelegenheiten anderer an.

Brian blieb an der Tür stehen und drehte sich grinsend um. »Du

als Teepflanzer, mein Freund, denkst du allen Ernstes, das würde ich mir entgehen lassen? Länger als zwei Monate hast du es doch nie an einem Ort ausgehalten.«
»Manchmal wird es Zeit, einige Dinge zu ändern.«

Bis in den späten Vormittag hinein blieb Aidan in seinem Zimmer, lag auf dem Bett, fühlte die abgestandene Luft, die sich feucht in den Atemwegen festsetzte und die Haut mit einem Film überzog. Er hörte den lautstarken Streit aus Brians Zimmer, das Schlagen der Tür, Brians gemächlichen Schritt die Treppe hinunter. Im Zimmer nebenan ging etwas zu Bruch.
Irgendwann schlief er ein und erwachte eine Stunde später. Seine Kleidung schien ihm am Körper zu kleben, aber nichtsdestotrotz war er erholt. Nachdem er sich einen Kampf mit einer der Mägde geliefert hatte – ein Mädchen mit den Ausmaßen einer Kriegsfregatte –, war ihm ein Bad bereitet worden. Später rasierte er sich, kleidete sich an und trat auf den schmutzigen Flur hinaus, in dem Bewusstsein, den ersten Schritt in ein neues Leben zu tun. Der Gedanke gefiel ihm und vertrieb die düstere Stimmung der letzten Tage.
»Aidan?« Eine blonde junge Frau stand am Fuß der Treppe, an das Geländer gelehnt, so als warte sie schon länger. »Brauchst du Gesellschaft?«
»Nicht in der Art, die dir vorschwebt, Gilly.«
Gillian wurde brennend rot. »Brian ist fort.« Sie folgte ihm, als er an ihr vorbeiging. »Und was ist nun mit mir?«
»Meines Wissens hat er dir Geld dagelassen.«
»Gerade genug, um wieder nach Kalkutta zu meinen Eltern zu fahren. Als ich mit Brian weggegangen bin, hat mein Vater mir aber gesagt, ich dürfe nicht mehr heimkommen.«
Aidan nickte desinteressiert. »Du wirst doch gewusst haben, worauf du dich einlässt.«
»Brian hat gesagt, ich bedeute ihm etwas.«

»Aber natürlich hat er das gesagt. Oder hättest du sonst sein Bett geteilt?«

Ihr stieg erneut das Blut in die Wangen, und Aidan war verwundert angesichts der Tatsache, dass sie nach all dem, was er von der Beziehung mitbekommen hatte, noch imstande war, zu erröten. Schließlich waren beide nicht gerade diskret gewesen.

Die Hauswirtin stand an der Tür zur Gaststube und starrte Gillian forschend an. Wo immer sie übernachtet hatten, hatten sich Gillian und Brian als Geschwister ausgegeben. Zwar fehlte ihnen jede Ähnlichkeit, aber beide waren blond und hatten blaue Augen, so dass sich jeder, der ausreichend naiv oder willig war, ohne weiteres täuschen ließ. Dem Blick der Hauswirtin zufolge argwöhnte diese nach Brians Abreise, dass etwas nicht stimmte.

»He, Mädchen«, rief sie dröhnend, »hängste dich sofort an den Nächsten?« Ihr Blick fiel auf Aidan, etwas wohlwollender, ehe sie Gillian erneut ankeifte: »Nimm deine Sachen und verschwinde! Das hier ist ein anständiges Haus.«

»Mein … Mr. Casey hat für eine weitere Übernachtung im Voraus bezahlt«, antwortete Gillian und schob das Kinn vor.

»Für sich!«, widersprach die Wirtin. »Er ist fort, also kann ich das Zimmer neu vermieten.«

»Er hat das Zimmer für mich bezahlt«, beharrte Gillian.

»Davon, dass ich seine Hure hier weiter bewirten müsste, hat er nichts gesagt.« Die Wirtin verschränkte die stämmigen Arme vor der Brust.

Aidan seufzte und drehte sich auf halbem Weg zur Haustür um. »Mr. Casey hat das Zimmer für fünf Nächte bezahlt, für sich und für die junge Dame.«

»Das hab ich nur erlaubt, weil er gesagt hat, sie sei seine Schwester.«

»Das mag sein, aber Sie haben sein Geld angenommen, und nun wurde er vorzeitig abberufen. Die junge Dame wird sich einer Reisegesellschaft anschließen und zu ihrer Familie zurückkehren.«

»Ich dulde keine Dirnen in meinem Haus«, wiederholte die Wirtin störrisch.

»Mr. Casey hat die junge Dame bis morgen unter meine Obhut gestellt, und ich meinerseits dulde es nicht, dass sie allein die Nacht auf der Straße verbringt.«

Die Wirtin wollte widersprechen, blieb aber stumm, als Aidans Augen sich drohend verengten. »Nur noch bis morgen«, murmelte sie mürrisch.

Gillian lief Aidan nach, als er aus der Tür hinaus auf die staubige Straße trat. »Danke.«

Mit einem Schulterzucken tat er ihren Dank ab und sah sich um. Die gesamte Stadt schmiegte sich in bewaldete Bergsenken und Täler. Karren rumpelten die Straße entlang, ein junger britischer Soldat lehnte an einer Häuserwand und beobachtete das Treiben unter schweren Augenlidern hinweg. Teehandelskontore säumten die Straße, einheimische Diener eilten in die Gebäude hinein und wieder heraus, verschiedene Dialekte mischten sich. Zwei weißgekleidete Inder traten in ein Handelskontor schräg gegenüber, während sie eifrig miteinander diskutierten. Eine Gruppe junger Sepoys ging die Straße entlang, unbewaffnet, denn das Gesetz untersagte die Herausgabe von Waffen an indische Soldaten, die der britischen Armee unterstanden. Zu deutlich standen allen noch die Greuel des Sepoy-Aufstandes vor Augen, der erst nach viel Blutvergießen niedergeschlagen werden konnte und 1858 zum Ende der East India Company geführt hatte.

»Ich kann trotzdem nicht nach Kalkutta zurück«, beharrte Gillian.

»Das, meine Liebe, ist nicht mein Problem.«

Gegenüber der Herberge vor dem Kontor mit der Aufschrift *Ramsay Tea* hielt die schwarze Kutsche einer sichtlich wohlha-

benden Familie. Der Kutschenschlag wurde von einem weißgekleideten indischen Diener geöffnet, und ein Engländer stieg aus, der seinerseits einer Frau und einem kleinen Jungen von höchstens vier Jahren heraushalf. Der Mann war überaus korrekt gekleidet und trug einen Ausdruck blasierter Langeweile zur Schau. Der kleine Junge wurde von der Frau an die Hand genommen, als er im Begriff war, auf die Straße zu laufen, und ließ sich sichtlich widerwillig festhalten.
Neben Aidan stieß Gillian einen Laut aus, der sowohl verächtlich als auch neidisch klingen mochte. Vermutlich Neid, schloss er, angesichts der Tatsache, dass die junge Frau mit dem Kind genau das darstellte, was Gillian an Brians Seite hatte werden wollen. Diese Frau lief nicht Gefahr, verlassen und der allgemeinen Verachtung preisgegeben zu werden. Das würde ihre Familie nie zulassen. Aidan sah dem jungen Paar mit dem Kind nach, als es auf das Kontor zuging, und er konnte sich angesichts dieses offen präsentierten Familienlebens ein spöttisches Lächeln nicht verkneifen.

»Du solltest heiraten«, sagte Charles Ramsay zu der jungen Frau an seiner Seite, die eben ihren Sohn ermahnte, nicht mit den Füßen den Staub aufzuwirbeln. »Wirklich, ich finde, du solltest heiraten.«
Katrina zog ihren Sohn hinter Charles her über die Türschwelle zum Teekontor. So früh am Vormittag war kaum jemand hier, was ihr nur recht sein konnte. Vorsichtig sah sie zu ihrem Bruder, aber dieser neigte sich bereits über eine Liste mit Teelieferungen und schien keine Antwort zu erwarten.
Ein junger Mann kam dienstbeflissen aus dem hinteren Bereich des Lagers. »Ich hoffe, es ist alles zu Ihrer Zufriedenheit, Sir.«
»Das hoffe ich ebenso«, antwortete Charles knapp, während er die Listen auf Fehler hin absuchte. Personal konnte man nicht

trauen, das hatte seine Erfahrung immer wieder bestätigt. Er war auf der Hut.

»Einen schönen guten Morgen, Madam.« Der junge Mann zwinkerte nervös mit den Augen und wartete Katrinas Erwiderung des Morgengrußes nicht ab, sondern befasste sich mit einer Kiste für den Teetransport, die er zum Schutz gegen Feuchtigkeit mit Papier ausschlug.

»Caleb!«, rief Katrina, als sie bemerkte, dass ihr Sohn nach der Teewaage greifen wollte.

»Ich verstehe überhaupt nicht, warum du ihn mitgenommen hast«, sagte Charles, ohne aufzusehen.

So recht wusste Katrina das selbst nicht. Vielleicht hatte sie ihren Bruder, der mit Kindern nicht viel anfangen konnte, einfach ärgern wollen, aber nun war sie ein wenig überfordert. »Seine *Ayah* ist krank.«

»Sie ist ständig krank. Vielleicht solltest du dich nach jemand anderem umsehen. Sie ist faul und unzuverlässig. Cynthia fragt sich immerzu, was du an ihr findest.« Seine Stimme besagte deutlich, dass *er* die Antwort auf diese Frage nicht geben konnte.

»Caleb ist an sie gewöhnt.« Zudem fand Katrina, dass dies ihre Schwägerin überhaupt nichts anging, aber das behielt sie für sich.

Während sie im Lager herumstand und nichts anderes zu tun hatte, als auf ihren Bruder zu warten, war Katrina für die Ablenkung durch ihr Kind beinahe dankbar. Sie hatte eigentlich gar nicht mitkommen wollen, aber sie konnte sich nicht ständig in ihr Zimmer einschließen, um voll Bitterkeit an Jahre zu denken, die ihr niemand zurückgeben würde. So viele verschwendete Gefühle, dachte sie, und für einen kurzen Moment wurde sie ein wenig schwermütig, was in der letzten Zeit öfter geschah.

Ein Mann mittleren Alters betrat das Kontor. »Guten Morgen, Mr. Ramsay«, rief er, dann etwas kühler: »Ihr Diener, Mrs. Alardyce.«

»Mr. Jakes«, Charles sah gerade lange genug hoch, um dem Mann zu signalisieren, dass er dessen Ankunft zur Kenntnis genommen hatte. »Ich bin gleich für Sie da.«

Katrina ging durch das Lager und atmete den aromatischen Duft der Tees aus den Nilgiri Hills ein. Weiter hinten lagerten auch andere Teesorten. Ihr Bruder legte großen Wert auf ein breites Sortiment, aber das meiste war Tee aus seinen eigenen Teegärten. Charles ging vollkommen im Teeanbau auf. Malzige Assamtees, feine, liebliche Tees aus Darjeeling und aromatischer Tee aus Ceylon, der dem der Nilgiri-Berge so ähnlich war, lagerten in Kisten, die gestapelt und fertig zum Transport waren. Manchmal bezog Charles sogar Tee aus China und Japan, fertigte Mischungen und verbrachte Stunden um Stunden damit, zu testen, wie viele Unzen verschiedener Tees für neue Geschmacksrichtungen vonnöten waren.

Die Stimmen der Männer wurden leiser, als Katrina die hölzerne Treppe am Ende des Raumes hinaufstieg. Im oberen Stockwerk befanden sich die Wirtschaftsräume, von hier aus verwalteten Angestellte ihres Bruders sein Tee-Imperium. Katrina war sowohl mit den wichtigsten wirtschaftlichen Aspekten als auch mit vielen Feinheiten des Teeanbaus vertraut. Sie hatte gute Lehrer gehabt, erst ihren Vater, dann ... Stephen. Zwei Jahre, und sie war immer noch nicht imstande, an ihn zu denken, ohne dass ihr Herz heftig schlug und sie einen scharfen Schmerz verspürte.

Von dem Fenster neben der Treppe aus hatte man einen Blick auf die von lavendelfarbenem Nebel umhüllten Berge, die sich in der Ferne abzeichneten. Der Distrikt Nilgiri gehörte zum westlichsten Teil des Tamilnads, grenzte im Westen an Kerala, im Norden an den Karnatik und im Südosten an den Coimbatore-Distrikt. Das gebirgige Plateau erstreckte sich von der Küste her, Wälder zogen sich über die Berge bis zu den Ebenen und grenzten an das tiefer gelegene Flachland. Flüsse teilten das Land und trafen wieder aufeinander, ehe sie in den Moyar mündeten. Nilgiri – *neelam giri*, die blauen Berge. Wie die Berge zu ihrem Namen gekommen waren, wusste niemand so richtig. Einige waren der Meinung, es liege an dem bläulichen Dunst, der die Berge umgab, andere wiederum sagten, die Bewohner der Ebenen hätten ihnen den Namen gegeben wegen der blau-violetten Blüten der Neelakurinji, jener magnolienartigen Staude, die alle zwölf Jahre erblühte. Moderne Reisende hingegen führten ihn auf die von den Briten gepflanzten Blaugummibäume zurück. An manchen Tagen stand Katrina morgens an ihrem Fenster und sah zu den Bergen, traurig, weil ihr Leben noch dasselbe war wie am Abend zuvor.

»Katrina!« Charles' Stimme drang zu ihr hoch. Sie eilte die Treppe wieder hinunter und stolperte beinahe über Caleb, der am Treppenabsatz saß und mit einem glänzenden Stein spielte.

»Von Mr. Jakes«, sagte Caleb und streckte ihr die Hand mit dem Stein entgegen. Katrina wusste, dass von ihr Bewunderung erwartet wurde, und bemühte sich, dem gerecht zu werden. Obwohl sie sich an die Mutterrolle gewöhnt hatte, war es ihr manchmal beinahe unheimlich, sich in diesem Kind wiederzufinden, sowohl in dessen Temperament als auch im Aussehen mit dem hellen goldbraunen Haar und den grünen Augen. Caleb hatte äußerlich nichts von seinem Vater geerbt.

»Katrina.« Charles klang nun etwas unduldsamer. »Das nächste Mal kümmerst du dich bitte selbst um ihn. Es kann nicht angehen, dass dein Sohn zwischen uns herumtobt, während wir geschäftliche Angelegenheiten besprechen.«

»Es tut mir leid, Charles.«

»Mr. Jakes sagte, er habe Stephen gestern gesehen.« Charles schien nicht zu bemerken, wie Katrinas Schultern sich plötzlich versteiften. »Seit wann ist er wieder in der Gegend?«

»Da fragst du die Falsche«, antwortete sie kalt.

»Ich hoffe, er bleibt nicht lange. Gerade haben die Leute aufgehört zu reden.«

Dafür ist ihre Feindseligkeit immer noch dieselbe, dachte Katrina. Ihr Bruder öffnete ihr die Tür, und sie trat auf die Straße hinaus, wo die Stimmen der Menschen sie wie ein wabernder Umhang umschlossen. Sie hätte ihren Bruder nicht begleiten sollen, dachte sie erneut, als ein Nachbar Charles auf der Straße grüßte und einen gemurmelten Gruß an sie anschloss, begleitet von einem ausweichenden Blick. Charles hatte, schon ehe sie losgefahren waren, gesagt, er wünsche keinerlei Einmischung in seine Geschäfte, es sei denn, er frage danach. Ihr Mitkommen hatte er nur angeregt, um sie endlich wieder unter die Leute zu bringen. Langsam, Schritt für Schritt, würde er sie wieder gesellschaftsfähig machen, und nun, nachdem er den Anfang gemacht hatte, konnte seine Frau sie demnächst mitnehmen, wenn Besuche anstanden.

Katrina gab sich ruhig und angepasst, gehorsam der Familie ihres Bruders gegenüber, während alles in ihr schrie. Sie schaffte es, gelegentliche Anflüge von Unduldsamkeit hinter gesenkten Lidern zu verbergen, und wenn sie fürchtete, ihre Stimme nicht unter Kontrolle zu haben, schwieg sie. Sie war gefangen, und es gab keinen Weg hinaus.

Ehe sie sich von Charles in die Kutsche helfen ließ, sah sie die Straße entlang, fing etwas von dem Leben auf. Gegenüber war eine heruntergekommene Herberge, vor deren Stufen ein dunkelhaariger Mann und eine blonde Frau standen. Die Frau sah zu ihnen hinüber und sagte etwas, auf das der Mann mit dem Anflug eines Lächelns eine Antwort gab, die sie sichtlich verärgerte. Sie raffte ihr Kleid, wirbelte herum und stürmte in die Herberge zurück. Der Mann machte sich nicht die Mühe, ihr nachzusehen, sondern beobachtete weiterhin das Treiben auf der Straße.

Frei, dachte Katrina, als sie der blonden Frau mit den Blicken folgte, ich wünschte, ich wäre sie.

*

Ootacamund – Ooty, wie es die Engländer nannten – lag im Zentrum des Nilgiri-Distrikts. Mit seinem durch die Höhe bedingten milden Klima war es während der von April bis Juni dauernden ersten Saison die Sommerresidenz der in der Präsidentschaft Madras ansässigen Briten. Eine englische Stadt inmitten des Orients. Während Aidan von seinem Zimmer aus das Treiben auf der Straße betrachtete und sein Blick zu den sich über der Stadt erhebenden Bergen schweifte, war er sich sicher, dass es eine Gegend von dieser Schönheit in Indien kein zweites Mal gab. Über die tiefer gelegenen Regionen des Südwest-Ghats zogen sich sommergrüne feuchte Wälder, die sich entlang des Gebirgszugs des West-Ghats bis zur südlichen Spitze Indiens erstreckten und in denen Elefanten und Tiger beheimatet waren. Immergrüne Regenwälder bedeckten die höher gelegenen Gebirgsketten des Südwest-Ghats, dünnten mit zunehmender Höhe aus, so dass sie von offenem Grasland durchsetzt waren. Aidan bedauerte zutiefst, dass ihm momentan die Zeit für eine Reise dorthin fehlte.

»Lieutenant Landor!« Die Stimme hinter seinem Rücken verschaffte sich wütend Gehör.

Aidan drehte sich langsam vom Fenster weg, durch das er hinausgeschaut hatte, während sein Gesprächspartner stakkatoartig Wörter auf ihn abfeuerte.

»Wie hausen Sie hier überhaupt?«, fuhr der Mann ungehalten fort.

Aidan maß den Raum mit Blicken, als sähe er ihn zum ersten Mal, und nahm sich – wie er es seit seiner Ankunft jeden Tag tat – vor, sich eine andere Unterkunft zu suchen. Er war müde und überreizt, und als wäre das nicht genug, musste er sich bereits seit mehr als einer halben Stunde einen Vortrag seines aufgebrachten Vorgesetzten anhören. »Major Thackery, Sir, ich bedaure zutiefst, dass Sie sich wiederholt umsonst hierherbemühen mussten.« Aidan bemühte sich um eine salbungsvolle Stimme, was ihm mitnichten gelang.

»Hat Lieutenant Casey Ihnen nicht ausgerichtet, dass ich nach Ihnen gefragt habe?«
»Doch, das hat er. Aber die Umstände machten es erforderlich, dass ich selten hier war.«
»Die Umstände, Lieutenant?« Thackery winkte ab, als Aidan zu einer Antwort ansetzte. »Ich denke, ich möchte es nicht genauer wissen. Ist Ihnen bekannt, ob Lieutenant Casey diese Frau mitgenommen hat, als er fortging?«
»Das hat er nicht, Sir.«
»Gut«, sagte Thackery, »gut. Der Verweis, den ich Lieutenant Casey erteilt habe, gilt auch für Sie. Ich möchte nie wieder hören, dass Sie eine Mission in Begleitung einer Frau antreten.«
Aidan lag eine Rechtfertigung auf der Zunge. Hatte er es Brian nicht viele Male gesagt? Und war Gillian denn nicht dessen Geliebte gewesen? Dann jedoch entschied er, Brian nicht in den Rücken zu fallen, und schwieg.
Thackery indes schien nicht davon überzeugt zu sein, dass seiner Anweisung wirklich Folge geleistet wurde. »Wo ist das Mädchen jetzt?«, fragte er und sah die Kommode an, als erwarte er, sie aus einer der Schubladen springen zu sehen.
»Ich glaube, bei ihren Eltern, Sir.« Aidan fiel ein, dass er Gillian seit dem Tag von Brians Abreise nicht mehr gesehen hatte. Am darauffolgenden Tag war sie fort gewesen.
»Bei ihren Eltern? Etwas Dümmeres ist Ihnen nicht eingefallen? Ich warne Sie, Lieutenant, wenn mir zu Ohren kommt, dass Sie oder Lieutenant Casey erneut in ihrer Begleitung unterwegs sind …« Er ließ offen, was dann geschehen würde, aber sein Blick war beredt. »Was werden Sie nun tun, bis ich Sie wieder brauche?«
»Ich denke, ich werde hier bleiben.«
»Hier?« Thackerys Blick maß das Zimmer erneut.
»In Ootacamund, meinte ich. Es wird Zeit, sesshaft zu werden.«
»Das ist mit Ihrem Lebenswandel wohl kaum vereinbar, oder

planen Sie Ihren Abschied?« In Thackerys Stimme schwang unüberhörbar der Unterton mit, dass Aidan besser damit beraten war, es nicht zu tun.

»Nein, Sir, natürlich nicht.«

»Nun gut, wenn Sie bleiben möchten, nur zu. Sie wissen, wann Sie sich bei mir zu melden haben, bis dahin tun Sie, was Ihnen beliebt.«

Ehe er das Zimmer verließ, sah er sich noch einmal um, so als suche er etwas – oder jemanden –, dann fiel die Tür hinter ihm ins Schloss.

Aidan hatte nicht gewusst, dass Thackery von Gillian Kenntnis hatte – Brian hatte diesen Umstand wohlweislich verschwiegen. »Gut für dich, dass du weg bist«, murmelte er. Zwar verstand er den Unwillen seines Vorgesetzten, aber seine und Brians Mission war zur Zufriedenheit aller beendet worden. Wozu also im Nachhinein der ganze Ärger?

Durch Thackery wieder an Gillian erinnert, überlegte Aidan, ob sie Brian vielleicht nachgereist war. Hatte sie mitbekommen, dass er in Richtung West-Ghat wollte? Sie konnte nicht wissen, dass das nicht der Wahrheit entsprach. Vielleicht versuchte sie ja, sich durchzufragen, indem sie die Beschreibung von Brian überall weitergab. Einen Moment lang bedauerte Aidan sie. Sie würde ihn nicht weiter als bis ans Ende der Straße verfolgen können. Brian verschmolz mit der Umgebung, das hatte er immer schon meisterhaft beherrscht, ebenso wie Aidan. Anders hätten sie keine zwei Tage überlebt. Immer unsichtbar, sei es in der Kargheit der Berge oder inmitten von Menschenmengen. Zwei Schemen, die man sah, aber nicht wahrnahm. Schattenmenschen.

Langeweile. Katrina ließ das Wort lautlos über ihre Zunge rollen. Zeit, die in zähen Tropfen fiel. Um sie herum plätscherte das Gespräch zwischen ihrer Schwägerin Cynthia und deren

Freundin Mrs. Lowell. Katrina lächelte, wie es von ihr erwartet wurde, während sie ruhig weiterstickte. Wieder und wieder senkte sie die Nadel in den feinen Batist, füllte eine Lilie mit weißem Seidengarn. *Die Unschuld der Lilie. Hüte, was du hast, mein Kind. Eine Frau hat nicht mehr.*

Sie bemühte sich aufrichtig, der Unterhaltung der beiden Frauen zu folgen, aber Cynthias hektische Stimme und ihre Angewohnheit, wenn sie etwas erzählte, im Satz einzelne Wörter zu betonen, waren entnervend, und Katrinas Gedanken schweiften fortwährend ab. Ihr Lächeln erschien ihr immer maskenhafter. Während ihr Körper starr verharrte, aufrecht, wie sich das gehörte, bewegte sich lediglich die Hand mit der Sticknadel. Sie wagte einen flüchtigen Blick unter den Wimpern hervor zur Tür. Mit Erlösung war nicht zu rechnen.

Charles' Bemerkung, Stephen sei wieder in der Stadt, ging ihr nicht aus dem Kopf. In der vergangenen Nacht war sie so weit gegangen, sich vorzustellen, wie es wäre, wenn sie morgens aufwachte und feststellte, dass die letzten zwei Jahre ein Traum gewesen wären. Sie würde die Augen aufschlagen, Stephen neben sich erblicken und glücklich sein, erleichtert, so wie man es immer war, wenn man aus einem Alptraum erwachte und wusste, dass das wirkliche Leben davon nicht berührt war. Sie war über dem Gedanken eingeschlafen. In ihrem Traum war sie wach geworden, und Stephen neigte sich über sie. Licht fiel fächerartig durch die halbgeöffneten Läden in den Raum, und sie war glücklich, war es so lange, bis ihre *Ayah* sie weckte.

Vor zwei Jahren hatte sie sich vorgenommen, nicht mehr an Stephen zu denken. Aber wie sollte sie es verhindern, wenn sie in diesem überladenen Salon saß und sich die Bilder ihres früheren Lebens aufdrängten? Sie hatte keine Enge gekannt, es war ihr nie untersagt gewesen, auszureiten, sie hatte sich um die Teegärten gekümmert – erst gemeinsam mit ihrem Vater, dann mit Stephen. Sich frei in der Gesellschaft zu bewegen, als ge-

achtete Tochter und Ehefrau, war ihr so selbstverständlich gewesen, dass sie schon beinahe eine gewisse Arroganz an den Tag gelegt hatte – auch das wurde nicht vergessen.
Katrina nahm sich zusammen und versuchte, Anschluss an die Unterhaltung zwischen ihrer Schwägerin und Mrs. Lowell zu bekommen. Träge schwappten Worte über sie hinweg, während sie stickte, immer wieder dieselbe Bewegung. Sie hatte, seit sie hier saß, nicht damit innegehalten. Nun jedoch legte sie den kleinen Stickrahmen zur Seite und hob die Hand an die Augen.
»Aber meine Liebe, ist dir nicht wohl?«, fragte Cynthia.
Ich ersticke, dachte Katrina, ich ersticke. »Nur eine vorübergehende Mattigkeit«, antwortete sie.
»Vielleicht legst du dich besser hin«, schlug Cynthia vor.
»Das wollte ich auch eben vorschlagen«, schaltete sich Mrs. Lowell ein, hastig, als fürchte sie, nicht zu Wort zu kommen. »Sie sind in der Tat sehr blass.«
Katrina zögerte keinen Moment lang, stand auf und verließ den Raum, tauschte die Monotonie des Salons gegen ihr abgedunkeltes Zimmer, wo die Läden an diesem Tag fest verschlossen waren. Manchmal ertrug sie die Weite der Landschaft nicht. Wenn sie keine Freiheit haben konnte, wollte sie sie auch nicht sehen. Als Kind hatte sie geglaubt, unsichtbar zu werden, wenn sie die Augen schloss. Katrina legte sich in ihr Bett und schloss die Augen. Nur für einen Moment unsichtbar sein, nur ein flüchtiger Schatten.

»Dein ewiges Versinken in Selbstmitleid ist in höchstem Maße langweilig«, beschwerte sich Charles bei seiner Schwester. Diese wiederum dachte, dass sich da gerade der Richtige über Langeweile beschwerte. Er war ebenso wie Cynthia eine in ihrem vorgesehenen Stück agierende Gesellschaftspuppe. Lediglich wenn er über Tee sprach, kam Leben in ihn, die Augen beka-

men einen ungewohnten Glanz, der Mund formte Wörter jenseits der gewohnten Phrasen und Ermahnungen.
»Selbstmitleid«, fuhr Charles nach einer effektheischenden Pause fort, »ist genau das, was die Leute von dir erwarten. Du solltest dich selbstbewusst geben, aber mit der nötigen Zurückhaltung. Kein Schuldeingeständnis – nein, das auf keinen Fall –, aber dennoch, hm, sagen wir, reuig?« Er runzelte die Stirn, schien abzuwägen, ob die Begriffe reuig und sich keiner Schuld bewusst sein nicht einen Widerspruch bildeten, ehe er in kurzen abgehackten Worten seinen Vortrag fortsetzte, zwischendurch nach Luft ringend, wenn er sich besonders erregte. Offenbar schnürte ihm das Korsett der Gesellschaftsnormen ebenso die Luft ab wie Katrina ihres aus Stahlfedern.
»Ich weiß beim besten Willen nicht, was aus dir werden soll«, war sein wenig ermutigender Schlusskommentar. »Wir müssen auch an Caleb denken. Manchmal glaube ich, es wäre das Beste gewesen, wenn Stephen ihn genommen hätte.«
Zorn flammte in Katrina auf, und diesmal unternahm sie keinen Versuch, ihn zu unterdrücken. »Man muss wirklich ein Mann sein, um so etwas zu sagen.«
»Er braucht einen Vater.«
»Stephen hat schon vor langer Zeit entschieden, nicht der Mann zu sein, dem diese Rolle zukommt.«
»Hätten wir gewusst, dass der Skandal unausweichlich ist, hätten wir mit ihm zu einer Einigung kommen können. Du solltest wieder heiraten, und mit einem Kind gestaltet sich das nun einmal schwierig.«
»Fürchtest du, mich bis an mein Lebensende am Hals zu haben?«
»Rede keinen Unsinn«, entgegnete Charles kalt. »Aber einer von uns muss ja mit klarem Kopf denken.«
»Du könntest mich nach England schicken, bis dorthin ist der Skandal sicher nicht gedrungen.« Ein magerer Versuch der Provokation, und er rächte sich augenblicklich.

»Glaub mir, ich hätte es getan, wenn ich mir sicher gewesen wäre, dass dem so ist.«

Manchmal fragte Katrina sich, ob ihr Bruder überhaupt wusste, wie viel Schaden man mit Worten anrichten konnte. Irgendwann würde sie es ihm sagen müssen. Sie könnte es jetzt tun, aber ihre Gedanken waren erfüllt von ihrem eigenen Leid.

# 2

## Ootacamund, April 1875

Der in einem weitläufigen Park gelegene Ooty-Club wurde von Offizieren wie auch der illustren Gesellschaft frequentiert. Die Hierarchie der englischen Gesellschaft erschien in Ootacamund weit ausgeprägter als in England, weil sie kleiner und überschaubarer war. Nicht jeder hatte Zutritt zum Club, der als der beste Indiens galt. Offiziere, die oftmals aus dem gleichen sozialen Umfeld kamen wie die Upper Class, waren gerngesehene Gäste. Auch innerhalb des Clubs gab es Abstufungen im sozialen Gefüge. Inder hatten keinen Zutritt, es sei denn als Personal. In englischer Tradition organisierte der Club sogar Fuchsjagden, war gesellschaftlicher Treffpunkt von Frauen, die keine weiblichen Angehörigen hatten und sich recht einsam fühlten in ihren Häusern, die voll waren mit Dienstboten, aber niemanden beherbergten, der ihnen die Zeit vertrieb. Männer nutzten den Club zu den gleichen Zwecken wie die Clubs in London, wo sie Freunde trafen, Beziehungen knüpften und erneuerten oder einfach der häuslichen Langeweile entflohen.

Der Club verfügte über eine Reihe eleganter Räume, über eine Bar, die sowohl für Männer als auch für Frauen zugänglich war, und eine dahinter gelegene Bar, die ausschließlich den Männern vorbehalten war und wo nach acht Uhr abends die strenge Kleiderordnung aufgehoben wurde und die Herren in Hemdsärmeln sitzen durften. Die Wände der Räume waren mit Holzpaneelen verkleidet, man schritt über seidig glänzendes Parkett, war umgeben von polierten Rosenholzmöbeln, auf denen sich das Licht der Kristalllüster brach. Jagdtrophäen reihten sich an den Wänden des Ballsaals, offenbar alle von Jagdbeuten der Clubmitglieder, als diese noch lebensmüde genug gewesen

waren, Tiger, Leoparden und Bären zu jagen. Neben der Bibliothek der Stadt gab es auch im Club eine Bibliothek und einen Leseraum, in dem der Geruch alter Bücher hing.
Aidan beobachtete, auf einer Bank sitzend, die Frauen, die durch den Park spazierten. Enggeschnürte, gertenschlanke Wesen, leicht schwankend wie Schilfrohre. Erstaunlich, was ein gepresster Brustkorb, Atemnot und die aktuelle Schuhmode an Anmut hervorriefen. Aidan fand sie wunderschön anzusehen, ein bezaubernder Marionetten-Reigen, der die Wege auf und ab flanierte, aber bar jeder Sinnlichkeit. Dennoch fand er es unterhaltsam, ihnen dabei zuzusehen, wie sie plaudernd an ihm vorbeizogen, so als seien sie die Attraktion eines Theaters, dessen einziger Zuschauer er war.
Vor einigen Tagen hatte er seinem Vater geschrieben und überlegte, bis wann er die Antwort bekommen würde. Er brauchte Geld. Zwar hatte er in den letzten Jahren einiges gespart, aber es reichte bei weitem nicht für das Haus mit den dazugehörigen Teegärten, das er sich angesehen hatte. Sein Vater würde sein Ansinnen vermutlich ablehnen – in seinen Augen war er nichts weiter als ein Müßiggänger, der sich in der Gegend herumtrieb, für mehrere Monate nichts von sich hören ließ und in seinen Briefen nur vage Andeutungen über seinen Verbleib machte.
Dabei hatte es aus Sicht seines Vaters vielversprechend angefangen, als Aidan den Wunsch verkündet hatte, zur Armee zu gehen. Das Haupterbe fiel an Aidans älteren Bruder, und weil die monatliche Rente, die Aidan bezog, nicht reichen würde, um davon einen Hausstand zu gründen, hatte er sich für die Armee entschieden. Sein Vater kaufte ihm ein Offizierspatent, und Aidan ging nach Kalkutta. Nach der Grundausbildung äußerte sein Vater den Wunsch, er möge zur Bombay-Kavallerie gehen, aber Aidan hatte sich bereits für eine Laufbahn als Kundschafter entschieden, in den Augen eines jeden Englän-

ders ein schlichter Spion – kaum das, was sein Vater sich für ihn vorgestellt hatte.
Aidan ließ seine Familie und Freunde in dem Glauben, sich aus dem Armeedienst zurückgezogen zu haben und sein Offizierspatent lediglich des Ansehens wegen zu behalten. Wann immer er mit Brian durch die Berge zog, sich unter die Bergvölker mischte, wochenlang keine Sprache sprach außer den Dialekten der Gegend, in der er sich aufhielt, wusste er, dass er die beste Entscheidung seines Lebens getroffen hatte.
Dennoch wollte Vorsorge für die Zukunft getroffen werden. In den letzten Monaten ertappte Aidan sich dabei, dass er sich vorstellte, wie sein Leben verliefe, wenn er seine Tätigkeit nicht mehr ausübte, sei es aus Altersgründen oder weil er sich eine ernsthafte Verletzung zuzog, die ihn arbeitsuntauglich machen würde. Er hatte über die Jahre immer etwas Geld beiseitegelegt, und der Nilgiri-Distrikt hatte es ihm angetan, seit er ihn das erste Mal bereist hatte.
Aidan ließ den Blick wieder schweifen, sah eine junge Frau etwas abseits der anderen am Wegrand stehen und versonnen über den Park hinaus in die Ferne schauen. Er musterte ihr Profil und überlegte, wo er sie schon einmal gesehen hatte. Stirnrunzelnd ließ er seine Begegnungen der letzten Wochen vor halbgeschlossenen Augen ablaufen und erinnerte sich an seinen ersten Morgen in Ooty. Die Frau, die mit ihrem Ehemann und ihrem Sohn das Teekontor besucht hatte. Nun, auf die geringere Entfernung hin, bemerkte er, wie fein ihre Gesichtszüge gemeißelt waren, die gerade Nase, die weiche Linie ihres Mundes, die Wangenknochen, die ihrem Gesicht einen zartherben Zug verliehen.
Es war lange her, seit Aidan das letzte Mal mit einer englischen Frau geflirtet oder sich auch nur unterhalten hatte – abgesehen natürlich von Gillian, aber die zählte nicht. Weil ihm die in Gruppen vorbeischwebenden Frauen unerreichbar schienen,

beschloss er, sein Können in gesellschaftlicher Konversation an dieser einen auszuprobieren, die immer noch in die Berge blickte, so als habe sie sie nie zuvor gesehen. Vielleicht eine Besucherin aus Madras, die ihre erste Saison in Ooty verbrachte.

Noch während er auf sie zuging, überlegte Aidan sich etwas Geistreiches, um sie anzusprechen. »Schöne Aussicht«, hörte er sich sagen. Nun gut, er war aus der Übung.

Die Frau fuhr herum und riss die Augen auf, sichtlich erschrocken. Aidan war befremdet, er hatte im freundlichsten Plauderton gesprochen. Er sagte das Erste, das ihm einfiel: »Wir sind uns schon begegnet, Mrs. ...«

Sie zögerte, dann antwortete sie auf sein aufforderndes Nicken hin: »Alardyce. Ich fürchte, ich erinnere mich nicht an Sie.«

Ein grober Fauxpas, aber sie schien ihn nicht zu bemerken. »Es ist schon einige Zeit her. Sie waren in Begleitung Ihres Ehemannes und haben nur ein Mal in meine Richtung gesehen.«

In ihrem Gesicht zuckte es kurz. »Das muss in der Tat schon sehr lange her sein.«

Der Versuch, Konversation zu machen, gestaltete sich schwieriger als erwartet, und Aidan wünschte, er wäre auf der Bank sitzen geblieben. »Es war vor wenigen Wochen.«

Der Blick der jungen Frau war so verwundert, dass Aidan sich wie ein ausgemachter Idiot vorkam. »Hm, gegenüber der Herberge vor dem Teekontor der Ramsay-Tee-Gesellschaft?«, fragte er, um ihrer Erinnerung auf die Sprünge zu helfen.

Die Frau runzelte kurz die Stirn, dann blitzte Verständnis, gefolgt von einem Anflug echter Erheiterung, in ihren Augen auf. »Das war mein Bruder, Charles Ramsay. Ihm gehört das Teekontor«, fügte sie erklärend hinzu. »Ich bin nicht mehr verheiratet.«

Aidan nickte. Er verstand. Zwar trug sie keine Trauer mehr, was darauf schließen ließ, dass ihr Mann seit mehr als drei Jahren tot sein musste, aber sie tat ihm dennoch leid. Er wusste, was die Witwenschaft einer Frau für Beschränkungen auferlegte. Offen-

bar sah sie es ihm an, denn ihr Gesichtsausdruck versteinerte, und sie blickte zu Boden.
»Möchten Sie mich vielleicht ein paar Schritte durch den Park begleiten?«, schlug er vor.
Ihr Blick flog zu den plaudernden Menschen und wieder zu ihm zurück. »Ich bedaure, aber man könnte uns sehen.«
Das war grob beleidigend, und für einen Moment verschlug es Aidan die Sprache.
»Die Leute reden«, sagte sie. »Ich muss zurück, meine Schwägerin sucht mich sicher schon.« Sie nickte ihm zum Abschied kurz zu und eilte den Weg zum Clubgebäude hoch, keine zierlichen Trippelschritte, sondern Schritte in der Art, dass niemandem verborgen blieb, dass sie unter dem Rock nicht körperlos war. Aidan beobachtete ihre Tournüre, und obwohl ihn die Abfuhr ärgerte, musste er grinsen.

*

Charles bellte Befehle, als er seine Lagerhalle betrat, in der während seiner Abwesenheit offenbar der Müßiggang Einzug hielt. Er war für eine Woche in Coonoor gewesen, um sich mit Teehändlern aus der Gegend auszutauschen. Nun stand er inmitten der Halle und blickte jeden Arbeiter, der in seiner Arbeit des Teepackens innehielt, strafend an. Er bezahlte die Leute, da konnte er mit gutem Recht erwarten, dass sie taten, was man ihnen auftrug. Das Gefühl, bestohlen zu werden, stieg in ihm auf. Er würde sich noch einmal mit seinem Verwalter unterhalten müssen. Zwar sagte dieser immer wieder, dass alles bestens laufe, aber Charles blieb argwöhnisch. Vielleicht sollte er sich selbst seine Bücher vornehmen und den Verwalter bei Gelegenheit auch gleich austauschen.
Auf dem kurzen Weg vom Lager zum Kontor rechnete er die Gewinne aus, die durch den Erwerb weiteren Landes zu ver-

zeichnen wären. Er grüßte gedankenverloren zwei Bekannte und betrat das Kontor. Ein Angestellter stand vor der holzvertäfelten Wand, ein schweres Buch in den Händen, in dem Charles sofort eines seiner Bilanzbücher erkannte, ebenso wie ihm der Blick des Mannes nicht entging, in dem er einen Anflug von Unbehagen zu erkennen glaubte. Wahrscheinlich tat er besser daran, sein gesamtes Personal zu ersetzen. Einer der Teehändler aus Kotagiri hatte ihm noch vor wenigen Tagen erzählt, wie die Bilanzbücher von seinen Mitarbeitern gefälscht worden waren. Charles misstraute seinem Personal ohnehin seit jeher, aber nun war er sich sicher, dass dergleichen auch unter seinem eigenen Dach geschah. Man musste die Leute lediglich überraschen, indem man zwei Tage eher zurückkehrte als erwartet.

»Sir.« Der Verwalter, Mr. Johansson, sprang auf, als Charles das Büro betrat.

»Die letzten Monatsberichte«, befahl dieser.

»Wir haben Sie noch nicht erwartet«, sagte Mr. Johansson, während er einige Ordner hervorzog, ohne zu zögern oder lange zu suchen.

»Meine Geschäfte waren schnell erledigt.« Charles ließ sich auf einem Stuhl nieder und schlug die erste Mappe auf.

»Ich glaubte, es sei wegen …« Mr. Johansson schien sich eines Besseren zu besinnen und verstummte.

»Wegen? Ich höre«, hakte Charles nach, ohne aufzublicken. Offenbar bestätigte sich sein Verdacht. Er wartete auf die stammelnden Erklärungen, die er sich anzuhören und abzuweisen gedachte.

»Nun, Sir, ich will keine Gerüchte bestätigen.«

»Mr. Johansson, ich denke doch, ich bin im Bilde. Mich interessiert, was Sie dazu zu sagen haben?«

»Meine Meinung dazu?« Der Verwalter war sichtlich verwirrt. Charles ließ die Mappe sinken und sah den Mann an. »Ganz recht.«

»Ich habe es nicht gesehen, meine Frau erzählte es mir.«
»Ihre Frau?«
»Das mit Ihrer Schwester, Sir. Ich meine, die Leute erzählen viel, und gerade die Frauen …«
»Was ist mit meiner Schwester?«, fiel Charles ihm ins Wort.
»Im Ooty-Club, einen Tag nach Ihrer Abreise, Sir, wurde sie in Gesellschaft eines Mannes gesehen, eines Fremden, Sir.«
»Und?« Charles hoffte, dass seine Anspannung sich nicht in seiner Stimme widerspiegelte. »Was ist dabei? Es ist ein gesellschaftlicher Treffpunkt.«
»Ganz recht, Sir«, bestätigte Mr. Johansson hastig. »Ich habe es ohnehin nicht geglaubt, dass sie mit ihm allein war.«
Charles senkte kurz die Lider, sammelte sich und blickte wieder hoch. »Allein?«
»Nun ja, nicht wirklich allein, denke ich. Sonst hätte sie ja niemand sehen können, Sir. Nun ja, was die Frauen halt so reden.«
Die folgende Stille rann wie Eiswasser. Charles legte die Mappe auf den Tisch und stand auf. Langsame, konzentrierte Bewegungen, die eine Sicherheit vermitteln sollten, die er nicht besaß. Zum Teufel mit seiner Schwester. Sollte das der Dank für seine Mühen der letzten Jahre sein?

»Charles, du bist zurück?«, rief Cynthia, unüberhörbar erleichtert. »Ich muss mit dir …«
»Jetzt nicht.« Charles warf dem herbeieilenden Dienstboten seinen Hut zu und stürmte die Treppe hoch zum Zimmer seiner Schwester. Ohne anzuklopfen, stieß er die Tür auf, so dass sie gegen die Wand knallte. Katrina saß am Fenster und fuhr erschrocken herum. Als Charles die Tür ins Schloss warf, zuckte sie kurz zusammen. Sie war sehr blass, mit dunklen Ringen unter den Augen.
»Ehe du etwas sagst, Charles …«
»Halt den Mund! Was hast du dir dabei gedacht, dich so zu

kompromittieren? Reicht der Ärger nicht, den wir deinetwegen hatten? Hast du auch nur eine Sekunde darüber nachgedacht, dass ich zwei Töchter habe, die es irgendwann einmal zu verheiraten gilt?«

»Ich habe nichts falsch gemacht, und ich sehe überhaupt nicht ein, das immer und immer zu wiederholen.« Obwohl ihre Stimme erschöpft klang, wirkte Katrina kämpferisch mit dem vorgestreckten Kinn und den geballten Fäusten. »Mich hat ein wildfremder Mann angesprochen, der außerdem dachte, dass du mein Ehemann seiest, und den ich nach wenigen Worten stehen lassen habe. Aber jeder erzählt etwas anderes, und mit jedem Tag dichtet jemand etwas hinzu, weil sie so aufgeregt sind und sich freuen, dass endlich mal wieder etwas passiert. Der Sommer ist dieses Jahr einfach zu langweilig!«

»Es geht nicht darum, was du getan hast und was nicht, sondern wie es vor den Leuten aussieht.«

»Ich kann die Leute nicht am Reden hindern, das weißt du.«

»Es ist ausgeschlossen, dass du weiterhin in meinem Haus lebst, wenn du nicht so weit auf dich achtgeben kannst, dass du nicht erneut ins Gerede kommst, und noch dazu wegen eines anderen Mannes.«

Katrinas Blick flackerte, wurde unsicher. »Willst du mich hinauswerfen?«

»Nein, zum Teufel, aber ich weiß nicht, was ich machen soll!«

Es gab zwei Dinge, die Katrina Aufschluss darüber gaben, wie es in ihrem Bruder aussah: Er fluchte, und er gestand eine Niederlage ein. Einen flüchtigen Moment lang tat er ihr leid, und sie hätte ihn gerne an sich gezogen und über sein Haar gestrichen. Ihr drängte sich sogar der absurde Gedanke an eine Entschuldigung auf, dabei hatte sie sich nichts zuschulden kommen lassen. Sie presste die Lippen zusammen, so als fürchte sie, die Bitte um Verzeihung könnte ihr gegen ihren Willen entschlüpfen. Mehrere zitternde Atemzüge lang verharrte sie.

»Erzähl jedem, dass es sich nicht so zugetragen hat«, sagte sie leise, als sie ihrer Stimme wieder traute.
»Wie sollte ich das tun? Ich war doch nicht einmal in der Stadt.«
»Aber ich habe es dir erzählt.«
»Oh, großartig. Und du denkst ernsthaft, irgendwer glaubt mir, wenn nicht einmal ich dir glaube?«
Um Katrinas Mund zuckte es kurz, dann wandte sie sich brüsk ab.
»Wer war der Mann?«, wollte Charles wissen.
»Ich habe keine Ahnung, er hat sich mir nicht vorgestellt.«
»Ein echter Gentleman, wie ich sehe.« Beißender Spott troff aus Charles' Stimme und überlagerte die Wut. »Aber deinen Namen kennt er nun, will ich annehmen?«
Katrina nickte nur und hörte ihn seufzen. Offenbar wurden seine schlimmsten Erwartungen bestätigt.
»Wenigstens an meine Töchter hättest du denken können«, wiederholte Charles.
Langsam drehte Katrina sich zu ihm. »Sollte ich jemals wieder auf die Idee kommen, am Wegrand stehen zu bleiben und zu den Bergen zu sehen, werde ich vorher an deine Töchter denken.«
Sie wandte sich ab und schaute erneut zum Fenster hinaus, lauschte dem hastigen Einatmen hinter sich, den abgehackten Schritten, der Tür, die aufgerissen und ins Schloss geworfen wurde.

*

Aidan grub die Hand in die dichte Mähne des Rotfuchses und drückte seinen Kopf an dessen Hals. Das Pferd, ein langbeiniger Vollblüter, war sein ganzer Stolz. Er hatte es vor vier Jahren erworben, zugeritten und seither keinen besseren und verlässlicheren Gefährten gehabt.

»Du wohnst komfortabler als ich, mein Freund«, sagte er und klopfte dem Pferd den Hals. Der Hengst schnaubte, suchte mit seidenweichen Nüstern Aidans Kleidung nach Leckereien ab. Papier raschelte, als er an die Brusttasche des Gehrocks stieß. Der Brief von Aidans Vater.

Obwohl er nicht ernsthaft damit gerechnet hatte, Geld zu erhalten, war Aidan auf die vernichtende Abfuhr, die sein Vater ihm erteilt hatte, nicht vorbereitet gewesen. Was verlangte er schon mehr als sein Geburtsrecht? War es vielleicht gerecht, dass sein älterer Bruder in Luxus lebte, ohne dafür zu arbeiten? Aidan erhielt monatlich kaum mehr als seine jüngste Schwester, und die würde irgendwann einen reichen Mann heiraten, ebenso wie es seine beiden anderen Schwestern getan hatten. Jüngere Söhne wurden Geistliche oder gingen zum Militär.

Natürlich lebte Aidan von seinem Sold nicht schlecht, aber er wollte etwas Eigenes haben, etwas, wo er sich willkommen fühlte, wenn er von einer Mission zurückkam. Jeder, den er kannte, hatte ein richtiges Zuhause. Selbst Sharif, der ihn und Brian von Zeit zu Zeit begleitete, besaß die kleine Landscholle, auf der sein Zelt stand.

Aidan klopfte dem Hengst ein weiteres Mal den Hals und zauste die Mähne. »Auf bald, Granat.« Ehe er den Stall verließ, gab er dem wachhabenden Jungen, der auf einem Strohballen in der Nähe der Tür saß und sichtlich müde war, eine Münze, die dieser beiläufig einsteckte.

Die in der Dunkelheit beleuchteten Straßen hatten etwas Anheimelndes, und wäre Aidan nicht so verärgert wegen des Tonfalls in dem Brief seines Vaters gewesen, hätte er mehr als einen Blick für seine Umgebung übrig gehabt. So jedoch steuerte er, die Augen auf die Straße gerichtet, den einzigen Ort an, an dem er die Nacht zu verbringen gedachte. Er griff in die Tasche seines eleganten Gehrocks und ließ ein paar Münzen klimpern.

Die Tür öffnete sich, kaum dass Aidan den Türklopfer losgelassen hatte. Schwere, rauchgeschwängerte Luft schlug ihm entgegen und verlor sich in der lauen Nacht. Der Mann, der die Tür geöffnet hatte, ein untersetzter Inder, trat zurück und bedeutete ihm, einzutreten.

Wenige Lidschläge später hatten sich Aidans Augen an das Dämmerlicht gewöhnt, fanden ihren Weg durch den Qualm, der über sitzende und liegende Gestalten hinwegwaberte. Er ging zwei Stufen hinunter, die in den Raum führten, und begab sich zu einem freien Platz an der Wand. Der süßliche Geruch von Opium lag in der Luft, überlagerte den von Absinth.

Ein Inder mit einem fleckigen Tuch um die Haare fragte Aidan nach seinen Wünschen und kehrte wenig später mit einer Opiumpfeife zurück. Aidan lehnte sich zurück, nahm den ersten Zug und schloss die Augen halb. Der Rauch quoll aus seinem Mund, brannte in seinen Augen und hinterließ einen süßen, schweren Geschmack, dem er mit dem nächsten Zug entgegenwirkte.

Wenige Minuten später ließ sich ein älterer Mann auf der Liege neben ihm nieder und sprach mit dem Dienstboten. Aidan kannte die Prozedur des Opiumrauchens seit Jahren, er hatte damit in Kalkutta begonnen. Er stellte sich die braunen Kügelchen vor, die sich beim Erhitzen goldfarben verfärbten und die sich zu Fäden ziehen ließen, wenn man sie in eine Pfeife gab. Die Prozedur hatte etwas Beruhigendes, ähnlich den Bildern, die man sich vorstellte, wenn man einschlafen wollte. Nach einer Weile überkam Aidan eine angenehme Mattigkeit.

»… hier!«, rief der Mann neben ihm und stieß ihn leicht an. Aidan schlug die Augen auf, blinzelte mit schweren Lidern.

»Neu hier?«, wiederholte der Mann. »Sind nicht aus Ooty? Hab Sie hier noch nie gesehen.«

Das Letzte, wonach Aidan der Sinn stand, war ein geschwätziger alter Mann. Er brummte eine Antwort, die man mit viel gutem Willen als »Ja« verstehen konnte, und schloss die Augen

wieder. Offenbar war der Mann jedoch nicht gewillt, von ihm abzulassen.
»Hab's gleich gemerkt. Ich kenne hier nämlich so ziemlich jeden Gentleman. Kommen Sie aus Madras?«
»Kalkutta«, murmelte Aidan.
»Ich war früher Offizier und in Kalkutta stationiert«, antwortete der Mann.
Aidan hielt in der Bewegung, die Pfeife zum Mund zu führen, inne und wurde wachsam.
»Hab im ersten Afghanistan-Krieg mitgekämpft. Daher auch die Verletzung.« Er klopfte auf sein Bein.
Aidan entspannte sich wieder und sog an dem Mundstück seiner Pfeife. Ein geschwätziger Alter, der ihm vermutlich die nächsten Stunden vom Krieg erzählen wollte. Erfahrungsgemäß wollten diese Menschen keine Antworten, sondern einfach nur reden.
»Seither bin ich morphiumabhängig«, fuhr der alte Mann fort. »Waren höllische Schmerzen. Jetzt ist das Bein verheilt, aber das Morphium nehm ich immer noch. Ich könnt Ihnen eine Menge über das Militär erzählen und über Ooty und die Gesellschaft hier. Muss man kennen, wenn man sich zurechtfinden will.« Offenbar hielt der Mann das Schweigen seines Nachbarn für eine Aufforderung, fortzufahren, und so erzählte er weiter. Aidan versank in einen Halbschlummer, den nur vereinzelt Worte durchdrangen.
Der Name Ramsay ließ ihn aufhorchen, vielleicht, weil es bisher der einzig ihm bekannte Name war. Er hob die bleiernen Lider, so weit es ihm möglich war.
»Hat … Schwester«, erzählte der Mann. »In Schwierigkeiten. War … Fremder auf …ub.« Der Mann neigte sich vertraulich zu ihm, und nun hörte Aidan auch die Worte etwas deutlicher. »Macht ihm nichts als Ärger. Mit der … Hals, sage ich Ihnen. Würde alles zahlen, um … aus … zu bekommen.«

Zwar bemühte Aidan sich, aber die Worte fanden keinen Halt, sondern verloren sich im Nebel. Er seufzte und schloss die Augen wieder. Sein Kopf schmerzte. Ohne weiter auf den alten Mann zu achten, ließ er sich in einen angenehmen Dämmerschlaf treiben.

Der Basar erwachte, als Aidan das Opiumhaus verließ. In seinem Kopf hämmerte es, und der Boden schien leicht zu schwanken. Er bewegte sich zunächst vorsichtig, um Erschütterungen zu vermeiden, für die sein malträtierter Kopf ihn umgehend bestrafen würde. Nun gut, verdient hatte er es. Es dauerte einige Schritte und Atemzüge an der frischen Luft, ehe ihm die Straße wieder fest erschien. Aidan sah zum See von Ooty und wünschte, er könnte mit dem Kopf voran hineinspringen.

Einheimische Händler bauten ihre Stände auf, breiteten seidene und baumwollene Ballen aus, öffneten Gewürzsäcke, deren Duft sich mit der klaren Bergluft vermischte, überfluteten die Straße mit Stimmen und Farben. Aidan zog seine Kleidung zurecht, fuhr sich mit den Fingern durch das Haar und machte sich auf den Heimweg. Seit kurzem hatte er im nördlichen Teil der Stadt drei Zimmer in einem Bungalow angemietet.

Der Sohn der Hauswirtin öffnete die Tür, und Aidan war heilfroh, dass er nicht der Frau selbst gegenübertreten musste. Der junge Mann zwinkerte Aidan zu, wobei es ihm nur schwer gelang, ein Auge zu schließen, ohne das andere nicht ebenfalls halb zuzukneifen. »Besuch«, sagte er nur.

Aidan starrte ihn verständnislos an. Der Mann zwinkerte erneut mehrmals, so dass Aidan sich unvermittelt fragte, ob er nicht ganz richtig im Kopf war.

»Besuch«, sagte der junge Mann erneut. »Eine Frau.« Er grinste und deutete mit dem Daumen auf eine verschlossene Zimmertür.

»Sie lassen eine fremde Frau in meinen Räumen warten?« Ärger verdrängte die anfängliche Verblüffung in seiner Stimme.

»Sie sagte, Sie würden sich kennen.«

»Ich hoffe in Ihrem Interesse, nicht ausgeraubt worden zu sein«, rief Aidan über die Schulter, als er durch die Eingangshalle ging. Mit einem Ruck stieß er die Tür auf, und Gillian, die in einem Sessel geschlafen hatte, fuhr hoch.

»Aidan!«

»Was willst du hier?«, fragte Aidan unfreundlich.

»Wo warst du?«

Aidan musterte sie kalt. »Meine Liebe, ich denke, das geht dich nichts an.«

»Du rauchst immer noch Opium? Deine Augen sind ganz rot.« Gillians Stimme war schläfrig, und ihr Kleid war verrutscht, was Aidans Sinne nur zu deutlich wahrnahmen.

»Was willst du?«, wiederholte er. In seiner Stimme war die leise Warnung zu hören, seine Ruhe nicht mit Nachsicht zu verwechseln.

Gillian stand auf, zupfte an ihrem Kleid und strich gelöste Haarsträhnen zurück. »Ich brauche Geld.«

»Reichte es nicht für die Reise zurück nach Kalkutta?«

»Du weißt, warum ich nicht zurückkann.«

Aidan löste sein Halstuch und zog seinen Gehrock aus. »Wenn du Geld brauchst, dann such dir eine Arbeit. Ich habe nicht vor, die Rolle eines Bruders oder Beschützers zu spielen.« Sein Blick glitt flüchtig über ihren Körper. »Ebenso wenig die eines zahlenden Liebhabers.«

Röte schoss Gillian in die Wangen. »Ich bin keine Hure!«

»Dann benimm dich auch nicht wie eine. In gewissen Kreisen gilt es beispielsweise für eine Frau als äußerst unschicklich, auf einen Mann während der Nacht in seinen Räumen zu warten.«

Gillian blinzelte und sah zu Boden. »Wenn du mir nichts gibst, muss ich betteln gehen.«

»Tust du das nicht in diesem Moment bereits?«

»Ach, geh zum Teufel, Aidan!«, schrie sie.

Aidan löste seinen Geldbeutel, zählte einige Münzen in die Hand und warf ihr den Beutel zu. »Das erste und letzte Mal, Gilly.«
Einen kaum hörbaren Dank auf den Lippen, steckte Gillian den Beutel ein und ging zur Tür. Ohne sie zu öffnen, blieb sie davor stehen und starrte auf das Holz. »Weißt du, wo Brian ist?«
»Ich bedaure.«
Gillian nickte, drückte die Klinke der Tür hinunter und verließ den Raum ohne ein weiteres Wort.

*

Der Weg der 1849 begonnenen *Nilgiri Mountain Railway*, der Bergeisenbahn, deren Bau den Plänen des Schweizers Niklaus Riggenbach folgte, würde sein Ende in Ootacamund nehmen. Zwei britische Ingenieure unterhielten sich im Ooty-Club über die Option, der *Madras Railway Company* beizutreten, die das Projekt derzeit verwaltete. Geplant war eine Route, die Mettupalayam mit Ooty verband und die ihren Weg durch das Gebirge nahm, durch Tunnel, über abgründige Gebirgszüge, Brücken und durch Täler. Neue Perspektiven der Reise eröffneten sich, und die achtundzwanzig Meilen würden künftig wesentlich leichter zurückzulegen sein als bisher.
Aidan schlenderte durch die Räume des Clubs, lauschte einigen Gesprächen, ohne sich daran zu beteiligen, und blieb an einem großen Tisch stehen, an dem die jungen Offiziere, Frischlinge in der Armee, spöttisch Snooker genannt, ihrem neuen Zeitvertreib nachgingen, einem Spiel, das sie aus Langeweile erfunden hatten und *Black Pool* nannten. Angenehmer Zeitvertreib, dachte Aidan, während er die Offiziere amüsiert beobachtete, aber sicher keiner, der mehr als eine Saison bestehen würde. Wer hätte schon dauerhaft Spaß daran, mit einer schwarzen Kugel fünfzehn rote Kugeln durch die Gegend zu stoßen?

Aidan ging in einen der Clubräume, die Männern vorbehalten waren, ließ sich eine Zigarre geben und setzte sich in einen der Sessel mit Blick auf den Park. Der Club war 1841 von einem Captain Douglas gegründet worden, der zusammen mit sieben weiteren Offizieren der Madras- und Bombay-Armee das erste Komitee bildete. Kurz nach seiner Entstehung konnten bereits dreihundertsechzig Mitglieder verzeichnet werden. Die Aufnahmegebühr betrug zweiundvierzig Rupien, und es gab für männliche Mitglieder die Möglichkeit, sich für hundertdreißig Rupien monatlich in eines der elf Zimmer einzumieten. Aidan hatte keinerlei Schwierigkeiten, die Mitgliedschaft zu erwirken. Er war Offizier der Bengalen-Kavallerie, hatte sich keine Verfehlungen zuschulden kommen lassen und entstammte einer angesehenen Familie.

Neben ihm unterhielt sich eine Gruppe junger Stutzer über die Vorteile einer England-Reise. Warum sie so heftig diskutierten, konnte Aidan sich nicht erklären, schließlich sagten sie alle das Gleiche, nur mit anderen Worten. Als sie sich endlich einig waren, schwenkte das Gespräch um zu den Vorkommnissen in Ooty, und wieder fiel der Name Ramsay, der Aidan auf irritierende Weise zu begleiten schien.

Es drehte sich um einen Skandal, der für jemanden, der nicht eingeweiht war, aber nur schwer zu durchschauen war. Offenbar war eine Frau im Spiel. Aidan war so sehr daran gewöhnt, Informationen zunächst willkürlich in sich aufzusaugen, später analytisch auseinanderzunehmen und wieder in einer für ihn verständlichen Ordnung zusammenzusetzen, dass er jede Einzelheit des Gesprächs mitbekam, ohne den Eindruck zu erwecken, er lausche.

»Dummes Geschwätz«, murrte ein alter Mann neben ihm, der an einer erkalteten Pfeife sog. Ob sein Kommentar sich auf das Gerede der jungen Männer oder die Zeitung, die er eben zusammenlegte, bezog, war nicht auszumachen.

Aidans Neugierde hingegen war erwacht, und er drehte sich zu dem Mann um. »Ich habe auch schon von den Schwierigkeiten gehört, in denen Mr. Ramsay steckt«, sagte er im Plauderton. Der Neuankömmling, der wissen möchte, was in der Gesellschaft so vor sich geht.

Der alte Mann musterte ihn, aber ob das Ergebnis zu seinen Gunsten oder Ungunsten ausfiel, war nicht zu erkennen. »Dummes Geschwätz«, wiederholte der Mann und verfiel in Schweigen.

Ehe Aidan darauf antworten konnte, verstummten die Gespräche um ihn herum, und die Leute sahen zur Tür. Ein hochgewachsener schlanker Mann, Aidan schätzte ihn auf Anfang dreißig, betrat den Salon, blieb kurz stehen, sah sich mit einem Lächeln um und kam zu der Sitzgruppe, wo Aidan und der mürrische alte Mann saßen. Das Unbehagen der Umstehenden war förmlich mit den Händen zu greifen, was den Mann nicht zu stören schien. Mit aufreizender Nonchalance ließ er sich in einem der Clubsessel nieder und griff nach der Holzschachtel mit den Zigarren. Er sah Aidan an, und erneut glitt ein Lächeln über die ebenmäßigen Züge. »Ah, neu in der Stadt? Mit wem habe ich das Vergnügen?«

Mit einem schnellen Blick schätzte Aidan sein Gegenüber ein, erkannte die leicht gezwungene Unbekümmertheit. »Aidan Landor«, stellte er sich vor.

»Herzlich willkommen in Ooty«, entgegnete der Mann. »Mein Name ist Stephen Alardyce.« Er sah sich um. »Aber ich bitte Sie, meine Herren, tun Sie sich keinen Zwang an. Selbst zu mir ist der Klatsch gedrungen, und ich bedaure zutiefst die prekäre Lage, in die sich das arme Kind erneut gebracht hat.«

Das Gemurmel setzte wieder ein, zögernd erst, dann in der vorherigen Lautstärke. Stephen Alardyce zündete eine Zigarre an und lehnte sich zurück. Sein Blick wanderte ziellos durch den Raum, schweifte über die Gruppe junger Männer, die ihr Ge-

spräch wieder aufgenommen hatten – wenn auch der Gegenstand ihrer Diskussionen nun ein anderer war.
Aidan fragte sich, in welchem Verhältnis der Mann zu Charles Ramsays Schwester stand, denn dass beide zufällig denselben Namen trugen, erschien ihm unwahrscheinlich. Er konnte nicht in Abrede stellen, dass ihn das Thema Ramsay mittlerweile neugierig gemacht hatte. Nicht nur, dass Charles Ramsays Schwester sich keineswegs so benommen hatte, wie man es von einer Dame ihres Standes erwarten konnte, er traf auch immer wieder auf den Namen.
Er räusperte sich, um Stephen Alardyce auf sich aufmerksam zu machen, und schenkte ihm ein gewinnendes Lächeln. Als Neuling in der Stadt würde man ihm Neugierde zugestehen, und gesellschaftliche Skandale waren schließlich dazu da, weitererzählt zu werden. »Ich bin schon des Öfteren durch den Distrikt gereist, aber Ooty besuche ich das erste Mal.«
»Ich bin mir sicher, Sie werden die Stadt mögen. Meine Frau und ich leben in Coonoor, aber ich komme immer wieder gerne hierher. Sie sind aus Madras?«
»Nein, Kalkutta.«
Stephen Alardyce hob kaum merklich die Augenbrauen. »Da haben Sie aber einen weiten Weg auf sich genommen, um den Sommer in den Bergen zu verbringen. Ich dachte, von Kalkutta aus reise man bevorzugt nach Simla. Oder haben Sie Frau und Kinder hingeschickt und genießen ein Stück Freiheit?« Sein breites Grinsen ließ keinen Zweifel daran, wie diese Freiheit sich gestalten würde.
Aidan gab keine Antwort, aber sein Lächeln vertiefte sich, was von Stephen Alardyce mit einem Zwinkern quittiert wurde. Offenbar war er selbst aus ebendiesem Grund allein in Ooty. Man verstand sich.
»Ich glaube, ich habe ein Mitglied Ihrer Familie bereits kennengelernt«, lenkte Aidan das Gespräch in andere Bahnen.

Stephen war sichtlich überrascht. »Ein Mitglied meiner Familie?«
»Mr. Charles Ramsays Schwester. Wir sind uns vor einigen Tagen begegnet.« Aidan sah irritiert auf, als er von allen Seiten angestarrt wurde. Stephen lachte, und wäre nicht der Missklang gewesen, Aidan hätte ihm abgenommen, belustigt zu sein. Niemand stimmte in das Lachen ein, die Spannung und ein untergründiges Unbehagen waren förmlich mit den Händen zu greifen.
»Die Dame, mit der Sie das Vergnügen hatten, ist meine frühere Frau«, erklärte Stephen. »Wir sind seit mehr als zwei Jahren geschieden. Ah, es braucht Ihnen nicht peinlich zu sein, die Geschichte ist allgemein bekannt. Wo haben Sie sie denn getroffen? Meines Wissens lässt ihr Bruder sie kaum aus den Augen.«
»Wir sind uns eher zufällig begegnet. Es war hier im Club.«
Stephen neigte den Kopf leicht. »Ach, dann sind Sie der Mann, wegen dem sie, nun, sagen wir mal, erneut in Verruf geraten ist?«
Aidan stieg das Blut ins Gesicht. »Ganz sicher nicht«, entgegnete er scharf.
»Verzeihung, ich wollte Ihnen nicht zu nahe treten. Es war reine Neugierde. Man ertappte sie im Club-Park mit einem Mann, vor nur wenigen Tagen – einem Mann, der hier niemandem bekannt ist.«
»Wir haben einige Worte gewechselt«, räumte Aidan ein. »Ein Gespräch von wenigen Minuten.«
»Nun ja«, sagte einer der Männer, »mehr hat ja auch niemand gesehen, wenn ich ehrlich sein soll.«
»Meine Frau sagte, der Umgang sei ein sehr vertraulicher gewesen«, warf ein anderer Mann ein. »Charles Ramsay ist zu bedauern. Den Ärger möchte ich nicht am Hals haben.«
»Wie dem auch sei«, Stephen hob die Hände wie ein Richter,

der zur Ruhe mahnt, »lassen wir die Sache auf sich beruhen, um unseren jungen Freund hier nicht gleich nach seiner Ankunft in Verlegenheit zu bringen.«
Wer hat denn damit angefangen, dachte Aidan aggressiv. Er stand von seinem Platz auf. »Sie entschuldigen mich.« Das Nicken der Umstehenden und das eine oder andere verstohlene Grinsen zeigten, dass er durch seinen abrupten Weggang den Schluss nahelegte, an der Unterstellung könne etwas dran sein.

Ashley Allenger-Brown trat aus dem Dawson's Hotel und hob die Hand über die Augen, um zwei kleinen Affen zuzusehen, die über die Häuserdächer kletterten. Sie wusste, dass im Hinduismus der Affe heilig war und sich ungehindert in den Städten bewegen durfte. Insbesondere in Tempelanlagen sah man sie oft. Ein Sprachgemisch aus Tamilisch und Englisch wogte durch die bevölkerte Straße, Farben verwoben sich, und obwohl man alles getan hatte, damit die Engländer sich selbst wiederfanden in dem Stadtbild und den Parks, war es nicht gelungen, den blauen Bergen die Stadt endgültig abzuringen.
Ashley senkte die Hand wieder und wandte sich vom Anblick, der sich ihr bot, ab, um einen Blick in das Gebäude zu werfen, aus dem sie gekommen war. Die Augen halb zugekniffen, spähte sie in das Halbdunkel der Halle, aus der sie keine Konturen zu lösen vermochte, weil ihre Augen sich an das gleißende Licht gewöhnt hatten.
Ein Mann in der Uniform eines Captains der britischen Armee trat aus dem Hotel heraus, lächelte sie an und ging zu ihr. Die zögernde Bewegung, mit der er ihren Arm berührte, zeugte einerseits von Vertrautheit, ließ aber andererseits erkennen, dass ihm diese noch neu und ungewohnt war.
»Fühlst du dich wohl?«, fragte er.
Ashley neigte leicht den Kopf. Er machte sich immer Sorgen

um sie, dabei war sie hier aufgewachsen und das Klima gewohnt. Vielmehr war er es, um den man sich sorgen musste, den die unbarmherzige Hitze Kalkuttas an den Rand eines Nervenzusammenbruchs getrieben hatte. Er war durch und durch Engländer, erst vor zwei Jahren vom Schiff gestiegen und umgehend in den glühenden Sog der indischen Sonne gezogen worden. Seine einstmals blasse Haut hatte einen bronzenen Ton angenommen, sein blondes Haar war ausgebleicht, und um die blauen Augen herum hatten sich Fältchen eingegraben, weil er sie zum Schutz vor der Sonne immer zusammenkniff. Als sich die Frage stellte, ob er in die Berge versetzt werden wollte, hatten weder er noch sie lange überlegt. Beide hatten fortgewollt aus Kalkutta, er auf der Flucht vor der Glut, von der er fürchtete, dass sie ihn den Verstand kosten würde, sie auf der Flucht vor ihren eigenen Dämonen.

# 3

## Ootacamund, Mai 1875

Katrina beobachtete Caleb, der an der Hand seiner *Ayah* im Garten spazieren ging, von der Veranda aus. Orchideen blühten an Bambusspalieren, eine Flut weißer feinblättriger Blumen sah aus wie Schaumkronen, die wild an die Westmauer des Gartens wogten, und Efeu wand sich um die Säulen der Veranda. Ein englischer Garten inmitten der Berge Indiens.
Ooty war die perfekte Kopie einer englischen Stadt mit ihren Steinhäusern und dem künstlich angelegten See. *Udhagamandalam* nannten die Einheimischen die Stadt, ehemaliges Stammesgebiet der Todas, eines Bergstamms von Hirten, die früher im Umkreis von Ooty ihre Heimat hatten und mittlerweile von den Teepflanzern weitgehend vertrieben worden waren. Katrinas Amme war eine missionierte *Toda* gewesen, und gelegentlich hatte sie sie mitgenommen, wenn sie ihre Familie besuchte. Nun lebte die Frau wieder in den Bergen, und Katrina hatte sie seit ihrer Scheidung nicht mehr gesehen.
Das Gerede um sie und den Fremden war im Laufe der Wochen verstummt, verdrängt durch neue Skandale. Katrina schürzte die Lippen. Die ganze Geschichte war so lächerlich. Aber trotz allem zog sie daraus eine wichtige Lektion: Ob sie daheim saß oder sich unter die Leute mischte und sich wirklich etwas zuschulden kommen ließ, war vor den Augen der Gesellschaft letzten Endes gleichgültig. Warum also ständig schweigen, in diesem Gefängnis verharren?
Katrina sah zu Caleb. Was hatte sie ihrem Sohn zu bieten? Sollte er für immer so leben, aufwachsen als vaterloses und – sie brauchte sich in der Hinsicht nichts vorzumachen, es war Charles' Wort, das zählte – mutterloses Kind? Charles würde so lange

für Caleb aufkommen, bis dieser ein eigenes Einkommen hätte. Für Caleb gab es kein Erbe, das er antreten konnte. Irgendwann würde er alt genug sein, um zu verstehen, was die Leute redeten. Was sollte er davon halten, dass er offiziell nicht einmal wissen konnte, wer sein Vater war? Natürlich wusste Katrina, dass es niemand außer Stephen sein konnte, aber würde ein durch Spott verletzter Sohn seiner Mutter Gehör und Glauben schenken?

Katrina trat an die Verandastufen, die zum Garten hinabführten, und blinzelte, weil der weiße Marmor, in der Sonne gleißend, sie blendete. Ihr Bruder und ihre Schwägerin waren bei Freunden, sie selbst hatte schon am Morgen einem Tag entgegengesehen, der sich wie ein See vor ihr ausbreitete, glatt, ohne jede Strömung oder Bewegung. Der Entschluss, auszureiten, ohne das Wissen ihres Bruders, war plötzlich gekommen, er hatte sie förmlich überrollt und sie mit wild klopfendem Herzen zurückgelassen. Zunächst hatte sie mit sich gerungen, sich vor Augen geführt, wie sehr Charles toben würde, wenn er davon erfuhr, aber dann hatte eine immer stärkere Erregung von ihr Besitz ergriffen, und nun stand sie in ihrem Reitkostüm auf der Veranda. Der Schnitt des Kostüms war bereits ein wenig aus der Mode, aber Katrina hatte ohnehin nicht vor, auf andere Reiter zu stoßen, und würde die allgemein genutzten Wege meiden.

Seit ihrer Trennung von Stephen war sie nicht mehr geritten. Sie ging zu den Ställen hinüber und ließ eines der Bergponys satteln. Ein eigenes Pferd besaß sie nicht mehr, und sie wollte Charles' Duldsamkeit nicht noch zusätzlich strapazieren, indem sie ohne seine Erlaubnis eines seiner geliebten Reitpferde nahm, eine robuste Zucht, die in den Bergen begehrt war. Der Stallbursche, ein schmächtiger Inder, dem sie auftrug, ein Pony zu satteln und aufzuzäumen, zögerte erst, ließ sich dann aber davon überzeugen, dass ihm keine Konsequenzen vom Sahib drohen würden.

Anfangs saß Katrina unsicher im Sattel, aber es dauerte nicht lange, bis sie sich entspannte und sich den Bewegungen den Ponys anpasste, das sie im Schritt durch die von Pinien gesäumte Allee gehen ließ, die streckenweise steil anstieg und sie in höhere Gebirgsregionen trug. Katrinas Herz schlug heftig, und wie eine Ertrinkende atmete sie tief durch, so als sei selbst die Luft außerhalb des Hauses ihres Bruders eine andere.

Nach einer halben Stunde fühlte Katrina sich sicher genug, um das Pony antraben zu lassen, und sie legte sogar eine kurze Strecke im Galopp zurück. Sie hatte den Pfad für sich allein, kein anderer Reiter war hier unterwegs. Sie mied die Wege um Häuser und Teegärten. Ein unbewohntes Gut lag auf ihrem Weg. Der Besitzer hatte Ooty vor wenigen Monaten verlassen, seitdem stand das Haus mitsamt den Teegärten zum Verkauf. Sie und Stephen hatten ein Gut weiter südlich bewohnt, das nun, unter dem neuen Besitzer, weit mehr Gewinn abwarf, als es das unter Stephen je getan hatte. Es lag weniger daran, dass Stephen keine Ahnung vom Teeanbau gehabt hätte, sondern vielmehr daran, dass er einfach mit mehr finanziellen Zuwendungen gerechnet und dementsprechend großzügig gewirtschaftet hatte. Katrina schüttelte den Kopf, um die unwillkommenen Gedanken zu vertreiben.

Zu spät bemerkte sie die beiden Männer, die vor dem leerstehenden Haus standen und sich unterhielten. Einer von ihnen trug die graue Uniform eines Offiziers der Madras-Kavallerie, der andere die elegante Kleidung eines Gentlemans. Den Offizier kannte sie, er war erst kürzlich mit seiner Frau bei ihnen zu Besuch gewesen. Vor wenigen Wochen war er nach Ooty versetzt worden.

Beide Männer drehten sich zu ihr, als sie näher kam – umzukehren und fortzureiten wäre ihr albern erschienen –, und jetzt erkannte sie auch den anderen Mann. Unangenehm berührt, erinnerte sie sich an seinen Versuch einen Monat zuvor, ein Gespräch mit ihr im Club zu beginnen. Hätte sie gewusst, was auf sie zukam, wäre sie nicht weggelaufen. Wenn es schon Gerede gab, dann hätte sie vorher wenigstens gerne das Vergnügen einer Unterhaltung gehabt.

»Mrs. Alardyce.« Der Offizier schien überrascht. Er lächelte. »Welche Freude, Sie zu sehen«, sagte er höflich.

»Die Freude ist ganz meinerseits, Captain Allenger-Brown.«

Der andere Mann sah sie aufmerksam an. Er hatte auffällige Augen, ein sehr intensives Grau, zu silbrig für ihren Geschmack. »Ich freue mich ebenfalls, Sie zu sehen«, schloss er sich Captain Allenger-Brown an. »Unsere letzte Begegnung endete ja sehr ... abrupt«, fügte er hinzu, während ein Lächeln seine Mundwinkel umschattete.

Katrina schürzte die Lippen, um ihre Unsicherheit zu überspielen. Sie war leichte Konversation nicht mehr gewohnt. »Ich glaube, wir wurden uns noch nicht offiziell vorgestellt«, sagte sie.

Der Mann lachte. »Ein grober Fauxpas, ich bitte um Verzeihung. Aidan Landor ist mein Name.«

Während Katrina leicht den Kopf neigte, überlegte sie, ob er von ihr und Stephen gehört hatte. Nachdem er unfreiwillig in Zusammenhang mit ihr ins Gerede gekommen war, konnte es ihm nicht entgangen sein. Den Spaß hätte sich die Gesellschaft nicht nehmen lassen. Captain Allenger-Brown und seine Frau wussten es zweifellos auch, aber sie waren freundlich zu ihr gewesen, deshalb nahm Katrina an, dass sie auf das Geschwätz nicht viel gaben.

»Ich hoffe, Sie werden mich nun entschuldigen«, sagte der junge Offizier, »aber auf mich wartet noch ein Termin und danach ein Essen in charmanter Begleitung.«

Aidan lachte. »Grüß Ashley von mir.«

»Mrs. Alardyce, meine Frau würde sich sicher freuen, Sie bei uns begrüßen zu dürfen«, wandte Captain Allenger-Brown sich an Katrina. Er klopfte Aidan auf die Schulter. »Auf bald. Lass mich wissen, wenn ich dir helfen kann.«

Vor dem Haus waren zwei Pferde angebunden, ein braunes englisches Vollblut und ein langbeiniger Rotfuchs. Der Offizier löste die Zügel des Braunen und schwang sich in den Sattel. Die Hand zu einem Abschiedsgruß erhoben, wendete er das Pferd und lenkte es auf einen sanft abfallenden Weg. Katrina sah ihm nach, bis er aus ihrem Blickfeld verschwunden war, verlegen nun, da sie allein mit dem Fremden war.
Dann drehte sie sich abrupt zu ihm. »Ich möchte Sie nicht aufhalten.«
Aidan runzelte die Stirn. »Sie haben eine sehr charmante Art, deutlich zu machen, dass meine Anwesenheit nicht erwünscht ist.«
»Verzeihung, so meinte ich es nicht«, sagte Katrina leise. »Ich dachte nur, weil Sie zusammen hier waren, wollten Sie auch zusammen wieder zurückreiten.«
»Hätte ich das gewollt, hätte ich es sicher getan.« Aidan beobachtete sie, wie sie die Unterlippe zwischen die Zähne sog. In dem Moment erinnerte sie ihn an seine kleine Schwester, wenn er sie ausschimpfte. Sein Blick wurde weicher. »Ich wollte mir das Haus noch einmal ansehen.« Wie zum Beweis zog er einen Schlüssel hervor.
»Haben Sie vor, es zu kaufen?«
»Ich würde gerne, aber derzeit sieht es nicht danach aus, als würde es klappen.« Er sah zum Haus hinüber. »Möchten Sie mich begleiten?«
Katrina zögerte.
»Sie grollen mir, weil ich Sie in Schwierigkeiten gebracht habe?«, vermutete Aidan.
»Oh … aber nein. Sie tragen ja keine Schuld daran, dass die Leute reden.«
»Was befürchten Sie dann?« Aidan taxierte sie. »Ah, ich glaube, ich verstehe. Machen Sie sich keine Sorgen, wir sind nicht gänzlich allein. Das Haus wird immer noch vom *Khansana* ver-

waltet.« Er streckte die Hand aus. »Ich würde mich sehr über Gesellschaft freuen.«

Katrina gab nach, ließ sich vom Pony helfen, schüttelte ihren Rock in Form und strich ihn glatt. Aidan bot höflich an, das Pony zu führen, und sie überließ es ihm zögernd. Sie fühlte sich so linkisch wie ein junges Mädchen vor dem Debüt und ärgerte sich darüber.

Banjanbäume säumten den Weg zum Haus, Geisterbäume, wie die Buddhisten sie nannten. Rote Orchideen rankten sich an ihnen empor, Wildrosen bedeckten ein Bambusgeflecht auf der vorderen Veranda. Das Haus war weiß, ebenso die Veranda mit den Marmorstufen, Türen und Fensterläden waren aus dunklem, beinahe schwarzem Holz. *Willow Lane* wurde das Haus genannt aufgrund der Weiden, die den Weg dahinter säumten.

Aidan schloss die Tür auf, und Katrina folgte ihm in die Eingangshalle, die ihr nach dem hellen Licht des Tages dunkel erschien. Sie blinzelte, Konturen schälten sich aus der Düsternis der Halle, wurden zu Sockeln, Treppen, Säulen. Die Halle war zartrosa und grau marmoriert. Zwei geschwungene Treppen führten hoch zu einer Galerie. Aidan trat zu einer an der Wand angebrachten Lampe, zog an der Kette, und leise zischend flammte das Gaslicht stärker auf. Ein hochgewachsener Inder mit dichtem schwarzem Vollbart betrat die Halle, erkannte Aidan und grüßte. Sie wechselten einige Worte, dann zog der Mann sich zurück.

Ein leeres Haus zu betreten, war für Katrina immer mit einem Gefühl von Spannung verbunden. Einige Häuser machten einen verlassenen, traurigen Eindruck, beinahe untröstlich und hoffnungslos. In solchen Häusern fühlte sie sich abgestoßen und wusste, dass sich das nicht ändern würde, selbst wenn sie es wohnlich einrichtete. Andere Häuser hingegen schienen von einer erwartungsvollen Erregung erfüllt zu sein, so auch dieses, das sie gerade betrat. Es waren Häuser, in denen sie sich willkommen fühlte. Stephen hatte damals darüber gelacht und sie durch die Halle des Hauses, das sie sich angesehen hatten, gewirbelt. Fünf Jahre war das nun her. Damals war sie zwanzig Jahre alt gewesen, zwei Monate später hatten sie geheiratet.

»Kannten Sie den Vorbesitzer?« Aidans Stimme riss sie aus ihren Gedanken.

»Ja, aber nicht sehr gut. Ich war zweimal mit meinem Vater hier, das ist aber schon beinahe acht Jahre her. Mr. March hat sehr zurückgezogen gelebt. Er war auch nicht verheiratet.«

Aidan strich mit einer Hand über das glatte Holzgeländer. »Ich möchte Tee anbauen«, sagte er.

»Mr. March hatte neben Teegärten auch Obstfelder. Es wäre ratsam, sie auch weiterhin für den Obstanbau zu nutzen.«

Aidan nickte nur und ging die Treppe hoch, Katrina folgte ihm. Die Galerie und die daran grenzenden Korridore waren mit dem gleichen Marmor ausgelegt wie die Eingangshalle. Der Raum, den Aidan betrat, war groß und musste, wenn die Fensterläden geöffnet waren, lichtdurchflutet sein. Das Fenster, zu dem Aidan und Katrina traten, war so breit, dass sie nebeneinander stehen konnten, ohne dass ihre Körper sich berührten. Aidan öffnete es und schob die Fensterläden auf. Der Ausblick auf die grünen Hügel war atemberaubend.

»Ich glaube, es gibt keine schönere Gegend in Indien«, sagte Katrina.

»Dasselbe habe ich vor kurzem auch gedacht.« Aidan runzelte die Stirn.

»Offenbar war das kein sonderlich erfreulicher Gedanke?«, mutmaßte Katrina mit Blick auf sein finsteres Gesicht.

»Höchstens insofern nicht, als dass ich zu gerne hier leben würde, aber derzeit noch nicht weiß, wie ich es anstellen soll.«

Katrina wollte nicht neugierig erscheinen und fragte nicht weiter. Sie sah zu den Teegärten hinüber. Im Gegensatz zu den gro-

ßen Plantagen Nordindiens waren die im Süden eher klein. »Haben Sie Erfahrung im Teeanbau?«, fragte sie und wagte sich auf ein Gebiet reiner Konversation.
»Nein, ich habe bisher lediglich Bücher darüber gelesen.«
Sie drehte sich erstaunt zu ihm. »Und dann wollen Sie Teepflanzer werden?«
Aidan zuckte die Schultern. »John Sullivan hatte auch keine Erfahrung im Teeanbau, soweit ich weiß«, sagte er in Anspielung auf den einen ehemaligen Sekretär der East India Company, der das gewaltige Potenzial des Gebietes erkannt und gemeinsam mit Geschäftsfreunden die Stadt Ootacamund gegründet hatte. Er hatte als Schreiber der East India Company begonnen, war dann zum Gouverneur über den Distrikt Coimbatore aufgestiegen und 1819 nach Ootacamund gekommen, wo er mit Tee ein Vermögen gemacht hatte.
Katrina konnte ein spöttisches Zucken ihrer Mundwinkel nicht verhindern.
»Amüsiert?«, frage Aidan.
Wieder spürte Katrina, wie ihre Wangen heiß wurden. Anstelle einer Antwort schüttelte sie nur leicht den Kopf.
»Mrs. Alardyce, es besteht nicht der geringste Grund zur Befangenheit mir gegenüber.«
Katrina streifte ihn mit einem Blick. »Entschuldigen Sie. Ich wollte nicht unhöflich sein.«
»Nein, ich muss mich entschuldigen«, sagte Aidan, »manche Dinge denkt man, aber man sagt sie nicht. Meine gesellschaftlichen Umgangsformen sind wohl etwas eingerostet.«
»Meine auch«, entgegnete Katrina leise. Sie umschlang den Oberkörper mit den Armen. Die Menschen waren ihr fremd geworden, Gespräche waren ihr fremd, und gleich würde sie zurückkehren in das Haus ihres Bruders. Ihre Augen brannten, und sie senkte die Lider.
Aidan räusperte sich, als das Schweigen unangenehm zu werden

drohte. Er wusste nicht, warum, aber Katrina kam ihm vor wie Glas, das nur notdürftig gekittet worden war. Es ging ihm seltsam nahe, vielleicht, weil sie so verloren war. Ihre Situation war hoffnungslos, und sie wusste es ohne Zweifel. Einer Frau verzieh die Gesellschaft nichts, gleichgültig, ob sie Schuld trug oder nicht.

»Ich möchte mir den Rest des Hauses noch einmal ansehen. Begleiten Sie mich?«, fragte er.

Katrina wandte sich zu ihm. »Ich denke, ich sollte mich auf den Heimweg machen. Mein Bruder wird bald zurück sein.« Sie verstummte.

»Ich verstehe«, antwortete Aidan nur. Er begleitete sie hinaus, band ihr Pony los und blieb daneben stehen, um ihr in den Sattel zu helfen.

»Ein schönes Pferd haben Sie«, sagte Katrina. Sie wollte die Hand ausstrecken, um dem Tier die Nüstern zu streicheln, zog sie dann aber wieder zurück, weil sie nicht wusste, ob es ihrem Begleiter recht war.

Aidan jedoch schien die Geste zu bemerken. Er nahm ihre Hand und legte sie auf den schimmernden Hals des Pferdes. Die Berührung war flüchtig, aber Katrina vermeinte die Wärme seiner Hand durch den Handschuh hindurch zu spüren.

»Besitzen Sie kein Pferd?«, fragte Aidan. Sein Blick streifte das Pony.

»Ich hatte früher eins.«

Um das Thema zu wechseln, das ihr unangenehm war, deutete Katrina mit der Hand zum Haus. »Sie sollten sich den Garten ansehen. Mr. March hatte wundervolle Orchideen aus allen Teilen des Landes.« Sie wollte aufsteigen, hielt aber inne. Der Gedanke an den Heimweg lag wie ein Stein auf ihrer Brust.

»Ich habe den Garten gesehen. Er ist in der Tat ausnehmend schön, wie auch das gesamte Land, das zu dem Haus gehört.«

Ein Anflug von Traurigkeit glitt über Aidans Gesicht, flüchtig und bereits vorbei, noch ehe Katrina ihn greifen konnte. Er gab sich einen Ruck und half ihr in den Sattel.
»Wenn Ihnen wieder einmal nach einem kurzen Ausflug ist«, nun spielte ein Lächeln um seine Lippen, »dann würde ich mich freuen, wenn Sie mir ein wenig von dem Land erzählten.«
Katrina zögerte, dann nickte sie. Nach einem kurzen Abschiedsgruß ritt sie im Trab den Weg hinunter zum Tor.
Aidan sah ihr nach und dachte an das Gerede, das er überall aufgeschnappt hatte. *Ihr Bruder würde jeden Betrag als Mitgift zahlen, um sie vom Hals zu haben.*

Nicolas Allenger-Brown lauschte Ashleys ruhigen Atemzügen. Sie hatte sich im Schlaf aus seinen Armen befreit und lag zusammengerollt unter der Decke, eine zierliche Gestalt mit herzförmigem Gesicht. Der Baldachin war einen winzigen Spalt weit offen, und das silbrige Licht der Nacht berührte ihr tiefschwarzes Haar.
Behutsam schob Nicolas die Decke zurück und stieg aus dem Bett. Er zog seinen Morgenmantel an und verließ das Zimmer, um in den geräumigen Salon zu gehen. Im Korridor lag Ashleys *Ayah* auf einer Matte, schlafend, immer in Rufweite ihrer Herrin. Auch das indische Personal war etwas, an das Nicolas sich nur schwer gewöhnen konnte. Manchmal wurde das Heimweh nach England so stark, dass sich ihm schmerzhaft die Brust zusammenzog. In Ooty hoffte er ein wenig von seiner Heimat wiederzufinden.
Nicolas stieß die Verandatüren auf, setzte sich in einen Sessel neben dem Rosenspalier und sah in den Garten hinaus. Sosehr er sich bemühte, er schaffte es nicht, die düstere und melancholische Stimmung zu vertreiben, die sich in ihm ausbreitete und ihm die Luft nahm. Seine Augen füllten sich mit Schatten, wieder überkam ihn die Angst, die einen Menschen erfüllt, der den

Wahnsinn in sich Gestalt annehmen sieht und ihm machtlos gegenübersteht.

»Dachte ich mir doch, dass ich dich nachts hier finde.«

Nicolas sprang von seinem Sessel auf und sah Aidan hinter dem Rosenspalier hervortreten. »Grundgütiger!«

»Entschuldige. Ich wollte dich nicht erschrecken«, antwortete Aidan und ließ sich auf einem Sessel in der Nähe der Verandatür nieder.

»Ist das Gartentor nicht verschlossen?«

»Mein Freund, was denkst du, wie lange ich überlebt hätte, wenn ich es nicht einmal schaffen würde, einen englischen Garten trotz verschlossenem Tor zu betreten?« Aidan spähte durch die Dunkelheit, musterte Nicolas, der sich wieder auf dem Sessel niedergelassen hatte und den Kopf zurücklehnte. »Ist es besser?«, fragte er leise.

Wieder drängten sich Bilder vergangener Tage auf. Es dauerte eine Weile, ehe eine Antwort kam. »Ich sage dir, Aidan, ich habe geglaubt, ich verliere den Verstand.«

Aidan dachte, dass sein Freund näher daran gewesen war, als ihm klar war. Er erinnerte sich aus ihrer gemeinsamen Zeit in Kalkutta an den oftmals unsteten Blick, die Augen, die jeden Winkel abtasteten, so als suchten sie verzweifelt einen Weg hinaus aus einer Glut, die jedes Denken lähmte und das Leben aus den Körpern derjenigen saugte, die ihr nichts entgegenzusetzen hatten.

»Ich bin etwas in Sorge um Ashley«, sagte Nicolas. »Sie ist in letzter Zeit so niedergeschlagen. Etwas bedrückt sie, ich nehme an, es ist die Trennung von ihrer Familie.«

Aidan hob die Schultern. »Das ist das Los einer Ehefrau.«

»Was hat dich hierher verschlagen«, wechselte Nicolas das Thema. »Immer noch die alte Sehnsucht?«

»Ja, Nilgiri lässt mir keine Ruhe, seitdem ich es das erste Mal gesehen habe.«

»Ich dachte, du wolltest nach Coonoor?«
»Thackery hat sich mit mir und Brian in Ooty getroffen, und ich muss sagen, ich bin glücklich darüber, ansonsten hätte ich die Stadt vielleicht nicht bereist. Es hat sich alles so perfekt gefügt, Nicolas, erst die Reise in die Stadt, dann das Gut, das zum Verkauf steht.«
»Lediglich am Geld mangelt es«, erwiderte Nicolas und setzte dem Gedankengang ein Ende. »Hast du an einen Bankkredit gedacht?«
Aidans Gesicht verdüsterte sich. »Ja, aber die Bank hat abgelehnt mangels Sicherheiten. Ich habe meinen Vater noch einmal angeschrieben, aber er hat jegliche Bürgschaft verweigert.« Wut und Bitterkeit schwangen in seiner Stimme mit.
»Warum wartest du nicht einfach noch ein paar Jahre, bis du genügend zusammengespart hast?«
»Wann sollte das sein?«
Nicolas wusste, was ein Offizier verdiente. Er bekleidete einen höheren Rang als Aidan, und selbst bei ihm hätte es nicht gereicht. Der Bungalow, den er mit Ashley bewohnte, war ein Hochzeitsgeschenk ihres Vaters gewesen.
»Was weißt du über die junge Frau, der wir heute Nachmittag begegnet sind?«, fragte Aidan unvermittelt.
Nicolas war verblüfft. »Nichts außer dem, was jeder so erzählt. Ihr Mann hat sich von ihr scheiden lassen, weil sie ihn betrogen hat.«
»Mit mehreren Männern, richtig?«
»So erzählt man.«
»Denkst du, da ist was dran?«
Nicolas zuckte die Schultern. »Ich weiß es nicht. Aber muss wohl, man kann sich nicht so einfach scheiden lassen. Bei Ehebruch braucht es Zeugen und eindeutige Beweise.«
»Mir hat jemand erzählt, es ginge um Geld. Offenbar hat ihr Mann größere Zuwendungen vonseiten ihrer Familie erwartet,

aber das Erbe mütterlicherseits ist ihr nur in Form einer Rente ausgezahlt worden, und weitere Unterstützung hat ihr Vater abgelehnt.«

»Vermutlich erzählen das die Freunde der Familie«, antwortete Nicolas skeptisch. »Warum interessiert dich das?«

»Ich dachte daran, sie näher kennenzulernen.«

»Als Gentleman?« Leises Lachen klang in Nicolas' Stimme mit.

»Durchaus. Ich habe gehört, ihr Bruder würde jede Summe zahlen, um sie zu verheiraten.«

Mit einem Ruck setzte Nicolas sich auf. »Heiraten?«, rief er ungläubig. »Das kann nicht dein Ernst sein, eine Frau mit einem solchen Leumund!«

»Ehen werden doch aus derartigen Gründen geschlossen, entweder wegen gesellschaftlicher Vorteile oder wegen Geldes. Ein Name gegen finanzielle Zuwendungen. Ich biete ihr meinen, mit der damit verbundenen Freiheit, die sie derzeit so schmerzhaft sucht.«

»Du musst von Sinnen sein. Wenn es dir darum geht, lass dir von deinem Vater eine vernünftige Ehe arrangieren mit irgendeiner Tochter aus reichem Haus.«

»Ich bin der jüngere Sohn, der im Ruf steht, ein Müßiggänger zu sein. Welcher Vater würde mir seine Tochter anvertrauen, um damit etwas zu finanzieren, das selbst mein Vater als Spielerei abtut?«

Nicolas war nicht überzeugt. »Du weißt, was du dir da unter Umständen ins Nest holst? Ihr Mann hat nicht einmal seinen Sohn mitgenommen, weil er die Vaterschaft anzweifelt.« Als sei ihm plötzlich noch ein Gedanke gekommen, fügte er hinzu: »Bist du sicher, dass du diesen Schritt nicht auch deswegen in Erwägung ziehst, um deinem Vater eins auszuwischen?«

»Vielleicht ist es von beidem ein wenig. Er wird toben, zweifellos.« Aidan zog ein flaches Zigarrenetui hervor, bot seinem

Freund eine Zigarre an, und eine Zeitlang schmauchten sie beide, ohne ein Wort zu sagen. »Ehrlich gesagt«, brach Aidan das Schweigen, »hätte ich diese bigotte Heuchelei von dir am wenigsten erwartet.«

»Du verstehst mich falsch, ich habe nichts gegen die Frau. Aber sie gehört nicht zu den Frauen, die man heiratet.« Im Stillen fügte Nicolas hinzu, dass auch Aidan nicht die Art von Mann war, der sich für eine Ehe eignen würde. Seit sie sich kennengelernt hatten, war für Nicolas klar, dass es für Aidan nur eine große Liebe geben würde, und das war die Liebe zu dem Land, in dem er lebte. Es war eine verzehrende Liebe, ruhelos und fordernd, und Aidan gab sich ihr hin mit jener Leidenschaft, die man einer einzigartigen Geliebten schenkt. Zwar war er sich sicher, dass es in Aidans Leben immer eine Frau gegeben hatte, aber auch das waren nur kurzzeitige Weggefährtinnen, ein flüchtiger Austausch von Zärtlichkeiten, etwas gegen den Hunger in ihm, den das Land nicht zu stillen vermochte. Das war kein Mann, den er sich in einer Ehe vorstellen konnte, und – sosehr er ihn auch schätzte – kein Mann, dem er seine Schwester oder Tochter anvertrauen würde.

»Tust du mir einen Gefallen?«, fragte Aidan in die Stille hinein. »Kannst du ihren Bruder und seine Frau einen Tag lang zu dir einladen? Wenn die Familie da ist, werde ich sie nicht besuchen können.«

»Es ist dir also wirklich ernst?« Nicolas seufzte. »Nun gut, ich werde Ashley sagen, sie soll eine Einladung verschicken.«

Aidan wirkte sichtlich entspannt und lehnte den Kopf zurück.

»Was tust du, wenn die Geschichte mit ihren Affären wahr ist?«, fragte Nicolas erneut.

»Ich täusche mich höchst selten in Menschen, und ich sage dir, sie ist nicht wahr.«

Nicolas öffnete den Mund zu einer Erwiderung, entschied sich dann aber, zu schweigen. Auch Aidan hatte seine Dämonen, und nun holte er sich eine Frau ins Haus, die ihre eigenen hatte. Er wusste, dass es sinnlos war, etwas dagegen zu sagen, und dass sein rastloser Freund offenbar gefunden hatte, was ihm bestimmt war.

*

Katrina sprach mit dem *Khansana*, der dem Haushalt vorstand, die Einkäufe durch, die später beim *Boxwallah*, dem Händler, getätigt werden mussten. Ihre Schwägerin hatte alles aufgeschrieben und sie gebeten, sich darum zu kümmern. Sie und Charles waren bei Nicolas und Ashley Allenger-Brown zum Essen eingeladen. Auch wenn Katrina sich sagte, dass es ihr nichts ausmachte, konnte sie eine unterschwellige Enttäuschung nicht verhehlen. Die junge Frau war freundlich zu ihr gewesen, und sie hatte insgeheim gehofft, sie könnten Freundinnen werden. Aber die Einladung war ausdrücklich an Charles und Cynthia gerichtet gewesen.

Als Katrina den letzten Posten auf dem Warenzettel abgehakt hatte, meldete der *Chuprassi* einen Besucher an. Auf einem silbernen Tablett lag eine Visitenkarte, und Katrina runzelte die Stirn, als sie den Namen darauf las. Im ersten Moment machte ihr Herz einen kleinen Satz, dann legte sie die Karte auf den Sekretär. »Er möchte zu Ramsay Sahib, nehme ich an?«

»Nein, Memsahib.«

Katrina entließ den *Khansana*, stand auf und ging in den Besuchersalon. Nervös fuhr sie mit der Hand über ihr Mieder, dachte, dass sie in dem einfachen Hauskleid für Besuch nicht passend gekleidet war. Sie öffnete zögernd die Tür, und Aidan, der mit dem Rücken zu ihr gestanden und aus dem Fenster gesehen hatte, drehte sich um und lächelte.

»Mrs. Alardyce«, sagte er höflich, trat zu ihr und nahm ihre Hand.

»Der *Chuprassi* sagte, Sie wollten zu mir ...«

»Ganz recht.«

Katrina war verwirrt. Sie strich mit den Händen über ihren Rock, bot Aidan an, sich zu setzen, dann läutete sie und bat den eintretenden Dienstboten um Tee und Gebäck. Kleine alltägliche Dinge, die bei Besuch üblich waren und ihr halfen, sich wieder zu fangen. Sie ließ sich auf einem Sessel Aidan gegenüber nieder, wobei ihr bewusst war, dass jeder Zoll ihrer Haltung von ihrer Verunsicherung zeugte.

Die Tür öffnete sich, und zwei Dienstboten betraten den Raum. Einer trug das Tablett, der andere würde den Tee einschenken. Es gab für beinahe jeden Handgriff im Haushalt einen eigenen Dienstboten, so würde der, der den Tee kochte, ihn nie servieren, und der, der ihn einschenkte, niemals Fleisch auf die Teller legen. So leise, wie sie gekommen waren, gingen sie wieder.

Aidan hob die Tasse an die Lippen. »Tee aus dem Anbau Ihres Bruders?«

»Ja.« Katrina rührte ihre Tasse nicht an.

»Ich will mir die Gegend ansehen und wollte fragen, ob Sie mich nicht begleiten möchten.«

Katrinas Augen weiteten sich. »Ich bin mir nicht sicher, ob das eine so gute Idee ist ...«, antwortete sie zögernd.

»Wenn Ihnen mein Anliegen zudringlich erscheint, entschuldige ich mich.«

»Aber nein«, widersprach Katrina hastig. »Es ist nur ... mein Bruder hat von meinem letzten Ausritt nichts bemerkt, aber wenn ihm die Dienstboten zutragen, dass wir gemeinsam fortgeritten sind ...«

Aidan nickte. »Ich möchte Sie natürlich nicht in Schwierigkeiten bringen. Was halten Sie von der Idee, dass ich zuerst gehe und Sie mir in – sagen wir einer halben Stunde? – folgen?«

Ich sollte nicht so lange überlegen, sagte Katrina sich. Hatte der letzte Ausritt ihr nicht gutgetan? Und wer konnte schon wissen, wann ihr die nächste galante Aufmerksamkeit zuteilwerden würde. »Warten Sie auf mich ein Stück den Pinienweg hoch. Sie stoßen auf eine Gruppe von Rhododendren, dort treffe ich Sie.«

Während sie darauf wartete, dass ein Pony gesattelt wurde, rief Katrina sich Aidans Lächeln ins Gedächtnis, mit dem er sie bedacht hatte, als er aufbrach, so als hätte sie ihm eine große Gunst gewährt. Einen flüchtigen Augenblick lang dachte Katrina daran, was sie tun sollte, wenn Charles früher zurückkam, aber sie stellte fest, dass es ihr in ihrer Euphorie beinahe gleichgültig war. Was konnte er schon tun, außer schimpfen und toben? Sie würde sich nicht länger ein schlechtes Gewissen machen lassen. Im Grunde genommen hatte sie das Aidan zu verdanken, indirekt zumindest. Hätte er sie im Club nicht angesprochen, wäre es nicht zu diesem lächerlichen Skandal gekommen, und sie hätte nicht angefangen, darüber nachzudenken, wie sie dem Gefängnis, in das die Gesellschaft sie seit zwei Jahren sperrte, entkommen konnte. Zwar waren es nur wenige Stunden, die sie sich davonstehlen konnte, aber diese erschienen ihr umso kostbarer.
Wie vereinbart, erwartete Aidan sie, und gemeinsam ritten sie über den von Pinienbäumen gesäumten Weg in höher gelegene Regionen. Ootacamund lag auf einem Plateau, das nur von wenigen Flüssen durchzogen wurde. Es war die höchstgelegene Stadt des Distrikts.
Katrina deutete in Richtung Ost-Südosten auf die Berge. »Der höchste Berg ist der Dodabetta«, erklärte sie. Dichte Wälder wuchsen an den Abhängen und schmiegten sich in Schluchten und Täler. Die Gebirgskette, aus denen sich Club Hill und Elk Hill erhoben, erstreckte sich nördlich bis zu dem Berg Snowdown. Zusammen mit dem Dodabetta umschlossen jene Berge das Tal, in dem Ooty lag.
Aidan erinnerte sich nur zu gut an seine Reisen durch diese Ge-

gend. Schattige Wege führten durch das Gebirge, geschützt durch Brombeerdickichte und Wildrosen, schlängelten sich durch windumspielte Ebenen, gesäumt von Rhododendren mit karmesinroten Blüten. Die Wege kreuzten sumpfige Felder, in denen sich wilde Tiere suhlten, verliefen weiter durch dichte Wälder und üppige Farne, die in ihrer Farbenpracht einen englischen Sommer verblassen ließen. Kam man am Gipfel an, stand man morgens in einem Meer aus Wolken, das langsam der Sonne wich und die blauen Linien der Berge freigab. Unvermittelt wurde Aidan von einer solch heftigen Sehnsucht gepackt, dass es ihm fast den Atem nahm. Im selben Moment stieg vor seinen Augen das Bild einer Zukunft auf, die ihn erwartete, wenn die Umstände ihm nicht erlaubten, sich hier niederzulassen: Ein Offizier, irgendwo im Land stationiert, mit einem Haus in der Stadt, wo eine Ehefrau auf ihn wartete, die sein Vater für ihn ausgesucht hatte. Aidan konnte ein Schaudern nur mühsam unterdrücken. Sein Blick fiel auf Katrina, die schweigend neben ihm herritt. Eine der wenigen Frauen, die nicht meinte, ständig Konversation betreiben zu müssen. Dennoch wollte er sie ein wenig aus der Reserve locken.

»Wie heißt der Fluss dort?«, fragte er und deutete auf ein silbriges Band, das den Abhang teilte.

»Das ist der Sigur«, gab Katrina ihm augenblicklich Auskunft. »Eigentlich sind es zwei Ströme, die sich erst hier treffen.« Jähes Bedauern flog über ihre Züge, und noch ehe Aidan sie nach dem Grund fragen konnte, fuhr sie fort: »Leider reicht die Zeit nicht, um Sie zu dem Kalhatti-Wasserfall zu führen, dort fließt der Sigur nämlich hin. Haben Sie den Wasserfall schon gesehen? Er ist prachtvoll und mehr als hundertsiebzig Fuß tief.«

»Gesehen habe ich ihn noch nicht, aber ich denke, dass mein nächster Ausflug mich dorthin führen wird, wenn Sie sagen, dass er so sehenswert ist.«

»O ja, das ist er. Er ist ebenfalls eines der bevorzugten Ziele für

Picknicks und Ausflüge. Manchmal bin ich auch mit meinem Vater allein hingeritten. Der Wasserfall ist nordwestlich von Ooty. Der Fluss mündet von dort aus in den Moyar.«
Aidan war der veränderte Ton nicht entgangen. Eine gemeinsame Liebe zu dem Land, dachte er, das ist sicher nicht die schlechteste Voraussetzung.
Auf einer Wiese, die sich bis zu einem Felsabhang erstreckte, zügelten sie die Pferde. Aidan saß ab und half Katrina aus dem Sattel. Weiße und rote Lilien waren wie Farbtupfer auf dem grünen Grasteppich verstreut, rauhes Gebüsch schmiegte sich an den Abhang und wucherte über die Felsen. Katrinas Blick flog über die Wiese, und für einen Moment wünschte sie sich nichts mehr, als barfuß laufen und sich fallen lassen zu dürfen, Arme und Beine ausgestreckt. So jedoch blieb ihr nur das tiefe Atmen, soweit ihr Korsett es ihr erlaubte, und ein leichtes Beben ihres Körpers, der so unbändig um Freiheit bettelte.
Aidan führte die Pferde zu einem Baum und band sie an einer dicken Astgabel fest. Er sah zu Katrina, die mit dem Rücken zu ihm stand, und fragte sich, ob er die Sache richtig anging. Sie erschien ihm verletzbar, beinahe zerbrechlich, und das Letzte, was er wollte, war, ihr noch mehr Schmerz zuzufügen. Vielleicht hätte er erst mit ihrem Bruder sprechen sollen, das war der Weg, den man im Allgemeinen einschlug, um eine Ehe zu arrangieren. Andererseits war sie eine erwachsene Frau, die bereits verheiratet gewesen war, und er wollte sie nicht übergehen bei der Entscheidung, so wie man das im Allgemeinen bei jungen Mädchen machte, die ihr Debüt gerade hinter sich hatten.
Katrina drehte sich um. »Ich war oft hier«, rief sie. »Früher hat mein Vater mich häufig mit hierher genommen, und manchmal bin ich einfach mit meiner *Ayah* hergekommen, und wir haben gepicknickt. Im Sommer, wenn die Besucher aus Madras gekommen sind, wurden oft große Picknicks veranstaltet, auch hier, weil der Ausblick so wunderbar ist.«

»Das haben wir in Bombay früher auch getan«, antwortete Aidan, froh darüber, dass sie das Schweigen gebrochen hatte. Er trat zu ihr und sah ebenfalls über den Abhang hinaus. »Es war eine gute Gelegenheit, sich außerhalb der gezwungenen Atmosphäre der üblichen Feste und *Burra Khanas* zu bewegen.«

»Das stimmt.« Katrina lachte leise, als erinnere sie sich an etwas Schönes, verstummte aber augenblicklich, so als habe sie etwas Verbotenes getan.

Aidan überlegte, ob er sie nicht einfach in die Arme ziehen und küssen sollte, ehe er seinen Antrag vorbrachte. Das würde alles vereinfachen.

»Mr. March hatte Orchideen aus Simla«, sagte Katrina unvermittelt. »Haben Sie sie gesehen? Am liebsten habe ich die roten und blauvioletten. Ich wollte zu Hause welche anpflanzen, aber meine Schwägerin mag keine Orchideen.« Sie drehte sich zu Aidan. »Werden Sie das Haus kaufen?«

»Das hängt ganz davon ab«, sagte Aidan langsam, »ob ich das nötige Geld zusammenbekommen werde.«

Katrina schürzte die Lippen. »Daran hängt so vieles«, sagte sie, ohne näher darauf einzugehen. »Was werden Sie tun, wenn Sie das Haus nicht bekommen?«

»Vermutlich werde ich ein wenig in der Gegend herumreisen«, wich Aidan aus.

Ein bitteres Lächeln umspielte Katrinas Mund. »Ich kenne das Gefühl nicht, wenn es einem an Geld mangelt, obwohl mein früherer Mann der Meinung war, er bräuchte immer mehr. Aber ich wüsste gerne wieder, wie es ist, frei zu sein, Mr. Landor. Ich denke, ich würde jederzeit mit Ihnen tauschen.«

»Dann tun Sie das«, griff Aidan das Stichwort auf. Er konnte kaum glauben, dass sie es ihm so einfach machte.

»Wie meinen Sie, bitte?«, fragte Katrina verblüfft.

»Tauschen Sie das Geld, das Ihnen zur Verfügung steht, gegen Freiheit ein.«

Rote Flecken erschienen auf Katrinas Wangen. »Warum machen Sie sich lustig über mich?«
»Das tue ich nicht«, antwortete Aidan ruhig. »Ich biete Ihnen einen Tausch an.«
Katrina war sichtlich aufgebracht. »Wie sollte ein solcher Tausch wohl zustande kommen?«
»Ich dachte an einen Tausch jener Art, in der Ihr Bruder Ihnen eine Mitgift stellt, die ausreicht, das Haus zu kaufen, und ich biete Ihnen dafür meinen Namen und die Freiheit, die Sie sich wünschen.«
Mehrere Herzschläge lang herrschte atemlose Stille. Die Flecken auf Katrinas Wangen wichen einer beinahe wächsernen Blässe. Sie öffnete den Mund zu einer Erwiderung, rang um Worte, blieb aber stumm. Abrupt drehte sie sich um und lief zu den Pferden.
»Mrs. Alardyce«, rief Aidan ihr nach.
Mit zitternden Fingern machte Katrina sich an den Zügeln zu schaffen. Aidan griff an ihr vorbei nach dem Kopfstück des Ponys und verhinderte somit, dass es ihr folgte. »Mein Anliegen ist ernst gemeint.«
Katrina fuhr zu ihm herum. »Daran zweifle ich keinen Augenblick, Mr. Landor, und ich wünschte mir, Sie hätten mir gesagt, was Sie von mir wollen, ehe Sie mich glauben ließen, Ihnen sei an meiner Gesellschaft gelegen.«
»Das eine schließt das andere nicht aus.«
»O bitte! Es mag sein, dass ich in den letzten Jahren wenig unter die Leute gekommen bin, aber darunter hat lediglich mein Gemüt gelitten, nicht mein Verstand.« Sie zerrte an den Zügeln, aber Aidan ließ das Kopfstück nicht los.
»Sie kennen doch die Regeln«, antwortete Aidan. »Man heiratet für gewöhnlich aus gesellschaftlichem Kalkül, sei es wegen eines Namens oder wegen Geldes, und meist läuft es so, dass die Männer die Frauen vorab umwerben. Ich habe also nichts ge-

tan, was die Gesellschaft nicht Tag für Tag tut, und was – mit Verlaub – Ihr früherer Ehemann getan hat, nur dass ich Ihnen keine romantischen Gefühle vorheuchle.«

Katrinas Stimme klang splitternd. »Von dem, was zu meiner Ehe mit Mr. Alardyce geführt hat, haben Sie keine Ahnung, und es geht Sie nicht das Geringste an. Und nun lassen Sie mich gehen.«

»Ich bitte um Verzeihung, wenn ich indiskret war oder an Erinnerungen gerührt habe, die weh tun. Sie haben recht, es geht mich nichts an.« Er ließ das Kopfstück los. »Aber mein Antrag war ehrlich gemeint, und ich bin sicher, wenn Sie daheim sind, zurückgekehrt von einem Ausflug, der nur in aller Heimlichkeit geschehen darf, werden meine Worte einen anderen Klang für Sie bekommen.«

Katrina führte das Pony zu einem Baumstumpf, um trotz ihrer hinderlichen Röcke ohne fremde Hilfe aufsitzen zu können. Sie sah Aidan nicht mehr an, als sie das Pony wendete und den Weg hinunterritt.

*

Im Nachhinein wunderte Katrina sich über ihre Ruhe. Sie hatte nicht geweint, als sie daheim angekommen war, noch war sie traurig. In ihr war eine Kälte aufgestiegen, die sie wie erstarrt sein ließ. Sie redete wenig, ihre Bewegungen erschienen ihr steif und mechanisch, und über allem, was sie tat, hing der Gedanke, dass sie sich wie eine Närrin verhalten hatte. Wie hatte sie nur denken können, ein Mann käme zu ihr, weil er an ihr interessiert war – bei dem Ruf, den sie hatte. Sie konnte Aidan Landor nicht einmal vorwerfen, sich unehrenhaft verhalten zu haben. Er hatte sie nicht darum gebeten, seine Geliebte zu werden, sondern er hatte ihr eine Ehe angeboten. War sie von Sinnen, ihn zurückzuweisen? Sie hoffte, dass ihr Bruder nie davon

erfuhr, er würde außer sich sein und sie nicht verstehen. Wenn sie Aidan Landor heiratete, würde ihr jede Möglichkeit genommen, jemals wieder zu lieben. Sie wäre bis an ihr Lebensende an einen Mann gekettet, der sie nur geheiratet hatte, um ein Haus zu finanzieren. Ein Haus mit Teegärten und Orchideen, flüsterte eine Stimme in ihr, die sie sofort wieder verdrängte.
Sie wandte sich wieder den vor ihr liegenden Zahlen zu. Charles nahm sie gelegentlich mit in das Kontor, wo sie oben in dem ehemaligen Arbeitszimmer ihres Vaters saß und in Büchern blätterte. Das Verbot, sich in den Handel einzumischen, galt nach wie vor, aber weil Charles in seiner Frau keine interessierte Gesprächspartnerin hatte, legte er Katrina gelegentlich seine Bilanzbücher vor und bat sie, die Rechnungsstellungen zu kontrollieren. Er hatte seinen Angestellten bisher nicht vertraut, und Katrina hatte wenig Hoffnung, dass sich daran zukünftig etwas ändern würde. Es bekümmerte sie ein wenig, wie misstrauisch er Männern begegnete, die ihr Vater überaus geschätzt hatte. Zwar kam sie seiner Bitte nach, die Bücher zu kontrollieren, aber bisher hatte sie keine Fehler gefunden und würde – da war sie sich sicher – auch zukünftig keine finden.
Sie klappte das Buch zu, stützte den Kopf in die Hände und starrte zur Tür. Ihr war klar, dass sich etwas ändern musste, aber sie wusste nicht, welche Richtung sie dabei einschlagen sollte. War es eine Lösung, immer weiter zu warten? Oder musste sie selbst einen Weg wählen und nehmen, was ihr geboten wurde? Ihre Augen fixierten die Tür, so als erwarte sie aus der Richtung eine Lösung.

Teesorten aus China in die eigenen Anbaubestände aufzunehmen, war eine Entscheidung, die gut durchdacht sein wollte. Bisher war Charles mit seinen Teesorten überaus zufrieden gewesen, und es bestand nicht der geringste Grund, Risiken einzugehen. Andererseits … wie groß war das Risiko schon? Wenn

der Tee nicht gedieh – und das war äußerst unwahrscheinlich –, wäre die Einbuße nur gering, weniger als ein Fünftel des jährlichen Ertrags. Er spielte mit dem Gedanken, Arbeiter zu holen, die sich mit diesen Teesorten auskannten. Bei so einer Angelegenheit durfte nicht am falschen Ende gespart werden.
Vielleicht sollte er Katrina nach ihrer Meinung fragen. Normalerweise lag sie mit ihrem Gespür für Teesorten selten daneben. Flüchtig bedauerte er, dass seine Frau Cynthia keinerlei Interesse am Teeanbau hatte. Sie ging voll und ganz im Haushalt und der Erziehung ihrer beiden Töchter auf, zudem vermutete er, dass sie wieder guter Hoffnung war. Zwar hatte sie verlegen herumgedruckst, als das Thema zur Sprache kam, aber sie hatte ihn des Schlafzimmers verwiesen, mit den Worten, das gehöre sich in der nächsten Zeit nicht mehr.
Charles griff erneut nach der kleinen Holzdose mit einer Probe von chinesischem Tee und roch daran. Das Aroma war einzigartig.
»Mr. Ramsay Sahib?« Ein Diener steckte den Kopf zur Tür herein. Charles konnte es ihm einfach nicht angewöhnen, anzuklopfen, ehe er das Arbeitszimmer betrat. »Ein Herr möchte Sie sprechen, Sahib.«
»Schick ihn hoch.« Charles erwartete einen Händler aus Coonoor und sah erwartungsvoll auf, als sich die Tür erneut öffnete. Als der Besucher jedoch eintrat, wich das Begrüßungslächeln zunächst Erstaunen, dann Zorn. »Du!«, rief er und sprang auf.
Stephen Alardyce schloss die Tür hinter sich. »Guten Tag, Charles. Es ist lange her.«
»Was willst du? Scher dich raus!«
Stephen hob beschwichtigend die Hände. »Mach dir keine Sorgen. Mir geht es nicht darum, Ärger zu machen.«
»Keinen Ärger?«, fuhr Charles ihn an. »Was das angeht, kannst du den Ärger, den wir bisher deinetwegen hatten, kaum überbieten. Ich bin also mitnichten beruhigt.«

»Darf ich mich setzen?«
Charles nickte misstrauisch, ohne dass seine Miene einen Deut freundlicher wurde, und ließ sich ebenfalls auf seinem Stuhl nieder, immer noch erregt.
»Es geht mir um ein Anliegen, das niemandem von euch schaden wird«, begann Stephen. »Vielmehr dürfte es gerade für Katrina eine Erleichterung darstellen, falls sie sich wieder verheiraten möchte.«
»Wenn man dich reden hört, könnte man beinahe meinen, dir sei wirklich an ihr gelegen, was ich kaum glauben kann. Also komm bitte zur Sache.«
»Ihr seid im Irrtum, wenn ihr meint, es sei mir seinerzeit darum gegangen, ihr Schaden zuzufügen«, verteidigte sich Stephen.
»Aber natürlich, du Bastard. Ich weiß auch nicht, wie wir auf den Gedanken verfallen konnten, sie öffentlich des Ehebruchs zu bezichtigen und ihren Ruf für alle Zeiten zu schädigen, könnte dem Ziel gegolten haben, ihr schaden zu wollen. Hättest du das nur früher gesagt, Stephen, hätte mein Vater vielleicht keinen Herzschlag erlitten.« Charles' Stimme war bitter und brüchig vor Zorn.
»Ich will nicht lange mit dir herumstreiten«, nahm Stephen den Faden wieder auf. »Mir geht es lediglich darum, dass ich Caleb zurückmöchte.«
Charles starrte ihn an. »Du beliebst zu scherzen?«
»Nein, es ist mir bitterernst.«
»Du willst mir damit sagen, du möchtest das Kind haben, dessen Legitimität du öffentlich vor Gericht in Zweifel gezogen hast?«
»Es war der einzige Zweifel, den das Gericht mir nicht abgenommen hat, weshalb Caleb weiterhin erbberechtigt ist.«
»Schlag dir das aus dem Kopf«, wies Charles das Anliegen ab, wütend ob der Dreistigkeit, in der dieses geäußert wurde.
»Überleg doch mal, was ihr Caleb erzählen wollt, wenn er nach seinem Vater fragt. Oder nach seinem Erbe.«

»Das kannst du selbst ihm erklären, wenn er volljährig ist. Er bleibt bei uns, und damit hat es sich.«

»Du weißt, dass ich meinen Anspruch auch vor Gericht geltend machen kann?«, fragte Stephen heftig. »Er lebt bei einer Mutter, deren Leumund mit viel gutem Willen noch als moralisch verworfen zu bezeichnen ist und die vermutlich nie wieder heiraten wird. Jeder Richter wird zustimmen, dass ein Kind in einer Ehe aufwachsen muss und dass ein Vater mehr Rechte hat als ein Onkel.«

»Warum? Warum nach allem, was passiert ist? Und warum jetzt? Lass Katrina in Ruhe. Du wolltest sie und das Kind nicht. Belass es dabei.«

Stephen schürzte die Lippen. »Ganz so leicht ist es leider nicht. Ich brauche einen Erben. So, wie es aussieht, ist meine derzeitige Frau nicht imstande, mir einen zu schenken.«

Trotz seines Zorns konnte Charles einen Anflug von Schadenfreude nicht verbergen. »Wie ausgesprochen ärgerlich für dich.«

»Das ist es.«

»Dennoch muss ich dir sagen, du hast dich umsonst hierherbemüht.«

»Zum Teufel, Charles, ich brauche ihn zurück! Was will Katrina mit ihm? Sie kann mit jedem dahergelaufenen Kerl ein neues Balg machen.«

Charles sprang auf. »Raus!«

»Du wirst von mir hören.« Stephen erhob sich ebenfalls.

»Halte dich von meiner Familie fern.«

»Ich will nur, was mir zusteht.« Mit einem höflichen Kopfnicken verabschiedete Stephen sich und verließ den Raum.

Einige Minuten lang stand Charles mit gesenktem Kopf hinter seinem Schreibtisch, starrte auf Papiere und auf die kleine Holzdose mit dem Tee, dann richtete er sich auf und ging zu Katrina.

»Was war das für ein Gepolter?«, fragte Katrina, als ihr Bruder durch die Tür trat. »Ich war der Meinung, ich hätte Stephen gehört.«

»Er war es.« Ohne das plötzliche Erbleichen seiner Schwester zu beachten, fügte er hinzu: »Er möchte Caleb.«

Aidan war dabei, sich anzukleiden, als jemand an die Tür klopfte. Rasch warf er sein Hemd über und öffnete.

»Eine Dame für Sie, Sir«, sagte der Sohn der Hauswirtin, wobei er grinste wie ein Schwachsinniger.

»Falls es dieselbe ist wie letztes Mal, schicken Sie sie fort«, befahl Aidan.

»Nein, Sir, diesmal ist es eine echte Dame.«

Ein kaum merkliches Lächeln umspielte Aidans Lippen. »In dem Fall lasse ich bitten.«

Der junge Mann strahlte, als hätte er einen Sieg errungen, und ging, um die Frau zu holen. Aidan blieb an der Tür stehen, und kurz darauf sah er eine schlanke Frau durch die Eingangshalle kommen, das Gesicht verborgen hinter einem feinen Schleier. Ohne sie anzusprechen und damit ihre Identität möglichen Lauschern preiszugeben, trat er zurück und ließ sie eintreten.

»Ich wusste, Sie würden es sich überlegen«, sagte er, kaum dass er die Tür hinter sich geschlossen hatte.

Katrina schwieg, und ihr Atem bewegte leicht den Schleier. Aidan trat auf sie zu, nahm den Schleier behutsam in die Hand und hob ihn hoch. »Ich verstehe Ihren Wunsch, unerkannt zu bleiben, aber unter uns ist es doch sicher überflüssig.«

»Sie genießen es, habe ich recht?«

»Genießen wäre nicht das Wort, das ich gewählt hätte.« Aidans Stimme war warm und verführerisch, und unwillkürlich fragte Katrina sich, wie es sein mochte, mit ihm zu schlafen. Es war schon zu lange her, seit sie in Stephens Armen gelegen hatte. Der Gedanke erschien ihr ungehörig, aber sie war hier, um ihm zu sagen, dass sie auf sein Angebot einzugehen gedachte, und würde es daher nicht ohnehin auf ihre Anwesenheit in seinem Bett hinauslaufen?

»Ist Ihnen warm? Soll ich das Fenster öffnen?«, fragte Aidan höflich.

Die Hitze in Katrinas Gesicht wurde intensiver. »Ja, bitte«, antwortete sie leise.

Aidan öffnete die Fensterflügel, bot Katrina einen Platz an und setzte sich ihr gegenüber. »Sie haben Ihre Meinung also geändert?«

»Ich … ich habe Angst davor, meinen Sohn zu verlieren.« Katrinas Stimme brach, und Tränen stiegen ihr in die Augen. Als Aidan nicht antwortete, sondern sie abwartend ansah, fuhr sie fort: »Mein früherer Mann war heute bei meinem Bruder. Offenbar möchte er Caleb nun doch haben. Ich habe mit diesem Meinungsumschwung nicht gerechnet.« Hilflos hob Katrina die Hände. »Und mein Bruder hat ihn zwar fortgeschickt, aber mir hat er gesagt, wenn Stephen es darauf anlegt, hat er jedes Recht, das Kind zu sich zu nehmen. Ich lebe in keiner Ehe, und mein Vorbild gilt als«, sie schluckte, »moralisch zu verwerflich, um ein Kind in meiner Obhut zu lassen. Offenbar kann seine Frau ihm keine Kinder schenken, und er möchte einen Sohn.«

Aidan neigte sich leicht vor und berührte ihre verkrampfte Hand mit seiner.

»Ich weiß nicht, warum er mich so hasst«, murmelte Katrina.

»Vermutlich hat es weniger mit Hass als mit Selbstsucht zu tun.« Aidan zog seine Hand zurück.

Katrina schüttelte leicht den Kopf. »Sie wissen nicht, was vor Gericht geschehen ist. So etwas fügt man keinem Menschen zu, den man nicht hasst.« Für wenige Sekunden schloss sie die Augen, und der Gerichtssaal tauchte wieder vor ihr auf, wo man sie gedemütigt hatte, so als hätte man ihr sämtliche Kleider vom Leib gerissen und sie nackt und schutzlos den Wölfen zum Fraß vorgeworfen. Sie erschauerte und öffnete die Lider.

»Nun gut.« Sie hatte sich wieder gefangen. »Kommen wir zum Geschäftlichen.«
Aidan hob eine Braue, wartete aber schweigend.
»Zuerst einmal geht es mir um Caleb. Er trägt seines Vaters Namen, und er wird ihn behalten.« Sie hob entschlossen das Kinn. »Nichtsdestotrotz werden Sie ihn als Ihren Sohn aufwachsen lassen.«
»Das ist eine leicht zu erfüllende Bedingung«, gab Aidan sein Einverständnis.
»Der nächste Punkt betrifft mich selbst. Ich möchte alle Freiheiten haben, die ich mir wünsche.«
»Solange sie sich im Rahmen dessen bewegen, was sich gehört, habe ich dem nichts entgegenzusetzen.«
»Wie eng ziehen Sie den Rahmen *dessen, was sich gehört?*«, fragte Katrina mit einiger Schärfe.
»Sie sind doch alt genug, das selbst beurteilen zu können, denke ich. Tun Sie, was Ihr Vater Ihnen erlaubt hat, meinetwegen auch Ihr Mann. Diese ganzen Freiheiten sollen Sie auch bei mir haben.«
Katrina taxierte ihn. »Geben Sie mir das schriftlich?«
»Nein.«
»Aber ich …«
»Wir beginnen mit gegenseitigem Vertrauen, das ist eine Auflage meinerseits.«
Die Antwort behagte Katrina ganz und gar nicht, aber sie sah auch nicht, wie sie ihn umstimmen sollte. »Ich möchte Ihnen ja trauen«, begann sie zögernd.
»Aber Ihre Erfahrungen lassen es nicht zu?« Auf ihr Schweigen hin sagte Aidan: »Ich gebe Ihnen mein Wort als Ehrenmann.«
Katrina atmete tief ein. »Nun, ich denke, ich habe keine Wahl. Aber gut, einverstanden. Wie wollen wir nun weiter vorgehen.«
»Ich rede in den nächsten Tagen mit Ihrem Bruder, wenn es Ihnen recht ist, dann haben Sie vorher noch Zeit, ihn auf das

Gespräch vorzubereiten. Danach bestellen wir das Aufgebot und heiraten, sobald es möglich ist. Es wird zwar die ein oder andere hochgezogene Augenbraue geben, aber ich nehme an, darauf geben Sie ebenso wenig wie ich. Haben Sie sonst noch einen Wunsch?«

»Könnte ich ein Glas Wasser bekommen?«

»Natürlich.« Aidan sprang auf. »Ich bin ein erbärmlich schlechter Gastgeber. Verzeihen Sie.« Er goss Wasser aus einer Karaffe in ein Glas und reichte es ihr. »Möchten Sie Tee?«

Katrina verneinte und hob das Glas an die Lippen. Während er vor ihr stand, beobachtete Aidan die Schluckbewegungen ihrer Kehle.

»Sollten wir nicht die Förmlichkeiten ablegen?«, fragte Aidan, als Katrina das Glas abstellte und aufstand. »Immerhin sind wir sozusagen verlobt.«

Die Erinnerung an ihre Verlobung mit Stephen stieg in ihr auf, eine Zeit, die trotz der bitteren Erinnerungen, die sie inzwischen überschatteten, wunderschön gewesen war. Traurigkeit stieg in ihr auf.

»Denken Sie nicht mehr an ihn.« Aidans Worte klangen wie ein Befehl und rissen Katrina in die Wirklichkeit zurück.

»Mit der Zeit wird mir das sicher gelingen«, sagte sie.

Aidan legte kurz eine Hand an ihre Wange, eine flüchtige, tröstende Geste. Dann griff er nach ihrer Hand und drückte seine Lippen darauf. »Auf bald, Katrina.« Er zog den Schleier wieder vor ihr Gesicht.

Ehe sie den Raum verließ, drehte sie sich um, weil ihr das, was sie sagen wollte, plötzlich sehr wichtig erschien. »Ich habe meinen Mann nicht betrogen. Die Männer, die er als angebliche Zeugen angeführt hat, haben gelogen. Vielleicht waren sie ihm einen Gefallen schuldig, oder er hat sie bezahlt …«

Er berührte ihre Schulter. »Wie ich schon sagte, denken Sie nicht mehr an ihn.«

Als er die Tür hinter ihr schloss, lehnte er sich dagegen, bog den Kopf zurück und starrte an die Decke. In Katrinas Augen hatte er Schmerz und Lebenshunger gesehen, die ihn zutiefst erschüttert hatten. Plötzlich fragte er sich, ob er der richtige Mann für eine Frau wie sie war. Seine Wahl sollte eine bequeme Lösung für sie beide sein, aber nun sah er sich auf einen Abgrund zusteuern, dem er nicht mehr ausweichen konnte.

*

Entgegen Aidans und Katrinas Erwartungen war Charles Ramsay über den Antrag alles andere als erfreut. Er empfing Aidan anstatt im Besuchersalon in seinem Arbeitszimmer und bedeutete ihm recht knapp, Platz zu nehmen. Ein Dienstbote erschien beinahe lautlos, stellte Tee auf einen kleinen Beistelltisch, fragte nach weiteren Wünschen und ging, als der Hausherr dies verneinte.

»Meine Schwester hat mir bereits alles erzählt.« Charles kam ohne Umschweife zum Thema. »Und ich weiß nicht, ob ich Ihre Motive gutheißen soll.«

Aidan fand das etwas heuchlerisch, denn allein durch den Anreiz einer derart hohen Mitgift zielte Charles Ramsay offenbar darauf ab, einen Mann anzulocken, der Katrina allein deswegen nahm. »Eine Eheschließung zu beiderseitigem Vorteil, Mr. Ramsay, das ist gesellschaftlich durchaus akzeptabel und wird täglich praktiziert.«

»Wo liegt der Vorteil für meine Schwester?«

»Sie wird wieder eine ehrbare Frau.«

Charles' Augen wurden schmal. »Ich sehe momentan nur eine Person, die dabei wirklich gewinnt, und das sind – mit Verlaub – Sie selbst, Lieutenant Landor.« Er legte die Fingerspitzen aneinander. »Ich habe mich informiert. Inzwischen weiß ich, dass Sie einer hervorragenden Familie entstammen, Ihr Vater Baron mit vererbbarem Titel ist und dieser an Ihren älteren Bruder geht. Das alles ist durchaus annehmbar. Allerdings ging aus meinen Nachforschungen auch hervor, dass Sie Ihre Zeit in den letzten Jahren mehr oder weniger mit Müßiggang verbracht haben.« Er sah ihn aufmerksam an.

»Dem kann ich zu meinem Bedauern nicht widersprechen«, antwortete Aidan.

»Nun haben Sie sich entschlossen, Teepflanzer zu werden. Haben Sie Ahnung von Tee?«

»Nein.«

Charles runzelte die Stirn. »Sie müssen entschuldigen, aber das alles klingt für mich sehr nach einer Spielerei.«

»Für eine Spielerei würde ich schwerlich in den Stand der Ehe treten.«

»Katrinas Mitgift sowie ihr gesamtes Eigentum gehen in Ihren Besitz über. Sie haben also nicht viel zu verlieren. Und wenn Sie ihrer überdrüssig sind, dann tun Sie eben das, was Sie vorher getan haben: sich in der Gegend herumtreiben und sie allein lassen. Denn eine Scheidung wird es nicht geben, das sage ich Ihnen von vornherein.«

Aidan lehnte sich zurück. »Mr. Ramsay, weder beabsichtige ich, mich herumzutreiben, noch erwäge ich eine Scheidung. Mit Sicherheit bin ich nicht der Einzige, der hierherkommt und wenig von Tee weiß, aber ebenso wie die anderen Teepflanzer bin ich bereit, zu lernen. Mein Anliegen ist also durchaus ehrenhaft.«

»Sehen Sie, Mr. Landor, meine Schwester hat Schlimmes durchgemacht, und ich sähe sie nur ungern erneut einem Mann ausgesetzt, der nicht aufrichtig ist.«

Aidan lächelte. »Sie haben eine sehr hohe Mitgift in Aussicht gestellt. Wenn jemand anders kommt und Katrina heiraten möchte, woher können Sie wissen, ob es ihm ernster ist als mir, frage ich Sie.«

Nach kurzem Zögern nickte Charles. »Da haben Sie natürlich recht.« Er wirkte mit einem Mal unsicher. »Ich weiß nicht, ob Katrina es Ihnen erzählt hat, aber unser Vater ist gestorben, während das Verfahren lief. Sein Herz – es war alles zu viel für ihn, wie Katrina öffentlich gedemütigt wurde, diese Schande, die Blicke der Menschen auf den Straßen. Unsere Mutter ist sehr früh gestorben, Katrina war gerade drei Jahre alt, und somit war ihre Bindung zu unserem Vater sehr eng.« Charles hielt kurz inne und räusperte sich. »Dann kam Stephen Alardyce, und sie hat sich in ihn verliebt. Er hat uns alle getäuscht.« Charles sah nachdenklich auf die Tischplatte, so als wundere er sich selbst darüber, derart viel erzählt zu haben.

»Wie es zu der Trennung kam, ist mir natürlich bekannt«, sagte Aidan, wobei er das Gefühl hatte, vorsichtig um eine Untiefe herumzuschiffen.

Charles sah auf. »Glauben Sie das, was erzählt wird?«

»Nein.«

»Tatsächlich?«

Aidan glaubte einen Anflug von Sarkasmus in der Stimme seines Gegenübers mitschwingen zu hören. Er beobachtete Charles Ramsay, diesen blasierten Mann, dessen grüne Augen denen Katrinas so ähnlich waren. »Ja, tatsächlich«, antwortete er.

»Katrina hat ihren Mann nicht betrogen«, sagte Charles, so als habe Aidan etwas anderes behauptet. »Sie wäre dazu nicht fähig gewesen. Die Gerichtsverhandlung war eine sehr schmutzige Angelegenheit, es wurde viel darüber geredet. Geben Sie nichts darauf, und drängen Sie Katrina nie dazu, mit Ihnen darüber zu sprechen. Wenn sie es möchte, wird sie es von selbst tun.«

Aidan entspannte sich. »Ich darf das als Einverständnis für eine Eheschließung auffassen?«

»Sie dürfen. Ich werde die notwendigen Dokumente beim Notar aufsetzen lassen.« Charles wirkte nun ebenfalls gelöster. »Ich zahle den fehlenden Betrag zu dem Haus mitsamt Grundstück und die komplette Einrichtung, darüber hinaus sehen Sie von mir keinen Penny.«

Aidan befand, dass ihm das keinen Kommentar wert sei, nickte jedoch bestätigend, um keinen Unmut oder gar erneutes Misstrauen bei seinem Gegenüber aufkommen zu lassen.

»Jetzt müssen wir uns nur noch einen Termin überlegen.«

»Katrina und ich hatten an einen Termin in ungefähr zwei Wochen gedacht.«

Charles, der einen Schluck Tee trank, stellte die Tasse mit einem Klirren zurück. »Sie belieben zu scherzen? Das ist vollkommen ausgeschlossen. An was denken Sie? Eine kleine versteckte Feier? Das kommt nicht in Frage. Wenn sie heiratet, werden wir die Gesellschaft einladen, damit jeder sieht, dass Katrina wieder Teil von ihr ist.«

»Dagegen ist auch nichts einzuwenden, aber länger als zwei Wochen wollen wir dennoch nicht warten.«

»Darf ich den Grund für die Eile erfahren?«, fragte Charles, dann weiteten sich seine Augen in plötzlichem Verstehen, und mit einem Ruck lehnte er sich vor, so dass eine Strähne seines sorgfältig zurückgekämmten dunklen Haares ihm in die Stirn fiel. »Wollen Sie mir sagen …«

»Nein«, fiel Aidan ihm bestimmt und wenig höflich ins Wort. »Machen Sie sich keine Sorgen«, fuhr er ruhiger fort. »Wir haben es einfach so entschieden, ohne es begründen zu wollen.«

»Ach ja? Haben Sie? Da ist das letzte Wort allerdings noch nicht gesprochen. Ich werde mit Katrina reden.«

Darüber, dass Katrina auf eine längere Wartezeit eingehen würde, machte Aidan sich wenig Sorgen. Er wusste, dass ihr ebenso sehr wie ihm an einer schnellen Eheschließung gelegen war, wenn auch aus gänzlich anderen Motiven.

*

Es war kurz vor Ende der Saison, und bald würden die ersten Besucher aus Madras Ootacamund verlassen. Ashley kannte das aus ihrer Zeit in Kalkutta, wenn die Familie am Ende des Sommers Simla verließ. Nun blieb sie in den Bergen, noch dazu in einer Stadt, die als eine der schönsten des Landes galt. Kurorte und Sommerresidenzen in den Bergen, sogenannte *Hill Stations*, gab es in ganz Indien, aber es war Ooty, das den Namen Königin der *Hill Stations* trug.

Momentan hatte Ashley allerdings keinen Blick für die Schönheit der Umgebung. Ständiger Schwindel trübte ihre Stimmung. Selbst wenn sie saß, kam es ihr vor, als schwanke der Boden, und mit geschlossenen Augen im Bett schien dieses sich immer schneller zu drehen. Die Ursache kannte sie nur zu gut, hatte sie aber beharrlich verdrängt. Nahm sie nicht eigens das Mittel, das ihre *Ayah* ihr gegeben hatte? Ashley fragte sich, ob sie sich nicht vielleicht doch irrte, aber die Symptome waren eindeutig. Natürlich könnte sie einen Arzt aufsuchen, aber momentan zog sie den Zustand der Ungewissheit vor, so als löse sich die Schwangerschaft in Luft auf, wenn sie sie nur beharrlich genug leugnete. Ihr Vater würde sich freuen – wusste sie doch, wie gerne er Enkelkinder wollte.

Sie blieb stehen, als einige einheimische Kinder über die Straße liefen, die nussbraunen Körper halbnackt. »Nun, Papa«, murmelte sie, »und wie rede ich mich heraus, wenn mein Kind ebenso aussieht?«

Ashley bestieg ihren Palankin und ließ sich in den Ooty-Club bringen, wo Nicolas zusammen mit Aidan auf sie wartete. Begegnungen mit Katrina Alardyce und ihrer Familie hatte sie in letzter Zeit vermieden, um nicht daran erinnert zu werden, wie perfide Aidan, den sie schon während ihrer Zeit in Kalkutta nicht hatte ausstehen können, die Situation dieser Frau ausnutzte. Und ihr Mann hatte ihn auch noch unterstützt. Ashley war wütend auf Nicolas und nicht so leicht wieder zu versöhnen. Zwar war Aidan immer sehr freundlich zu ihr, aber er war ihr zu distanziert und von einer Kälte, die in ihr unwillkürlich die Frage aufwarf, wie Katrina neben ihm überleben sollte, ohne zu erfrieren. Dass Katrina einer Ehe zustimmte, verwunderte Ashley nicht sonderlich. Sie war einsam, verletzt, und Aidan konnte, wenn er wollte, überaus charmant sein, zudem sah er unbestreitbar gut aus. Laut dem, was Ashley mitbekommen hatte, lebte Katrina bei ihrem Bruder sehr eingeengt. War es da ein Wunder, dass sie die Hand nahm, die Aidan ihr so rettend entgegenstreckte, indem er sie in dem Glauben ließ, bei der Vereinbarung könnten sie beide gewinnen?

Nicolas empfing sie im Park hinter dem Club, wo er sich mit Aidan unterhielt. Von Katrina und ihrer Familie war keine Spur zu sehen.

»Wie geht es dir?«, fragte Nicolas leise, nachdem sie sich begrüßt hatten. Ashley gab eine nichtssagende Antwort. Sie bemerkte den forschenden Blick, mit dem Aidan sie aus halbgeschlossenen Augen beobachtete, und für einen kurzen Moment dachte sie: Er weiß, dass ich schwanger bin. Dann schüttelte sie den Gedanken als unsinnig ab.

»Du siehst unwohl aus, wir sollten heimgehen«, sagte Nicolas.

»Ich bitte dich«, widersprach Ashley, »ich bin doch eben erst gekommen.« Sie wich erneut Aidans Blick aus, dem die Spannungen offensichtlich nicht entgingen und der sich kurz darauf verabschiedete.

Aidan hielt nach Charles Ramsay Ausschau, den er später im Club treffen wollte. Eine Zigarre in der Hand, war er eben im Begriff, sich in eine Sitzecke zurückzuziehen, als er Charles durch die Tür kommen sah. Der Raum, in den er sich zurückgezogen hatte, war ausschließlich den Männern vorbehalten. Sie hatten sich absichtlich einen solchen Treffpunkt ausgesucht. Das Getratsche war auch so schon unerträglich – hatten sich die

Heiratspläne und vor allem die Eile, in der selbige umgesetzt werden sollten, mittlerweile herumgesprochen –, und sie wollten den Damen der Gesellschaft nicht noch mehr Gesprächsstoff liefern. Charles war zuvor beim Notar gewesen und hatte die Heiratsdokumente in zweifacher Ausführung bei sich. Er kam ohne Umschweife zur Sache. Die beiden Zeugen betraten kurz darauf den Raum – Nicolas Allenger-Brown und James Lockwood, jener Mann, der bei Aidans erstem Zusammentreffen mit Stephen Alardyce neben ihm gesessen hatte und so offensichtlich verstimmt gewesen war wegen des Geredes über Katrina. Er war, wie sich herausgestellt hatte, ein enger Freund ihres Vaters gewesen.

»Nun, Gentlemen«, sagte Charles, nachdem sie die üblichen Grußfloskeln hinter sich gebracht hatten, »widmen wir uns dem Anlass unseres Zusammentreffens.« Er legte Aidan die Dokumente vor. »Wenn Sie sich bitte von der Richtigkeit überzeugen möchten?«

Aidan las die Schriftstücke durch und nickte. »Alles wie vereinbart.«

»Dann darf ich Sie bitten, zu unterschreiben?« Charles reichte ihm einen Federhalter und schob das Tintenfass zu ihm hin. Zuerst unterschrieb Aidan, dann Nicolas, danach wurde die Feder weitergereicht an Charles und James Lockwood.

»Damit wäre die Sache wohl offiziell«, sagte Charles und reichte Aidan eines der beiden Dokumente. »Sie gehört Ihnen.«

# 4

## Ootacamund, Juni 1875

Die Gäste kamen in Scharen zur Hochzeitsfeier, die Charles in seinem Haus inszeniert hatte. Es war Anfang Juni, kurz vor dem Monsun. Zwar hätte Katrina sich eine Feier im kleinen Kreis gewünscht, aber Cynthia hielt ebenso wie Charles eine große Gesellschaft für angemessen, damit auch niemandem entging, dass Katrina in den ehrbaren Stand der Ehe trat – als ob es möglich gewesen wäre, das zu verbergen. Katrinas Wiederverheiratung bot Gesprächsstoff, der noch für die nächsten Monate reichen würde. Niemanden würde es wundern, wenn binnen kürzester Zeit ein Kind das Licht der Welt erblickte – schließlich wusste man, was der Auslöser für eine so hastig geschlossene Ehe war. Vermutlich hatte Aidan Landor sie geschwängert und war unter Drohungen und durch das Angebot einer großzügigen Mitgift dazu gebracht worden, sie zu heiraten.

Katrina sah – das konnte keiner leugnen – hinreißend aus in dem meergrünen Kleid. Aber schließlich musste es ja auch einen Grund dafür geben, dass Männer ihr immer wieder verfielen. Sie lächelte kaum am Tag der Trauung, vielmehr schien sie zu ernst zu sein für eine Frau, die aus der Schande erlöst wurde und einen neuen Namen erhielt. Allerdings hatte sie sich ja schon immer für etwas Besseres gehalten, meinten die Leute, und vermutlich war ihr der Bräutigam nicht gut genug. Aber gut genug fürs Bett war er ihr gewesen, murmelten einige, und die Stimmung schlug um von Sensationslust in Mitleid für Aidan Landor, der so offensichtlich in eine Falle getappt war.

»Ich hoffe, du weißt, was du tust«, sagte Charles leise, als er mit Katrina abseits der Gäste stand.

»Warum sagst du das immer wieder?«

»Weil mir die ganze Sache nicht gefällt.« Charles sah sich stirnrunzelnd um. »Aber wie dem auch sei, jetzt ist es ohnehin zu spät.«

»Danke für die guten Wünsche«, entgegnete Katrina spitz. »Was passt dir an Aidan nicht? Selbst du kannst nicht leugnen, dass er aus einer guten Familie stammt. Sein Vater ist immerhin Baron.«

»Und nicht einmal zur Hochzeit seines Sohnes erschienen«, ergänzte Charles. »Ebenso der Rest seiner Familie.«

Katrina biss sich auf die Lippen und sah zu Boden. Charles berührte flüchtig ihre Wange, sichtlich von schlechtem Gewissen geplagt. »Es tut mir leid«, sagte er.

Schweigend blickte Katrina an ihm vorbei in den Garten und nickte nur. Sie bemerkte die Neugierde der Leute und wünschte, sie wäre irgendwo, nur nicht hier. Kaum merklich hatte sich die Atmosphäre gewandelt. Anfangs hatte man noch recht wohlwollend gelächelt, aber Katrina spürte, wie ihr immer mehr Ablehnung entgegenschlug, und sie konnte sich den Umschwung der Stimmung nicht erklären.

»Du weißt, dass es sein musste«, sagte sie leise. »Wegen Caleb.« Sie drückte Charles' Arm und ging zu Aidan, der sich mit einigen Männern, darunter Nicolas Allenger-Brown, unterhielt.

Aidan sah sie kommen und ließ die Männer mit einer kurzen Entschuldigung stehen, um ihr entgegenzugehen. Ihm entging der angespannte Gesichtsausdruck nicht, ebenso wenig die steifen Bewegungen.

»Ich möchte hier weg«, sagte sie, kaum dass er bei ihr war.

»Jetzt? Wir haben gerade späten Nachmittag. Es wird aussehen, als hätte ich nicht einmal genügend Anstand, bis zum Abend zu warten.« Trotz des scherzhaften Tons lächelte er nicht.

»Würde dich das stören?«

»Nein.«

»Dann lass uns gehen«, wiederholte sie. »Bitte.«

Aidan nickte. »Ich lasse einspannen. Komm in zehn Minuten zum Stall.« Er sah zu den Gästen. »Sie werden es merken.«
»Das ist mir gleichgültig.«

Katrina gab lediglich Charles kurz Bescheid, der zwar verwundert war, aber keine Einwände erhob. Wenige Minuten später ließen sie die Straße hinter sich, in der Charles' Haus stand, und fuhren in Richtung des alten March-Hauses, *Willow Lane*, das nun Aidan gehörte. Ob Caleb sich wohlfühlen würde? Charles hatte dazu geraten, ihn die ersten Tage noch nicht mitzunehmen, wenn sie und Aidan schon keine richtigen Flitterwochen machen würden, aber davon hatte Katrina nichts wissen wollen. Es wäre ihr grausam erschienen, und für Caleb hätte es vielleicht so ausgesehen, als sei er ihr nicht mehr wichtig, jetzt, wo Aidan in ihr gemeinsames Leben trat. Auf keinen Fall wollte sie, dass er eifersüchtig wurde – und Aidan tat gut daran, sich vom ersten Tag an an die Anwesenheit des Kindes zu gewöhnen.
»Warum wolltest du so plötzlich fort?«, fragte Aidan.
»Ich habe die feindselige Stimmung nicht mehr ausgehalten. Es tut mir leid, wenn ich dir damit die Feier verdorben habe.«
»Meine Liebe, zunächst einmal möchte ich, dass du dir abgewöhnst, dich für jede Entscheidung, die du triffst, zu entschuldigen. Darüber hinaus hast du mir überhaupt nichts verdorben, denn ich schätze so große Feiern keineswegs.« Aidan öffnete die Klappe, um mit dem Kutscher zu sprechen. Anstatt nach Hause dirigierte er die Kutsche zum Kalhatti-Wasserfall. Auf Katrinas erstaunten Blick hin sagte er: »Du wolltest ihn mir doch zeigen, oder erinnere ich mich da falsch?«
Ein zögerndes Lächeln glitt über Katrinas Züge. »Ich war der Meinung, du hättest ihn dir unmittelbar nach unserem Ausflug ansehen wollen.«
»Ich habe es mir anders überlegt.«

Nach einer halbstündigen Fahrt hielt die Kutsche an, und Aidan half Katrina heraus. Das letzte Stück zum Wasserfall gingen sie zu Fuß. Das Wasser rauschte laut über die stufenförmig abfallende Schlucht und ergoss sich in das Becken am Fuß des Berges, woraus sich der Fluss speiste und seinen weiteren Verlauf nahm.

»Du hast nicht zu viel versprochen«, sagte Aidan. »Der Anblick ist wirklich atemberaubend.«

Katrina nahm ihren eleganten Hut ab, dessen feiner Schleier ihre Augen bedeckt hatte. Achtlos warf sie ihn hinter sich ins Gras und trat so nah wie möglich an den Abhang. Das Rauschen des Wasserfalls schien dem ihres Blutes zu entsprechen, als ihr bewusst wurde, dass sie frei war. Einen Moment lang schwankte sie, weil ihr schwindelte. Augenblicklich griff Aidan nach ihrem Arm. Sie erschrak, weil sie ihn nicht hatte kommen hören.

»Du willst dich doch nicht ausgerechnet an unserem Hochzeitstag die Schlucht hinunterstürzen.«

Katrina blinzelte durch die winzigen Nebeltröpfchen, die an ihren Wimpern hingen, um in Aidans Gesicht nach der Ernsthaftigkeit seiner Worte zu forschen. »Hätte ich das tun wollen«, antwortete sie, »dann hätte ich es vor zwei Jahren getan.«

Aidan zog sie vom Abgrund zurück. Der feste Griff seiner Hand erinnerte Katrina flüchtig an den Augenblick ihrer Trauung, als sie – in einem Moment des Zauderns – hatte zurückweichen wollen, aber seine Finger hatten sich fester um die ihren geschlossen, beruhigend, sicher. Charles' Worte kamen ihr in den Sinn.

»Darf ich dich etwas fragen?«

Aidan hob eine Braue. »Füge der Regel, dich nicht ständig zu entschuldigen, noch die hinzu, nicht zu fragen, ob du mich etwas fragen darfst.«

Leichte Röte stieg Katrina in die Wangen. »Ich wüsste gerne, warum niemand von deiner Familie gekommen ist.«

Mit geschürzten Lippen sah Aidan an ihr vorbei zum Fluss,

schweigend, dann drehte er den Kopf zu ihr. »Ich hätte dich schon früher über meine familiäre Situation aufklären sollen, allerdings hatte ich gehofft, es würde trotz allem jemand kommen.«

Katrina neigte den Kopf, die Lippen halb geöffnet, im Begriff, eine Frage zu stellen, aber Aidan kam ihr zuvor, indem er weitererzählte. »Dass ich ein Offizierspatent habe, weißt du sicher. Nun, irgendwann habe ich gemerkt, dass mir der normale Armeedienst zu langweilig ist, und bin das geworden, was man gemeinhin einen Herumtreiber nennt.« Das war nicht einmal gelogen. Aidan fühlte sich wie ein Seefahrer, der gefährliche Klippen umschiffen musste. »Mein Vater war mit diesem Müßiggang keineswegs einverstanden, und wir hatten mehr als eine Auseinandersetzung deswegen. Als ich nun beschlossen habe, mich niederzulassen, wollte ich Geld von ihm für das Haus und die Teegärten, aber er hat abgelehnt.«

»Deshalb hast du mich geheiratet«, ergänzte Katrina. »Das erklärt aber nicht, warum niemand aus deiner Familie gekommen ist.«

Galt es vorher, seinen Werdegang zu verschleiern, so geriet Aidan nun in die nächste Untiefe, und diese ließ sich nicht so leicht umschiffen. Er zögerte. »Mein Vater hatte bestimmte Vorstellungen davon, wen ich heiraten sollte.«

»Du meinst, du warst versprochen oder gar verlobt?«

»Nein, das nicht. Es ist so, dass mein Vater wohl eher wollte, dass ich eine … hm … ein Mädchen heirate, das noch jungfräulich ist.«

»Er hätte sich also auch quergestellt, wenn du eine Witwe geheiratet hättest?«, fragte Katrina, obwohl sie die Antwort kannte. Sie begann zu verstehen, was Aidans Vater umtrieb.

Statt einer Antwort schüttelte Aidan nur leicht den Kopf.

»Dann hat er Nachforschungen über mich angestellt?«, fuhr Katrina fort, antwortete sich aber umgehend selbst. »Ah, natürlich hat er das, so wie jeder Vater es tun würde und auch meiner damals getan hat.« Sie atmete tief ein und stieß die Luft langsam wieder aus. »Und seinen Protest gegen eine Frau wie mich hat er deutlich gemacht, indem er nicht zur Hochzeit erschienen ist, ebenso wie der Rest deiner Familie.«

Diesmal war es an Aidan, sich zu entschuldigen, aber Katrina winkte ab. »Ich hätte damit rechnen müssen«, sagte sie.

»Das hättest du nicht«, widersprach Aidan. »Zunächst einmal ist meine Familie dir als meiner Braut Respekt schuldig. Sie haben sich nicht einmal die Mühe gemacht, dich kennenzulernen.«

Obwohl Katrina Aidan gegenüber so tat, als mache ihr das Verhalten seiner Familie nichts aus, konnte sie sich selbst gegenüber nicht leugnen, dass es weh tat, und Aidans Blick sagte deutlich, dass er um ihre Gefühle wusste. Er hatte ein Gespür, das ihr beinahe unheimlich war, einen Instinkt wie ein Raubtier.

»Wie viele Geschwister hast du?«, fragte sie in bemüht leichtem Tonfall.

»Einen Bruder, der vier Jahre älter ist, eine drei Jahre ältere Schwester und eine zwei Jahre jüngere. Alle drei sind verheiratet. Als ich zwölf war, ist meine Mutter gestorben, mein Vater hat Jahre später wieder geheiratet, und diese Ehe schenkte mir eine weitere Schwester, die nun sechzehn Jahre alt ist. Meine Stiefmutter ist kurz nach der Geburt gestorben.«

»Wie verstehst du dich mit deinen Geschwistern?« Katrina hatte das Gefühl, zu neugierig zu sein, und die Frage kam ihr nur schwer über die Lippen.

»Die Geburt der Jüngsten habe ich schon nicht mehr mitbekommen, damals war ich fünfzehn und bereits im Internat in England, wo ich bis zu meinem siebzehnten Lebensjahr bleiben musste. Vielleicht ist das auch der Grund, warum ich mich mit meiner jüngsten Schwester am besten verstehe. Ich war immer der welterfahrene und weitgereiste Bruder, der sie bei seinen Besuchen mit Geschichten unterhalten hat.«

»Und deine Geschwister grollen dir nun auch wegen der Ehe mit mir?«

»Mit meinem Bruder und meinen beiden Vollschwestern habe ich mich, seit ich den Armeedienst niedergelegt habe, nicht so gut verstanden. Meine ältere Schwester versucht immer, mir ins Gewissen zu reden, so als sei sie meine Mutter.«

»Nun ja, mit dem Herumtreiben ist ja jetzt wohl Schluss, will ich meinen.« Katrina ließ es halb als Frage klingen, und Aidan lächelte anstelle einer Antwort.

»Denk nicht weiter an sie«, sagte er. »Sie werden sich schon beruhigen.«

Eine Schweigepause trat ein, in der sich beide gegenüberstanden und darauf warteten, dass der jeweils andere die Stille brach. Schließlich trat Aidan vor und legte die Arme um Katrinas Mitte. Katrina lehnte sich zurück, so dass ihr Körper auf seinen gefalteten Händen ruhte. Ihn beschlich die Sorge darüber, wie sich das Zusammenleben mit ihr gestaltete, ob sie wirklich so zerbrechlich war, wie sie ihm erschien, und wenn sie es war, ob er der richtige Mann war, sie zu beschützen. Er bemerkte, wie die Anspannung aus ihrem Gesicht wich, während sein Blick Versprechungen machte, bei denen er sich fragte, wie er sie halten sollte.

Milchig, beinahe zart wie ein Schleier, fiel das Licht der frühen Dämmerung ins Zimmer. Katrina stand an der offenen Balkontür, ließ die letzten Strahlen der Sonne ihr Gesicht und ihren Körper abtasten, sanft über das grüne Kleid gleiten, Wege, denen Aidan in Kürze folgen würde.

Mit einem zitternden Seufzer gestand Katrina sich ein, dass sie Angst hatte, Angst, als sei es das erste Mal, und diesmal wartete sie nicht auf den Mann, den sie liebte. Als Aidan das Zimmer betrat, wollte sich die Bitte, sie noch wenige Minuten allein zu lassen, auf ihre Lippen drängen. Sie hatte die Zeit auf ihrem

Zimmer nicht genutzt, um sich umzuziehen, sondern ihre *Ayah* fortgeschickt und in den Garten geschaut – ihren Garten, ihre Orchideen. Warum diese Scheu, fragte sie sich, woher diese Furcht vor etwas, das ihr zutiefst vertraut war und das sie – sie konnte es nicht leugnen – mit verstörender Intensität wollte.
Wenige Wimpernschläge später umfingen Aidans Arme sie, sein Mund, warm, fremd, drängte an ihren, Häkchen im Rücken ihres Kleides wurden gelöst, Verschnürungen folgten, das Korsett wurde gelockert, der Atem ging ihr leichter. Ihre Handflächen legten sich nach kurzem Zögern auf seine Schultern, hinderten das Kleid somit, zu Boden zu rutschen. Aidan hielt inne, umfasste ihr Gesicht, ließ seine Hände über ihren Hals gleiten, über ihre Arme bis zu ihren Händen, die immer noch an seinen Schultern lagen. Behutsam ergriff er ihre Handgelenke, senkte ihre Arme und streifte ihr Kleid ab, dem er das Unterkleid folgen ließ. Erneute Küsse, Schritte zum Bett, seine zielstrebig, ihre taumelnd. Aidan, der ruhig und fordernd war, während Katrina von ihm fortstrebte, zu ihm hindrängte, einem Rhythmus folgend, der mehr und mehr zur Raserei wurde, ihren Körper mitriss und ihr Herz vergessen machte.

Katrina wusste nicht, ob Aidan eingeschlafen war. Sein Atem war kaum merklich flacher geworden, die Hand, die in träger Zufriedenheit ihre Hüfte gestreichelt hatte, ruhte in der Wölbung ihrer Taille, während seine Brust an ihrem Rücken lag und sein anderer Arm sie umschlungen hielt. Ebenso, wie ihre Körper sich im Liebesakt zusammengefügt hatten, taten sie es nun, als sie still dalagen.
Mit dem Genuss, den Katrina noch bis vor einer halben Stunde wieder und wieder gekostet hatte, war die Verabschiedung von dem Gedanken einhergegangen, dass Derartiges nur mit dem jeweils anderen möglich war – eine Ernüchterung, die sie wie ein Schwall kalten Wassers traf, hatte sie doch geglaubt, so et-

was nur in Stephens Armen empfinden zu können. Wie oft hatte sie mit ihm geschlafen, überzeugt davon, dass sich Liebe so anfühlen musste, dass sie nur mit ihm und niemandem sonst möglich war. Was sie jedoch in dieser Nacht verspürt hatte, war keine Liebe gewesen, sondern vielmehr Hunger, nein, dachte Katrina, schlimmer als Hunger. Hunger war irgendwann gestillt, sie jedoch hatte nicht genug bekommen können, ihr Körper war der einer Verdurstenden gewesen.

Unwillkürlich drängte sich ihr die Frage auf, wie viele Frauen zuvor in Aidans Armen gelegen hatten, ebenso wie sie jetzt, sein Gesicht in ihrem Haar, den ruhigen Atemzügen lauschend, und gedacht hatten, es sei einzigartig gewesen, weil es so schön war. Katrina schloss die Augen. Beinahe erschien es ihr – und dieser Gedanke war in der Tat absurd –, als hätte sie erst in diesem Moment ihre Unschuld verloren.

*

Nicolas kam nicht umhin, Ashleys allmähliche Distanziertheit zu bemerken, die sich selbst bei Nacht darin offenbarte, dass sie sich aus seinen Armen befreite, kaum dass sie ihn schlafend wähnte. Auch in dieser Nacht war es so gewesen, und seither lag er wach und grübelte. Er fragte sich, was er sich hatte zuschulden kommen lassen. Sogar von dem Kind hatte sie ihm erst erzählt, als die morgendliche Übelkeit überhand nahm. Eine Erklärung dafür, warum sie es ihm nicht schon eher gesagt hatte, bot sie nicht, dabei wäre er bereit gewesen, sie zu akzeptieren, worin auch immer sie bestanden hätte. Ashley war jung, und dies war ihr erstes Kind, er hätte verstanden, oder zumindest versucht zu verstehen, dass sie das Wissen anfangs mit niemandem teilen wollte, nicht einmal mit ihm.

Ihrer Ehe war eine überstürzte Verliebtheit vorausgegangen, der eine ebenso überstürzte Heirat gefolgt war, kaum dass sie den schicklichen Abstand zwischen Verlobung und Hochzeit eingehalten hatten, worauf Ashleys Vater ausdrücklich bestanden hatte. Nicolas hatte so stürmisch um sie geworben wie noch nie zuvor um eine Frau, und sie war seinem Werben mehr als zugeneigt gewesen. Was nur war es, das sie ihm auf einmal entfremdete?

Ashley schlug die Augen auf und drehte sich zu ihm, so als spüre sie, dass er wach war. Sie blinzelte ein paar Mal, bis ihr Blick seine Augen fand. »Du bist noch wach?« Das Laken raschelte, als sie sich aufrichtete und auf einen Ellbogen stützte. »Fehlt dir etwas?«

Die gewohnte leise Besorgnis, wenn sie nach seinem Befinden fragte, schwang in ihrer Stimme mit, und Nicolas klammerte sich an diese Vertrautheit. »Ich kann nicht schlafen.«

»Soll ich dir einen Schlaftrunk machen lassen?«

»Das brauchst du nicht. Kümmere dich nicht um mich, sondern schlaf weiter. In deinem Zustand brauchst du die Ruhe dringender als ich.« Er berührte ihre Schulter, von der das Nachthemd gerutscht war. Zwar wich sie nicht zurück, aber der Ausdruck ihres Gesichts, die Starre darin, war so, als täte sie es. Nicolas zog die Hand zurück und erhob sich.

Nun richtete Ashley sich ganz auf, drehte den Kopf, so dass ihr Haar über ihre Schulter fiel, jene Schulter, die er kurz zuvor berührt hatte. »Was ist los mit dir?«, fragte sie.

Nicolas wandte sich zu ihr. »Wie seltsam, dass du das fragst, denn damit, dir eben diese Frage zu stellen, ringe ich schon seit Tagen.« Er wartete, ließ ihr Zeit, eine Antwort zu geben, zu erklären, aber sie sah ihn lediglich schweigend an.

»Du solltest schlafen«, sagte Nicolas brüsk und wollte sich abwenden, brachte es aber nicht über sich, weil Ashley so offensichtlich verletzt wirkte. War er es, der ihr Unrecht tat? Hatte die Hitze seinem Verstand doch mehr zugesetzt, als er wahrhaben wollte? Kurz war er in Versuchung, zu ihr zu gehen, ihren kühlen Körper an seinen zu pressen, sein Gesicht in ihrem Haar zu vergraben. Die Verletztheit in Ashleys Blick wich vorsichtiger Zurückweisung, so als spüre sie, was in ihm vorging. Abrupt drehte Nicolas sich um und ging.

*

Es war sehr früh am Morgen, als Aidan Major Thackery im Ooty-Club traf, eine Zeit, zu der nur wenige Personen im Club waren und die Gefahr möglicher Zuhörer ausgeschlossen werden konnte. Im Halbschatten, schräg hinter Major Thackery, saß ein dunkelhaariger Mann, der den Rang eines Captains bekleidete. Aidan kannte ihn aus Kalkutta, er war einer der Protegés der Krone, ein aufstrebender Offizier aus bester Familie, nur wenige Jahre älter als Aidan – und ebenso wie dieser der jüngste Sohn.
»Pünktlich, Lieutenant Landor«, begrüßte ihn Thackery. »Das hatte ich gehofft, jedoch nicht erwartet.«
»Wie darf ich das verstehen, Sir?«
Thackery lächelte schmal. »Nun, ein frischgebackener Ehemann verlässt bekanntlich äußerst ungern das Bett seiner Frau zu so früher Stunde.«
»Ich werde meine Pflichten auch weiterhin erfüllen, Sir«, entgegnete Aidan steifer als nötig.
»Das will ich hoffen.« Thackery räusperte sich. »Darf ich fragen, ob es Ihnen Ihrer Tätigkeit förderlich erschien, eine Frau zu ehelichen, der der Ruf lockerer Moral vorauseilt?«
Aidan erstarrte. »Ich muss doch sehr bitten, Sir.«
»Das Gerede verbreitet sich schneller, als eine Flut bräuchte, die Stadt zu überschwemmen.«
»Mir ist das Gerede bekannt, Sir, nur habe ich die Hoffnung gehegt, der eine oder andere mit Verstand möge darüberstehen.«
Thackery lief rot an. »Für diese Unverschämtheit erteile ich Ihnen einen Verweis, Lieutenant.«

»Jawohl, Sir«, antwortete Aidan ungerührt. Sein Blick streifte den dunkelhaarigen Offizier, der bisher schweigend dagesessen hatte. Jetzt blitzten dessen Zähne in einem Lächeln auf, das sofort wieder einer ernsten Miene wich.

»Kommen wir zur Sache«, nahm Thackery den Faden wieder auf. »Es erscheint angeraten, die Entwicklung in Richtung Zentralasien genauer zu beobachten, aber noch weiß niemand Genaueres. Uns machen die Russen Sorgen.«

Der Konflikt zwischen England und Russland um die Vormachtstellung in Zentralasien, das sogenannte *Great Game*, hatte um 1813 mit dem Frieden um Gulistan zwischen dem Zarenreich und Persien seinen Anfang genommen. Seit Anfang des Jahrhunderts lagen zweitausend Meilen unerforschten Gebiets zwischen dem russischen Reich und England, das größtenteils noch nicht kartographiert gewesen war. Die Ausdehnung Russlands auf den asiatischen Kontinent drohte zunehmend mit den englischen Interessen zu kollidieren, da England seine Vorherrschaft in den von ihm besetzten Gebieten des indischen Subkontinents gefährdet sah. Nun spielten beide Reiche ein subtiles Spiel aus Erkundung, Spionage und diplomatischem Vortasten in ganz Zentralasien. Das Zentrum der Aktivitäten war Afghanistan.

»Der Hindukusch ist Ihr Gebiet, Lieutenant«, fuhr Thackery fort, »selbst unsere einheimischen Kundschafter sind schwer dort einzuschleusen.«

»Von wem stammt der letzte Bericht, Sir?«

»Havildar Major Khan«, antwortete der dunkelhaarige Offizier an Thackerys Stelle.

Aidan hob die Brauen. »Er hat sich, ebenso wie ich, sein ganzes Leben lang in verschiedenen Kulturen bewegt, Captain Maddox. Warum soll ich ihm nun nachreisen, um die Richtigkeit seiner Aussagen zu überprüfen?«

»Sie sollen es einfach tun, Lieutenant, ohne es zu hinterfragen«, antwortete Maddox.

Aidan behagte der Tonfall nicht sonderlich – Liam Maddox wusste das und schlug ihn ständig an. Während der Ausbildung war er einer seiner Vorgesetzten gewesen, insbesondere die Fechtübungen hatte er überwacht, und Aidan erinnerte sich nur zu gut an einen Schlag mit dem Schwertknauf, den ihm seine eigene Unaufmerksamkeit eingebracht hatte. Die Schmerzen in der Schulter waren eine sich über Wochen hinziehende Erinnerung an Maddox' Worte. *Sie sollten lernen, emotionsloser zu fechten. Gefühle sind im Kampf äußerst hinderlich.*

»Nun gut«, antwortete Aidan, nachdem er den Drang, eine barsche Antwort zu geben, niedergerungen hatte. »Wann breche ich auf?«

»Wie vereinbart«, sagte Thackery. »Sie werden Lieutenant Casey bei den Paschtunen treffen, wo auch Havildar Major Khan zu Ihnen stoßen wird. Näheres erfahren Sie dort.« Thackery nickte knapp. »Ich wünsche einen schönen Tag, Lieutenant.«

Maddox fügte hinzu: »Meine Empfehlung an Ihre Frau Gemahlin.«

Aidan wusste, damit war er entlassen. Sein nächster Weg würde ihn zu Nicolas führen, denn er hatte schon seit einigen Tagen bemerkt, dass mit diesem etwas nicht stimmte.

Noch ehe sie die Augen aufschlug, wusste Katrina, dass Aidan fort war. Nicht nur, dass sie seine Atemzüge nicht hörte, sie wusste mittlerweile, dass er immer sehr früh aufstand. So hatte Katrina die ersten Minuten des Morgens für sich, konnte allein im Bett liegen und nachdenken.

Für den Vormittag wählte sie ein helles Baumwollkleid, schlicht im Schnitt, praktisch und ohne besondere Verzierungen. Dazu würde sie einen festen Hut aufsetzen, wenn es daran ging, durch die Teegärten zu gehen. Vorher wollte sie nach Caleb sehen, frühstücken und mit dem *Khansana* durchsprechen, was im Haus getan werden musste. Dem Gang durch die Teegärten folgte das

Mittagessen, ein Ausritt auf der Grauschimmelstute, die Charles ihr einen Tag nach der Hochzeit geschenkt hatte, und am Nachmittag würde sie sich mit den Wirtschaftsbüchern vertraut machen. Katrina hatte sich vom ersten Tag ihrer Ehe an die Tage so eingeteilt, dass sie immer zu tun hatte. Nie wieder wollte sie in jener lähmenden Untätigkeit verharren, zu der sie im Haus ihres Bruders verdammt gewesen war.

Sie hatten für die Arbeit in den Teegärten eine Reihe neuer Arbeiter eingestellt, zwei davon hatte Charles ihr vermittelt. Katrina argwöhnte, dass die beiden ihrem Bruder regelmäßig Bericht erstatteten, wie Aidan wirtschaftete. Aber das würde sie nicht unterbinden können, denn wenn sie die beiden nicht nahm, würde Charles andere Wege finden. Stephen war aus Ooty abgereist, und es war ihr gelungen, ihm in der gesamten Zeit seines Aufenthaltes nicht über den Weg zu laufen. Nun konnte sie nur hoffen, dass er das Thema Caleb ruhen lassen würde. Ihr Sohn war Aidan gegenüber anfangs schüchtern gewesen, aber seit Aidan ihn einmal auf seinem Pferd hatte mitreiten lassen – Katrina war tausend Tode gestorben –, war er voll tiefster Bewunderung. Allein um Calebs willen war die Entscheidung zu einer Ehe richtig gewesen, er brauchte einen Vater.

Katrina stand in den Teegärten, die sich üppig und grün vor ihr erstreckten, besah sich die Knospen und ließ die dunkelgrünen ledernen Blätter durch ihre Finger gleiten. Teepflanzen waren immergrüne Sträucher, deren Blätter gezahnt waren mit dunkelgrüner glänzender Oberfläche und hellerer Unterseite. Die jungen Blätter und beim Austrieb zartrosa gefärbten Blattknospen bedeckte ein weißlicher Flaum. In den Nilgiri Hills wurde das ganze Jahr über geerntet, wobei die beste Qualität aufgrund des Monsuns von Dezember bis Februar erreicht wurde, wenn der Tee lebhaft und frisch schmeckte und sich neben dem leicht zitrusartigen Geschmack durch ein feines, weiches Aroma auszeichnete.

Katrina ließ ihren Blick über die Teegärten schweifen, wo Frauen und ältere Kinder mit dem Pflücken beschäftigt waren, große geflochtene Körbe auf den Rücken, die mit Hilfe eines um die Stirn geschlungenen Riemens getragen wurden. Leiser Gesang mischte sich mit dem Rauschen der Blätter.
Es war für Katrina ein beinahe unwirkliches Gefühl, zu denken, dass all das – wenn auch nach dem Gesetz Aidans Eigentum – in gewisser Weise ihr gehörte. Sie war die Erfahrene, was den Teeanbau und -verkauf anging, und Aidan hatte keinen Zweifel daran gelassen, dass er ihren Fähigkeiten vertraute. An manchen Tagen ging er mit ihr zusammen durch die Teegärten, ließ sich von ihr die Möglichkeiten des Anbaus erklären, die Eigenschaften des Nilgiri-Tees, hörte ihr aufmerksam zu, wenn sie von den verschiedensten Teesorten erzählte, und nahm sich abends die Unterlagen vor, in denen Ernte, Einkäufe und sämtliche Bilanzen der Plantage dokumentiert waren.
Unweigerlich drängte sich Katrina die Erinnerung an Stephen auf. Auch mit ihm war sie stundenlang durch die Teegärten gegangen, aber anstatt dass sie ihm Dinge erklärte, war es ein fachlicher Austausch gewesen. Nach diesen Rundgängen hatte er sie in dem geräumigen Arbeitszimmer über Feinheiten des Teehandels aufgeklärt, die sie noch nicht gekannt hatte.
Mit Aidan unterhielt sie sich kaum, es sei denn über die Plantage. Sie war neugierig und hätte manchmal gerne gefragt, wie sein Leben ausgesehen hatte, ehe er nach Ooty gekommen war, hätte gerne mehr über seine Familie gewusst, aber sie befürchtete, dass das unweigerlich Fragen seinerseits nach sich gezogen hätte, und über ihre Vergangenheit mit Stephen wollte Katrina nicht reden. Allerdings war das Schweigen, das oft zwischen ihnen herrschte, nicht unangenehm, vielmehr schien eine Art stiller Übereinkunft zu bestehen, keinen unbedachten Schritt in das Leben des anderen zu wagen. Daran änderten auch ihre Liebesnächte nichts, wenn Katrina atemlos in Aidans Armen

lag und es für wenige Momente nichts mehr auf Erden zu geben schien außer ihm.

Katrina steckte eine Haarsträhne, die sich gelöst hatte, fest und machte sich auf den Weg zurück zum Haus. Weil Aidan noch nicht zurückgekommen war, aß sie allein und kleidete sich danach für ihren Ausritt um. Als sie kurze Zeit später im Reitkostüm an den Stallungen ankam, sah sie Aidan, der dabei war, seinen Rotfuchs vor dem Stalltor anzubinden. Er strich dem Pferd über die Nüstern, klopfte ihm den Hals, dann drehte er sich zu Katrina um. »Ich habe es nicht zum Mittagessen geschafft«, sagte er. »Es tut mir leid.«

»Wo warst du?« Der Frage ging ein leichtes Zögern voraus, zu seltsam schmeckte ihr diese Art von Neugierde noch auf der Zunge.

»Bei Nicolas. Ich habe ihn und seine Frau für morgen eingeladen. Es ist dir doch recht?« Er hängte die Frage wie einen nachträglichen Einfall an.

»Natürlich.«

Der Stallbursche führte ihre Grauschimmelstute Bhairavi hinaus und übergab Katrina die Zügel. Sanft strich Katrinas behandschuhte Hand über den Kopf des Pferdes, dann drehte sie sich zu Aidan um, der immer noch neben Granat stand, eine Hand in dessen Mähne – eine beinahe kameradschaftliche Geste. Als sie Anstalten machte, aufzusitzen, trat er zu ihr und half ihr aufs Pferd. Seine Hand lag einen kurzen Moment an ihrer Taille, glitt über ihre Hüfte, verweilte aber nirgends lange genug, um eine Liebkosung zu sein.

Katrina ordnete ihre Röcke und nahm die Zügel auf. »Wir sehen uns zum Tee«, verabschiedete sie sich lächelnd.

»Pass auf dich auf«, antwortete Aidan mit einem Lächeln, das das Spiegelbild von ihrem war.

Mit leichtem Schenkeldruck trieb Katrina die Stute an und ritt vom Hof.

# 5

## Ootacamund, Juli 1875

Du bist blass«, bemerkte Charles, als er in sein Arbeitszimmer im Kontor trat, wo Katrina stand, vor sich auf dem Tisch ein dickes ledergebundenes Buch über verschiedene Teesorten und ins Leere starrend.

»Leihst du mir das Buch?«, fragte sie anstelle einer Antwort.

Mit einem knappen Nicken gewährte Charles ihr ihre Bitte. »Behandelt er dich anständig?«, setzte er die Befragung hartnäckig fort.

»Natürlich tut er das.«

»Habt ihr euch gestritten?«

»O Charles, bitte«, entgegnete Katrina unwirsch. »Seit wann schätzt du es, wenn eheliche Dinge nach außen getragen werden?«

»Ich habe also recht?«

»Nein.« Katrina biss sich auf die Lippen. Die Wahrheit war ein schmaler Grat. Sie sah, wie es in Charles arbeitete, und fuhr fort: »Aidan reist in den Himalaja, um verschiedene Teesorten zu erkunden.«

Charles nickte. »Eine hervorragende Idee. Du solltest nicht versuchen, ihn daran zu hindern.« Ein leichter Tadel schwang in seiner Stimme mit.

»Das tue ich nicht.«

»Aber es gefällt dir nicht.«

Den Blick auf das Buch gesenkt, schwieg Katrina. Sie hatte eine Seite über Tee aus den Bergen von Assam aufgeschlagen, aber der Text und die Abbildungen verschwammen vor ihren Augen, stattdessen war ihr, als hebe sich ein Vorhang und böte einen Blick auf jene kleine Abendgesellschaft drei Wochen zuvor, zu der Nicolas und Ashley geladen waren. Glänzende Kandelaber, schimmerndes Silberbesteck, das Licht auf Ashleys schwarzem Haar, die Blicke, die zwischen ihr und Nicolas gewechselt wurden, sanft, verletzt, und obwohl sie miteinander sprachen, herrschte zwischen ihnen ein Schweigen, das schmerzte. Katrina betrieb Konversation, Aidan war überaus charmant, Nicolas und Ashley die perfekten Gäste. Es gab keinerlei peinliche Gesprächspausen, und dennoch hing über der Tafel ein Unbehagen, das Katrina nicht hatte greifen können. Dann Nicolas' Frage, beiläufig, Aidans Antwort, ebenso beiläufig. Nicolas fragte, wann die Abreise bevorstünde. In Kürze, antwortete Aidan. Ashley wollte wissen, ob er über Kalkutta reisen würde. Und Katrina sah vom Essen auf, die Einzige, die keine Ahnung hatte, wovon die Rede war. Ihr Blick traf sich kurz mit Aidans, der mitten in der Beschreibung seiner Reiseroute war, einen winzigen Moment lang stockte, dann weitererzählte, als sei nichts gewesen.

Die Abendgesellschaft verblasste, die Teetafeln des vor Katrina aufgeschlagenen Buches wurden wieder sichtbar. Ein Fremder, das war er, und Katrina sagte sich wie so oft zuvor, dass sie gut daran tat, es nicht zu vergessen.

Sie richtete sich auf, bemerkte, dass Charles sie ansah, immer noch in Erwartung einer Antwort. »Nein«, sagte sie. »Es ist mir gleichgültig.« Nur hätte sie es vorher wissen wollen.

Weil sie den forschenden Blick ihres Bruders bemerkte, riss sie sich zusammen und schüttelte die Gedanken, die sie sich machte, ab. Sie wollte nicht, dass Charles ihr vorhielt, er habe dergleichen ja geahnt. Mit dem schweren Buch im Arm verabschiedete sie sich und verließ das Arbeitszimmer. Wolken türmten sich über den Bergen auf und schoben sich langsam, aber unaufhaltsam auf die Stadt zu. Es würde nicht mehr lange dauern, bis es wieder regnete.

Die Kutsche wartete auf der Straße, und Katrina wollte sie eben besteigen, als sie Ashley sah, die wenige Meter von ihr entfernt die Straße überquerte, sie aber offenbar nicht bemerkte. Katrina verstaute das Buch in der Kutsche und ging auf die junge Frau zu, so schnell, wie es gerade noch damenhaft war. Erst als sie sie beinahe erreicht hatte, sah Ashley in ihre Richtung und blieb stehen. Zwar erhellte ein Lächeln ihre Züge, jedoch konnte es nicht über den Ernst in ihren Augen hinwegtäuschen.

»Ich wollte mir den Basar ansehen«, sagte Ashley, nachdem sie sich begrüßt hatten. Zwar war ihr Umgang miteinander dadurch, dass Aidan und Nicolas sich kannten, persönlicher geworden, aber es herrschte immer noch eine gewisse Distanz, und Katrina wusste nicht recht, ob es aufdringlich war, Ashley anzubieten, sie zu begleiten. Ashley jedoch schien über ein sehr feines Gespür für ihr Gegenüber zu verfügen, denn sie selbst bat Katrina, ihr die Umgebung zu zeigen.

»Es ist alles noch so neu«, fügte sie hinzu. »Ich war nie zuvor in Ooty.«

Katrina willigte nur zu gerne ein. Sie wollte den jungen Dienstboten holen, der sie bei ihren Kutschfahrten begleitete, aber Ashley hatte einen Diener dabei, der ihr in einigem Abstand gefolgt war. Allein ging keine Frau über einen indischen Basar, wenn ihr an ihrem Ruf gelegen war. Es war schon sehr gewagt, sich nicht im *Palankin* hindurchtragen zu lassen. Eine englische Dame ging keine weiteren Strecken zu Fuß, erst recht nicht durch eine moralisch bedenkliche Einrichtung wie einen Basar. Katrina hatte jedoch schon während ihrer Ehe mit Stephen den einen oder anderen Abstecher dorthin gemacht, immer in Begleitung von Dienstboten, und es war nie zu Zwischenfällen gekommen. Der Basar war nahe dem Ooty-See gelegen, der umgeben war von üppigem Grün und zum Teil umschattet von Bäumen.

»Haben Sie sich mittlerweile gut eingelebt?«, fragte Katrina. Ashley, die dabei war, karmesinrote Seide anzusehen, nickte kaum merklich. »Hier ist es schöner als in Kalkutta.« Sie zog ein Stück der Seide vom Ballen und hielt sie vor sich. »Wie finden Sie das? Ist es zu gewagt für ein Kleid?«

Katrina stellte sich Ashley in einem karmesinroten Kleid vor. Zusammen mit dem schwarzen Haar, den dunklen Augen und der hellen Haut musste der Effekt atemberaubend sein.

»Etwas gewagt ist es schon«, räumte sie ein, »aber nichtsdestotrotz wird es zauberhaft aussehen.«

Mit gerunzelter Stirn überlegte Ashley wenige Sekunden, dann entschied sie sich für den Stoff. Nach einigem Feilschen war man sich handelseinig, und Ashley erwarb zusätzlich noch passende Spitze und etwas dunklere Seide für eine Schärpe. Der Dienstbote nahm die Ware entgegen und folgte den beiden Frauen, während sie ihren Weg fortsetzten.

Der Basar war dichtbevölkert, und teilweise war das Gedränge so groß, dass ein Vorwärtskommen nur schwer möglich war. Zweimal wurden sie angerempelt, und jedes Mal überprüften die Frauen, ob man sie um ihre Geldbörsen erleichtert hatte. Es roch nach gegerbtem Leder, schwelenden Feuern, verschwitzten Körpern, und die beiden Frauen hielten sich, wenn es unerträglich wurde, Taschentücher vor Mund und Nase.

Katrina wusste, dass Ashley Aidan bereits aus Kalkutta kannte, und hätte zu gerne ein wenig mehr erfahren, fürchtete jedoch, dass diese Art von Neugier abstoßend wirken könnte. Schließlich hätte sie Aidan auch selbst fragen können, was er in der Vergangenheit getan hatte. Aber manchmal eröffneten die Eindrücke einer anderen Person eine neue Sicht. Sie kannte Aidan nicht und wünschte so sehr, mehr über ihn zu erfahren.

»Ihr Mann kennt Aidan aus seiner Zeit in Kalkutta?«, fragte sie übergangslos und kam sich töricht dabei vor, denn dass dem so war, war kein Geheimnis, hatten sie doch beim Abendessen darüber geredet.

Ashley nickte, ohne sie anzusehen. »Ja, sie haben sich kennengelernt, einige Tage, nachdem Nicolas angekommen ist. Aidan war ja ebenfalls in Kalkutta stationiert – offiziell zumindest.«

»Er ist schon damals gerne gereist, habe ich gehört.«

Ashleys Mund verzog sich in leichtem Spott. »In der Tat.« Sie warf Katrina einen flüchtigen Blick zu. »Er hat es auch früher nicht lange vorher angekündigt.«

»Nun, aber Ihrem Mann immer noch eher als mir«, antwortete Katrina und hätte sich auf die Zunge beißen können.

»Vermutlich hat er sich nichts dabei gedacht«, sagte Ashley, doch trotz dieser Erklärung las Katrina in ihrem Gesicht und ihrem Tonfall, dass ein solches Verhalten typisch für ihn war.

Sie wichen drei Frauen aus, die Tonkrüge mit Wasser trugen, und waren froh darüber, dass das Gedränge ein wenig nachließ. In der Luft lag der Duft nach Gewürzen, die Wärme einer Ofenstelle trug den Duft von Nain-Brot. Obst türmte sich an Ständen, rotbackige Äpfel, Pfirsiche und Aprikosen, während einige Schritte weiter Kardamom, Safran, Zimt, Pfeffer und unzählige weitere Gewürze angeboten wurden.

Offenbar entging Ashley Katrinas Unbehagen nicht. »Er wird sich nicht noch einmal so verhalten«, sagte sie. »Bisher hat er nie einen Fehler zweimal gemacht.«

»Kennen Sie ihn so gut?«

»Seit ich Nicolas kenne.« Eine kaum sichtbare Falte erschien zwischen Ashleys Brauen.

»Und wie ...« Katrina zögerte kurz, entschloss sich dann aber dazu, die Frage zu stellen. »Wie ist er?« Sie musste die Stimme erheben, als neben ihr ein Streitgespräch zwischen zwei Männern ausbrach.

Falls Ashley diese Frage einer Ehefrau über deren Mann seltsam fand, so ließ sie es sich nicht anmerken. »Höflich, charmant, immer freundlich«, antwortete Ashley beinahe nachdenklich. »Im Grunde genommen ist er perfekt, ich meine, er benimmt

sich tadellos, nicht das kleinste Flüstern wird über ihn laut.« In Ashleys Stimme schwang unterschwellig, aber unüberhörbar mit, dass gerade diese Tatsache sie skeptisch machte. »Das Einzige, was man an ihm aussetzen könnte, ist, dass er kühl, distanziert und leidenschaftslos wirkt.«
Kühl und leidenschaftslos – diese Worte wären die letzten gewesen, die Katrina in Bezug auf Aidan gewählt hätte. Sie hätte gerne weitergefragt, aber Ashley hatte sich einem Händler zugewandt, der Ziergegenstände aus Silber verkaufte, offenbar nicht gewillt, das Thema fortzusetzen.
Katrinas Unbehagen verstärkte sich. Durch ihre Fragen hatte sie zwar viel Neues erfahren, aber das hatte lediglich ihre Neugier noch weiter angestachelt – und diese war weit davon entfernt, befriedigt zu sein. Zudem setzte sich die Befürchtung in ihr fest, Ashley könne ihrem Ehemann von ihrem Gespräch erzählen, und dieser würde es zu Aidan weitertragen.
Ein kleiner Junge rempelte sie an und rannte dann weiter. Instinktiv griff Katrina in die Falten ihres Rockes und stellte fest, dass ihre Geldbörse nicht mehr da war. Einen flüchtigen Moment lang ärgerte sie sich über ihre Unaufmerksamkeit, dann übernahm die Unruhe wieder die Herrschaft über ihre Gedanken.

Nachdem sie sich den Rest des Tages mit häuslichen Pflichten abgelenkt hatte, nutzte Katrina die Abendstunden zum Grübeln. Sie hatte sich früh zurückgezogen. Zunächst blätterte sie halbherzig in einem Buch, das sie sich aus der Bibliothek im Club mitgenommen hatte, dann kleidete sie sich um und ging zu Bett. Im Grunde genommen war es albern, sich wegen der simplen Tatsache, dass Aidan mit seinem Freund eher über seine Abreise gesprochen hatte als mit ihr, so zu echauffieren. Aber es war mehr als das. Katrina hatte sich in dem Moment ausgeschlossen gefühlt wie eine Fremde, vor allem, als sie bemerkt

hatte, dass Ashley Bescheid gewusst, Nicolas also mit ihr über Aidans Pläne gesprochen hatte. Aidan redete ja nicht einmal im Nachhinein mit ihr darüber, wer konnte wissen, wann er es überhaupt erwähnt hätte, hätte Nicolas nicht danach gefragt. Ihr drängte sich der Gedanke auf, dass selbst Stephen so nie gehandelt hatte. Sogar Charles erzählte Cynthia alles über seine Pläne, obwohl diese keinerlei Interesse daran hatte.
Katrina löschte das Licht und legte sich in die Kissen zurück. Es war nicht außergewöhnlich, dass Aidan sehr spät zu Bett ging. Seit dem Frühstück hatte sie ihn überhaupt noch nicht zu Gesicht bekommen. Natürlich war es gut möglich, dass er Nicolas besuchte oder im Club war, was gelegentlich vorkam, aber an diesem Abend ärgerte sie das. Hätte sie Ashley nur nicht nach ihm gefragt. Nun beunruhigte sie der Gedanke daran.
Es war nur ein Halbschlaf, in den sie sank, wie immer, wenn sie zu viel gegrübelt hatte, so dass sie das leise Öffnen und Schließen der Tür hörte, das Aidans Rückkehr ankündigte. Er ging am Bett vorbei direkt in das Badezimmer, das sich neben dem Ankleidezimmer befand. Seiner Kleidung entströmte der süßliche Geruch nach Opiumrauch, und hatte sich in Katrina während der letzten Tage bereits eine Wut zusammengebraut, die unter ihrer Unruhe brodelte, so war die Tatsache, dass Aidan sich offenbar in irgendeiner Spelunke herumgetrieben hatte, nicht dazu angetan, diese Wut zu mildern. Sie lauschte auf die Geräusche im Badezimmer, dann schob sie die Decke beiseite und stieg aus dem Bett.
Mit einem Ruck riss sie die Tür auf. Aidan stand vor dem Ofen und sah sie verblüfft an. Er war offenbar im Begriff gewesen, in einem kleinen bronzenen Kessel Wasser zu erhitzen, weil es im Haus ausschließlich kaltes fließendes Wasser gab. Einen Moment lang standen sie schweigend voreinander, und nichts war zu hören außer dem leisen Zischen der Gaslampe.
Mit einer knappen Bewegung warf Katrina den Kopf zurück.

»Wo warst du?« Vergessen war, dass ihr diese Art von Fragen vor wenigen Tagen noch so schwergefallen war.
Aidan sah kurz zu Boden, dann wieder auf. »Aus«, antwortete er knapp.
»Geht es etwas genauer?«, fragte Katrina bissig.
»Sicher. Sobald du dich in deinem Ton etwas gemäßigt hast, meine Liebe.«
Katrina verschränkte die Arme vor der Brust. »Ich denke, ich habe jedes Recht, zu erfahren, wo du dich bis um diese Zeit herumtreibst.«
»Das Recht spreche ich dir auch nicht ab, aber dazu, laut und unbeherrscht zu werden, sehe ich keinen Anlass«, entgegnete Aidan. Er rieb sich mit den Fingerspitzen die Augen, die gerötet waren und glasig. »Wenn du mich nun bitte entschuldigen möchtest? Ich habe Kopfschmerzen und werde jetzt ein Bad nehmen. Beruhige dich erst einmal und geh zu Bett.«
»Weder bin ich unbeherrscht, Aidan«, rief Katrina, »noch gewillt, mich von dir mit dieser überheblichen Gönnerhaftigkeit behandeln zu lassen, als sei ich ein Kind. Käme ich um diese Uhrzeit heim, mit Kleidung, die röche, als sei ich in … in …«
»Ich war in keinem Bordell, wenn du das meinst«, fiel Aidan ihr kühl ins Wort. »Was die Frage angeht, dass du um diese Zeit heimkämest, nach Opium riechend, hast du recht, ich würde es nicht dulden. Ich war in einem Haus in der Nähe des Basars, das du wohl eine Opiumhöhle nennen würdest.«
Katrina schluckte und biss sich auf die Unterlippe. »Und darf ich erfahren, warum du so ein Geheimnis daraus machst und mir nicht sofort antwortest?«
»Weil mir dein Ton nicht passt.«
Ohne eine Antwort zu geben, drehte Katrina sich um, warf die Tür hinter sich ins Schloss und ging ins Bett. Die Decke bis unter ihr Kinn gezogen, starrte sie an den Betthimmel und nannte sich selbst eine Närrin.

Als Aidan aus dem Bad kam, war sie immer noch nicht eingeschlafen, hielt aber die Augen geschlossen, weil sie nicht mit ihm reden wollte. Ihr Ausbruch war ihr peinlich, denn im Grunde genommen war es ihr gleichgültig, wann er heimkam, das war es auch nicht, worüber sie so verärgert war. Sie wusste selbst nicht, was in sie gefahren war.

Das Bett senkte sich, als Aidan sich niederlegte. Eine Zeitlang war nichts zu hören, dann sagte er: »Du kannst dich weiterhin schlafend stellen oder aber mir sagen, warum du so wütend auf mich bist.«

Zuerst wollte Katrina nicht antworten, aber dann erschien ihr das albern. Sie drehte sich um und sah Aidan an, der, auf einen Ellbogen gestützt, neben ihr lag.

»Wenn du fortgehst, möchte ich nicht die Letzte sein, die es erfährt. Und ich möchte nicht, dass du deine Zeit in Opiumhäusern verbringst.«

»Was Ersteres angeht, hast du mein Wort, dass mir ein solches Versäumnis nicht wieder passiert. Letzteres hingegen kann ich dir nicht versprechen.«

»Warum nicht?«

Aidan hob die Brauen. »Nimm es einfach hin.«

Wieder fühlte Katrina heiße Wut in sich aufsteigen. »Und wenn ich das nicht tue?«

»Ich bedaure, aber du wirst keine andere Wahl haben.« Erneut rieb er sich die Augen. »Und nun lass uns das Thema beenden. Ich bin wirklich müde.«

Katrina jedoch dachte nicht daran, zu schweigen. »Dann würdest du es also auch hinnehmen, wenn ich mich entschlösse, derartige Orte aufzusuchen?«

»Mach dich bitte nicht lächerlich. Die Antwort kennst du ebenso gut wie ich.«

»Ich könnte es darauf ankommen lassen.«

»Das könntest du, meine Liebe, aber ich würde es dir nicht

empfehlen, denn ich wäre gezwungen, dich zurückzuholen, und was dann passiert, würde dir nicht gefallen.«

Katrina setzte sich auf. »Sagtest du nicht vor unserer Ehe etwas davon, ich hätte jede Freiheit, die ich haben möchte?«, fragte sie mit leicht provozierendem Unterton.

»Solange sie sich im Rahmen dessen bewegt, was sich gehört. Ich kann mir beim besten Willen nicht vorstellen, dass dein Vater oder dein erster Mann dich zu solchen Orten haben gehen lassen. Außerdem ist das ganze Gespräch absurd. Keine Frau von Stand würde sich nur in die Nähe eines solchen Hauses wagen. Du möchtest doch in Wahrheit nicht hin, sondern willst es nur, weil dir nicht passt, dass ich dort gelegentlich einen Abend verbringe. Wenn du unbedingt Opium rauchen möchtest, nur zu, aber nicht dort.« Aidans Stimme wurde versöhnlicher. »Du solltest dich um solche Dinge nicht so sehr bekümmern.«

»Es kümmert mich ebenso, wie es dich kümmert, was ich tue. Wir sind verheiratet.«

»Eben. Sieh dir an, was andere Ehemänner treiben, und sag dir, du kannst von Glück reden.«

»Stephen hat das nie getan.« Die Worte waren heraus, noch ehe Katrina darüber nachgedacht hatte, was sie da sagte.

»Was du nicht sagst, meine Liebe.« In Aidans Stimme schwang so viel Sarkasmus mit, dass Katrina sich unsagbar töricht vorkam. Ohne eine Antwort zu geben, drehte sie ihm den Rücken zu und wickelte sich in ihre Decke. Angespannt wartete sie darauf, ob er doch noch etwas sagen würde, aber sie hörte lediglich das Rascheln des Bettzeugs, und kurze Zeit später vernahm sie seine ruhigen Atemzüge. Stephen hatte das auch gekonnt – nach einem Streit schlafen, als sei nichts gewesen, während sie sich schlaflos im Bett herumwälzte. Ebenso wie er nach zwei Jahren Ehe Distanz geschaffen hatte, schaffte Aidan sie schon zu Beginn. Keine Fragen zur Vergangenheit war eine Sache, kategorisches Ablehnen von Dingen, die ein Zusammenleben erträglich machten, eine andere. Vor diesem Hintergrund bekam die Tatsache, dass er so offensichtlich noch keine Kinder mit ihr wollte, einen neuen Beigeschmack – oder wie war es zu werten, dass er sich in jeder Liebesnacht zurückzog, kaum dass sein Moment kam. Über Kinder hatten sie nicht gesprochen, wohl auch deshalb, weil es Katrina selbstverständlich erschienen war, irgendwann welche zu kriegen. Hätte er gesagt, er wolle zu Beginn keine, wäre sie einverstanden gewesen, so jedoch fühlte sie sich betrogen.

Jegliche Müdigkeit war dahin, und nach etwas mehr als einer halben Stunde stand Katrina auf, griff nach ihrem Morgenrock und ging in die Bibliothek. Wenn sie schon nicht schlafen konnte, konnte sie die Zeit auch sinnvoll verbringen und in dem Buch, das sie sich von Charles geliehen hatte, lesen. Irgendwann schlief sie jedoch trotzdem ein, halb ausgestreckt auf dem Diwan, das aufgeschlagene Buch noch auf dem Schoß. So fand Aidan sie am nächsten Morgen.

# 6

## Ootacamund, September 1875

Ashley zerknüllte den Brief ihres Vaters und warf ihn auf ihren Sekretär. Sie hatte ihm und ihrer Mutter von ihrer Schwangerschaft berichtet, und die Antwort war postwendend gekommen. *Welch eine Freude, mein Liebes.*

Kopfschmerzen kündigten sich an, pulsierten hinter ihren Augen und würden in kurzer Zeit durch ihren ganzen Kopf hämmern. Obwohl sie wusste, dass es nichts nützen würde, massierte Ashley sich die Schläfen. Sie lehnte sich zurück und legte eine Hand auf ihren Bauch, der sich nicht mehr kaschieren ließ und jede Frau in ihrem Bekanntenkreis zu Kommentaren hinriss – die Unverheirateten wurden rot und murmelten, wie reizend sie es fänden, die Frischverheirateten fragten, wann es so weit sei, begleitet vom verschämten Senken der Blicke, das andeutete, man selbst wünsche sich in Kürze das gleiche Glück, und Mütter jeden Alters hatten Ratschläge für sie. Die Einzige, die sich nicht geäußert hatte, war Katrina, deren Kenntnisnahme der Schwangerschaft sich allein darin äußerte, dass sie bei ihrem gemeinsamen Abendessen Speisen hatte auftischen lassen, die mild waren und kein Unwohlsein auslösten.

Ashley wandte den Kopf, als Nicolas den Raum betrat, gekleidet in seine graue Uniform mit den braunen Besätzen und den silbernen Tressen, die Farben des vierten Regiments der Madras-Kavallerie. Sie lächelte. »Schon so früh zurück?«

»Ich musste heute nur einige der neuen Offiziere in Degenübungen einweisen.« Er neigte sich zu ihr, um sie zu küssen. Sein Blick fiel auf den zerknüllten Brief auf ihrem Schreibtisch.

»Von meinem Vater«, kam sie seiner Frage zuvor.

»Schlechte Neuigkeiten?«
»Nein.«
Nicolas schwieg, wartete offensichtlich auf weitere Erklärungen.
»Ich werde Katrina morgen besuchen.« Ashley sah das flüchtige Verdunkeln in Nicolas' Gesicht, wie so oft in letzter Zeit, wenn sie ihm auswich oder sich zurückzog. »Ist Aidan fort?«
»Er reist morgen ab.«
Ashley nahm den zerknüllten Brief und strich ihn in einer langsamen, beinahe konzentrierten Bewegung glatt. »Denkst du nicht auch, diese Ehe ist zu einseitigem Vorteil geschlossen worden?«
»Ich denke, das geht uns nichts an.«
Eine Falte grub sich zwischen Ashleys Brauen. »Es ging dich jedenfalls genug an, ihn darin zu unterstützen.«
»Darüber haben wir schon geredet. Er hätte sie geheiratet, gleichgültig, was ich tue, und ich habe versucht, es ihm auszureden.«
»Weil du denkst, er hätte etwas Besseres verdient, ja, das sagtest du.«
»Katrina ist erwachsen und wusste, worauf sie sich einlässt.«
»Wusste sie das wirklich? Wer ist Aidan, kannst du mir darauf eine Antwort geben?«
»Was soll die Frage? Du weißt, wer er ist.« Nicolas klang gereizt.
»Ich weiß, dass er der Sohn eines in Bombay ansässigen Barons ist und dein Freund. Außerdem ein Offizier und Herumtreiber. Nun ist er Teepflanzer. Aber wer ist er wirklich? Ich glaube, er verbirgt etwas, etwas, mit dem er Katrina noch sehr verletzen wird.«
Nicolas hatte den Blick gesenkt, so dass sie ihm nicht in die Augen sehen konnte. Als er sie wieder ansah, war seiner Miene keine Antwort auf ihre Vermutungen abzulesen.

»Katrina war bereits brüskiert, weil er dir zuerst gesagt hat, dass er in den Himalaja reisen wird«, fuhr sie fort.

»Das war sicher nicht richtig von ihm, aber andererseits auch kein Grund, sich zurückgesetzt zu fühlen«, verteidigte Nicolas seinen Freund.

»Mir würde es auch nicht gefallen.«

Ein Lächeln glitt über Nicolas Züge. »Das denke ich mir.« Er lehnte sich mit der Hüfte an ihren Sekretär. »Was hast du für heute geplant?«

Ashley hatte nicht die Absicht, das Thema einfach so fallenzulassen, aber weil sie Nicolas ansah, dass er sich dazu nicht mehr äußern würde, ging sie auf seine Frage ein. »Einige Frauen haben sich angemeldet. Es geht wohl um irgendein Wohltätigkeitsprojekt.« Sie winkte mit der Hand ab. »Solange sie nicht von mir verlangen, Traktate zu verteilen oder zu missionieren, soll es mir recht sein.«

»Du kannst dich von den gesellschaftlichen Pflichten leider nicht ausschließen«, sagte Nicolas mit jenem Grinsen, das darauf schließen ließ, wie froh er war, als Mann von derartigen Aktivitäten ausgenommen zu sein. »Du hättest nicht so unfreundlich zu Mrs. Winterball sein sollen, sie weicht dir schon aus, wenn sie dich nur von weitem sieht.«

»Sie wollte mich für die *Women's association against prostitution* anwerben, um Himmels willen«, antwortete Ashley.

»Nun ja, ein nobles Anliegen …«

»Ich sollte dabei helfen, fromme Texte zu verfassen, um sie später zu verteilen. Du hättest ihr Entsetzen sehen sollen, als ich ihr gesagt habe, wir könnten doch auch bei den Männern, die derartige Dienste in Anspruch nehmen, anfangen.«

Nicolas lachte schallend.

»Aber mit Derartigem lassen sie mich zurzeit zum Glück in Ruhe, seit«, erneut legte sie die Hand auf den Bauch, »man es sieht. Mrs. Clarke sagte, das Kind könne moralisch beeinflusst werden.«

Nicolas nahm ihre Hand und küsste sie. »Ich würde es dir gerne ersparen, Liebes.« Erheiterung blitzte in seinen Augen.

»Das glaube ich dir aufs Wort.«

»Es ist mir bitterernst«, versicherte er. »Ach ja, ehe ich es vergesse, ich gehe gleich in den Club.«

»*Black Pool* spielen?«, fragte Ashley.

»Es ist sehr unterhaltsam, auch wenn Aidan sagt, das Spiel wird sich nicht länger als eine Saison halten.«

»Ich bin nicht oft Aidans Meinung, aber da stimme ich ihm zu.«

»Letztens habe ich ihn selbst mit dem Stock in der Hand erwischt«, antwortete Nicolas feixend. »Mal sehen, ob ich ihn heute zu einer Partie überreden kann.«

»Ihr werdet also den Abend damit verbringen, mit Kugeln auf einem Tisch zu spielen. Den Snookern muss in diesem Sommer wahrhaft langweilig gewesen sein.«

»Aus Langeweile sind schon große Ideen entstanden.«

Ashley lächelte spöttisch. »Nenn mir eine davon.«

Lachend küsste Nicolas sie und verabschiedete sich.

*

Die Todas, jenes Bergvolk der Nilgiris, das gleich den Badagas immer weiter ins Hinterland zurückgedrängt worden war, lebten in kleinen Dörfern, sogenannten *Munds*. Die Hütten waren aus mehreren hintereinanderstehenden und mit Rattan verstärkten Bambusbögen hergestellt, die mit Reet abgedeckt waren und deren Vorder- und Rückseite aus behauenem Stein bestand. Jede dieser fensterlosen Hütten hatte eine Höhe von zehn und eine Länge von achtzehn Fuß, und zum Schutz vor wilden Tieren war der Eingang nicht größer als drei Fuß.

Katrina waren die Hütten seit ihrer Kindheit vertraut, weil ihre Amme sie immer wieder zu ihren Anverwandten mitgenommen hatte. Während ihrer Ehe mit Stephen waren die Besuche seltener geworden, und nach der Scheidung hatte sie sie ganz eingestellt. An diesem Morgen jedoch, wenige Tage nach Aidans Abreise, hatte sie das Verlangen verspürt, ihre Amme wiederzusehen und ins Toda-Dorf zu reiten. Sie war beinahe unmittelbar nach dem Frühstück losgeritten, um am Nachmittag wieder daheim zu sein.

Frauen saßen zwischen den Hütten, verwoben bunte Wolle, ein Mädchen zerrieb Körner zwischen zwei Steinen. Die Hütten standen in großzügigem Abstand voneinander entfernt, Männer wie Frauen waren in das traditionelle Gewand gekleidet, das aus einem großen wollenen Schal bestand, der um den Körper geschlungen wurde. Frauen trugen die für sie charakteristischen klobigen, schweren Ringe – *Tulwaji* – um die Oberarme, manchmal gleich mehrere übereinander. Waren sie verheiratet, trugen sie zudem Halsketten, was unverheirateten Mädchen nicht erlaubt war.

Katrina war kaum in das Dorf geritten, als mehrere Frauen bereits aufsprangen und sie umringten, lachend auf sie einredeten, sie willkommen hießen. Obwohl Katrina viele Jahre ihrer Kindheit in der Obhut ihrer Amme zugebracht hatte, war ihr der Dialekt der Todas mit seinen sechzehn Vokalen nicht geläufig. Aber ihre Amme hatte auch Tamilisch beherrscht, das, ebenso wie die Sprache der Todas, zu den dravidischen Sprachen gehörte.

Sarita, Katrinas Amme, war eine Frau von fünfundvierzig Jahren, das einstmals schwarze und für ihr Volk so charakteristisch gelockte Haar war beinahe ergraut, und sie erschien Katrina schmaler als zuvor. Aber die Augen, die in dem wettergegerbten, kaffeebraunen Gesicht leuchteten, waren noch dieselben wie zuvor. Ein Glücksgefühl, das ihr beinahe den Atem nahm, überschwemmte Katrina. Sie saß ab und lief auf ihre Amme zu – wen störte es hier, dass sich ein derartiges Verhalten für eine Dame nicht gehörte.

Die Umarmungen ihrer Amme hatten Katrina immer die ihrer Mutter ersetzt, die sie im Alter von drei Jahren verloren hatte, jetzt jedoch hielt sie sich zurück und grüßte auf Art der Todas mit einem kurzen *Tcha*. Zu gerne hätte sie Sarita als Kindermädchen für Caleb behalten, aber jene hatte es in ihr Dorf zurückgezogen, wo ihre Kinder lebten. Katrina wusste, dass sie sich mit Stephen nicht verstanden hätte, und auch Sarita war das klar gewesen.

Obwohl ein Großteil der Todas missioniert worden war, fand man überall im Dorf noch Zeichen ihres ursprünglichen Glaubens, ihrer Verehrung für Teikirshy, deren Statue in jeder Hütte zu finden war, die den Todas heiligen Wasserbüffel mit dem hellbraunen Fell, die überall frei herumliefen, den kegelförmigen Tempel von *Muthunadu Mund*. Nach wie vor wurden Brücken gemieden, Flüsse und Bäche mussten durchwatet oder durchschwommen werden. Ähnlich den hinduistischen Pandavas gab es auch hier Polyandrie, und so war es nicht selten, dass eine Frau gleich mehrere Brüder heiratete. Indem sich die Brüder eine Frau teilten, musste der Landbesitz nicht aufgeteilt werden. Die Kinder wurden nach der Reihenfolge ihrer Geburt den Brüdern, vom Ältesten ausgehend, zugeschrieben.

»Ich hörte, du hast wieder geheiratet, Missee Sahib«, sagte Sarita in gebrochenem Englisch, als sie sich in die Nähe einer Feuerstelle auf eine Decke setzten. »Das ist gut. Eine Frau braucht einen Ehemann.« Sie nahm einer ihrer Töchter Platten mit Brot ab. »Ist er deinem Sohn ein Vater?«

Katrina lächelte. »Ja, das ist er.«

Anchita, die jüngste Tochter Saritas, setzte sich zu ihnen und brachte einen Krug Wasser mit.

»Sie wird auch bald heiraten«, sagte Sarita und deutete auf ihre

Tochter. Röte stieg Anchita in die Wangen, und sie senkte den Kopf.
Kinder kamen neugierig näher, einige setzten sich zu ihnen, andere schnappten sich etwas zu essen und liefen davon, nur wenige Mädchen waren unter ihnen. Töchter waren nicht sehr begehrt und wurden oftmals direkt nach der Geburt in Milch ertränkt oder zum Sterben ausgesetzt – außer jenen, die man leben ließ, um die Fortpflanzung zu gewährleisten. Die Missionierung hatte den Brauch nicht gänzlich ausrotten können.
Die Büffel konnten sich frei bewegen und bildeten den Mittelpunkt der Dörfer. Für die Religion und Wirtschaft der Todas kam den Tieren eine große Bedeutung zu. Nahrungsmittel der Todas waren die Milch ihrer Büffel und das, was ihnen der Wald gab, wobei sie mit sehr wenig Nahrung auskamen. Von ihren Vätern lernten die Jungs, Kühe zu achten und sie zu melken, außerdem die Herstellung von Butter – Tätigkeiten, die für Mädchen tabu waren, ebenso wie es Frauen verwehrt wurde, den Tempelbezirk zu betreten.
»Du liebst deinen Mann nicht?«, fragte Sarita.
Katrina schüttelte den Kopf. »Nein, aber ihn zu heiraten, war trotzdem richtig. Die Liebe hat mir nicht viel Glück gebracht.«
»Ihr verdankst du Caleb.«
Unwillkürlich musste Katrina lächeln. »Ja, das Beste, was ich von Stephen kriegen konnte.«
Saritas Zähne blitzten in dem dunklen Gesicht auf. »Eine Frau braucht Kinder, je mehr, desto besser.«
Vorzugsweise Söhne. Katrina nickte nur. Sie hatte ihre Amme nie gefragt, wie viele ihrer Kinder sie hatte behalten dürfen.
»Du bist noch nicht in Erwartung?«
»Nein.«
»Ich werde dir nachher einige Kräuter mitgeben, die dir helfen.«
Katrina sah den spielenden Kindern zu. Frauen der Todas war es

nicht erlaubt, in den Hütten niederzukommen. Kinder wurden in den nahegelegenen Wäldern zur Welt gebracht, mit nichts als einigen Büschen um sie herum zum Schutz gegen den Wind.

Aus einem Impuls heraus sagte Katrina: »Wirst du zu mir kommen, wenn ich das nächste Mal niederkomme?« Sie hatte es sich schon bei Calebs Geburt gewünscht, aber Sarita war krank gewesen und hatte nicht kommen können.

Ein Lächeln breitete sich auf dem Gesicht der Frau aus. »Gerade eben sahst du noch aus, als zweifeltest du daran, je wieder ein Kind zu bekommen, nun planst du bereits seine Geburt.«

Als die Sonne ihren höchsten Stand überschritten hatte, machte Katrina sich auf den Rückweg. Trotz allem hatte ihr der Ausflug gutgetan. Nur bei dem Gedanken an Aidan regte sich leises Unbehagen, denn seit ihrem nächtlichen Streit war ein Missklang zwischen ihnen, der nicht weichen wollte. Zwar hatte Aidan durchaus Versöhnungsbereitschaft gezeigt, aber sie selbst, obgleich ihr der ganze Streit mittlerweile albern erschien, war von seinem harschen Ton zu verletzt gewesen, um einzulenken, selbst wenn sie sich eingestand, dass sie sich im Tonfall vergriffen hatte. Ihr Vater hatte sie stets verwöhnt, Stephen immer eingelenkt. In der Nacht, ehe er abgereist war, hatte sie dennoch Aidans sanftem Drängen nachgegeben und mit ihm geschlafen – zu widerstehen war ihr trotz allem nicht möglich gewesen. Was jedoch mit Stephen ein Moment der Versöhnung gewesen war, war mit Aidan ein hungriger Akt, der nach nichts als nach Sättigung verlangte.

Katrina übergab ihre Handschuhe dem Mädchen, das ihr die Tür geöffnet hatte, zog die Hutnadel heraus und reichte Hut und Nadel ebenfalls an das Mädchen weiter.

»Ein Sahib ist zu Besuch, Memsahib«, sagte ein junger, weißgekleideter Dienstbote, der sich im Hintergrund hielt.

Vermutlich Charles, dachte Katrina und warf einen Blick auf die Standuhr. Sie war länger fort gewesen, als sie geplant hatte. Ohne sich Zeit fürs Umkleiden zu nehmen, ging sie zum Besuchersalon und öffnete die Tür, einen Gruß bereits auf den Lippen, als sie wie erstarrt stehen blieb.
»Dein *Chuprassi* sagte mir, ich könne hier warten«, sagte Stephen und erhob sich aus einem Sessel.
Katrina blieb in der Tür stehen, eine Hand um die Klinke gekrampft, während sie spürte, wie ihr das Blut aus dem Gesicht wich und ihre Lippen kalt wurden. Caleb, dachte sie und wollte sich umdrehen, die Treppe hochlaufen und sehen, ob er sich noch in seinem Zimmer befand. Aber das war Unsinn, sagte sie sich und hielt in der Bewegung inne. Stephen war doch hier, wie sollte er da Caleb weggeschafft haben? Offenbar war ihm ihre wie eine Flucht anmutende Geste nicht entgangen, denn er hob die Hände, als wolle er sie beruhigen.
Bilder stiegen auf, ließen den Salon verschwimmen. Stephen, der immer kühler geworden war, immer abweisender, Stephen, der ihr gemeinsames Zimmer verlassen hatte. *Rede mit mir, Stephen. Warum redest du nicht?*
Der Schleier riss.
»Es tut mir leid, dass ich dich so überfalle«, sagte Stephen höflich, und in der Tat war ihm das Bedauern anzuhören, ebenso wie ein Anflug von Unbehagen.
»Was willst du?«, fragte Katrina mit brüchiger Stimme. Sie trat langsam in den Salon, ohne die Tür zu schließen.
»Mit dir reden.«
»Zwischen uns gibt es nichts mehr, das besprochen werden müsste.«
»Da irrst du, Kat, und ich denke, das weißt du. Ich habe mit deinem Bruder gesprochen – er hat es dir erzählt, nehme ich an? Kaum hatte ich das Kontor verlassen, warst du verheiratet, wo auch immer du in so kurzer Zeit einen Mann hergenommen

hast. Aber du warst ja schon mit ihm im Gerede, vermutlich war da doch etwas dran.«
Die Selbstverständlichkeit, mit der er ihren alten Kosenamen benutzte, war ihr unerträglich. »Bist du gekommen, um von mir Rechenschaft zu fordern?« Katrinas Herz schlug so schnell, dass es ihr in den Ohren dröhnte. Sie kannte die Antwort.
»Nein.« Stephen lächelte etwas gezwungen. »Ich möchte Caleb.«
Mit der Zungenspitze befeuchtete Katrina ihre trockenen Lippen. »Du bist umsonst gekommen.«
»Das denke ich nicht.«
»Hast du absichtlich gewartet, bis mein Mann fort ist?« Sie sah ihm an, dass dem so war, und zu ihrer Kälte gesellte sich Verachtung. »Ich werde einen Boten zu Charles schicken, wenn du nicht augenblicklich verschwindest.«
»Ich bin Calebs Vater.«
Katrinas Augen weiteten sich. »Bist du dir da so sicher?«
Das Blut stieg Stephen in die Wangen. »Ja, allerdings.«
»Vor Gericht klang es anders.«
»Wir wissen beide, dass das, was vor Gericht gesagt wurde, nicht der Wahrheit entspricht.«
»Großer Gott, Stephen«, murmelte Katrina. Sie verdrängte die Bilder von der Gerichtsverhandlung, die sich wieder und wieder vor ihren Augen formten, kurz in einem Nebel zerstoben, um sich erneut zu bilden.
»Es war doch klar, worauf es hinauslaufen würde, oder? Ich habe deinen Vater damals gewarnt, aber er hätte mich in den finanziellen Ruin getrieben, und dich dazu.«
»Stattdessen hast du entschieden, mich allein in den Ruin zu treiben.«
Stephen ging nicht darauf ein. »Kinder werden immer den Vätern zugesprochen.«
»Nicht, wenn diese Väter in einem öffentlichen Scheidungs-

verfahren ihre Vaterschaft anzweifeln.« Dass der Richter in diesem einen Punkt gegen die Klage entschieden hatte, war allein dem Umstand zu verdanken, dass sie und Stephen sich beinahe bis zu Calebs zweitem Lebensjahr ein Zimmer geteilt und als Ehepaar zusammengelebt hatten. Zwar hatte Stephen auf das Kind verzichtet, um seinen geäußerten Verdacht zu bekräftigen – welcher Vater verzichtete schon auf seinen leiblichen Sohn –, aber dennoch blieben Zweifel, die nicht einmal ein Mann ausräumen konnte, der behauptet hatte, zur fraglichen Zeit eine Affäre mit ihr gehabt zu haben.

»Zum Teufel, Kat, du kannst mit diesem Kerl hier noch ein Dutzend Kinder haben! Ich möchte nur das eine.«

Katrina fror, ihre Fingerspitzen wurden taub. Sie hatte ihn so sehr geliebt. Selbst jetzt taten ihr der Anblick seines Gesichts, die Vertrautheit seiner Bewegungen, die Erinnerung an die Geschmeidigkeit seines Körpers weh. Sie wusste, wie es sich anfühlte, den Kopf an seine Schulter zu lehnen, wusste genau, dass ihr Blick, wenn sie unmittelbar vor ihm stand, auf eine winzige Narbe an seinem Hals fiel, die von einer Verletzung in seiner Kindheit herrührte.

»Dann lass dich doch scheiden«, sagte sie, »und heirate eine andere Frau. Kinderlosigkeit ist ein Scheidungsgrund.«

»Du weißt ebenso gut wie ich, dass das nicht möglich ist.«

»Weil man dann vielleicht auf die Idee kommen könnte, dahinter stecke Kalkül? Oder ist es am Ende so, dass du deine zweite Frau liebst?«

Stephen hatte Anstand genug, darauf nicht zu antworten.

»Nun geh bitte, Stephen. Ich habe dir nichts weiter zu sagen.«

Mit wenigen Schritten war er bei ihr und umfasste ihre Schultern. »Ich will meinen Sohn.« Er schüttelte sie nach jedem Wort.

Katrina stemmte die Hände gegen seine Brust und stieß ihn von sich. »Wage es nie wieder, mich anzurühren. Und jetzt raus!«

»Gut.« Stephen trat zurück. »Aber das letzte Wort dazu ist noch nicht gesprochen.« Er drehte auf dem Absatz um und verließ den Salon.

Die Anspannung fiel von Katrina ab, das Blut strömte wieder in ihr Gesicht, in ihre Finger. Aus kalten Lippen wurden zitternde, aus einem starren Körper einer, der der Ohnmacht nahe war. Tränen quollen zwischen geschlossenen Augenlidern hervor und liefen über sich rötende Wangen, tropften auf Schultern, die immer noch schmerzten von einem zu harten Griff.

# 7

## Ootacamund, Oktober 1875

Das war gar nicht einmal so übel«, sagte Ingram Frazer und seufzte genießerisch. Er drückte Gillian einen Kuss auf die Lippen und stand auf, um sich anzuziehen.

Gillian unterdrückte das Gefühl der Demütigung und sah ihm zu, wie er seine Hose schloss und in sein Hemd schlüpfte. »Bleibst du nicht noch etwas länger?«

»Wo denkst du hin, mein Liebes?« Ingram lächelte nachsichtig. »Ich habe Verpflichtungen. In einer Stunde erwarten mich meine Freunde im Club, und ich muss mich noch umkleiden.«

Das Laken um sich geschlungen, setzte Gillian sich auf. Ingram sah gut aus und hatte Witz. Er war zu Gast gewesen in dem Teehaus, in dem sie eine Arbeit gefunden hatte. Ein Wort hatte das andere ergeben, Scherze waren gefolgt, und Ingram war beinahe jeden Tag gekommen, um seinen Tee zu trinken und mit ihr zu plaudern. An diesem Abend hatte sie das erste Mal mit ihm geschlafen. Sie hatte gehofft, sich danach gut zu fühlen, keinen Schmerz mehr wegen Brian zu empfinden. Der Schmerz war in der Tat verschwunden, aber sie fragte sich, ob ihr das, was sie nun an seiner Stelle verspürte, wirklich lieber war. Noch war es ein leichter Druck, kaum spürbar, aber nichtsdestotrotz unangenehm und nicht zu verdrängen.

»Nun mach nicht so ein Gesicht«, sagte Ingram und knöpfte seinen Gehrock zu. »Ich komme morgen wieder, dann nehmen wir uns mehr Zeit.«

»Sicher.« Gillian warf ihr blondes Haar zurück. »Vielleicht wird es dann ja besser als *nicht übel.*« Selbst in ihren Ohren klang der Sarkasmus nicht überzeugend.

»Du hattest noch nicht so viele Liebhaber, ja?«

Gillian spürte, wie ihre Wangen heiß wurden. »Einen.«
»Du hast ihn geliebt, nehme ich an?«
»Und wenn?«
Ingram zuckte die Schultern. »Nur so.« Er neigte sich zu ihr und küsste sie. »Wir sehen uns morgen.«
Ohne eine Antwort zu geben, sah Gillian ihm nach, als er die Dachkammer verließ. Sie hoffte, dass niemand ihn bemerkte, denn das Ehepaar, bei dem sie arbeitete und lebte, würde einen derartigen Lebenswandel nicht dulden.
Sie hatte gehört, dass Aidan geheiratet hatte, eine reiche Frau mit zweifelhaftem Ruf. Für Männer war es so einfach. Mit einer wütenden Bewegung wollte Gillian einen Teller vom Nachtschränkchen fegen, besann sich aber im letzten Moment. Man würde weder tolerieren, dass sie laut war, noch dass sie Geschirr zerbrach. Sie sank auf dem Bett in sich zusammen und presste die Hände auf das Gesicht.

*

Es war die erste Soiree, die Ashley gab, und obschon sie die Einladungen recht kurzfristig verschickt hatte, bekam sie ausschließlich Zusagen – die Leute waren einfach zu neugierig auf sie, hatte sie sich doch bisher von den meisten Veranstaltungen ferngehalten.
Der Garten war mit Lampions geschmückt, smaragdgrün erstreckte sich der Rasen vor der säulenbestandenen Veranda. Einem kleinen Park gleich war der Garten von Wegen geteilt und von Bäumen überschattet. Ein marmorner Springbrunnen warf Wasserfontänen in die Luft, und Efeu rankte an Bambusspalieren.
Ashley trug ein laubgrünes Kleid, dessen Rock geschlitzt und mit dunklerem Samt unterlegt war. Ihr Haar hatte sie hochgesteckt, und als einzigen Schmuck trug sie ein goldenes Halsband

mit passenden Ohrgehängen. Zwar war ihr Bauch nicht mehr zu übersehen, aber sie wusste sich so zu kleiden, dass sie ihren Zustand nicht unnötig zur Schau stellte, was als moralisch äußerst bedenklich gegolten hätte.

Die Gäste strömten in den Garten und in den großen Salon. Ein Büfett war an der Längsseite des Salons aufgebaut, und sechs weißgekleidete einheimische Diener standen dahinter. Ashley mischte sich unter die Gäste, lächelte, tauschte Floskeln aus und bemühte sich darum, den Eindruck zu erwecken, sie amüsiere sich bestens. Wäre es nach ihr gegangen, hätte sie keine Gesellschaft gegeben, aber sie wusste, dass es sich nicht vermeiden ließ. Sie war die Ehefrau eines Captains, und es wäre weder ihrem noch Nicolas' Ansehen in der Gesellschaft zugutegekommen, hätte Ashley sich distanziert.

Cynthia Ramsay trat zu ihr, nahm ihren Arm und fragte mit Blick auf ihren Bauch, wann es denn so weit wäre. Sie selbst war unübersehbar in anderen Umständen und fühlte sich daher offenbar zu aufdringlicher Vertraulichkeit bemüßigt. Ashley gab ihr die gewünschte Antwort.

»Dann sind wir ungefähr zur gleichen Zeit dran«, sagte Cynthia.

»Wie erfreulich«, murmelte Ashley.

»Sie brauchen keine Angst zu haben. Ich selbst war beim ersten Kind auch sehr nervös, aber es gibt kein größeres Glück, und beim Anblick dieses kleinen Wesens sind alle Schmerzen vergessen.«

Ashley brachte trotz ihres Widerwillens ein Lächeln zustande. »Angst habe ich nicht.«

»Warum besuchen Sie und Ihr Gatte uns nicht einmal zum Abendessen?«, fragte Cynthia, ohne auf die Antwort einzugehen. »Mein Mann würde ihn sehr gerne wiedersehen.«

»Haben Sie vielen Dank.«

Cynthia strahlte. »Ich lasse Ihnen eine Einladung zukommen.«

Ein mit den Ramsays bekanntes Ehepaar erlöste Ashley, indem

es Cynthia in ein Gespräch verwickelte. Ashley entschuldigte sich und setzte ihren Weg durch den Garten fort, während sie versuchte, den Gesichtern Namen zuzuordnen. Ein Mann, der sich ihr als John Frazer vorgestellt hatte, wechselte ein paar Worte mit ihr. Kurz darauf trat sein Sohn hinzu. Ashley grübelte, dann fiel ihr der Name wieder ein: Ingram, wie der Mörder von Christopher Marlowe. Er war ihr bereits bei dem Empfang in der Halle wegen seines jungenhaften Lächelns aufgefallen. Glatt und charmant. Sie hatte ihn auf Anhieb nicht ausstehen können.

»Ich kenne Ihren Vater«, sagte John Frazer. »Wir waren gemeinsam im Internat in London.«

Diesmal war Ashleys Lächeln echt. »Tatsächlich? Kommen Sie ebenfalls aus Kalkutta?«

»Nein, bis vor kurzem habe ich in Madras gelebt, aber meiner Frau bekommt die Bergluft besser, also haben wir uns hier unseren Altersruhesitz eingerichtet.« Er zwinkerte. »Ich habe mit Seide gehandelt, Ingram wird das Geschäft nun fortführen.«

Ashleys Vater hatte ihr einmal einen Schal aus Seide geschenkt, die so weich und zart war, wie sie selten welche gesehen hatte. Jener Schal entstammte den Frazer-Faktoreien. Davon, dass ihr Vater deren Besitzer kannte, hatte er nie etwas gesagt.

»Sie werden die Geschäfte von Ooty aus leiten?«, fragte Ashley, an Ingram gewandt, den sie dabei ertappte, wie er auf ihren Bauch starrte. Anstatt jedoch verlegen zu werden, wie sie es erwartet hätte, setzte er ein beinahe unverschämtes Lächeln auf.

»Die Faktorei wird natürlich in Madras bleiben«, antwortete er, »dort sitzen die Verwalter. Sollte meine Anwesenheit nötig sein, werde ich hinreisen.«

Ashley entging das Zucken im Gesicht von John Frazer nicht, ebenso wenig der leichte Unmut, der seine Züge überschattete. Sie plauderte noch kurz mit ihm, ehe sie sich wieder den Gästen widmete.

Im Laufe des Abends fiel ihr die Aufmerksamkeit auf, die Ingram der jungen Elizabeth Falk, der Tochter eines Teepflanzers, angedeihen ließ, einem Mädchen mit wenig Ausstrahlung, das seine erste Saison gerade hinter sich hatte. Dennoch hatte sie einige Erfolge verzeichnen können, denn als Alleinerbin hatten die Männer an ihr durchaus Interesse. Ashley hatte das Mädchen erst vor wenigen Wochen kennengelernt und beschlossen, es unter ihre Fittiche zu nehmen. Sie fand diese Reizlosigkeit, gepaart mit kuhäugiger Naivität, geradezu entzückend.

Es war das zufällige Aufschnappen von Katrinas Namen, das Ashley dazu brachte, sich zu einer Gruppe von Frauen, unter ihnen Cynthia Ramsay, zu gesellen. Es dämmerte bereits, und durch die offenen Verandatüren erklang leises Klavierspiel, das sich mit dem Plaudern der Gäste mischte.

»Ich frage mich, warum sie nicht hier ist«, sagte eine korpulente Frau, an deren Namen Ashley sich nicht erinnerte.

»Vermutlich war sie nicht eingeladen«, sagte Mrs. Shelter, die Witwe des ehrenwerten Sir Thomas Shelter, ehemals Richter in Madras.

»Doch, das war sie«, sagte Ashley, »aber zu meinem Bedauern fühlte sie sich nicht wohl.«

»Nun ja …«, Cynthia zögerte, so als sei sie nicht sicher, ob sie etwas sagen sollte, während ihre Augen förmlich leuchteten vor Sensationslust. »Stephen war vor einigen Tagen bei ihr. Danach war sie sehr aufgewühlt.«

Laute des Erstaunens wurden laut.

»Weißt du das sicher?«, fragte Mrs. Shelter.

»Sie hat es Charles erzählt.« Cynthia senkte den Blick, wirkte beinahe verlegen.

»Ich hätte nicht gedacht, dass er sie noch einmal aufsuchen würde, nach dem, was passiert ist.« Die korpulente Dame plusterte die Wangen auf.

»Mich wundert es eher, dass sie ihn empfangen hat.« Amelia Holt, eine hübsche junge Witwe, runzelte die Stirn.
»Gerade jetzt, wo ihr Mann nicht da ist.« Cynthia schien erstaunt. »Sie sagte, Stephen wolle das Kind.«
»Im Grunde genommen hat er recht«, sagte eine weitere Frau, die hinzugekommen war. »Ein Kind gehört zum Vater.«
»Aber erklärte er nicht, es sei nicht seines?«, warf Mrs. Shelter ein.
»Was außer Zweifel bleibt, ist, dass es Katrina Landors Kind ist«, sagte Amelia Holt. Ashley hatte gehört, dass die junge Witwe selbst Streit mit den Schwiegereltern hatte, die den Sohn und Haupterben haben wollten. Sah man die Frau genauer an, fielen die feinen Linien um die Augen auf, zu früh für eine so junge Frau. Sie trug nach zwei Jahren Witwenschaft kein Schwarz mehr, sondern Violett, was für Halbtrauer stand. Vermutlich kannte sie die Beschränkungen, die Katrina auferlegt worden waren, nur zu gut aus eigener Erfahrung. War das Leben als Ehefrau häufig beengt, so lebten viele Witwen, als sei ihr Leben mit dem Ehemann begraben worden.
»Sicher möchte Stephen nicht, dass das Kind bei einer Frau bleibt, deren Lebenswandel etwas, hm, fragwürdig ist.« Die korpulente Dame legte die Stirn in Falten.
»Warum gerade jetzt? Sie ist mit dem Sohn eines Barons verheiratet«, sagte Mrs. Shelter.
»Vielleicht war es ja auch nur ein Vorwand.« Cynthia wirkte ratlos.
»Dein Mann sollte sich darum kümmern, meine Liebe«, antwortete Mrs. Shelter und legte Cynthia die Hand auf die Schulter.
»Ich bin auch der Meinung, er sollte sich Stephen Alardyce einmal vornehmen.« Amelia Holt verschränkte die Arme vor der Brust.
»Stephen Alardyce verlangt nichts als sein Recht«, sagte die korpulente Dame, »und ich muss mich über jeden wundern, der

ihm das absprechen möchte. Sollte das mit dem Kind allerdings nur ein Vorwand gewesen sein, dann …« Sie hob die Hände und ließ offen, was sie sagen wollte.

Ashley sah sie an. »Ein Vorwand für was?« Sie genoss die Verlegenheit der anderen Frauen und beobachtete das errötende Gesicht der korpulenten Frau. Edwina Thorndike, jetzt fiel ihr auch der Name wieder ein.

»Ich denke, jeder weiß, was gemeint ist«, rettete Mrs. Shelter die Situation.

»Ich hoffe nur, dass es nicht wieder Probleme gibt«, sagte Cynthia. »Schließlich kann Charles sich nicht immer um seine Schwester kümmern. Für Derartiges ist Katrinas Mann verantwortlich – so er denn von der ganzen Angelegenheit erfährt.«

Amelia Holt hob spöttisch die Brauen. »Dafür werden Sie sicher sorgen, meine Liebe.«

Eine unangenehme Schweigepause trat ein, während derer Ashley sich entschuldigte und in den Salon ging. Hatte sie vorher schon kein Interesse an dieser Soiree gehabt, fühlte sie sich nun regelrecht abgestoßen. Ein kurzer Blick auf die Standuhr sagte ihr, dass der Abend noch lange nicht vorbei war und sie noch viele Stunden die reizende Gastgeberin zu spielen hatte. Ein Gesellschaftsskandal wurde nur zu gerne immer wieder aufgewärmt und konnte wie ein Feuer wüten, so er denn Nahrung fand. Manchmal reichte nur ein Wort, um alles zu verlieren. Sie sah zu Nicolas, der sich mit einigen Männern unterhielt, und fühlte Wärme in sich aufsteigen, während ihr gleichzeitig war, als lege sich ein Band um ihre Brust und schnüre ihr den Atem ab.

# 8

## Himachal Pradesh, November 1875

War es wirklich nötig, dass ich extra herkomme?« Aidan machte keinen Hehl aus seiner Verärgerung. Zusammen mit Brian, Havildar Major Ranjan Khan und Sharif, einem Paschtunen, befand er sich acht Tagesritte von Simla entfernt in einer kargen Berglandschaft.

Aus Sicht der Engländer bedrohte die Eroberung Zentralasiens durch die Russen das Kronjuwel des britischen Empire: Indien. Als das Zarenreich seinerzeit ein Khanat nach dem anderen unterworfen hatte und sich nun auch dem afghanischen Herrscher anzunähern versuchte, hatte man auf englischer Seite einen Vorstoß nach Indien beinahe für unausweichlich gehalten. Um weiteren Expansionsbestrebungen Einhalt zu gebieten, war es vonseiten der Engländer 1838 zum ersten afghanischen Krieg gekommen, in dem die britische Armee gegen die weitaus schlechter gerüsteten Afghanen ins Feld zogen. Den britischen Truppen folgten ihre Familien mitsamt Bediensteten. Quartier bezog man in der britischen Garnison außerhalb Kabuls, und der ehemalige afghanische Herrscher wurde ins indische Exil geschickt, um den erneuten Versuch einer Annäherung an Russland zu unterbinden und die Situation in Afghanistan ein für alle Mal zu lösen. Man wollte unter dem afghanischen Herrscher Shuja Shah eine Art Marionettenregime etablieren, das sich jedoch als sehr kurzlebig erwies. Die Unzufriedenheit der afghanischen Bevölkerung wuchs aufgrund der hohen Besteuerung und des ausschweifenden Lebens mehrerer britischer Offiziere, was zu Übergriffen von afghanischen Freischärlern führte. Gefechte folgten und schließlich Anfang 1842 die Entscheidung der Briten, sich zähneknirschend zurückzuziehen und die

Garnison zu verlassen. Auf dem Weg über den Khaiberpass war der Tross mitsamt Männern, Frauen und Kindern angegriffen und niedergemetzelt worden.
»Ich denke, man wird den Konflikt mit Russland nutzen, um wieder in Afghanistan einfallen zu dürfen«, sagte Sharif. »Irgendwann werden sie die Schmach der letzten Niederlage rächen, das ist uns allen klar.«
»Bisher hat man sich, was Russland angeht, auf Drohungen beschränkt«, widersprach Aidan, »eine direkte Kriegserklärung wurde nie ausgesprochen.«
Sharif kniff die Augen zusammen, sagte aber nichts. Damals nach dem Vorfall am Khaiberpass hatten die Engländer eine Strafexpedition gestartet und auf dem Weg nach Kabul Befestigungen und zahlreiche Siedlungen zerstört. In Kabul, wo bereits innerhalb des Volkes ein Machtwechsel stattgefunden hatte, befahl General Pollock als Strafe für die Afghanen die Zerstörung der Zitadelle und des Basars. Zahlreiche Plünderungen durch die britischen Truppen folgten innerhalb der nächsten zwei Tage, dann zog sich England aus Afghanistan zurück nach Indien.
»Ich kann in dieser Sache nichts weiter als sinnloses Machtbestreben entdecken«, fuhr Aidan fort. »Den Wunsch, sich immer weiter in Ländern zu etablieren, die einem nicht gehören.«
Brian schnitt eine Grimasse. »Lass das nicht Major Thackery hören. Der wäre imstande, dich wegen Hochverrats anzuklagen. Vor allem könnte man sich die Frage stellen, warum du tust, was du tust.«
»Wohl aus demselben Grund wie du, nehme ich an.« In beiden Männern brannte die gleiche Sehnsucht, die gleiche innige Liebe zu dem Land und das unbändige Verlangen nach Abenteuern.
»Irgendwann wird uns das noch mal den Kopf kosten«, sagte Brian.
Aidan sah seinen Freund an, hatte plötzlich das Bild vor Augen,

wie diesem im Kriegsgetümmel der Kopf vom Rumpf getrennt wurde, sein Haar sich erst mit Blut, dann mit Staub mischte. Er erschauerte und schloss für einen Moment die Augen.
Die vier Männer waren wie nomadische Händler gekleidet und führten neben den Bergponys zwei Maultiere mit sich. Brians blondes Haar war mit einem Sud aus Walnüssen dunkel gefärbt. Aidan ärgerte sich darüber, wie sinnlos die ganze Sache war. Diesen Bericht hätte ihm Ranjan Khan auch in Simla übergeben können, aber Major Thackery wurde ja jedes Mal nervös, wenn es um Unruhen ging.
»Bei dem Gemetzel am Khaiberpass waren es doch auch indische Soldaten, die gestorben sind«, sagte Ranjan und nahm damit das Thema wieder auf.
»Indische Soldaten, die im Dienste der Engländer ein Land überfallen haben, in dem sie nichts zu suchen hatten«, antwortete Sharif.
»Die Armee war im Rückzug begriffen.«
»Sie hätte gar nicht erst so weit vorrücken dürfen.«
»Schweigt, alle beide«, sagte Aidan gereizt. »Ihr steht auf derselben Seite, falls ihr das vergessen haben solltet.«
»Ganz recht«, sagte Ranjan, »auf eurer, so wie sich das gehört, seit den Indern die Identität genommen wurde.«
»Hat dich einer gezwungen, Soldat zu werden?«, fragte Brian.
»Von irgendetwas muss meine Familie ja schließlich leben.«
»Großer Gott, könnt ihr bitte endlich aufhören«, rief Aidan.
Ranjan verschränkte die Arme vor der Brust, Sharif schaute in die Berge, und Brian rang sichtlich mit sich, noch einen Kommentar abzugeben, entschied sich jedoch dagegen.
Es ging bereits auf Ende November zu, und wenn Aidan bis Ende Dezember in Ooty sein wollte, würde er sich beeilen müssen, zumal sein Weg vorher noch über Simla führte. Er konnte nicht mit leeren Händen heimkommen. Die Ausrede mit dem Erkunden der Teegebiete würde noch einige Male herhalten

müssen. Unter keinen Umständen durfte Katrina wissen, was er hier wirklich tat, denn damit wäre nicht nur er, sondern auch jeder, der mit ihm zusammen arbeitete, gefährdet. Auch wenn er auf ihre Verschwiegenheit vertraute, so war dennoch die Möglichkeit gegeben, dass sie es versehentlich verriet, und keiner konnte wissen, was das für Konsequenzen nach sich ziehen würde. Es war schon riskant genug von Brian gewesen, Gillian mitzunehmen, aber da war es weniger kompliziert, weil sie unter ihrem richtigen Namen gereist waren, scheinbar nur zum Vergnügen, während sie in Wahrheit einem Mann gefolgt waren, den man der Spionage verdächtigt hatte. Seinen Sold zahlte Aidan auf ein Konto ein, das er in der einzigen etablierten Bank Ootys, einer Niederlassung der Bank von Madras, eingerichtet hatte. Hierhin wurde auch einmal im Jahr die Rente von Bombay aus transferiert, die sein Vater dort jeden Monat für ihn zahlte. Dass das Konto existierte, wusste Katrina, denn er bestritt laufende Kosten davon, aber darauf zugreifen konnte sie nicht, und so bestand keine Gefahr, dass sie die genaue Herkunft der Zahlungen entdeckte.

Zum Abend hin wurde es kühl, und die Männer bauten ein Zelt auf. Die Pferde wurden davor angepflockt, und jeweils ein Mann war mit der Wache beauftragt. Nachdem die Arbeit getan war, entfachte Brian ein Feuer, und Sharif holte Brotfladen hervor.

Aidan ließ die anderen allein und ging ein Stück weit, um in Ruhe nachzudenken. Sie rasteten in einer steinigen Talsenke, in der es nur vereinzelt Baumgruppen und Gebüsch gab. Ein Gebirgsbach bahnte sich seinen Weg durch karges Felsmassiv, und in der Ferne zeichneten sich schneebedeckte Gipfel ab. Es wurde abends sehr kühl, und die Dunkelheit brach schnell herein. Wer sich nicht vorsah, konnte von einem Moment zum anderen von ihr überrascht werden, was in den Bergen, wo ein falscher Schritt das Leben kosten konnte, ein großes Risiko darstellte.

Er war jetzt fast fünf Monate verheiratet, von denen er nur

knapp drei mit Katrina verbracht hatte. Es fiel ihm immer noch schwer, sich an das Zusammenleben mit ihr zu gewöhnen. Der Streit, den sie kurz vor seiner Abreise gehabt hatten, ließ ihn dem Wiedersehen mit gemischten Gefühlen entgegensehen. Er hatte sie offensichtlich verletzt, aber er konnte nicht einsehen, sich von ihr vorschreiben zu lassen, womit er seine Abende verbrachte. Immerhin betrog er sie nicht. Aber es tat ihm auch leid, sie vor den Kopf gestoßen zu haben, nur zu gut war ihm ihr verletzter Blick in Erinnerung. Er hätte sich gerne mit ihr versöhnt, ehe er aufgebrochen war.

»Woran denkst du?«, fragte Sharif, der sich unbemerkt zu ihm gesellt hatte.

»An meine Frau.«

»Ah ja«, sagte Sharif gedehnt. »Ich war erstaunt, dass gerade du geheiratet hast.«

»Brian sagte das auch schon. Ist der Gedanke denn so abwegig?«

Sharif setzte sich auf einen Felsblock. »Weniger der Gedanke an eine Ehe als vielmehr an dich als Ehemann.« Er feixte. »Weiß Sita es?«

Aidan schüttelte den Kopf. »Wir haben uns lange nicht gesehen.«

»Denkst du, sie wird enttäuscht sein?«

»Warum sollte sie? Es war doch von Anfang an klar, dass wir nicht heiraten werden.«

»Nun ja, aber sie wird dich in ihrem Bett erwarten, so wie sie das immer tut, gleichgültig, wie viele Frauen es für dich gegeben hat. Auf deine Weise warst du ihr treu.«

Aidan war unbehaglich zumute. Er hoffte, Sita wirklich widerstehen zu können, wenn er sie das nächste Mal sah.

»Eine Ehefrau zu haben, ist eine gute Sache.« Sharif stand auf. »Aber eine große Verantwortung. Du solltest das nicht vergessen, wenn Sita vor dir steht und du nicht weißt, ob du ihr folgen sollst oder nicht.« Mit diesen Worten drehte er sich um und ging zum Lager zurück.

Am nächsten Tag trennten sie sich. Sharif kehrte zu seinem Paschtunen-Stamm zurück, Ranjan machte sich auf den Weg in den Punjab, und Aidan ritt mit Brian Richtung Simla.
Zwischen den Bergen verfing sich der Frühnebel gleich zerrissener Seide, durch deren Löcher das Grau der Felsen brach und das Grün rauhen Gestrüpps. Nichts war zu hören außer dem Hufschlag der Pferde und des Maultiers auf dem steinigen Untergrund. Aidan zog seinen Umhang enger um sich, als ein leichter Wind aufkam.
»Warum muss eigentlich immer ich das Maultier führen?«, schimpfte Brian.
»Das Thema hatten wir schon. Muss ich dich wieder an den Verweis erinnern, den Thackery mir deinetwegen erteilt hat?«
»Wenn ich das gewusst hätte, hätte ich ihm gesagt, dass du nichts damit zu tun hast.«
»Du hast es ihm aber nicht gesagt, mein Freund, du hast nicht einmal mir erzählt, dass er von Gillian weiß. Davon abgesehen, hatte ich sie am Hals, kaum dass du weg warst, und du weißt, was ich davon halte, wenn ich mich um deine abgelegten Frauen kümmern muss.«
»Konnte ich ahnen, dass sie in Ooty bleibt?«
»Mir ist gleichgültig, was du ahnst oder nicht. Du führst das Maultier, und damit hat es sich.«
Aidan war froh, in Simla das Pony gegen Granat tauschen zu können, dessen federnde Schritte so viel angenehmer waren als die harten des Gebirgspferdes. Aber als nomadischer Händler konnte er schlecht einen edlen Vollblüter mit sich führen – der im Gebirge zudem weniger trittsicher war –, und so hatte er Granat in den Armeestallungen zurückgelassen.
Die Gegend veränderte sich kaum, und Aidan hatte auch nach

Stunden das Gefühl, nicht voranzukommen. Er zügelte das Pony und stieg ab. »Lass uns hier rasten.«

Brian pflockte Ponys und Maultier an, während Aidan ein Feuer entfachte. »Selbst dafür, dass du den Weg von Ooty hierher mehr oder weniger umsonst gemacht hast, bist du unerträglich schlechtgelaunt«, sagte Brian und kickte einen Stein weg.

»Seit einem Monat sitzen wir in dieser Einöde fest, das sollte Grund genug sein.«

Brian blickte sich um, als müsse er sich daran erinnern, wo er war. »Du warst doch immer derjenige von uns, der nicht weit genug ins Gebirge vordringen konnte.«

»Dieses Herumtreten auf der Stelle nennst du doch wohl hoffentlich nicht Vordringen ins Gebirge.«

Brian setzte sich zu Aidan auf den Boden. »Du hättest dir das mit dem Mädchen in Simla überlegen sollen. Zwei Monate ohne Frau, kein Wunder, dass du so schlechtgelaunt bist.«

»Von meiner Heirat habe ich dir erzählt?«

»Du lieber Himmel, Aidan. Das ist eine Vernunftehe oder was auch immer. Da erwartet niemand Treue von dir.«

»Ich würde es in ihrem Fall nicht tolerieren.«

»Das ist wohl schwerlich dasselbe.«

Aidan brach einen Brotfladen durch und reichte Brian die Hälfte. »Sie ist nicht die Art von Frau, die man heiratet und betrügt.«

»Ist sie so gut im Bett?«

»Das werde ich mit dir nicht erörtern, mein Freund.«

»Noch ein Monat, überleg dir das gut. Du bist jetzt schon ständig gereizt. Nimm dir ein Mädchen in Simla, ehe du abreist.«

»Allmächtiger, Brian, ich sagte, ich will keines.«

Beschwichtigend hob Brian die Hände. Aidan aß in finsterem Schweigen sein Brot, dann lehnte er sich zurück, streckte die Beine aus und schloss die Augen.

»Wer hält Wache?«, fragte Brian.

»Rate mal.«

Aidan verstand Brians gemurmelte Antwort nicht, entnahm aber dem Ton, dass es etwas wenig Schmeichelhaftes war. Er hatte die halbe Nacht nicht geschlafen, weil er sich die Wache mit Ranjan geteilt hatte, daher fand er die Aufteilung nur gerecht.

Er war kaum in einen Halbschlaf gesunken, als Brian ihn an der Schulter rüttelte. Aidan öffnete die Augen, blieb aber unbeweglich liegen.

»Hörst du das?«, flüsterte Brian.

Trommeln, noch leise und in einiger Entfernung. Aidan richtete sich auf und lauschte. In das Schlagen der Trommeln mischte sich Singsang. Er stand auf. »Klingt, als würde irgendeine Zeremonie abgehalten werden.«

»Was sollte das sein? Hier ist weit und breit kein Tempel.«

Brian löschte das Feuer, legte seine Satteltasche auf das Pferd zurück und nahm die Zügel auf. Die Geräusche kamen aus der Richtung, in die sie reiten mussten.

»Vielleicht sind sie harmlos«, sagte Brian.

»Ganz sicher sind sie das. Was sollte es auch sein?«

»Thugs?«

»Die gibt es seit Jahren nicht mehr, das weißt du selbst«, antwortete Aidan. »Außerdem waren sie nie in dieser Gegend, immer nur in Utar Pradesh und Bengalen.«

Die Thugs waren Anhänger der Kali, der sie Menschenopfer darbrachten, und zwar meist Männer. Frauen wurden verschont, war Kali doch selbst eine Frau. Um Kalis Freude an den Qualen der Opfer zu vergrößern, wurden diese langsam erwürgt. Derartige Thug-Rituale waren von den Briten verboten worden, und von 1840 bis 1848 hatte man die Anhänger in großer Anzahl hingerichtet. Normalerweise hatten die Thugs Europäer verschont, aus Sorge vor ebendiesen Vergeltungsmaßnahmen – jedoch war irgendwann ein britischer Offizier unter den Opfern gewesen, und somit hatten die Briten mit der Ausrottung begonnen. Aidan wusste, dass sie fast niemanden am Leben gelassen hatten, daher gingen seine Befürchtungen nicht in diese Richtung.

»Wie eine Hochzeitsgesellschaft hört sich das auf jeden Fall nicht an«, beharrte Brian.

»Es könnte eine Totenfeier sein.«

»Oh, sicher, mitten im Gebirge, weitab jeder menschlichen Siedlung.«

Sie führten die Pferde über das Geröll und hielten sich in der Nähe der Felsen, um Deckung zu finden, falls benötigt. Aidan war sich sicher, dass derartige Vorsicht übertrieben war, aber solange sie nicht wussten, was los war, erschien es ihm besser, kein Risiko einzugehen. In der Talsenke waren sie ein gut auszumachendes Ziel.

»Wir nehmen einen Ausweichpfad«, sagte er. »Allerdings müssen wir ihnen einige Zeit entgegenreiten, denn von hier aus kommen wir auf keinen anderen Weg, es sei denn, wir reiten in die entgegengesetzte Richtung, aber bis wir dann den Bogen schlagen können, brauchen wir Tage.«

Sie saßen auf und lenkten die Pferde eine leichte Steigung hinauf. Brian befestigte das Seil, mit dem er das Maultier führte, an seinem Sattel, um beide Hände frei zu haben. Als sie aus der Talsenke hinausritten und der Boden unwegsamer wurde, fühlte Aidan sich wieder sicherer. Die Trommeln schlugen weiter, ebenso ertönte nach wie vor der Singsang, lauter jedoch als vorher.

»Sie sind nicht mehr weit weg«, sagte Brian.

Aidan zügelte sein Pferd und stellte sich in den Steigbügeln auf, um über eine niedrige Felswand zu spähen. »Komm.« Er trieb das Pferd wieder an.

Die Klänge wurden lauter und ertönten links von ihnen. Im Schutz der Felsen ritten sie so nahe heran wie möglich und stiegen von den Pferden. Aidan warf Brian die Zügel zu.

»Warte hier.«
»Wo willst du hin?«
»Sehen, was los ist. Wenn es harmlos ist, können wir uns diese Heimlichkeiten sparen, die uns mindestens einen Tag kosten werden.«
Aidan duckte sich unter einigen Sträuchern hinweg, folgte ein kurzes Stück einem schmalen Pfad, ehe er wieder in die Deckung von kargem Gestrüpp und dem Schatten eines Bergmassivs tauchte. Als er nahe genug war, um die Art des Gesangs zu verstehen, wusste er, um was es sich handelte. Ein hoher Felsbrocken verhinderte die Sicht auf die Szene. Als Aidan sich vorsichtig danebenkauerte und aus dem Schutz heraus in das Tal hinabsah, wurde ihm flau im Magen.
Ein kleiner Bergsee, nur wenige Schritt breit, trennte ihn von einer Gruppe Menschen, die eine von einem Priester geleitete Zeremonie abhielten. Thugs waren es nicht, aber Anhänger der Kali, deren Statue in der Mitte stand – eine schwarze Statue mit vier Armen, einer Halskette aus Menschenschädeln und einem Rock aus abgehackten Armen. In den Händen hielt sie einen abgeschlagenen Schädel, eine Sichel und eine Schale mit Blut. Kali, der Aspekt des Todes und der Zerstörung, aber auch der Erneuerung, denn ihre Anhänger folgten dem Glauben, dass ohne Zerstörung nichts erneuert werden konnte.
Was Aidans Blick jedoch fesselte, war der Scheiterhaufen, auf den Öle gegossen wurden, Öle, die den Brand beschleunigten und vorher eine betörenden Duft verströmen sollten. Blumen waren über den Scheiterhaufen verstreut, der aufgeschichtet war aus den – wie Aidan wusste – edelsten Hölzern. Er spähte aus halb zusammengekniffenen Augen, konnte den Toten, der hier verbrannt werden sollte, jedoch nicht ausmachen. Dafür sah er eine sichtlich benommene Frau, die von anderen Frauen in ein provisorisch errichtetes Zelt geführt wurde. Zwei Männer standen vor dem Zelt, so als wäre eine Flucht zu befürchten, was Aidan dar-

über Aufschluss gab, dass die Frau keineswegs freiwillig dem Zeremoniell folgte. Er wusste natürlich, was mit Frauen geschah, die ihrem Ehemann nicht in den Tod folgten. Einer verwitweten Frau stand, so man sie leben ließ, nur die Möglichkeit offen, betteln zu gehen. Ihr wurden die Haare geschoren, ihre Anwesenheit bedeutete Unglück. Oftmals zogen die Frauen freiwillig den Flammentod vor. Daran hatte auch das Verbot der Briten 1829 nichts geändert. Die Verbrennungen hatten sich eindämmen lassen, fanden jedoch nach wie vor heimlich statt. Aidan sah wieder zum Scheiterhaufen, um den Priester herumgingen und monotone Gesänge intonierten. Er hatte genug gesehen.

»Eine Witwenverbrennung«, sagte er, als er wieder bei Brian war.
»Bist du sicher?«
»Ein Scheiterhaufen, eine junge Frau, die bewacht wird, und Priester – ja, ich bin mir ziemlich sicher.«
»Müssen wir nicht etwas unternehmen?«, fragte Brian.
»Wie sollte das möglich sein? Wir sind zu zweit.«
»Du meinst, wir reiten jetzt nach Simla und erstatten Meldung? Das ist alles?«
»Ich tue das genauso ungern wie du, Brian, aber ja, das ist alles.«
Aidan legte seinem Pony die Zügel über den Hals.
»Lass uns wenigstens sehen, ob wir etwas tun können.«
»Nein.«
»Lieber Himmel, ich möchte …«
»Hör zu, Brian«, unterbrach ihn Aidan, »du bist Offizier der britischen Armee, und als solcher musst du Gefahren abschätzen können. Einfach dort hinzumarschieren, ist Selbstmord. Wir tragen nicht einmal Uniformen, die uns wenigstens einen Überraschungsmoment bescheren könnten. Zwei nomadische Händler stürmen eine Witwenverbrennung, schreien, sie han-

delten im Namen der Krone, und verbieten, mit der Zeremonie fortzufahren – glaubst du wirklich, die würden uns am Leben lassen? Sie würden uns irgendwo verscharren und die Frau verbrennen. Wenn wir Meldung machen, können wir vielleicht verhindern, dass es zukünftig andere trifft.«

Brian biss sich auf die Lippen, ohne zu antworten. »Du bist nicht mein Vorgesetzter, Aidan«, sagte er schließlich. Er pflockte sein Pony und das Maultier an, dann nahm er den Weg, den Aidan zuvor genommen hatte.

»Hast du den Verstand verloren? Komm zurück.« Als Brian keine Anstalten machte, umzukehren, band Aidan fluchend sein Pony an und folgte seinem Freund.

Brian kauerte bereits neben dem Felsen, als Aidan zu ihm stieß. Mittlerweile war der Leichnam des Mannes auf dem Scheiterhaufen aufgebahrt. Der Zeremonie nach war er reich und hochangesehen gewesen. Ein Angehöriger der Kshatriya, der Kriegerkaste.

Eine junge Frau wurde aus einem Zelt gezerrt, offensichtlich betäubt, aber nicht genug, um nicht mitzubekommen, was um sie herum und mit ihr vorging. Ihr Gang war schwankend, aber sie setzte sich zur Wehr, so gut sie konnte. Gekleidet war sie in einen roten, golddurchwirkten Sari, wie der einer Braut.

Aidan spürte, wie Brian neben ihm die Muskeln spannte, und er legte ihm eine Hand auf den Arm. »Wir sterben schlimmer als diese Frau, wenn sie uns kriegen.«

Der Schleier wurde von dem langen schwarzen Haar der Frau gelöst, ehe man sie zu ihrem Gemahl auf den Scheiterhaufen hob, wo sie auf die Knie fiel und panisch um sich blickte, den Kopf dabei ruckartig von einer Seite zur anderen bewegte. Priester intonierten erneut Gesang, Männer und Frauen fielen in den Singsang ein. Die junge Frau war für sie geheiligt. Eine Sati – die Frau, die den mutigen und richtigen Weg nimmt, wie Sati, die Frau Shivas, die für ihn den Feuertod wählte.

Der Scheiterhaufen wurde in Brand gesetzt, die Flammen fraßen sich in das Holz, schlugen hoch, und die junge Frau sprang auf, blickte wild um sich und schrie, abgehackte schrille Laute des Entsetzens. Der Gesang der Menschen schwoll an, übertönte die Schreie der Frau.

Aidan umklammerte Brians Arm, während sie auf die Szenerie starrten. Plötzlich jedoch sprang die Frau vom Scheiterhaufen, mit brennendem Sari lief sie auf den See zu und warf sich hinein. Männer stürzten hinter ihr her, ergriffen sie, zogen sie aus dem Wasser und warfen sie auf den Scheiterhaufen zurück. Schwarzer Rauch quoll auf, dick, schwer, während die Flammen über den nassen Körper der Frau rollten. Erneut sprang diese auf und floh ins Wasser, und wieder rannten Männer hinter ihr her. Diesmal jedoch blieb sie nicht im Wasser liegen, sondern stolperte weiter, sichtlich geschwächt.

Brian sprang auf, lief ihr durch das Wasser entgegen und griff nach ihrem Arm, gleichzeitig mit zwei anderen Männern. Er zerrte die Frau hinter sich her auf die Stelle zu, wo Aidan saß. Ein Mann griff nach ihm, und Aidan, der seinem Freund entgegenlief, um ihm zu helfen, zog seine Pistole und schoss. Der Knall hallte durch das Tal. Eine Gruppe von Männern lief zum See, und Aidan fluchte, während er erneut einen Mann erschoss. Ein weiterer Mann, der nach Brian griff, sank nach einem Schuss von Aidan zusammen. Wasser spritzte auf, mischte sich mit Blut. Aidan wartete, bis sein Freund und das Mädchen an ihm vorbeigelaufen waren, ehe er beiden folgte.

Brian hatte sich das Mädchen über die Schulter geworfen und lief zu den Ponys. Eilig löste er die Zügel, legte das Mädchen über den Sattel, sprang auf und galoppierte davon. Aidan schnitt das Seil des Maultiers durch, löste die Zügel des Ponys, stieg in den Sattel und trieb es in einen scharfen Galopp. Es dauerte nicht lange, ehe ihre Verfolger außer Sicht waren, jedoch wusste Aidan, dass es nur eine Frage der Zeit war, bis diese ihre Pferde geholt hatten und ihren Spuren folgten. Die Hufe der Tiere trommelten auf den Boden, und Aidan sah sich immer wieder um. Felsmassive bildeten eine Wand zu ihrer Rechten, Geröll knirschte, Staub wurde aufgewirbelt. Erst als der Atem der Ponys schwerer ging, zügelten sie diese und stiegen ab.

»Du Wahnsinniger!«, fuhr Aidan seinen Freund an. »Du verdammter Irrer!«

Brian gab keine Antwort, sondern hob das Mädchen vom Pony, auf dem es bäuchlings gelegen hatte. Sie war still und hing schlaff in seinen Armen. Vorsichtig legte er sie auf den steinigen Boden, ihr Kopf rollte zur Seite, die Augen waren geschlossen. Der gesamte Körper war schwer verbrannt, das ehemals lange schwarze Haar bis auf Kinnlänge versengt. Schlanke Knöchel sahen aus den Fetzen des Saris hervor, und die zierlichen Füße waren übersät mit Brandblasen. Nur das Gesicht war unversehrt.

Aidan hockte sich neben Brian und legte die Hand an den Hals der jungen Frau, dann brachte er sein Ohr an ihren Mund. »Sie ist tot«, sagte er, als er sich wieder aufrichtete.

»Denkst du«, Brian schluckte, »denkst du, es ist meine Schuld? Habe ich sie zu hart angefasst?«

»Ich denke, mit solchen Verbrennungen kann man nicht überleben.« Aidan klopfte Brian auf die Schulter und stand auf. »Schauen wir, dass wir sie irgendwo begraben, und dann nichts wie weg.«

»Wo sollen wir sie hier begraben?« Brian sah sich um. Selbst dort, wo Sträucher wuchsen, war der Boden zu hart.

»Leg sie auf das Maultier«, sagte Aidan. »Wir reiten weiter.«

Nach beinahe vier Stunden, die sie in ruhigerem Tempo zurücklegten – denn von den Verfolgern war weiterhin nichts zu sehen –, veränderte sich die Landschaft. Grasflächen waren im Tal verstreut, das von Bäumen und Gebüsch umsäumt war. Zwar war der Boden auch hier noch meist von Geröll bedeckt, aber es war möglich, am Rande des Tals eine kleine Grube auszuheben und das Mädchen hineinzulegen, zusammengekauert, denn für eine andere Position reichte der Platz nicht. Als sie das Grab wieder zugeschaufelt hatten, schoben sie Geröll darüber, damit es nicht gleich auf den ersten Blick bemerkt wurde.

»Wenn sie uns bis hierher gefolgt sind, kommt es auch nicht mehr darauf an, ob sie das Grab finden«, sagte Brian, und Aidan musste ihm recht geben. Dennoch trieb er seinen Freund zur Eile, und wenig später ritten sie weiter.

Erst als es dämmerte, rasteten sie im Schutz einer kleinen Höhle, kaum mehr als eine Wölbung im Fels, verzichteten darauf, Feuer zu machen, und aßen den Rest des harten Brotes. Neues würde Aidan am nächsten Tag backen, wenn sie weit genug fort waren, um es wagen zu können, ein Feuer zu entfachen.

Brian erklärte sich bereit, die erste Wache zu halten, und Aidan legte sich hin. Es dauerte nicht lange, bis er in einen tiefen Schlaf fiel. Die Pferde schnaubten leise, sonst war nichts zu hören.

Scharren von Hufen durchbrach Aidans Schlaf, die vormals traumlose Schwärze wich Bildern von weißgekleideten Männern, die sich an ihn und Brian heranpirschten. Unruhiges Schnauben und Geschirrrasseln, Steine, die den Abhang hinabrollten, leise Stimmen. Aidan öffnete die Augen und sah sich um. Mondlicht hatte die kleine Höhle überschwemmt, an deren Eingang Brian saß, seitlich gegen die Felswand gelehnt.

»Brian?«

»Was ist denn?« Brian drehte sich um.

»Hast du etwas gehört?«

»Nein.«

Aidan richtete sich auf und gesellte sich zu Brian. »Mir war so ...«

»Ich hätte dich geweckt, wenn etwas gewesen wäre. Es ist still, nicht das kleinste Geräusch.«

»Wenn du schlafen möchtest, dann tu das. Ich glaube, ich bleibe lieber wach.«

»Ich auch.«

Nach längerem Schweigen sagte Brian: »Sie war nicht älter als fünfzehn.«

»So scheint es.«

Das Mondlicht verblasste, wurde von verschüttetem Silber zu Bleigrau. Aidan sah zu den Bergen, ein gezackter Schattenriss vor einem langsam heller werdenden Himmel. Schweigend saßen er und Brian zusammen am Eingang der Höhle, lauschten auf Geräusche, die nicht kamen, und beobachteten die Berggipfel, die von behutsam tastenden Strahlen in kaltes Frühlicht getaucht wurden.

# 9

## Ootacamund, Dezember 1875

Katrina fror. Ende Dezember konnten die Temperaturen bis auf fünf Grad fallen, manchmal sogar tiefer, so dass es Frost gab, und in solchen Nächten war sie froh über ihren Kamin. An diesem Abend jedoch wurde ihr einfach nicht warm. Sie zog die Stola aus feiner Wolle enger um die Schultern und setzte sich vor das Feuer. Die Flammen warfen zuckendes Licht auf ihren Körper.

Seit Stephen sie aufgesucht hatte, hatte sie nichts mehr von ihm gehört, und das beunruhigte sie. Sie wollte wissen, was er vorhatte, um sich wappnen zu können. Zwar hatte Charles ihr gesagt, Stephen könne nicht viel ausrichten, aber es hätte auch zuvor niemand gedacht, dass dieser es schaffen würde, eine Scheidung durchzusetzen, obwohl sie sich nichts hatte zuschulden kommen lassen.

Am Nachmittag war Ashley zu Besuch gewesen. Die Distanz zwischen ihnen wich allmählich einem etwas vertrauteren Verhältnis. Dennoch ließ das Gespräch mit Ashley eine gewisse Unruhe in ihr zurück. Es waren winzige Nuancen in der Mimik, wann immer Aidans Name fiel. Eine angehobene Braue, ein zuckender Mundwinkel, eine kaum sichtbare Falte über der Nasenwurzel. Anstatt Aidan besser kennenzulernen, war er ihr fremder als je zuvor. Einen wahnwitzigen Moment lang hatte sie sogar gedacht, er und Ashley seien früher mal ein Liebespaar gewesen, und die Abneigung der jungen Frau rühre von enttäuschter Liebe, aber dann schämte sie sich für diesen lächerlichen Verdacht.

Das leise Öffnen der Tür riss sie aus ihren Gedanken, und etwas unwillig sah sie auf. Sie hatte darum gebeten, nicht gestört zu werden. Der Tadel erstarb jedoch auf ihren Lippen, als sie Aidan sah, der eben im Begriff war, die Tür hinter sich zu schließen. Er war sehr elegant und zeigte keinerlei Anzeichen von Erschöpfung, beinahe so, als läge keine längere Reise hinter ihm. Katrina stand auf, aber anstatt ihm entgegenzugehen, blieb sie vor dem Kamin stehen. Aidan schien die Kälte von draußen mit in den Raum zu bringen. Der Streit ist nicht vergessen, dachte Katrina, und ihm ist ebenso unwohl wie mir.

»Du bist zurück«, sagte sie überflüssigerweise.

Aidan trat in den Raum und knöpfte den Gehrock auf. »Es dauerte ein paar Tage länger, ehe ich von Simla aus abreisen konnte, ansonsten wäre ich bereits eine Woche früher hier gewesen.«

»Ich hatte gehofft, dass du es bis Ende Dezember schaffen würdest«, sagte Katrina zögernd, ein kleiner Schritt, den sie ihm entgegenkam.

Aidan lächelte und überbrückte ein weiteres Stück kühler Distanz. »Ich ebenfalls.«

Er ging zu ihr, zog sie in die Arme und presste seine Lippen in einem hungrigen Kuss auf die ihren. Katrinas Hände schoben sich unter seinen Gehrock, glitten über den feinen Stoff seines Hemdes, spürten seine Rippen, die Wärme seiner Haut.

Arme hielten sie umschlossen, während sich unter ihren Fingerspitzen sein Herzschlag langsam beruhigte. Das Ausklingen jenes letzten Moments, der so bestürzend vertraut war und Katrina dennoch jedes Mal von neuem glauben ließ, sie erlebe ihn zum ersten Mal. Ihr eigenes Auftauchen aus dem Wirbel, in den sie gerissen worden war, Aidans graue Augen, über die sich bebend dunkle Wimpern senkten, der kurze Moment seines Innehaltens, ehe sein Körper in ihren Armen erschauerte.

Sie strich mit einem Finger über seine Brust. »Du bist kein Mann vieler Worte, ja?«

Aidan lachte. Er drehte sie auf den Rücken und neigte sich über sie. »Es ist schon beinahe erschreckend, wie schnell du mich durchschaust«, spöttelte er.

Zögernd legte Katrina die Arme um seinen Hals. »Ich wusste nicht, wie es wird, wenn du wieder hier bist«, gestand sie leise.

»Ich ebenfalls nicht.«

»Und jetzt?«

Ein Lächeln spielte um Aidans Mund. »Ich fand den Anfang schon recht vielversprechend.«

Katrina musste lachen. Es war erstaunlich, wie gut es tat, nicht mehr allein zu sein. Die Behaglichkeit unter der Daunendecke, so nah an Aidans Körper, trug wohl dazu bei, ebenso seine Stimme, die warm war und verführerisch. Und selbst wenn sie sich gelegentlich uneins waren, würde er für Caleb der Vater sein, den das Kind so dringend brauchte. Der Gedanke an Caleb brachte jedoch auch schlagartig den an Stephen mit sich, und Katrinas Lächeln verblasste.

»Woran denkst du?«, fragte Aidan, dem nie etwas zu entgehen schien, prompt.

Katrina zögerte. »Ich wollte es dir morgen in Ruhe sagen.«

Aidan wartete schweigend.

»Stephen war hier, es ging wieder um Caleb.« Es war das erste Mal, dass Katrina sah, wie Aidans Augen sich von einem Moment auf den anderen verdunkelten. Es sah unheilvoll aus, bedrohlich, und sie hoffte, dass ein solcher Zorn nie gegen sie gerichtet sein würde.

»Er hat gewusst, dass du allein bist?«

Katrina nickte nur.

»Hat er dir gedroht?«

»Nicht direkt.«

»Das heißt?«

»Er hat sehr nachdrücklich gesagt, er würde Caleb bekommen.«

Katrina wand sich unwohl unter Aidans Blick. Aber warum,

dachte sie. Schließlich hatte sie sich nichts zuschulden kommen lassen.
»Ist er handgreiflich geworden?«
Katrina zögerte. »Er hat mich kurz geschüttelt.«
Ohne eine Antwort zu geben, löste Aidan sich aus ihren Armen, legte sich auf den Rücken und starrte an den Betthimmel.
»Bist du wütend auf mich?«, fragte Katrina, als das Schweigen sich in die Länge zog. »Ich habe ihn nicht hereingebeten. Er war da, als ich von einem Ausritt zurückkam.«
»Du musst dich vor mir nicht rechtfertigen. Mir ist klar, dass du nichts dafür kannst.«
Katrina schlang ihre Arme um das Kissen und kuschelte sich in die Decke. Die wohlige Wärme verflog. »Warum bist du dann so seltsam?«
Offenbar bemerkte Aidan, wie befremdlich sein Verhalten wirken musste, denn er drehte sich zu ihr und lächelte. »Als ich dich geheiratet habe, habe ich dir Loyalität versprochen. Wenn ein Mann hierherkommt und es wagt, dich anzufassen, was denkst du, wem ich böse bin?« Er richtete sich auf, streckte die Hand aus und berührte ihren Hals, ihre Wangenknochen, das honigbraune Haar, das fächerartig über dem Kissen lag. »Niemand nimmt dir dein Kind weg. Stephen Alardyce sollte sich gut überlegen, mit wem er sich anlegt.«
Katrina drehte den Kopf, so dass ihre Wange an seiner Handfläche lag. Behutsam senkte Aidan seinen Mund auf ihre halbgeöffneten Lippen, umschloss ihr Gesicht mit beiden Händen und trank ihren Atem.

*

Caleb spielte unter der Aufsicht seiner *Ayah* im Garten, als Aidan das Haus verließ. Es war kühl, und Katrina, die in letzter Zeit immer zu frieren schien, hatte sich hingelegt.

»Papa!«

Aidan konnte sich noch nicht recht daran gewöhnen, von Katrinas Kind als Vater angesprochen zu werden. Auf dem Weg zu den Stallungen hielt er inne und drehte sich um. Caleb kam den Weg vom Garten aus hochgelaufen, offensichtlich glücklich, ihn zu sehen. Er hatte sich sehr bald angewöhnt, Aidan als Vater zu bezeichnen, so schnell, dass Aidan ahnte, wie sehr ihm ein Vater gefehlt haben musste. Schlechtes Gewissen durchzuckte ihn, weil er sich in den Tagen seit seiner Ankunft überhaupt nicht um das Kind gekümmert und während seiner Reise kaum daran gedacht hatte.

Aidan fing Caleb auf und hob ihn hoch. Dann stand er mit dem Kind auf den Armen da und wusste nicht so recht, was er mit ihm anfangen sollte. Glücklicherweise plapperte Caleb sofort drauflos.

»Mama hat gesagt, du bringst mir ein Geschenk mit.«

»Das bekommst du, wenn ich gleich wiederkomme«, antwortete Aidan unbehaglich und überlegte, wo er auf die Schnelle etwas herbekommen sollte und vor allem, was.

»Warum nicht jetzt?«

»Weil ich jetzt wegmuss.«

»Warum?« Calebs grüne Augen weiteten sich unschuldig.

»Ich treffe einen Freund.«

»Warum?«

»Weil ich verabredet bin.«

»Nimmst du dein Pferd mit?«

»Hm, ja.«

»Darf ich auch reiten?«

»Das geht jetzt nicht«, antwortete Aidan entschieden, was heftiges Betteln und Tränen auslöste. Die *Ayah* nahm ihm das Kind ab, und begleitet von Calebs Trotzgebrüll floh Aidan in den Stall.

Granat begrüßte ihn mit einem leisen Schnauben. Aidan klopfte dem Hengst den Hals, streichelte Nüstern und Stirn und genoss die warme Vertrautheit mit dem Pferd. Außer Granat standen zwei Kutschpferde im Stall, zwei Wallache, die Aidan kurz nach der Hochzeit erstanden hatte. Katrinas Stute Bhairavi stand in einem getrennten Stalltrakt.

Als Aidan auf Granat den Stall verließ, war es draußen bereits wieder ruhig. Entweder hatte Caleb aufgehört zu weinen, oder seine *Ayah* hatte ihn mit ins Haus genommen. Granat scharrte mit den Hufen und warf den Kopf zurück. In den letzten Tagen hatte er zu wenig Bewegung bekommen. Aidan zügelte ihn. »Ruhig, mein Freund«, murmelte er. »Du weißt doch, wie angenehm weibliche Gesellschaft nach monatelanger Abstinenz ist, da darfst du mir nicht grollen, weil ich dich ein wenig vernachlässigt habe.«

Granat war jedoch offenbar nicht überzeugt und tänzelte vom Hof. Aidan hielt die Zügel kurz und ließ das Pferd erst dann in Trab und Galopp fallen, als der Weg breiter wurde. Sein erster Weg führte ihn zu Nicolas' Haus.

Der *Chuprassi* führte Aidan in die Bibliothek, wo Ashley damit beschäftigt war, einige Bücher in die oberen Regale einzusortieren. Überrascht drehte sie sich um, einen schweren ledergebundenen Folianten im Arm. »Nicolas ist im Club«, sagte sie zur Begrüßung.

Aidans Mundwinkel zuckten, aber er ging nicht auf ihre Unhöflichkeit ein, sondern nahm ihr das Buch aus der Hand und schob es in ein Regal, das so hoch war, dass sie auf die Leiter hätte steigen müssen.

»Ich wollte kurz mit dir sprechen«, antwortete Aidan.

»Mit mir?« Ein kaum merkliches Stirnrunzeln folgte.

»Kannst du mir sagen, was man einem vierjährigen Jungen schenkt?«

Ein kurzes spöttisches Lächeln huschte über Ashleys Züge. »Ah, ich verstehe, er hat natürlich erwartet, dass du ihm etwas von deiner Reise mitbringst.«

»Ganz recht.«
Ashley legte den Kopf leicht schief und musterte Aidan. »Nun gut, vermutlich liegt es daran, dass es für dich noch ungewohnt ist, ein Kind zu haben, sonst hättest du Katrinas Sohn sicher nicht vergessen.«
»Vermutlich«, antwortete Aidan kalt.
»Ich wollte ohnehin ein wenig spazieren gehen. Ich sehe zu, etwas Passendes zu finden.«
Aidans Blick schweifte kurz zu ihrem Bauch, es war unübersehbar, dass ihre Niederkunft nicht mehr allzu fern war. »Mach dir bitte keine Umstände. Sag mir einfach, was ich holen könnte.«
»Wenn es mir Umstände machen würde, hätte ich es nicht angeboten.«
»Ich danke dir, Ashley.«
Ashley winkte ab, und Aidan verabschiedete sich.
Wieder auf der Straße, atmete Aidan tief durch. Gespräche mit Ashley führte er überaus ungern. Ihre Abneigung gegen ihn war beinahe mit Händen zu greifen, was auch bei Nicolas oftmals Befremden auslöste.
Die Stadt war bereits weihnachtlich geschmückt. Kaum in Ooty angekommen, war Aidan dem Zauber der Stadt schon wieder verfallen – diesem von nebelverhangenen Bergen umgebenen, grünen, kühlen Ort inmitten eines heißen Landes. Aidan war froh darüber, dass die Rückreise, als er sich erst einmal aus Simla hatte verabschieden können, recht schnell gegangen war. Er hatte Teepflanzen aus den Bergen mitgebracht und für Katrina rote Orchideen aus Simla.

»Mir war klar, dass Brian ein Hitzkopf ist, aber selbst ihm hätte ich einen solchen Irrsinn nicht zugetraut«, sagte Nicolas, während er mit Aidan Zigarre rauchend abseits der Leute in einem Clubraum saß und sich erzählen ließ, was in Himachal Pradesh vorgefallen war. »Wie viele Männer hast du erschossen?«

»Drei.«

Nicolas pfiff kaum hörbar durch die Zähne. »Haben sie euch gut sehen können?«

»Das ist anzunehmen.«

»Das war zu nahe bei Simla, wer weiß, wo ihr denen noch einmal begegnet. Brian hat sich wie ein Idiot benommen.« Nicolas war sichtlich erregt.

»Das hat Maddox ihm bereits gesagt.« Wenn auch in einer etwas anderen Lautstärke und mit drastischeren Worten.

»Könnt ihr eine Witwenverbrennung nachweisen?«

»Nein, du weißt, dass sie lediglich androhen, die Kontrollen zu verschärfen. Im Nachhinein kann man immer noch sagen, nur ein Leichnam wäre verbrannt worden, was in dem Fall ja auch der Wahrheit entspricht.«

»Hat jemand gemeldet, dass drei Männer ermordet wurden?«, fragte Nicolas.

»Allerdings. Die Gegend unterliegt britischer Gerichtsbarkeit.«

Nicolas ließ den Rauch aus dem Mund rollen und betrachtete scheinbar nachdenklich seine Zigarre. »Wird Thackery dir einen Verweis erteilen?«

»Wohl kaum. Immerhin war es Notwehr. Das musste selbst Maddox anerkennen.«

»Was ist, wenn jemand fragt, wo die Witwe ist? Die habt ihr immerhin entführt, und sie ist während eurer Flucht gestorben.«

Aidan legte die Fingerspitzen aneinander. »Du weißt, dass sie so weit nicht ins Detail gehen. In Simla ist man froh, mit dergleichen nicht behelligt zu werden. Sie werden mit härteren Strafen drohen, und das war's.«

»Und die Inder, die euch erkannt haben?«

»Das macht mir, ehrlich gesagt, auch Sorgen«, gestand Aidan. »Wir können nur abwarten.«

»Keine sehr angenehme Situation.«
»Das sage ich dir.«
»Wann musst du wieder los?«
Aidan rechnete nach. »In ungefähr sechs Monaten. Diesmal für länger. Ich muss an die afghanische Grenze.« Er runzelte die Stirn. »Sag mal, hast du mitbekommen, dass Katrinas erster Ehemann sie aufgesucht hat?«
»Die ganze Stadt spricht davon.«
»Was sagen die Leute?«
Nicolas wirkte unbehaglich. »Hm, das übliche Gerede eben. Ashley sagt, die Frau deines Schwagers habe es überall herumerzählt.«
Langsam nickte Aidan und beschloss, Charles einen Besuch abzustatten.
»Stephen Alardyce ist wohl wieder in Coonoor.«
»Sein Glück. Sollte er es allerdings noch einmal wagen, meine Frau in meiner Abwesenheit aufzusuchen, werden ihn auch die zehn Meilen Distanz nicht retten.«
Aidan ließ sich von Nicolas zu einer Partie *Black Pool* überreden, dann machten sie sich gemeinsam auf den Rückweg. Ashley hatte Wort gehalten und überreichte Aidan eine kleine Kiste aus poliertem Holz, die mit rotem Samt ausgeschlagen war. Darin waren in Halterungen Zinnsoldaten aufgereiht, groß genug für die Hände eines Vierjährigen. Im Deckel befanden sich die Fußsoldaten und unten die Reiterstaffel. Aidan bedankte sich, was von Ashley nur mit einem Nicken beantwortet wurde.
Auf dem Heimweg überlegte Aidan, ob Katrina enttäuscht war, weil er Caleb so offensichtlich vergessen hatte. Scheinbar hatte sie damit gerechnet, dass er dem Kind etwas mitbrachte, wie Väter das im Allgemeinen taten, wenn sie auf Reisen gingen. Ashley würde ihr vermutlich erzählen, dass er ihre Hilfe in Anspruch genommen hatte, also tat er sicher gut daran, es ihr an

diesem Abend selbst zu sagen. Zinnsoldaten. Darauf hätte er wahrhaftig selbst kommen können.

*

Gillian starrte in ihre leere Teetasse und sagte sich, dass sie gehen würde, wenn Ingram nicht in fünf Minuten käme – so wie sie es seit einer Stunde wieder und wieder tat. Ihr Blick flog zu der Standuhr, die gegenüber der Eingangstür der Teestube stand. Es war ein in Holz und Goldtönen gehaltener Raum mit Erkern und hohen Fenstern. Sie und Ingram hatten sich hier verabredet, weil sie sich nicht mit ihm in der Teestube treffen wollte, in der sie arbeitete. Vermutlich ahnten ihre Hauswirte ohnehin schon von ihrer Affäre, aber sie wollte sie nicht auch noch so schamlos darauf stoßen.

Gillian kannte etliche der Gäste in dieser fremden Teestube vom Sehen, aber niemand war dabei, mit dem sie mehr als ein paar Worte während der Arbeit gewechselt hatte. Ein paar Tische von ihr entfernt saß Aidans Ehefrau, vertieft in ein Gespräch mit einer hübschen Schwarzhaarigen. Obwohl sie gegrüßt wurde, wirkte sie isoliert, was angesichts der Gerüchte, die über sie im Umlauf waren, nicht verwunderlich war. So war die Gesellschaft eben. Ihre Ehe mit Aidan würde für sie auf Dauer sicher hilfreich sein – auch diese Tatsache folgte den Regeln der Gesellschaft. Ein Mann aus guter Familie konnte, gleichgültig, wie sein Lebenswandel gewesen war, eine gefallene Frau wieder gesellschaftsfähig machen.

Der Kellner fragte nach ihren Wünschen, und Gillian bestellte noch eine Tasse Tee, obwohl die fünf Minuten, die sie hatte warten wollen, längst vorbei waren. Sie biss sich auf die Lippen und sah wieder zur Tür, dann zur Uhr.

»Allein, Miss?«, fragte ein junger Mann.

Verwirrt sah Gillian auf. »Ich warte auf jemanden.«

Der Mann grinste. »So lange schon?«
Gillian gab keine Antwort.
»Ich kenne Sie doch«, fuhr der Mann fort. »Sie arbeiten im Teehaus von Mr. Marks.«
»Ganz recht.«
»Offenbar wurden Sie versetzt, sonst würden Sie nicht ständig zur Tür starren.« Der Mann lehnte sich leicht vor. »Er kommt nicht mehr.« Wieder grinste er. »Aber ich könnte Gesellschaft gebrauchen.«
»Dann wünsche ich Ihnen viel Erfolg dabei, welche zu finden«, antwortete Gillian kurz angebunden.
Der Mann zog einen Stuhl zurück und machte Anstalten, sich zu setzen. »Offenbar habe ich sie bereits gefunden.«
Der Kellner erschien, stellte eine Tasse Tee vor Gillian hin und ging wieder. Ohne dem Mann neben sich einen weiteren Blick zu schenken, süßte Gillian den Tee und nippte daran. Der Mann ließ sich an ihrem Tisch nieder. Mit einem leisen Klirren setzte sie ihre Tasse ab.
»Sir …«
»Mr. Meek«, sagte im selben Moment eine Männerstimme hinter Gillian, »die Dame wünscht Ihre Gesellschaft nicht.«
Gillian sah sich um. Der Mann war ihr vollkommen unbekannt. Sie befürchtete, der andere Mann würde widersprechen, und ein Streit an ihrem Tisch wäre ihr zutiefst unangenehm. Der Angesprochene stand jedoch sofort auf.
»Sehr wohl, Sir.« Der junge Mann murmelte eine Entschuldigung und ging.
Nun wandte sich der andere Mann zu ihr, lächelte freundlich und schien etwas sagen zu wollen, als Ingram am Tisch erschien.
»Entschuldige, dass ich dich habe warten lassen, aber der Vater meiner Verlobten hat mich nicht gehen lassen.« Den Mann neben ihr bedachte er mit einem kühlen Gruß, der ebenso erwidert wurde.

»Gehen wir zu dir?«, fragte Ingram, und Gillian spürte, wie ihre Wangen heiß wurden, als sie bemerkte, wie das vormals freundliche Lächeln des fremden Mannes distanziert wurde und sein Blick offenbarte, für was er sie hielt. Er verabschiedete sich und ging zu seinem Tisch zurück. Gillian sah ihm nach.
»Ein verheirateter Familienvater«, sagte Ingram. »Denk nicht einmal daran.«
Gillian antwortete nicht, sondern hob ihre Tasse an die Lippen – ein klares Zeichen dafür, dass sie nicht zu gehen gedachte. Ingram winkte den Kellner heran und bestellte Kaffee.
»Du bist mir böse«, sagte er. »Aber ich kann wirklich nichts dafür. Ich muss den Vater meiner Verlobten bei Laune halten.«
Verlobte. So nannte er sie immer, nie jedoch bei ihrem Namen. Natürlich wusste Gillian, dass sie von vornherein keine Anwärterin auf diesen Titel gewesen war, aber weh tat es dennoch.
»Bist du sicher, dass du mich weiterhin sehen willst?«, fragte sie.
Ingram sah sie nur erstaunt an.
»Nun, weil du doch heiraten wirst.«
»Was hat das damit zu tun?«
Gillian blickte auf ihren Tee und bewegte die Tasse leicht. »Und warum rätst du mir dann von diesem verheirateten Mann ab, der eben hier gestanden hat?«, fragte sie und hob den Blick.
Ein Lächeln umspielte Ingrams Lippen. »Möchtest du die Sache etwa professionell betreiben?«
Gillians Augen weiteten sich, und sie sah Ingram an, dass er aufgebrachten Widerspruch erwartete. »Das war keine Antwort auf meine Frage«, sagte sie nur.
Ingram zuckte lediglich die Schultern. Schweigend saßen sie einander gegenüber, jeder in seine eigenen Gedanken versunken. Als Ingram den letzten Rest seines Kaffees getrunken hatte, stellte er die Tasse ab, ließ sich die Rechnung bringen und sah Gillian an.

»Wir sollten uns auf den Weg machen.«
Wohin, wollte Gillian fragen, schwieg jedoch. *Gibt es einen gemeinsamen Weg?* Er hätte es ohnehin nicht verstanden.

*

Man konnte Cynthia einiges nachsagen, aber ganz sicher nicht, eine schlechte Gastgeberin zu sein. Das Essen, das sie am zweiten Weihnachtstag auftischen ließ, war eine feine Komposition verschiedener Gänge, die so exakt aufeinander abgestimmt waren, dass der Schluss nahelag, sie müsse für diesen Abend extra Personal für die Küche eingestellt haben.
Außer Aidan und Katrina waren ein Teehändler aus Coonoor, den Katrina nur flüchtig kannte, und dessen Ehefrau eingeladen sowie James Lockwood, der als alter Freund der Familie nicht fehlen durfte. Des Weiteren saßen am Tisch eine Mrs. Aiken, die Witwe eines Teepflanzers, eine Frau in den Fünfzigern, von der gemunkelt wurde, sie knüpfe gerade ein zartes Band zu James Lockwood, was der Grund dafür sein mochte, dass Charles sie eingeladen hatte. Zwei Teepflanzer aus Ooty, Mr. Anderson und Mr. Garth, waren mit ihren Ehefrauen gekommen und – zweifellos auf Betreiben von Cynthia – das Ehepaar Thornton.
»Verbrannt«, sagte Mr. Anderson und beugte sich vor. »Dieser unfähige Aufseher hat meinen Tee verbrennen lassen. Hat nicht aufgepasst beim Trocknen und die Blätter zu lange der heißen Luft ausgesetzt.« Er stieß seine Gabel mit einer Heftigkeit in den zarten Lammrücken, als stelle er sich vor, seinen Aufseher vor sich liegen zu haben.
»Zum Glück haben wir es rechtzeitig bemerkt«, sagte seine Frau, »ansonsten wäre die Ernte eines Tages verdorben gewesen. Wir mussten den Aufseher natürlich entlassen.«
Charles nickte verständnisvoll. Er hätte nicht anders gehandelt.

»Uns hat jemand vor einigen Wochen solch verdorbenen Tee andrehen wollen«, sagte Mrs. Faber, die Ehefrau des Teehändlers aus Coonoor. Ihr Mann war deutschstämmig, jedoch seit seiner Kindheit in Indien ansässig und als Engländer erzogen.
»Ich werde meinen Tee nicht anbieten«, sagte Mr. Anderson, so als befürchte er, man wolle ihm Derartiges unterstellen.
»Aber selbstredend nicht.« Mrs. Fabers Stimme war dunkel und warm.
Mr. Garth neigte sich zu Aidan. »Wie gefällt Ihnen das Leben eines Teepflanzers?«, fragte er augenzwinkernd. »Eine ungewöhnliche Laufbahn für einen Offizier.«
Aidan lächelte entspannt. »Zuweilen dauert es länger, ehe man den richtigen Weg gefunden hat.«
»Waren Sie nicht gerne bei der Armee?« Mrs. Faber sah ihn neugierig an, während Diener die Teller abtrugen und der nächste Gang serviert wurde.
»Nun ja, ein jüngerer Sohn wird Geistlicher oder Soldat«, antwortete Aidan, »und Geistlicher schien mir nicht das Richtige.« Er lachte, und Katrina fragte sich, ob sie die Einzige war, die die Anzüglichkeit in dem Blick bemerkte, den er ihr zuwarf. Offenbar nicht, denn die Männer stimmten in das Lachen ein, während die Frauen verlegen lächelten.
Mr. Anderson, dessen Sorgenfalten sich nur zögernd glätteten – zu schwer wog der Verlust einer halben Tagesernte –, wandte sich an Aidan. »Sie haben Mut. Die meisten Familien sind schon in der zweiten Generation im Geschäft, mindestens jedoch seit vielen Jahren. Der Teeanbau wird oft gründlich unterschätzt.«
»Aber er hat doch Katrina«, sagte Cynthia lächelnd. »Sie hat von Stephen alles gelernt, was sie wissen muss.«
Katrina warf Aidan einen Seitenblick zu und erkannte an dem kurzen Anspannen seiner Kinnmuskeln, dass ihm die Zweideutigkeit des letzten Satzes ebenso wenig entgangen war wie ihr.

»Katrina und ich sind mit Tee aufgewachsen«, antwortete Charles. »Es wäre ein ziemliches Armutszeugnis für meinen Vater gewesen, hätte sie auf die Unterweisung von Stephen Alardyce warten müssen.« Er ließ es scherzhaft klingen.

»In der Tat«, rief Mr. Garth und lachte.

Cynthia lächelte immer noch. »Aber Aidan wird nicht leugnen können, in dem Umstand, dass Katrina vormals verheiratet gewesen ist, Vorzüge zu sehen.«

Aidan sah sie an und lächelte ebenfalls. »Ich glaube, ohne Katrinas Fähigkeiten, eine Teeplantage zu bewirtschaften, wäre mein Vorhaben recht schnell zum Scheitern verurteilt gewesen.« Er neigte den Kopf leicht zu Mr. Garth. »Ich habe den Teeanbau unterschätzt, ich gebe es zu.«

Die Männer nickten wohlwollend.

»Stephen kam auch aus einer Familie, die mit Tee zu tun hat«, fuhr Cynthia fort, »daher denke ich, dass Katrina eine Menge von ihm lernen konnte.«

»Das ist naheliegend«, antwortete Aidan. An Mr. Faber gewandt, fragte er: »Schließen Sie Teegeschäfte meist in Ooty ab und handeln ausschließlich in Coonoor?«

»Ich arbeite auch mit Teegärten in Coonoor zusammen«, antwortete Mr. Faber. »Aber die größeren Mengen an Nilgiri-Tee beziehe ich von hier. Allerdings habe ich, so wie Mr. Ramsay auch, viele Lieferanten aus dem Norden.«

Cynthia neigte sich vor und wirkte interessiert. »Ist Mr. Alardyce auch einer Ihrer Kunden? Ich hörte, er lebt derzeit in Coonoor.«

»Du scheinst an dem Mann ja förmlich einen Narren gefressen zu haben«, sagte Aidan in beißendem Spott, noch ehe Mr. Faber antworten konnte.

Cynthia schoss das Blut ins Gesicht. »Keineswegs. Ich wurde nur an ihn erinnert, weil er erst kürzlich hier war. Es war doch vor kurzem, nicht wahr, Katrina?«

Ohne ein Wort zu sagen, nickte Katrina lediglich knapp.
Edwina Thornton, die während der Gespräche über Tee äußerst gelangweilt gewirkt und in lethargischem Halbdämmer das Essen in sich hineingeschaufelt hatte, schien auf einmal, als sei sie zu neuem Leben erwacht. »Im Club habe ich ihn ebenfalls gesehen«, sagte sie.
»Ach, richtig«, sagte Cynthia, »und er hat einen Anstandsbesuch bei dir gemacht, nicht wahr?«
»Einen *Anstandsbesuch*«, antwortete Katrina, »ganz recht.«
»Leider befiehlt uns der Anstand beizeiten, selbst das übelste Gesindel zu empfangen«, sagte James Lockwood.
»Nun«, so leicht war Cynthia nicht zum Schweigen zu bringen, »wenn ich jemanden nicht empfangen möchte, dann lasse ich ausrichten, ich sei nicht da.« Sie sah in die Runde und erntete zögerlich zustimmendes Nicken hinter einer Mauer aus Unbehagen.
Charles wirkte wie erstarrt, während sich Aidans Augen zu einem Schiefergrau verdunkelten.
»Er war bereits da, als ich heimkam«, sagte Katrina, weil sie das Gefühl hatte, sie müsse sich rechtfertigen.
»Das ist aber ein seltsamer Anstandsbesuch«, wunderte sich Cynthia.
»Vermutlich, weil es mit Anstand nicht viel zu tun hat«, sagte Aidan, »ebenso wenig wie man von Anstand sprechen kann, wenn jemand während einer Tischgesellschaft die ganze Zeit versucht, die eigene Schwägerin bloßzustellen.«
»Also, ich muss doch sehr bitten«, rief Cynthia empört.
Aidan lehnte sich vor und sah sie über den Tisch hinweg an. »Was genau willst du uns denn mitteilen? Dass Stephen Alardyce meine Ehefrau während meiner Abwesenheit aufgesucht hat? Ich müsste die Gesellschaft schon arg unterschätzen, nähme ich an, das wüsste hier noch niemand. Das Thema zur Sprache zu bringen und dabei so zu tun, als sei man lediglich interes-

siert und wisse von nichts, ist entweder naiv oder unsagbar dumm.«
Cynthia schnappte nach Luft.
»Aidan«, sagte Charles leise, »lass es gut sein.«
»Aber natürlich«, lenkte Aidan ein und legte die Hand auf Katrinas Arm.
»Eine Unverschämtheit ist das«, murmelte Cynthia.
»Wie geht es eigentlich Master Caleb?«, wechselte James Lockwood das Thema.
»Er ist mittlerweile ein wahrer Wirbelwind.« Katrina lächelte gezwungen.
»Sie können einen die letzten Nerven kosten«, sagte Mrs. Faber. »Aber als meine zwei dann alt genug waren, um ins Internat zu gehen, habe ich mir oft gewünscht, sie seien noch meine kleinen Jungs.«
»Daran, dass er irgendwann nach England geht, mag ich noch gar nicht denken«, gestand Katrina.
»Vorausgesetzt, du hast ihn lange genug«, versetzte Cynthia sanft. »Meist gewinnen die Väter ja doch.«
»Cynthia, es reicht«, sagte Aidan scharf. »Charles, könntest du so freundlich sein, deine Ehefrau zum Schweigen zu bringen, oder muss ich erst wütend werden?«
Nun war es an Charles, zu erröten. »Aidan, die verletzten Gefühle meiner Schwester in Ehren, aber ich glaube, das muss ich mir nicht bieten lassen. Du bist Gast in meinem Haus, vergiss das nicht.«
Die Tischgesellschaft war sichtlich verlegen. Neue Gänge wurden aufgetragen, Gaslampen zischten leise, Besteck klirrte auf Tellern, und über allem lag ein bedrückendes Schweigen.
Als Cynthia aufstand, um die Tafel aufzuheben und sich mit den Frauen zurückzuziehen, damit die Männer in Ruhe ihre Zigarren rauchen konnten, griff Aidan nach Katrinas Hand.
»Hab vielen Dank für die Einladung, Charles.« Er neigte den

Kopf leicht zu Cynthia, die seinem Blick auswich. »Auch dir für die Bewirtung und die Gastfreundschaft. Ich halte es für das Beste, wenn wir jetzt gehen.«
Charles nickte lediglich. Der Abschied wurde in einem verlegenen Zeremoniell über die Runden gebracht, und Charles brachte sie selbst zur Tür.
»Ich kümmere mich um die Angelegenheit«, sagte er.

# 10

## Ootacamund, Februar 1876

Es war der letzte Monat, in dem die höchste Pflückqualität der Nilgiri-Tees erzielt wurde; die größte Ernte brachten die Monate Mai und Juni. Katrina stand am Rande der Teegärten, neben sich Caleb in einem hellen Anzug mit Tropenhelm, den er zwar in diesem Klima nicht benötigte, aber immer tragen wollte, seit Charles ihn ihm zu Weihnachten geschenkt hatte.

Nun war es genau fünf Jahre her, dass sie gemeinsam mit Stephen ihre erste Tee-Ernte eingeholt hatte. Sie sah zu Aidan, der wenige Schritte entfernt auf seinem Pferd saß und mit dem Vorarbeiter sprach. Caleb hatte mit ihm reiten wollen, und das Betteln und Jammern war erst vor einer halben Stunde verstummt.

Das Teepflücken war Frauenarbeit und die zeitraubendste Tätigkeit der gesamten Teeproduktion. Von der Art der Pflückung hing ab, welche Güte der Tee am Ende haben würde. Es waren nicht die Blüten, auf die die Pflückerinnen ihr Augenmerk richteten, sondern die Blätter, indem sie die Schößlinge abtrennten und sie in ihre Tragekörbe legten. Die höchste Qualität erzielte man beim sogenannten *fine plucking*, dem Pflücken der Triebe der hellen, zarten Blattspitzen, bestehend aus Blattknospe und den beiden jüngsten Blättchen – *two leaves and a bud*, aus denen der hochwertige *Flowery Orange Pekoe* gewonnen wurde. Diese Blätter waren sehr fein und der Länge nach gerollt. Je älter die Blätter waren, umso geringer war die Qualität des Tees.

Aus dem Augenwinkel nahm Katrina eine Bewegung wahr und sah auf dem Weg, wo Aidan mit seinem Pferd stand, eine zierliche Gestalt auf sich zukommen. Ashley hatte drei Wochen zuvor, Mitte Januar, entbunden, einen Jungen mit dem hellen Haar seines Vaters und Augen, die erst dunkelblau schienen, langsam aber die Farbe von Kaffeebohnen bekamen. Ashley trug das Kind im Arm, hinter ihr ging die Amme. Seit der Entbindung schien sie wieder gelöster, nicht mehr so besorgt, und sie konnte sich von ihrem Sohn kaum trennen. Derzeit weilte ihre Mutter bei ihr, die extra zur Geburt aus Kalkutta angereist war, gemeinsam mit dem ältesten von Ashleys drei jüngeren Brüdern.

»Ich dachte mir, dass ich dich hier finde«, sagte Ashley zur Begrüßung. »Daher habe ich es gar nicht erst im Haus versucht.«

Katrina strich Ashleys Sohn über die Wange. Manchmal dachte sie, dass sie ebenfalls gerne wieder ein Kind hätte, damit in ihre Ehe eine Art Beständigkeit käme, eine Bindung, die stärker war als die Motive, aus denen sie geheiratet hatte. Sie erinnerte sich daran, wie sie sich gefühlt hatte, als Caleb geboren worden war. Stephen hatte neben ihr gestanden, als man ihr das Baby in den Arm legte. Glücklich sah er aus, als er sich lächelnd über sie neigte, winzige Lichtpunkte in den Augen, so als sei er den Tränen nahe. Irritiert hatte sie in dem Moment gemerkt, dass Liebe sich anfühlen konnte, als zerreiße es einem die Brust.

Sie sah auf, und ihr Blick begegnete dem Aidans. Caleb riss an ihrem Ärmel, neugierig darauf, was ihre Aufmerksamkeit so fesselte. Langsam löste sie ihren Blick aus Aidans, beugte sich zu ihrem Sohn hinab und hob ihn hoch, damit er das Baby ansehen konnte. Erst versuchte Caleb, nach dem Kind zu greifen, aber als ihm das verwehrt wurde, verlor er recht schnell das Interesse und zappelte, bis Katrina ihn wieder absetzte.

»Wie lange braucht ihr noch?«, fragte Ashley.

»Ich schätze, noch drei Wochen«, antwortete Katrina. »Im März sollten wir mit dieser Ernte fertig sein.«

»Komm mich besuchen, wenn du fertig bist. Meine Mutter reist nächste Woche wieder ab.« Ashley blickte auf die Teegärten. »Ich werde sie sehr vermissen.«

»Du gönnst dir zu wenig Ruhe.«

Ashley lächelte. »Das sagen Nicolas und meine Mutter auch, aber ich nehme mir die Ruhe, die ich brauche. Den ganzen Tag im Bett zu liegen, ist nicht das Richtige für mich.« Sie sah ihren Sohn an und drückte ihn an sich. Robin hatte sie ihn genannt, und Nicolas war einverstanden gewesen.

Aidan hatte das Gespräch mit dem Vorarbeiter beendet, stieg ab und gesellte sich, das Pferd am Zügel mit sich führend, zu den Frauen. Granat war an Robin ebenso interessiert wie Caleb zuvor, verlor jedoch, ähnlich wie dieser, das Interesse, als er daran gehindert wurde, das Baby anzuschnobern. Aidan zog das Pferd am Zügel zur Seite, während Ashley sich wegdrehte.

»Möchtest du zum Tee bleiben?«, fragte Katrina ihre Freundin, aber Ashley verneinte und sagte, sie wolle lieber noch ein wenig spazieren gehen und danach nach Hause fahren. Sie verabschiedete sich und ging gemeinsam mit der Amme den Pfad zwischen den Teegärten entlang, der zu einem von Pinien gesäumten Weg führte. Katrina ließ Caleb bei seiner *Ayah* und schlenderte zusammen mit Aidan zur Welkhalle, wo die Teeblätter zum Welken ausgebreitet lagen.

»Bist du zufrieden bisher?«, fragte Aidan.

»Es läuft recht gut, denke ich. Charles sagte das auch.«

»Er war heute hier?« Aidan schien nicht begeistert. Seit er ihre Schwägerin während des Weihnachtsessens so scharf zurechtgewiesen hatte, herrschte zwischen ihm und Charles eisiges Schweigen. Dabei war Aidan im Recht gewesen, das musste auch Charles bewusst sein, schließlich war Cynthia äußerst indiskret gewesen – immerhin hatten sie Gäste gehabt. Nun, dachte Katrina seufzend, auf diese Weise gab es wenigstens Gesprächsstoff, um die Langeweile bis zum nächsten Skandal zu überbrücken.

Gemeinsam mit Aidan betrat sie die Welkhalle, in der warme Luft zirkulierte. Beim Pflücken sollte auf jeden Fall vermieden werden, die Blätter zu drücken oder zu quetschen, um die ätherischen Öle, die dem Tee sein Aroma gaben, nicht zu früh freizusetzen. Brach ein Blatt, setzte die Fermentation vorzeitig ein. Beim ersten Welken ging es darum, die Blätter geschmeidig zu machen, damit sie beim Rollen nicht brachen. So wie sie es von ihrem Vater gelernt hatte, sah Katrina regelmäßig nach den zum Welken ausgelegten Blättern.

Einen Tag lang liegen die Blätter hier, hatte Katrina Aidan Monate zuvor erklärt, ehe sie gerollt werden. Enthielt ein *Flowery Orange Pekoe* viele *Golden Tips*, was in den Nilgiris eher selten war, bezeichnete man ihn als *Golden Flowery Orange Pekoe*, und noch eine Stufe höher war ein Tee, der noch mehr jener goldenen Spitzen enthielt, der *Tippy Golden Flowery Orange Pekoe*, einer der teuersten Tees des Erntejahres. *Orange*, der Name der Nassauer, der Prinzen von Oranien. Für Tees der besten Erntezeit konnten in den Nilgiris die doppelten bis dreifachen Preise erzielt werden.

»Unsere Tees hier werden gerne für Mischungen genommen, weil sie eine schöne Farbe haben und mild sind im Geschmack«, sagte Katrina. »Charles versteht sich hervorragend darauf. Ich habe es damals mit Stephen zusammen versucht, aber unsere Mischungen waren nicht annähernd so gut wie seine.«

Sie standen gemeinsam vor einem der Tische, Hürden, die mit Jute bespannt waren und auf denen die Teeblätter welkten.

»Ich werde Ende April noch einmal verreisen«, sagte Aidan übergangslos.

»Wohin?«

»In den Norden.«

Katrina hörte an seinem Tonfall, der vorsichtig war, beinahe zögerlich, dass er Widerspruch erwartete. Zwar war sie nicht ungern allein – hatte sie doch jetzt wieder alle Freiheiten –, aber sie fühlte sich verletzlich, wenn er nicht da war. Sie rieb sich die Oberarme. »Irgendwie habe ich mich wohl daran gewöhnt, dass du da bist«, sagte sie, ohne ihn anzusehen.

Erst gab Aidan keine Antwort, sondern stand nur neben ihr und sah dem geschäftigen Treiben in der Halle zu. Dann sagte er: »Ich werde nicht lange fortbleiben.« Seine Hand berührte ihre Schulter, glitt zu ihrem Nacken, wo seine Fingerspitzen kurz verweilten.

Sie verließen die Welkhalle und gingen in eine Halle, wo eine Maschine unter ohrenbetäubendem Lärm lief. In dieser Maschine wurden die Teeblätter, nachdem sie in der Welkhalle gelegen hatten, der Länge nach gerollt, wobei sie ätherische Öle freisetzten. Später wurden die Blätter grob gesiebt, ehe sie fermentiert und aus grünem Tee der von den Europäern so geschätzte schwarze wurde. Bei der Fermentation reicherte man die ausgebreiteten Blätter mit Feuchtigkeit an, was durch eine hohe Luftfeuchtigkeit in dem entsprechenden Raum vonstattenging und mit viel Aufwand verbunden war. Bei diesem Vorgang waren die richtige Temperatur und die exakt bemessene Dauer von großer Wichtigkeit, damit der Tee nicht an Farbe und Aroma verlor.

»Wie lange genau wirst du fortbleiben?«, fragte Katrina, als sie vor der Halle standen, wo der Tee unmittelbar im Anschluss an die Fermentation trockener heißer Luft ausgesetzt wurde.

»Drei oder vier Monate. Der Weg nimmt einige Zeit in Anspruch.«

Katrina nickte langsam. Spätestens im August wäre er wieder da. »Der Sommer hier ist schön«, sagte sie nur.

Sie gingen in die Halle, in der der Tee getrocknet wurde. Die Trocknung durfte weder zu lange dauern, weil sich sonst das Teearoma nicht entfalten konnte, noch durfte sie zu kurz sein, weil die Teeblätter dann zu schimmeln drohten. Zudem mussten die Blätter immer in Bewegung bleiben, damit sie in der heißen Luft nicht verbrannten. Danach siebte man sie erneut, um die Blatt-Tees von den gebrochenen, den *Broken*-Tees zu sortieren.

Meine Haupternte, dachte Katrina, als sie die Halle verließen, und ein Gefühl von unbändiger Freude verdrängte für einen Moment das Unbehagen, das Aidans Ankündigung in ihr verursacht hatte. Sie sah ihm nach, als er zu seinem Pferd ging und aufsaß, immer noch die warme Berührung seiner Hand an ihrer Schulter spürend, mit der er sich verabschiedet hatte. Zum Abendessen würde er wieder da sein. Katrina schloss kurz die Augen und schluckte, dann sah sie sich nach Caleb um. Seine *Ayah* hielt ihn an der Hand und ließ ihn los, als Katrina ihn herbeiwinkte. Sie ging in die Hocke, um ihn aufzufangen, als er auf sie zulief.

*

»Ist dir nicht kalt?«, fragte Nicolas, als er auf die Terrasse trat, wo Ashley in einem Wollkleid saß, die Haare halb hochgesteckt. Sie sah auf und schüttelte leicht den Kopf. Ihre Mutter war einige Tage zuvor abgereist, und ohne ihren quirligen Bruder kam Ashley das Haus plötzlich sehr still vor.
»Ich bin froh, dass es dir wieder besser geht«, sagte Nicolas und setzte sich zu ihr.
Ashley lehnte ihren Kopf gegen die Rückenlehne. »Mir ging es die ganze Zeit über gut.«
»Du schienst so niedergeschlagen, ehe Robin geboren wurde.«
»Das kam dir nur so vor«, antwortete Ashley leise und bemerkte den besorgten Ausdruck in seinem Gesicht. Immer machte er sich Sorgen um sie. Sie dachte an ihre erste Begegnung. Ihre Tante hatte eine Gesellschaft gegeben, und Nicolas war gemeinsam mit Aidan als einer der letzten Gäste erschienen. Beide waren in ihren Offiziersuniformen in den Saal getreten, Nicolas ranghöher als Aidan, aber das hatte niemand bemerkt, denn es war Aidan, der die Aufmerksamkeit – auch die Ashleys – als Erster zu fesseln vermochte, ehe man Nicolas den zweiten Blick schenkte. Dann waren sie einander vorgestellt worden, und

Ashley hatte den unruhigen und seltsam gequälten Ausdruck in Nicolas' blauen Augen bemerkt, das leichte Flattern seiner Wimpern, als sei ihm bewusst geworden, dass er sie anstarrte, sowie den Blick, der erst hingerissen war, dann irritiert, so als geschehe etwas mit ihm, das er selbst nicht verstand. Und Ashley hatte gewusst, dass er dabei war, sich in sie zu verlieben. Aidan war ihr danach nicht mehr als eine flüchtige Begrüßung wert gewesen.

»Ich habe gehört, viele Frauen werden vor der Geburt des ersten Kindes schwermütig«, fuhr Nicolas fort.

»Es war keine Schwermut«, antwortete Ashley und wünschte sich, er würde das Thema fallenlassen. Zwischen ihr und Robin hatte es vom Moment seiner Geburt an eine Bindung gegeben, die sie nie für möglich gehalten hatte. Während der Schwangerschaft hatte sie wenig Nähe zu dem Kind gefühlt, sich sogar zeitweise gewünscht, keins zu bekommen. Sie hatte sich nie für mütterlich gehalten, aber nun merkte sie, dass sie Robin sogar vermisste, wenn er schlief, und sie empfand Ängste, die sie vorher nicht gekannt hatte. Aber sie würde dennoch dafür sorgen, kein weiteres Kind zu bekommen.

»Deine Mutter scheint es hier zu einsam zu finden.«

»Das stimmt wohl.«

»Und sie scheint mir die Schuld dafür zu geben, dass du in dieser Einöde, wie sie es nennt, feststeckst.«

Ashley sah in den Garten. »So habe ich es nie gesehen, das weißt du. Mir fehlt Kalkutta nicht.«

»Du hast ihr nicht widersprochen.« Nicolas beugte sich leicht vor, stützte die Ellbogen auf seine Oberschenkel und wirkte sehr nachdenklich. »Ich weiß, dass es dir hier anfangs gefallen hat. Hat sich das geändert? Langweilst du dich nun?«

»Nein.« Ashley hörte die Gereiztheit in ihrer Stimme.

»Wir hätten in Kalkutta bleiben können, wenn du das gewollt hättest.«

Ashley runzelte die Stirn. »Und was wäre dann aus dir geworden? Mach dir keine Gedanken, Nicolas. Ich habe meine Wahl getroffen und sie noch keinen Moment bereut.«

»Aber mit dir stimmt doch etwas nicht«, beharrte Nicolas. »Seit wir hier sind, bist du so still, auch wenn es dir seit Robins Geburt besser zu gehen scheint.«

»Grundgütiger, Nicolas, ich sagte, mir fehlt nichts«, antwortete Ashley schärfer als beabsichtigt.

Nicolas nickte nur, und in seinem Gesicht war nicht zu erkennen, ob ihn ihr Ton verletzt hatte oder nicht. Sie streckte die Hand aus, berührte sein Handgelenk und schob ihre Finger in seinen Ärmel. Es dauerte einige Zeit, bis Nicolas sie ansah. Sein Blick war ruhig, und sein Verlangen offenbarte sich lediglich in der Veränderung winziger Nuancen seiner Mimik und dem schnelleren Pochen seiner Halsschlagader. Aber Robins Geburt war doch erst einen Monat her. Ashley zog ihre Hand zurück. Sie ließ den Kopf an die Rückenlehne des Sessels sinken und sah wieder in den Garten, hinter dem der Ooty-See schimmerte.

# 11

## Ootacamund, April 1876

»Wäre es zu viel verlangt, wenn dein Bruder seine Nase aus unseren Geschäftsbüchern heraushalten würde?«, fragte Aidan ungehalten.

»Der Tee geht komplett an sein Kontor, demnach ist sein Interesse berechtigt.«

»Großartig«, murmelte Aidan.

»Wir hatten darüber gesprochen. Zu Beginn sind gute Geschäftsbeziehungen schwierig.«

»Wie viel verkaufen wir unter *Ramsay Tea?*«

Katrina überlegte kurz. »Neunzig Prozent der letzten Ernte.«

»Neunzig?«, rief Aidan entgeistert. »Bist du von Sinnen?«

»So hatten wir es ausgemacht.«

»Nein, *so* hatten wir es ganz sicher nicht ausgemacht«, antwortete Aidan.

Katrina hob begütigend die Hände. »Überleg doch mal. Wenn wir als Neulinge auf den Markt kommen, was denkst du, was man uns für Preise zahlen würde? Charles verkauft unsere Ernte zum Höchstpreis unter seinem Namen und führt unseren zudem mit den zehn Prozent ein. Wenn unsere Qualität überzeugt, können wir nächstes Jahr mit mehr Tee unter unserem Namen auf den Markt gehen.«

»Du hättest vorher mit mir sprechen müssen, anstatt ausschließlich mit deinem Bruder.«

»Ich wusste nicht, dass du etwas dagegen haben würdest.« Katrina verschränkte die Arme vor der Brust. »Du hast selbst gesagt, du traust meinem Urteil.«

»Sicher«, räumte Aidan ein, »aber das bedeutet nicht, dass du alles allein entscheiden sollst.«

»Charles ist Teehändler, und er hat einen Namen, was passt dir daran nicht?«
»Dein Bruder mischt sich zu sehr ein, es ist beinahe so, als trage er alles mit.«
Mit einer langsamen, beinahe konzentrierten Bewegung zog Katrina an einem losen Faden an ihrer Stola. »Bist du wütend, weil ich dich nicht gefragt habe oder weil es mein Bruder ist, der uns hilft?«
»Wegen beidem vermutlich«, antwortete Aidan nach kurzem Zögern.
»Es wird seine Zeit dauern, Kontakte zu anderen Händlern aufzubauen.« Katrina schlug das Wirtschaftsbuch zu. »Es tut mir leid, dass du dich übergangen fühlst, das war nicht meine Absicht. Die Prozente hat Charles festgelegt, und es schien eine gute Idee zu sein.«
Aidan murmelte etwas, das sie nicht verstand.
»Ich gebe dir die Namen einiger Teehändler aus dem Norden mit«, fuhr Katrina fort. »Du müsstest mir nur sagen, wo genau du hinfährst.« Als sie ihn ansah, bemerkte sie das kurze Aufblitzen in seinen Augen.
»Natürlich«, antwortete er.
»Wäre Caleb nicht so klein, würde ich mitkommen«, sagte Katrina. »Ich war noch nie im Norden. Aber ich würde ungern für längere Zeit ohne Caleb verreisen. Vielleicht klappt es, wenn er etwas älter ist.« Und falls sie bis dahin kein weiteres Kind bekäme, fügte sie in Gedanken hinzu. Vielleicht würde er es ja sagen, dachte sie. Aber Aidan sprach nichts dergleichen aus.
»Wir werden sehen«, antwortete er.

*

Katrina hatte ihre alte Angewohnheit, am Ooty-See auszureiten, wieder aufgenommen. Manchmal begleitete Aidan sie, an diesem Tag jedoch war er schon mittags ausgegangen. Er war erst in den frühen Morgenstunden heimgekommen, die Augen gerötet und glasig, was zweifellos vom Opium-Konsum herrührte. Wenn er damit nur aufhören würde.

Mit Beginn der Saison waren die alljährlichen Sommergäste wieder angereist, und der Ooty-See war ein begehrtes Ziel für Spaziergänger und Reiter. Bootsfahrten waren ebenfalls eine beliebte Freizeitbeschäftigung. Der See war sehr weitläufig, von unregelmäßiger Form, an einigen Stellen bis zu vierzig Fuß tief, umgeben von Bäumen, Sträuchern und weiten Grasflächen. Es gab grünbewachsene Buchten, und an der Straße, die nach Fern Hill führte, lag die St. Thomas Church.

Ursprünglich war der See nicht mehr als ein Wasserreservoir gewesen, entstanden durch einen Damm, der die teils von Bäumen und in Schluchten verborgenen Bäche am Grund des Tals staute. Auf diese Weise sollte in der Ebene in Trockenzeiten für Bewässerung gesorgt werden. Durch das von den Bergen ins Tal strömende Wasser war mit der Zeit eine Serpentine entstanden, deren Ufermauern man verstärkt hatte, um die vor allem während des Monsuns gewaltigen Wassermassen fassen zu können. Im Oktober 1830 waren jedoch – trotz aller Vorsichtsmaßnahmen – die Umfriedungen des Sees nach ungewöhnlich schweren Regenfällen gebrochen, und die Wassermassen hatten das umliegende Land überschwemmt. Es hatte viele Monate gedauert, die Umfriedung zu erneuern. Mittlerweile maß der See zwei Meilen in der Länge und war um die sechshundert Yards breit.

Die Leute grüßten freundlich, nahmen aber ansonsten keine Notiz von Katrina. Ihre Ehe hatte an Gesprächsstoff verloren, sie war nicht in anderen Umständen, so dass auch das Argument, sie hätte Aidan Landor damit eingefangen, an Zündstoff verlor, und Stephen hatte seit Monaten nichts mehr von sich hören lassen. Letzteres hingegen machte Katrina misstrauisch. Sie konnte sich nicht vorstellen, dass er klein beigab. Anderer-

seits war es natürlich möglich, dass seine Frau nun doch Nachwuchs erwartete und er das Thema auf sich beruhen ließ.
Katrina sagte sich, dass sie zufrieden sein konnte. Ihre erste große Ernte hatte sie erfolgreich eingebracht, Charles stand ihr beim Verkauf zur Seite, und sie hatte jede Freiheit, die sie sich wünschte. Dennoch blieb ein leises Unbehagen, das sich gleich Nadelstichen bemerkbar machte, wann immer sie sich einen Moment der Entspannung gönnte.
»Mrs. Landor?«, rief eine helle Stimme hinter ihr.
Katrina zügelte Bhairavi, drehte sich um und sah Amelia Holt auf sich zutraben. Als sie auf einer Höhe waren, ließ Amelia ihr Pferd in Schritt fallen.
Die beiden Frauen kannten sich nur flüchtig. Nach dem Tod ihres Mannes war Amelia Holt nach Ooty gezogen, um dem Zugriff ihrer Schwiegereltern zu entgehen, die alles taten, ihr ihren Sohn wegzunehmen. Katrina konnte nur zu gut nachempfinden, wie sie sich fühlen musste. Aufgrund dessen, dass sie sich in den letzten Jahren so wenig in der Gesellschaft aufgehalten und auch Amelia Holt sehr zurückgezogen gelebt hatte, waren die beiden Frauen sich nur selten begegnet.
»Wie schön, Sie zu sehen«, sagte Amelia Holt zur Begrüßung. »Ich wollte Sie schon längst mal besuchen.« Sie neigte sich leicht vor, um ihrem Pferd den Hals zu klopfen, ohne eine Begründung für das Versäumnis anzugeben, wie es sich gesellschaftlich gehört hätte. »Reiten Sie oft aus?«
»Erst seit kurzem wieder.«
»Ich ebenfalls«, antwortete Amelia. »Eigentlich traue ich mich es erst wieder, seit ich gesehen habe, dass Sie es tun.«
Katrina sah die junge Frau erstaunt an, aber diese gab keine weitere Erklärung ab.
»Unsere Söhne sind beinahe im selben Alter«, fuhr Amelia fort. »Wenn Sie möchten, besuchen Sie mich doch einmal mit Ihrem Kind.«

»Sehr gerne«, sagte Katrina lächelnd.

Amelia nickte, verabschiedete sich und trieb ihr Pferd in einen schnellen Trab. Etwas irritiert sah Katrina ihr nach, dann dachte sie, dass sich derartige Gespräche für Amelia Holt ebenso fremd anfühlen mussten wie für sie. Sie hatte unsicher gewirkt, beinahe so, als taste sie sich langsam durch die Worte, die sie sprach. Katrina fragte sich, ob sie sich ebenso anhörte.

Sie ritt über die Lower Bazaar Road, die am oberen Seeufer entlangführte. Ein kurzes Stück ließ sie Bhairavi galoppieren, zügelte die Stute dann und ritt eine kleine Anhöhe hinauf. Sie war eben im Begriff, das Pferd in Trab zu treiben, als sie Aidan im Gespräch mit einer blonden Frau sah. Die Frau wirkte verärgert, Aidan ungeduldig. Die Art, wie sie miteinander sprachen, der kurze Griff der Frau nach Aidans Arm, die knappen Gesten legten den Schluss nahe, dass die beiden sich kannten. Katrina kam der Moment in den Sinn, als sie Aidan das erste Mal kurz gesehen hatte, vor der Herberge. Eine blonde Frau war in seiner Gesellschaft gewesen. Eine kurze, heftige Welle von Eifersucht überschwemmte sie und ließ ihre Wangen brennen. Sie biss sich auf die Lippen.

Aidan drehte sich um, sah sie und erstarrte. Weil es ihr albern vorgekommen wäre, weiterhin stehen zu bleiben und ihn zu beobachten, trieb sie Bhairavi an und ritt zu ihm. Jetzt erst fiel ihr auf, dass sie Granat nirgendwo entdecken konnte. Aidan streckte die Hand aus, um ihr vom Pferd zu helfen.

»Ich wusste nicht, dass du in der Gegend bist«, sagte er.

Katrina nickte nur. »Möchtest du uns nicht bekannt machen?«

Einen kurzen Moment lang musterte Aidan sie aus schmalen Augen, dann sagte er: »Sicher. Das ist Gillian McEwan, ehemalige Geliebte meines besten Freundes. Gillian, meine Frau, Mrs. Katrina Landor.«

Die Vorstellung war mehr als unhöflich, und Katrina sah, wie sich die Augen der jungen Frau weiteten. Sie bekam Mitleid mit

ihr und murmelte einen Gruß, den die Frau nur mit einem leichten Neigen des Kopfes erwiderte.
»Nun, Gillian, du entschuldigst uns?«, sagte Aidan.
»Aber natürlich«, antwortete Gillian. Sie verabschiedete sich und ging, während Aidan Katrinas Stute am Zügel nahm, Katrina seinen Arm reichte und die andere Richtung einschlug.
»Das war sehr unhöflich«, sagte Katrina, nachdem sie eine Weile schweigend nebeneinander hergegangen waren.
»Du dachtest, sie sei meine abgelegte Geliebte, richtig?«
Katrina fühlte sich ertappt und sah ihn nicht an. »Ihr wirktet so … vertraut.«
»Ich bin gemeinsam mit meinem Freund und ihr in Ooty angekommen. Er ist einen Tag später wieder abgereist – ohne Gillian. Seither kommt sie immer mal wieder und bittet mich um Hilfe.«
»Welche Art von Hilfe?«
»Die ersten beiden Male waren es Geld und die Frage, ob ich wüsste, wo sich ihr ehemaliger Geliebter aufhält. Jetzt ist es nur noch Letzteres.«
»Dennoch …«, sagte Katrina zögernd. »Das ist kein Grund für so eine Vorstellung, weißt du.«
Aidan hob die Brauen. »Ich werde mich bessern.« Der leise Spott in seinen Worten war nicht zu überhören.
»Hattet ihr euch verabredet?« Diese Frage konnte Katrina sich nicht verkneifen.
Aidan lachte. »Großer Gott, nein. Ich habe Granat bei Nicolas gelassen, bin spazieren gegangen, und sie war zufällig auch gerade hier in der Gegend.« Er musterte sie. »Meine Liebe, du solltest mir vertrauen. Wenn du schon denkst, ich hintergehe dich hier, welche Qualen magst du dann erst ausstehen, wenn ich für längere Zeit verreise?«
Katrina gab keine Antwort und sah zu Boden. Offenbar bemerkte Aidan ihr Unbehagen, denn er blieb stehen und drehte sie zu sich. Den Zügel um einen Arm gelegt, hob er ihr Kinn.

»Ich habe dir doch bei unserer Hochzeit mein Wort gegeben«, sagte er unvermittelt sanft. »Und ich mag ja einige Fehler haben, aber wortbrüchig bin ich nie geworden.«
Katrina sah ihn an und dachte, dass seine Augen seltsam verletzlich wirkten, wenn man ihm so nahe war, dass man den feinen dunklen Ring um die Iris erkennen konnte. Sie legte ihre Hände um sein Gesicht, zog seinen Kopf zu sich herunter und küsste ihn. Als sie ihn wieder losließ, wirkte er erstaunt, dann umschattete ein Lächeln seine Mundwinkel.
»Eigentlich wäre das jetzt meine Rolle gewesen«, spöttelte er. »Womit soll ich dich jetzt versöhnen?«
Katrina musste lachen. »Du wirst dir etwas anderes einfallen lassen müssen.«

*

Charles' jüngste Tochter war Anfang Februar geboren worden, ein fragiles Geschöpf, das kleinste seiner Kinder. Er bekam von der Erziehung wenig mit, weil Cynthia eifersüchtig über ihre Töchter wachte. Hätte er einen Sohn, sähe die Sache vielleicht anders aus. Weil Charles jedoch nie sonderlich häuslich gewesen war, machte es ihm nichts aus, wenn er seine Kinder nur bei seinen täglichen Besuchen im Kinderzimmer zu sehen bekam. So hatte er sich auch an diesem Abend damit begnügt, den Kindern kurz eine gute Nacht zu wünschen, und sich danach in sein Arbeitszimmer zurückgezogen. Cynthia war zu Bett gegangen, und Charles wollte die Nachtstunden nutzen, eine Geschäftsreise vorzubereiten und seine Unterlagen zu ordnen.
»Ich dachte mir, dass du noch wach bist«, sagte Katrina, als sie die angelehnte Tür aufstieß.
Charles runzelte die Stirn. »Warum bist du um diese Uhrzeit noch unterwegs?«
»Ich konnte nicht schlafen.«

»Etwas spät für einen Gesellschaftsbesuch, findest du nicht?«
Katrina lächelte. »Warum so formell, Charles?« Sie setzte sich in einen Sessel neben seinem Schreibtisch, streifte die Schuhe ab und zog die Beine unter den Rock. Früher einmal hatte ihr Vater an diesem Schreibtisch gesessen, und sie hatte ihn beobachtet und von ihm gelernt.

»Ist Aidan abgereist?«

»Heute Morgen.« Katrina sah zu dem glänzenden Globus, der auf dem Schreibtisch stand. »Er scheint immer noch verärgert, weil ich die Formalitäten bezüglich unseres Tees allein mit dir geklärt habe, ohne ihn zu fragen.«

»Das war doch vorauszusehen, nicht wahr? Ganz ehrlich, Katrina, da wäre jeder Mann verärgert gewesen. Ich habe dir ja gesagt, du sollst ihn fragen.«

»Ich hätte nicht gedacht, dass er sich so darüber aufregen würde.«

Charles zuckte die Schultern. »Vermutlich denkt er, ich mische mich ein.«

»Bist du ihm noch böse wegen der Sache mit Cynthia?«, wechselte Katrina das Thema.

Nachdenklich sah Charles seine Schwester an. »Was Cynthia mit ihrer Klatschsucht anrichtet, ist natürlich sehr unerfreulich, und ich habe ihr deswegen ins Gewissen geredet. Selbstverständlich weiß ich, dass dein Mann das Gerede über Stephen nicht hören möchte, und sie hätte es in Gegenwart der Gäste nicht erneut aufrollen dürfen. Dennoch ist all das kein Grund, sie in meinem Haus vor meinen Gästen zu beleidigen.«

»Aidan hat sich ein wenig im Ton vergriffen«, räumte Katrina ein, »aber Cynthia hat es provoziert. Sie hat einfach nicht aufgehört, gleichgültig wie viele subtile Andeutungen er gemacht hat. Jeder am Tisch hat sich darüber amüsiert. Dennoch«, sie seufzte, »so ist es natürlich kein Zustand. Du sprichst nicht mehr mit Aidan, ich so gut wie nicht mehr mit Cynthia.«

»Ich rede mit ihm, wenn er zurückkommt«, antwortete Charles.
Katrina sah zum Kamin, in dem nur noch ein schwacher Rest Glut glomm. Sie fror.
»Wie geht es Laura?«, erkundigte sie sich nach ihrer jüngsten Nichte.
»Gut, aber Cynthia kostet mich Nerven mit ihrer Angst um sie. Wenn es nach ihr ginge, dürfte im ganzen Haus kein Fenster geöffnet werden, damit die Kleine nicht krank wird. Als ich der *Ayah* erlaubt habe, mit ihr spazieren zu gehen, ist Cynthia beinahe hysterisch geworden.« Er schüttelte verständnislos den Kopf.
Katrina stand auf, um im Kamin die Glut zu schüren. »Sie war doch bisher bei jedem Kind so, wenn es gerade geboren war.« Nachdem es ihr nicht gelungen war, das Feuer wieder in Gang zu bringen, richtete sie sich auf, strich eine Haarsträhne zurück und trat an den Schreibtisch ihres Bruders. »Wie lange bleibst du fort?«
»Nur vier Tage.«
»Musst du das alles noch durchsehen?« Katrina deutete auf einen Stapel Unterlagen.
»Ja«, gestand Charles seufzend.
»Soll ich dir helfen?«
Charles lächelte. »Wenn du dir die Mühe machen möchtest, gerne. Ehrlich gesagt, hast du mir hier ein wenig gefehlt.«
»Aber Charles, warum sagst du denn nichts?«
»Du hast mit deinen eigenen Angelegenheiten genug zu tun, denke ich.«
Katrina nickte unbestimmt und rieb sich die Hände. »Kannst du jemanden holen, der das Feuer wieder anfacht?«
»Oh, dir ist kalt?«, fragte Charles. Er sah zum Kamin. »Mir war gar nicht aufgefallen, dass das Feuer ausgegangen ist.«
Katrina hob die Brauen, verkniff sich aber die Frage, ob er glaubte, sie habe zum Spaß in der Asche herumgespielt.

Ein Dienstbote betrat auf Charles' Läuten hin den Raum und legte Holzscheite nach.

»Wenn du mir helfen möchtest«, sagte Charles, »dann wirst du hier entweder übernachten oder auf dem Rückweg von zweien meiner Männer begleitet werden.«

»Ich bin mit der Kutsche hier.«

»Das ist wohl schwerlich ein ausreichender Schutz für eine nächtliche Fahrt.«

Katrina nahm einen Stapel Unterlagen und setzte sich damit auf den Boden vor den Kamin, in dem wieder ein Feuer flackerte. Die Geschwister arbeiteten schweigend, nur hin und wieder unterbrach eine Frage Katrinas die Stille, wenn sie sich nicht sicher war, wie sie mit bestimmten Dokumenten verfahren sollte.

Als Charles aufstand, sich streckte und das Zimmer verließ, um Tee zu kochen – die Dienstboten hatten sich bereits zur Ruhe gelegt –, ging Katrina zum Schreibtisch, um die von ihr sortierten Unterlagen abzulegen. Es war ein schwerer alter Tisch, verziert mit Schnitzereien und lederner Einlegearbeit auf der Schreibplatte. Mit den Fingerspitzen strich Katrina über die verkratzte Oberfläche des Leders, das an einigen Stellen glänzte und abgenutzt war. Der ganze Raum atmete auch jetzt noch die Anwesenheit ihres Vaters – die alten Sessel mit den roten Samtbezügen, der gemauerte Kamin, auf dessen hölzernem Sims alte Fotografien standen, ein bereits nachgedunkeltes Landschaftsgemälde darüber, die Regale mit den Büchern und den vielen verschiedenen Teedosen, die er von seinen Reisen mitgebracht hatte. Katrina biss sich auf die Unterlippe. Auch jetzt noch kamen ihr die Tränen bei der Erinnerung an ihn.

Katrina zog die Schublade auf, die direkt unter der Schreibplatte angebracht war. Charles und ihr Vater hatten sie nur selten genutzt, weil sie zu flach war, um wirklich viele Unterlagen fassen zu können. Einige Blätter lagen darin, Dinge, die man schnell vom Tisch haben wollte und nicht wusste, wohin damit. Einige waren schon mehrere Jahre alt. Katrina musste lächeln, als sie auf einen Brief stieß, den ihr Vater einmal angefangen hatte. Darunter lag eine weitere Version desselben Briefes, noch ein abgebrochener Versuch. Sie sah ihren Vater förmlich vor sich, wie er diese beiden Briefe begann, diese dann schimpfend abbrach, den einen wegen eines Schreibfehlers, den anderen wegen eines Tintenkleckses am Ende eines Wortes. Unter den Briefen lag ein vergilbter Bogen Büttenpapier. Katrina zog ihn hervor und sah ihn an. *Katrina Ramsay* stand dort geschrieben, in verschiedenen Schreibweisen quer über die obere Hälfte des Blattes. Sie hatte ihre Unterschrift geübt und sich überlegt, welche auf geschäftlichen Dokumenten am besten aussehen würde. Darunter stand mehrmals *Katrina Alardyce* schnörkellos, reifer. Sie erinnerte sich nur zu gut daran, wie sie am Schreibtisch gesessen hatte – es war kurz vor ihrer Hochzeit gewesen – und beim Aufräumen auf diesen Zettel gestoßen war.

Katrina seufzte und schloss für einen kurzen Augenblick die Augen. Wie lange das her war. Sie legte das Blatt auf den Schreibtisch und griff, einem plötzlichen Impuls folgend, nach dem Federhalter. *Katrina Landor* schrieb sie auf das Blatt.

# 12

## Khaiberpass, Juni 1876

Neblige Stille. Aidan führte ein grauscheckiges Pony hinter sich her, zog seinen Umhang enger um sich und stieg einen steilen Abhang hinauf. Brian hatte er zusammen mit Ranjan bei Sharifs Stamm zurückgelassen. Eine Windböe wirbelte feinen Sand auf, und Aidan hob schützend einen Arm vor die Augen. Er war gerne bei Sharifs Paschtunen-Stamm, ein gastfreundliches Volk, das mit Pferden handelte und ihn jedes Mal überaus liebenswert aufnahm. Diese Menschen lebten weit ab von jeder englischen Siedlung am Hindukusch, dennoch konnten auch sie sich dem Zugriff der Briten nicht entziehen, und Aidan bedauerte das. Er hatte seine Tätigkeit für die Armee nie unter patriotischen Gesichtspunkten betrachtet – ein Gefühl, das eher Indien als England in ihm auslöste. Girilal, Sohn der Berge, jener Name, den ihm seine indischen Freunde vor vielen Jahren gegeben hatten, war auch der Name, unter dem er als nomadischer Händler reiste. Er war Teil von ihm, so wie es der Name Aidan war.

Aidan war froh darüber, eine Zeitlang Ruhe zu haben. Zu viele Gedanken gingen ihm durch den Kopf. Wenige Tage zuvor, am Abend, ehe er seine Kameraden verlassen hatte, hatte Sharif mit ihm gesprochen. Sharif wusste, dass Aidan Sita auf dem Weg in die Berge wiedergesehen hatte, ebenso wie er wusste, dass dieser nur sehr schwer den Versuchen der jungen Frau, ihn in ihre Umarmung zu locken, widerstanden hatte. Immerhin habe er ihr widerstanden, hatte Aidan sich verteidigt, als Sharif ihm aus schmalen Augen finstere Blicke zuwarf. Brian hatte gefeixt und Ranjan Khan ihn nur forschend angesehen.

Während Aidan den Weg hochging, Geröll unter seinen Stiefeln knirschte und ein kühler Wind ihn frösteln ließ, stand ihm das Gespräch mit Sharif nur zu deutlich vor Augen – wie schon seit dem Tag, an dem er fortgeritten war, um Stellung am Khaiberpass zu beziehen. Ranjan Khan würde einige Tage später zu ihm stoßen.

»Du steigst anderen Frauen hinterher, während du deiner eigenen sogar Kinder verweigerst.« Sharifs Stimme war leise und scharf wie ein Dolch. Für Untreue hatte er nur wenig Verständnis, lief sie doch seiner Lebensauffassung zuwider.

»Du gehst zu weit«, antwortete Aidan knapp. Ja, er hatte Katrina beinahe betrogen, und das schlechte Gewissen deswegen verursachte ihm Übelkeit. Sitas Arme waren weich gewesen wie Seide, und er erinnerte sich nur zu gut an ihre Umarmungen. Mit leiser Stimme hatte Sita gelockt, den Duft von Rosenwasser im Atem, und er war kurz davor gewesen, ihr zu glauben, dass alles, was zwischen ihnen geschehen mochte, nichts an seiner Ehe ändern würde. Und Katrina würde es doch nie erfahren.

»Hast du deine Frau jemals gefragt, ob sie Kinder möchte?«

»Nein, und es geht dich auch nichts an.« Aidan bereute bereits, je darüber gesprochen zu haben, aber Sharif hatte eine Art an sich, die jeden reden ließ.

»Du betrügst sie. Daheim um ihr Recht auf die Entscheidung, ob sie Kinder möchte oder nicht, und hier in Gedanken mit einer *Bibi.*«

»Sita ist keine Hure.«

Sharif hatte spöttisch den Mund verzogen und nicht mehr geantwortet. Am nächsten Morgen war Aidan aufgebrochen.

Er hatte Sita widerstanden, müsste nun nicht das schale Gefühl von ihm weichen? Während Sita ihm zugeflüstert hatte, was ihn erwartete, wenn sie ihn begleitete, waren Erinnerungen in Aidan aufgeflammt, Erinnerungen, die keine Sekunde an Katrina bargen. Vergessen waren die Bilder der Nacht, ehe er aufgebrochen war, vergessen die Sanftheit ihrer Glieder, das Flüstern

ihrer Stimme. Es war ihm später wieder eingefallen, als er sich von Sita löste, um zu seinen Freunden zurückzukehren.
Es war doch nur ein Gedanke, sagte er sich, eine Erinnerung. Und im selben Moment stand ihm das Bild von Katrina vor Augen, die kurz davor war, von Stephen Alardyce verführt zu werden, Katrina, deren Gedanken erfüllt waren von Stephens sinnlichen Umarmungen und die darüber alles vergaß. Wäre diese Vorstellung weniger bitter, nur weil sie dem nicht nachgab? Aidan blieb stehen, kickte wütend einen Stein weg und rieb sich über die Stirn.
Das Pony warf den Kopf zurück und schnaubte. Aidan drehte sich zu ihm und strich ihm über die Nüstern. »Schon gut«, murmelte er. Unmittelbar vor ihm lag eine bewaldete Talsenke, hinter der sich das Gebirgsmassiv erhob. Er befand sich in der Nähe des Khaiberpasses, jene bereits im Altertum wichtige Verbindung der indischen Tiefebenen, über die auch ein Teil der Seidenstraße von Buchara nach Indien führte. Hier war im ersten afghanischen Krieg das britische Heer komplett vernichtet worden. Nun bildete der Pass die Verbindung zwischen Kabul und Peschawar, wodurch eine Umgehung der Schluchten des Flusses Kabul möglich war.
Aidan hatte Katrina nie gefragt, ob sie Kinder wollte. Wenn sie welche wollen würde, würde sie doch sicher etwas sagen ... aber war es nicht vielmehr so, dass er sie nicht fragte, weil er befürchtete, sie könne mit »Ja« antworten? Er wollte noch keine Kinder. Kinder machten sesshaft.
Das Pony hinter sich herführend, machte Aidan sich wieder auf den Weg. Eine Stunde noch, und er wäre am Ziel: eine Höhle, von der aus er den Khaiberpass im Auge behalten konnte, genau jene Stelle des Passes, zu deren Beobachtung ihn Thackery geschickt hatte. Die Briten würden den Pass wieder erobern, hatte Thackery gesagt, es war nur eine Frage der Zeit. Aidan war sich dessen nicht so sicher. Die Gegend konnte nicht so ohne

weiteres erobert werden, das hatte die Vergangenheit oft genug gezeigt. Die Briten hatten den Pass bereits unter Kontrolle gehabt, aber genützt hatte es ihnen nichts.
Aidan rückte seinen aus grobem Stoff gefertigten Turban zurecht und zog eine Stoffbahn, die um seinen Hals lag, höher, um Mund und Nase vor dem feinen Staub zu schützen, den der Wind vor sich hertrieb. Behutsam führte er das Pony eine leichte Steigung hinauf, immer auf der Hut.

*

Der Khaiberpass wurde im Norden vom Kabul, einem westlichen Nebenfluss des Indus, eingegrenzt und im Osten vom Peschawar-Tal. Nordwestlich lag das fruchtbare Tirah-Tal mit seinen Zypressen, Zedern, Pinien und unzähligen anderen Arten von Bäumen. Es gab eine Fülle an Früchten wie Äpfel, Pfirsiche, Aprikosen, Grapefruits, Granatäpfel und Walnüsse. Der Khaiberpass hingegen war karg, trocken, das einzige Grün bestand aus Büschen, die wie Tropfen über das Grau verteilt waren. Der Fluss Kabul versorgte sowohl das Becken von Kabul als auch Peschawar mit Wasser. Während der Fluss im Winter einem Rinnsal glich, schwoll er im Sommer aufgrund der Schneeschmelze an.
Aidan hatte mehrere Tage auf seinem Beobachtungsposten verbracht und nur wenig geschlafen. Auch an diesem Morgen war er wach, kaum dass die ersten blassgoldenen Sonnenstrahlen sich ins Tal tasteten. Er stand auf, rieb sich über die Bartstoppeln, die er seit seinem Aufbruch in den Hindukusch nicht rasiert hatte, das würde er erst wieder tun, wenn er nach Ooty zurückkehrte.
Das Pony schnaubte leise, als Aidan an ihm vorbeiging und ihm den Hals klopfte. Er nahm einen ledernen Beutel und ging zu einem Bach, der in der Nähe floss. Die Höhle war so gelegen,

dass der Zugang zu ihr bei Nacht, selbst bei Mondlicht, zu riskant war. Ein falscher Tritt, und man stürzte ab. Aidan hatte den Ort mit Absicht ausgewählt, als er das letzte Mal hier gewesen war. Zudem war die Höhle tief genug, um das Pony bei Nacht hineinzuführen, wenn dazu Notwendigkeit bestand.

Das Bergwasser war frisch und klar, und Aidan beugte sich vor und spritzte sich Wasser ins Gesicht, das kalt auf seiner Haut prickelte. Er war es gewohnt, sich in den Bergen mit kaltem Wasser zu waschen. Ein Stück weiter oben war der Bach tief genug, um bis zu den Hüften hineinzuwaten. Aidan hatte eine Stelle gefunden, die von einem Felsen verdeckt wurde. Er beeilte sich, das Bad in dem eisigen Wasser schnell zu beenden, zog sich wieder an, band seinen Turban und war eben dabei, den Lederbeutel mit Wasser für das Pony zu füllen, als er leises Wiehern hörte. Alarmiert richtete er sich auf. Wieder wieherte das Pony.

Aidan ließ den Beutel fallen und eilte zurück in die Richtung seines Lagers. Vermutlich war es nur Ranjan, dessen Ankunft Aidan in diesen Tagen erwartete. Allerdings wollte er kein Risiko eingehen und Gebirgsräubern – wenn diese auch in der Gegend nicht so zahlreich waren – in die Arme laufen. Er blieb in der Deckung eines Felsens stehen und lauschte. Das Pony scharrte, und kleine Steinchen rollten hinunter. Aidan lauschte, aber es war kein weiteres Pferd zu hören, demnach konnte es nicht Ranjan sein. Wenige Sekunden lang verharrte er, dann ging er langsam einen schmalen Pfad entlang, um sich von hinten an die Höhle heranschleichen zu können.

Lautlos zog er seine Pistole, sah sich um, näherte sich im Schutz eines Felsens der Höhle und blieb unter einem verkrüppelten Baum stehen. Ein Mann stand neben dem Pony und kramte in den Satteltaschen herum. Mit einem Klicken entsicherte Aidan die Pistole, und der Mann drehte sich hastig um. Es war ein junger Mann, das Gesicht dunkel und wettergegerbt, mit beinahe schwarzen Augen. Ein verfilzter Bart bedeckte die untere Gesichtshälfte. Er ließ die Satteltasche fallen und hob die Hände.

»Tritt zurück«, sagte Aidan auf Hindustani.

Der Mann gehorchte.

»Jetzt umdrehen und auf die Knie.«

Diesmal zögerte der Mann.

Aidan kniff die Augen zusammen und wiederholte den Befehl. Erst schien der Mann erneut nicht Folge leisten zu wollen, dann jedoch machte er Anstalten, sich umzudrehen. Langsam, zu langsam, so als fürchte er nicht, erschossen zu werden. Zu spät alarmierte Aidan dieser Blick. Ein Schrei hinter seinem Rücken ließ ihn herumfahren.

Ein Mann, dem ein Messer bis zum Heft in der Brust steckte, taumelte zwei Schritte zurück, ein langer Dolch fiel ihm aus der Hand, und er kippte hintenüber die Felsen hinunter. Im selben Augenblick prallte neben Aidan ein Messer an einem Felsen ab, Hitze sammelte sich in seinem rechten Oberarm und wurde zu einem scharfen Schmerz. Er hob die Pistole, aber noch ehe er sich umdrehen konnte, hallte ein Schuss durch das Tal, und der Mann, den er bei seinem Pony gestellt hatte, sackte beinahe lautlos in sich zusammen.

Ranjan Khan trat zwischen zwei moosüberwachsenen Felsen hervor. »Gedanken an Frauen können fürwahr eine starke Versuchung sein, Girilal, so stark, dass man darüber seinen Verstand nicht mehr dort benutzt, wo er benötigt wird. Hast du vergessen, dass Räuber hier nie allein auf die Jagd gehen?«

# 13

## Ootacamund, August 1876

Es regnete ohne Unterlass. Caleb stand an der Verandatür im Salon und sah in den Garten. Katrina wusste, wie ungern er Tag für Tag im Haus blieb. »Es tut mir leid, mein Schatz«, sagte sie, als er sich umdrehte und sie ansah, »aber du kannst nicht raus. Warum spielst du nicht mit dem Zug, den Onkel Charles dir geschenkt hat?«

Calebs Hand lag an der Scheibe, und er schien sich nicht von der Aussicht auf den Garten trennen zu wollen. Katrina ging zu ihm, kniete sich neben ihn und strich über sein Haar.

»Bringt Papa mir ein Pony mit?«, fragte Caleb.

Katrina seufzte. Aidan hatte Caleb zu Weihnachten außer einer kompletten Miniatur-Reitausstattung ein Buch mit Pferdebildern geschenkt und ihm gesagt, von seiner nächsten Reise bringe er ihm ein Pony mit. Seither kannte Caleb kaum ein anderes Thema.

»Bestimmt«, sagte Katrina zögernd. Sie war von der Idee überhaupt nicht begeistert, schließlich war Caleb im März gerade erst fünf Jahre alt geworden.

»Darf ich dann auch zu Onkel Charles reiten?«

»Wenn du älter bist.« Katrina lächelte. »Bald wird es auch Zeit, einen Lehrer für dich zu suchen, damit du lesen und schreiben lernst.« Und dann würde es irgendwann so weit sein, dass er nach England in ein Internat geschickt werden würde, so wie Charles seinerzeit. Auch sie hätte nach England fahren sollen, aber auf ihr Betteln hin hatte ihr Vater sie bei sich behalten und ihr hier die bestmögliche Ausbildung zukommen lassen.

Der *Chuprassi* betrat den Raum. »Ein Brief für Sie, Memsahib.«

Katrina stand auf, nahm das Schreiben entgegen und sah erstaunt auf den Stempel aus Coonoor. Sie erbrach das Siegel, entfaltete das Schreiben, und schon beim Lesen der ersten Sätze hatte sie das Gefühl, alles Blut weiche ihr aus dem Gesicht. Die Zeilen flimmerten ihr vor Augen, und sie senkte den Brief, die Hand zitternd. Ihr Blick flog zu Caleb, dann läutete sie nach der *Ayah*, wies sie an, bei Caleb zu bleiben, und ließ ihre Stute satteln.

Bei dem Regen wäre es in der Kutsche sicher angenehmer gewesen, aber die Straßen waren teilweise unpassierbar. Der Stallbursche wirkte etwas nervös, als er Bhairavi ins Freie führte, wo Katrina sie in Empfang nahm und aufsaß. Die Stute tänzelte ein wenig, ging aber dann willig am Zügel.

Ihr Weg führte Katrina nach *Ramsay Hall*, das Haus ihres Bruders. Den Brief hatte sie in ein wasserfestes Futteral geschlagen und unter ihrem Cape verstaut, das sie eng um sich gewickelt hatte. Das Rauschen des Regens vermischte sich mit dem leisen Platschen, wenn Bhairavis Hufe auf dem durchweichten Boden aufschlugen. Wasser spritzte aus Pfützen auf, kleine Rinnsale liefen von der Kapuze des Capes in Katrinas Gesicht. Die Wege hatten sich teilweise in schlammiges Geröll verwandelt.

Vor dem Haus ihres Bruder angekommen, sprang Katrina aus dem Sattel und führte Bhairavi in den Stall, wo ein Stallbursche ihr beflissen entgegenkam und ihr das Pferd abnahm.

In der Eingangshalle des Hauses nahm ein Dienstmädchen Katrina das Cape ab, während der *Chuprassi* davoneilte, um Charles Bescheid zu geben. Anstatt im Salon zu warten, wie sie es normalerweise getan hätte, blieb Katrina in der Eingangshalle stehen, zu nervös, um sich zu setzen.

Als die Tür am Ende der Halle aufging, drehte sie sich um und setzte bereits zum Sprechen an, als sie sah, dass nicht Charles kam, sondern Cynthia. Die Lippen zusammengekniffen, kam sie auf Katrina zu.

»Was gibt es?«

Katrina sah sie befremdet an, angesichts des barschen Tons. »Ich möchte mit Charles sprechen.«

»Er ist in seinem Arbeitszimmer und hat gesagt, er wolle nicht gestört werden.«

»Hast du ihm überhaupt gesagt, dass ich hier bin?«

Cynthia hob die Brauen. »Er sagte zu *mir*, er möchte nicht gestört werden, und ich denke, das gilt für seine Schwester ebenso wie für seine Ehefrau, nicht wahr?«

Gereizt runzelte Katrina die Stirn. »Ich muss Charles sprechen, es ist wichtig.«

»Das denke ich mir, sonst wärst du wohl kaum bei dem Wetter hierhergekommen. Aber ich sage es dir noch einmal, er möchte nicht gestört werden. Deine Probleme sind deine Sache, Katrina, hör auf, Charles immer und immer wieder damit zu belasten. Du hast einen Ehemann, der sich um dich und deine Sorgen zu kümmern hat. Charles hat eine eigene Familie.«

Katrina starrte sie vollkommen perplex an. »Aidan ist nicht da«, war alles, was ihr als Antwort einfiel.

»Nun, er wird ja irgendwann wiederkommen.«

Einen Moment lang erwog Katrina, einfach an ihrer Schwägerin vorbeizulaufen und zu Charles zu gehen, aber sie verwarf den Gedanken sofort wieder. Es würde zu einer hässlichen Szene führen, und sie wollte nicht schuld an Unfrieden im Haus ihres Bruders sein. Sie senkte kurz den Blick, dann warf sie den Kopf zurück und winkte dem Dienstmädchen nach ihrem Cape. Ohne einen Abschiedsgruß drehte sie sich um und ging.

Ashley kam in den Salon, in dem man Katrina zu warten geheißen hatte.

»Großer Gott, ist etwas passiert?«, fragte sie. »Du bist ja klatschnass.«

»Stephen hat mir durch seinen Anwalt einen Brief schicken lassen …« Katrina spürte das Brennen in ihren Augen.

»Hast du mit deinem Bruder gesprochen?«
Katrina biss sich auf die Unterlippe. »Meine Schwägerin hat mich nicht zu ihm gelassen.«
»Und Aidan ist nicht da«, schloss Ashley. Dann läutete sie nach einem Diener. »Du gehst jetzt erst einmal in mein Boudoir und ziehst die nasse Kleidung aus. Von meinen Kleidern wird dir wohl keines passen, aber meine *Ayah* kann dir einen Sari geben, bis dein Kleid trocken ist.«
»Das ist lieb, aber ich wollte nur kurz mit dir reden. Caleb ist allein zu Hause.«
Ashley lächelte. »Nun, gänzlich allein wird er ja nicht sein. Du brauchst dir keine Sorgen zu machen. Denkst du, Stephen hätte einen Anwalt beauftragt, wenn er sich heimlich zu dir schleichen und Caleb entführen wollte? Ich kann deine Sorge verstehen, aber zuerst einmal musst du dich jetzt beruhigen.«
Dem eintretenden Dienstboten erteilte sie einige knappe Befehle, ließ Tee und belegte Brote zubereiten, dann berührte sie Katrinas Arm und ging ihr voraus aus dem Salon.
Im Ashleys Boudoir wurde ein Feuer im Kamin entfacht. Während ihre *Ayah* Katrina aus dem Kleid half, verließ Ashley den Raum. Den Brief in dem Futteral legte Katrina auf den Tisch, dann zog sie das *Choli*, das Leibchen, an, das die *Ayah* ihr reichte, und wickelte die Stoffbahn des Saris um sich.
Als sie fertig war, zog die *Ayah* sich schweigend mit der nassen Kleidung zurück, und Ashley betrat den Raum. Ihr folgte eine junge Dienerin mit einem Teewagen, auf dem Teekanne, Teetassen, eine Zuckerdose und ein Milchkännchen aus feinstem Porzellan standen. Belegte Brote lagen auf einer Silberplatte.
»Darf ich das Schreiben mal sehen?«, fragte Ashley.
Katrina reichte es ihr.
Während sie es las, zog Ashley die Stirn kraus. Als sie den Brief gelesen hatte, ließ sie ihn sinken und sah auf, nachdenklich, die

dunklen Augen eine Spur geweitet. »Du solltest schnellstmöglich mit jemandem darüber reden, der sich auskennt«, riet sie. Im selben Moment ging die Tür auf, und Nicolas trat ins Zimmer. Als er Katrina sah, senkte er eilig den Blick. »Verzeihung.«

Katrinas Wangen wurden heiß, so als hätte Nicolas sie im Morgenmantel ertappt. Ashley stand auf, folgte ihrem Mann hinaus und zog die Tür hinter sich zu.

Kurz darauf kehrte Ashley zurück und setzte sich wieder zu Katrina. »Wenn deine Kleidung trocken ist, zeig Nicolas den Brief. Vielleicht weiß er etwas.«

»Ich hasse es, mich so hilflos zu fühlen«, sagte Katrina leise, und ihre schlanken Finger schlossen sich fester um die Teetasse.

»Welche Frau würde nicht so fühlen wie du«, antwortete Ashley. »Du kannst allein nichts ausrichten.«

»Ich möchte niemandem zur Last fallen ...«

Ashley schnitt ihr mit einer Handbewegung das Wort ab. »Du fällst niemandem zur Last. Dafür hat man Freunde. Deine Schwägerin hat unrecht daran getan, dich wegzuschicken. Gut wäre es natürlich, wäre Aidan hier.« Ihr Mund verzog sich kaum merklich.

Katrina nippte an ihrem Tee und schwieg.

Nachdenklich ließ Nicolas den Brief sinken. »Ich bin kein Jurist«, sagte er, »aber ich denke, damit wird er nicht durchkommen.«

Sie saßen in einem kleinen Salon mit Blick auf den Garten. Katrina fror ein wenig in dem immer noch klammen Kleid und rieb sich die Arme. »Meinst du, ich sollte mir besser einen Anwalt nehmen?«

»Dazu würde ich dir auf jeden Fall raten. Hast du einen, dem du vertraust? Ansonsten wende dich an den von Aidans Familie.«

»Mein Bruder hat einen, er sitzt in Madras.«

»Bedauerlich, dass Aidan gerade jetzt weg ist«, sagte Nicolas.
»In der Tat«, antwortete Ashley spitz.
»Er konnte ja nicht wissen, dass so etwas passieren würde«, verteidigte Katrina ihren Mann.
Nicolas drehte den Brief in der Hand. »Die Sache ist schwierig, Katrina. Normalerweise werden Kinder den Vätern zugesprochen, aber dein vorheriger Ehemann hat ja die Vaterschaft offiziell aberkannt.«
Obwohl sie wusste, dass es absurd war – schließlich hatte sie sich nichts zuschulden kommen lassen –, stieg Katrina das Blut ins Gesicht. »Stephen scheint sehr … entschlossen, und ich weiß nicht, ob er nicht doch den Richter zu seinen Gunsten entscheiden lässt. So wie schon einmal«, schloss sie leise.
»Aidans Vater ist sehr einflussreich.«
»Ich habe ihn bisher noch nicht kennengelernt«, entfuhr es Katrina.
Nicolas runzelte die Stirn. »Aidan sagte bereits, dass er sehr … schwierig sein kann. Hat er sich nach eurer Hochzeit noch gar nicht gemeldet?«
Katrina schüttelte den Kopf.
»Offenbar ist von dieser Familie nicht viel zu erwarten«, sagte Ashley. »Sie ist gefangen in Vorurteilen und sicher nicht gewillt zu helfen, wenn sie nicht einmal zur Hochzeit gratuliert. Und Aidan verschwindet, wenn er am dringendsten gebraucht wird.«
»Ashley, bitte«, sagte Nicolas, in der ruhigen Stimme ein leichtes Vibrieren, das seinen Ärger zeigte.
Ashley schwieg, sichtlich verstimmt, und Katrina wollte nicht auch noch schuld daran sein, dass die beiden in Streit gerieten. Sie sah auf die Standuhr neben dem Kamin.
»Ich sollte gehen«, sagte sie.
»Soll ich dir jemanden mitschicken, der dich bis nach Hause begleitet?«, fragte Nicolas.

Katrina lehnte ab. Sie lebte ihr ganzes Leben hier, und den Weg im Regen zu reiten, stellte selbst bei Dunkelheit keine große Herausforderung dar. Ihre Stute war hervorragend zugeritten. Sie verabschiedete sich, und ein Dienstbote brachte sie zur Tür.

Ashley saß im Nachthemd vor dem Kamin, der das Zimmer mit einem goldenen Schimmer erhellte. Sie hörte Nicolas' ruhige Atemzüge und lehnte den Kopf zurück. Nachdem Katrina gegangen war, hatten sie und Nicolas heftig miteinander gestritten. Nicolas war wütend gewesen, weil sie in Katrinas Gegenwart so abwertend über Aidan gesprochen hatte. Was sie sich dabei gedacht habe, hatte er gefragt, und wie sie sich fühlen würde, würde einer in ihrer Gegenwart schlecht über ihn sprechen. Ob sie nicht auch denke, Katrina gehe es schon elend genug, angesichts der Gefahr, womöglich ihr Kind zu verlieren, da müsse sie – Ashley – es noch schlimmer machen, indem sie ihren zweiten Ehemann auch noch schlechtredete. Was, hatte er ihr entgegengeschleudert, würde sie tun, wenn er sie verließe und ihr Robin wegnehmen würde. Vielleicht könne sie angesichts einer solchen Vorstellung ermessen, wie Katrina sich fühlen mochte. Ashley hatte gespürt, wie ihr alles Blut aus dem Gesicht gewichen war, und hatte sie sich erst noch verteidigt, so war sie am Ende verstummt und hatte Nicolas nur angestarrt. Dieser hatte sich umgedreht und den Raum verlassen.
Sie hatte sich ins Bett gelegt und gehofft, er würde sich mit ihr versöhnen, aber irgendwann war sie eingeschlafen, und als sie mitten in der Nacht wach geworden war, lag Nicolas bereits neben ihr und schlief. Ashley ertrug Kälte nicht, und sie ertrug die Vorstellung nicht, allein zu sein. Ihr Haar hing ihr gelöst auf den Rücken, einige Strähnen fielen nach vorne und streichelten ihre Wangen, als sie die Knie anzog und ihre Stirn darauf legte. Tränen brannten hinter ihren geschlossenen Lidern.

Langsam richtete sie sich auf. Sie streckte die Beine aus, fühlte glattes Holz und flauschigen Teppich unter ihren bloßen Füßen, dann stand sie auf und ging zum Bett. Der Baldachin war offen, und sie sah auf Nicolas hinunter, neigte sich zu ihm, berührte sein Haar und setzte sich auf die Bettkante. Ihre Lippen streiften seine, ihre kühl, seine warm vom Schlaf. Mit einem leisen Wispern fiel ihr Nachthemd zu Boden. Mattgoldene Lichtschleier fingen sich im Glanz von Nicolas' Augen, als er die Lider hob. Für einen kurzen Moment schien er gegen die Schwere des Schlafes anzukämpfen, dann legten sich seine Hände um ihre Taille, Lippen erwiderten ihren Kuss. Er murmelte ihren Namen, als er sie in die Kissen drückte und sich über sie neigte.

Ashley schloss die Augen, während ihr schlanker Körper sich unter seinen Händen streckte. Mich verlassen, dachte sie. Siehst du nicht, dass das Leben zu kostbar ist für solche Torheiten?

*

Es dauerte einige Sekunden, bis Charles einfiel, woher er die blonde Frau kannte, die sein Kontor betreten hatte, um Tee zu bestellen, und auch sie hatte ihn offensichtlich wiedererkannt, denn ihr Blick blieb kurz an ihm hängen, dann senkte sie sichtlich verlegen die Lider. Seit jenem Tag, an dem er sie vor der Zudringlichkeit eines seiner Angestellten beschützt hatte, war sie ihm nicht mehr begegnet. Er hatte sie für eine Prostituierte gehalten, dem widersprach jedoch das offensichtliche Unbehagen, das von ihr ausging, die Art, seinem Blick auszuweichen. Aber vielleicht war sie auch einfach erst neu dabei.

Argwöhnisch beobachtete Charles, wie sein Angestellter die Bestellung aufnahm. Der Besitzer der Teestube, für die die junge Frau den Tee einkaufte, war ein langjähriger Kunde, und normalerweise orderten sie immer dieselben Sorten in derselben

Menge. Der neue Angestellte jedoch hatte etwas Tölpelhaftes an sich, und Charles traute ihm durchaus zu, selbst diese einfache Arbeit nicht hinzubekommen.

Der Angestellte wurde unter Charles' Blicken sichtlich nervös. Er verschüttete Tee beim Umfüllen, was Charles ihm vom Gehalt abzuziehen gedachte, und als ihm die kleine Schippe aus der Hand fiel, mit der er den Tee umfüllte, herrschte Charles ihn an, gefälligst eine saubere zu nehmen, anstatt die vom Boden weiter zu verwenden.

Die junge Frau drehte sich um und sah ihn an. Ihr Kleid, stellte Charles fest, war ebenfalls nicht das eines leichten Mädchens. Es war hochgeschlossen, aus einfacher Baumwolle, ohne jede Verzierung und mit einer Knopfleiste auf der Vorderseite.

»Möchten Sie mich vielleicht an seiner Stelle weiter bedienen?«, fragte sie mit hochgezogenen Augenbrauen.

Charles glaubte, sich verhört zu haben. »Wie meinen Sie bitte?«

»Nun, offenbar sind Sie der Meinung, der freundliche junge Herr hier genüge meinen Anforderungen an den Teekauf nicht. Vielleicht bekommen Sie das besser hin.« Ihre Stimme war kühl.

»Miss, das ist Mr. Ramsay persönlich«, sagte der Angestellte, dem der Schweiß auf die Stirn trat.

Ein schmales Lächeln spielte um Charles' Lippen, und er trat vor. »Nun gut.« Mit einer Handbewegung ließ er den Mann beiseitetreten. »Dann sehen Sie zu, dass Sie dabei lernen«, sagte er zu ihm.

Die Kühle im Blick der jungen Frau wich einem Anflug von spöttischer Belustigung. Charles warf einen flüchtigen Blick auf die Liste mit der Bestellung, ging zu den entsprechenden Teekisten und hatte kurze Zeit später alles abgefüllt, was benötigt wurde.

»Einer meiner Angestellten wird Ihnen alles bringen, wie immer«, sagte er.

»Ich danke Ihnen vielmals«, antwortete die junge Frau, und Charles glaubte, einen leichten Anflug von Ironie zu hören.
»Nun denn, Miss …«
»McEwan, Gillian McEwan«, antwortete sie. Sie reichte ihm die Hand. »Auf bald, Mr. Ramsay.«
Als sie gegangen war, befahl Charles seinem Angestellten, den verschütteten Tee aufzukehren. »Für den Verlust kommen Sie auf.«
»Ja, Sir«, murmelte der Mann.
Charles stieg die Treppe hoch in sein Arbeitszimmer. Von seinem Anwalt hatte er an diesem Morgen gehört, dass Katrina sich an ihn gewandt hatte, und er hätte zu gern gewusst, was vorgefallen war. Er würde sie später aufsuchen und fragen. Es wunderte ihn ein wenig, dass sie ihn nicht einweihte, wenn sie rechtliche Schwierigkeiten hatte. Sie kannte sich mit so etwas doch überhaupt nicht aus. Das konnte nur bedeuten, dass es etwas war, das sie vor ihm geheim halten wollte, und das Erste, was ihm einfiel, war ihre Ehe. Der Gedanke daran beunruhigte ihn zutiefst.
Er rieb sich die Schläfen, um aufkommende Kopfschmerzen zurückzudrängen, und versuchte, sich auf die Teemischungen zu konzentrieren. Mischungen herzustellen, die den Geschmack verschiedener Tees miteinander verbanden, ohne Zuhilfenahme von Aromen wie Vanille oder Blüten, war schwierig und erforderte erhebliche Konzentration. Im Laufe der Jahre hatte Charles eine hervorragende Intuition entwickelt, die zusammen mit seinem ausgeprägten Geschmackssinn für Tee zu sehr guten Mischungen führte. Um zu vermeiden, dass die verschiedenen Teearomen sich überdeckten, durfte man keine Teesorten mit ausgeprägtem Charakter vermischen. Nilgiri-Tee eignete sich aufgrund seines milden Aromas ausgezeichnet als Basis, der dann andere Tees mit einer feinen Note hinzugefügt wurden. Eine Prise Darjeeling verlieh den Tees einen Hauch von Musca-

tel-Geschmack, während bestimmte Tees aus China einen leicht holzigen Rauchgeschmack mit sich brachten.
Nach einigen Versuchen gab Charles es auf und wandte sich frustriert von der Waage ab. Es war nicht nur die Sorge um Katrina, die ihn belastete. Cynthia machte ihn wahnsinnig. Nicht nur, dass sie ständig darüber jammerte, er nehme zu wenig gesellschaftliche Verpflichtungen mit ihr zusammen wahr, sie hatte auch ihr Schlafzimmer zum verbotenen Bereich erklärt und etwas von Nachwirkungen der Geburt gemurmelt, dabei lag diese bereits sechs Monate zurück und war zudem vollkommen reibungslos verlaufen. Die wenigen Male, die er sie dennoch genommen hatte, hatte sie regungslos unter ihm gelegen, das Gesicht abgewandt, die Augen geschlossen und ihn danach angesehen, als habe er ihr unermessliche Qualen zugefügt.
Katrinas helle Stimme riss ihn aus seinen Gedanken. Sie sprach mit jemandem, dann waren ihre Schritte auf der Treppe zu hören.
»Guten Tag, Charles«, sagte sie, als sie sein Arbeitszimmer betrat. »Ich wollte fragen, was die Teeverkäufe machen.«
Er sah ihr forschend ins Gesicht und merkte, dass ihr Lächeln gezwungen wirkte. »Es trifft sich gut, dass du kommst, ich wollte ohnehin mit dir reden.«
Katrina nahm ihren Hut ab und setzte sich. »Dann habe ich dir den Weg ja abgenommen. Hast du schon Zahlen?«
»Nein.« Charles nahm hinter seinem Schreibtisch Platz. »Aber das war es auch nicht, worüber ich mit dir sprechen wollte.« Auf ihren fragenden Blick hin fuhr er fort: »Mr. Hornby hat mich wissen lassen, dass du ihn konsultiert hast.«
»Ach ja?« Katrina runzelte die Stirn. »Ich dachte, er wäre auch mir gegenüber an die Schweigepflicht gebunden.«
»Er hat in einem Schreiben an mich nur nebenbei angemerkt, dass du dich an ihn gewandt hast, mir aber nicht gesagt, warum. Was ist los, Katrina? Geht es um Aidan?«

Verblüfft sah sie ihn an. »Nein. Es geht um Caleb. Stephens Anwalt hat mir geschrieben.«
Charles lehnte sich mit einem Ruck vor. »Wann?«
»Vor mehr als einer Woche.«
»Warum hast du mir nichts davon erzählt.«
Katrina lehnte sich zurück und schien sich unbehaglich zu fühlen. »Ich wollte dich nicht belasten«, sagte sie.
Forschend taxierte er sie. »Du verschweigst mir doch etwas.«
»Ich …« Katrina schluckte. »Ich war bei dir. Aber Cynthia sagte, du wolltest nicht gestört werden.« Eilig fügte sie hinzu: »Es war ja auch nicht so schlimm. Du musst dich neben allem, was du zu tun hast, nicht auch noch um meine Probleme kümmern.«
»Sie hat mir nicht gesagt, dass du da warst.«
»Vermutlich hat sie es vergessen.«
»Was meinst du überhaupt damit, sie habe gesagt, ich hätte keine Zeit. Hat sie dich wieder weggeschickt?«
»So direkt nicht …« Als er aufsprang, hob sie beschwichtigend die Hände. »Charles, es ist doch jetzt egal.«
»Meine Ehefrau schickt dich weg und sagt mir kein Wort – nein, Katrina, das ist nicht egal.« Diesmal war Cynthia zu weit gegangen.
»Bitte, Charles, ich möchte nicht schuld daran sein, wenn ihr euch streitet.«
»Das bist du nicht.«
»Sieh mal, wenn du ihr gesagt hast, du möchtest nicht gestört werden, dann ist es doch verständlich, dass sie mir das so weitergibt.«
Charles sah sie an. »Es ist aber nicht verständlich, dass sie mir nicht sagt, dass du da warst. Ich nehme doch an, du hast ihr gesagt, es sei dringend?«
Seine Schwester antwortete nicht, was ihm wiederum Antwort genug war.

»Sie hat mich mit Absicht missverstanden«, sagte Charles. »Wenn ich sage, ich möchte nicht gestört werden, dann schließt das eindeutig dringende Fälle aus. Aber ich werde ihr das gleich in aller Deutlichkeit zu verstehen geben, danach dürfte es diesbezüglich keine Unklarheiten mehr geben.«
Aus großen Augen sah Katrina ihn an. »Was hast du vor?«
»Missverständnisse aus dem Weg räumen.« Charles griff nach seinem Hut und verließ das Arbeitszimmer.

Die Tür zum Salon flog so heftig auf, dass Cynthia zusammenschrak. Sie erhob sich aus ihrem Sessel und starrte Charles erst erschrocken, dann entrüstet an. »Könntest du meinen Salon wohl wie ein zivilisierter Mensch betreten?«
Mit einer knappen Handbewegung gebot Charles ihr, zu schweigen. »Katrina war eben bei mir.«
Wachsamkeit verdrängte die Empörung in Cynthias Augen. »Und?«
»Hast du mir etwas dazu zu sagen?«
Cynthia strich in einer fahrigen Bewegung ihren Rock glatt. »Nein, ich denke nicht.«
Es kostete Charles einiges an Mühe, sich zu beherrschen. »Vielleicht möchtest du noch einmal darüber nachdenken?«
Mit kaum merklichem Zögern schüttelte Cynthia den Kopf. Der unschuldige Ausdruck, mit dem sie ihn ansah, versetzte Charles in eine solche Wut, dass er sie am liebsten geschüttelt hätte.
»Du hattest also nicht vor«, sagte er ruhig, »mir zu sagen, dass sie mich in einer dringenden Angelegenheit sprechen wollte?«
In Wachsamkeit und Unschuld mischte sich ein derart gekünsteltes Verstehen, dass Charles sich fragte, ob sie für die Gesellschaft ebenso durchschaubar war oder nur für ihn, weil er sie kannte.
»Ah, das hatte ich ganz vergessen. Aber mir ist neu, dass ich dir

über jeden Gesellschaftsbesuch, der gemacht wird, Rechenschaft ablegen muss.«

»Sie wollte zu mir.« Charles' Beherrschung bröckelte.

»Ganz recht, und du hattest keine Zeit.« Cynthia stieß ein kurzes nervöses Lachen aus. »Sieh mich nicht so an, Charles. Du wolltest nicht gestört werden.«

Tief einatmend, rang Charles um Ruhe. »Gut, gehen wir einmal davon aus, du hast mich wirklich so verstanden, selbst bei wichtigen Dingen nicht stören zu dürfen – warum hast du mir nicht später davon erzählt, dass sie hier war?«

»Ich sagte ja bereits, ich erzähle dir sonst auch nicht von jedem Gesellschafts…«

»Willst du mich für dumm verkaufen?«, fuhr Charles ihr so laut ins Wort, dass sie erschrocken verstummte. »Meine Schwester braucht Hilfe, und ich erfahre es Tage später?«

Cynthia sah ihn nicht an. »Wir können nicht immer für sie da sein, wir haben unsere eigenen Sorgen. Sie hat ihren Ehemann.«

»Sie ist meine Schwester!«

»Und? Ich bin deine Frau, und wenn ich nicht möchte, dass sie ständig hier ist und uns belastet – und das, nachdem ihr Mann mich beleidigt hat –, dann ist es deine Pflicht, das zu akzeptieren.«

Charles schüttelte nur ungläubig den Kopf. »Zunächst einmal entscheide ich, ob ich mich mit den Problemen meiner Schwester *belaste*, zum anderen bin ich mitnichten gewillt, mir von dir sagen zu lassen, was ich zu akzeptieren habe – gerade von dir, die nicht einmal ihren Pflichten als Ehefrau nachkommt.«

Cynthia zuckte zurück, als habe er sie geschlagen. »Ich habe dir drei Kinder geschenkt!«

Für wenige Sekunden starrte Charles sie einfach nur an, dann zuckte er verächtlich die Schultern und wandte sich zum Gehen.

# 14

## Ootacamund, Oktober 1876

Es war das erste Mal, dass Amelia Holt Katrina zu den Todas begleitete. Die junge Frau hatte sich noch nie zuvor zu den Bergvölkern begeben, daher hatte dieser Ausflug für sie etwas Abenteuerliches und ein klein wenig Verruchtes. Ihren Sohn hatte sie zusammen mit Caleb in der Obhut von Calebs *Ayah* zurückgelassen.

Amelia wirkte gelöster als sonst, lächelte öfter und drehte sich häufig um, um die Landschaft anzusehen, die ihr so vertraut sein musste und die sie dennoch immer wieder neu wahrzunehmen schien. Vom Wind gelöste dunkle Haarsträhnen flatterten um ihr Gesicht und ließen sie jünger und unbeschwerter aussehen.

»Ich war lange nicht mehr hier draußen. Das letzte Mal mit Ian.« Ein Schatten flog über Amelias Gesicht.

In gewisser Weise, dachte Katrina, sind wir uns ähnlich. Beide hatten sie den Mann verloren, den sie liebten, aber während Amelias Erinnerungen von schönen Momenten durchdrungen waren, so waren Katrinas schöne Erinnerungen von Bitterkeit getrübt. Aber hätte sie tauschen wollen? Stephen durch den Tod verlieren? Katrina spürte einen kalten Schauer über ihren Rücken laufen. Nein, dachte sie, nein.

Amelia zügelte ihr Pferd. »Können wir hier wohl eine Pause machen? Der Ausblick ist so wunderbar.«

Sanfte, wie von einem grünen Teppich bedeckte Hügel und Täler lagen vor ihnen, dahinter zerklüftete Berge in einem Schleier lavendelfarbener Nebel. Vor ihnen tat sich eine Schlucht auf, bewachsen mit Farnen und Sträuchern. Amelia stieg vom Pferd und führte es am Zügel mit sich, als sie an den Rand der Schlucht trat und hinabblickte. Katrina saß ebenfalls ab und folgte ihr.

»Ian war Admiral«, sagte Amelia. »Er sagte immer, dass seine erste große Liebe das Meer gewesen sei.« Sie schluckte. »Mir hat es nie etwas ausgemacht, ihn zu teilen, weil ich wusste, dass ich es bin, zu der er immer zurückkehrt. Aber ich habe mich geirrt. Letzten Endes war es die Umarmung des Meeres, in der er verblieben ist.« Sie sah in die Schlucht, die Brauen konzentriert gerunzelt.

Katrina strich ihrer Stute über die Nüstern, irritiert über die plötzliche Schwermut der jungen Frau und über eine Art von Gespräch, für die ihrer Bekanntschaft noch die Tiefe fehlte. Sie zögerte und sagte dann: »Er wird sich gewünscht haben, zurückzukehren.«

Amelia sah sie an. »Ja, nicht wahr? In dem Moment, als es ihn umschlang, wird er sich gewünscht haben, zu mir zurückzukehren.« Sie schüttelte den Kopf. »Lieber Gott, was rede ich da. Entschuldigen Sie bitte vielmals.«

»Es macht nichts«, antwortete Katrina.

Mit einer abrupten Bewegung wandte Amelia sich ab, band ihr Pferd an einem Baum fest und ließ sich ungeachtet ihres hellen Reitkostüms im Gras nieder. Während Katrina die Zügel ihrer Stute um einen Ast schlang, dachte sie an Aidan. Aber die Berge waren nicht wie das Meer, sagte sie sich. Sie senkte den Kopf, während ihre Hände auf dem Ast ruhten, an dem sie Bhairavi festgebunden hatte, und mit einem Mal drängte sich die Frage auf, was sie für Aidan empfand. Nicht dasselbe, was sie für Stephen empfunden und für Liebe gehalten hatte. Die Gefühle für Stephen waren ein Fluss gewesen, ruhig fließend und tief. Was sie für Aidan hingegen empfand, war verzehrend und glich eher einer Stromschnelle, die zu einem Strudel wurde.

»Ist Ihr Mann nicht immer noch Offizier?«, fragte Amelia, als Katrina sich zu ihr setzte.

»Ja, er hat sein Patent behalten.«

»Das bedeutet, im Fall eines Krieges kann er sich an die Front versetzen lassen?«

Katrina schürzte die Lippen. Darüber hatte sie nie nachgedacht. »Ja«, sagte sie langsam, »das könnte er wohl.« Aber würde er es tun? Mechanisch zupfte Katrina einige Grashalme ab und betrachtete sie, als könne sie hier eine Antwort finden.
»Ich hatte immer Angst vor einem Seekrieg, weil ich Ian nicht verlieren wollte.« Amelia lachte kurz auf. »Ist das nicht eine Ironie? Ich denke oft, dass es einfacher wäre, wenn ich ein Grab hätte, an dem ich ihn besuchen könnte.« Sie machte eine kurze Pause. »So stelle ich mir immer vor, er kommt eines Tages doch zurück«, schloss sie leise.
Wem wäre es nicht so gegangen, dachte Katrina und schwieg. Sie wusste nichts darauf zu antworten. In einer so tiefen Trauer zu leben und dabei immer ein Gefühl der Ungewissheit zu verspüren – die junge Frau tat ihr zutiefst leid.
»Aber ich habe ja Daniel.« Ein warmes Lächeln erhellte Amelias Züge, als sie den Namen ihres Sohnes aussprach.
Katrina dachte an das, was sie über den Kampf zwischen der jungen Witwe und deren Schwiegereltern gehört hatte, die das Kind unbedingt zu sich holen wollten. Sie und Amelia waren sich in der Tat sehr ähnlich. Vermutlich kam daher auch die Vertraulichkeit, mit der die junge Frau zu ihr sprach. Katrina stand auf und schüttelte ihren Rock aus. »Wir sollten uns langsam wieder auf den Weg machen.«
Gemeinsam banden sie die Pferde los, saßen auf und ritten einen von Zypressen und Eukalyptusbäumen gesäumten Weg entlang, der in sanfter Steigung bergauf führte. Die Sonne stand an ihrem höchsten Punkt, als die beiden jungen Frauen die ersten Hütten des Toda-Dorfes erreichten. Der Empfang war ebenso herzlich wie bei Katrinas letztem Besuch. Amelia war sichtlich zurückhaltend. Ein derart vertrauter Umgang mit Einheimischen musste ihr fremd sein. Sie saß ab und strich sich die gelösten Haarsträhnen hinter die Ohren. Katrina berührte ihren Arm und machte sie auf Tamilisch bekannt, das Amelia gebro-

chen sprach. Die meisten Engländer sprachen mit dem indischen Personal Englisch und erwarteten von diesem, die Sprache seiner Landesherren zu lernen, was Katrina für den Gipfel der Arroganz hielt.
Sie setzten sich auf eine Matte, die in der Nähe einer Feuerstelle lag, von der der Duft frisch gebackenen Gewürzbrotes aufstieg. Amelia nahm zögernd von den Speisen, die ihr geboten wurden, dann sah sie sich um und beobachtete das Treiben. Um sie herum sprachen die Todas in jener, dem Tamilischen ähnelnden Sprache mit den Guttural-Lauten, denen einige arabischen Ursprung nachsagten, obschon die Grammatik den indischen Grundregeln folgte. Auch die Gesichtszüge der Todas waren nicht klassisch indisch.
Schrift und Schule waren hier gänzlich unbekannt, daher lebten sie mit der Erzähltradition und lernten, was sie wissen mussten, von den Ältesten und der Natur. In ihren Dörfern wurde nichts angebaut, und sie handelten nicht. Ihnen waren unzählige Pflanzenarten bekannt sowie deren Heil- und Wirkkraft, was ihnen ein großes Wissen über Heilverfahren eingebracht hatte.
Saritas Tochter Anchita setzte sich zu ihnen, an ihrer Hand ein kleines Kind, ihr Neffe, den Amelia sofort entzückend fand. Das Kind wich zunächst scheu zurück, wurde dann jedoch zutraulicher und ließ sich schließlich sogar von Amelia auf den Schoß nehmen. »Zu meiner früheren Amme habe ich schon seit meiner Kindheit keinen Kontakt mehr«, sagte sie.
»Sarita hat mich früher oft hierher mitgenommen«, antwortete Katrina. »Als Kind fand ich es wundervoll, mich hier austoben zu können.«
»Für Daniel wäre es bestimmt auch schön. Nehmen Sie Caleb gelegentlich mit hierher?«
Katrina lächelte. »Schon länger nicht mehr, aber wir können das nächste Mal gerne die Kinder mitnehmen.«
Etwas zögernd erwiderte Amelia das Lächeln und strich dem

Kind auf ihrem Schoß über das Haar. Der Junge wurde allmählich unruhig und befreite sich aus ihren Armen, um zu den anderen Kindern zu laufen.
Die Todas kannten keine sportlichen Übungen und keine Spiele, abgesehen von den Spielen der Kinder. Für kriegerische Übungen gab es keinen Grund, sie trugen keine Waffen, nicht zum Angriff und nicht zur Verteidigung, auch nicht zur Jagd, weil sie kein Fleisch aßen und sich von wenig mehr als Milch und Korn ernährten.
»Meine Schwiegereltern dürften es nicht erfahren«, sagte Amelia und errötete. »Sie würden denken, ich lasse Daniel verwildern und erziehe ihn nicht richtig.«
»Von wem sollten sie es erfahren?« Katrina zwinkerte ihr zu. »Ich werde es ihnen sicher nicht verraten.«
Amelia war sichtlich verlegen. »Ich hoffe, es wirkt nicht undankbar …«
Als wolle sie ihr über ihr Unbehagen hinweghelfen, reichte Sarita ihr eine Süßspeise und fragte nach dem Alter ihres Kindes. Katrina beobachtete ein wenig erstaunt, wie sehr Amelia aus sich herausging und sogar von dem Tod ihres Ehemannes erzählte und davon, dass ihre Schwiegereltern ihr ihr Kind wegnehmen wollten. Aber Sarita hatte es immer schon verstanden, Menschen aus der Reserve zu locken.
»Ihr seid euch ähnlich, Memsahib«, sprach Sarita den Gedanken aus, den Katrina bereits gehegt hatte.
Diesen Satz griff Amelia später auf dem Rückweg auf. »Wenn wir uns wirklich ähnlich wären«, sagte sie, »warum habe ich dann nicht die Kraft, meinem Leben wieder eine Richtung zu geben, so wie Sie das getan haben.«
»Bei mir kamen Umstände hinzu, die nicht von mir beeinflusst wurden«, antwortete Katrina.
»Der Gedanke daran, wieder zu heiraten, ist mir derzeit vollkommen fern, obwohl ich weiß, dass es vernünftiger wäre.«

Katrina sah auf den grauen Hals ihrer Stute, während sie dem Weg in eine Talsenke folgten. Wäre Stephen gestorben, wäre es ihr sicher ähnlich ergangen wie Amelia Holt, auch sie hätte lange gebraucht, um den Verlust zu verkraften. Allerdings wären die Umstände nach Stephens Tod andere, und eine gesellschaftliche Ächtung nicht zu befürchten gewesen. Sie gestand sich ein, dass sie nicht wusste, ob sie Aidan dann überhaupt geheiratet hätte, verdrängte den Gedanken aber sofort, weil er ihr wie Verrat vorkam und ein schales Gefühl hinterließ. Die Vorstellung, ihn zu verlieren, erschien ihr beinahe so schlimm wie vormals die, je ohne Stephen zu sein, und sie stellte fest, dass sie das zutiefst irritierte.

*

Kristalllüster tauchten den Ballsaal im Haus von John Frazer in warmes Licht, das Ashley, als sie an Nicolas' Arm eintrat, sehr schmeichelte. Ihr Kleid aus blassgoldener Seide bildete einen reizvollen Kontrast zu dem schwarzen Haar und den dunklen Augen. Der Holzboden, über den sie schritt, schimmerte honigfarben, die Verandatüren waren geöffnet, und das Licht brach sich auf Wasser, das aus den Lilienkelchen eines zierlichen Brunnens auf der Veranda floss. Im Laufe des Abends würde man die Türen schließen müssen, weil es zu kalt werden würde, aber der Gastgeber wollte auf den Effekt offenbar nicht verzichten.
Seide raschelte, Stimmen bildeten einen Klangteppich, Lachen schwappte wie Wellen über die Menge hinweg. Spiegel verliehen dem ohnehin großen Saal noch mehr Weitläufigkeit, Büfetts waren über die Länge einer Wand aufgebaut, seidene Vorhänge bauschten sich im Abendwind. Geigenklänge waren zu hören, leise, weil das Orchester noch nicht offiziell zum Tanz aufspielte und nur für eine dezente Hintergrundmusik zu sorgen hatte.

Ashley löste die Hand von Nicolas' Arm und ging zu Katrina, die sie an der Seite von Charles und Cynthia erspäht hatte. Zwischen Katrina und ihrer Schwägerin herrschte eine nicht zu übersehende Distanz, was Ashley angesichts der Vorkommnisse der vergangenen Wochen nicht weiter verwunderlich fand. Ebenso wenig wunderte es sie, dass Aidan offenbar immer noch nicht heimgekehrt war, sondern in der Weltgeschichte herumreiste.

Charles nutzte ihr Kommen, um sich von seiner Frau und seiner Schwester zu verabschieden und zu einer Gruppe von Männern zu gesellen. Cynthia sah ihm nur kurz nach, dann verabschiedete sie sich ebenfalls mit einem knappen Nicken. Da sie mit Katrina so eng befreundet war, schien Ashley in Cynthias Gunst gefallen zu sein, was sie keineswegs bedauerte.

»Hast du gesehen, dass Stephen hier ist?«, fragte Katrina mit geweiteten Augen. »Denkst du, ich sollte heimfahren?«

Ashley sah sich um, konnte Katrinas früheren Ehemann aber nicht entdecken. »Nein, das denke ich ganz und gar nicht. Du kannst ja nicht jedes Mal davonlaufen, wenn du ihn siehst.«

Katrina nickte, wirkte aber nicht überzeugt. »Charles sagte etwas Ähnliches … Aber ich habe das Gefühl, alle beobachten mich und warten nur auf einen Zwischenfall.«

Mit einem Schulterzucken ging Ashley darüber hinweg. »Und wenn schon. Lass ihnen den Spaß.«

Die beiden Frauen schlenderten langsam durch den Saal, grüßten Bekannte, blieben für kurze Unterhaltungen stehen und gingen weiter. Die *Nilgiri Mountain Railway* war eines der Hauptthemen der Männer. Der Bau schritt gut voran, und man spekulierte bereits darüber, wie viel schneller man zukünftig von Mettupalayam bis Ooty kommen würde. Diskussionen über die letzte Tee-Ernte mischten sich in Gespräche über die englischen Märkte und den allgemeinen Gesellschaftsklatsch.

Oftmals standen die Gäste so dicht, dass die ausladenden Röcke der Frauen raschelnd aneinanderrieben. Eine junge Frau, an der nicht nur der Rock voluminös war, rempelte auf dem Weg zum Büfett Ashley sowie einige weitere Frauen an, was ihr verärgerte Blicke und ein gezischtes »Ich muss doch sehr bitten« einbrachte.

James Lockwood, der frühere Freund ihres Vaters, grüßte Katrina herzlich. Neben ihm stand ein junger Mann, den Katrina nur flüchtig kannte, weil er lediglich während der Saison nach Ooty kam.

»Wie lief die erste Tee-Ernte, Mrs. Alar…«, der junge Mann errötete und stockte kurz, »Mrs. Landor?«, schloss er.

Fieberhaft überlegte Katrina, wie er heißen mochte, während sie ihm sagte, dass die Ernte sehr zufriedenstellend verlaufen war.

»Über welche Teeauktionen werden Sie verkaufen?«, fragte er.

»Über die in Calicut.«

Der Mann nickte. »Ich hoffe, ich darf Sie und Ihren Ehemann in meinem Haus als Gäste begrüßen?«

Katrina lächelte und antwortete, dass es ihr eine Freude sein würde, ihn zu besuchen, sobald ihr Ehemann zurück sei von seiner Reise in den Norden. James Lockwood, der ihr offenbar ansah, dass sie den Mann nicht so recht zuordnen konnte, was diesem gegenüber grob unhöflich gewesen wäre, lächelte verschmitzt und zwinkerte ihr zu. Ashley erlöste sie schließlich aus der Peinlichkeit, indem sie sagte, eine gute Bekannte erspäht zu haben, die sie ihr vorstellen wolle.

»Die Verlobte von Ingram Frazer«, erklärte sie auf dem Weg zu der jungen Frau.

»*Das* ist eine gute Bekannte für dich?«, fragte Katrina ungläubig. »Sie ist sterbenslangweilig.«

»Oh, ich finde sie irgendwie ganz reizend, so unverbraucht.«

Die junge Frau freute sich in der Tat sehr über Ashleys Aufmerksamkeit. Ihr Verlobter stand an ihrer Seite und lächelte spöttisch über ihre Freude, wobei seine Blicke Ashley vom Kopf bis zum Saum ihres Kleides abtasteten. Während Ashley dies entweder nicht merkte oder vorgab, es nicht zu merken, stieg in Katrina eine starke Abneigung gegen den Mann auf, dem sie sonst immer nur flüchtig begegnet war.

Als Elizabeth Falk von einem Gesellschaftsereignis plauderte und Ashley geduldig und mit einem freundlichen Lächeln auf den Lippen zuhörte, ließ Katrina ihren Blick im Saal herumwandern. Ingram ließ in die Erzählung seiner jungen Verlobten immer wieder Kommentare einfließen, die sich, oberflächlich betrachtet, durchaus amüsant anhörten – was Elizabeth auch jedes Mal in Gelächter ausbrechen ließ –, aber von so beißendem Spott waren, dass Katrina sich innerlich krümmte, wenn sie das arglose Lachen der jungen Frau hörte und dazu das sarkastische Funkeln in Ingrams lächelnden Augen sah. Sie entschuldigte sich und verließ die drei. Vielleicht entbehrte Ashleys Interesse an Elizabeth Falk ja doch nicht eines gewissen Kalküls. Dieser Frau, die kaum dem Mädchenalter entwachsen war, fehlte jegliche Tauglichkeit, sich in einer Gesellschaft wie dieser zu behaupten, und offenbar hatte ihre Mutter versäumt, ihr die entsprechenden Finessen beizubringen.

Katrina fühlte sich in der Gesellschaft zwar nicht mehr gänzlich fremd, aber eine gewisse Distanz war nach wie vor spürbar. Ignorieren durften die Leute sie nicht, das ließ Aidans gesellschaftlicher Status nicht zu, und so war ihnen das Ringen zwischen dem Bild, das der Prozess von Katrina geprägt hatte, und dem, was sie durch die Heirat mit Aidan nun darstellte, förmlich anzusehen. Ihr Lebensweg war ungewöhnlich und ging so gar nicht einher mit dem, was die Menschen in die ihnen bekannten Schemata einordnen konnten. Daher wussten sie oftmals nicht, wie sie ihr begegnen sollten, zu starr war das Gesellschaftskorsett, das keine Beweglichkeit zuließ.

Katrina trug ein Kleid aus blassgrüner Seide, von dem sie wusste, dass es ihr gut stand. Es war erst einen Tag zuvor fertig geworden, und ein wenig bedauerte sie, dass Aidan sie darin nicht sah. Überhaupt hätte sie diesen Abend gern an seiner Seite verbracht. Sie waren noch nicht auf vielen Bällen gewesen, aber auf den wenigen, die sie besucht hatten, hatte Aidan sich als überaus charmante Begleitung und hinreißender Tänzer gezeigt, der keine andere Dame in diesen Genuss kommen ließ, weil er, wie er sagte, im Grunde genommen sehr ungern tanzte. Er könne es nur, erklärte er, weil sein Vater ihm keinen Aspekt der Erziehung eines Gentlemans erlassen hatte. Aber nichtsdestotrotz genoss Katrina die Momente, wenn er sie mit lässiger Eleganz über den Tanzboden wirbelte und die Blicke mancher jungen Frau ihm folgten.

Sie verließ den Tanzsaal und ging hinauf auf die Galerie mit dem Holzboden, auf dem teure Teppiche lagen. Von hier aus gelangte man in die anderen festlich geschmückten Räume sowie in die Erfrischungsräume für die Damen und das Raucherzimmer für die Herren. Eine geschwungene Treppe führte in die Halle. An den Wänden hing keine Ahnenreihe, sondern verschiedene Gemälde indischer Landschaften. Katrina fand sie zauberhaft und blieb vor einem Bild stehen, das Darjeeling im Frühnebel zeigte.

»Dorthin wollten wir damals reisen, erinnerst du dich?«

Beim Klang der vertrauten Stimme fuhr Katrina herum.

»Kein Grund, zu erschrecken«, sagte Stephen. »Ich will dich nicht in Verlegenheit bringen oder gar bedrohen.«

»Was möchtest du dann von mir?«, fragte Katrina mit trockenem Mund. »Ich sagte dir bereits, zwischen uns gibt es nichts mehr zu bereden.« Ihre Hände fingen leicht an zu zittern, und ihr Herzschlag beschleunigte sich.

»Ich möchte mich für mein flegelhaftes Benehmen bei meinem letzten Besuch entschuldigen.«

Katrina legte den Kopf leicht schief. »Es gibt einiges andere, für das du dich zu entschuldigen hast, aber was diesen einen Fall angeht, nehme ich deine Entschuldigung an, und nun geh.«

Stephen jedoch hatte offenbar nicht die Absicht, dieser Aufforderung nachzukommen, sondern lehnte sich seitlich an die Wand und verschränkte die Arme vor der Brust. »Können wir die ganze Sache nicht ohne Anwälte lösen, Kat?«

Um das Beben ihrer Hände zu verbergen, verschränkte Katrina sie ineinander. »Lass einfach von deinem Wunsch ab, mir Caleb wegzunehmen, dann brauchen wir auch keine Anwälte mehr. Mein Anwalt sagte, dass du ohnehin keine Möglichkeit hast, ihn zu kriegen.«

»Nun ja.« Stephen hob bedauernd – ob geheuchelt oder echt, vermochte Katrina nicht zu unterscheiden – die Schultern. »Meiner hingegen sagte mir, dass meine Möglichkeiten weitaus besser sind als deine. Ich bin der leibliche Vater, und ein konservativer Richter würde mir zustimmen, dass alle Rechte bei mir liegen.«

Katrina löste ihren Blick aus seinem und sah hinab in die Halle. »Warum tust du mir das alles an, Stephen?«, fragte sie. »Ich habe dir doch nie etwas getan.« Als sie ihn wieder ansah, bemerkte sie ein kurzes Aufflackern in seinen Augen.

»Ich will dich nicht verletzen, Kat. Du kannst mit deinem Mann noch andere Kinder kriegen.«

»Du wolltest Caleb nicht.«

»Damals habe ich auch nicht gewusst, dass meine jetzige Frau keine Kinder kriegen kann. Würde sie welche kriegen können, könntest du Caleb behalten. Es geht mir nicht um ihn, sondern nur darum, einen Sohn und Stammhalter zu haben.«

Katrina umschlang ihren Oberkörper mit den Armen. »Hörst du selber eigentlich, wie grausam das klingt? Du willst Caleb das wirklich antun, Lückenbüßer zu sein, und ihn mir deshalb wegnehmen?«

»Ich meinte damit, dass es mir nicht darum geht, dir noch mehr weh zu tun«, sagte Stephen, der den Anstand hatte, verlegen auszusehen. »Aber du bist doch glücklich jetzt, nicht wahr? Dein Mann entstammt einer angesehenen Familie, sagt man.«
»Ja, das stimmt wohl.«
»Man erzählt sich auch, dass sie sich weigern, dich zu sehen, und nicht zu deiner Hochzeit erschienen sind.«
Blut schoss Katrina in die Wangen, während der Zorn sie heiß überschwemmte. »Ich weiß nicht, was du dir anmaßt, Stephen«, sagte sie heftig, aber mit gesenkter Stimme. »Was soll deine Frage nach meinem Glück und die Anspielung darauf, wie sich die Familie meines Ehemannes mir gegenüber verhält? Wem verdanke ich denn, dass ich mir mühsam wieder Anerkennung erringen muss?«
Beschwichtigend hob Stephen die Hände. »Schon gut, entschuldige.«
Brüsk wandte Katrina sich ab. »Lass mich bitte allein. Du solltest doch wissen, dass jeder Versuch, mit mir auf gesellschaftlicher Ebene zu verkehren, zum Scheitern verurteilt sein muss, daher kann ich nicht verstehen, warum du es versuchst.«
»Ich hatte gehofft, dass wir uns irgendwie einigen können.«
Bitteres Lachen stieg in Katrina auf, und sie antwortete nicht.

Ashley tupfte sich mit einem Taschentuch die Stirn ab. Trotz der abendlichen Kühle war es im Haus sehr warm, und sie hatte viel getanzt. Die Uhr hatte bereits eine Stunde nach Mitternacht geschlagen, und das Fest war noch in vollem Gang. Ashleys Schuhe machten klackende Geräusche auf der Treppe, die zur Galerie und von dort zu den Erfrischungsräumen führte. Außer ihr war niemand hier, und sie genoss für einen Moment die Ruhe.
Der Erfrischungsraum hatte eine verspiegelte Wand, vor der

Ashley ihr Haar richtete und ein wenig ägyptischen Puder auftrug, der ihrer hellen Haut einen matten Schimmer gab. Mit einem leisen Klicken ließ sie die Puderdose zuschnappen und verstaute sie in ihrem winzigen Retikül. Nach einem letzten prüfenden Blick in den Spiegel öffnete sie die schwere Holztür und verließ den Raum.

Noch während sie die Tür hinter sich schloss, sah sie Ingram Frazer im Flur stehen, wobei sie nicht wusste, ob er eben erst gekommen war oder dort schon länger stand. Was er allerdings hier wollte, war ihr schleierhaft, denn aus Gründen der Schicklichkeit waren die Erfrischungsräume der Damen nicht auf demselben Flur wie die anderen Räume, zu denen die Gäste Zugang hatten.

»Warten Sie auf jemanden?«, fragte sie, als er sich nicht rührte. »Hier ist sonst niemand.«

Ingram lächelte nonchalant. »Ich weiß.« Sein Lächeln vertiefte sich. »Ich suche lediglich ein wenig Ruhe. Meine Verlobte kann einem furchtbar auf die Nerven gehen.«

Diese Bemerkung war so taktlos, dass Ashley nichts darauf zu sagen wusste.

»Ich denke«, fuhr Ingram fort, »Ihr Mann hat nie Grund, dergleichen über Sie zu sagen.«

Ashley straffte die Schultern. »Und ich denke, kein Ehemann oder Verlobter sollte sich veranlasst fühlen, dergleichen in Gegenwart einer Fremden zu äußern.«

»In Ihrem speziellen Fall würde sich kaum ein Mann dazu bemüßigt fühlen«, antwortete Ingram.

»Nun, ich danke Ihnen für das Kompliment«, sagte Ashley kühl. Nichts stieß sie mehr ab als plumpe Vertraulichkeit. Sie wollte an ihm vorbeigehen, aber er trat ihr in den Weg, so dass sie stehen bleiben musste.

War sie vorher verärgert gewesen, beschlich Ashley nun das flaue Gefühl, dass hier etwas nicht stimmte. Sie machte erneut den Versuch, an ihm vorbeizugehen, aber wieder versperrte er ihr den Weg.

Er lächelte wieder. »Woher sind Sie eigentlich, Mrs. Allenger-Brown? Ah, aus Kalkutta, richtig?«

Ashley neigte den Kopf leicht.

»Ehrlich gesagt, habe ich noch nie eine Engländerin mit so dunklem Haar gesehen«, fuhr Ingram fort. »Außer vielleicht, wenn sie keine reine Engländerin ist. Aber Sie sind sicher kein Mischling, nicht wahr?«

Alle Farbe wich Ashley aus dem Gesicht. »Es geht Sie zwar nichts an, aber nein, ich bin keine Eurasierin. Ist Ihre Neugier hiermit gestillt? Werden Sie mich nun gehen lassen?«

Ingram bewegte sich nicht von der Stelle. »Ich unterstelle Ihnen nicht, dass Sie die Dreistigkeit hätten, sich als Eurasierin in die bessere Gesellschaft zu mischen, gerade weil Sie ja sicher wissen, dass in dem Fall, dass Derartiges ans Licht kommt, die Karriere Ihres Mannes auf einen Schlag vernichtet werden kann.« Erneut umspielte ein Lächeln seine Lippen.

Konzentriert atmete Ashley ein und stieß den Atem tief aus. »Ich weiß nicht, was Sie das angehen würde, wenn dem so sei, aber ...«

»Es geht mich insofern etwas an, als dass Sie offensichtlich freundschaftliche Bande zu meiner Verlobten geknüpft haben. Aber wie gesagt, ich unterstelle Ihnen nichts.«

»Dann ist es ja gut.« Ashley bemühte sich um einen sarkastischen Tonfall, der ihr nicht so recht über die Lippen kam.

Ingram jedoch wich immer noch nicht zur Seite. »Sagen Sie«, fuhr er beiläufig fort, »nimmt Ihr Mann Sie eigentlich jede Nacht? Ich würde es tun.«

Ashley war nicht so leicht in Verlegenheit zu bringen, aber jetzt schoss ihr das Blut heiß in die Wangen. »Ich muss doch sehr bitten.« Zwar fehlte ihrer Stimme die nötige Festigkeit, aber nichtsdestotrotz schaffte sie es, Schärfe hineinzulegen.

»Aber nicht doch«, sagte Ingram. »Wir sind unter uns und beide erwachsen sowie erfahren in diesen Dingen. Kein Grund also für Schüchternheit.«

»Angesichts dessen, dass Sie offenbar angetrunken sind, werde ich diesen Vorfall für mich behalten, sofern Sie mir nun aus dem Weg gehen.«

»Und wenn ich das nicht tue? Schreien Sie dann?«

Ashley sah an ihm vorbei den Flur hinunter, in der Hoffnung, jemand werde kommen und sie aus der Situation erlösen. Offenbar hegte auch Ingram diesen Gedanken, denn er trat näher, griff nach ihrem Handgelenk und zerrte sie in einen Erker. Ehe sie sich entrüstet zur Wehr setzen konnte, hatte er sie an sich gezogen. »Setzen wir mal voraus, Sie hätten doch irgendetwas zu verbergen, und ich wüsste davon«, sagte er leise, »so könnten Sie mit meiner Verschwiegenheit rechnen.«

Mit beiden Händen stemmte Ashley sich gegen ihn, allerdings ohne Erfolg. »Wenn Sie mich nicht auf der Stelle loslassen …«

»Ja? Was dann?« Ingram strich mit einer Hand über ihr Haar, während sein anderer Arm sie immer noch umschlungen hielt. »Sie sind keine reine Engländerin, so wahr ich jemals eine gesehen habe. Mag sein, dass die meisten hier eine Engländerin nicht von einem Mischblut unterscheiden können, aber ich habe genug Frauen gekannt, und ich weiß, wenn ich einen Mischling vor mir habe.« Er presste sie enger an sich. »Ich will Sie so sehr. Eine Nacht nur«, murmelte er. »Eine einzige nur. Niemand würde es erfahren.«

Ashley blieb ruhig stehen, so dass er seinen Griff lockerte, dann versetzte sie ihm einen Stoß, dass er zurücktaumelte und sie freigab. »Nein«, rief sie.

Ingram strich sich das Haar aus der Stirn, sah sie an aus Augen, die nunmehr glasig waren vor Verlangen, das sich Bahn gebrochen hatte, als sie so eng bei ihm gestanden hatte. Erneut griff er nach ihr, zog sie mit einer Heftigkeit an sich, dass Ashley er-

schrocken aufstöhnte, und versuchte, seinen Mund auf ihren zu pressen. Mit einem Arm umschlang er ihre Schultern, die andere Hand lag an ihrem Hinterkopf. Ashley versuchte, ihren Kopf wegzudrehen, und ihre Hände schoben sich seine Brust hoch, um sich von ihm zu drücken, als Ingram abrupt zurücktrat.
Ashley rang nach Atem, ihr Herz schlug so heftig, dass ihre Brust schmerzte, und sie hätte beinahe das Gleichgewicht verloren, als Ingram sie so plötzlich losgelassen hatte. In der Hoffnung, er sei zur Vernunft gekommen, wollte sie fortlaufen, aber er hielt sie am Arm fest und drückte sie mit seinem Körper gegen die Wand.
»Und nun?«, fragte Ashley leise, mit bebender Stimme. »Wollen Sie mir Gewalt antun?«
Ingram bog ihre Hände über ihren Kopf und hielt sie mit einer Hand fest, während seine andere Hand ihren Körper berührte, hektisch, so als wolle er so viel wie möglich auf einmal von ihr anfassen. Ashley schloss die Augen, kämpfte aufsteigende Tränen zurück. Im selben Moment ließ Ingram sie los und trat einen Schritt von ihr weg.
»Nun«, sagte er, »das war nicht ganz so, wie ich es mir vorgestellt hatte.« Er taxierte sie aus schmalen Augen. »Ich habe bisher jede Frau bekommen, die ich haben wollte, gleichgültig, ob verheiratet oder nicht. Sie hätten es nicht bereut, das versichere ich Ihnen.«
Ashley blinzelte ungläubig, dann überlief sie ein Schauder, so als habe ihr Körper nur darauf gewartet, seinen Abscheu kundtun zu dürfen. »Ich werde meinem Mann hiervon erzählen.«
»Ach ja? Und wie wollen Sie irgendetwas beweisen? Wenn Sie vor Ihrem Mann auch nur ein Wort über diese missliche Angelegenheit verlieren, werde ich überall herumerzählen, ich hätte Sie im Bett gehabt – freiwillig, versteht sich.«
Ashley rieb sich die Oberarme. Sie war nicht so naiv, anzunehmen, dass man ihren Worten mehr Glauben schenken würde als

seinen. Wenn sich dergleichen herumsprach, wäre nicht nur ihr Ruf ruiniert, sondern auch der von Nicolas.
»Wir sind uns also einig?«, fragte Ingram.
Ohne ihm zu antworten, sah Ashley zu Boden.
»Dann ist es ja gut.« Ingram strich ordnend über seine Kleidung. »Wie ich schon sagte, Sie hätten eine kleine Liaison mit mir nicht bereut. Eher werden Sie es bereuen, dass Sie es nicht getan haben.«
Ashley hob den Kopf. »Wohl kaum.«
»Ich schätze es nicht, zurückgewiesen zu werden«, antwortete Ingram und wandte sich zum Gehen.
Ashley blieb stehen, wo sie war. Langsam beruhigte sich ihr Herzschlag wieder, und sie atmete tief durch. Sollte sie es Nicolas erzählen oder lieber so tun, als sei nichts vorgefallen? Sie richtete ihre derangierte Kleidung und hob die Hand zu ihrem Haar. Was würde Nicolas tun? Belästigung einer Frau wurde gesetzlich bestraft, vorausgesetzt, man konnte sie beweisen. Versuchte ein Mann, eine Frau zu vergewaltigen, lag das Strafmaß bei bis zu einem Jahr Gefängnis. Aber Ingram hatte nicht unrecht damit, dass man ihr vermutlich keinen Glauben schenken würde ohne Beweise oder Zeugen, und vermutlich würde sie am Ende die Einzige sein, die für alles bezahlte.
Zögernd trat sie aus dem Erker in den Korridor hinaus und ging über die Galerie wieder nach unten. Am Eingang des Ballsaals blieb sie stehen und ließ ihre Blicke suchend über die Menge schweifen. Nicolas stand, in ein Gespräch vertieft, in der Nähe des Büfetts. Als spüre er ihre Blicke, hob er den Kopf und lächelte ihr zu. Ashley zwang sich, zurückzulächeln, während sie das Gefühl hatte, durch Ingrams Berührung habe sich etwas unsagbar Schmutziges zwischen sie geschoben.

*

Katrina kehrte am späten Nachmittag von einem Rundgang durch die Teegärten zurück, wo sie das Pflanzen von Setzlingen beaufsichtigt hatte. Es war Mitte Oktober, und in weniger als zwei Monaten stand die nächste Haupternte an. Sie überquerte den Hof und war eben im Begriff, das Haus zu betreten, als Caleb aus dem Stall gelaufen kam.

»Mama! Ich habe ein Pony!«, rief er. Ihm folgte Aidan, die Hände in den Taschen, jungenhaft lächelnd. Katrinas Herzschlag beschleunigte sich.

»Wann bist du gekommen?«, fragte sie anstelle einer Begrüßung und strich dem aufgeregten Caleb über das Haar. Das Kind zerrte an ihrer Hand, damit sie ihm in den Stall folgte.

»Vor einer halben Stunde«, antwortete Aidan. »Du warst nicht da, und Caleb hat keine Ruhe gegeben, kaum dass er mich gesehen hat.« Er zwinkerte ihr zu.

»Du hast ihm wirklich ein Pony gekauft?«

»Hatte ich doch versprochen, nicht wahr?« Er lachte. »Jetzt mach nicht so ein Gesicht. Ich habe bereits mit drei Jahren im Sattel gesessen.«

Katrina war mitnichten beruhigt. »Es reicht ja, wenn er es anfangs streichelt«, murmelte sie.

»Meine Liebe, man merkt, du hast nicht die geringste Ahnung von der Männerwelt«, spöttelte Aidan. Er nahm Caleb auf den Arm. »Na, wollen wir deiner Mutter zeigen, dass du morgen bereits anfängst, ein richtiger Reiter zu werden?«

»Heute«, bettelte Caleb.

Katrina verschränkte die Arme vor der Brust und fühlte sich ausmanövriert.

Im Stall setzte Aidan Caleb auf den Boden, und dieser lief sogleich zu einer Box, wo ein struppiges kleines Pony mit weißem Fell und dicker Mähne stand. Es streckte den Kopf über die Boxentür und schnaubte, während es Caleb mit den Nüstern leicht gegen die Brust stupste und geduldig zuließ, dass das

Kind seine Mähne zauste. Mit den Zähnen zupfte es an Calebs Jacke.

»Großer Gott«, murmelte Katrina und presste die Hände zusammen.

»Du brauchst dir keine Sorgen zu machen«, beruhigte Aidan sie. »Das Pony ist elf Jahre alt und kleine Kinder gewohnt. Der Vorbesitzer hat seinem Sohn darauf Reiten beigebracht. Es ist geduldig wie ein Esel.«

»Esel können auch zutreten.«

Aidan hob die Brauen, dann sagte er zu Caleb: »Das reicht für heute.«

Sofort wurde heftiger Widerspruch laut, und als das nicht fruchtete, schob Caleb die Unterlippe vor, und ein lautstarker Trotzanfall stand bevor. Aidan ging neben ihm in die Hocke. »Wenn du jetzt lieb bist und mitkommst, darfst du morgen früh sofort reiten. Aber sieh mal, das Pony hat eine lange Reise hinter sich und ist sicher müde.«

»Möchte es schlafen?«, fragte Caleb, dessen Zornesfalte zwischen den Brauen sich langsam glättete.

»Ja, genau. Sonst ist es morgen nicht stark genug, um geritten zu werden.«

Caleb zögerte, dann streichelte er dem Pony über die Stirn. »Schlaf gut«, sagte er.

Wieder im Haus, brachte Katrina Caleb die Treppe hinauf zu seiner *Ayah*. Den ganzen Weg lang plapperte er von dem Pony, das er Weißi nennen wollte. Trotz Katrinas Einwand, es habe sicher einen Namen, war er nicht davon abzubringen. In seinem Zimmer gab sie ihm einen Kuss und drückte ihn an sich, ehe sie ging.

Im Flur traf sie auf Aidan, der eben im Begriff war, in ihr Zimmer zu gehen. Sie blieb stehen. »Ich habe dich noch gar nicht richtig begrüßt.«

»Nun ja, du warst derart verblendet von mütterlicher Sorge …«

Ein mokantes Lächeln umspielte seine Mundwinkel. »Aber ich hatte gerade daran gedacht, das in aller Form nachzuholen.« Er legte eine Hand an ihre Wange und strich mit dem Daumen über die zarte Haut unter ihrem Auge, dann neigte er sich vor und küsste sie kurz, beinahe flüchtig. »Für den Anfang gar nicht so übel«, murmelte er. Erneut senkte sich sein Mund auf ihren, seine Arme schlossen sich um ihre Schultern, und Katrina lehnte sich an ihn. Ohne sie loszulassen, schob Aidan sie in ihr Zimmer und stieß die Tür mit dem Fuß hinter sich zu.

»Tut es sehr weh?« Katrinas Finger strichen sanft über den Verband an Aidans rechtem Oberarm.

»Nur, wenn man daraufdrückt.«

Katrina schmiegte sich enger an ihn. »Wie ist es passiert?«

»Eine Unachtsamkeit.«

Mittlerweile war es dunkel im Zimmer, und Katrina überlegte, wie viele Stunden wohl vergangen sein mochten. Dazu, Licht zu machen und auf die Uhr zu sehen, war sie jedoch zu träge. »Warst du in Darjeeling?«, fragte sie.

»Nur kurz.«

»Erzählst du mir morgen, wie es mit den Teehändlern lief?«

Aidan murmelte zustimmend und strich über ihr Haar.

»Ach ja«, sagte Katrina, »ehe ich es vergesse, du hast vor einigen Tagen einen Brief aus Bombay bekommen.«

Aidan richtete sich auf, so dass sie in die Kissen zurückglitt. »Aus Bombay? Wo ist er?«

Seufzend wandte Katrina sich um und zündete das Gaslicht neben dem Bett an. »Auf dem Sekretär«, sagte sie.

Aidan griff nach seinem Morgenmantel und stand auf. Er zog den Stuhl, der vor dem Sekretär stand, zurück, setzte sich und erbrach das Siegel. Kurz darauf ließ er den Brief sinken und warf ihn achtlos auf den Tisch. »Eine Einladung zur Hochzeit meiner jüngsten Schwester.« Er stand auf und kam zurück zum Bett.

»Ich hoffe, ich darf davon ausgehen, dass das einer Entschuldigung gleichkommt und bedeutet, man akzeptiert dich in der Familie.«

»Gilt die Einladung denn auch für mich?«, fragte Katrina zögernd.

»Du bist meine Frau, und wer mich einlädt, lädt auch dich ein. Mehr gibt es dazu nicht zu sagen.« Aidan hatte sich wieder ins Bett gelegt, doch eine Falte zwischen seinen Brauen zeugte von seinem Unmut.

»Glücklich siehst du nicht aus«, bemerkte Katrina.

»Das kommt dir nur so vor.«

Diesen Blick kannte Katrina bereits, und sie wusste, dass weiteres Fragen zwecklos sein würde. Sie stand auf und zog sich an.

»Wo gehst du hin?«

»Zu Caleb. Ich habe ihm noch nicht gute Nacht gesagt.«

»Müsste er nicht längst schlafen?«

Katrina warf einen Blick auf die Uhr. »Seit einer Stunde, ja, aber ich möchte trotzdem nach ihm sehen.«

Sie verließ das Zimmer, und ein Gefühl von Niedergeschlagenheit machte sich in ihr breit. Sie kam ihm nicht näher, gleichgültig, wie intim die Momente zuvor gewesen waren. Irgendetwas war immer noch da, das er vor ihr verbarg, das spürte sie. Zudem war er diesmal lange fort gewesen, einige Wochen länger als bei seiner ersten Reise, und obwohl sie wusste, dass der Weg anstrengend und zeitraubend war, gefiel ihr das alles nicht, wenn sie sich auch sagte, dass sie die erste Zeit nach seiner Abreise ihre Freiheit durchaus genoss.

Wie erwartet, schlief Caleb bereits. Obwohl er zugedeckt war, zupfte Katrina an der Decke herum, küsste ihn auf die runde Wange und strich mit einem Finger über seine Hand, die auf dem Kissen lag. Sie zögerte, aufzustehen und zurückzugehen, und blieb noch eine Weile auf dem Rand von Calebs Bett sitzen.

Als sie eine Viertelstunde später ins Schlafzimmer zurückkehrte, saß Aidan wieder in seinem Morgenmantel am Sekretär und hatte einige Briefe vor sich liegen. Katrina trat zu ihm und erkannte die Briefe von Stephens und ihrem Anwalt. Sie atmete tief ein.

»Wann wolltest du mir davon erzählen?«, fragte Aidan.

»Nicht heute Nacht.«

Aidan legte die Briefe vor sich und strich sie glatt. »War er wieder bei dir?«

»Nein …«

Abwartend sah Aidan sie an. »Aber?«, half er ihr auf die Sprünge, als sie nichts sagte.

»Er hat sich auf einem Ball mit mir unterhalten und versucht, mich umzustimmen.«

»Möchtest du, dass ich mich darum kümmere?«

Katrina schüttelte den Kopf. »Das macht unser Anwalt.« Forschend musterte sie ihn, bemerkte die Unmutsfalte über der Nase. »Macht es dir etwas aus, dass er mit mir gesprochen hat?«

»Gesellschaftlichen Umgang mit ihm kann ich dir kaum verbieten, solange er sich nicht schlecht benimmt.«

Katrina lehnte sich gegen den Schreibtisch. »Er war nicht unhöflich oder so …« Sie sah konzentriert und mit gerunzelter Stirn auf ihre Hände. »Ein wenig war er so wie früher … Vermutlich dachte er, ich gebe eher nach, wenn er freundlich ist und mich nicht unter Druck setzt.«

»Denkst du manchmal noch an die Zeit mit ihm?«, fragte Aidan unvermittelt.

Katrina zögerte. »Es ist gut so, wie es ist.«

Er bemerkte, dass sie auswich. »Vermisst du die Zeit damals gelegentlich?«, fragte er weiter. »Hoffst du manchmal, dass alles noch so wäre wie damals, ehe er dich verlassen hat?«

Diesmal ließ Katrina sich mehr Zeit mit der Antwort. Sie fand die Fragen seltsam, ebenso die Art, in der sie gestellt waren. Irritiert stellte sie fest, dass Aidan beinahe eifersüchtig wirkte. Bei dem Gedanken daran machte ihr Herz einen kleinen Satz, und beinahe hätte sie gelächelt, was angesichts seines düsteren Gesichtsausdrucks nicht angemessen erschien.

»Ich kann mir nicht wünschen, dass alles noch so ist wie früher«, sagte sie langsam, »weil über allem der Schatten dessen liegt, was Stephen getan hat. Er kann mich nicht wirklich geliebt haben, wenn er dazu imstande war, mir all das anzutun.«

Aidan schwieg dazu, und Katrinas Blick fiel auf den Brief aus Bombay. Es war eine offizielle Einladung, kein richtiger Brief. Sie griff an Aidan vorbei nach dem Blatt und drehte es in Erwartung einiger persönlicher Worte um.

»Mehr steht dort nicht«, sagte Aidan, der ihrer Bewegung mit Blicken gefolgt war.

»Also doch keine Versöhnung?«, fragte Katrina zaghaft.

»Nun ja, ich weiß nicht, ob ich eingeladen bin, weil es sich so gehört, und man erwartet, ich käme ohnehin nicht, oder ob es ein Friedensangebot ist. Aber so, wie ich meinen Vater kenne, darf ich von Letzterem ausgehen. Er ist zwar sehr auf den guten Ton bedacht, aber nicht so sehr, dass er riskieren würde, mich zu sehen, wenn es nicht unbedingt sein muss.«

Katrinas Hand glitt über seine Schulter, und er zuckte zusammen. Hastig zog sie ihre Hand zurück. »Tut es weh?«

»Das hast du mich schon einmal gefragt«, antwortete Aidan unwirsch, dann jedoch, als bereue er seinen Ton, griff er nach ihrer Hand und presste sie an seine Wange.

*

Der Besuch von Captain Maddox hatte den Anschein eines reinen Höflichkeitsbesuchs unter alten Bekannten. Er war in der Tat in Nilgiri, um einige Zeit Urlaub zu machen – was Aidan mit mäßiger Begeisterung zur Kenntnis nahm –, und nutzte die

Gelegenheit zu einer längst fälligen Rüge, der Aidan nur deshalb entgangen war, weil sie sich in Simla verpasst hatten.

Maddox stand, die Hände hinter dem Rücken verschränkt, vor einem Bild, als Aidan den Salon betrat und die Tür hinter sich schloss.

»Sir«, sagte er steif.

Maddox drehte sich zu ihm um und sah ihn an. »Ah, Lieutenant Landor. Geben Sie sich also letzten Endes doch noch die Ehre, nachdem Sie es nicht für nötig erachtet haben, in Simla auf mein Eintreffen zu warten.«

»Mir wurde kein offizieller Befehl übermittelt, länger als eine Woche in Simla zu warten, Sir.«

»Ich wurde aufgehalten auf meinem Weg von Kalkutta, wie Sie vermutlich wissen. Der Befehl lautete, zu warten.«

Aidan nickte. »Ich bedaure zutiefst, Sir, aber der Befehl lautete, ich solle bis zum zwanzigsten August in Simla bleiben.«

Mit einer knappen Handbewegung bedeutete Maddox Aidan, zu schweigen. »Um dort auf mich zu warten. Was sollen die Haarspaltereien? Wie dem auch sei. Es wurde erneut Meldung gemacht über die beiden Männer, die drei Inder erschossen haben, während eine Bestattung stattfand, und überdies ein Hindu-Heiligtum mit Schuhen betreten haben sollen.«

»So ist es nicht gewesen, Sir. Keiner von uns hat ein Heiligtum betreten. Es war kein Tempel oder Ähnliches in der Nähe.«

Maddox schüttelte den Kopf. »Der Ort, wo laut Bericht alles stattgefunden haben soll, hat sehr wohl einen Tempel. Nun, wie dem auch sei, die Sache ist recht unerfreulich. Sollte jemand Sie wiedererkennen, wenn Sie als englischer Offizier in Simla weilen, kann ich Sie bei den Kundschaftern nicht mehr brauchen.«

»Ich verstehe, Sir.«

Ein flüchtiges Lächeln glitt über Maddox' Züge. »Daran habe ich nicht den geringsten Zweifel, Lieutenant.«

Beide Männer sahen zur Tür, als Katrina unvermittelt eintrat. Sie blieb stehen, offensichtlich erstaunt, Aidan nicht allein anzutreffen. »Verzeihung, ich wusste nicht, dass du Besuch hast«, sagte sie.

Aidan tat das einzig Mögliche und stellte sie Maddox vor, der den Kopf neigte und charmant lächelte. Sichtlich angetan, erwiderte Katrina seinen Gruß.

»Ich hoffe, ich habe nicht gestört«, sagte Katrina zu Aidan.

»Aber keineswegs, Mrs. Landor«, antwortete Maddox an Aidans Stelle. »Wir sind alte Bekannte aus Kalkutta.«

»Tatsächlich?« Katrinas Blick traf Aidan. »Nehmen Sie doch Platz. Hat mein Mann Ihnen noch keinen Tee angeboten?«

Mit einem kaum wahrnehmbaren Zucken um die Mundwinkel sah Maddox zu Aidan. »Bisher leider noch nicht.«

Katrina läutete nach einem Dienstboten und ließ Tee und Gebäck bringen. Währenddessen versuchte Aidan, Maddox' kaum verhohlene subtile Schadenfreude zu ignorieren. Maddox musste klar sein, dass er ihn schnellstmöglich hatte loswerden wollen, und Aidan hatte keinen Zweifel daran, dass sein Vorgesetzter die Situation genoss.

»Haben Sie zusammen gedient?«, fragte Katrina.

»Ganz recht«, antwortete Maddox.

Katrina stellte einige Fragen zu Kalkutta, und Maddox erzählte im Plauderton von der Stadt. Aus schmalen Augen beobachtete Aidan die beiden. Eifersucht war ihm gänzlich fremd, selbst bei Sita, die nun wirklich eine außergewöhnliche Rolle in seinem Leben gespielt hatte. Nun jedoch stellte er fest, dass ihm die Art faszinierter Aufmerksamkeit, die Katrina Maddox entgegenbrachte, ganz und gar nicht gefiel. Maddox machte gar nicht erst den Versuch, Aidan in die Unterhaltung mit einzubeziehen, sondern widmete seine gesamte charmante Aufmerksamkeit Katrina. Lediglich als diese aufstand, um Tee einzuschenken, stellte Maddox Aidan einige belanglose Fragen zum Teeanbau, die Katrina wesentlich besser hätte beantworten können als er. Sie tat es denn auch, nachdem Aidans Antworten eher vage geblieben waren, und schon entspann sich eine Unterhaltung zwischen ihr und Maddox über Nilgiri, Tee und die Rolle der *Hill Stations*.

»Simla dürfte Ihnen ausgesprochen gut gefallen«, sagte Maddox. »Eine wahre Bergperle.«

»Sobald es die Umstände zulassen, werden wir zusammen in den Norden reisen«, antwortete Aidan an Katrinas Stelle, was ihm einen freudigen Blick von ihr einbrachte.

Das Porzellan klirrte leise, als Maddox seine Tasse auf dem kleinen Tisch abstellte. »Es war mir eine Freude, Sie kennenzulernen«, sagte er zu Katrina und erhob sich.

Auf dem Weg zur Tür erzählte Katrina von einer Gesellschaft, die sie Mitte November geben würden, und lud ihn dazu ein.

»Ich glaube, bis dahin ist Captain Maddox gar nicht mehr hier«, antwortete Aidan.

Maddox jedoch lächelte bezaubernd, neigte den Kopf und sagte, dass es ihm ein Vergnügen sei, seinen Aufenthalt um einige Tage zu verlängern. Er logierte im Empire, und Katrina versprach, ihm eine Einladung zuzustellen. Aidan nickte zähneknirschend.

Als sich die Tür hinter Maddox schloss, wandte Katrina sich zu Aidan um. »Stimmt etwas nicht?«

Aidan konnte nun nicht gut sagen, er und Maddox verstünden sich nicht so gut, wenn dieser ihn angeblich zu einem Freundschaftsbesuch aufgesucht hatte und dann auch noch länger geblieben war, anstatt die erste Gelegenheit zu nutzen, sich zu verabschieden. Also räusperte er sich nur und schüttelte den Kopf. Zwar sah Katrina ihn misstrauisch an, ließ das Thema jedoch ruhen und wurde kurz darauf davon abgelenkt, dass Caleb nach einer Reitstunde verlangte, womit sie sich nach wie vor nicht anfreunden konnte.

# 15

## Ootacamund, November 1876

November, dachte Gillian. Es war kaum zu glauben, dass dies ein Herbst in demselben Land war, in dem auch Kalkutta lag. Mittlerweile war sie seit über zwei Jahren von zu Hause fort. Sie rieb sich das Handgelenk, an dem violette Abdrücke von Ingrams Leidenschaft der letzten Nacht zeugten. Ihre Beziehung neigte sich dem Ende zu, und Gillian fragte sich, was sie davon zurückhielt, den letzten Schritt zu tun.

Schräge Sonnenstrahlen tasteten sich zwischen den Bäumen entlang über den See, und während Gillian die goldfarben flimmernde Wasserfläche beobachtete, gestand sie sich ein, dass sie das Alleinsein fürchtete. Sie hatte hier überhaupt keine Freunde. Die Frauen, die sie kennenlernte, waren entweder nicht ihre Gesellschaftsklasse, oder aber sie waren ihr schlicht zu langweilig.

Sie lehnte mit dem Rücken an einem Baum, legte den Kopf zurück und sah hoch in die Baumkrone. Manchmal hatte sie Heimweh, aber es war nie so stark, um sie zur Rückkehr nach Kalkutta zu bewegen. Die Angst vor der Schande war größer.

Die hügelige grüne Landschaft um sie herum wandelte sich in das Gangestal, wo der Hugli sich durch Kalkutta wälzte, ein gelbes Band, das die hitzeflimmernde Stadt teilte. Menschen saßen auf den Stufen, die zum Fluss hinunterführten, Sadhus, Priester, Frauen in bunten Saris, dazwischen Engländer, die Gesichter gerötet von der Sonne. Die Luft trug den Geruch von Unrat, Fisch, Gewürzen und Weihrauch. Gillian war mit einem Dienstboten im Basar unterwegs, um Stoffe für die Schneiderei ihres Vaters zu kaufen, als sie den blonden Mann bemerkte, der dabei war, um eine Halskette zu feilschen. Er sah sie an, als sie an ihm vorbeiging, und wandte sich dann wieder dem Händler zu. Am nächsten Morgen – Gillian hatte gerade das Haus verlassen, um Besorgungen zu machen – stand er vor ihr, gegenüber ihrem Elternhaus an eine Wand gelehnt, und hielt ihr die Kette hin, mit den Worten: »Ich folge Ihnen schon seit drei Tagen.«

Im Nachhinein hatte sie oft gedacht, dass ihr das hätte Angst machen müssen, aber in dem Moment, als sie ihn ansah und beinahe mechanisch die Hand nach der Kette ausstreckte, war es um sie geschehen. Er lächelte und ließ die Kette in ihre Hand gleiten. Der erste Schritt zum Abgrund war getan.

Die sonnendurchflutete Stadt wich sanften Hügeln und abendlicher Kühle. Gillian fröstelte. Sie schloss die Augen, rieb sich die Lider, und eine schmerzhafte Traurigkeit überkam sie.

»Ist Ihnen nicht gut?«, fragte eine Männerstimme so dicht bei ihr, dass sie erschrocken aufsah. Sie hatte niemanden kommen hören.

»Verzeihung«, sagte der Mann. »Ich dachte nur …«

»Nein«, fiel ihm Gillian hastig ins Wort, als sie Charles Ramsay erkannte, »kein Grund, sich zu entschuldigen. Ich war in Gedanken.«

Charles musterte sie aufmerksam. »Möchten Sie sich nicht doch lieber setzen?« Er wies auf eine Bank, die wenige Schritte entfernt stand.

»Nein … nein danke.« Gillian strich mit beiden Händen über ihren Rock, nervös, beinahe fahrig. »Wirklich – es geht mir gut.«

»Nun ja, dann …« Charles schien unschlüssig zu sein. »Kann ich Sie wenigstens nach Hause begleiten? Es wird bald dunkel, und eine Frau sollte dann nicht alleine hier unterwegs sein.«

Es war lange her, dass ein Mann ihr eine derartige Höflichkeit entgegengebracht hatte, und Gillian wusste nichts darauf zu sagen. So nickte sie nur. Charles reichte ihr seinen Arm, und sie legte die Hand darauf.

Zypressen umstanden den Weg, der sie vom See wegführte, und in ihren Schatten schmolz der Rest des Tageslichtes. Gillian hielt den Blick zu Boden gerichtet, während sie sich fragte, was den Mann an ihrer Seite dazu bewegt hatte, sie nach Hause zu begleiten. Er konnte den Zwischenfall mit Ingram nicht vergessen haben, und sie machte sich keine Illusionen darüber, für welche Art von Frau er sie hielt. Hatte vielleicht die Tatsache, dass sie für einen seiner Kunden arbeitete, damit zu tun?

»Aus welcher Gegend kommen Sie?« Charles' Stimme klang angenehm in der Stille des Abends.

»Aus Kalkutta.« Gillian verstummte, überlegte, ob die Frage nur aus Höflichkeit gestellt worden war oder der Versuch eines Gesprächs sein sollte. Sie wollte nicht schwatzhaft wirken.

»Gefällt es Ihnen hier?«, fuhr Charles fort. »Von Kalkutta aus fährt man doch vorwiegend nach Simla, nicht wahr?«

»Ja, es gefällt mir gut.« Gillian zögerte. »Ich war noch nie vorher in einer *Hill Station.*« Womit noch einmal verdeutlicht wurde, dass sie nicht derselben gesellschaftlichen Klasse angehörten, jener Klasse, die es sich leisten konnte, die Sommer in den Bergen zu verbringen.

Charles jedoch ging höflich darüber hinweg und erzählte ihr von Simla und Ooty, wobei klar wurde, welcher der beiden Orte ihm im Herzen näher war. In seiner Art, mit ihr zu reden, ohne sie auch nur einmal in Verlegenheit zu bringen, war nicht zu übersehen, dass er durch seine Erziehung glänzend darin geschult war, derartige Unterhaltungen auf gesellschaftlicher Ebene im Plauderton zu führen. Er behandelte sie höflich, so als gehöre sie zu seinesgleichen.

An der Rückseite des Teehauses hatte Gillian ihren eigenen Eingang, der ursprünglich für Dienstboten gedacht war, nun aber nur von ihr genutzt wurde. Sie blieb stehen und drehte sich zu Charles um.

»Haben Sie vielen Dank«, sagte sie.

Charles neigte leicht den Kopf. »Es war mir ein Vergnügen.« Er lächelte.
Als sie ihm die Hand gab, schlossen sich seine Finger warm um ihre. Sein Blick senkte sich kurz, das Lächeln schwand, dann sah er auf und wieder auf ihren Arm. Anstatt ihre Hand loszulassen, hob er sie leicht an, so dass das Licht vom Haus auf ihr Handgelenk fiel, das zwischen Handschuh und Ärmelaufschlag zu sehen war. Dunkel hoben sich die blauvioletten Flecken auf der hellen Haut ab. Ohne etwas zu sagen, ließ er ihre Hand wieder los. Gillian trat einen Schritt zurück, tastete nach ihrem Schlüssel, schob ihn ins Schloss und öffnete die Tür. Charles wartete, wie es der Anstand vorschrieb, bis sie das Haus betreten hatte, dann murmelte er einen Gutenachtgruß und ging. Im Haus lehnte Gillian sich mit dem Rücken an die geschlossene Tür und drängte aufsteigende Tränen zurück.

Die nächtliche Luft war erfüllt vom Geruch von Eukalyptus, und in der Ferne war Musik aus einem Tempel zu hören, zarte, flirrende Klänge. Nur wenige Fußgänger waren unterwegs, überwiegend Engländer, die von einem geselligen Abend heimkehrten oder einfach nur die Nacht genießen wollten.
Katrinas Hand lag in Aidans Armbeuge, während ihr schlanker Körper sich beim Gehen an ihn schmiegte. Sie waren bei einem Empfang gewesen und hatten auf halbem Weg die Kutsche heimgeschickt, um zu Fuß weiterzugehen. Während er Katrina zuhörte und gelegentlich den einen oder anderen zustimmenden Kommentar abgab, zeichnete sich vor seinen Augen bereits ein recht deutliches Bild davon ab, wie die Nacht weitergehen würde, wenn es nach ihm ging. Er stellte in letzter Zeit zu seiner eigenen Verwunderung fest, wie sehr er sich daran gewöhnt hatte und es genoss, ein festes Zuhause zu haben. Zwischen ihm und Katrina herrschte zuweilen eine Vertrautheit, die ihm unfassbar erschien, etwas Zerbrechliches, das er mit aller Vorsicht

umfangen musste. In manchen Nächten, wenn er wach im Bett lag, während Katrina schlief, in seinen Armen atmete – in vollem Vertrauen zu ihm –, hatte er das Gefühl, eine solche Hingabe nicht zu verdienen.

Leise Stimmen mischten sich in silberhelles Gelächter. Ein junges Paar schlenderte über den Weg, plaudernd, die Köpfe nah beieinander, eine Gruppe elegant gekleideter junger Stutzer war auf dem Weg zu weiteren Vergnügungen und rempelte versehentlich einen älteren Mann an, der mit seinem Spazierstock nach ihnen schlug und etwas von verkommener Jugend schimpfte, während die Männer lachend auswichen, sich entschuldigten und weitergingen.

Aidan und Katrina folgten einem farngesäumten Weg hügelaufwärts, der in fast vollkommene Dunkelheit getaucht war, was ihrem Spaziergang eine Art von Intimität gab. Mit einer leichten Drehung wollte Aidan Katrina zu sich ziehen, um sie zu küssen und auf das einzustimmen, was er daheim fortzusetzen gedachte, als er auf ihren überraschten Ausruf hin aufsah.

»Warum brennen alle Lichter im Haus?«, rief Katrina.

Aidan kniff die Augen zusammen, während eine Andeutung nahenden Unheils in ihm aufstieg. Um Katrina nicht zu beunruhigen, die eher verwundert als alarmiert wirkte, sagte er nichts, sondern beschleunigte lediglich seine Schritte.

Amba, Calebs *Ayah*, kam ihnen bereits aufgelöst und verheult in der Halle entgegengelaufen, als Aidan und Katrina das Haus betraten.

»Was ist los?«, fragte Aidan, ehe Katrina etwas sagen konnte.

»Sahib.« Amba brach erneut in Tränen aus. »Wir können Caleb Sahib nicht finden.«

Katrina erstarrte und zog mit einem Ruck die Hand aus Aidans Armbeuge, um einen Schritt auf Amba zuzugehen. »Was soll das heißen, ihr könnt ihn nicht finden?« Ihre Stimme überschlug sich. Aidan legte ihr beruhigend die Hand auf die Schulter, aber sie schüttelte sie ab und war bereits auf dem Weg zur Treppe. »Habt ihr oben überall gesucht? Du weißt, er versteckt sich gerne.«

»Ja, Memsahib«, sagte Amba und biss sich auf die zitternden Lippen.

Aidan sah, dass Katrina kurz davor stand, die Nerven zu verlieren. »Wo warst du mit ihm, als er verschwunden ist?«, fragte er.

»Im Garten«, antwortete Amba, »so wie immer um die Nachmittagszeit.«

»Willst du damit sagen, er ist schon seit Nachmittag fort, und du hast nicht nach uns geschickt?«, fragte Aidan gefährlich ruhig und beherrscht.

»Ich dachte, er hätte sich versteckt.«

Katrina stand am Treppenabsatz, eine Hand am Geländer, die andere vor dem Bauch geballt. Ihre Augen waren geweitet, alle Farbe war ihr aus dem Gesicht gewichen, und ihre Brust hob und senkte sich in schnellen Atemzügen.

»Ich will das gesamte Personal sehen«, sagte Aidan. »Sofort.«

Katrina sah ihn an. »Sollten wir nicht lieber …«

»Ihn suchen?«, fiel Aidan ihr ins Wort. »Wo möchtest du damit anfangen?« Er trat zu ihr und legte ihr die Hand auf den Arm, und diesmal ließ sie seine beruhigende Geste zu.

Das Personal nahm kurz darauf Aufstellung in der Halle, und Aidan fragte, wer Caleb gesehen hatte. Der *Mali*, der Gärtner, gab an, das Kind im Garten mit Amba spielen gesehen zu haben. Aidan musterte die Leute, die Frauen in ihren schlichten Saris, die männlichen Hausdienstboten in der weißen Kleidung, der *Chuprassi* mit dem breiten roten Band um die Taille, die Stalljungen in ihren Gewändern mit den hellen Jodhpurs, und etliche Dienstboten, die für die verschiedenen Verrichtungen in der Küche zuständig waren. Der *Khansana* stand ein wenig abseits, sich seiner Rolle als wichtigster Domestik in vollem Umfang bewusst.

»Sonst hat niemand den jungen Sahib gesehen?«, fragte Aidan noch einmal und schaute die Leute nacheinander forschend an. Alle erwiderten seinen Blick, bis auf Amba, die sichtlich von Selbstvorwürfen gequält wurde, und der älteste Sohn des *Mali*. Der Junge war um die sechzehn, trug ein Tuch turbanartig um den Kopf geschlungen und war bisher nie auffällig geworden. Aidan taxierte ihn, aber er sah ihn nicht an.

»Pratap?«, sprach er ihn an, und diesmal sah der Junge auf. »Hast du Caleb Sahib gesehen?«

Der Junge sah wieder zu Boden. »Nein, Sahib.«

Der *Chuprassi* meldete sich zu Wort. »Ein Mann war hier und hat nach der Memsahib gefragt.«

Katrina sagte nichts und stand aufgewühlt an der Treppe. Ihr Blick flog zu Aidan, forderte ihn auf, etwas zu tun und Caleb zu finden.

»Wer war der Mann«, fragte Aidan.

Der *Chuprassi* schüttelte bedauernd den Kopf. »Er hat seinen Namen nicht nennen wollen, und als ich gesagt habe, die Memsahib sei mit Ihnen auf einem Empfang, ist er wieder gegangen. Aber er war schon einmal hier, vor beinahe einem Jahr, als Sie verreist waren, Sahib.«

Jetzt ging ein Ruck durch Katrinas Körper. »Stephen?«, fragte sie heiser.

Aidan sah die *Ayah* an. »War jemand hier im Garten?«

Amba verneinte.

»War kein fremder Mann hier?«, fragte Katrina noch einmal und sah den Gärtner an. »So etwas fällt doch auf.« Ihre Stimme klang schrill.

»Es muss nicht sein, dass er selbst um das Haus herumgeschlichen ist«, sagte Aidan. »Er könnte sich nur erkundigt haben, ob wir daheim sind, und dann jemanden geschickt haben. Aber«, jetzt wandte er sich wieder an Amba, mit nun deutlich kälterer Stimme, in die sich unüberhörbar eine Drohung mischte, »es muss dennoch aufgefallen sein, wenn eine fremde Person sich hier herumtreibt, noch dazu in Calebs Nähe.«

Als keine Antwort kam, wandte er sich an Katrina. »Weißt du, in welchem Hotel Stephen gewohnt hat?«

Katrina schüttelte den Kopf, und Tränen traten ihr in die Augen. »Ich wusste nicht einmal, dass er schon wieder in Ooty ist.« Sie schluckte. »Du kannst Caleb doch zurückholen, oder?«, flüsterte sie erstickt.

In einer kurzen Geste berührte Aidan ihre Wange. »Du hast ihn spätestens morgen früh wieder.« An das Personal gewandt, sagte er: »Ich bekomme heraus, was genau passiert ist, und wenn einer dabei geholfen hat, Caleb zu entführen, dann rate ich demjenigen, jetzt schon die Flucht zu ergreifen.«

Er schickte die Leute weg, wies an, Granat zu satteln und aufzuzäumen, und wandte sich wieder an Katrina. »Ich sehe nach, in welchem Hotel er gewohnt hat und ob er bereits abgereist ist, was ich annehmen möchte, denn er muss damit rechnen, dass wir ihn suchen. Wenn ich etwas weiß, komme ich kurz zurück, gebe dir Bescheid und mache mich dann auf den Weg nach Coonoor.«

Katrina nickte nur und schlang die Arme um ihren Körper. »Wenn er Caleb entführen wollte«, sagte sie leise, »warum dann das Schreiben vom Anwalt … und sein Gespräch mit mir auf dem Ball?«

»Ich vermute, das war nur ein Vorwand.« Aidan drückte sanft ihren Arm, ehe er sich umdrehte und durch die Halle zur Haustür schritt.

Im Alexandra Chambers, wo Aidan zuerst nachfragte, hatte man Stephen Alardyce seit Monaten nicht mehr als Gast gehabt. An der Rezeption des Empire hatte Aidan jedoch Erfolg. Man bedaure, so der junge Mann am Empfang, dass er Stephen Alardyce verpasst hatte, aber dieser sei bereits nachmittags abgereist.

»Was hast du erfahren?«, fragte Katrina, als Aidan das Haus betrat. Sie hatte offensichtlich in der Halle gewartet. Ihre Hände zitterten, und sie war sehr blass.
»Er ist abgereist.« Aidan umschloss ihre kalten Hände mit seinen. »Ich werde ihm nachreiten.«
»Ich komme mit.«
»Auf keinen Fall«, antwortete Aidan entschlossen.
»Aber ich muss etwas tun.« Erneut traten ihr Tränen in die Augen. »Ich werde verrückt, wenn ich hier warten muss.«
»Du wärst mir keine Hilfe, Katrina.« Aidans Stimme war warm und sanft. »Vertrau mir einfach.«
Katrina nickte, während ihre Schultern steif blieben. Aidan ließ ihre Hände los und lief hoch in das Schlafzimmer. Seine elegante Hose, die er noch vom Empfang trug, war durch den Ritt arg mitgenommen und nicht geeignet, den Weg bis Coonoor durchzustehen. Er griff nach passender Kleidung und Stiefeln, um sich umzuziehen. Vor seiner Truhe kniete er nieder, hob den Deckel und nahm seine Pistole mitsamt Munition heraus. Zwar glaubte er nicht, dass er sie würde benutzen müssen, aber er fühlte sich besser, wenn er sie dabeihatte.
»Was tust du?«, fragte Katrina, die ihm gefolgt war.
Aidan schloss seinen Gehrock, so, dass die Waffe verborgen war. »Ich habe mich fertig zum Aufbruch gemacht«, sagte er, während er sich umdrehte.
»Und du willst wirklich allein gehen?«
»Ja.« Als er sah, dass Katrina zweifelnd die Stirn runzelte, sagte er noch einmal: »Vertrau mir.«
Katrina nickte nur.
»Und bitte, Katrina, komm nicht auf die Idee, mir nachzureiten oder mir jemanden hinterherzuschicken.« Aidan sah sie eindringlich an.
Wieder nickte Katrina, diesmal zögerlicher.
Aidan verließ das Haus. Er löste Granats Zügel, saß auf und ritt

den Weg bergab in die Stadt. Es war stockdunkel, und er musste vorsichtig reiten, damit das Pferd nicht stolperte. Als er eine halbe Stunde später den Weg erreicht hatte, der nach Coonoor führte, gab er Granat die Zügel frei und ließ den Hengst in einen gestreckten Galopp fallen.

Aidan war bisher nur zweimal in Coonoor gewesen, aber er hatte keine großen Schwierigkeiten, sich zu orientieren. Die Straße führte von Ooty aus über den nördlichen Ausläufer von Elk Hill. Der Weg hatte drei Stunden gedauert, und Granats Atem ging schwer, auch wenn er noch nicht an den Grenzen seiner Leistungsfähigkeit angelangt war. Graues Licht tastete sich über grüne Hügel, die die Stadt umgaben. In den Außenbezirken befanden sich die Teegärten und die Häuser der reicheren Leute. Coonoor lag auf dem höchsten Punkt des Mettupalaiyam-Passes, war kleiner als Ootacamund und vom Klima her wärmer.
So früh am Morgen waren die Straßen noch ohne Leben, und Aidan ritt zum Basar, der sich am Fuß der Talmulde befand, in der Hoffnung, dort jemanden zu treffen, der ihm sagen konnte, wie er zum Haus von Stephen Alardyce kam. Der Basar wirkte ungeordnet und war in den frühen Morgenstunden bereits erfüllt von hektischer Betriebsamkeit. Waren wurden ausgebreitet, Öfen geheizt, Kisten abgeladen, und der Geruch von Pfeffer und Kardamom mischte sich in die eukalyptusgetränkte Luft.
Aidan saß ab und führte Granat am Zügel hinter sich her. Der Hengst hob witternd den Kopf und schnaubte leise. Weil er das Pferd nicht mit sich durch die engen Gassen nehmen wollte, blieb Aidan am Rand des Basars stehen und sah sich nach jemandem um, den er fragen konnte. Die meisten Leute eilten an ihm vorbei, ohne Notiz von ihm zu nehmen, und erst als er einem Mann in den Weg trat, schaffte er es, auf sich aufmerksam zu machen. Der Mann, ein kleiner Tamile, trug eine Kiste und setzte sie sichtlich widerwillig ab.

»Was wünschen Sie, Sahib?«
»Nur eine Auskunft.« Aidan lächelte. »Ich suche das Haus von Stephen Alardyce.«
Der Mann schürzte die Lippen, musterte Aidan, als wolle er prüfen, wie vertrauenswürdig dieser war, und nickte. Offenbar war das Ergebnis zu Aidans Gunsten ausgefallen. Nachdem er ihm den Weg beschrieben hatte, nahm Aidan aus seinem Geldbeutel eine halbe Anna, dankte ihm und saß auf.
Das Haus von Stephen Alardyce war umgeben von weitläufigen Teegärten, Zypressen und Farnen, die in üppigem Grün die Wege einfassten. Direkt hinter dem Haus waren Obstgärten angelegt, und das Haus selber war ein weißer Bungalow mit dunklem Dach und schlanken Säulen neben der Tür. Alles strahlte gediegenen Reichtum aus, der nicht erarbeitet, aber gehegt werden musste. Aidan ritt bis in den Hof, wo ihm bereits ein Dienstbote entgegeneilte, um ihm das Pferd abzunehmen. Mit einem kurzen Nicken bedankte Aidan sich und überließ dem Jungen die Zügel.
Er überquerte den Vorplatz, sprang die zwei Stufen zum Hauseingang mit einem Schritt hoch und zog heftig am Klingelstrang. Ein Dienstbote in tadelloser Uniform öffnete. Er neigte leicht den Kopf. »Sie wünschen, Sahib?«
»Ich möchte zu Stephen Alardyce.«
»Ich werde sehen, ob …«
Aidan stieß die Tür auf, was der völlig überraschte Dienstbote widerstandslos geschehen ließ. Er wusste, dass Stephen Alardyce im Haus war, sonst hätte der Dienstbote direkt gesagt, er sei nicht da. Die Aussage des Dienstboten, er sehe nach, diente nur der Absicht, ihn mit der Begründung wegzuschicken, der Hausherr sei nicht daheim, anstatt zu sagen, er wolle ihn nicht empfangen. Und Stephen Alardyce würde ihn nicht empfangen, dessen war sich Aidan gewiss.
Der Dienstbote öffnete den Mund zu einem Protest, aber Aidan

kam ihm zuvor, indem er barsch forderte, Mr. Alardyce zu sprechen. Der Dienstbote nickte knapp und wies auf eine Tür in der Nähe des Eingangs.

»Warten Sie im Besuchersalon, Sahib«, sagte er steif und mit sichtlichem Widerwillen.

Nur wenige Minuten, nachdem Aidan den Salon betreten hatte, öffnete sich die Tür, und Stephen Alardyce betrat den Raum, äußerlich ruhig und gefasst, aber Aidan kannte die Anzeichen von unterdrückter Nervosität. Stephens Atem ging beinahe unmerklich schneller als normal, seine Hände waren so gezwungen ruhig, dass er nur kurze, abgehackte Gesten machte, und das Lächeln wirkte maskenhaft.

»Allein der Tatsache, dass Sie Katrinas Ehemann sind und ich dem armen Mädchen keinen weiteren Kummer zumuten möchte, verdanken Sie den Umstand, dass ich nicht die Polizei rufen und Sie wegen Ihres gewaltsamen Eindringens in mein Haus verhaften lasse wie einen Dieb.«

»Geben Sie mir Caleb, dann gehe ich wieder«, antwortete Aidan.

In scheinbarem Unverständnis wölbten sich Stephens Brauen zu Bögen. »Caleb? Wollen Sie mir damit sagen, Sie und Katrina wissen nicht, wo das Kind ist?«

Aidan stemmte die Hände in die Hüften, sah kurz zu Boden und hob den Blick sofort wieder. Mit einem solchen Tanz hatte er gerechnet, aber lästig war er ihm dennoch. »Alardyce, wir können das Spiel jetzt noch eine Weile so weiterspielen, aber weil es ohnehin darauf hinausläuft, dass ich bekomme, was ich will, können wir es uns auch ersparen – was mir persönlich lieber wäre.«

»Sagen Sie Katrina, wenn sie nicht imstande ist, auf meinen Sohn aufzupassen, ist er bei mir wohl doch besser aufgehoben.«

Aidan antwortete nicht, sondern taxierte Stephen. Dieser verschränkte die Arme vor der Brust, sah Aidan an, dann wieder

weg, starrte auf die cremefarbenen Wände, senkte den Blick zum polierten Holzboden mit den teuren Teppichen, sah an Aidan vorbei zum Fenster und richtete den Blick dann wieder auf sein Gegenüber.
»Also?«, fragte Aidan gedehnt.
»Ich sagte bereits ...«
»Schluss mit dem Possenspiel.« Aidans Stimme hatte nun nichts mehr von ihrer seidenweichen Glätte. »Lassen Sie Caleb herbringen.«
In einer Geste, die eine unbewusste Nachahmung von der Aidans war, stemmte Stephen die Hände in die Hüften. »Sie haben keinen Beweis dafür, dass er hier ist.«
»Ah, jetzt sprechen wir offenbar dieselbe Sprache. Noch haben Sie die Möglichkeit, mir das Kind freiwillig zu geben, oder aber Sie lernen mich von einer Seite kennen, die Ihnen besser verborgen bleiben sollte.« Aidan kniff die Augen halb zusammen, als keine Antwort kam. »Mr. Alardyce, es ist nicht angeraten, mich zum Feind zu haben.« Ruhig und kalt floss seine Stimme.
»Was wollen Sie tun?«, fragte Stephen. »Die Polizei holen? Haben Sie Beweise? Niemand wird mein Haus einfach auf eine Behauptung hin durchsuchen. Aber ich werde Katrina belangen, weil sie nicht auf Caleb geachtet hat, und dann wird mir jeder Richter recht geben und ihn mir zusprechen.«
»Und wenn das passiert ist, taucht er plötzlich wieder auf?«
Stephen verschränkte schweigend die Arme vor der Brust, und in dieser Bewegung, die abgehackt wirkte, offenbarte sich nur zu deutlich, wie nervös er war.
»Ich wiederhole es gerne noch einmal im Guten: Geben Sie mir das Kind. Wir wissen beide, dass Sie diese Farce nicht aufrechterhalten können.«
»Auch ich wiederhole es gerne noch einmal: Wenn Katrina nicht imstande ist, auf mein Kind zu achten, ist sie offenbar als Mutter nicht geeignet.«

»Nun gut.« Aidan machte sich gar nicht erst die Mühe, seine Verachtung zu verbergen. »Ich hätte mir dieses ganze Hin und Her gerne erspart, aber ganz wie Sie wünschen.« Er schob die Hand unter seinen Gehrock, zog seine Pistole und richtete sie auf Stephen, der plötzlich wie erstarrt war.

»Sind Sie von Sinnen?«, rief dieser mit schriller Stimme.

»Keineswegs. Rufen Sie einen Dienstboten und lassen Sie Caleb holen.«

»Erschießen Sie mich sonst? Denken Sie, damit machen Sie es Katrina leichter? Wenn ihr Ehemann gehängt wird und sie wieder das Gespött der Leute ist?«

Ein kühles Lächeln spielte um Aidans Lippen. »Natürlich erschieße ich Sie nicht, aber eine Kugel ins Bein tut höllisch weh. Und jetzt lassen Sie Caleb holen, ohne lange mit mir zu diskutieren.«

Stephen blinzelte, und Schweißperlen traten ihm auf die Stirn. »Sie denken wirklich, dass Sie einfach auf mich schießen und das Haus unbeschadet verlassen können?«

»Ich werde Caleb finden, und wenn ich das ganze Haus nach ihm durchsuchen muss. Dienstboten haben meist einen enormen Respekt vor einer Waffe. Rufen Sie in der Zeit die Polizei, nur zu, aber wenn ich Caleb gefunden habe, werden Sie einiges zu erklären haben.«

Ehe Stephen antworten konnte, ging die Tür auf, und eine blonde junge Frau betrat den Raum. Abrupt blieb sie stehen, stieß einen erschrockenen Ausruf aus und legte die Hand an die Brust. »Stephen, was …«

Mit einer Handbewegung gebot Stephen ihr, zu schweigen. Die junge Frau starrte Aidan an. »Was wollen Sie? Geld?«

Aidan konnte nicht anders, er musste lachen, so absurd war die Situation. Die Frau jedoch tat einen Schritt zum Sekretär und griff beherzt nach einem Brieföffner, was für Aidan erneut ein Anlass von Erheiterung war, die selbst seine schwelende Wut für einige Sekunden überlagerte. »Mrs. Alardyce, nehme ich an? Legen Sie das hin, Madam, und kommen Sie mir vor allem damit nicht zu nahe, Sie würden mich sonst dazu zwingen, handgreiflich zu werden.«

Die blonde Frau hob den Kopf, und ihre Hand umschloss den Brieföffner so fest, dass ihre Knöchel weiß hervortraten. Eine mutige Frau, dachte Aidan, Katrina hätte ebenso gehandelt. Wie kam dieser Mann nur gleich zweimal an eine solche Ehefrau?

»Mrs. Alardyce, ich wende Frauen gegenüber nur sehr ungern Gewalt an, aber ich würde nicht zögern, es zu tun, wenn es sein muss.« Aidan sah, wie sich ihre Finger um den Griff lockerten. »Ich möchte nur meinen Stiefsohn abholen. Geben Sie ihn mir, dann gehe ich.«

Verwirrt sah die Frau zu Stephen. »Das Kind?« Dann flog ihr Blick zurück zu Aidan. »Sie meinen seinen Sohn Caleb?«

»Ganz recht«, antwortete Aidan. »Er ist hier, nicht wahr?«

»Ja ...« Die Frau war sichtlich verstört und wandte sich an ihren Ehemann. »Du hast gesagt, er wäre dir freiwillig übergeben worden.«

»Er wurde entführt«, sagte Aidan, ehe Stephen etwas erwidern konnte. »Seine Mutter ist in großer Sorge um ihn.«

Mrs. Alardyce legte den Briefbeschwerer auf den Tisch, eine langsame, beinahe bedächtige Bewegung, dann zog sie am Klingelstrang.

»Was hast du vor?«, fragte Stephen heiser. »Er hat keine Beweise.«

Aidan sah ihn nicht an, sondern hielt den Blick unverwandt auf die junge Frau gerichtet, deren Augen mit einem Mal groß waren und unnatürlich glänzten. Langsam drehte sie sich zu Stephen. »Wie konntest du nur?«

Ein Dienstbote trat ein und prallte förmlich zurück, als er die Waffe sah. Mrs. Alardyce hob begütigend die Hände. »Er will

das Kind holen«, sagte sie leise. »Bring es zusammen mit der *Ayah* her.«
»Es ist deine Schuld, Constance!«, schrie Stephen sie an, sichtlich gedemütigt. »Könntest du Kinder kriegen, dann bräuchte ich mich nicht so abzumühen, eines aus einer Ehe zu holen, die ich vergessen möchte.«
Aidan war sehr versucht, diesen Worten eine Kugel in den Fuß folgen zu lassen. Er ließ den Hahn hörbar schnappen, und Stephen sah ihn entsetzt an.
»Sie kriegen doch das Kind, also stecken Sie die Waffe weg.«
»Erst, wenn Caleb hier ist.«
Constance Alardyce sah Stephen an, die zitternden Lippen leicht geöffnet. »Bitte beherrsche dich, bis wir unter uns sind.«
Stephen wurde rot. »Ich lasse mir von dir nicht den Mund verbieten, nicht von einer Frau, die mir mein naturgegebenes Recht auf Kinder verwehrt.«
Mitleid flammte in Aidan auf, als er sah, wie die junge Frau die Tränen nur mühsam zurückhielt. »Mr. Alardyce«, sagte er sanft, so als beabsichtige er, ein wenig zu plaudern. »Sagten Sie nicht, es bestünden berechtigte Zweifel an der Legitimität von Calebs Geburt? Vielleicht sind Sie ja gar nicht Manns genug, um Kinder zu kriegen.«
Die Röte in Stephens Gesicht vertiefte sich, und es war offenkundig, dass nur die auf ihn gerichtete Waffe ihn von einer scharfen Erwiderung abhielt. Die Frau indes drehte sich um und verließ den Raum. Nur wenige Sekunden später trat eine junge Inderin zusammen mit Caleb durch die Tür.
»Papa!«, rief Caleb und lief zu Aidan, dessen Beine er mit beiden Armen umklammerte. Aidan legte die Hand auf den Kopf des Kindes, dann ging er in die Hocke und hob es hoch. Calebs Augen waren gerötet, so als hätte er zu wenig geschlafen und zu viel geweint.
In der Halle wurden Stimmen laut, dann näherten sich Schrit-

te, und Charles trat ins Zimmer. Zuerst sah er Caleb an, und unverhohlene Erleichterung malte sich in sein Gesicht, dann fiel sein Blick auf Aidan, der zwar den Arm gesenkt, die Pistole aber immer noch in der Hand hatte. Entgeistert weiteten sich Charles' Augen. Aidan steckte die Pistole ungerührt ein, während Caleb auf seinem Arm zappelte. Er setzte ihn ab, und der Junge lief zu Charles, der ihn augenblicklich hochhob. Caleb legte die Arme um den Hals seines Onkels und drückte sein Gesicht an dessen Schulter.

Aidan runzelte die Stirn, sagte aber nichts, sondern wandte sich an Stephen. »Haben Sie selbst ihn geholt?«

Mit einer Geste, die besagte, dass nun ohnehin alles egal sei, antwortete Stephen: »Ich habe einem Ihrer Dienstboten Geld dafür gegeben, die *Ayah* abzulenken, dann ging diese Frau«, er deutete auf die Inderin, die schweigend dastand und die Szene beobachtete, »in den Garten und hat Caleb geholt.«

Langsam nickte Aidan. »Welcher Dienstbote war das?«

»Das kann ich Ihnen nicht sagen, ich habe nicht nach seinem Namen gefragt.«

»Nun gut, ich kriege es heraus.« Aidan wandte sich kühl an Charles. »Gehen wir.«

»Mr. Landor«, rief Stephen, »was haben Sie nun vor? Ich denke, in Ihrem eigenen Interesse bringen Sie die Sache nicht zur Anzeige.«

»Sie haben ein Kind geraubt.«

»So bezeichnen Sie es. Ein konservativer Richter würde sagen, dass ich als Vater es mitgenommen habe, während die *Ayah* des Kleinen im Begriff war, Unzucht zu treiben – mehr oder weniger vor seinen Augen.«

Aidan sah ihn schweigend an, dann sagte er: »Drohen Sie mir da gerade?«

»Aber nicht doch. Ich sage nur, dass Calebs Mutter offenbar

nicht so recht achtgibt, wem sie meinen Sohn anvertraut, und da habe ich als Vater doch wohl das Recht, einzugreifen.«

Scharfe Erwiderungen lagen Aidan auf der Zunge, doch er kam zu dem Schluss, dass sich eine Auseinandersetzung nicht lohnte. »Halten Sie sich von meiner Familie fern«, antwortete er und wandte sich zum Gehen.

»Hat Katrina dir gesagt, wo ich bin, und du bist mir gefolgt?«, fragte Aidan beiläufig, als sie bereits ein gutes Stück von Coonoor entfernt waren.

Charles hielt mit einer Hand Caleb fest, der sich schlafend vertrauensvoll an ihn schmiegte, mit der anderen lenkte er das Pferd. »Nein, Katrina hat nach mir geschickt, damit ich dir nachreite.«

Das unheilvolle Wetterleuchten auf Aidans Gesicht entging ihm, weil Calebs Kopf im Schlaf immer wieder zur Seite sank und das Kind jedes Mal aufschreckte. Charles zügelte sein Pferd, drehte Caleb um, so dass dieser sich vornüber an ihn lehnen konnte, dann trieb er das Pferd wieder an.

»Du musst nicht enttäuscht sein«, sagte Charles, dem das Schweigen offenbar unbehaglich war. »Er kennt mich länger als dich, daher wollte er zu mir. Die Situation muss sehr beängstigend gewesen sein. Nimm es nicht persönlich.«

Aidan sah ihn an. »Du denkst, ich nehme das Verhalten eines Fünfjährigen persönlich?«

»Ich bin mir nicht sicher, ehrlich gesagt.«

Ohne dass sich sein Gesicht aufhellte, zuckte Aidan die Schultern und schwieg.

Nach sechs Meilen, auf denen sich die ausgebaute Straße von Coonoor nach Ooty in vielen Windungen über Berge und durch Täler zog, kamen Aidan und Charles zu einer Art natürlicher Terrasse, von der aus man in eine tiefe Schlucht blickte. In der Nähe befand sich der Khaity-Wasserfall, der nur von einem

dünnen Strom gespeist wurde und bei seinem Fall über die Berge zum Teil zerstob, noch ehe er das Becken erreicht hatte.
Die Männer folgten dem Weg, der sie von der Terrasse führte. Sie kamen nur langsam voran, weil sie wegen Caleb nicht schnell reiten konnten. Die kalte klare Luft wurde von der Mittagssonne nur geringfügig erwärmt, und Charles öffnete seinen Gehrock, damit Caleb sich hineinkuscheln konnte. Mittlerweile war das Kind wach, zappelte herum und musste mehrfach ermahnt werden, still zu sitzen. Caleb war müde, aufgedreht, wurde allmählich ungeduldig und fing an zu quengeln.
Der Weg führte im Zickzack am steilen Ausläufer des Dodabetta entlang. Als sie in das Tal blickten, in das sich Ooty schmiegte, atmete Aidan auf. Er wusste nicht, wie lange er das nervenzerrende Gejammer des Kindes noch ertragen hätte. In lavendelfarbenen Nebel gehüllt, ragten die Berge hinter der Stadt empor, und der See glitzerte in der späten Nachmittagssonne. Um die Ufer herum erhoben sich grasbewachsene Hügel und bewaldete Erhebungen, hier versunken in schattigen Tälern, an anderen Stellen in abschüssige Schluchten auslaufend. Die Smaragdfarben bildeten einen zauberhaften Kontrast vor dem Hintergrund von dunstigem Blau.

Katrina stürzte aus dem Haus, als die Männer in den Hof ritten. Den Rock mit einer Hand gerafft, lief sie zu Charles und ließ sich Caleb herunterreichen, den sie an sich drückte und küsste. Caleb, der derartige Zärtlichkeiten normalerweise nur ungern über sich ergehen ließ, klammerte sich nun an seine Mutter.
»Ich danke dir, Charles«, sagte Katrina über Calebs Kopf hinweg.
»Dank nicht mir«, antwortete Charles, »sondern Aidan. Als ich angekommen bin, hatte er Caleb bereits.«
Aidan stieg vom Pferd, noch während Katrina sich zu ihm um-

wandte. Ehe sie etwas sagen konnte, fragte er, wo Calebs *Ayah* sei.
»Sie ist im Haus«, antwortete Katrina und wirkte angesichts Aidans Schroffheit verunsichert. »Als du weg warst, hat sie mir alles erzählt.«
»Gut, das erspart mir wenigstens die Fragerei, wer noch dahintersteckt. Was also ist passiert?«
Katrina verlagerte Calebs Gewicht auf ihrem Arm. »Der Sohn des *Mali* hat ihr schöne Augen gemacht, und sie hat ihn, hm, beachtet. Sie wollte nicht genauer werden.«
Mit einer knappen Geste winkte Aidan den Stalljungen heran, übergab ihm Granats Zügel und ging in Richtung des Gartens.
»Pratap ist bereits fort«, rief Katrina ihm nach. Als Aidan sich langsam zu ihr umdrehte, fügte sie hinzu: »Er muss fortgegangen sein, als du losgeritten bist. Sein Vater war bei mir. Er ist sehr gedemütigt. Du musst mit ihm sprechen, Aidan.«
Aidan nickte nur, drehte sich um und ging statt in den Garten zum Haus. Er stieß die Eingangstür auf und betrat mit schnellen Schritten die Halle. »Amba!«, rief er.
Ein Dienstbote kam in den Flur und sah ihn erschrocken an. Aidan beachtete ihn nicht, sondern ging zur Treppe.
»Amba!«, brüllte er erneut.
Eine schmale Gestalt erschien am oberen Treppenabsatz. »Sahib.« Dünn war ihre Stimme, so zögerlich wie die Schritte, die sie die Treppe hinunter machte.
Kaum war sie unten, als Aidan ihr eine schallende Ohrfeige gab. Die junge Frau schluchzte auf, und ihr langes schwarzes Haar bedeckte ihr gesenktes Gesicht zu beiden Seiten wie ein Vorhang.
»Pack deine Sachen und verschwinde«, sagte Aidan kalt.
Amba widersprach nicht. Ihr musste klar gewesen sein, dass es darauf hinauslief. Sie war auf die Schmeicheleien eines Mannes hereingefallen und trug nun die Konsequenzen. Eine *Ayah*, die

das ihr anvertraute Kind entführen ließ, während sie von einem Mann abgelenkt wurde, konnte nicht erwarten, noch länger für dieses Kind verantwortlich zu sein. Sie drehte sich um und lief die Treppe beinahe fluchtartig hinauf. Einen kurzen Moment lang sah Aidan ihr nach, dann rieb er mit den Fingern einer Hand über seine Augen. Der Schlafmangel der letzten Nacht machte sich bemerkbar.

»Hast du sie weggeschickt?«, fragte Katrina, die mit Caleb an der Hand unbemerkt das Haus betreten hatte.

Aidan nickte. »Sieh zu, dass er sie nicht mehr sieht«, antwortete er. Ihm war klar, Caleb würde nicht verstehen, warum die *Ayah* ging. Es würde schwer genug sein, ihm später zu erklären, dass sie nicht mehr da war.

»Gehst du schlafen? Du musst völlig übermüdet sein«, sagte Katrina, obwohl sie selbst bleich und übernächtigt aussah.

»Ja, aber vorher reden wir beide noch.« Ohne sie weiter anzusehen, ging Aidan die Treppe hinauf.

Das Schlafzimmer war kühl, weil kein Feuer im Kamin brannte. Es roch leicht nach Rosenöl, das Katrina gelegentlich verwendete. Aidan warf seinen Gehrock auf einen Sessel, öffnete die Truhe, um den Revolver hineinzulegen, zog seine Stiefel aus und ließ sich aufs Bett fallen, um für wenige Minuten die Augen zu schließen.

Es verging mehr als eine Stunde, ehe Katrina das Zimmer betrat. Aidan hatte die Zeit genutzt, um zu baden und sich umzuziehen.

»Schläft er?«

Katrina nickte. »Er war völlig übermüdet.« Sie seufzte. »Nach Amba hat er nicht gefragt, aber er wollte wissen, warum der fremde Mann gesagt hat, er sei sein Vater. Er ist sehr verstört.«

»Du wirst es ihm erklären müssen.«

Ein Schatten legte sich über ihr Gesicht. »Ja«, sagte sie nur.

»Nun gut.« Aidan lehnte sich an den Bettpfosten und schob die

Hände in die Taschen. »Dann kannst du ja damit anfangen, mir zu erklären, warum du mir Charles hinterhergeschickt hast, obwohl ich dir ausdrücklich untersagt habe, dergleichen zu tun.«
Katrina strich mit den Handflächen über ihren Rock. »Ich habe mir Sorgen gemacht, dass Stephen nicht mit sich reden lässt.«
»Wären derartige Sorgen nötig, meine Liebe, dann hätte ich entsprechend vorgesorgt und deinen Bruder mitgenommen. Nachdem ich mir aber zugetraut habe, mit jemandem wie Stephen allein fertig zu werden – was beileibe keine Herausforderung ist –, kannst du mir durchaus ein ebensolches Vertrauen entgegenbringen.«
»Du hattest eine Waffe dabei. Und du hast Stephen in Calebs Gegenwart bedroht.«
»Sagt Charles das?« Auf ihr zögerndes Nicken hin nahm Aidan die Hände aus den Taschen und trat einen Schritt auf sie zu. »Dann hätte er dir auch sagen sollen, dass ich dabei war, sie einzustecken, als er kam. Es war nämlich der Moment, in dem mir Caleb übergeben wurde, daher bestand für den Revolver keine Notwendigkeit mehr. Vielleicht solltest du mich fragen, was genau sich abgespielt hat, nicht deinen Bruder, der erst gekommen ist, als alles vorbei war.«
Katrina schluckte, und ihre Halsschlagader pochte schneller. »Ich verstehe nicht, wie du auf die Idee gekommen bist, bewaffnet zu ihm zu gehen. Glaubst du, es hätte mir genützt, wenn man dich hängt?«
»Du denkst, ich wollte ihn erschießen?«
»Eine derartige Situation kann schnell außer Kontrolle geraten.«
In Aidans Augen glomm es unheilverkündend. »Meine Liebe, ich bin Offizier, ich bin ausgebildet worden im Umgang mit Waffen. Denkst du, ich fuchtele wie irgendein Narr mit einem Revolver herum und fühle mich versucht, einen unbewaffneten Mann zu erschießen?«

Eine Strähne fiel Katrina ins Gesicht, als sie den Kopf senkte. »Aber warum hast du ihn mitgenommen?«

»Weil ich geahnt habe, dass ein Druckmittel nötig sein wird.«

»Aber wäre Charles bei dir gewesen ...«

»Ja? Was dann?« Zorn bemächtigte sich Aidans Stimme. »Wie hätte er Stephen Alardyce zur Herausgabe des Kindes überredet, nachdem dieser die ganze Zeit darauf beharrt hat, deinen Sohn nicht zu haben, und Beweise für das Gegenteil verlangt hat?«

»Aber ...«

»Kein Aber, Katrina. Ich konnte Charles dort nicht gebrauchen, und ich bin froh darüber, dass er erst eingetroffen ist, als Caleb bereits bei mir war.«

»Ihr hättet Stephen gemeinsam unter Druck setzen können.«

»Erklärst du mir auch, wie?«, fragte Aidan so laut, dass Katrina zusammenzuckte. »Weißt du, was passiert wäre, wäre Charles früher gekommen? Er hätte auf die Drohung mit der Waffe ebenso entsetzt reagiert wie du, und in dem Fall hätte ich einer Front aus deinem Bruder und deinem früheren Ehemann gegenübergestanden, was Stephen Alardyce nur zugutegekommen wäre. Und wie wäre es dann weitergegangen? Hätte ich wirklich schießen sollen, damit er sieht, dass es mir ernst ist? Oder hätte ich die Waffe wegstecken und damit zeigen sollen, dass es nur eine leere Drohung war? Ich garantiere dir, dass du in keinem der beiden Fälle dein Kind zurückerhalten hättest.«

Katrina strich sich die gelösten Haarsträhnen aus dem Gesicht und ließ die Hand zu ihrem Hals gleiten, was sie unsicher und verletzlich wirken ließ. »Ich wollte mich nicht untätig fühlen«, sagte sie. »Und er ist mein Sohn.«

»Als ich dich geheiratet habe, habe ich die Verantwortung für ihn übernommen.«

Mit einer wütenden Geste verschränkte Katrina die Arme vor der Brust. »Ich war überfordert mit der Situation, verstehst du das nicht? Und ich wusste nicht, wie viel Überzeugungskraft du haben wirst, daher wollte ich jemanden dabei wissen, den ich einschätzen kann.« Offenbar bemerkte sie den Zorn, der ihn bei ihren Worten wie eine Welle überlief, denn sie wich einen Schritt zurück. »Diese ganze Angelegenheit …«

»Wäre gar nicht erst passiert«, unterbrach Aidan sie schneidend, »wenn du bei deiner ersten Eheschließung etwas mehr Verstand und weniger Herz gezeigt hättest.«

Katrina wich alle Farbe aus dem Gesicht. »Hättest du selbst Kinder«, sagte sie, nachdem sie nach Worten gerungen hatte, »könntest du mich verstehen.«

»Glücklicherweise ist das derzeit nicht der Fall, denn mir reicht beileibe der Ärger, den eines macht.«

Aus Augen, die beinahe irisierend grün wirkten in dem bleichen Gesicht, starrte Katrina ihn an, dann lief sie an ihm vorbei aus dem Zimmer und warf die Tür hinter sich ins Schloss. Aidan machte keinen Versuch, sie zurückzuhalten.

*

»Du hast vollkommen recht«, sagte Ashley. »Es war grausam und herzlos.«

Katrina saß mit ihrer Freundin in deren Boudoir am Kamin und starrte in die Flammen. Der Streit mit Aidan lag nun schon mehr als eine Woche zurück, und erst jetzt hatte sie sich durchgerungen, davon zu erzählen. Zu tief saß der Stachel, den Aidan in sie hineingetrieben hatte, und er schmerzte bei jeder Bewegung.

»Hätte man Robin entführt …« Ashley erschauerte. »Vielleicht hättest du ihm vertrauen sollen – nein, ganz sicher hättest du es tun sollen, denn trotz der Fehler, die er haben mag, leidet Aidan gewiss nicht unter Selbstüberschätzung. Dennoch kann er dir keine Vorwürfe machen, wenn du aus Sorge falsch gehandelt hast.«

Seit jenem Streit hatte Aidan so gut wie nicht mehr mit ihr gesprochen, lediglich dann, wenn es sich nicht vermeiden ließ. Vor allem nachts fühlte sie sich einsam, wenn er sich nicht wie sonst abends ein wenig mit ihr unterhielt, ehe sie schlafen gingen, sondern ihr kalt eine gute Nacht wünschte und sich ins Bett legte. Es war, als lege sich ein frostiger Mantel über die Wärme und Intimität, die dem gemeinsamen Raum innewohnte, und mit jeder Nacht überlagerte die Kälte mehr und mehr alles, was Katrina vertraut geworden war. Mittlerweile sorgte sie dafür, immer schon vor Aidan zu Bett zu gehen, um das abendliche Ritual zu durchbrechen und nicht jedes Mal unter der plötzlichen Fremdheit zu leiden, die sich eingeschlichen hatte. Beinahe wünschte sie, Aidan würde in eines der Gästezimmer ziehen, damit das Zimmer wieder an Wärme gewann und sie nicht jedes Mal tief durchatmen musste, ehe sie es betrat.

Zudem war Cynthia ihr böse, weil sie Charles wieder mit ihren Problemen belastet hatte. Katrina verstand ihre Schwägerin nicht. Sie selbst käme nicht auf die Idee, Aidan zu grollen, wenn dieser seiner Schwester zur Seite stünde, noch dazu, wenn es um das Kind seiner Schwester ginge. Charles merkte natürlich, dass es in Katrinas Ehe nicht zum Besten stand, und als er die Gründe dafür erfuhr, war sein einziger Kommentar, dass Aidan zu Recht verärgert sei. Worin der Streit gegipfelt war, hatte Katrina ihm nicht erzählt, denn dafür, als belanglos abgetan zu werden, tat es zu weh.

»Wer kümmert sich nun um Caleb?«, fragte Ashley in die Stille hinein, die nur das leise Knacken des Feuers durchbrochen hatte.

»Ich habe meine frühere Amme holen lassen.« Katrina musste lächeln. Saritas Ankunft war der einzige Lichtblick der letzten Tage gewesen. Wie sehr sie die Frau vermisst hatte, wurde ihr erst klar, seit sie sie wieder jeden Tag um sich hatte.

»Wie kommt Caleb mit ihr zurecht?«

»Gut. Er fragt zwar immer noch nach Amba, aber er gewöhnt sich langsam an Sarita. Schwieriger war es, ihm zu erklären, warum er zwei Väter hat.« Katrina seufzte. »Ich habe ihm gesagt, dass ich früher mit Stephen verheiratet war, ehe ich Aidan geheiratet habe, und nun redet er immer von einem bösen Papa und einem lieben. Wobei betont werden muss, dass der *liebe* sich derzeit, abgesehen von Reitstunden, nicht im Geringsten um ihn schert.«
Ein flüchtiges Lächeln glitt über Ashleys Lippen. »Immerhin hat er keine Alpträume.«
»Nein, glücklicherweise nicht, aber er war einige Tage lang verstört, und ich musste mich zu ihm ins Bett legen, bis er eingeschlafen ist. Gestern hat er mit dem Sohn von Amelia Holt gespielt und damit angegeben, dass er von Coonoor bis nach Hause auf einem großen Pferd geritten ist.« Jetzt musste Katrina wieder lächeln.
Schweigend tranken sie Tee, und Katrina beobachtete ihre Freundin, die ernst und gedankenverloren wirkte. Der Schein der Flammen warf Gold und Schatten im raschen Wechsel über ihr Gesicht, und ihre Schultern wirkten seltsam steif. Ein schlechtes Gewissen überkam Katrina, als sie bemerkte, wie elend Ashley aussah. In letzter Zeit war sie meist mit Amelia zusammen gewesen, weil Ashley sich sehr zurückzog. Sie hatte nie hinterfragt, warum sie das tat.
»Was fehlt dir?«, fragte sie unvermittelt.
Als sei sie bei einer verbotenen Handlung ertappt worden, sah Ashley sie an, die Lippen leicht geöffnet und beinahe unmerklich bebend. Langsam senkte sie den Blick, so dass ihre dunklen Wimpern Schatten auf ihre Wangen warfen, während sie die Hände faltete, so fest, dass die Fingerknöchel weiß hervortraten. Ihr Brust hob sich in einem tiefen Atemzug, den sie zögernd wieder ausstieß, dann hob sie beinahe ruckartig den Kopf. »Du musst es für dich behalten, Katrina. Ich habe es bisher niemandem erzählt.«

Katrina war bestürzt, denn derart aufgewühlt kannte sie die stets so beherrschte Ashley nicht. »Natürlich behalte ich es für mich.«

»Gibst du mir dein Wort?«

»Aber ja.«

Für einen kurzen Moment schloss Ashley die Augen. »Erinnerst du dich an die Feier bei den Frazers? Ich war irgendwann in den Erfrischungsräumen – weit nach Mitternacht, es war außer mir keiner dort. Als ich in den Flur getreten bin, hat mich Ingram Frazer erwartet.« Ashley stockte, so als falle es ihr schwer, weiterzusprechen. »Er hat versucht, mir Gewalt anzutun.«

Katrina war wie erstarrt.

»Es ist ihm nicht gelungen. Offenbar hat er mit weniger Widerstand gerechnet.« Ein bitteres Lachen drängte sich auf Ashleys Lippen.

»Hast du es Nicolas erzählt?«

Ashley warf Katrina nur einen kurzen Blick zu. »Damit er mich rächt? Denkst du, dann würde nicht schon die ganze Stadt davon reden? Nein, ich kann es ihm nicht erzählen.«

»Aber Ashley, der Mann muss bestraft werden.«

»Ach ja?«, fuhr Ashley auf. »Und wie soll ich es beweisen? Was, wenn er erzählt, ich hätte es gewollt? Wir waren allein dort oben.«

»Es muss doch eine Möglichkeit geben, etwas zu tun.«

»Ja, die gibt es. Schweigen und vergessen.«

Eine Antwort darauf fiel Katrina nicht ein. Ihre Freundin hatte recht, es gab nichts, was sie hätte tun können. Hilflosigkeit stieg in ihr auf angesichts dieser Ungerechtigkeit. Immer waren sie als Frauen die Schwächeren, und immer war es ihr Wort, das nichts galt. Bilder von der Gerichtsverhandlung stiegen vor ihr auf, und wieder war es, als reiße ihr jemand die Kleider vom Leib, um sie der Menge nackt zu präsentieren.

»Du weißt, wie es ist, ja?«, sagte Ashley leise, so als habe sie

Katrinas Gedanken gelesen. »Ich habe für vieles Kraft, aber dafür nicht.«

*

Katrina stand in der Lagerhalle und prüfte die Teebestände aus der letzten Ernte. Die Tees aus den Nilgiri Hills sahen in den Sorten *Broken Orange Pekoe* und *Orange Pekoe* beinahe gleich aus, mit sehr regelmäßigen Blättern und von klarer Farbe, ein wenig dunkler als der Tee aus der Haupternte. Der *Broken Orange Pekoe* zeichnete sich durch gebrochene Teeblätter aus, oftmals welche, die bei der hochwertigeren Ernte aussortiert wurden. In beiden Sorten durften keine holzigen Rippen oder Stiele enthalten sein. Auch *Broken-Orange-Pekoe-Tees* waren von guter Qualität und hatten ein kräftiges Aroma.
Als sie ein Geräusch an der Tür hörte, sah Katrina auf, aber es war nur ein Arbeiter, der das Lager betrat. Sie hatte auf Aidan gehofft, der sich in letzter Zeit sehr rar machte. Katrina ließ die Blätter zurück auf das Tablett rieseln, wischte sich die Hand ab und verließ das Lager. Aidan erledigte die notwendigen Aufgaben, aber dadurch, dass sie nicht so harmonisch zusammenarbeiteten wie sonst, ging ihnen die anfallende Arbeit schwerer von der Hand.
Noch während sie den Weg hinauf zum Reitplatz ging, hörte sie Calebs Jauchzen. Auf seinem weißen Pony ritt er im Kreis herum, während Aidan in der Mitte des Platzes stand und das Pony an der Longe hielt. Katrina biss sich auf die Lippen, um eine Ermahnung zu unterdrücken, auch wenn ihr unwohl dabei war, Caleb so allein auf dem Pferd zu sehen, ohne dass jemand neben ihm herging. Sie wusste, dass Aidan ihre Einmischungen in Calebs Reitunterricht nur widerwillig duldete. Zwar hielt Aidan den Blick konzentriert auf Caleb gerichtet, aber ihm war ihr Auftauchen nicht recht, wovon die Falte über der Nasenwurzel

zeugte. Katrina blieb dennoch am Gatter stehen und sah zu, wie das Pony geduldig Runde um Runde im Schritt lief, während Aidan immer wieder knappe Ermahnungen ausstieß. Anfangs hatte Caleb gelegentlich herumgealbert beim Reiten, was dazu geführt hatte, dass Aidan die Stunde augenblicklich abbrach. Beim Reiten war er kompromisslos und durch kein noch so heftiges und tränenreiches Betteln zu erweichen. Es war eine gute Schule für Caleb, um Disziplin zu lernen.

Als Aidan die Longe aufrollte und zu dem Pony ging, ließ Caleb leise Unmutslaute hören. »Das war eine Stunde«, sagte Aidan. »Für heute reicht es.« Er hob Caleb aus dem Sattel.

Dieser lief zu seiner Mutter ans Gatter. »Ich bin heute schnell geritten!«, rief er begeistert.

»Nur ein wenig getrabt, und ich habe das Pony geführt«, sagte Aidan, als Katrinas Blick zu ihm flog. »Komm mit, Caleb«, wandte er sich an das Kind. »Du musst lernen, dein Pony selbst zu versorgen, wenn du ein richtiger Reiter werden willst.«

Caleb lief neben dem Pony her und streichelte den Hals des Tieres, während Aidan es am Zügel führte. Katrina folgte ihnen zögernd. Ihr Herz schlug hart. Wenn er nur sagen würde, dass es ihm leidtäte, dachte sie, und ihre Hände zerknitterten im Gehen den Stoff ihres Rocks. Dann würde auch sie sagen, dass es ihr leidtat, ihm Charles hinterhergeschickt und diesem zuerst gedankt zu haben.

Aidan sattelte das Pony ab, tauschte das Zaumzeug gegen ein weiches Halfter und wies Caleb an, wie er das Pony zu striegeln habe.

»Es ist doch schon sauber«, widersprach Caleb.

»Richtig, aber es hat gearbeitet, und jetzt tut es ihm gut, wenn es gepflegt wird.«

»Machst du das auch?«

Aidan hob die Hufe des Ponys an und entfernte kleine Stein-

chen. »Ja, bei Granat mache ich das auch, und bei deinem Pony hat es bisher immer der Stalljunge gemacht.«
Nachdem die Pflege beendet war, führte Aidan das Pony in die Box, griff in einen Korb mit Äpfeln und gab einen davon Caleb, der ihn seinerseits dem Pony hinhielt, das den Kopf neugierig über die Boxentür streckte. Es schnoberte an dem Apfel und nahm ihn aus Calebs Hand. Katrina sah wie gebannt auf das Pferdemaul und wartete beinahe auf den Moment, wo die kleine Kinderhand zwischen die mahlenden gelben Zähne geriet.
Caleb lief zu ihr, und Katrina strich ihm über den hellen Schopf. Als sie bemerkte, dass Aidan Granats Boxentür öffnete und den roten Hengst in die Stallgasse führte, runzelte sie leicht die Stirn.
»Du weißt, dass wir heute Abend eine Gesellschaft geben?«
»Ja«, antwortete Aidan, wobei er sie nur mit einem kurzen Blick über die Schulter bedachte. »Bis dahin bin ich wieder zurück.«
Katrina nahm Caleb an die Hand und verließ den Stall. Draußen tat sie einen tiefen zitternden Atemzug, ehe sie den Weg über den Hof zum Haus nahm.
»Mama, wann kommt Amba zurück?«, fragte Caleb.
»Sie kommt nicht zurück, mein Schatz. Dafür ist Sarita jetzt hier.«
»Warum?«
Immer dieselbe Frage. Katrina spürte Gereiztheit in sich aufsteigen, schluckte eine ungeduldige Antwort jedoch hinunter. Keinesfalls wollte sie ihren Ärger an Caleb auslassen. »Weil Sarita besser auf dich aufpasst.«
Offenbar stellte Caleb diese Antwort zufrieden, denn er stellte keine weitere Frage mehr, sondern machte sich von ihrer Hand los und lief das letzte Stück zum Haus voraus.

Katrina hatte eben ihr Bad beendet, als sie Aidan das Zimmer betreten hörte. Leises Poltern verriet ihr, dass er seine Stiefel auszog und nachlässig zu Boden fallen ließ. Als sie zögernd in ihrem Unterkleid das Zimmer betrat, schloss Aidan gerade die Tür zu seinem Ankleideraum hinter sich, und erleichtert aufseufzend begab Katrina sich ihrerseits in ihr Ankleidezimmer, wo ihre *Ayah* sie erwartete. Sie würde an diesem Abend ein champagnerfarbenes Kleid mit Tournüre tragen, über dessen Rock üppiger, mit goldenen Rosen bestickter Chiffon floss. Dazu trug sie Handschuhe, die bis über ihre Ellbogen reichten, ein goldenes Halsband mit einer diamantenen Schließe und dazu passende Ohrgehänge.

Aidan war bereits fertig angekleidet, als sie den Raum verließ. Er knöpfte sein Jackett zu und musterte sie. »Sehr hübsch«, sagte er.

Katrina spürte, wie ihre Wangen warm wurden, und murmelte einen Dank. Als er ihr seinen Arm reichte, um mit ihr zusammen die Gäste zu empfangen, legte sie zögernd die Hand darauf. Schweigend gingen sie über den Korridor zur Treppe, und nichts war zu hören außer dem Rascheln von Katrinas seidenem Rock. Auf der Treppe passte Aidan seine Schritte den ihren an, während Katrina das Kleid raffte und vorsichtig die Stufen hinunterschritt.

Es war die erste größere Gesellschaft, die sie gaben. Im ersten Jahr hatten sie sich mit kleineren Einladungen begnügt. Unwillkürlich drängte sich Katrina die Erinnerung an ihre erste Gesellschaft auf, die sie an Stephens Seite gegeben hatte, zwei Monate nach ihrer Hochzeit. Sie war so glücklich gewesen über ihren eigenen Hausstand, der mit dem Status der Ehefrau einherging. Reif und erwachsen hatte sie sich gefühlt, Teilhaberin von Geheimnissen, die jahrtausendealt waren und ihr dennoch erschienen waren, als hätte kein Mensch vor ihr sie auf die Art erfahren wie sie selbst. Sie seufzte und spürte plötzlich Aidans forschenden Blick auf sich. Ertappt sah sie auf und biss sich auf die Lippe.

Ein flüchtiges Lächeln erhellte Aidans Augen. »Wir reden heute Abend«, sagte er leise.

Zu einer Antwort kam Katrina nicht mehr, denn der *Chuprassi* ließ die ersten Gäste ein. Männer in eleganter Abendkleidung und Frauen, deren Kleider ein wahrer Farbrausch waren, flanierten an Aidan und Katrina vorbei. Brillanten glänzten an Hälsen, Handgelenken und Ohrläppchen, funkelnder Haarschmuck brach das Licht in allen Facetten.

Als Ingram Frazer an der Seite seiner Eltern die Eingangshalle betrat, versteifte sich Katrina kaum merklich. Sie hatte ihn wieder ausladen wollen, woran Ashley sie entschieden gehindert hatte, würde doch gerade dadurch Gerede aufkommen, wenn die Familie vor den Kopf gestoßen wurde. So zwang Katrina sich zu einem Lächeln, als der junge Mann sie und Aidan begrüßte.

Alle geladenen Gäste waren erschienen, von niemandem war im Vorfeld oder kurzfristig eine Absage eingetroffen, und obwohl Katrina wusste, dass es in erster Linie Neugierde war, die die Leute zu der ersten Gesellschaft im Hause Landor trieb, verbuchte sie es dennoch als Erfolg. An Aidans Arm schritt sie durch die Halle zum großen Salon, dessen Flügeltüren weit offen standen. Ehe sie den Raum betraten, neigte Aidan sich leicht zu ihr.

»Was hast du gegen die Frazers«, fragte er nur für sie hörbar.

Ein kalter Schauer rieselte über Katrinas Rücken. »Gegen die Familie habe ich nichts«, wich sie aus.

»Nur gegen einen von ihnen?«

Katrina begegnete zögernd seinem Blick, weil er dies offenbar erwartete. Den Versuch, ihn anzulügen, machte sie gar nicht erst, sondern zauderte, die Lippen leicht geöffnet, ohne dass eine Antwort darüber kommen wollte. Aidan sah sie an, schweigend, dann zuckte er die Schultern und führte sie in den Salon.

Dafür, dass Katrina der Gesellschaft mit gemischten Gefühlen entgegengesehen hatte, gestaltete sich der Abend recht unter-

haltsam. Sie plauderte mit den Gästen, hatte ein Auge darauf, dass alle zufrieden waren, und fühlte sich in der Rolle der Gastgeberin allmählich wieder so sicher wie zu früheren Zeiten. Derartiges verlernte man offenbar nicht.
Gelegentlich gesellte Aidan sich zu ihr oder sie sich zu ihm, um nicht den Eindruck zu erwecken, zwischen ihnen stünde nicht alles zum Besten. Allerdings fragte Katrina sich, ob sie die Einzige war, die das Eis in seinen Augen bemerkte, wenn er lachte oder mit ihr sprach. Weil sie es langsam leid war, als Einzige Versöhnungsbereitschaft zu signalisieren, begegnete sie ihm fortan mit derselben Frostigkeit wie er ihr. Dabei hatte sie kurz zuvor noch den Eindruck gehabt, ihm sei an einem Ende des Streits gelegen.
Er und Liam Maddox sprachen kaum miteinander, was ihr für alte Bekannte seltsam erschien. Ihre Haltung zueinander wirkte sehr distanziert. Ihr gegenüber war Maddox jedoch charmant und zugänglich. Er plauderte ein wenig mit Amelia Holt, die seine Zuwendung zögernd, aber unübersehbar genoss, und erzählte Katrina einige Anekdoten, die sie hell auflachen ließen. Offenbar behagte Aidan diese Art von scheinbarer Vertraulichkeit ganz und gar nicht. Als sie sich etwas zu trinken holte, trat er zu ihr.
»Wenn du schon so schamlos herumflirtest«, sagte er kaum hörbar, was seiner Stimme jedoch nichts von ihrer Schärfe nahm, »dann vermeide wenigstens, es in meiner Gegenwart zu tun.«
Verwirrt sah Katrina ihn an. »Ich habe keine Ahnung, wovon du sprichst.«
»Tatsächlich?«
Katrina versteifte sich. »Allerdings.«
»Nun, ich werde es dir beizeiten erklären, meine Liebe.« Ohne ihr einen weiteren Blick zu schenken, ließ Aidan sie stehen.
Auch wenn Katrina sich sagte, dass sie sich nichts zuschulden kommen ließ, war ihr unbehaglich zumute. Sie wollte darüber

hinweggehen, konnte aber nicht verhindern, dass ihrem Lachen und Plaudern etwas Gezwungenes anhaftete. Ashley taxierte sie manches Mal prüfend, sagte aber nichts. Obwohl Katrinas Schultern im Laufe der Nacht schmerzten vor Anspannung, die ihrem Ringen um Haltung entsprang, und ihr Lächeln sich anfühlte wie eine Maske, die nicht recht auf ihr Gesicht passen wollte, fürchtete sie dennoch den Moment, in dem die Gäste aufbrachen.

Liam Maddox gesellte sich zu ihr, als sie sich abseits der Menge etwas Luft zufächelte. An seiner Seite war die Tochter eines Gewürzhändlers aus Madras. Der bezaubernde Offizier war nach seiner Ankunft in Ooty recht schnell ins Beuteschema der Mütter unverheirateter Töchter geraten.

»Ein überaus gelungener Abend«, sagte er lächelnd.

»Es freut mich, dass Sie sich gut unterhalten«, antwortete Katrina und zwang ebenfalls ein Lächeln auf ihre Lippen.

»Die Gesellschaften meiner Mutter sind auch sehr beliebt«, sagte das Mädchen an der Seite des Offiziers.

Maddox neigte höflich den Kopf.

»Wir geben demnächst wieder eine«, fuhr das Mädchen fort, wobei offensichtlich war, dass sie dem Rat ihrer Mutter folgte, das Interesse des Mannes zu halten. »Sicher wird sie Ihnen auch eine Einladung zukommen lassen.«

In Maddox' Augen blitzte kein Sarkasmus auf, wie Katrina es erwartet hätte, sondern wirkliches Mitleid. »Ich bedaure«, sagte er, »aber morgen reise ich schon wieder zurück nach Kalkutta.«

Dem Mädchen stieg das Blut in die Wangen, und Katrina bekam nun ebenfalls Mitleid mit ihr. »Sie werden einiges verpassen«, sagte sie zu Maddox. »Die Feiern von Mrs. Gardener haben in der Tat ihren Reiz.«

Ein dankbarer Blick aus veilchenblauen Augen traf sie, und die Röte im Gesicht des Mädchens verblasste langsam. Maddox schenkte Katrina seinerseits einen anerkennenden Blick. Das

Mädchen entschuldigte sich linkisch und ging, offenbar um nicht in eine noch peinlichere Situation zu geraten.
»Das arme Kind«, sagte Maddox, während er dem Mädchen nachsah. »Wenn ich Schwestern hätte, würde ich das Vorgehen der Mütter vielleicht verstehen.«
Katrina hob die Brauen. »Ich versichere Ihnen, nicht alle Mütter sind so.«
Ein ironisches Lächeln spielte um seine Lippen. »Offenbar gerate ich immer an die Falschen.«
»In solchen Fällen kann eine Schwester natürlich von großem Vorteil sein«, antwortete Katrina, wobei sie auf seinen scherzenden Tonfall einging.
Maddox lachte. »Sie meinen, sie hält mir die Mütter vom Leib?«
Ehe Katrina antworten konnte, stand Aidan neben ihr. »Unterhalten Sie sich gut, Sir?«, wandte er sich an Maddox, wobei die Freundlichkeit seiner Stimme nicht über den kühlen Ton darin hinwegtäuschen konnte.
»In der Tat«, antwortete Maddox. »Sie sind ein ausgesprochener Glückspilz, Lieutenant.«
Aidan legte seine Hand auf Katrinas Rücken, lächelte, ohne eine Antwort zu geben. Katrina hingegen hörte alles nur gedämpft durch das Dröhnen ihres Herzschlags, während ihr Empfinden sich auf die Wärme von Aidans Hand zu konzentrieren schien. Und noch während sie sich fragte, was der Auslöser dafür sein mochte, dass er sich so unleidlich und ungewohnt besitzergreifend aufführte, begriff sie, dass er eifersüchtig war. Sie sah ihn an, irritiert über einen Wesenszug, der ihr an ihm fremd war, und in der Art, wie er Maddox musterte und danach sie, fühlte sie, wie sich ihre Ahnung bestätigte. Maddox schien Ähnliches zu vermuten, denn er nickte ihnen zu, entschuldigte sich und wandte sich einem Mann zu, der in der Nähe stand. Kaum war er fort, nahm Aidan die Hand von ihrem Rücken. Ohne ein weiteres Wort drehte er sich um und ging.

Es war bereits nach zwei Uhr morgens, als die letzten Gäste sich verabschiedeten. Katrina gab den Dienstboten noch einige Anweisungen für den kommenden Tag, dann ging sie in ihr Zimmer. Vor der Tür zögerte sie, dann drückte sie die Klinke hinunter und betrat den nur von einem Kaminfeuer erhellten Raum. Weder in Aidans Ankleidezimmer noch im Badezimmer brannte Licht, und so vermutete Katrina ihn in der Bibliothek oder seinem Arbeitszimmer, wo er meist abends noch rauchte. Sie hatte ihn zuletzt gesehen, als sie mit dem *Khansana* gesprochen hatte, unmittelbar nachdem die letzten Gäste gegangen waren.
Auch als sie bereits umgekleidet war und sich ins Bett legen wollte, war Aidan noch nicht aufgetaucht. Falls er glaubte, dass sie nun stundenlang wartete, bis der Herr sich bequemte, zu erscheinen, dann irrte er sich. Obwohl Katrina das Gespräch, das unweigerlich folgen und vermutlich nicht sonderlich angenehm sein würde, bereits fürchtete, so hätte sie es dennoch gerne hinter sich gebracht. So legte sich ein leichtes Unbehagen wie ein feuchtes Tuch über sie, das ihr den Atem nahm und sie beinahe eine Stunde lang wach hielt, in der sie sich von einer Seite auf die andere wälzte. Kurz überlegte sie, hinunterzugehen, um eine Konfrontation zu erzwingen, damit es endlich überstanden war – das jedoch verbot ihr Stolz ihr entschieden. Als der Schlaf schließlich kam, glich er einer dunklen Glocke, schwer und traumlos.

Kühl war das Zimmer, als Katrina die Augen aufschlug. Durch einen Spalt im Vorhang stahl sich ein vorwitziger Sonnenstrahl, tastete sich bis zum Kamin und ergoss sich über die kalte Asche. Katrina zog die Daunendecke schläfrig bis an ihr Kinn und drehte den Kopf zur Seite, als schlagartig jede Müdigkeit von ihr abfiel, während sie ungläubig auf Aidans unberührte Bettseite starrte. Langsam richtete sie sich auf und strich ihr Haar zurück, das sich aus dem geflochtenen Zopf gelöst hatte, streckte den Arm aus, um das leere Kissen zu berühren, so als müsse sie sich davon überzeugen, dass in dieser Nacht niemand darauf geruht hatte.

Sicher, sie hatte sich gewünscht, er würde in eines der Gästezimmer ziehen, aber so hatte sie sich das nicht gedacht, nicht dass er, ohne ein Wort zu sagen, einfach ausziehen würde. Katrina fand diese Situation demütigend und schlug dementsprechend heftig ihre Decke zurück, um aufzustehen. Eine Wut, wie sie sie lange nicht mehr verspürt hatte, brach wie eine Welle über sie herein. Ohne sich ums Ankleiden zu kümmern, griff sie lediglich nach einem gefütterten Morgenmantel und lief barfuß aus dem Zimmer. Ihre *Ayah* und zwei weitere Dienstmädchen, die im Flur saßen, sahen sie erstaunt an, aber sie kümmerte sich nicht weiter um sie.

Nacheinander stieß sie die Türen zu allen Gästezimmern auf, und als sie beim letzten angelangt war, war ihre Wut verraucht und Verwirrung gewichen. In allen Zimmern waren die Möbel mit Laken abgedeckt.

Sie schloss langsam die letzte Tür und sah den Flur entlang, als habe sie etwas übersehen. Nachdenklich kaute sie auf der Innenseite ihrer Wange, dann ging sie in ihr Zimmer zurück und rief ihre *Ayah*, damit diese ihr beim Ankleiden half. Ihr Haar steckte sie nur eilig hoch.

Nachdem sie Aidan weder in seinem Arbeitszimmer noch in der Bibliothek ausfindig machen konnte, läutete sie nach dem *Khansana*. »Wo ist der Sahib?«, fragte sie, kaum dass der hochgewachsene bärtige Mann ihren privaten Salon betreten hatte.

»Ich habe ihn heute noch nicht gesehen, Memsahib.«

Katrina zögerte, dann nickte sie und entließ ihn. Granat. Aidan ging nirgendwohin ohne seinen geliebten Rotfuchs. Der Sohn des Stallburschen konnte ihr schließlich Auskunft geben. Der Sahib habe noch in der letzten Nacht das Pferd satteln lassen, gab der Junge bereitwillig Auskunft. Stirnrunzelnd ging Katrina ins Haus zurück.

Aidans Ankleidezimmer sowie das Bad waren sowohl vom Schlafzimmer aus als auch vom Flur aus begehbar, falls die Anwesenheit eines männlichen Dienstboten nötig war, während Katrina bereits schlief oder im Nachthemd war. Schon beim Betreten des Ankleidezimmers sah sie Aidans Abendkleidung, die nachlässig über einen Sessel geworfen worden war. Er musste hier gewesen sein, um sich umzukleiden, als sie geschlafen hatte.

Katrinas Hand zitterte leicht, als sie Aidans Jackett von der Sessellehne nahm, den feinen Tuchstoff glatt strich und es dann aufhängte, damit der Kammerdiener es ausbürsten konnte. Mit beiden Händen fuhr sie erneut darüber, während sie sich fragte, warum Aidan ihr eine derartige Demütigung antat. Hatte er nicht darüber nachgedacht, wie sie sich vorkam, wenn sie ihr Personal fragen musste, wo ihr Mann war? Mit plötzlich aufwallender Wut nahm sie das vorher so sorgfältig aufgehängte Jackett und schleuderte es in die Ecke.

Die folgenden Stunden verbrachte Katrina damit, die Bücher zu überprüfen, wobei sie kaum imstande war, sich zu konzentrieren, weil sie ständig auf Aidans Schritte lauschte. Wenn er abends ausging, war er meist um Mitternacht oder in den frühen Morgenstunden wieder zu Hause gewesen. Jetzt ging es bereits auf den Nachmittag zu, und Katrina hatte nicht die geringste Ahnung, wo er steckte.

Als sich Schritte näherten, sprang sie auf, lief zur Tür und riss sie auf, stand jedoch Charles gegenüber, der sie verblüfft ansah.

»Na, das nenne ich mal einen Empfang.«

Katrina trat zurück, um ihn einzulassen. »Was führt dich her?«

»Ich wollte mit Aidan sprechen.«

»Er ist nicht hier.«

»Wann kommt er zurück?« Während er fragte, warf Charles beiläufig einen Blick auf das geöffnete Kontobuch. Als Katrina mit der Antwort zögerte, sah er auf. »Stimmt etwas nicht?«

»Ich weiß nicht, wann er zurückkommt«, sagte Katrina und zupfte an ihrem Ärmelaufschlag.

»Wo ist er denn? Im Club? Dann gehe ich dorthin.«

Ohne eine Antwort zu geben, sah Katrina zu den hohen Fenstern, hinter denen sich wie ein grüner Teppich die Teegärten über sanfte Hügel erstreckten. Der Wind ließ ein Zittern durch die Zypressen am Wegrand laufen.

»Katrina?« Unter zusammengezogenen Brauen musterte Charles sie. »Ihr habt euch immer noch nicht versöhnt, ja? Und nun ist Aidan unterwegs, ohne dir zu sagen, wo er hin ist.«

Katrina nickte. »Er war offenbar die ganze Nacht nicht hier.«

»Wie lange wollt ihr dieses Theater noch weiterführen?«

»Ich weiß beim besten Willen nicht, was dich das angeht«, antwortete Katrina heftiger als beabsichtigt.

»Du hast seinen Stolz verletzt, nehme ich an.«

»Er hat mich auch verletzt, also gleicht es sich aus.«

Als Charles sie fragend ansah, zog sie lediglich die Schultern hoch, als friere sie, und verschränkte die Arme vor der Brust.

»Redet miteinander und vertragt euch, um Himmels willen. Ihr benehmt euch wie Kinder.«

Katrina warf den Kopf zurück und setzte zu einer wütenden Antwort an, als Charles ihr zuvorkam. »Männer sind manchmal so, daher solltest du ihm keine Vorwürfe machen, wenn er heimkommt, sondern Versöhnungsbereitschaft zeigen.«

»Ja, sicher«, murmelte Katrina und fügte lauter hinzu: »Ich sollte es mir mal erlauben, mich nachts fortzuschleichen und dann den ganzen nächsten Tag nichts von mir hören zu lassen, so dass Aidan die Dienstboten fragen muss, wo ich bin.«

»Das ist wohl schwerlich dasselbe.«

»Natürlich nicht«, antwortete Katrina sarkastisch.

»Wenn er heimkommt, sag ihm, ich möchte mit ihm reden.«

»Worum geht es?«
»Nur einige Bilanzen.«
Katrina deutete auf den Tisch. »Die kannst du auch mit mir besprechen.«
»Das weiß ich, aber ich kann deinen Mann nicht ständig übergehen.« Charles neigte sich zu ihr, küsste sie auf die Wange und ging.
Am späten Nachmittag hielt Katrina es nicht mehr aus, länger zu warten. Sie ging in den Stall, ließ ihre Stute satteln und aufzäumen und ritt kurz darauf vom Hof.

Nicolas las den Tagesbericht eines ihm unterstellten Offiziers und sah stirnrunzelnd auf, als die Tür zu seinem Arbeitszimmer aufgerissen wurde.
»Ist etwas passiert?«, fragte er und musterte Ashley, in deren Augen unverkennbar Wut schwelte.
»Katrina war hier. Hast du eine Ahnung, wo Aidan steckt?«
»Sucht sie ihn?« Nicolas legte den Bericht nieder und stand auf.
»Allerdings. Er ist gestern Nacht nach dem Empfang wohl fortgeritten und bisher noch nicht wieder aufgetaucht. Katrina hat gedacht, du wüsstest vielleicht, wo er ist.«
»Nein, ich … ist sie noch hier?«
Ashley schüttelte den Kopf. »Ich denke, es war schon demütigend genug für sie, mich zu fragen.« Sie verschränkte die Arme vor der Brust. »Ich weiß, er ist dein Freund, aber das geht nicht, Nicolas.«
»Hat Katrina dich um Hilfe gebeten? Oder hat sie nur gefragt, ob er hier ist? Wenn sie dich darum gebeten hat, dass ich mich darum kümmere, werde ich sehen, ob ich ihn finde, aber ich mische mich nicht ungefragt ein.« Er sah die Bewegung von Ashleys Kehle, als sie schluckte.
»Sie hat gefragt, ob einer von uns eine Ahnung hat, wo er steckt,

und ich habe ihr gesagt, ich erkundige mich ... Bitte, Nicolas, sie ist meine Freundin, und es tut mir leid, sie so zu sehen.«

Seufzend fuhr Nicolas sich über die Augen. Danach, sich mit den Ehestreitigkeiten anderer Leute zu befassen, stand ihm wahrlich nicht der Sinn. Er trat zu Ashley, und seine Hände wölbten sich um ihr Gesicht. Die Besorgnis in ihren Augen wich vorsichtiger Zurückhaltung, und er fragte sich, was mit ihr los war. Nach Robins Geburt schien es besser geworden zu sein, aber seit kurzem zog sie sich wieder von ihm zurück. Er berührte das dunkle Haar an ihren Schläfen mit den Fingerspitzen.

»Ich werde sehen, ob ich Aidan finde«, sagte er.

Ashley dankte ihm mit einem Lächeln und trat zurück, so dass er sie loslassen musste.

Wenig später ritt er hinunter zum Basar. Es gab nur einen Ort, an dem Aidan sich die ganze Nacht und den folgenden Tag lang aufhalten konnte. Diese Schwäche für Opium konnte er einfach nicht ablegen.

Als er durch die belebteren Straßen ritt, zügelte Nicolas sein Pferd. Von Eseln gezogene Karren rumpelten über den unebenen Weg, Einheimische mit Handwagen und Frauen, die geschnürte Bündel auf dem Kopf trugen, bewegten sich gemächlich vorwärts. Vereinzelt mischten sich magere sandfarbene Kühe in die Menge auf der Straße. Saris schimmerten in allen Farben, der Geruch von auf Stein gebackenem Brot und Pfeffer hing in der kühlen Luft.

In einem Stall in der Nähe des Opiumhauses gab Nicolas sein Pferd ab, und als sein Blick über die Boxen schweifte, entdeckte er den edlen Kopf von Aidans rotem Vollblüter. Nicolas ging zu ihm und klopfte ihm den Hals, was Granat mit einem dunklen bebenden Laut beantwortete.

Schwerer Qualm schlug Nicolas entgegen, als er das Opiumhaus betrat. Das Anerbieten des Dieners ablehnend, ihn zu einem Platz zu führen, bahnte er sich hustend und mit tränenden Augen einen Weg durch den Raum, stieg über Körper, die ausgestreckt dalagen, regungslos, so dass man nicht erkennen konnte, ob sie lediglich ohne Bewusstsein oder bereits tot waren. Andere starrten mit glasigen Augen apathisch vor sich hin, wieder andere lächelten oder sogen geradezu genießerisch an den Pfeifen. Der süßliche Opiumgeruch, der sich in Schlieren durch den Nebel zog, setzte sich in den Atemwegen fest, so dass Nicolas eine Art von Benommenheit spürte. Der gesamte Raum war in Dämmerlicht getaucht, Gaslampen zischten leise.

Schließlich fand Nicolas Aidan ausgestreckt auf einer Bank liegen, die Hände hinter dem Kopf verschränkt, die Augen geschlossen. Neben ihm lag die Opiumpfeife auf einem angelaufenen silbernen Tablett, das auf einem kleinen Tisch stand. Nicolas war noch nicht ganz bei ihm angelangt, als Aidan die Augen öffnete, Augen, die erstaunlich klar waren. Offenbar war er noch nicht benommen genug, um seine Instinkte einschlafen zu lassen, und diese sagten ihm, dass jemand auf ihn zukam.

»Du hast eine Vorstellung davon, welcher Tag und welche Uhrzeit es ist, ja?«, fragte Nicolas, während er sich an den Rand der Liege setzte wie ein Besucher eines bettlägerigen Patienten.

»Schickt Katrina dich?«

»Nein.«

»Aber sie war bei euch, und nun liegt Ashley dir in den Ohren, dich in meine häuslichen Angelegenheiten einzumischen, richtig?«

Nicolas musterte ihn, ohne eine Antwort zu geben.

»Du bist umsonst gekommen«, sagte Aidan, »denn ich weiß wohl, welchen Tag und welche Uhrzeit wir haben, aber ich werde dennoch erst dann heimgehen, wenn mir der Sinn danach steht.«

»Nun ja, Aidan, es geht mich nichts an, aber gleichgültig, was

zwischen euch vorgefallen ist, ich finde, das hat sie nicht verdient.«
»Du hast recht, es geht dich nichts an.«
Nicolas rieb sich die vom Rauch tränenden Augen, woraufhin Aidans Mundwinkel spöttisch zuckten. »Du bist also immer noch beleidigt wegen der Sache mit Caleb. Grundgütiger, ich denke, keine Mutter handelt rational, wenn sie ihr Kind in Gefahr glaubt. Musst du so nachtragend sein? Abgesehen davon, mein Freund, war das, was du ihr gesagt hast, auch nicht gerade dazu angetan, den Hausfrieden wiederherzustellen.«
Aidan zuckte lediglich die Schultern.
»Allerdings kann ich nicht verstehen«, fuhr Nicolas fort, »warum du gestern nach der Feier einfach fortgegangen bist. Katrina war bezaubernd, ich hätte erwartet, du nutzt die Nacht zu einer längst fälligen Versöhnung.«
Etwas schwerfällig richtete Aidan sich auf und strich sich das Haar zurück. An seinen Bewegungen konnte Nicolas erkennen, dass er dem Opium doch in einem größeren Maße zugesprochen hatte als zunächst angenommen.
»Du weißt, dass ich Einmischungen in mein Leben nicht sonderlich schätze?« Aidans Augen verengten sich ein wenig.
»Ja, das weiß ich. Aber da ich nun einmal hier bin, kann ich die Gelegenheit auch nutzen, dir zu sagen, du solltest mit Katrina reden. Zudem finde ich, dass dein momentaner Zustand der britischen Armee nicht gerade Ehre macht.«
»Nein, es macht euch mehr Ehre, wenn ich meinen Kopf in feindlichem Gebiet spazieren trage, ehe ihr es offiziell betretet«, antwortete Aidan beißend.
Nicolas spürte, wie Röte seinen Hals hochkroch. »Das eine hat mit dem anderen nichts zu tun. Sieh dir das hier doch mal an.« Er machte eine ausholende Handbewegung, die den gesamten Raum umfasste.
»Nun, dann befiehl mir doch, dieses Haus zu verlassen.«

»Du weißt, dass ich das nie tun würde.«

Aidan fuhr sich mit einer Hand über das Gesicht. »Ich muss bald wieder fort«, sagte er nach kurzem Schweigen.

»Wann?«

»Sobald wir aus Bombay zurück sind.« Er seufzte. »Ich bin immer gerne gereist ...«

»Aber diesmal möchtest du nicht?«

Ein wenig unbehaglich hob Aidan die Schultern. »Offenbar werde ich sesshaft.«

»Daran wird es liegen«, antwortete Nicolas spöttisch, was Aidan aber offenbar nicht bemerkte, denn er nickte nur, ehe er sich wieder hinlegte.

»Katrina wird sich Sorgen machen, wenn du nicht bald zu ihr gehst.«

»Sag ihr, das braucht sie nicht.«

»Sag es ihr selbst«, antwortete Nicolas knapp und stand auf, um ohne Abschiedsgruß zu gehen.

Weil sie die Nacht zuvor so schlecht geschlafen hatte, war Katrina bereits am frühen Abend zum Umfallen müde. Zudem war sie außer sich vor Zorn, seit Ashley ihr eine kurze Notiz hatte zukommen lassen, in der sie ihr Aidans Aufenthaltsort mitteilte. Aufgebracht war sie durchs Haus gelaufen, immer wieder versucht, Aidan aufzusuchen und ihm in aller Deutlichkeit zu sagen, was sie von seinem Verhalten hielt. Abends fiel sie erschöpft ins Bett, wartete auf Schritte, formte im Kopf immer wieder die Worte, die sie zu sagen gedachte, scharfe Vorwürfe, die sie verwarf und neu formulierte, während ihr in hilfloser Wut Tränen in die Augen stiegen. Wie sie diese Warterei hasste, die sie in Untätigkeit verharren ließ, während der Herr des Hauses sich die Zeit unter Gesindel vertrieb.

Stimmen und das Plätschern von Wasser drangen durch die Schwere des Schlafes, in den Katrina gesunken war. Blinzelnd öffnete sie die Lider, lauschte, drehte den Kopf leicht zur Badezimmertür hin, von wo sie die Stimmen hörte, eine davon Aidans, in seiner Art, die Worte weich zu modulieren, unverkennbar. Katrina richtete sich auf und griff fröstelnd nach ihrem Morgenmantel. Das Zimmer war in das gelbliche Licht der beiden Gaslampen neben dem Bett getaucht, während im Kamin von dem vormals flackernden Feuer nur mehr erlöschende Glut übrig war und die Wärme langsam aus dem Raum wich. Die polierten Holzdielen waren kühl unter Katrinas Füßen, als sie aufstand und zum Badezimmer ging. Sie stieß die Tür so heftig auf, dass sie innen gegen die Wand knallte.

»Was fällt dir eigentlich ein?«, schrie sie Aidan an, die Stimme noch heiser vom Schlaf. Ein Dienstbote stand mit einem Stapel Handtücher neben dem Regal und starrte sie entgeistert an. Sie sah wieder zu Aidan, dessen Gesichtsausdruck wie versteinert wirkte. Mit einer knappen Handbewegung schickte er den Diener fort, der dieser Aufforderung eilig nachkam und sogar vergaß, die Handtücher abzulegen.

»Wage es nie wieder«, sagte Aidan, während er langsam auf sie zukam, »in einem solchen Ton mit mir zu sprechen, erst recht nicht in Gegenwart eines Dienstboten.«

Katrina stand mitten im Raum und trat vorsichtig zurück. Die Art, wie er sie ansah, jenes gefährliche Glimmen in den Augen, war ihr unheimlich. Stephen hatte ihr gegenüber nie Gewalt angewendet, und auf einmal war sie sich nicht mehr sicher, ob Aidan wirklich davor zurückschrecken würde. Sämtliche Vorwürfe, die sie noch vor einer Minute auf der Zunge getragen hatte, wollten nicht mehr über ihre Lippen und schienen nur mehr fähig, sich in ihren Augen zu offenbaren. Sie drehte sich zu der offenen Tür, um zurück ins Zimmer gehen, als Aidan ihr zuvorkam und die Tür ins Schloss warf.

»Oh nein, meine Liebe, du wirst hier bleiben, bis ich mit dir fertig bin.«

Katrina wich zurück, die Lippen geöffnet, nach Worten ringend, den Kopf in einem Versuch der Auflehnung zurückgeneigt. »Ich denke, ich bin es, die jeden Grund hat, wütend zu sein«, sagte sie schließlich, wobei das leise Vibrieren ihrer Stimme jegliche Schärfe darin erstickte.

»Was du nicht sagst.«

»Kannst du dir vorstellen, wie ich mich fühle, wenn ich morgens aufstehe und das Personal fragen muss, wo du bist?«, fragte Katrina, während sie Schritt um Schritt zurückwich und Aidan ihr folgte. Sie schluckte. »Du weißt, dass ich es nicht ausstehen kann, wenn du die Nacht in einem Opiumhaus verbringst, und ich möchte nicht, dass du es wieder tust.«

»Nun, glücklicherweise brauche ich deine Erlaubnis nicht.« Aidan machte zwei schnelle Schritte, und noch ehe Katrina reagieren konnte, hatte er ihre Schultern gepackt und drückte sie mit dem Rücken gegen die Wand. »Ich hingegen kann es nicht ausstehen, wenn du mir deinen Bruder hinterherschickst, obwohl ich es dir ausdrücklich untersagt habe, nur weil du mir nicht vertraust. Ebenso wenig kann ich es ausstehen, wenn du Nicolas nach mir suchen lässt und mich anschreist, wenn ich heimkomme.«

»Nächstes Mal sollte ich selbst dich suchen gehen, jetzt, da ich weiß, wo ich dich finde.«

»Das versuchst du nur einmal, meine Liebe.«

Katrina atmete mit jedem Zug den Geruch nach Rauch und Opium in seiner Kleidung. Sein Gehrock verströmte ihn, das am Hals geöffnete Hemd. »Ich weiß, warum du weggegangen bist, aber es bestand kein Grund für Eifersucht.«

»Eifersucht?« Aidan kniff die Augen zusammen, als habe er etwas gehört, das er nicht so recht glauben konnte.

Mit einem Ruck versuchte Katrina, sich von ihm zu lösen, aber er drückte sie an die Wand zurück. »Wir sind noch nicht fertig.«

Katrina hob beide Hände und versetzte ihm einen solchen Stoß gegen die Brust, dass er zurücktaumelte. »Eine derartige Behandlung muss ich mir nicht bieten lassen.« Damit wirbelte sie herum und wollte aus dem Badezimmer laufen, aber Aidan hatte sie eingeholt, noch ehe sie an der Tür war, griff nach ihr und drehte sie zu sich herum. Als sie ihn wieder von sich stoßen wollte, fasste er nach ihren Handgelenken, bog ihre Arme hoch und drückte ihre Hände rechts und links neben ihrem Kopf an die Wand.

Während ihre Brust sich in schnellen Atemzügen hob und senkte, sah Katrina ihn an, die zusammengezogenen Brauen, die Augen, die sich verdunkelt hatten, den Mund, der einer harten Linie glich. Ihr Blick verschwamm, und sie blinzelte. »Bitte, Aidan«, sagte sie mit einer Stimme wie feines Glas, das zersprang. Beinahe unmerklich lockerte sich der Griff um ihre Handgelenke, aber sie verharrte regungslos, forschte in seinem Gesicht nach Vertrautheit, während seine Stirn sich glättete. Er ließ ihren linken Arm los und berührte mit den Fingerspitzen ihre Wange.

»Es ist gut, Katrina«, sagte er leise, »nicht weinen.«

Mit einem leichten Zittern atmete sie ein, löste ihr rechtes Handgelenk aus seinem Griff und rieb sich die Oberarme. Sie legte den Kopf zurück, um ihn anzusehen. Aidans Hand lag warm auf ihrer Schulter, sanft diesmal, als sei es nicht ihr Griff gewesen, der sie gegen die Wand gedrückt hatte.

»Geh zurück ins Zimmer.« Aidans Stimme war kaum lauter als das Flackern des Ofenfeuers. »Ich brauche ein Bad und eine halbe Stunde, in der ich für mich sein und nachdenken kann, danach komme ich zu dir.«

Katrina erwiderte seinen Blick, versuchte, in das vorzudringen, was dahinterlag und ihr immer verborgen zu bleiben schien. Es hatte lange gedauert, bis sie entdeckt hatte, was hinter Stephens Augen lag, und dort nichts weiter gefunden als ein Narrenglöckchen. »Ich warte auf dich«, murmelte sie und tastete nach dem Türgriff, ohne seinen Blick loszulassen.

# 16

## Bombay, Februar 1877

Lärm und tropische Hitze überfluteten Katrina, als sie den Zug im Victoria-Bahnhof in Bombay verließ. Zwar war sie das eine oder andere Mal in Madras gewesen, aber nichts hatte sie auf das vorbereitet, was sie in Bombay erwartete. Es war laut, und in die schwere feuchte Luft mischten sich Dialekte, die ihr fremd waren, Menschen standen dichtgedrängt, und Aidan gab mehrmals Anweisung, auf das Gepäck zu achten. Selbst Caleb, der die ganze Zugfahrt über aufgeregt erzählt hatte, war verstummt, drängte sich an die Röcke seiner Mutter und sah sich verschüchtert um. Katrina hielt seine Hand so fest, als stünde zu befürchten, er würde ihr entrissen.

»Draußen wird es besser«, versprach Aidan und nahm ihren Arm, um sie durch die Menschenmenge zu führen.

Katrina hatte das Gefühl, dass ihr in dem enggeschnürten Kleid die Luft mit jedem Atemzug knapper wurde. Schon während der Fahrt hatte ihr der Stoff unangenehm auf der Haut geklebt, während ihr Haar im Nacken und an den Schläfen feucht geworden war.

Die Ausdünstungen schwitzender Körper in der Bahnhofshalle vermischten sich mit dem rußigen Geruch der Züge. An Aidans Arm strebte Katrina dem Ausgang zu und nahm einen tiefen Luftzug, als sie in die blendende Helligkeit hinaustrat, stellte jedoch fest, dass die schlüpfrige Hitze mitnichten auch nur einem Hauch von Kühle gewichen war. Lediglich die Gerüche waren anders – der Duft von Gewürzen wurde überlagert vom süßlich-fauligen Gestank der Abfälle am Straßenrand und dem Geruch von gebratenem Fisch.

»*Buon Bahia* nannten die Portugiesen die Stadt«, erklärte Ai-

dan, dem die Hitze offenbar nicht das Geringste auszumachen schien. »Das bedeutet *guter Hafen.*«
Katrina sah sich um. Offenbar hatten die Portugiesen Sinn für Humor besessen.
»Mama.« Caleb zupfte an ihrem Kleid. »Fahren wir jetzt wieder nach Hause?«
»Wir fahren jetzt zu deinem ...«, sie zögerte, »Großvater.«
»Mir gefällt es hier nicht«, quengelte Caleb.
Aidan beugte sich zu ihm und nahm ihn an die Hand. »Na komm, wir schauen mal, wo die Kutsche ist, die mein Vater mir schicken wollte.« Er hatte seinem Vater angekündigt, dass er und Katrina bereits Anfang Februar, also vier Wochen vor der Hochzeit, kommen würden, weil sich die lange Reise ansonsten nicht gelohnt hätte. Sein Vater hatte dieses Ansinnen nicht gut ablehnen können und knapp um die Reisedaten gebeten mit der Zusicherung, er würde sich um alles kümmern.
Die Reise war anstrengend gewesen, vor allem für Caleb. Sie hatten zu Beginn nur kurze Strecken mit dem Zug zurücklegen können. Zunächst waren sie nach Mysore gereist, dann weiter an die Malabarküste nach Mangalore, und von dort aus die restlichen fünfhundert Meilen nach Bombay, zunächst auf dem Seeweg, was neun Tage gedauert hätte, dann waren sie jedoch auf halber Strecke mit dem Zug weitergefahren, weil Caleb seekrank geworden war und ihm die Reise nicht länger zugemutet werden konnte. Die um einen Tag verspätete Ankunft hatte Aidan per Boten mitteilen lassen, aber nun bezweifelte er, dass die Nachricht ihren Empfänger erreicht hatte.
Er sah sich nach Katrina um, die aussah, als sei sie einer Ohnmacht nahe, und führte sie zu den Koffern, die die Diener mittlerweile aus dem Bahnhof getragen und auf den Vorplatz gestellt hatten.
»Setz dich einen Moment hin«, sagte er und drückte sie sanft auf einen der Schrankkoffer, setzte Caleb neben sie und ging

zurück zur Straße. Mit einer Hand beschattete er die Augen und ließ seinen Blick über Menschen, Rikschas und Kutschen schweifen.
»Aidan!«, rief eine Stimme links von ihm. Er ließ die Hand sinken und sah sich um. Sein Bruder Ralph winkte und eilte zu ihm, gefolgt von zwei Dienstboten.
»Wir haben die Kutschen weiter oben abgestellt, weil kein Durchkommen war«, sagte Ralph und klopfte ihm brüderlich auf die Schulter. »Es ist lange her.«
»Ja«, sagte Aidan, »das ist es in der Tat.« An mir lag es nicht, hing unausgesprochen in der Luft.
Ralph schien etwas sagen zu wollen, ließ es jedoch. Er sah sich um. »Wo ist dein Anhang?«
Mit einer kurzen Geste deutete Aidan auf den Vorplatz. »Katrina bekommt die Hitze nicht, sie ist das nicht gewohnt. In den Bergen hatten wir noch vor einem Monat Frost.«
»Sie kann sich gleich ausruhen. Wir haben euch Zimmer hergerichtet, die nach Westen gehen, ist dir das recht? Ich dachte mir, dein altes Zimmer sei nicht mehr passend.«
Aidan nickte lediglich.
Gemeinsam gingen sie zu Katrina, die sich bei ihrem Anblick langsam erhob und ihr Kleid glatt strich. Sarita war nicht mitgekommen, weil Katrina der älteren Frau die Reise nicht hatte zumuten wollen, und so war ein junges Mädchen vorübergehend als *Ayah* eingesprungen.
Mit einem freundlichen Lächeln neigte Ralph den Kopf, während seine Augen sie forschend musterten. »Es ist mir ein Vergnügen«, sagte er und reichte ihr die Hand.
»Ganz meinerseits«, antwortete Katrina leise.
Ralph rief seine Dienstboten herbei und erteilte knappe Anweisungen, vergewisserte sich kurz, dass diesen Folge geleistet wurde, dann ging er Aidan voraus zu den Kutschen. Zwei waren es – eine für die Dienstboten mit dem Gepäck, die andere für Ai-

dan, Katrina, Caleb und Ralph. Nachdem Aidan sich vergewissert hatte, dass Katrina und Caleb es bequem hatten, überprüfte er, ob die Gepäckstücke ordentlich verladen worden waren, und nutzte den Augenblick, Ralph zur Seite zu nehmen.
»Was ist mit Vater?«, fragte er.
Ralph sah ihn kurz an. »Warte es ab.«

Die Aufteilung in Schwarze und Weiße Stadt glich dem, was Katrina aus Madras kannte. Der südliche Teil Bombays – die Weiße Stadt – war von Engländern besiedelt, der nördliche Teil wurde als Basarzone oder Schwarze Stadt bezeichnet. Katrina lauschte Aidans Ausführungen zum Stadtbild nur mit halbem Ohr. Sie war erschöpft, zudem fürchtete sie sich ein wenig vor dem Zusammentreffen mit Aidans Familie. Sein Bruder war zwar freundlich zu ihr gewesen, aber in der Art, sie zu taxieren, glaubte sie einen Vorgeschmack auf das gekostet zu haben, was sie noch zu erwarten hatte.
Caleb war so müde, dass er im Sitzen einschlief. Behutsam legte Katrina seinen Kopf in ihren Schoß, und er rollte sich auf dem Sitz zusammen. Sie strich ihm das verschwitzte Haar aus der Stirn und sah aus dem Fenster. Menschen drängten sich auf den Straßen, Kühe liefen umher, Rikschas hielten den Verkehr auf, und alles wurde von einem bunten Gemisch aus Dialekten, verschiedenen Sprachen, dem Kläffen von Hunden, die an den Kutschen hochsprangen, und dem Wiehern der Pferde durchdrungen.
Die Kutschen fuhren durch ein Tor und eine Auffahrt hinauf zu einem säulenbestandenen weißen Haus, das von einer Veranda und Balkonen mit Balustraden aus dunklem Holz umgeben war. Dieser Baustil war typisch für Bombay, hatte Katrina auf dem Weg hierher bereits festgestellt.
Die dunkle Eingangstür wurde geöffnet, und Dienstboten traten ins Freie, weitere Diener kamen aus den Ställen. Aidan stieß den Kutschverschlag auf und sprang auf den gepflasterten Hof,

dann reichte er Katrina die Hand, um ihr herauszuhelfen, und zum Schluss hob er Caleb heraus, der mittlerweile wach geworden war und in die Helligkeit blinzelte. Er rieb sich die Augen, und sein Gesicht war rot, als glühe es. Besorgt legte Katrina ihre Hand an seine Wange, konnte aber keine Anzeichen für Fieber entdecken.

Ralph sprang die Stufen zum Haus hinauf und wäre fast mit einem Mann zusammengestoßen, der im selben Moment durch die Tür trat. So wie es unverkennbar war, dass Ralph und Aidan Brüder waren, so erkannte man in dem Mann Aidans Vater.

Aidan berührte Katrinas Arm. Sie folgte ihm, ihren Sohn an der Hand, zum Haus und ging hinter ihm die breite Treppe hinauf. Der Mann mit dem ergrauenden Haar und den Augen, die denen Aidans so ähnlich waren, schüchterte sie ein. Sein Gesicht war ernst, auch wenn die Fältchen um seine Augen herum die Annahme nahelegten, dass er gerne lachte. Jetzt waren diese Augen schmal, eine Nuance seiner Mimik, die unverkennbar an Aidan erinnerte. Ralph stand hinter ihm, mit abwartend schräg gelegtem Kopf. Er nickte Katrina aufmunternd zu und schenkte Aidan ein knappes Lächeln – Überlegenheit des älteren Bruders, der auch als Erwachsener nicht damit aufhören konnte, den Jüngeren aufzuziehen.

»Vater.« Aidan reichte ihm die Hand, die sein Vater ergriff, und für einen Moment überlagerte eine beinahe schmerzliche Liebe den Ernst in seinem Gesicht, als er Aidan kurz an sich zog, ihm beinahe unbeholfen auf die Schulter klopfte und dann zurücktrat, als sei ihm sein Gefühlsausbruch peinlich.

Aidan gab keine Regung preis. Er legte Katrina den Arm um die Schultern und schob sie vor. »Vater, du hast sie bedauerlicherweise noch nicht kennengelernt. Darf ich dir meine Ehefrau vorstellen?« Er sah Katrina an. »Katrina, dein Schwiegervater, Raymond Landor.«

Der Druck der Hand, die Katrinas ergriff, war warm und fest, aber so kurz, dass es gerade noch den Regeln der Höflichkeit entsprach. Schweigend musterte der Mann sie, und Katrina widerstand nur schwer dem Impuls, die Schultern hochzuziehen. Aidans Vater besann sich jedoch auf seine Manieren und blickte zu Caleb. »Und der kleine Mann ist dein Stiefsohn, darf ich annehmen?«, fragte er, an Aidan gewandt.

»Ganz recht«, antwortete Aidan.

Caleb sah den Mann aus großen Augen an. »Bist du mein Großvater?«

»Nun, ich denke, dass man es so nennen kann«, sagte Raymond Landor. Er drehte sich um und machte eine einladende Geste zum Haus hin. Gemeinsam betraten sie die Halle, die nach dem gleißenden Sonnenlicht so dunkel wirkte, dass Katrina einige Momente brauchte, ehe sie etwas sehen konnte. Im Vergleich zu draußen war es hier kühler, aber auch im Haus staute sich die Hitze.

Zwei Frauen standen in der Halle, dunkelhaarig und mit Gesichtszügen, die denen Aidans entfernt ähnelten, jedoch weicher waren. Die jüngere der beiden Frauen hatte ein herzförmiges Gesicht mit einem vollen Mund und Grübchen in den Mundwinkeln. Die andere wirkte ernster, und die Augen, die das Oval ihres Gesichtes beherrschten, waren ruhig und eine Spur traurig. Aidan hatte Katrina erzählt, dass seine ältere Schwester vor Jahren ihr erstes Kind verloren hatte. Obwohl die Frau sie eher abschätzend ansah, spürte Katrina Mitgefühl mit ihr. Sie umfasste Calebs Hand fester, als der Blick der Frau zu ihm wanderte. Ein kurzes Lächeln umspielte deren Lippen, verdrängte für wenige Sekunden den Ernst, der sich erst dann wieder über ihr Gesicht legte, als sie Katrina erneut ansah.

Aidan küsste beide Frauen auf die Wangen, machte sie dann mit Katrina bekannt – Ava, seine ältere Schwester, Jennifer, die jüngere. Kühler Händedruck, höfliches Lächeln und die Versicherung, man freue sich, einander kennenzulernen.

»Aidan!«, ertönte die Stimme einer jungen Frau, die eben die Treppe herunterlief. Das weiße Kleid undamenhaft gerafft, eilte sie auf Aidan zu und warf sich in seine Arme, dass die blonden Locken stoben. »Endlich bist du da.«

Aidan lachte, hob sie hoch und wirbelte sie herum. »Und ich dachte schon, du könntest womöglich erwachsen geworden sein. Immer noch dasselbe ungestüme Kind.«

Mit einem empörten Ausruf machte die junge Frau sich von ihm los. »Ich bin achtzehn!«

»So benimmst du dich aber bedauerlicherweise nicht«, sagte Ava tadelnd.

Aidans Arm lag immer noch um die Schultern seiner Schwester, als er sich an Katrina wandte: »Katrina, dieses hinreißende Mädchen ist meine jüngste Schwester Annie.«

Die junge Frau lächelte und streckte Katrina die Hand entgegen. »Annabelle. Annie nennt mich schon lange niemand mehr außer Aidan, der so selten hier ist, dass er nicht mitbekommt, dass ich kein Kind mehr bin.« Ihre Stimme war warm und dunkel, beinahe sinnlich. Ihre zerbrechliche Schönheit wirkte ätherisch, was in Verbindung mit ihrer Stimme einen überwältigenden Effekt auf Männer haben musste.

Aidan umarmte sie herzlich. »Kenne ich den Halunken, der dich heiraten wird?«, fragte er in gespieltem Ernst.

Annabelle lachte. »Glaubst du, er hätte es gewagt, um meine Hand anzuhalten, hätte er dich vorher kennengelernt?«

Die Umstehenden lachten kurz auf, offenbar ein Scherz, dessen Sinn allen außer Katrina bekannt war. Verlegen sah sie zu Boden.

Annabelle hockte sich hin und versuchte, Caleb zu sich zu locken, dieser jedoch drückte sich in Katrinas Röcke und hielt sich mit beiden Fäusten daran fest. Er war müde, übelgelaunt und schätzte so viele fremde Menschen ganz und gar nicht. So wies er jegliche Annäherungsversuche sehr ungnädig zurück und starrte die Umstehenden lediglich mit einer steilen Trotzfalte zwischen den Brauen an.

Ava trat vor. »Ich nehme an, ihr möchtet euch ausruhen und frisch machen. Rani wird euch die Zimmer zeigen. Wir sehen uns dann zum Abendessen.« Sie nickte Katrina freundlich zu. »Dann wird auch mein Ehemann hier sein, ebenso der von Jennifer. Für die Kinder ist es dann leider etwas spät, aber wir werden sie morgen mitbringen. Aidan kennt die Jüngsten ja auch noch nicht.«

Katrina fragte sich, ob ein Vorwurf darin mitschwang oder ob sie aufgrund der verhaltenen Ablehnung, die ihr die Familie unzweifelhaft entgegenbrachte, einfach überempfindlich war. Parvati, das Mädchen, das vorübergehend als Calebs *Ayah* fungierte, wollte ihr das Kind abnehmen, aber Caleb weigerte sich, ihre Hand loszulassen, und so sagte Katrina, sie werde sich zunächst selbst um ihn kümmern. Akhila, ihre eigene *Ayah*, war bereits in dem Schlafzimmer, das Aidan und ihr zugedacht war, und kümmerte sich darum, dass ihre Kleidung aus den Koffern geräumt wurde.

Das Zimmer war groß mit hohen Fenstern, deren Läden geschlossen waren. Das Bett war von einem Baldachin umgeben, und an der Decke hing ein großer Fächer, die *Punkah*, die von dem *Punkahwallah*, einem schmächtigen Jungen, an dessen Fuß ein mit dem Fächer verbundenes Band befestigt war, bewegt wurde. Katrina tupfte sich mit einem Taschentuch die Stirn. Die *Punkah* brachte kaum Abkühlung.

»Dies hier ist der Westflügel«, sagte Aidan, »hier ist es noch verhältnismäßig kühl.«

»Du machst Witze?«

Aidan schickte alle Dienstboten fort, lockerte sein Halstuch, dann trat er hinter Katrina, öffnete die Haken an ihrem Kleid und die Schnüre ihres Korsetts. »Kein Wunder, dass du keine Luft bekommst.«

»Daran lässt sich nun leider nichts ändern.«
»Du könntest im Haus auf das Korsett verzichten«, schlug Aidan vor.
»Oh, aber sicher, damit deine Familie darin bestätigt wird, mit mir hielten Laster und Moralverfall hier Einzug.«
Aidan hob die Brauen.
»Du sagtest doch bereits, sie hätten ... gewisse Vorbehalte.« Katrina setzte sich zu Caleb, der sich auf ihr Bett gelegt hatte, und zog ihm die Schuhe aus.
»Wir werden sehen«, wich Aidan aus.
Katrina nickte nur, ohne ihn anzusehen. Sie streifte ihre Schuhe ab und zog ihr Kleid aus. Im Unterkleid legte sie sich neben Caleb, der schon fast eingeschlafen war. »Eigentlich bräuchte ich erst ein Bad, aber ich bin zum Umfallen müde. Was ist mit dir?«
Aidan hatte die Hände in die Hüften gestützt und schien über etwas nachzudenken. Stirnrunzelnd starrte er vor sich hin, dann, als dringe ihre Frage erst jetzt zu ihm durch, sah er sie an. »Ich kann nachmittags nicht schlafen.«
»Wann esst ihr normalerweise hier zu Abend?«
»Gegen sieben. Ich wecke dich eine halbe Stunde vorher, reicht das?«
»Zum Baden und Anziehen? Du beliebst zu scherzen.«
Ein kaum sichtbares Lächeln umschattete Aidans Mund. »Schlaf ruhig, ich wecke dich früh genug.«
»Gehst du zu deinem Vater?«
»Nein, ich werde ein Buch lesen. Er wird mir einiges zu meinem Lebenswandel zu sagen haben, und damit habe ich es nicht sonderlich eilig.«
Katrina schloss die Augen, während ein Anflug von Bitterkeit in ihr aufstieg. Diese Reise würde nicht viel Gutes bringen, das hatte sie bereits bei ihrem Aufbruch im Gefühl gehabt, und Aidans Familie hatte nichts getan, diese Befürchtung zu zerstreu-

en. Ehe sie einschlief, spürte sie die sanfte Berührung von Aidans Lippen an ihrer Schläfe – als habe er geahnt, was in ihr vorging – und Calebs Hand, die vertrauensvoll in ihre geschmiegt war.

Das Essen verlief ohne jegliche Zwischenfälle. Avas und Jennifers Ehemänner waren anwesend, und die Gespräche drehten sich um allgemeine Dinge, wie das immer so war, wenn ein Familienmitglied nach langer Abwesenheit seinem Elternhaus einen Besuch abstattete. Ralphs Ehefrau würde erst zur Hochzeit wieder zurück sein. Sie war mit ihren drei Töchtern zu ihren Eltern gefahren, um ihre kranke Mutter zu besuchen.

Als Ava die Tafel aufhob, zogen sich die Männer in den Rauchersalon zurück und ließen die Frauen unter sich. Aidan sah kurz zu Katrina, wusste aber, er musste sich keine Sorgen machen. In Anwesenheit von Annabelle würde weder Ava noch Jennifer sie ins Verhör nehmen.

Im Rauchersalon nahm Aidan eine Zigarre aus der Schachtel, die ihm Ralph hinhielt, und ließ ein Zündholz aufflammen. Edward, Avas Ehemann, war Geschäftsführer einer Reederei, ein ruhiger, respekteinflößender Mann in den frühen Vierzigern, von dem nie auch nur die kleinste Verfehlung bekannt geworden war. Er galt als fairer Geschäftsmann, treuer Ehemann und hingebungsvoller Vater. Jennifers Mann Andrew hingegen machte auf den ersten Blick den Eindruck eines affektierten Stutzers und Dandys, der keine Vergnügungen und keine Frauen ausließ. Aidan wusste jedoch, dass der Anschein trog. Zwar war Andrew kein Kind von Traurigkeit, aber er hatte bereits in jungen Jahren als Vollwaise Verantwortung für sich und seine Schwestern getragen, hatte sie alle hervorragend verheiratet und das ohnehin immense Vermögen der Familie durch geschickte Geschäftstaktiken vergrößert. Derzeit hatte er ein Faible für einen extravaganten Kleidungsstil und ließ sich einen

Schnurrbart stehen, für den Aidan keine andere Bezeichnung einfiel als geckenhaft. Bei Tisch hatte er sich freundlich mit Katrina unterhalten und ernsthaftes Interesse für Tee gezeigt, was Jennifer sichtlich nicht behagte. Offenbar neigte sie nach wie vor zur Eifersucht.

»Nun, Aidan«, sagte sein Vater und setzte sich in einen der Sessel, die um einen niedrigen Tisch gruppiert standen, woraufhin auch die anderen Männer Platz nahmen. »Du kannst dir sicher denken, dass ich nicht sonderlich erfreut darüber bin, dass du mich zum Schwiegervater einer Frau mit einem derartigen Ruf gemacht hast.«

»Du hast deine Meinung dazu schon deutlich genug gemacht, als du dich geweigert hast, zu meiner Hochzeit zu kommen.« Aidan sah in die Runde. »So wie ihr alle.«

Ralph erwiderte seinen Blick ungerührt, Avas Ehemann zuckte die Schultern, und lediglich Andrew hatte den Anstand, verlegen zu werden.

»Du hättest sie nicht mitbringen dürfen«, sagte Raymond. »Aber dergleichen Sinn für das, was sich gehört, war bei dir ja nie sonderlich ausgeprägt.«

Aidan beherrschte sich nur mit Mühe. »Warum hast du es nicht in die Einladung geschrieben?«, fragte er kalt. »Dann wäre ich nicht gekommen.«

»Mach dich nicht lächerlich. Du weißt, dass das nicht möglich ist. Zudem kann ich nicht glauben, dass du die Hochzeit deiner Schwester verpasst hättest.«

»Sie hat die meine verpasst – wenn auch auf deinen Befehl hin.«

»Deine Frau ist ein Umgang, den ich Annabelle unter anderen Umständen verboten hätte.« Raymond paffte an seiner Zigarre mit einer Vehemenz, dass in kurzen Abständen weiße Wolken seinem Mund entwichen.

»Was befürchtest du?«, fragte Aidan sarkastisch. »Dass Katrina sie beiseite nimmt und in die Techniken das Ehebruchs einweist?«

Auf Raymonds Gesicht erschienen rote Flecken. »Nicht in diesem Ton, Aidan. Du weißt, welch großen Wert ich immer schon auf den Umgang deiner Schwestern gelegt habe.«

»Vermutlich sollten wir dann besser in ein Hotel ziehen«, konterte Aidan.

»Und damit für Gerede sorgen? Auf keinen Fall.«

»Vater«, mischte sich Ralph ein. »Aidan ist heute erst angekommen. Lassen wir doch diese Themen für einen Abend ruhen.«

Seine Schwäger nickten zustimmend.

Ehe sein Vater antworten konnte, stand Aidan auf und drückte die zur Hälfte gerauchte Zigarre in den Aschenbecher. »Tut euch keinen Zwang an und redet, worüber ihr wollt. Mich aber entschuldigt, denn ich bin in der Tat erschöpft.«

Raymond Landor erhob sich ebenfalls. »Warte wenigstens, bis deine Schwestern sich verabschiedet haben.«

Auch Ralph war aufgestanden. »Es ist dein erster Abend hier, Aidan. Er sollte so nicht enden.«

»Ich bedaure, Ralph, Vater.« Aidan nickte seinen Schwägern zu und ging zur Tür. Ohne sich noch einmal umzusehen, verließ er den Raum.

»Das ging ja schnell«, sagte Ava, als er den Damensalon betrat, sah ihn jedoch verwirrt an, als sie bemerkte, dass er allein war.

»Ich werde zu Bett gehen. Es war ein langer Tag.« Aidan nickte seiner Frau zu. »Katrina.«

Mit einem hastigen Gute-Nacht-Gruß entließen die drei Schwestern sie, sichtlich neugierig darüber, was vorgefallen sein mochte.

»Hast du dich mit deinem Vater gestritten?«, fragte Katrina, während sie die Treppe hochgingen.

»Nein, Streit würde ich es nicht nennen. Wir sind bei einigen

Angelegenheiten, mein Leben betreffend, gegensätzlicher Auffassung.«
»Es ging um mich, ja?«
Aidan gab keine Antwort. Ihre Schritte hallten auf den Holzböden des Korridors. Teppiche lagen fast nirgendwo aus, weil die Gefahr, dass sie in der feuchtheißen Luft schimmelten, einfach zu groß war.
»Ich rede mit dir, Aidan.«
»Das höre ich, aber ich bin nicht in Stimmung zum Reden. Verschieben wir es auf morgen, ja?«
Katrina wollte etwas erwidern, schwieg dann jedoch verstimmt. Sie ging kurz in Calebs Zimmer, um nach ihm zu sehen, aber er schlief bereits wieder. Ehe sie zum Essen das Zimmer verlassen hatten, hatte Aidan ihn in sein Bett gebracht. Caleb war laut Parvati nur kurz aufgewacht und dann recht schnell wieder eingeschlafen.
Sie hatte eben die Tür zu ihrem Zimmer hinter sich geschlossen, als Katrina eine Welle von Schwindel überrollte. Kurz schwankte sie, schloss die Augen und stützte sich an der Kommode ab. Sofort war Aidan an ihrer Seite und schob einen Arm um ihre Taille. Er drehte sie um und öffnete Kleid und Mieder.
»So eine Unvernunft«, schimpfte er. »Sich bei diesem Klima derart eng zu schnüren.«
»Andere Frauen überstehen es auch«, murmelte Katrina.
Aidan zog sein Hemd aus und warf es auf den Stuhl, wo sein Gehrock bereits lag.
Erst wollte Katrina nach ihrer *Ayah* läuten, entschied sich dann jedoch dagegen. Sie wollte schnellstmöglich ins Bett. Ihr Kleid war ja bereits geöffnet, und als sie im Ankleidezimmer stand, ließ sie es zu Boden gleiten, schlüpfte aus Unterkleid, Mieder, Tournüre und Strümpfen und zog ein Nachthemd an.
Aidan lag bereits im Bett, als sie das Schlafzimmer wieder betrat. Als Katrina sich ebenfalls hingelegt hatte, richtete er sich

auf, löschte das Licht und zog den Baldachin um das Bett herum zu, dann legte er sich in die Kissen zurück. Im ersten Moment hatte Katrina erwartet, er würde sie an sich ziehen, so wie er es immer tat, wenn sie sich schlafen legten. Sie war verletzt über seine scheinbare Zurückweisung und fragte sich, ob sie sich etwas hatte zuschulden kommen lassen, aber nach nur einer Minute war ihr klar, warum. Die Luft in dem ohnehin stickigen Zimmer staute sich unter dem Baldachin, und die Laken, die sich zunächst frisch und glatt angefühlt hatten, waren nun klamm, als saugten sie die feuchte Luft auf. Nachdem sie sich eine Zeitlang herumgewälzt hatte, schob Katrina den Baldachin zur Seite.

»Das solltest du besser nicht tun, wenn du heute Nacht keine unliebsamen Besucher möchtest«, sagte Aidan, den sie schlafend gewähnt hatte.

»Besucher?«

Aidan schob den Baldachin ebenfalls ein kleines Stück zur Seite und machte Licht. »Sieh hoch.«

Erst sah sie nichts, aber dann bemerkte Katrina die schwarzen Punkte, die sich auf dem Betthimmel bewegten, und erschauerte. »Sind das Insekten?«

»Ja. Käfer, Spinnen, was so durch die Fensterritzen hineinkommt. Man kann sie nicht gänzlich draußen halten, aber für gewöhnlich sind sie harmlos.«

»Großer Gott. Das ist ja widerlich.« Katrina zog den Baldachin wieder zu, und als Aidan das Licht löschte, seufzte sie leise.

Katrina erwachte mit dem Gefühl, keine Sekunde geschlafen zu haben. Die Laken unter ihr waren zerknittert und durchgeschwitzt, und ihre Haut juckte, weil das Nachthemd daran klebte. Mit beiden Händen rieb Katrina über ihr Gesicht, dann griff sie in ihren Nacken, wo ihr Haar unter dem geflochtenen Zopf ebenso feucht war wie an ihren Schläfen. Vier Wochen Schlaf

wie in dieser Nacht, und sie wäre bei ihrer Rückreise nach Ooty kaum noch fähig, auf den Beinen zu stehen.
Aidan war bereits aufgestanden, aber dass er vor ihr wach war, war nichts Neues. Er schien mit weniger Schlaf auszukommen als jeder andere Mensch, den sie kannte, und Katrina wusste nicht, warum der Gedanke daran eine plötzliche Gereiztheit in ihr aufsteigen ließ. Wenn es in Kalkutta ebenso war wie hier, dann wunderte es sie nicht mehr, dass Nicolas beinahe den Verstand verloren hatte.
Sie läutete nach Akhila, ließ ein Bad bereiten und sich danach beim Ankleiden helfen.
»Landor Sahib lässt ausrichten, er wartet im Frühstückszimmer«, sagte Akhila, während sie Katrina schnürte. »Er hat eben ein Dienstmädchen geschickt.«
Katrina nickte und hielt sich mit beiden Händen am Bettpfosten fest. Als Akhila fertig war und ihr Kleid zuhakte, wurde ihr kurz schwindlig, aber sie fing sich recht schnell wieder. Aidan hatte recht gehabt, auf Dauer würde es so nicht funktionieren, dafür war sie die Hitze einfach zu wenig gewohnt. Um das Mieder jedoch weniger eng zu schnüren, würde sie ihr Kleid auslassen müssen, und das war auf die Schnelle nicht zu bewerkstelligen. Sie wies Akhila an, bei ihren übrigen Kleidern so zu verfahren, betonte aber, dass es nur so minimal zu geschehen hatte, dass niemand es bemerkte. Keinesfalls durften sie plötzlich in der Taille Falten schlagen oder nicht richtig passen.
Als Katrina das Frühstückszimmer betrat, stand Aidan an der Anrichte und schenkte sich schwarzen Kaffee ein. Er sah erholt aus, nicht das kleinste Anzeichen von Erschöpfung zeichnete sein Gesicht, als er sich mit der Kaffeetasse in der Hand zu ihr umdrehte. Besorgt zogen sich seine Brauen zusammen. »Ich habe ja gemerkt, dass du dich die ganze Nacht herumgewälzt hast, aber dass es dir morgens so elend gehen würde, hätte ich nicht gedacht«, sagte er.

Katrina widerstand nur mit Mühe dem Impuls, ihm die Kaffeetasse aus der Hand zu schlagen. »Auch dir einen guten Morgen«, sagte sie gallig. Sie wusste, sie tat ihm Unrecht, aber es machte sie geradezu wütend, dass er nicht ebenso erschöpft aussah, wie sie sich fühlte. Die Hitze schlug ihr offenbar schlimmer aufs Gemüt, als es zunächst den Anschein gehabt hatte.

Aidan grinste.

»Du bist amüsiert?«, fragte Katrina und nahm einen Teller, um sich an der Frühstücksanrichte zu bedienen.

Mit einem kurzen Blick vergewisserte Aidan sich, dass sie allein waren, dann stellte er die Tasse ab und legte Katrina die Hände um die Taille. Sie wehrte ihn ab.

»Lass das«, sagte sie unwirsch. »Mir ist nicht danach.«

Aidan ließ sie jedoch nicht los, und als sie den Kopf senkte, um auszuwählen, welches Kompott sie zu dem Toast nahm, ergriff Aidan die Gelegenheit und berührte mit den Lippen ihren Nacken. Katrina hielt in ihrer Bewegung inne, und ein Schauer lief durch ihren Körper.

»Ah, ich merke, wie wenig dir danach ist«, murmelte Aidan in ihr Ohr und lachte leise.

Katrina macht eine halbherzige Abwehrbewegung, als eine Stimme von der Tür her sie zusammenzucken ließ.

»Mangelt es dir gänzlich an Anstand, Aidan?«, rief sein Vater.

Während Katrina sich eilig aus seinem Griff zu befreien suchte, ließ Aidan sie mit aufreizender Langsamkeit los.

»Wie darf ich die Frage verstehen, Vater?« Er hob die Brauen.

»Deine unverheiratete Schwester lebt hier. Musst du ihr ein solches Schauspiel liefern?«

Aidan sah sich um. »Wo versteckt sie sich? Hinter den Möbeln? Oder unter dem Tisch?«

»Ich verbiete dir ein solches Benehmen außerhalb deines Zimmers.« Raymonds Blick wanderte zu Katrina. »Und dir verbiete ich ein derart schamloses Benehmen in Gegenwart meiner jüngsten Tochter.«

»Das reicht!« Aidans Stimme bebte vor Zorn.

Neben ihm stellte Katrina den Teller ab und machte Anstalten, den Raum zu verlassen, aber er griff nach ihrem Handgelenk und hielt sie fest. »Du fliehst vor niemandem aus meiner Familie«, sagte er.

Katrina blieb stehen und sah ihn verstört an, woraufhin er sie losließ, ihren Teller nahm, wahllos Kompott, Käse, Bückling und Eier auf ein Tablett häufte, dieses zum Tisch trug und dann Katrina sanft am Ellbogen berührte, ihr einen Stuhl zurechtschob, auf den sie sich widerspruchslos setzte – alles unter den schweigenden Blicken seines Vaters. Aidan stellte sich hinter sie und legte ihr die Hände auf die Schultern.

»Wenn dir meine Ehefrau nicht willkommen ist, Vater, dann bin auch ich es nicht.«

»Davon war nicht die Rede«, schnappte Raymond Landor und wandte sich ohne ein weiteres Wort zum Gehen.

*

Glatt war der Marmor unter Katrinas Händen, als sie sich auf die Fensterbank stützte und aus dem geöffneten Fenster in den Garten hinaussah. Hitze flimmerte über dem üppigen Grün, das von Dienstboten täglich bewässert wurde. In der Ferne waren Mangrovenwälder zu sehen, umwabert von milchigem Dunst.

Katrina schloss das Fenster wieder und tupfte sich die Stirn ab. Sie war an diesem Nachmittag allein, weil Aidan mit seinem Bruder bei Freunden war. Er hatte sie ermutigt, sich im Haus umzusehen und, wenn sie wollte, Garten und Bibliothek zu nutzen. Im Garten war sie bereits gewesen, aber dort war die Hitze noch unerträglicher, und in die Bibliothek wagte sie sich nicht,

weil sie das Gefühl hatte, ihrem Schwiegervater sei es nicht recht, wenn sie sich dort nach Belieben bediente.
»Ist dir nicht gut?«
Katrina blickte auf, als sie die Frauenstimme hörte. Jennifer stand im Korridor und schloss eine Tür hinter sich. »Mir ist heiß«, antwortete sie, »sonst nichts.«
Jennifer nickte und trat näher. »Du bist ein solches Klima wohl nicht gewohnt, dort, wo du herkommst, richtig?«
Sie wusste nicht, warum, aber die Frage klang für Katrina wie eine Beleidigung. »In den Bergen ist es eher kühl, das stimmt.«
»Warst du bisher noch nirgendwo sonst?«
»Gelegentlich mit meinem Vater in Madras.«
Jennifer lächelte. »Eine richtige Weltreise, wie?«
Zu ihrem Ärger stieg Katrina das Blut in die Wangen. »Ich bin glücklich daheim.« Wie eine alte Jungfer, die Angst vor Reisen hatte, dachte Katrina und sah diesen Gedanken umgehend in Jennifers Gesichtsausdruck bestätigt. Dabei war es ja nicht so, dass sie nicht gerne mal in den Norden reisen würde, aber sie hatte derzeit genug damit zu tun, ihr Leben wieder in geordnete Bahnen zu bringen, und nach der Scheidung von Stephen war Reisen schlechterdings nicht möglich gewesen.
»Du warst noch nie in England, nehme ich an?«, fragte Jennifer.
»Nein.«
»Mein Vater ist oft mit uns verreist, sowohl nach Europa als auch in Indien. Er sagt immer, Reisen fördere die Bildung.«
Zwar ärgerte Katrina sich über den herablassenden Ton, aber ihr fiel auch nicht so recht ein, was sie darauf antworten sollte. »Wenn Caleb älter ist, möchte ich mit Aidan andere Teeanbaugebiete besuchen.«
»Was hat dein Sohn damit zu tun?«, fragte Jennifer verständnislos.
»Ich kann ihn wohl kaum monatelang allein lassen.«

Jennifer lachte. »Du liebe Zeit. Wenn man es von den Kindern abhängig macht, kommt man ja nie aus dem Haus. Er hat doch eine *Ayah.*«

»Ganz recht, die hat er.« Katrina fühlte wieder sicheren Grund unter den Füßen. »Aber er ist mein Sohn, und er hat das Recht auf eine Mutter, die ihn nicht allein lässt.«

»Nun gut.« Amüsement blitzte in Jennifers Augen auf. »Offenbar denkt man bei euch etwas ... provinzieller?«

»Wenn es provinziell ist, seine Kinder nicht über Monate hinweg allein zu lassen, dann hast du wohl recht«, antwortete Katrina kühl.

»Aber du könntest ihn ja auch so lange zu seinem Vater geben.« Jennifer sah sie aus arglos geweiteten Augen an. »Auf den er ja im Grunde genommen auch ein Recht hat.«

Katrina erstarrte. »Mit Verlaub, aber das geht dich nichts an.«

»Tatsächlich? Wir sind doch nun so etwas wie Schwestern, oder nicht?«

Schweigend sah Katrina in den Garten.

»Sag mal, so unter uns«, fuhr Jennifer fort, »ist etwas an den Gerüchten über dich dran gewesen?«

»Wie darf ich die Frage verstehen?« Katrina schmerzte ihre eigene Stimme in der Kehle.

Jennifers Lippen umspielte ein Lächeln, und sie neigte sich vor. »Viele verheiratete Frauen träumen doch gelegentlich von der einen oder anderen Affäre, und du sollst gleich mehrere davon gehabt haben.«

Katrina tat einen tiefen Atemzug. »Es tut mir leid, dich enttäuschen zu müssen, aber ich hatte nicht eine einzige.«

»Tatsächlich?« Unter halbgesenkten Wimpern sah Jennifer sie an. »Leider glaube ich dir das nicht so recht, ebenso wenig meine Schwestern, Ralph oder mein Vater.«

Mit beiden Armen umschlang Katrina ihren Oberkörper. Plötzlich fröstelte sie trotz der Hitze.

»Wir waren alle ziemlich schockiert, als wir von Aidans Plänen erfahren haben«, sagte Jennifer. Ihr herzförmiges Gesicht wirkte nachdenklich, so als stochere sie in einer fernen Erinnerung. »Und ich glaube, Vater bedauerte ein wenig, dass er Aidans Wunsch nach mehr Geld nicht nachgekommen ist. Aber selbstverständlich kam es nicht in Frage, sich von ihm erpressen zu lassen.«

»Ich glaube kaum, dass es in Aidans Absicht lag, ihn zu erpressen.« Katrina bemühte sich, ihrer Stimme mehr Festigkeit zu geben.

Erstaunt sah Jennifer sie an. »Ich bin mir ziemlich sicher, Aidan wusste genau, wie aufgebracht Vater über *diese* Art der Heirat sein würde. Es muss eine Genugtuung für ihn gewesen sein, uns über seine Pläne in Kenntnis zu setzen.« Ihre Lider senkten sich leicht. »Du hast doch hoffentlich nicht gedacht, er sei verliebt? Er hat Vater kurz vorher noch um Geld gebeten, musst du wissen.«

All das wusste Katrina natürlich, aber dennoch hinterließen die Worte ihrer Schwägerin ein Unbehagen in ihr. »Aidan und ich haben aus sorgfältig kalkulierten Überlegungen heraus geheiratet«, erwiderte sie langsam, »und ich denke, keiner von uns hat Gründe, es zu bereuen.«

Jennifer lächelte. »Aber natürlich, wenn du es sagst. Du kennst ja nun Seiten an ihm, die wir nicht kennen, nicht wahr?« Sie zog eine zierliche silberne Taschenuhr hervor. »Es ist bald Zeit für den Tee. Du erzählst Aidan doch nichts von unserem Gespräch, ja? Er würde sich nur wieder aufregen, und es wäre schade, wenn dadurch die Vorbereitungen zu Annabelles Hochzeit gestört würden. Sie hängt sehr an ihm, weißt du – wie wir alle hier. Daher sind wir etwas in Sorge um ihn.«

Katrina wandte sich ab und schwieg.

»Wir sehen uns im Salon«, verabschiedete Jennifer sich freundlich.

»Ich war schon einmal in Darjeeling«, sagte Jennifers Ehemann Andrew und nippte an seinem Tee. Er war liebenswürdig, und Katrina, die ihn anfangs für einen eitlen Dandy gehalten hatte, mochte ihn mittlerweile recht gern.
»Wie finden Sie den Tee, den wir hier servieren«, fragte er.
»Sie kann ja nun nicht gut sagen, er schmecke ihr nicht«, wandte Annabelle mit einem kecken Grinsen ein. Neben ihr saß ihr Verlobter und starrte sie hingerissen an. Er war beinahe jeden Tag anwesend, und mittlerweile hatte er sogar gelernt, Aidans argwöhnischen Blicken standzuhalten.
»Erkennen Sie den Tee denn? Welche Sorte ist es?« Andrew konnte mit seiner Faszination für das Thema nur schwer hinter dem Berg halten. Er hatte mehrmals geäußert, für ihn schmecke beinahe jeder Tee gleich, mit geringen Unterschieden in der Qualität, und er konnte sich kaum vorstellen, dass man anhand des Geschmacks oder der Farbe sagen konnte, aus welchem Anbaugebiet Tee stammte oder gar zu welcher Zeit er geerntet wurde.
Es war hochwertiger Tee, das hatte Katrina auf Anhieb erkannt, aber etwas anderes hätte sie in einem solchen Haushalt auch gewundert. Goldbraun mit einem Stich ins Rötliche und einem leicht nussigen Geschmack, ein sehr starkes Aroma. »Ein Darjeeling Second Flush?« Sie blickte in die Runde.
»Richtig«, sagte Ava. »Ich habe ihn gekauft, Vater trinkt beinahe nichts anderes.«
Andrew wirkte beeindruckt, und ein flüchtiger Blick zu Jennifer sagte Katrina, dass ihre Schwägerin davon ganz und gar nicht angetan war. Ein Funke schadenfroher Genugtuung glomm in ihr auf.
Sie war mit Aidan nach dem Gespräch mit Jennifer noch nicht allein gewesen, aber sein forschendes Taxieren ließ keinen Zweifel daran, dass er wusste, etwas stimmte nicht. Ebenso hatte er, wie Katrina feststellte, ihren Blickwechsel mit Jennifer be-

merkt. Sie hatte mit dem Gedanken gespielt, Aidan alles zu erzählen, sich aber dann gedacht, dass niemand davon profitierte, wenn ihm der Aufenthalt hier noch mehr verleidet würde.
»Warst du schon in Darjeeling, Aidan?«, fragte Andrew.
»Frag ihn lieber, wo er noch nicht war«, entgegnete Ralph grinsend. »Mein kleiner Bruder war schon in jungen Jahren ein wahrer Herumtreiber.«
»Nur kein Neid«, spöttelte Aidan augenzwinkernd. »Außerdem sind die wilden Zeiten längst vorbei.«
»Ja«, sagte Andrew mit gespieltem Bedauern und zwirbelte seinen Schnurrbart, »so ist das, wenn man in den Hafen der Ehe einläuft. Man wird häuslich, zahm, langweilig ...«
»Also alles, was du nicht bist«, wandte Annabelle vorlaut ein und erntete ein Grinsen von ihrem Schwager.
»Sonderlich häuslich hat Aidan die Ehe offenbar nicht gemacht«, sagte Jennifer ein wenig spitz. »Ich hörte, du reist immer noch recht gern?« Sie hob die Brauen und sah ihren Bruder an.
»Im Vergleich zu früher ist es erheblich weniger geworden, aber gut, so richtig häuslich bin ich wohl nicht«, antwortete Aidan. »Aber es bleiben ja noch die Attribute zahm und langweilig.« Er lächelte breit.
Alle Blicke wanderten zu Katrina, die wiederum spürte, wie ihr das Blut in den Kopf stieg.
»Nun, das scheint mir eine eindeutige Antwort zu sein«, sagte Aidan, was Andrew und Ralph zum Lachen brachte, während die Frauen verlegen die Köpfe senkten.
Jennifer jedoch mochte es offenbar nicht dabei belassen. »Warum reist du eigentlich so viel, Aidan. Man sollte doch meinen, es gebe genug, das dich zu Hause hält?«
Aidan sah Katrina an. »In der Tat«, erwiderte er, »daher sind es auch wesentlich weniger Reisen geworden als früher.«

»Aber dennoch bist du oft weg, sogar über Monate, das erfahren wir ja sogar hier«, entgegnete Jennifer.
Ehe Aidan antworten konnte, warf Andrew ein: »Hast du schon einmal versucht, einem Vogel die Flügel abzuschneiden?«
Es war Jennifer anzusehen, dass ihr die Antwort nicht behagte, aber sie schwieg. Lediglich Katrina fing sich einen kühlen Blick von ihr ein, den sie ignorierte, während Andrew sich ihr und Aidan erneut zuwandte, um mehr über ihre Teegärten zu erfahren.

*

Aidan zeigte Katrina während ihres Aufenthaltes so viel wie nur möglich von Bombay, und seinen Schilderungen entnahm sie, wie sehr er trotz allem an seiner Heimatstadt hing. Bombay hatte ursprünglich aus sieben Inseln bestanden, und das Stadtbild, wie Katrina es nun kennenlernte, war das Ergebnis jahrelanger Landgewinnungsmaßnahmen. Während der Sepoy-Aufstand seinerzeit das ganze Land erschüttert hatte, war Bombay größtenteils verschont geblieben.
»Im Grunde genommen haben wir auch aus dem amerikanischen Bürgerkrieg enorm profitiert«, erklärte Aidan ihr, während sie über die Esplanade spazierten. »Weil amerikanische Baumwolle so massiv verteuert wurde, gab es eine erheblich höhere Nachfrage nach indischer Baumwolle, so dass viele Gelder in den Kriegsjahren nach Bombay geflossen sind – bis zu fünfundsiebzig Millionen Sterling.«
»Kein Wunder, dass es so viele Menschen hierher zieht«, sagte Katrina und fächelte sich Luft zu. Ihr war wieder schwindlig, aber sie bemühte sich, es niemanden merken zu lassen, weil sie nicht als wehleidig gelten wollte – Derartiges war ihr verhasst, und sie hatte nie unter einer schwachen Gesundheit gelitten. Zudem war sie wegen der Hitze immer noch den ganzen Tag

erschöpft. Aidan hatte es mittlerweile aufgegeben, ihr zu sagen, das werde sich mit der Zeit ändern – inzwischen waren sie beinahe zwei Wochen in der Stadt.

»Bombay ist nach London die größte Stadt des Empire«, antwortete Aidan.

Katrina kam zu dem Schluss, dass ein Besuch in London ein recht zweifelhaftes Vergnügen sein musste.

Nach dem Krieg, erklärte Aidan, war der Baumwollhandel zunächst rapide zurückgegangen, was zur Folge hatte, dass die Bank of Bombay, die renommierteste Bank Indiens, zusammengebrochen war. »Kein dauerhafter Schaden«, sagte er, »aber seinerzeit sehr aufsehenerregend. Ich erinnere mich noch gut daran, obwohl ich damals schon nicht mehr hier gewohnt habe.« Er deutete auf das Gebäude zu ihrer Linken. »Das Kastell stammt noch aus der Zeit der Portugiesen, aber ansonsten steht nichts mehr von den früheren Verteidigungsanlagen.«

Katrina versuchte, sich das Bombay von früher vorzustellen. Sie kannte die Rolle, die die Stadt zu Beginn der *East India Company* gespielt hatte, aber es gelang ihr nicht, ein anderes Bild auferstehen zu lassen als jenes, das sich ihr bot: eine schmutzige, laute, übervölkerte Stadt. Selbst dem Hafen, der in seiner Form immer noch als einzigartig in Indien galt, konnte sie nichts abgewinnen.

»Früher einmal gab es hier eine Stadtmauer und einen Wassergraben.« Aidan deutete in Richtung Hafen. »Aber die Mauer hat man abgerissen und den Graben zugeschüttet. Die Leute haben ohnehin angefangen, sich auch außerhalb der Stadtmauer anzusiedeln, sie wurde also überflüssig.«

Eine alte Frau humpelte an ihnen vorüber, so tief gebeugt, dass es den Anschein machte, sie könne jeden Moment vornüberfallen, das Gesicht verwittert und ein Stock in der knotigen Hand. Verfilztes Haar hing ihr über die Schultern, ihr Sari war am Saum zerrissen und grau vom Staub. Kinder liefen herum mit mageren Körpern und Augen, die groß waren vor Hunger und zu alt für ihre Gesichter. Katrina kannte Armut – auch in Ooty gab es sie –, aber sie hatte sie nie in einem vergleichbaren Ausmaß gesehen. Männer saßen im gelben Staub der Straßen, alte, junge, verkrüppelt, ausgemergelt und mit stumpfen Augen, die teilnahmslos das Treiben um sie herum beobachteten, während Hände untätig im Schoß lagen, Finger sich in den Staub schoben und kleine Wolken aufwirbeln ließen oder sich den vorbeieilenden Menschen entgegenstreckten, auf Gnade hoffend, die niemand gewähren mochte.

»Meinst du, wir könnten einmal zum Basar fahren?«, fragte Katrina.

»Was immer du möchtest«, versprach Aidan galant. »Nur heute wird es etwas knapp.«

Katrina dachte ungern an den Abend im Kreis von Aidans Familie zurück. Zwar war es zu keinem weiteren Vorfall mehr gekommen, aber sie hatte das Gefühl, unter der Oberfläche gärte es, und gleichgültig, was ihr Schwiegervater sagte, sie fühlte sich unwillkommen. Allein Caleb gefiel es mittlerweile hier, hatte er doch täglich Spielgefährten in seinem Alter. Katrina mochte Annabelle recht gern, aber sie war einfach noch zu jung, um eine Gesprächspartnerin zu sein, und Katrina kam sich ihr gegenüber eher matronenhaft vor.

Aidans Schwestern kamen beinahe jeden Tag mit ihren Kindern zu Besuch, so dass immer Leben im Haus war. Ava hatte vier Söhne, zehnjährige Zwillinge sowie einen Acht- und einen Siebenjährigen. Jennifers Sohn war acht, die Tochter sechs Jahre alt – nur wenige Monate älter als Caleb, der seiner Mutter eines Abends vor dem Schlafengehen gestanden hatte, er beabsichtige, das Mädchen später zu heiraten. Ralph hatte drei Töchter, und seine Ehefrau stand ein wenig unter Druck, für einen Erben zu sorgen, was zwar niemand erwähnte, aber immer unausgesprochen in der Luft hing, wie Aidan sagte. Offenbar war die Krankheit ihrer Mutter nicht der einzige Grund für ihre lange Abwesenheit.

Was Katrina jedoch sehr gut gefiel, war, so viel Zeit mit Aidan zu verbringen. Daheim gab es immer etwas zu tun, und hier war es das erste Mal, dass sie die Tage von morgens bis abends miteinander verbrachten, ausgingen, Spaziergänge machten und das Theater besuchten. Einmal waren sie abends noch am Hafen entlanggegangen, und die Meerluft war angenehm gewesen, nicht so wie der heiße Wind, der einem tagsüber entgegenblies. Von der Promenade aus sah man in der Ferne Palmen die Ufer säumen und die bläulichen Hügel der Malabar Hills.

»Was meinte Annabelle eigentlich, als sie sagte, wenn ihr Verlobter dich kennengelernt hätte, wäre kein Heiratsantrag zustande gekommen?«

Aidan runzelte die Stirn. »Wann hat sie das gesagt?«

»Als wir angekommen sind. Ich wollte dich längst fragen, habe es aber immer wieder vergessen.«

»Ah, jetzt verstehe ich.« Aidan lachte. »Ich habe ein paar Hochzeiten meiner Schwestern vereitelt.«

Katrina sah ihn verblüfft an. »Einfach so?«

»Na ja, ganz so war es nicht. Jennifer war damals verlobt, und ich habe einige Dinge über ihren Verlobten herausbekommen, die es mir unmöglich machten, sie ihn heiraten zu lassen.«

»Obliegt eine solche Entscheidung nicht deinem Vater?«

»Doch, er war es, der die Ehe verboten hat, als ich ihn über den Mann aufgeklärt habe.«

»Was hat er getan?« Katrina war neugierig.

»Frauen geschlagen in der Schwarzen Stadt, und angeblich hatte er einen Hang zu sehr jungen Mädchen. Als klar war, dass er Jennifer heiraten möchte, habe ich ihn beobachten lassen – ich kenne ja genug Einheimische aus der Schwarzen Stadt … Nun ja, nachweisen konnten wir ihm natürlich nichts, aber das mussten wir ja nicht, um Jennifer eine Ehe mit ihm zu verbieten, nicht wahr?«

»Und was hat sie gesagt?«

Aidan zuckte die Schultern. »Sie hat geschrien und getobt. Danach hat sie beinahe ein Jahr lang nicht mehr mit mir gesprochen. Sie ist seinerzeit sehr verliebt in den Mann gewesen, und da ist man ja nicht immer vernünftig.«

»Hat sie es eingesehen?«

»Ich denke schon. Andrew hat um ihre Hand angehalten, und sie hat ihn genommen.«

Katrina runzelte die Stirn. »Vielleicht hätte sie den Mann ändern können.«

»Du liebe Unschuld.« Aidan bog den Kopf zurück und lachte schallend. »Nein, mein Herz, die Liebe ist keine Allheilkraft. Wenn ein Man vor seiner Ehe ein verdorbener Mensch ist, ist er es auch nach der Eheschließung, wenn er hat, was er will.«

Ohne rechte Überzeugung nickte Katrina.

»Dann gab es noch zwei Bewerber für Annabelle, aber das war nicht so dramatisch. Einer der beiden Männer war ein früherer Kamerad in der Armee, über den ich die eine oder andere Sache wusste, und der andere hatte etwas, hm, sonderbare Vorlieben. Sie war zunächst bei beiden nicht abgeneigt, aber es war ihr nicht so ernst, dass sie sich darüber gegrämt hat, als Vater seine Einwilligung nicht geben wollte.«

»Und den jetzigen Verlobten hast du nicht genauer ins Auge gefasst?«

»Schwerlich, da mir keiner von ihm erzählt hat.« Aidans Brauen zogen sich zusammen. »Aber offenbar scheint er ein recht anständiger Kerl zu sein, auch wenn ich seine absurde Furcht vor mir nicht verstehe. Er schaut mich an, als befürchte er, angefallen zu werden. Ich glaube, ich muss mir Annabelle mal vornehmen. Wer weiß, was sie ihm erzählt hat.«

Katrina atmete tief ein, hielt kurz die Luft an und stieß den

Atem dann wieder aus. »Meine Ehe mit Stephen hättest auch du nicht verhindern können.«

»Als dein Bruder vielleicht nicht, obwohl ich darauf an deiner Stelle nicht wetten würde«, sagte Aidan und senkte die Stimme, »aber als Mann vermutlich schon.«

Obwohl seine Stimme scherzhaft klang, fing Katrinas Herz an, in einem irritierend schnellen Rhythmus zu schlagen. Sie sah auf, blickte in lachende graue Augen und zwang ebenfalls ein Lächeln auf ihre Lippen. Was ist nur los mit mir, fragte sie sich. Alles war wie immer, war es nicht so?

Der Wunsch seines Vaters, am späten Abend mit ihm zu reden, hatte Aidan misstrauisch gemacht. Annabelle war bereits zu Bett gegangen, und Katrina hatte er gebeten, im Schlafzimmer auf ihn zu warten. Er rechnete damit, dass ihm ein sehr unangenehmes Gespräch bevorstand, und wollte sich erst fassen, ehe er ihr wieder entgegentrat.

In dem Moment, als Aidan die Tür zum Arbeitszimmer seines Vaters öffnete, sah er seine Befürchtungen bestätigt, als ihm nicht nur sein Vater, sondern auch Ralph, Ava und Jennifer gegenüberstanden. »Was soll das werden?«, fragte er unwirsch. »Ein Verhör?«

»Wir machen uns Sorgen um dich, Aidan«, sagte Ava.

»Was du nicht sagst.« Aidan schloss die Tür und lehnte sich dagegen, die Arme vor der Brust verschränkt.

Sein Vater kam auf ihn zu und blieb wenige Schritte von ihm entfernt stehen. »Möchtest du dich nicht setzen? Niemand will dich angreifen.«

»Nein, ich möchte, dass ihr mir sagt, was ihr zu sagen habt, damit ich die Farce hinter mir habe.«

»Du bist ungerecht«, bemerkte Ava kühl, was Aidan lediglich mit einem kurzen Blick quittierte.

»Ich habe«, sein Vater korrigierte sich, »wir alle haben dich beobachtet, dich und die Frau, die du ohne unsere Einwilligung zu einem Mitglied der Familie gemacht hast. Nun, an ihren Manieren uns gegenüber ist nichts auszusetzen.«

»Es freut mich, dass du das so siehst, Vater. Und nun gute Nacht.«

»Untersteh dich, zu gehen, ehe ich fertig bin«, drohte Raymond Landor seinem Sohn. »Die gesamte Situation ist nicht haltbar. Gut, du hast diese Frau …«

»Katrina«, unterbrach ihn Aidan, »sie heißt Katrina.«

»Geheiratet«, fuhr sein Vater fort, als hätte es den Einwand nicht gegeben. »Eine Scheidung kommt selbstredend nicht in Frage. Nicht nur der Familie willen, sondern weil ich vermute, dass ihr Bruder ausreichend Vorsorge getroffen hat, dergleichen zu verhindern. Der erste Punkt, zu dem ich komme, ist das Kind.«

Aidan richtete sich auf. »Halt Caleb da heraus. Von allen Beteiligten kann er am wenigsten etwas für diese Situation.«

»Ich habe nicht vor, dem Kind die Schuld an irgendetwas zu geben. Aber ich weiß, dass der Vater – der angebliche Vater – es haben möchte. Ich denke, du solltest dem entsprechen.«

»Und ich denke«, sagte Aidan seidenweich, »du gehst zu weit.«

»Nein, denn allem Anschein nach lebst du ein Leben, das für einen Mann nicht tragbar ist. Du hast keine eigenen Kinder, warum auch immer, obwohl ihr seit mehr als anderthalb Jahren verheiratet seid, und stattdessen spielst du den Vater für den Bastard deiner Frau.«

»Zunächst einmal solltest du Caleb nie wieder als Bastard und somit Katrina als sittenlos bezeichnen. Darüber hinaus ist es allein unsere Sache, ob wir gemeinsam Kinder bekommen, und erst recht werde ich dies nicht mit dir in Gegenwart meiner Geschwister erörtern.« Aidans Stimme war ruhig und beherrscht, obwohl sein Zorn bereits dicht unter der Oberfläche brodelte.

»Dein Leben geht auch uns etwas an«, wandte Ava ein.
»Nicht alles davon.«
Ava stemmte die Hände in die Hüften. »Du warst immer schon verantwortungslos, erst in deinem Herumstreunen und nun, als du diese Ehe eingegangen bist und uns mit einer Frau verschwägert hast, deren Leumund mehr als fragwürdig ist …«
»Mit Verlaub, aber das ist meine Angelegenheit.«
»Du wirst mir jetzt zuhören, ohne mich zu unterbrechen.«
»Zum Teufel, Ava«, brüllte Aidan sie an, »du bist nicht meine Mutter.«
Sowohl Ava als auch Jennifer fuhren zusammen, aber während Ava verstummt war, baute Jennifer sich vor ihrem älteren Bruder auf. »Sie flirtet mit Andrew«, fuhr sie ihn an, »schamlos, selbst in meiner Gegenwart. Und Andrew hat bereits ein Auge auf sie geworfen.«
»Jennifer, ich warne dich, treib es nicht zu weit. Selbst meine Geduld hat ihre Grenzen.«
»Nein, Aidan, treib du es nicht zu weit. Du weißt, dass Andrew anderen Frauen gegenüber nicht abgeneigt ist, und wenn du eine derartige Frau ins Haus bringst …«
Raymond Landor mischte sich ein. »Jennifer, es ist genug. Stell keine Behauptungen auf, die du nicht beweisen kannst.«
Mit einer zornigen Bewegung warf Jennifer den Kopf zurück. »Sag ihr, sie soll sich von meinem Mann fernhalten.«
Aidan ging zu ihr, umfasste ihre Schultern so hart, dass sie zusammenzuckte. »Ich bin dein älterer Bruder«, sagte er mit einer Stimme, die gefährlich ruhig war. »Und du wirst mir Respekt entgegenbringen, ebenso meiner Ehefrau, hast du das verstanden?« Sie schwieg, und er schüttelte sie leicht, bis sie ein »Ja« herauspresste, dann ließ er sie los.
»Setz dich hin, Jennifer«, befahl Raymond Landor. »Aidan, du beruhigst dich jetzt erst einmal. Ich möchte, dass du für geregelte Verhältnisse sorgst. Gib das Kind dem Vater und grün-

de eine Familie. Solange der Ärger mit Katrinas erstem Mann nicht vom Tisch ist, wird das Gerede nie verstummen. Du solltest endlich damit aufhören, dich wie ein Narr zu benehmen.«

Aidan erstarrte. »Bei allem Respekt, Vater, aber bezeichne mich nie wieder als Narren.«

»Vater«, mischte sich Ralph ein, »lass es gut sein für heute.«

Raymond Landor beachtete ihn nicht. »Hör mir zu, was ich dir vorzuschlagen habe, Aidan«, sagte er.

»Was ich bisher gehört habe, reicht mir. Dein Ansinnen ist vollkommen indiskutabel.«

»Vielleicht änderst du deine Meinung, wenn du hörst, was ich zu sagen habe.«

Aidan sah ihn ungläubig an.

»Du hast ja selbst gesagt«, fuhr sein Vater fort, »du fühlst dich von mir finanziell benachteiligt. Ich habe mir überlegt, das, was dir an monatlichen Zahlungen zusteht, zu erhöhen, auf – sagen wir – das Doppelte, wenn du meinem Ansinnen folgst. Zudem bekommst du eines meiner beiden Stadthäuser in London, so dass du ein Domizil hast, wenn du mit deiner Familie nach England reist.« Raymond Landor sah ihn erwartungsvoll an. »Was sagst du?«

»Es war ein Fehler, zu kommen«, sagte Aidan. »Und nun entschuldigt mich.« Er drehte sich um und riss die Tür auf.

Ava eilte ihm nach, als er die Halle durchquerte. »Aidan!« Sie hielt ihn am Ärmel fest, und Aidan musste an sich halten, sie nicht von sich zu stoßen.

»Niemand von uns meint es böse, Aidan.«

»Nein, das sicher nicht, aber gutgemeinte Ratschläge können zuweilen denselben Effekt haben. Vorzuschlagen, einer Mutter ihr Kind wegzunehmen – und das mit deiner Unterstützung, Ava, ausgerechnet mit deiner.«

Seine Schwester hielt immer noch seinen Ärmel fest. »Ich …«,

sie rang um Worte, »ich wollte … Du weißt, dass ich mich immer schon für dich verantwortlich gefühlt habe.«
Mit einer Drehung befreite Aidan seinen Arm. »Ich hatte zwei Mütter. Belassen wir es dabei.« Ohne ein weiteres Wort ging er.

Es war weit nach Mitternacht, als Aidan das Schlafzimmer betrat. An seiner Kleidung hing noch der rauchig-süßliche Geruch der Pfeifen, die er in der opiumgeschwängerten Stille eines Kellers genossen hatte. Katrina saß in einem Sessel, ein aufgeschlagenes Buch in der Hand, und sah ihn eindringlich an. Mit einem knappen Gruß ging er an ihr vorbei in sein Ankleidezimmer. Er hatte seinen Gehrock eben abgestreift, als er das leise Geräusch bloßer Füße auf Holzdielen hörte. Mit geschlossenen Augen und halbgesenktem Kopf wartete er auf die unausweichlichen Fragen und Vorwürfe. Er hoffte in Katrinas Interesse, sie unterschätzte den Grad seiner Gereiztheit nicht, den Zorn, der kurz davor stand, sich auf eine Art Bahn zu brechen, die selbst vor ihr als unbeteiligter Person nicht haltmachte. Er wollte ihr nicht weh tun, aber er wusste, er würde Dinge sagen, die schmerzten, wenn sie ihn mit Anklagen belastete.
Katrinas Arme schlossen sich um seine Mitte, und ihr Gesicht drückte sich an seinen Rücken. »Ich wünschte, du würdest damit aufhören«, murmelte sie, während ihre Hand sich zu seinem Herzen tastete. »Du hättest zu mir kommen können, ich habe auf dich gewartet.«
»Ich«, Aidan zögerte, »ich wäre keine sonderlich angenehme Unterhaltung gewesen.«
Behutsam lösten Katrinas Finger die Knöpfe seines Hemdes. »Du bist nicht mein Unterhalter, sondern mein Ehemann.« Ihre Lippen berührten sein Schulterblatt durch den feinen Stoff hindurch. Sie spürte, wie seine Muskeln sich anspannten und ein kurzer Schauer durch seinen Körper lief. Unter den Fingerspitzen ihrer linken Hand schlug sein Herz schneller.

Aidans Hände schlossen sich um ihre. »Du solltest schlafen gehen. Ich habe mich sehr über meine Familie geärgert, und ich fürchte, ich wäre rücksichtslos und unbeherrscht dir gegenüber, wenn es erst einmal dazu kommt, dass ich meine Selbstbeherrschung verliere.«
Ohne sich von der Stelle zu rühren, befreite Katrina ihre rechte Hand und berührte die Mulde unter seinem Hals.
»Fordere mich nicht heraus, Katrina. Du kennst mich nicht so gut, wie du glaubst.«
»Das mag sein«, flüsterte sie, »aber du mich ebenso wenig.«

Etwas ist anders, dachte Katrina, während sie mit Aidan die Treppe hinunter und zum Frühstückszimmer ging. An diesem Morgen war er nicht fort gewesen, als sie aufgewacht war, sondern hatte neben ihr gelegen, auf einen Ellbogen aufgestützt, und sie angesehen. Was hat sich geändert, überlegte sie, was war so anders als sonst? Es war beileibe nicht ihre erste Liebesnacht mit ihm gewesen, seit sie in Bombay angekommen waren, und es war ganz sicher nicht die sanfteste seit ihrer Eheschließung gewesen. Aidans Blicke hatten morgens auf den Spuren geruht, die seine Leidenschaft auf ihrem Körper hinterlassen hatte. Schuldbewusst hatte er ausgesehen. Ich habe dich gewarnt, hatten seine Augen gesagt. Es ist schon gut, hatte sie ihm stumm geantwortet, ich wollte es doch selbst. Ein kurzes Nicken als Zeichen dafür, dass er sie verstanden hatte, ehe er den Baldachin zur Seite schob und sich erhob.
Die Familie saß noch beim Frühstück, als Aidan und Katrina zusammen das Zimmer betraten. Am Kopfende des Tisches hatte Raymond Landor seinen Platz, rechts von ihm saß Ralph, der Platz neben diesem war frei und normalerweise seiner Ehefrau vorbehalten, Annabelle saß zur Linken ihres Vaters, und neben ihr waren zwei Plätze frei für Aidan und Katrina.
Alle sahen erwartungsvoll auf, aber Aidan nickte nur kurz zur

Begrüßung, während Katrina einen Gruß murmelte und sich wieder seltsam befangen fühlte in Gegenwart ihres Schwiegervaters. Aidan hatte ihr nicht erzählt, was vorgefallen war, aber sie ahnte, dass auf beiden Seiten ein tiefer Groll herrschen musste, und es behagte ihr nicht, die Ursache dafür zu sein. Aidan bemerkte ihr Zögern offenbar, denn er legte die Hand auf ihren Rücken und schob sie sanft neben sich her in den Raum. Dann rückte er ihr einen Stuhl zurecht, damit sie sich setzen konnte, und stellte sich hinter sie.

»Vater, ich hatte letzte Nacht mit dem Gedanken gespielt, heute abzureisen, und vorher wäre es zu einer recht unerfreulichen Szene gekommen. Dass ich es nicht tue, verdankt ihr meiner Frau.«

Annabelle starrte ihn mit aufgerissenen Augen an. »Du wärst nicht zu meiner Hochzeit gekommen?«

»Ich hätte es aufrichtig bedauert, mein Herz«, sagte Aidan zu ihr.

»Aber was habe ich denn getan?«

»Gar nichts. Du hast überhaupt nichts getan, Liebes.« Aidan strich ihr über die Wange.

»Lass deinen Ärger nicht an deiner Schwester aus«, sagte sein Vater. »Du bist mir böse und vermutlich auch Ava und Jennifer – gut, bei ihr verstehe ich es sogar –, aber es wäre kein Grund gewesen, Annabelle so vor den Kopf zu stoßen.«

Aidan gab keine Antwort und ging zur Anrichte, um Frühstück für sich und Katrina zu holen.

Katrina sah auf den Tisch und spürte die Blicke der anderen auf sich ruhen, las die Fragen darin, ohne ihnen in die Augen zu sehen. Jeder schien sich zu fragen, was sie Aidan gesagt hatte, damit sein Zorn verrauchte, und niemand würde wissen, dass er keinerlei Argumenten mehr zugänglich gewesen wäre. Mit ihm zu reden, hatte sie die ganze Nacht über nicht versucht – es wäre sinnlos gewesen. Als Aidan zugelassen hatte, dass die Dämme

brachen, schien ihn nichts zu interessieren als der Körper, den sie ihm überlassen hatte, damit er wieder Herr über sich selbst werden konnte. Mit Schmerzen hatte sie gerechnet, aber nicht mit einem Verlangen, das so weh tat, dass sie bei dem Gedanken daran in Tränen ausbrechen wollte. Verstört gestand sie sich ein, dass sie nicht die geringste Ahnung gehabt hatte.
Aidan riss sie aus ihren Gedanken, als er das Tablett auf den Tisch stellte. Sie griff nach der Teekanne aus feinem Porzellan, um sich und ihm Tee einzuschenken. Aber Aidan trinkt morgens Kaffee, erinnerte sie sich und hielt in der Bewegung inne. Er nahm sich einen Teller und Toast. Ruhig waren seine Bewegungen, während ihre Hand, die die Teekanne hielt, zitterte. Seine Seelenruhe schien die ihre gekostet zu haben, und auf einmal war es Katrina, als könne sie ihn nicht gewinnen, ohne sich selbst in ihm zu verlieren. Ihr Blick verschwamm, und sie senkte eilig die Lider. Das, dachte sie, war nicht Teil unserer Abmachung.

Nach dem Frühstück begleitete Katrina Annabelle in den Garten. Obwohl es noch so früh am Tag war, spürte Katrina bereits Schweißtropfen ihren Rücken hinabrinnen, und die Sonne erhitzte Luft, die gesättigt war von Feuchtigkeit. Das Laub der Bäume war dunkelgrün, der Rasen glich in seiner Farbe Smaragden. Hinter dem Haus erstreckte sich der Garten bis zu einer Mauer, vor der ein Bambusgitter aufgestellt war, an dem sich Rosen emporrankten.
»Das Haus ist schon über hundertfünfzig Jahre alt«, erklärte Annabelle. »Früher einmal war das Grundstück größer, und dort«, sie deutete auf die Mauer, »soll ein See gewesen sein. Der wurde aber schon lange trockengelegt, um Land zu gewinnen, und jetzt gehört das alles unseren Nachbarn.«
Katrina fächelte sich Luft zu und sah sich um. Der Garten war immer noch riesig, einer der größten, die sie je gesehen hatte.

Im hinteren Teil des Gartens stand ein kleines Haus, halb verfallen.
»Das wird bald abgerissen«, sagte Annabelle, die ihrem Blick gefolgt war. »Es war schon baufällig, als ich noch ein Kind war, und wir durften es nie betreten, weil Vater Angst hatte, dass etwas passiert.« Sie runzelte die Stirn, als sie Katrina ansah. »Ist dir nicht gut?«
Katrina lehnte sich an einen Baum. »Nur etwas schwindlig. Das ist die Hitze, es wird gleich wieder besser.«
Schuldbewusst sah Annabelle sie an. »Ich habe nicht daran gedacht, dass du es nicht gewohnt bist. Bei euch in den Bergen ist es kühler, nicht wahr? Natürlich ist es das, ich war ja oft genug in Simla. Entschuldige bitte, ich war gedankenlos, dich mit in den Garten zu nehmen.«
»Nein, das warst du nicht. Ich dachte, ich würde mich daran gewöhnen.«
Annabelle lachte. »Daran gewöhnt sich so schnell keiner. Was glaubst du, wie viele Engländer hier mit Hitzefurunkeln im Bett liegen, kaum dass sie an Land gekommen sind.«
Sie gingen ins Haus zurück und setzten sich in den Salon. Die nächste Stunde verging mit Geplauder über eine neue »Fangflotte«, wie die Leute die Schiffe nannten, die heiratswillige Mädchen aus England nach Indien brachten. Annabelle konnte sich ausgiebig darüber auslassen, welche Kleider die Mädchen anhatten, dass die meisten von ihnen völlig seekrank angekommen und nun von der Hitze so geschwächt waren, dass die Chancen, einen Mann zu finden, auch nicht besser waren als in einem Ballsaal in England. »Obwohl es natürlich auch hier Männer gibt, die verzweifelt genug sind«, schloss sie ein wenig gehässig.
Kurz darauf trafen Jennifer und Ava ein, die noch Details für die Hochzeit zu planen hatten. Sie sahen kurz in den Salon, grüßten Katrina und gaben Annabelle Bescheid, dass die Schneiderin bald kommen würde.

»Ich bin so furchtbar nervös«, vertraute Annabelle Katrina an, »dabei kümmert sich Ava um alles.«
»Das ist normal, vor allem, wenn man keine Mutter hat. Ich kenne das.«
Annabelle sah sie interessiert an. »Ja, richtig, deine ist ja auch früh gestorben. Für mich war Ava immer wie eine Mutter. Das ist manchmal nicht ganz leicht für sie, sie hat ja selbst Kinder. Aber ich glaube, sie ist das gewohnt. Jennifer hat mal erzählt, bevor Papa meine Mutter geheiratet hat, hat Ava sich um sie gekümmert und um Aidan auch ein wenig.«
»Ich hatte dafür meine *Ayah*«, antwortete Katrina. »Sie kümmert sich nun um Caleb.«
»Unsere sind auch noch im Haus.« Annabelle sah aus dem Fenster, dann wieder zu Katrina. »Du und Ava, ihr mögt euch nicht besonders, oder?«
Katrina biss sich auf die Lippen. »Ich habe nichts gegen sie.«
»Sie macht sich Sorgen um Aidan, das hat nichts mit dir zu tun.«
»Tatsächlich?«, fragte Katrina sarkastisch, was sie sofort bereute, weil sie die junge Frau nicht verletzen wollte.
»Sie ist eben so.« Annabelle zuckte die Schultern. »Als ihr Sohn damals gestorben ist, war ich noch sehr klein. Kurz darauf ist meine Mutter gestorben, und Ava hatte nicht nur ihre eigenen Kinder, sondern auch mich, um die sie sich kümmern musste.«
»Ein Kind zu verlieren, ist ein schwerer Schlag.«
»Jennifer hat mir erzählt, Ralph und Aidan hätten ihn damals gefunden. Der Kleine ist nach draußen gelaufen, und der Brunnen war nicht abgedeckt.«
Katrina schloss die Augen und erschauerte.
»Aidan hat ihn ins Haus getragen – man hatte schon überall nach ihm gesucht.« Ein klein wenig harmloser Sensationslust hatte sich in Annabelles Stimme gemischt. »Ralph ist vorausgegangen und hat versucht, es Ava beizubringen, während Aidan

ihm mit dem toten Kind gefolgt ist. Jennifer hat gesagt, Avas Schreie hätte man in der ganzen Nachbarschaft gehört. Ralph musste sie festhalten, sie muss wie von Sinnen gewesen sein.«

Erneut erfasste Katrina Mitgefühl für ihre Schwägerin. »Das kann kein Mensch verstehen, der keine Kinder hat.«

»Vermutlich«, sagte Annabelle nachdenklich. »Aber sie hatte ja später die Zwillinge, und ein Jahr darauf ist Alexander geboren worden, sie haben ihr ihren ersten Sohn bestimmt ersetzt.«

»Ein Kind kann man nicht ersetzen.«

Ein lautes Klirren ließ die Stille zerplatzen, kurz darauf ertönten erschrockene Kinderschreie, in denen Katrina auch Calebs Stimme erkannte. Sie sprang auf und lief aus dem Salon, das Kleid beinahe unanständig hochgerafft, damit es ihre Schritte nicht behinderte.

»Was hast du angerichtet?«, hörte sie Jennifer in der Halle schreien.

Als sie ankam, sah sie eben, wie ihre Schwägerin Calebs Hand nahm und kräftig darauf schlug. Es war das erste Mal in ihrem Leben, dass Katrina Zorn verspürte, der sich wie ein roter Schleier vor ihre Augen senkte. Sie stürzte vor, stieß ihre Schwägerin so heftig zurück, dass diese beinahe gefallen wäre, und kniete inmitten weißer Scherben am Boden, um den weinenden Caleb an sich zu ziehen. Jennifers Tochter stand eingeschüchtert einige Schritte entfernt und kaute an den Knöcheln ihrer geballten Faust.

»Was fällt dir ein, mein Kind zu schlagen?«, fuhr Katrina Jennifer an.

»Er hat beim Herumtoben die Vase zerbrochen.«

Katrina stand auf und hielt Caleb an sich gedrückt. »Das gibt dir nicht das Recht, ihn anzurühren!«, schrie sie nicht weniger laut als ihre Schwägerin.

»Dann solltest du ihm Erziehung angedeihen lassen, damit er sich nicht wie ein Bastard aufführt, wenn er schon einer ist.«

»Jennifer!« Aidans Stimme war glatt und scharf wie eine Klinge. Er betrat die Halle, gefolgt von Ralph und Jennifers Ehemann Andrew. Ava, die den Lärm offensichtlich ebenfalls gehört hatte, kam die Treppe heruntergeeilt.

»Was soll das Geschrei?«, fragte Ralph.

»Dein Stiefsohn hat eine Vase zerbrochen«, antwortete Jennifer, an Aidan gewandt, jedoch sichtlich verunsichert von dem Blick ihres Bruders, der nichts Gutes für sie verhieß.

Aidan hob Caleb hoch, der seine Nase schniefend an seiner Schulter rieb. »Ich habe dir einiges zu sagen, Jennifer, aber das werde ich nicht hier tun. Zunächst wirst du dich bei Katrina dafür entschuldigen, ihr Kind als Bastard bezeichnet zu haben, womit du ihre Moral in Gegenwart aller in Frage gestellt hast.«

Jennifer presste die Lippen zusammen und sah zu Boden. Einen Augenblick lang wartete Aidan, dann strich er Caleb noch einige Male beruhigend über den Rücken, ehe er ihn wieder auf den Boden stellte. »Nun gut.« Er hockte sich vor das Kind und strich ihm die Haare aus der verschwitzten Stirn. »Caleb, warst du das hier?« Mit einer Handbewegung wies er auf die Scherben.

»Sie waren es beide, Onkel Aidan«, sagte ein schlanker dunkelhaariger Junge, einer von Avas Zwillingen, der sich im Hintergrund gehalten hatte. »Martha und er haben Fangen gespielt, dabei ist es dann passiert.«

Aidan sah zu dem kleinen Mädchen, das aussah, als würde es jeden Moment in Tränen ausbrechen. »Es ist nicht schlimm, Martha«, sagte er. »Nur eine alte Vase. Das nächste Mal seid achtsamer, wenn ihr spielt.« Er stand auf und schickte die beiden Kinder mit ihrem älteren Cousin hoch ins Spielzimmer.

»Und nun zu uns beiden«, sagte er, trat zu Jennifer, nahm ihr Handgelenk, und noch ehe sie etwas sagen konnte, zerrte er sie hinter sich her in den erstbesten Salon. Andrew folgte ihnen, und erst jetzt sah Katrina, dass dessen Gesicht ebenfalls rot war

vor Wut. Dass der Vorfall solche Wellen schlug, erschien Katrina beinahe zu viel, auch wenn sie wütend war. Aber es wäre ihre Sache gewesen, das zu klären, und sie fand es trotz allem nicht richtig, dass die Frau nun von Aidan und ihrem Mann zur Rechenschaft gezogen wurde. Absurderweise hatte sie plötzlich ein schlechtes Gewissen, so als hätte sie eingreifen müssen.
»Du bist nicht schuld«, sagte Ava von der Treppe her. »Zumindest nicht so, wie du jetzt vielleicht denkst.« Damit drehte sie sich um und ging die Treppe hoch, gefolgt von einer sichtlich verstörten Annabelle.

Aidan hatte seine Schwester ins Zimmer gestoßen, und Andrew, der ihm auf den Fuß folgte, warf die Tür hinter sich ins Schloss. Jennifer taumelte, dann fing sie sich und schob das Kinn vor, was ihre Unsicherheit überspielen sollte.
»Du bist zu weit gegangen«, sagte Aidan. »Nicht nur, was dein Benehmen Caleb gegenüber angeht.« Er deutete auf Andrew. »Wiederhole deine Anschuldigung von gestern Abend bitte noch einmal in seiner Gegenwart.«
Jennifer sah ihren Ehemann aus weitaufgerissenen Augen an, schwieg jedoch.
»Ich höre«, sagte Andrew kalt. Er wartete, fuhr dann fort, als er keine Antwort bekam: »Du unterstellst mir die Absicht eines Ehebruchs mit der Frau deines Bruders?«
»Nein!«, rief Jennifer. »Dir unterstelle ich rein gar nichts.«
»Ich darf dich zitieren, Jennifer?«, fragte Aidan aufreizend höflich. »*Andrew hat bereits ein Auge auf sie geworfen. Du weißt, dass Andrew anderen Frauen gegenüber nicht abgeneigt ist.*«
Jennifers Blick war der eines Menschen, der soeben von jemandem, dem er vertraute, verraten worden war. »Das …« Sie schluckte. »Andrew, ich habe nicht gemeint …« Sie stockte, aber niemand half ihr, sondern beide Männer sahen sie in kühler Erwartung weiterer Erklärungen an.

Ihre Schultern sackten ein wenig herab. »Dich meinte ich nicht, Andrew. Ich war nur … wütend.«
»Auf wen?«, fragte Aidan.
Anstelle einer Antwort zog Jennifer die Brauen zusammen und verschränkte die Arme vor der Brust, was auf Aidan nicht anders als verstockt wirkte.
»Deine Eifersucht«, sagte er, »ist Sache zwischen dir und Andrew und geht mich nichts an. Aber dass du Katrina unterstellst, mich zu betrügen, kann ich dir weder vergeben noch vergessen. Und selbst wenn ich milderer Stimmung gegen dich wäre, hätte dein Ausbruch vorhin dies zunichtegemacht. Bis wir abreisen, möchte ich dich nur noch sehen, wenn es unumgänglich ist.«
Jennifer sah ihn erschrocken an. »Aidan …«
»Keine Diskussion«, schnitt er ihr das Wort ab und ging zur Tür.
»Es ging nie darum, *dich* von der Familie auszugrenzen.«
Ohne sich umzudrehen, antwortete er: »Und du denkst, das macht es besser?«

Katrina lag auf ihrem Bett, als Aidan das Zimmer betrat. Sie richtete sich auf, aber er bedeutete ihr, liegen zu bleiben.
»Fühlst du dich nicht wohl?«
»Mir ist nur ein wenig schwindlig«, antwortete Katrina.
Aidan lehnte sich an den Bettpfosten und musterte sie prüfend.
»Wieder die Hitze?«, fragte er. »Oder hast du mir etwas zu sagen?«
»Ich war mir nicht sicher …« Katrina zögerte.
»Wann?«
»In schätzungsweise sieben Monaten.«
Schweigend ging Aidan zum Fenster, öffnete die Läden und sah hinaus in den Garten. »Wann hättest du es mir gesagt?«, fragte er, ohne sie anzusehen.
»Wenn der Zeitpunkt günstig gewesen wäre.«

»Und das entscheidest du?«
»Ganz recht.«
Aidan schloss die Fensterläden heftiger als nötig. »Gestern Nacht wäre der rechte Zeitpunkt gewesen, denkst du nicht?« Er drehte sich mit einem Ruck um. »Das hätte mich vielleicht davon abgehalten, dich wie eine Hure zu behandeln.«
»Das hast du nicht«, widersprach Katrina leise.
»Doch, das habe ich. Wenn mir die Frau, mit der ich zusammen bin, egal ist und mich nichts interessiert außer meinen eigenen Bedürfnissen, dann ist es, als läge ich bei einer Hure.«
Katrina setzte sich auf und zog die Beine an. »Ich bin auf meine Kosten gekommen.«
»Tatsächlich?« Aidan lächelte spöttisch. »Meine Liebe, es wäre mir gleichgültig gewesen, wenn nicht.« Er durchmaß den Raum mit wenigen Schritten und kam wieder zum Bett zurück, wo er mit der Faust auf den Pfosten hieb. »Sie«, er deutete zur Tür, »hätten meinen Zorn verdient, nicht du, und dennoch hast du ihn abbekommen mit allen Konsequenzen. Das kann und werde ich ihnen nicht verzeihen.«
»Doch«, sagte Katrina sanft, »das wirst du, weil es deine Familie ist.«
Unwillig schüttelte Aidan den Kopf und wandte sich ab. »Wir bleiben bis zu Annies Hochzeit, aber danach werde ich dieses Haus nicht wieder betreten, ehe sie dich um Verzeihung gebeten haben.«
»Liegt es wirklich allein an mir, Aidan, oder bin ich der Anlass für einen Ausbruch, der schon lange geschwelt hat?«
Aidan sagte nichts, sondern sah sie nur an. Dann wandte er sich ab, verließ das Zimmer und warf die Tür mit einem Knall hinter sich ins Schloss.

*

Eine Woche noch, dachte Katrina, eine Woche, und sie würden abreisen. Sie wusste, es fiel Aidan nicht schwer, das mit der Schwangerschaft vor seiner Familie, deren Gesellschaft er äußerst widerwillig ertrug, geheim zu halten. Ava kam nach wie vor täglich, um Annabelle zu helfen, während Jennifer sich nur sehen ließ, wenn es sein musste, und es dann auch tunlichst vermied, Aidan unter die Augen zu treten. Annabelle war bedrückt, und in einer tränenreichen Szene hatte sie ihrer Familie vorgeworfen, Aidan offenbar vertreiben und ihr damit ihre Hochzeit verderben zu wollen. Ihr Vater hatte sie getröstet und Aidan einen strafenden Blick zugeworfen.

An diesem Spätnachmittag war Katrina allein mit der Familie, weil Aidan einen alten Freund besuchte. Ava hatte sich mit Annabelle zurückgezogen, da Anproben anstanden. Zwar war Katrina eingeladen worden, sich anzuschließen, aber weil sie an Avas Blick gesehen hatte, dass diese lieber ihrer kleinen Schwester allein zur Seite stand, lehnte sie ab. Sie wäre sich ohnehin wie ein Eindringling vorgekommen. Derartige Vorbereitungen führte man nun einmal mit der Mutter oder einer engen Verwandten durch.

Stattdessen nutzte Katrina die Zeit, ein wenig in der Bibliothek zu stöbern, wozu sie sich nach langem Zögern endlich durchgerungen hatte. Aidan hatte sie wiederholt dazu ermutigt und ihr gesagt, niemand werde es wagen, ihr im Haus seines Vaters Bücher zu verbieten. Dennoch fühlte Katrina sich ein wenig unwohl, als sie über den polierten Holzboden schritt und die Reihen von Büchern in den dunklen Regalen betrachtete. Auch hier hing die unvermeidliche *Punkah* von der Decke, aber sie hatte den *Punkahwallah* nicht kommen lassen. Sessel und Sitzbänke mit weinroten Samtbezügen standen um einen niedrigen Tisch gruppiert, üppige Vorhänge sperrten die Sonne aus, und Gaslampen flackerten. Die Bücher, das hatte Aidan ihr erzählt, wurden regelmäßig von Dienstboten aus den Regalen gezo-

gen, um ausgelüftet und auf Schimmelflecken untersucht zu werden.
Mit den Fingerspitzen fuhr Katrina über die ledernen Buchrücken und studierte die Titel. Zwischendurch zog sie das eine oder andere Buch heraus, blätterte ein wenig darin und stellte es zurück. Unter den Büchern fand sich sogar der Reisebericht von Richard Francis Burton über die Nilgiris, *Goa and the blue mountains*. Katrina kannte das Werk bereits, es befand sich sowohl in ihrem eigenen als auch im Besitz ihres Bruders, der die Bibliothek ihres Vaters geerbt hatte. Ein Gefühl von Heimweh überkam sie, und sie zog das Buch heraus und ging damit zu der Sitzgruppe. Richard Francis Burton hatte die Nilgiris besucht, als er krank gewesen war und zudem während der Monsunzeit, und er hatte ihnen demnach nicht viel abgewinnen können. Dennoch mochte Katrina die Beschreibung seiner Reise, die ihn letzten Endes dorthin geführt hatte.
Sehnsuchtsvoll seufzend, blätterte Katrina weiter und las Beschreibungen von Ooty aus Sicht des Reisenden, der von seinem Weg aus Coonoor den ersten Blick auf die Stadt warf. Es dauerte ja nicht mehr lange, bis sie wieder daheim sein würde.
»Wie ich sehe, hast du eine Beschäftigung gefunden?«
Die Stimme ihres Schwiegervaters ließ Katrina zusammenfahren, und beinahe wäre ihr das Buch vom Schoß gerutscht. Er trat zu ihr, und als er Anstalten machte, das Buch zu nehmen, schlug sie es zu. Ihn sehen zu lassen, was sie eben noch so tief bewegt hatte, erschien ihr plötzlich von einer erschreckenden Intimität. So nahe wollte sie ihn nicht an sich heranlassen.
Raymond Landor drehte das Buch in der Hand. »Ein interessanter Bericht. Aidan hat ihn seinerzeit oft gelesen. Ich hatte damals schon die Befürchtung, aus ihm würde ein ebensolcher Herumtreiber werden wie Mr. Burton.«
»Einige sehen ihn als Herumtreiber, andere hingegen erhalten

durch seine Berichte Einblicke in Welten, die sie vielleicht nie in ihrem Leben zu sehen bekommen werden.«

»Nun ja …« Raymond Landor betrachtete das Buch nachdenklich. »Ich selbst konnte dergleichen nie viel abgewinnen.« Er setzte sich ebenfalls. »Du bist nicht sehr gesellig, ja? Mir scheint beinahe, du verbringst mehr Zeit mit Lesen und Grübeln als jede andere Frau, die ich kenne. Oh, nicht dass du denkst, ich hätte etwas gegen lesende Frauen – ich habe meine Töchter immer ermutigt, zu lesen und Fragen zu stellen. Aber ich frage mich, ob du eine solche Zurückgezogenheit auch daheim an den Tag legst.«

Katrina runzelte die Stirn. »Was tut das zur Sache?«

»Versteh mich nicht falsch, aber ich möchte immer noch wissen, welchen Gewinn Aidan, abgesehen von seiner absurden Idee, eine Teeplantage besitzen zu wollen, aus der Ehe zieht. Eine Frau, die sich lieber Büchern widmet als ihrem Mann, kann doch kaum ausreichen, ihn bei sich zu halten. Ist er deshalb so oft fort?«

Ärger schwappte in Katrina hoch. »Ich denke, das geht allein mich und Aidan an, und bisher hatte er gewiss keinen Grund, sich zu beklagen.«

»Ein Mann verlässt sein Heim nicht grundlos.« Raymond Landor legte das Buch auf dem Tisch ab und schlug entspannt die Beine übereinander – wieder eine Geste, die schmerzhaft an Aidan erinnerte. Vielleicht verstanden sie sich einfach nicht, weil sie einander zu ähnlich waren, dachte Katrina, sie würde sich jedoch hüten, den Gedanken in Aidans Gegenwart zu äußern.

»Vielleicht«, fuhr Raymond Landor fort, »solltest du anfangen, ihm ein Familienleben zu bieten, wie es einem Mann zukommt.«

Katrinas Unterlippe zitterte leicht, und sie presste die Lippen zusammen, als sie sich aufrichtete. »Du bist wohl kaum imstande dazu, dir ein Bild über unser Leben daheim machen zu können. Und was Aidan angeht, so reist er, weil er mehr über Teeanbau lernen möchte.«

»Erzählt er das, ja?« In der Stimme ihres Schwiegervaters lag echte Erheiterung.

»Ich hatte nie Anlass, ihm nicht zu glauben.«

»Mein liebes Kind. Du lässt ihn den Vater für deinen, nun, ich will nicht sagen, Bastard, aber für deinen Sohn spielen, an dessen Abstammung offenbar Zweifel bestehen. Nun ist der angeblich leibliche Vater bereit, ihn zu nehmen, was du jedoch verweigerst. Gleichzeitig verweigerst du Aidan offenbar Kinder. Wie erklärst du das?«

Mit einem Ruck stand Katrina auf. »Überhaupt nicht, weil es niemanden etwas angeht. Und nun entschuldige mich.«

»Einen Augenblick«, donnerte Raymond Landors Stimme, was Katrina zusammenfahren ließ, so dass sie mit ihrem Knie an den Tisch in der Mitte der Sitzgruppe stieß. Mit schmerzverzerrtem Gesicht hielt sie inne.

»Ich bin es nicht gewohnt, dass meine Kinder oder Schwiegersöhne und -töchter einfach gehen, ehe ich sie entlassen habe«, sagte ihr Schwiegervater.

»Ich hingegen bin einen solchen Ton weder von meinem verstorbenen Vater noch von meinem Bruder gewohnt.«

»Du siehst mich an, als hieltest du mich für ein Ungeheuer, aber ich bin lediglich ein Vater, der in Sorge um jedes einzelne seiner Kinder ist, das schließt missratene Söhne ebenfalls mit ein – die vielleicht sogar in besonderem Maße. Als Mutter müsstest du mich doch verstehen.«

Katrina belastete vorsichtig das Bein mit dem schmerzenden Knie. »Oh, für Sorge habe ich jedes Verständnis, nicht jedoch dafür, dass du dich in unser Leben einmischst. Du fragst ja nicht einmal, ob die Dinge, die mein früherer Mann über mich verbreitet hat, stimmen, sondern du setzt sie als gegeben voraus.«

Raymond Landor betrachtete sie ungerührt. »Beweise mir das Gegenteil, so wie dein Mann deine Schuld bewiesen hat.«
Abrupt wandte Katrina sich ab.
»Du kannst es nicht, richtig? Und was euer Familienleben angeht, das ja nun keineswegs dem entspricht, was allgemein üblich ist – dazu kannst du mir vermutlich auch nichts sagen, habe ich recht?«
Katrina schlang die Arme um ihren Oberkörper, und Tränen stiegen ihr in die Augen, die sie eilig wegblinzelte. »Es geht dich nichts an«, wiederholte sie mühsam und mit gebrochener Stimme.
»Was du nicht sagst. Ich akzeptiere dich als Umgang für meine jüngste Tochter, und ich dulde dich in meinem Haus. Also denke ich, es geht mich einiges an.«
Ehe Katrina antworten konnte, wurde die Tür geöffnet, und Ava trat ein. Sie war offenbar im Begriff, etwas zu Katrina zu sagen, als ihr Blick auf ihren Vater fiel. Verständnislos sah sie von ihm zu Katrina, dann bildete sich eine steile Falte zwischen ihren Brauen.
»Vater, wir hatten doch gesagt, keine weiteren Gespräche mehr vor der Hochzeit.«
»Es bot sich gerade an.« Raymond Landor stand auf und strich über seine Hausjacke.
Aus der Halle war Annabelles Stimme zu hören. »Sie ist in der Bibliothek«, rief sie gutgelaunt. Eine leise Antwort folgte, unverkennbar Aidans Stimme, der offenbar gerade heimgekehrt war. Scherzworte folgten, dann das Kichern von Annabelle.
Ava wirkte beunruhigt und drehte sich um. »Du bist früh zurück«, sagte sie, dann trat sie zur Seite, um ihren Bruder einzulassen.
Aidans Lächeln schwand schlagartig, als er Katrinas verstörtes Gesicht sah. Langsam löste er seinen Blick von ihrem Gesicht und wandte sich seinem Vater zu.

»Was ist hier los?«
»Deine Frau und ich hatten eine Unterhaltung, sonst nichts«, antwortete sein Vater.
Aidan ging zu Katrina, legte sanft die Hand unter ihr Kinn und sah sie an, dann drehte er sich langsam wieder zu seinem Vater, aber dieser kam einer Anklage zuvor.
»Katrina, vielleicht klärst du das auf. Du möchtest doch sicher nicht, dass es so kurz vor Annabelles Hochzeit zu einem Eklat kommt, nicht wahr?«
Katrina deutete den eindringlichen Blick sowie die Worte richtig, und ein Blick auf Annabelles Gesicht machte ihr klar, dass sie der jungen Frau nicht diesen großen Moment verderben durfte, egal, was es sie kostete. Sie räusperte sich, um ihrer Stimme Festigkeit zu geben.
»Es ist schon gut, Aidan.«
Aidan ließ die Hand sinken, und seine Augen verengten sich. »Ah, ich verstehe schon. Sie setzen dir zu, und dann machen sie dir ein schlechtes Gewissen, damit du mir nichts sagst, richtig?«
Lügen konnte Katrina nicht, aber ebenso wenig wollte sie jetzt eine Anklage erheben, von der sie wusste, dass es die ohnehin schon gespannte Stimmung erheblich verschlimmert hätte. Offenbar genügte Aidan jedoch ihr Schweigen. Er fuhr zu seinem Vater und Ava herum.
»Warum könnt ihr beide sie nicht in Ruhe lassen?«
»Deine Schwester«, sagte Raymond Landor zu Aidan, »hatte mit dem Gespräch nichts zu tun, ganz im Gegenteil, sie hat mir gesagt, ich solle das Thema Annabelles Hochzeit zuliebe ruhen lassen.«
Katrina sah Aidan an, dass ihn sein ungerechtfertigter Ausbruch seiner Schwester gegenüber leidtat. Er trat einen Schritt auf sie zu. »Entschuldige, Ava.«
Seine Schwester hatte den Kopf abgewandt und nickte lediglich. Sie wirkte traurig.

Aidan wandte sich wieder an seinen Vater. »Wir bleiben noch bis zu Annies Hochzeit, aber danach reisen wir unverzüglich ab, und ich werde dein Haus bis auf weiteres nicht mehr betreten.« Er ging zur Tür und gab Katrina mit der Hand ein Zeichen, ihm zu folgen. »Komm.«

Die gesamte folgende Woche war Aidan kurz angebunden, und selbst Katrina fand keinen Zugang zu ihm. Sie versuchte es auch gar nicht erst – zu sehr hielt der kalte Glanz seiner Augen sie auf Distanz. Annabelle litt so sehr unter der Kühle ihres Bruders, dass ihre Vorfreude auf die Hochzeit einen herben Dämpfer erhalten hatte. Das wiederum legte man Aidan zur Last. Selbst Caleb bemerkte die deutlich veränderte Stimmung und wurde quengelig und schlechtgelaunt. Zudem wurde er Katrina gegenüber auf einmal ungewöhnlich anhänglich und wollte ständig in den Arm genommen werden, was Katrina einerseits genoss, aber andererseits auch auf Aidans Distanziertheit zurückführte.

Sie brachen auf, als Annabelle mit ihrem Bräutigam die Hochzeitsfeier verlassen hatte. Zwar versuchte die Familie, sie wenigstens bis zum kommenden Tag zum Bleiben zu überreden, damit es nicht zu Gerede kam, aber Aidan ließ nicht mit sich diskutieren. Als es endlich so weit war, dass sie in einer Kutsche saßen und vom Haus wegfuhren, atmete Katrina erleichtert auf, und ihr wurde auf einmal merklich leichter ums Herz. Selbst die lange Reise hatte plötzlich ihren Reiz.

# 17

## Ootacamund, März 1877

Assam-Tees aus der ersten Ernte, frisch und duftig, zarte blumig-frische Darjeeling-Tees mit feinem Aroma, weiche Ceylon-Tees – Charles hatte die Augen geschlossen, und seine Nasenflügel blähten sich leicht, als er sich über die einzelnen kleinen Behälter neigte, in denen Teeproben angeliefert worden waren. Er schüttete einige Blätter in seine Hand, hauchte sie an, um den Geruch besser wahrnehmen zu können, wobei eine endgültige Entfaltung des Aromas erst beim Aufbrühen möglich war. Bei jeder Lieferung, die ankam, durchfuhr ihn eine vibrierende Vorfreude, ähnlich einem Schatzsucher, der im Begriff ist, eine seltene Perle zu entdecken – ein Tee, der sich von allen anderen abhob und nur darauf wartete, einen Platz in seinem Sortiment einzunehmen. Ein exklusiver teurer Tee, den außer ihm niemand anbot.

Charles durchschritt den Verkostungsraum, ging an den Regalen vorbei, in denen Tee in Schubladen aus gedunkeltem Holz mit bronzenen Etiketten lagerte. Zu seiner Rechten waren die Regale und die Schubladen heller, da er sie erst vor einigen Jahren hinzugekauft hatte, um sein Sortiment erweitern zu können. Die alten Regale stammten noch von seinem Vater, der einer der ersten Teepflanzer in den Nilgiris gewesen war.

Die Pioniere unter den Teepflanzern hatten sich seinerzeit durch das dunkle, feuchte Dickicht des Dschungels hinauf in die Berge gekämpft, nach dem Ort suchend, der von Sullivan so verheißungsvoll beschrieben worden war. Die erste Zeit war hart gewesen, aufreibende und arbeitsreiche Monate und Jahre, in denen der Boden den üppigen Wäldern abgerungen werden musste, wo jeder Pflanzer damit beschäftigt war, seinen Teil des eroberten Landes abzustecken und zu bewirtschaften. Die meisten lebten, abgesehen von ihrem indischen Personal, allein, teils unter Schirmen, wenn der Monsunregen einsetzte, teils unter Farnwedeln, aus denen ein Dach gebaut wurde. Regen durchnässte in den Monsunmonaten die Männer bei der Arbeit, während die hohe Luftfeuchtigkeit ihre Kleidung und Decken in den notdürftig erstellten Hütten klamm werden ließ. Der Boden dampfte und war matschig, und wer es durchstand, über Wochen hinweg keinen trockenen Faden am Leib zu haben, den plagten andere Unannehmlichkeiten, deren geringste die Ratten waren, die die Hütten auf der Suche nach Futter und Trockenheit bevölkerten.

Es war ein unaufhörlicher Kampf gegen Widrigkeiten, der es notwendig machte, dass die Pflanzer von morgens bis in den späten Abend sieben Tage die Woche arbeiten mussten, bis es eines Tages so weit war, dass während des Monsuns die ersten Setzlinge gepflanzt werden konnten – die Basis eines neuen Besitztums. Aber auch dann ging der Kampf weiter gegen wilde Tiere, die über die frischen Felder liefen und die zarten Pflanzen zertraten oder fraßen.

Nach langen Arbeitstagen, an denen das Setzen der Teepflanzen beaufsichtigt worden war, wurde die Kleidung am Feuer notdürftig getrocknet, und auch dann war der Tag noch nicht vorbei. Pferde mussten versorgt werden, eine Arbeit, die man sehr ungern den indischen Arbeitern überließ. Müdigkeit und Krankheit rangen die Pflanzer zuweilen nieder, und in dieser kleinen Siedlung mussten sie alles sein – Ärzte, Juristen, Zahlmeister, Sekretäre sowie Hüter dessen, was sie erwirtschaftet hatten.

Charles dachte gelegentlich, er wäre gern dabei gewesen, aber dann wiederum war er glücklich, ein solches Erbe anvertraut bekommen zu haben, und er wünschte sich einen Sohn, dem er all diese Geschichten weitergeben konnte, damit dieser, während er die Teegärten durchschritt, wusste, was ihm überantwortet wurde. Beinahe alle Teepflanzer der Gegend waren mit diesem Erbe aufgewachsen, und die neu hinzugezogenen mussten sich mühsam das erarbeiten, was den ansässigen Pflanzern von Kindheit an mitgegeben worden war. Aidan war einer von ihnen, und Charles bezweifelte, dass er auch nur annähernd eine Ahnung davon hatte, was Tee ausmachte, dass es eben nicht nur eine Handvoll getrockneter Blätter war, über die man Wasser goss.

Es war naheliegend, dass Aidan um diesen Mangel wusste, denn anders war es nicht zu erklären, dass er wieder in die Teegebiete im Norden reisen wollte, kaum dass sie aus Bombay zurückgekommen waren – wohin sie mitten in ihrer wichtigsten Ernte des Jahres gereist waren. Aber gut, bei einer Hochzeit hatte man wohl nicht wirklich die Wahl, dachte Charles, und er hatte, soweit es ihm möglich gewesen war, ein Auge auf die Ernte von *Willow Lane* gehabt. An der Qualität würden die beiden noch arbeiten müssen, wirklich überragend war sie nicht. Die Verarbeitung lief nicht so, wie sie sollte, mehrmals war es beim Trocknen zu Zwischenfällen gekommen, weil der Tee zu lange heißer Luft ausgesetzt gewesen war, zudem hatte man einige Male bei der Selektierung der Qualität nicht aufgepasst, zu alte Blätter mit durchgehen lassen oder die Folgeschritte nicht richtig aufeinander abgestimmt.

»Hier bist du«, sagte Katrina hinter ihm, und er fuhr zusammen.

»Warum schleichst du dich so an?«, schimpfte er.

»Das habe ich nicht.« Katrina strich sich eine Strähne aus dem Gesicht. Sie hatte ein wenig zugenommen, was ihr durchaus stand.

»Ich habe euch alles aufgeschrieben«, sagte Charles. »Um die Verkäufe kümmere ich mich, aber die Aufstellung musst du selbst machen. Nicht die gesamte Ernte taugt etwas. Deine Leute haben Fehler gemacht und zudem einen Tag lang beim Welken nicht aufgepasst. Die Blätter sind geschimmelt.«

»Davon habe ich gehört.« Katrina setzte sich. »Aber die Reise war unvermeidlich.«

»Und sie hat dir wirklich große Freude bereitet, nicht wahr?«, spöttelte Charles.

»Ich habe nichts anderes erwartet.« Seufzend lehnte Katrina sich zurück. »Wir brauchen einen besseren Vorarbeiter. Der, den ich von Mr. March übernommen habe, taugt nichts.«

»Das sage ich seit fast zwei Jahren.«

»Ja doch, ich weiß.«

»Möchtest du, dass ich mich umhöre?«

»Das brauchst du nicht, ich finde schon jemanden. Irgendwann müssen wir auch mal ohne deine Hilfe vorankommen.«

»Nun gut.« Charles nickte einem jungen indischen Angestellten zu, der den Raum betrat, in der Hand eine Kanne, aus der Wasserdampf aufstieg. Er beobachtete, wie der Mann kleine Porzellantiegel mit Teeproben füllte und mit Wasser übergoss.

»Aidan sollte dich nicht allein lassen«, fuhr Charles fort. »Gerade jetzt in deinem Zustand.«

»Er sagte, er bleibt nicht lange fort.«

Charles antwortete nicht, sondern sah wieder zu dem jungen Mann, der die Kanne nun abgestellt hatte und mit einer Uhr in der Hand wartete. Nach fünf Minuten wurde der Tee in kleine Tassen abgegossen, hinter die der Keramiktiegel mit den Teeblättern gestellt wurde. Das Verkosten war eine Tätigkeit, die viel Übung erforderte, und Charles hatte Jahre darauf verwendet, sein Können zu perfektionieren.

»Möchtest du?«, fragte Charles sie augenzwinkernd, während der Verkoster den Raum betrat.

Katrina lächelte etwas verlegen. »Du weißt, dass ich das nie so recht konnte.« Sowohl ihr Vater als auch Charles hatten versucht, es ihr beizubringen, aber sie hatte einfach kein Talent dafür, selbst als sie sich nicht mehr bei dem Versuch verschluckte, den Tee so zu schlürfen, dass sie zur Aromaentfaltung möglichst viel Luft einsog, ehe man den Tee schmeckte und ausspuckte. Natürlich konnte sie Tees voneinander unterscheiden, aber die feinen Nuancen, die Gewebe von Aromen, die Charles so zielsicher erkannte, blieben ihr verschlossen. Als die Männer sich den ersten Proben widmeten, drehte sie sich so, dass sie ihnen zusehen konnte. Das hatte sie schon zu Lebzeiten ihres Vaters getan.

Charles' Blick wanderte von Tasse zu Tasse. Helle Tees von einem zarten Gelb, Tees in kräftigem Rot, in Schattierungen von Kupfer. Die erste Probe war dunkel, rauchig – ein guter Anfang.

Aidan stand am Rande der Teegärten und hielt die flache Hand über die Pflanzen, so dass er die Spitzen berührte. Bäume wuchsen inmitten des Tees, umrankt von Pfefferpflanzen, und in der Ferne erstreckten sich Gärten mit Apfel- und Aprikosenbäumen, die einen zusätzlichen Erwerbszweig für ihn und Katrina darstellten. Die Teepflanzen glichen einem Teppich, der in üppigem Grün über das Tal floss, nicht eben, sondern in weichen Wellen, und Bergspitzen ragten dahinter aus blauen Nebelschleiern empor. Das Land atmete, und Aidan konnte seinen Atem spüren.

Wieder sah er auf die Teepflanzen hinunter, befühlte sanft die glänzend grünen Blätter mit der mattgrünen Unterseite, neigte sich über die jungen Triebe und die zartrosa Knospen, die mit einem weißlichen Flaum bedeckt waren. *Pekoe*, die Bezeichnung für Knospen, die, wie Katrina ihm erklärt hatte, aus dem Kanton kam – *Pak-Ho*, das Wort für Flaum. Er hatte sich all die Jahre eine Teeplantage in den Nilgiris gewünscht, aber nun schienen es eher Katrinas Teegärten zu sein als seine. Sie lebte darin, es war beinahe, als seien sie und der Tee eins, atmeten denselben Geist, den Aidan nicht zu verspüren vermochte. Vielleicht war es ja wirklich so, dass es mehr brauchte, als sich das Land anzueignen und gelegentlich eine Tasse guten Tee zu genießen. Zu dem Land fand er problemlos Zugang, hatte ihn immer schon gefunden, aber Tee entzog sich ihm.

Katrina konnte bei jedem Tee Qualität und Herkunft herausschmecken, während Aidan kaum imstande war, einen Tee vom anderen zu unterscheiden, was auf Dauer sehr frustrierend war. Einmal war er nach der Verkostung bei Charles selbst an den Tisch getreten und hatte versucht, es seinem Schwager nachzumachen – wohlweislich erst, nachdem er sich vergewissert hatte, dass niemand ihn sah. Das Ergebnis seiner Bemühungen war einigermaßen unrühmlich, denn er hatte sich schon bei der ersten Probe verschluckt und gehustet, bis ihm die Tränen kamen.

Irgendwann würde sein Sohn – so er denn einen bekommen würde – all das erben. Im Grunde genommen war es ihm gleichgültig, ob Katrina zuerst mit einem Jungen oder einem Mädchen niederkam, aber weil es nun einmal notwendig war, einen Erben zu zeugen, wäre es nicht schlecht, wenn das Thema direkt zu Beginn vom Tisch wäre. Aidan stellte sich vor, wie es wäre, mehrere Kinder zu haben – ein Gedanke, der etwas für sich hatte. Sicher, er hatte mit Kindern noch warten wollen, aber nun war Katrina ja trotzdem schwanger geworden, und somit war der Grundstein zur Sesshaftigkeit gelegt, also konnten sie auch gleich damit weitermachen.

Aidan hockte sich hin, nahm etwas Erde und zerkrümelte sie nachdenklich zwischen den Fingern. In Kürze würde er nach Kalkutta reisen. Seine längst überfällige Beförderung stand an. Er wusste noch nicht, wie er Katrina davon erzählen sollte, denn herauskriegen würde sie es. Vermutlich würde es Fragen nach sich ziehen, womit er sich diese Beförderung verdient hatte. Andererseits konnte er natürlich auch einfach sagen, es seien

seine in der Vergangenheit erworbenen Verdienste, was nicht einmal gelogen war.
Als er Schritte hörte, klopfte er sich den Sand von den Händen und stand auf. Nicolas kam über den sandigen Weg geschlendert, lächelnd und in die Sonne blinzelnd, die in Aidans Rücken stand.
»Wie ich hörte, darf man gratulieren«, begrüßte Nicolas ihn.
Aidan sah ihn verwundert an. »Woher weißt du von der Beförderung?«
»Welche Beförderung? Ich spreche von deinen künftigen Vaterfreuden.«
»Und woher … ah, ich weiß schon. Ashley? Katrina war heute Vormittag bei ihr.«
Nicolas grinste breit. »Begeistert siehst du nicht aus, aber keine Sorge, das kommt noch. Du hattest ja immerhin schon die Möglichkeit, ein wenig mit Caleb zu üben.«
»Ich freue mich ja«, antwortete Aidan zögernd.
Ein kurzer Wind kam auf, und Nicolas schob sich das Haar aus der Stirn. »Wie geht es bei dir jetzt weiter? Du erwähntest eine Beförderung.«
»Ganz recht, zum Captain.«
»Also endlich gleichrangig mit Maddox?«, fragte Nicolas feixend.
»Wo denkst du hin? Der wird zum Major befördert, und Thackery nach Bombay versetzt.«
»Also bist du ihn bald los?«
»Ja, wobei ich mich frage, ob ich mit Maddox wirklich die bessere Wahl getroffen habe.«
»Wie sieht es eigentlich aus, wenn sich die Situation mit Russland zuspitzt und es zum Krieg kommt. Musst du an die Front?«
»Vermutlich nicht offiziell, sondern in der Vorhut als Kundschafter.« Aidan zuckte die Schultern. »Warten wir es ab.

Wenn, dann trifft es wahrscheinlich Afghanistan, auf diese Weise schlägt die englische Krone zwei Fliegen mit einer Klappe.«
»Was erzählst du Katrina dann?«
»Darum mache ich mir Gedanken, wenn es so weit ist.« Nachdenklich verengte Aidan die Augen ein wenig. »Sie soll sich erst einmal von unserem Bombay-Aufenthalt erholen.«
»Wie war es?«
Aidan war erstaunt. »Hat Ashley es dir nicht bereits wutentbrannt berichtet? Ich war mir sicher, Katrina würde es ihr erzählen.«
»Nein, offenbar hat sie das nicht. Oder aber Ashley hat es mir verschwiegen, obwohl«, Nicolas grinste, »wenn es schlimm war, hätte ich es ihr vermutlich angesehen.«
»Schlimm – ja, das trifft es. Meine Familie – mal abgesehen von meinem Bruder und meiner jüngsten Schwester – hat sich Katrina gegenüber unmöglich verhalten.«
»Nun, damit hättest du rechnen müssen.«
»Ich hatte ein Mindestmaß an Benehmen erwartet. Zudem ging es Katrina ohnehin nicht gut.« Aidan schob die Hände in die Taschen, als sie langsam in Richtung des Hauses gingen. »Sie sagt nichts, aber es hat sie sehr verletzt, das habe ich gemerkt.«
»Bleibst du diesmal lange fort? Ich meine nur, jetzt, wo Katrina das Kind erwartet.«
»Drei Monate schätzungsweise. Ich werde die Zeit nutzen, nach Darjeeling zu reisen. Bisher ging das immer nur sehr kurz und nur, um Katrina nicht anlügen zu müssen.«
»Auf Dauer wird dich das aufreiben. Du solltest so langsam ernsthaft über deinen Abschied nachdenken.«
Aidan nickte zögernd. Er würde darüber nachdenken, tat es ja bereits. Und fiel ihm die Abreise dieses Mal nicht besonders schwer? Aber aufhören konnte er nicht – noch nicht.

*

»Ich weiß nicht, warum du dich in letzter Zeit so zierst«, schimpfte Ingram vor sich hin, während er an Gillians Seite über den Basar ging. Stoffbahnen flatterten im Wind, während einzelne Sonnenstrahlen eine Illusion von Wärme erzeugten, sich zwischen den Ständen hindurchtasteten, Farben aufflammen ließen und sich verloren.

»Du weißt, dass es mich meine Stellung kosten kann, wenn du dich zu häufig bei mir blicken lässt. Selbst wenn meine Hauswirte es sich denken können, muss ich sie nicht mit der Nase darauf stoßen. Schließlich haben sie auch ein Renommee zu verlieren.«

Ingram zuckte die Schultern. »Das sind doch nur Teestuben-Betreiber.«

»Nicht deine Gesellschaftsklasse, ich weiß.« Gillian blieb bei einem Gewürzhändler stehen, weniger, weil sie etwas kaufen wollte, als vielmehr, um dem Gespräch mit Ingram zu entgehen.

»Wie lange willst du noch hier herumlaufen?« Ingram sah sich naserümpfend um.

»Du hättest nicht mitkommen müssen, wenn es dir nicht passt.«

»Wir sehen uns in letzter Zeit ohnehin kaum.«

Gillian lächelte spöttisch. »Du kommst zu selten auf deine Kosten, meinst du.«

»Ich kann mir jede Frau nehmen.«

»Dann tu's doch.« Gillian drehte sich um und ging weiter, ruhig, obwohl sie am liebsten davongelaufen wäre. Sie hatte sich längst von ihm trennen wollen, aber sie fürchtete das Alleinsein zu sehr, und wenn er gutgelaunt war, war Ingram einfach ein ausgezeichneter Unterhalter.

»Ich fahre bald für einige Zeit nach Kalkutta«, sagte Ingram nach einer Weile.

»Warum?«

»Ach, nur Urlaub.«

Gillian lachte. »Urlaub? Wovon?«
»Du weißt recht gut, dass ich die Geschäfte meines Vaters übernommen habe.« Unmut flog über sein Gesicht. »Möchtest du mitkommen?«
Für einen Moment überkam Gillian überwältigendes Heimweh, aber dann hatte sie sich wieder gefangen. »Nein.«
»Warum nicht? Ich kaufe dir vorher neue Kleider, und wir mieten uns irgendwo ein. Ich gebe dich als meine, hm, Schwester aus, und …«
»Nein«, fiel sie ihm schärfer als gewollt ins Wort. »Nein«, wiederholte sie leiser.
»Offenbar geht es dir derzeit etwas zu gut, wenn du ein solches Angebot ausschlägst.« Ingram war sichtlich verärgert.
»Meine Familie lebt in Kalkutta«, sagte Gillian nach kurzem Zögern.
»Ah, ich verstehe. Dein Vater weiß nicht, dass du derzeit einen etwas, nun ja, fragwürdigen Lebenswandel hast?«
»Lass es einfach gut sein, Ingram. Ich komme nicht mit, und ich möchte das nicht begründen müssen.«
Das Gedränge wurde oftmals so dicht, dass sie hintereinander hergehen mussten. An einer offenen Feuerstelle röstete eine alte Frau Brot, und bei dem Geruch zog Gillians Magen sich hungrig zusammen. Gebratener Fisch wurde angeboten, Huhn und Reis, Chapatis mit Gemüsefüllung und klebriges Gebäck. Ingram, dem selten Bedürfnisse außer den eigenen auffielen, bemerkte offenbar ihre Blicke, denn er zückte seinen Geldbeutel und kaufte zwei Chapatis für sie.
»Du ziehst dich in letzter Zeit immer mehr zurück«, fuhr Ingram fort.
»Und du tust, als stünden dir nicht noch andere Möglichkeiten der Zerstreuung zur Verfügung.« Gillian biss in ein Chapati, und warmer Saft rann über ihre Finger. Die Gemüsefüllung schmeckte scharf und würzig, und sie sog genießerisch die Luft ein, dann

leckte sie sich den Saft von den Fingern. Ingram starrte sie an und schluckte.

»Warum nehmen wir uns nicht ein Zimmer?«, drängte er.

Gillian überlegte bereits, nachzugeben, damit endlich Ruhe war, als sie von weitem Aidan sah. An seiner Seite ging seine Frau, und in ihrer Begleitung waren ein Offizier sowie die hübsche Schwarzhaarige, die sie bereits des Öfteren in Mrs. Landors Gesellschaft gesehen hatte. Ihnen folgte Charles Ramsay mit einer Frau, deren Hand auf seinem Arm lag und die ein Gesicht machte, als habe sie Essig getrunken.

Die Gruppe bemerkte sie, und weil Ingram offenbar mit allen bekannt war, ließ eine Begrüßung sich nicht vermeiden. Gillian schob hastig den letzten Bissen in den Mund und wischte ihre Hände an einem Taschentuch ab. Schon beim Näherkommen bemerkte sie, dass niemand so recht glücklich über das Zusammentreffen war. Ingram hielt es nicht für nötig, sie bekannt zu machen, und so erwiderte Gillian die kühlen Grüße nur leise.

Aidans Ehefrau sah Ingram mit unverhohlener Abneigung an, und die Schwarzhaarige hatte ihn nur bei ihrer Begrüßung kurz angesehen, und in ihren Augen war ein Ausdruck zu erkennen, der Verachtung und eine Spur von Angst barg. Danach wich sie seinem Blick aus. Gillian sah Ingram an, der seinerseits ein Lächeln auf den Lippen hatte, von dem Gillian sich fragte, ob man ihn so intim kennen musste wie sie, um die Anzüglichkeit darin zu bemerken. Oder sahen Männer dergleichen gar nicht, denn außer Aidans Ehefrau brachte niemand Ingram Abscheu entgegen, auch wenn die Männer ihn offensichtlich nicht leiden konnten.

Die Blicke der beiden Frauen richteten sich nun auf Gillian, und die Abneigung, die darin stand, war unübersehbar. Eine Frau, die mit einem Mann verkehrte, der offenbar eine der beiden belästigt hatte, machte sie vermutlich charakterlich zu seinesgleichen. Charles Ramsay mochte sie kaum in die Augen

sehen, zu unangenehm war ihr die Begegnung, dabei konnte ihr doch egal sein, was er von ihr dachte.
»Wie geht es dir, Gillian?«, fragte Aidan in eine peinliche Schweigepause hinein, und augenblicklich flog der Blick der Schwarzhaarigen zu ihm, deren Gesichtsausdruck nur zu deutlich sagte, dass sich Dinge bewahrheiteten, die sie längst vermutet hatte. Auch Charles Ramsay sah ihn an.
»Gut, vielen Dank«, murmelte Gillian.
»Wie geht es Ihrer Verlobten, Mr. Frazer«, fragte Charles Ramsays Frau lächelnd mit bissigem Unterton, wobei sie Gillian ansah, als habe sie den Abschaum der Gesellschaft vor sich.
»Bestens, danke der Nachfrage«, antwortete Ingram höflich.
Zögernd hob Gillian den Blick zu Charles Ramsay, der seinerseits Ingram mit einer Mischung aus Ablehnung und peinlicher Berührtheit ansah. Offenbar war ihm die Frage seiner Frau unangenehm. Gillian wandte sich ab und bemerkte, dass Aidan sie seinerseits beobachtete, die Brauen zu einer stummen Frage gehoben. Die Männer wechselten noch einige belanglose Höflichkeiten, dann verabschiedete man sich.
»Ich wusste nicht, dass du mit verheirateten Frauen anbändelst«, sagte Gillian.
»Die sind oft leichter zu kriegen, vor allem, wenn die Ehe nicht läuft.«
»Aber die Dunkle hast du wohl nicht kriegen können?«
»Diese kleine Hure wird noch dafür bezahlen, dass ich mich ihretwegen zum Narren gemacht habe.«
Gillian blieb stehen. »Was hast du vor? Ihr aufzulauern?«
»Mach dich nicht lächerlich. Bin ich ein Bandit?«
»Du hast dich zum Narren gemacht, Ingram, und sie soll dafür bezahlen?«
»Kümmere dich um deinen eigenen Kram«, antwortete Ingram unwirsch. »Und jetzt komm, ich bin hier lange genug herumgelaufen.« Er packte sie am Arm und zog sie mit sich. Ein

paar Schritte stolperte Gillian hinter ihm her, dann riss sie sich los.

»Was bildest du dir ein?«, rief sie bissig. »Dass ich dein Eigentum bin, das du herumzerren kannst, wie es dir gerade passt?«

»Ich lasse mich sehr ungern zurückweisen, Gillian, also nun komm, ohne lange Geschichten zu machen.«

Gillian sah sich um und bemerkte die Blicke einiger Umstehender. Weil sie kein Aufsehen erregen wollte, ging sie neben Ingram her, drängte sich mit ihm durch das Gewühl der Menschen und hatte keinen Blick mehr für die Verkaufsstände. Als sie aus dem Basar auf die Straße traten, nahm Ingram erneut ihren Arm.

»Ich kenne eine kleine Pension, die …«

»Nein, hörst du, Ingram, nein.«

»Was soll das Theater? Wofür bin ich den ganzen Tag mit dir herumgelaufen?«

»Ich habe dir von Anfang an gesagt, ich will nicht. Und erst recht miete ich mich nirgendwo für einige Stunden mit dir ein. Man könnte mich wiedererkennen, wenn ich bei der Arbeit bin.«

Ingram ließ sie los und ging zur Kutsche. Als sie nach ihm in die Kutsche steigen wollte, versperrte er ihr den Weg. »Nachdem du ja offenbar keinen Wert auf meine Gesellschaft legst, musst du dich auch nicht länger damit belasten«, sagte er und schlug den Kutschenschlag zu. Gillian stand völlig perplex davor, aber noch ehe sie den Schlag wieder öffnen konnte, fuhr die Kutsche an.

»Du Mistkerl«, presste Gillian zwischen den Zähnen hervor. Er wusste recht gut, dass sie zu Fuß nicht weniger als eine Stunde brauchen würde. Sie sah der Kutsche nach, die um die Straßenbiegung verschwand, und machte sich seufzend auf den Heimweg.

»Mit deiner Schwägerin über den Basar zu gehen, war sicher nicht die beste Idee«, sagte Aidan, während Katrina an ihrem Frisiertisch saß und Rosenmilch auf ihrem Gesicht verteilte.

»Charles meinte, wir sollten alle zusammen einen Spaziergang machen, damit sich die Verhältnisse zwischen uns wieder normalisieren.« Aus diesem Grund hatte man auch Nicolas und Ashley eingeladen, die als unbeteiligte Parteien zu fungieren hatten.

»Ich vermute, er dachte dabei eher an den Park und wollte nicht unhöflich sein.«

Katrina zuckte die Schultern. Sie waren später noch bei Ashley gewesen und hatten Tee getrunken, aber auch das hatte nichts an Cynthias schlechter Laune geändert. Lediglich als die Frauen unter sich waren und das Gespräch auf Katrinas Schwangerschaft kam, war Cynthia ein wenig aufgetaut.

Seit sie zurück in Ooty waren, trug Katrina wieder leichter an dem Kind. Bei dem Gedanken daran, dass es Frauen gab, die in dem Klima Bombays Schwangerschaft und Geburt ertragen mussten, schüttelte es sie. Als ihre Rückreise anstand, war Katrina trotz der drohenden Strapazen überglücklich gewesen, denn die Atmosphäre im Haus des Barons war ihr unerträglich geworden. Zwar griff niemand sie mehr direkt an, aber die Kühle, die man ihr entgegenbrachte, die Zurückhaltung und die Dinge, die unausgesprochen blieben, setzten ihr mehr zu, als wenn es zu einem Streit gekommen wäre. Gegen Vorwürfe konnte man sich verteidigen, nicht jedoch gegen spitze Blicke und stumme Vorhaltungen.

Aidan hatte ihr zunächst nur wenig von den Streitereien mit seiner Familie erzählt und sich in Schweigen gehüllt, wenn sie mehr erfahren wollte. Weil sie mittlerweile wusste, dass es wenig brachte, auf Antworten zu drängen, wenn er in einer solchen Stimmung war, hatte sie sich darauf verlegt, abzuwarten, bis er es ihr eines Tages von selbst erzählte, was er auf der Rückreise getan hatte – so als falle ihm das Sprechen leichter, je weiter er von Bombay fort war. Mit seiner Schwester Jennifer hatte er nicht mehr gesprochen als unbedingt notwendig, so sehr diese auch darauf gedrungen hatte, ihm wieder näherzukommen. Einmal war sie sogar in Tränen ausgebrochen.

Katrina flocht ihr Haar und drehte sich zu Aidan um, der auf dem Bett saß und in einem Buch blätterte. Sie räusperte sich leise und fuhr mit der Zunge nervös über ihre Lippen.

»Frag ruhig«, sagte Aidan, ohne aufzusehen.

Verlegen, weil sie sich ertappt fühlte, sagte Katrina: »Musst du wirklich fort?«

Aidan zögerte, dann schlug er das Buch zu und sah auf. »Ja«, antwortete er nur.

»Ich meinte … Es ist doch nicht so wichtig, und ich wäre jetzt ungern allein.«

»Das bedaure ich.«

Hitze stieg Katrina in die Wangen. »Ist das alles?«

»Du weißt nicht erst seit heute, dass ich in den Norden reise.«

»Kannst du nicht bei mir bleiben, jetzt, wo ich ein Kind erwarte?«

»Ich bin ja bald wieder da.«

Abrupt wandte Katrina sich ab, begegnete seinem Blick jedoch im Spiegel. »Und wenn ich dich bitte, zu bleiben?«, fragte sie leise nach einer längeren Schweigepause.

»Tu es nicht, Katrina.«

Für einen kurzen Moment schloss Katrina die Augen, dann drehte sie sich langsam zu ihm und sah ihn an. »Sind es wirklich die Teegärten, die du aufsuchen willst? Oder kannst du dein Verlangen nach Reisen einfach nicht aufgeben?«

»Ich war noch nie so lange an ein und demselben Ort wie in den letzten zwei Jahren.«

»Das beantwortet meine Frage nicht.«

Aidan legte das Buch beiseite und stand auf. »Ich habe nicht vor, lange fortzubleiben. Begnüg dich damit.«

Verletzt wich Katrina seinem Blick aus, umschlang ihren Oberkörper mit beiden Armen und beobachtete die Lichtspiele, die das Kaminfeuer auf das polierte Holz warf.

# 18

## Kalkutta, April 1877

Gleich einem gelben Band wälzte sich der Hugli durch die dampfende Stadt, schwappte träge gegen Kaimauern und spülte von menschengesäumten Ufern den Unrat ebenso wie die Körper derer, die dort ihre rituellen Waschungen vollzogen. Feuchte Luft lag über modrigen Salzsümpfen, welche die Hütten der Armenviertel umschlossen, während sich nur wenige Schritte weiter die weißen Häuser der Engländer erhoben – Kalkutta, Stadt der Paläste, *Kalikshetra*, Land der Kali. Schiffe lagen vor Anker, wuchtige Körper mit einem Geflecht von Masten, das in der Ferne beinahe filigran wirkte. Vom fruchtbaren Gangesdelta aus zog sich der Hugli durch Westbengalen, wodurch ermöglicht wurde, dass Kalkutta und Haora auf dem Seeweg über die Mündung des Golfs von Bengalen aus erreicht werden konnten.

Aidan trug die blaue Uniform des achten Regiments der Bengalen-Kavallerie, nun mit dem Rangabzeichen eines Captains. Scharlachrote Besätze und goldene Tressen schmückten den Uniformrock. Das Zeremoniell war recht unspektakulär gewesen, und er hatte sich, sobald es möglich war, abgesetzt. Nun spazierte er mit Brian zusammen über die Uferpromenade des Hugli, und während Brian die Blicke der jungen Frauen genoss – unverheiratete Offiziere standen hoch im Kurs –, war Aidan in Gedanken versunken. An diesem Abend war er bei Ashleys Vater eingeladen, der – woher auch immer – erfahren hatte, dass er in der Stadt war. Eine Absage kam nicht in Frage, und so hatte Aidan seine geplante Abreise um wenige Tage verschieben müssen.

Seit dem Jahr 1772 war Kalkutta die Hauptstadt von Britisch-

Indien und nach London die wichtigste Stadt im Empire. Während der englische Teil der Stadt durch den Wirtschaftsaufschwung insbesondere durch Textilien und Jute aufblühte, versank der von den Einheimischen besiedelte Teil, die Schwarze Stadt, immer weiter im Elend. Aidan war am ersten Tag seiner Ankunft zusammen mir Ranjan Khan in der Schwarzen Stadt gewesen, und wieder einmal hatten ihn die schockierend schlechten Bedingungen, unter denen die Bevölkerung lebte, wie ein Schlag in den Magen getroffen. Vermutlich war genau das der Grund, warum Ranjan ihn mitgenommen hatte, denn dessen Verwandter, zu dem sie gegangen waren, hatte kaum genug zu essen gehabt für sich selbst, geschweige denn für einen weiteren Gast. Ich bin der Falsche, hatte Aidan ihm sagen wollen, nicht mir musst du die desolaten Zustände vor Augen führen, nicht ich bin es, den du überzeugen musst.

»Captain«, sagte Brian seufzend und riss ihn aus seinen Gedanken. »Dabei bist du auch so bereits unerträglich bestimmend. Wenn ich dir nicht einmal mehr widersprechen darf, ohne vors Militärgericht zu kommen, wirst du sicher unausstehlich sein.« Er zog eine Grimasse, und Aidan lachte.

Ein junges Pärchen kam ihnen entgegen, und die Frau blickte Aidan an, drehte im Vorbeigehen leicht den Kopf, während ihr Begleiter sichtlich verstimmt war.

»Ich habe übrigens beschlossen, dich nach Darjeeling zu begleiten«, fuhr Brian fort.

»Was du nicht sagst.«

»Mit Sita ist von deiner Seite aus doch wirklich Schluss, nicht wahr?«

»Ja.«

»Also hast du nichts dagegen, wenn ich in Simla …«

»Mir ist gleichgültig, was sie macht. Aber eines sage ich dir: Sie kommt nicht mit.«

Brian seufzte. »Keine Sorge, die Gillian-Episode wird sich nicht

wiederholen. Da fällt mir ein, ist sie eigentlich wieder in Kalkutta?« Er sah sich um, als rechne er damit, sie jeden Moment aus einem Hauseingang treten zu sehen.
»Ist sie nicht.« Aidan sah stirnrunzelnd auf die schimmernde Wasseroberfläche des Hugli. »War sie eigentlich noch Jungfrau, als du sie dir genommen hast?«
»Was tut das zur Sache? Ja, war sie.«
»Du hast ihr ziemlich übel mitgespielt, mein Freund. Ja, ich glaube, man kann fast sagen, du hast ihr Leben zerstört.«
Brian wirkte für einen kurzen Moment lang unbehaglich, aber dann zuckte er die Schultern. »Sie hätte ja nicht mit mir kommen müssen.«
»Nun ja, zuweilen handelt man unvernünftig, wenn man verliebt ist, und ich denke, das war sie.«
»Trotzdem. Ich meine, welche Frau aus gutem Haus würde einfach mit einem Mann mitgehen?«
»So wie ich dich kenne, hast du sie vorher nach allen Regeln der Kunst erobert. Hast du ihr womöglich sogar die Ehe versprochen, damit sie mitkommt?«
»Und wenn schon«, antwortete Brian hitziger, als es ihm in Anbetracht der Umstände zustand.
Aidan trat an die Kaimauer, stützte sich mit beiden Händen darauf und sah zum anderen Ufer hinüber. »Hätte dergleichen jemand mit einer meiner Schwestern getan …« Er brach ab und schüttelte leicht den Kopf. »Ich glaube, dieser Mann würde sein Lebtag keine Frau mehr ruinieren, wenn ich mit ihm fertig wäre.«
»Gillians Vater ist Händler, kein Baron.«
»Ah, richtig, ich vergesse bisweilen, dass einige Mädchen weniger wert sind als andere.«
»Was hast du auf einmal mit ihr? Belästigt sie dich immer noch?«
»Nein, aber ich sehe sie gelegentlich und komme nicht umhin,

festzustellen, dass sie sich dem endgültigen Abgrund immer mehr nähert.«

Brian lehnte mit dem Rücken an der Kaimauer und hatte die Ellbogen aufgestützt. »Ich kann ihr auch nicht mehr helfen, selbst wenn ich es wollte.« Er schloss die Augen und ließ sein Gesicht von der Sonne bescheinen.

»So einfach, ja?«

Minuten verstrichen, ohne dass Brian auch nur mit einer Regung zu verstehen gab, dass er das Gesagte gehört hatte. Dann öffnete er die Augen und sah seinen Freund an. »Es ist ja gut, du hast recht, sie war anständig. Sollte ich sie jemals wiedersehen, werde ich mich entschuldigen.«

Wenig später machten sie sich schweigend auf den Weg zurück ins *Great Eastern Hotel*, jenen prachtvollen Bau, dem man den Namen »Juwel des Ostens« verliehen hatte. Gegenüber dem Gebäude auf der anderen Straßenseite stand Ranjan, diesmal ebenfalls in Uniform, die nach dem Sepoy-Aufstand nicht mehr der der britischen Truppen ähnlich war, sondern aus einem Turban anstelle der vormals üblichen Tschako, weiten Kniebundhosen, denen die engen langen Hosen gewichen waren, und einem sandfarbenen Uniformrock bestand. Vom Knöchel bis zum Knie bedeckten Wickelgamaschen die Beine, und an seinem rechten Handgelenk befand sich das Ashoka-Löwen-Emblem mit drei Chevrons, das Rangabzeichen eines Company-Havildar-Majors. Die neue Uniform der Inder war in diesem Klima wesentlich angenehmer zu tragen als die der britischen Soldaten.

Ranjans Gesicht war finster, und nicht der Schatten eines Lächelns zeigte sich auf seinem Gesicht, als er bei dem Anblick von Aidan und Brian Haltung annahm. »Als ich in die Kaserne gekommen bin, warst du gerade fort, *Captain Sahib.*« Seine Lippen kräuselten sich leicht, und Aidan wusste, wie ungern er sich in die Rolle fügte, die er spielen musste, wenn sie wieder unter

Engländern waren. Als Inder einfacher Herkunft durfte er das Hotel nicht betreten, und offenbar stand er schon längere Zeit wartend in der Sonne.

Ranjan händigte ihm ein Schreiben aus. »Das ist eben aus Simla gekommen.«

Stirnrunzelnd erbrach Aidan das Siegel und überflog den Brief, dann faltete er ihn zusammen und steckte ihn in die Tasche. Maddox schrieb ihm, dass er ihn erst später erwarten würde. Das warf seine ursprünglichen Pläne über den Haufen. Aidan überlegte, ob er nun doch erst nach Darjeeling reisen sollte anstatt, wie geplant, im Anschluss an die Besprechung in Simla. Ansonsten wäre es zu spät, er musste schließlich auch an Katrinas Niederkunft denken.

»Danke, Havildar Major Khan«, sagte er. »Wir sehen uns morgen.« Er verabschiedete sich formell, dann nickte er Brian zu, der noch kurz mit Ranjan sprach, und ging ins Hotel.

In seinem Zimmer zog er den Uniformrock aus und warf ihn über einen Sessel, dann ließ er sich auf das Sofa fallen, legte sich zurück und schloss für einen Moment die Augen. Das schlechte Gewissen Katrina gegenüber plagte ihn bereits seit seiner Abreise. Immer wieder sah er den traurigen und verletzten Ausdruck in ihrem Gesicht, als er ihr gesagt hatte, er würde die Reise auch ihr zuliebe nicht verschieben. Sie war die letzten Tage vor seiner Abreise auf Distanz zu ihm gegangen, und auch als er ihr von seiner anstehenden Beförderung erzählt hatte, hatte sie lediglich genickt.

Einen Moment lang blieb er liegen, dann stand er auf und ging zum Sekretär, der an der Wand neben dem Fenster stand. Aus einer Schublade zog er einen Bogen cremeweißes Papier und nahm den Federhalter zur Hand. Einen Moment lang überlegte er, schrieb die Anrede, zögerte, schrieb einen Satz, dann noch einen, ehe er erneut verharrte. Schließlich ging es ihm leichter von der Hand, und er schrieb Zeile um Zeile, ohne innezuhalten. Als er schließlich zum Schluss gekommen war, las er den Brief noch einmal durch. Für gewöhnlich begnügte er sich in seinen Briefen mit einem kurzen Bericht darüber, wie die Reise gewesen war und wo er sich gerade aufhielt. Aidan faltete den Brief zusammen, schrieb die Adresse darauf und versiegelte ihn, dann läutete er nach einem Boten. Er wollte den Brief los sein, ehe er es sich anders überlegte und ihn nicht abschickte.

# 19

## Ootacamund, Mai 1877

Mit einer nie gekannten Verbissenheit stürzte Katrina sich in die Arbeit. Schon vor Aidans Abreise hatte sie darauf geachtet, keine Minute des Tages ohne Beschäftigung zu sein. Während der Stunden im Kontor oder in den Teegärten hatte Katrina sich gewünscht, Aidan könne von sich aus die kühle Distanz, die sie schuf, überbrücken. Ihm jedoch schien es nur recht so zu sein, offenbar war er sogar erleichtert, weil ihm weiteres Insistieren ihrerseits erspart blieb. Zwar war er nicht unfreundlich zu ihr, aber er akzeptierte kommentarlos, dass sie sich zurückzog. Am Tag seiner Abreise hatte er sie kurz an sich gezogen, sie geküsst und ihr gesagt, sie solle auf sich aufpassen. Katrina hatte es ohne jede Regung über sich ergehen lassen, ihm auf Wiedersehen gesagt und war ins Haus zurückgegangen.

Die Tage im Mai waren angenehm, es war sonnig, der Geruch von Eukalyptus lag in der warmen Luft, die sich frisch anfühlte, so als sei ihr ein Hauch von Eiseskälte aus den Bergen beigemischt worden. Blumen wuchsen in wilder Üppigkeit vor terrakottafarbenen Bungalows, die den Schweizer Chalets nachempfunden waren. Es war die Hauptsaison in Ooty, und die Sommerbesucher aus Madras waren bereits eingetroffen. Katrina unternahm derzeit nur gelegentlich Ausfahrten, und weil man um ihren Zustand wusste, brauchte sie keine Ausreden zu erfinden. Was man ihr allerdings nicht ersparte, waren aufdringliche Besuche wohlmeinender Damen, die nicht mit guten Ratschlägen geizten, ungeachtet der Tatsache, dass dies nicht ihr erstes Kind war.

Während sie auf dem Weg zwischen den Teegärten stand, überkam Katrina ein Gefühl von Bitterkeit, als sie sich eingestand, dass die Nähe, die sie zu Aidan verspürt hatte, vermutlich nur einseitig gewesen war. Nicht ihr Verhältnis zueinander schien sich geändert zu haben, sondern lediglich ihr Blick auf ihn. Katrina legte die Hand auf ihren gewölbten Bauch und kam sich mit einem Mal ausgenutzt vor. Zudem verstand sie Aidan nicht mehr. Auf der einen Seite seine eifersüchtigen Ausbrüche und auf der anderen Seite sein völliges Desinteresse an ihr, das sogar so weit ging, sie allein zu lassen, während sie sein Kind erwartete. Er würde zur Entbindung wieder zurück sein, hatte er versprochen. Aber natürlich war die Mühe vorab ihre Sache, während er sich auf Reisen begab, die er, sosehr er ihnen auch einen formellen Charakter verlieh, sicher nicht ungern unternahm. Aber in Stephen hatte sie sich seinerzeit auch geirrt, und ihn hatte sie wirklich geliebt. Was sie für Aidan empfand, konnte sie nicht so recht benennen, nur wusste sie, dass sie sich rückhaltlos zu ihm hingezogen fühlte. Er wiederum schien nichts dergleichen zu empfinden, und Katrina fragte sich, ob es an ihr lag. Erst Stephen, nun Aidan, und auch wenn nicht zu befürchten stand, dass Aidan sie verlassen würde, so suchte er dennoch keine richtige Nähe zu ihr – nichts, was über seine nächtlichen Umarmungen und gelegentliche Zärtlichkeiten hinausging.

Sie legte die Hand an den Stamm eines Baums und strich behutsam über die Rinde, dann beugte sie sich vor und legte die Stirn gegen ihren Handrücken, um einige Minuten mit geschlossenen Augen zu verharren. Ob Ashley doch recht hatte mit ihrem Misstrauen Aidan gegenüber? Verbarg er etwas vor ihr?

»Warum so traurig, Kat?«

Katrina fuhr zusammen, aber eher, weil sie Stephen nicht hatte kommen hören, als weil es sie überraschte, dass er da war. Seltsamerweise hatte sie mit seinem Kommen gerechnet, seit sie gehört hatte, dass er wieder in Ooty war. Langsam richtete sie sich auf.

»Was möchtest du von mir?«, fragte sie. Sie hatte nicht die Kraft für zermürbende Dispute. Caleb wusste sie glücklicherweise sicher bei Charles, wo er mit seinen Cousinen spielte.

»Dich sehen.« Er hob die Hände. »Keine Sorge, ich mache keinen Fehler zweimal, und dein Mann war sehr überzeugend bezüglich dessen, was mich erwartet, wenn ich dir Caleb erneut heimlich wegnehme. Wusstest du, dass er mich mit einer Waffe bedroht hat?«

Katrina nickte.

»Und seit wann heißt du dergleichen gut?«

»Er hat mir mein Kind zurückgebracht«, antwortete Katrina nur.

Stephen stemmte die Hände in die Hüften und sah sich um, ohne das Gesagte weiter zu kommentieren. »Ein schönes Anwesen hast du«, bemerkte er. »Und offenbar läuft der Betrieb reibungslos. Beachtlich, wenn man bedenkt, dass du das meiste hier allein machst. Oder hilft Charles dir gelegentlich?«

Katrina streifte ihn mit einem kurzen Blick. »Ich habe einen Ehemann, wie du recht gut weißt.«

»Sicher. Einen, der nie da ist.« Stephen blickte auf ihren Bauch und hob die Brauen.

Verärgert verschränkte Katrina die Arme vor der Brust. »Was möchtest du von mir, Stephen?«

»Ehrlich gesagt, weiß ich das selbst nicht so recht. Es war ein spontaner Entschluss, dich zu besuchen.«

»Ausgerechnet jetzt, wo Aidan nicht hier ist?«

»Gerade weil er nicht da ist. Ich bin nicht sonderlich erpicht darauf, mit einer Flinte vom Grundstück gejagt zu werden.« Stephen lächelte hämisch. »Und keine Sorge, Caleb nehme ich dieses Mal nicht mit. Ich werde warten, bis er mir zugesprochen wird.«

»Himmel, Stephen«, rief Katrina entnervt. »Kannst du es nicht endlich gut sein lassen?«

»Ich bedaure, Kat, aber das kann ich nicht. Wenn es eine Mög-

lichkeit gibt, ihn zu bekommen, werde ich ihn nehmen. Ich hätte es allerdings lieber, ihn dir nicht wegnehmen zu müssen.«
»Das wird schlechterdings nicht möglich sein.«
»Du könntest ihn zwischendurch sehen, wenn du ihn mir freiwillig überlässt. Sag mir, wie oft. Einmal im Monat? Zweimal?«
Katrina schüttelte ungläubig den Kopf.
»Erzähl mir, wie viel hat dein Bruder für das hier«, Stephen machte eine ausholende Handbewegung, »gezahlt?«
»Das geht dich wohl kaum etwas an.«
»Nun, ich dachte mir nur, dass es unter Umständen mehr ist als das, was ich damals verlangt habe.«
Katrina zog die Schultern hoch. »Wäre es damit getan gewesen, Stephen? Es wäre doch immer weitergegangen, weil du nicht wirtschaften konntest.«
»Wir hatten es etwas feudaler als das hier, das stimmt wohl.«
»Genau deshalb hatten wir am Ende kein Geld mehr. Momentan kommen wir so über die Runden, dass wir gut davon leben können. Wir geben nicht, so wie du damals, jede Woche Soireen und Empfänge. Aidan hat ein Pferd und nicht wie du einen ganzen Stall voll edler Reitpferde. Hinzu kommt der gesamte Lebenswandel, den du gepflegt hast. Das Geld wäre schnell wieder zur Neige gegangen. Und dann?«
Stephen sah sie nachdenklich an. »Denkst du wirklich, eine solche Menge Geld hätte ich durchgebracht? Wir wissen doch beide, dass uns das ganze Theater erspart geblieben wäre, hätte dein Vater damals so eingelenkt, wie es dein Bruder getan hat, um dich aus der Schande zu erlösen.«
»In die du mich gestürzt hast.«
Einen tiefen Atemzug lang schwieg Stephen. »Ich bin nicht stolz darauf«, sagte er schließlich. »Und wenn ich mir das hier so ansehe, kann ich nicht umhin, daran zu denken, was aus uns vielleicht hätte werden können.«
»Ich bitte dich, Stephen, sprich nicht mehr davon. Ich bin

glücklich mit Aidan, glücklicher, als ich es mit dir jemals sein könnte.«
Stephen lachte. »Das glaube ich dir aufs Wort.«
Mit einem Mal fror Katrina, und sie rieb sich erschauernd die Oberarme.
»Nun sag ehrlich, Kat, er lässt dich hier zurück, um was zu tun? Was ist so wichtig, seine schwangere Ehefrau allein zu lassen?«
Unwillig wandte Katrina sich ab.
»Anständig ist das nicht, habe ich recht?«, fuhr Stephen fort.
»Ebenso wenig, wie die eigene Ehefrau vor Gericht zu verleumden, indem man intime Details aus dem Eheleben ausplaudert.«
»Touché.« Stephen lehnte sich an den Baum, an dem sie kurz zuvor gestanden hatte. »Details, an die ich mich noch recht gut erinnern kann.« Er lächelte. »Gleichgültig, was passiert, Kat, vergessen kann man dergleichen nicht, nicht wahr?«
Katrina schloss die Augen. »Warum gehst du nicht einfach und lässt mir meinen Frieden?«
»Du erinnerst dich ebenfalls, nicht wahr?«, fragte Stephen sanft.
Ohne eine Antwort zu geben, schüttelte Katrina den Kopf.
»Liebe«, sagte Stephen, »ist wohl das schönste Tor zur ersten Leidenschaft, und ich habe es dir geöffnet.«
Abrupt drehte Katrina sich um und lief den Weg hoch in Richtung Haus, rannte beinahe, ohne zu sehen, wohin sie trat. Als sie ihre Röcke raffte, um schneller laufen zu können, stolperte sie und fiel hin. Ein scharfer Schmerz schoss durch ihren Leib, und sie keuchte auf.
Augenblicklich war Stephen an ihrer Seite, hockte sich neben sie und ergriff ihren Arm. »Es tut mir leid«, sagte er und sah sie in ungeheucheltem Erschrecken an. »Das wollte ich nicht.«
Katrina versuchte, sich losreißen, als eine neue Schmerzwelle durch ihren Körper rollte. Sie legte die Hand auf ihren Bauch und stöhnte. Als die Welle abebbte, atmete sie tief ein und wollte aufstehen.

»Ich bringe dich ins Haus.«

»Rühr mich nicht an«, rief Katrina, ließ sich aber dennoch von ihm aufhelfen, weil ihre Knie zu sehr zitterten. Sie trat einen Schritt von ihm weg. »Verschwinde.«

»Lass mich dich wenigstens bis ins Haus begleiten.«

»Ich sagte, du sollst gehen«, schrie sie ihn an, mit einer Stimme, die selbst in ihren Ohren unerträglich schrill klang.

Stephen trat zurück und hob die Hände. »Gut, dann geh allein. Aber ich werde hier warten, bis du im Haus bist.«

Ohne ein weiteres Wort wandte Katrina sich ab und ging den Weg entlang. Eine neue Schmerzwelle kündigte sich an, und sie biss die Zähne zusammen. Als sie die Hand nach der Tür ausstreckte, war der Schmerz bereits wieder am Abebben. Sie betrat die Halle und stieg die Treppe hinauf in ihr Zimmer. Auf dem obersten Treppenabsatz setzte das Ziehen erneut ein, diesmal jedoch schwächer.

Auf ihrem Zimmer läutete Katrina nach ihrer *Ayah*, die kurz darauf kam. Der dienstbeflissene Ausdruck in ihrem Gesicht wich Besorgnis, als sie Katrina, leicht vornübergebeugt, auf dem Bett sitzen sah.

»Geht es Ihnen nicht gut, Memsahib?«, fragte sie.

»Nur ein Ziehen, Akhila, es wird gleich besser.« Katrina tat einen tiefen Atemzug und stand auf, um ihr Kleid aufhaken zu lassen.

»Sie arbeiten zu viel, Memsahib. Eine Frau sollte sich ausruhen, wenn sie ein Kind bekommt.«

»Ich werde es beherzigen, Akhila, aber nun beeil dich bitte, ich muss mich hinlegen.« Katrina schloss die Augen, ließ den Schmerz auf seinen Höhepunkt zurollen und atmete aus, als er langsam wieder abebbte.

Nachdem sie sich hingelegt hatte, wurde es besser. Sie schloss die Augen, war jedoch zu aufgewühlt, um Ruhe zu finden oder gar zu schlafen. Wieder kehrte der Schmerz zurück, nicht minder heftig als zuvor, und Katrina biss die Zähne zusammen.

»Nicht das«, murmelte sie, »bitte nicht das.« Tränen traten ihr in die Augen, und sie läutete erneut nach Akhila, riss heftiger am Klingelstrang, als nötig gewesen wäre.

»Ruf die Hebamme«, sagte sie, kaum dass die junge Frau die Tür geöffnet hatte. »Sie soll sich beeilen.«

Die Augen erschrocken geweitet, nickte Akhila und verschwand wieder.

Katrina setzte sich auf, umfasste ihren Bauch und wiegte sich leicht vor und zurück, so als könne sie den Schmerz durch diese Bewegung zum Verstummen bringen. »Nicht das«, murmelte sie immer wieder, »bitte nicht das.«

Sie hatte sich erinnert, nur zu gut hatte sie sich erinnert, obwohl sie es nicht wollte. Würde sie Aidans Kind verlieren, weil sie vor der Vorstellung davonlief, wie sich Stephens Umarmungen angefühlt hatten? Sie schloss die Augen, und Tränen quollen zwischen ihren Wimpern hervor.

Die Hebamme, eine Inderin in Saritas Alter, kam eine halbe Stunde später, als Katrina bereits vollkommen aufgelöst war. Sie hatte schon bei Calebs Geburt geholfen und strahlte die Ruhe einer lebenserfahrenen Frau aus.

»Ich bin gestürzt«, sagte Katrina, »und nun habe ich Schmerzen wie bei einer Geburt.«

Die Frau schnalzte beruhigend mit der Zunge und bedeutete Katrina, sich hinzulegen. Mit geübten Bewegungen tastete sie ihren Bauch ab und untersuchte sie.

»Denkst du, ich werde es verlieren?«, fragte Katrina angstvoll.

Lachfältchen bildeten sich in den Augenwinkeln der Frau, als sie breit lächelte. »Nein, Memsahib, so schnell geht das nicht. Aber Sie sollten vorsichtiger sein. Stürze sind in einer Schwangerschaft immer problematisch, aber bei Ihnen hat sich lediglich der Geburtsweg ein wenig geöffnet. Sie brauchen Ruhe und sollten so viel wie möglich liegen.«

»Du meinst, mit dem Kind ist wirklich alles gut?«

Die Frau nickte und legte die Hand an Katrinas Bauch. »Es bewegt sich, spüren Sie das nicht, Memsahib?«
In der Tat fühlte Katrina die leise flatternde Bewegung, so zart wie ein Schmetterlingsflügel. Sie schloss die Augen, atmete auf und sprach innerlich ein Dankgebet. Die Hebamme blieb noch ein wenig bei ihr, gab ihr Rezepturen für heilende Tees und Kräuteraufgüsse und plauderte ein wenig mit ihr. Als sie schließlich gegangen war, starrte Katrina an den Betthimmel und ließ das Treffen mit Stephen in Gedanken vor ihren Augen vorbeiziehen. Ihre Gefühle für ihn bargen Erinnerungen, aber keinerlei Leidenschaften, nicht einmal Hass. Es war, als breite sich ein Kaleidoskop von Emotionen vor ihr aus, das die gesamte Zeit mit ihm umriss – Liebe zu Beginn, Befremden, als er sich von ihr abwandte, schließlich während des Prozesses Verzweiflung, in die sich eine tiefe Scham mischte. Und zum Schluss die überwältigende Trauer beim Tod ihres Vaters.
Was will er von mir, dachte Katrina. Warum dieses Herumstochern in der Vergangenheit? War es allein wegen Caleb?

*

Sarita kümmerte sich mit der ihr eigenen stillen Aufopferung um Katrina, während Caleb unter Parvatis Aufsicht gestellt wurde. Sie kochte ihr Kräutertees mit Rezepten, die niemandem sonst im Haushalt zugänglich waren, saß an ihrem Bett und erzählte ihr Geschichten ihres Volkes. Es war beinahe, als hätte Katrina ihre Mutter bei sich, und sie genoss es, sich umsorgen zu lassen. Lediglich das leise Unbehagen, das Stephens Besuch bei ihr ausgelöst hatte, wollte nicht weichen, ebenso wenig die Unsicherheit, was Aidan anging.
Sarita trug einen der gewebten Schals ihres Volkes, und dort, wo der Schal auseinanderklaffte, wenn sie sich leicht vorbeugte, waren Tätowierungen zu sehen, die traditionell den Oberkörper

von Toda-Frauen schmückten. Als Kind hatte Katrina mit der Hand über die Verzierungen gestrichen, weil sie wissen wollte, ob die Haut sich dort anders anfühlte. Die Schönheit einer Frau, hatte Sarita ihr damals erklärt, wurde daran gemessen, wie zierlich ihre Füße waren. Danach hatte sie Katrinas kleine Füße genommen, sie gekitzelt und war lachend mit ihr auf dem Boden herumgerollt.

»Der Mann verwirrt dich?«, fragte Sarita und richtete sich wieder auf, nachdem sie ein Tablett abgestellt hatte.

Aus ihren Gedanken gerissen, sah Katrina sie an. »Meinst du Stephen?«

»Nein«, sagte Sarita und lächelte, »ich meine deinen Mann. Aber offenbar ist es doch der andere, der deine Gedanken gefangen hält?«

Katrina spürte, wie Hitze ihr Gesicht überflutete. »Nein … doch … aber nicht er verwirrt mich, sondern sein Benehmen. Ich verstehe ihn nicht.«

»Du hast ihn nie verstanden. Ich habe dir damals geraten, ihn nicht zu heiraten, aber du wolltest es dennoch tun. Auch als ich dich verlassen habe, weil ich gewusst habe, dass von jemandem mit solchen Augen nichts Gutes kommen kann.« Sarita setzte sich an den Rand von Katrinas Bett. »Damals hat er dein Herz verwirrt. Sind es nun deine Sinne?«

Zögernd schüttelte Katrina den Kopf. »Meine Sinne verwirrt eher Aidan …« Sie griff nach einem Becher mit einem Kräutersud, nippte daran und verzog das Gesicht, als sie das bittere Getränk auf der Zunge schmeckte.

Es klopfte, und Parvati betrat mit Caleb an der Hand das Schlafzimmer. »Er wollte zu Ihnen, Memsahib.«

»Ist gut, danke, Parvati.« Katrina stellte den Becher ab und ließ Caleb zu sich ins Bett klettern.

»Wann darf ich wieder reiten?«, fragte Caleb.

»Wenn dein Vater daheim ist.«

»Wann kommt er?«
Katrina seufzte. »Das weiß ich auch nicht.«
Caleb setzte sich im Schneidersitz vor sie, stützte die Ellbogen auf die Knie und legte das Kinn in die Hände. Er runzelte die Stirn und wirkte konzentriert. »Onkel Charles hat gesagt, wenn ich lange nicht reite, muss ich alles wieder neu lernen.«
Katrina strich ihm durch das Haar, das ihm widerspenstig in die Stirn fiel. Er war gerade sechs Jahre alt geworden, und diesen Sommer würde er einen Hauslehrer bekommen. Ein wenig wehmütig wurde ihr zumute, als sie feststellte, wie schnell er älter wurde. Zwar waren seine Wangen nach wie vor kindlich rund, aber seine Glieder streckten sich, und er war seit dem letzten Sommer ein ganzes Stück gewachsen. Die Jahre, als er noch ein Kleinkind gewesen war, waren überschattet gewesen von der Trennung von Stephen, und sie hatte sich in die Mutterrolle nur schwer fügen können. Im Grunde genommen fand sie erst richtig Zugang zu ihrem Sohn, seit er nicht mehr unter Charles' Obhut stand. Vielleicht lag es auch daran, dass ihre Gedanken von dem Kummer um Stephen erfüllt gewesen waren. Erst seine Forderungen nach dem Kind hatten sie davon gelöst.
»Reiten verlernt man nicht«, sagte Katrina.
Caleb wirkte nicht überzeugt. »Aber Onkel Charles hat das gesagt.«
»Du kannst wieder reiten, wenn dein Vater hier ist, aber vorher nicht.« Es fiel ihr schon schwer genug, ihn beim Reiten Aidan anzuvertrauen, auf keinen Fall würde sie ihn der Obhut eines fremden Reitlehrers überantworten.
Das viele Liegen im Bett war zermürbend. Gelegentlich stand Katrina auf und ging ein wenig spazieren, allerdings nie allzu lange, weil auch der hinzugezogene Arzt ihr zu Bettruhe geraten hatte. Sie habe sich bereits seit Wochen überanstrengt, hatte er ihr vorgehalten, früher oder später hätten die Schmerzen auch ohne den Sturz angefangen, dieser hatte den Prozess lediglich

beschleunigt. Wenn sie ihr Kind behalten wolle, so seine Worte, müsse sie sich ab jetzt strikte Ruhe gönnen.

»Darf ich nachher zu Daniel?«, fragte Caleb. Er und Amelia Holts Sohn verstanden sich gut und spielten oft miteinander. Katrina hatte bereits mit Amelia überlegt, Caleb und Daniel gemeinsam unterrichten zu lassen. Auch angesichts dessen, dass man sie später zusammen nach England ins Internat schicken konnte, schien das sinnvoll zu sein.

»Sarita kann mit dir hinfahren«, stimmte Katrina zu.

Caleb kletterte vom Bett und nahm Saritas Hand, um sie mit sich zu ziehen. Er mochte die ältere Frau weitaus mehr als Parvati. An der Tür kam ihnen ein Dienstmädchen mit einem silbernen Tablett entgegen, auf dem ein Brief lag.

»Der ist eben abgegeben worden, Memsahib«, sagte das Mädchen.

Katrina dankte ihr und sah auf den Absender. Für einen kurzen Moment lang schlug ihr Herz schneller, dann sagte sie sich, dass es vermutlich nur wieder eine von Aidans üblichen, wenige Zeilen langen Episteln waren. Umso erstaunter war sie, als sie das Siegel erbrochen hatte.

*Meine liebe Katrina,*
*auch wenn du große Städte nicht sonderlich schätzt, bin ich sicher, Kalkutta würde dir gefallen, besonders morgens, wenn das Frühlicht wie ein Schleier auf dem Ganges liegt und das Wasser zwischen den noch dunklen Ufern in golddurchtränktem Rot schimmert. Für die Menschen hier hat der Fluss eine besondere Bedeutung, für uns Engländer ist er lediglich die Ader, auf der unsere Handelsgüter in die Stadt fließen. Du sagtest einmal, dir sei das Treiben in Bombay zu laut. Hier pulsiert das Leben ebenfalls bis in die Nacht hinein in den Straßen, aber je nachdem, wo man sich aufhält, hat es etwas Mystisches.*

*In zwei Tagen bin ich bei Ashleys Familie eingeladen, was bedeutet, meine Abreise in den Norden verzögert sich noch ein wenig. Die Einladung auszuschlagen, kam natürlich nicht in Frage, und ich hoffe, die Tage durch eine schnellere Reisezeit aufholen zu können. Von Kalkutta nach Simla reist man mit der Bahn oder zunächst auf dem Hugli und danach über die Berge. Im Sommer verbringen viele Engländer die heißesten Monate in ihren Residenzen in der Hill Station, ähnlich denen, die aus Madras kommen. Simla ist zauberhaft, ich bin sicher, es würde dir gefallen.*
*Wie geht es dir und dem Kind? Ich hoffe, meine Abreise hat dich nicht allzu sehr betrübt – nein, ich glaube, das darf ich nicht hoffen, denn ich habe gesehen, wie sehr ich dich verletzt haben muss. Reisen war immer ein Teil von mir, ich glaube, es ist etwas, mit dem ich nicht ohne weiteres brechen kann. Oftmals steckt mehr hinter den Dingen, als es den Anschein hat, und man kann sich nicht ohne weiteres davon lösen, daher bitte ich dich, es mir nachzusehen. Mit Leidenschaften kann es zuweilen schwierig sein, meine Katrina, und ich denke, ganz werden sie mich nie loslassen, ebenso wie deine eigenen dich festhalten und ich von dir nicht erwarte, von ihnen abzulassen.*
*Grüß Caleb von mir und sag ihm, er soll sein Pony nicht vernachlässigen.*
*In Gedanken bei dir,*
*Aidan (nun Captain der British Indian Army)*
*Kalkutta, den 20. April 1877.*

Katrina ließ den Brief sinken und lehnte den Kopf zurück, durcheinander, aufgewühlt von dieser unerwarteten Offenheit, davon, dass er imstande war, sie sich so vollständig gewogen zu machen, selbst ohne anwesend zu sein und obwohl sie jedes Recht darauf hatte, ihm zu grollen. Wieder war er ihr fremd, kaum dass sie geglaubt hatte, ihn ein wenig besser zu kennen. »Warum nur tust du das?«, murmelte sie.

*

Gillian wusste selbst nicht, warum sie sich angeboten hatte zu gehen, als es darum ging, die nächsten Teebestellungen aufzugeben. Es war doch unsinnig, schalt sie sich selbst, die Nähe eines Mannes zu suchen, der verheiratet war. Überhaupt war er nicht die Art von Mann, die sie für gewöhnlich anziehend fand, sie mochte Abenteurer, Männer mit einem verwegenen Charme oder solche, die sie zum Lachen brachten. Charles Ramsay sah zwar recht gut aus, war aber eher eine Art distinguierter Gentleman denn ein Abenteurer. Aber vielleicht, so dachte Gillian, war es genau das, was sie mittlerweile zu schätzen wusste. Sie schüttelte den Kopf, als vertreibe sie damit diese Gedanken, aber dennoch konnte sie nicht verhindern, sich ein Leben an der Seite eines solchen Mannes vorzustellen. Würde sie ihm im Kontor zur Hand gehen? Und wenn sie zu Hause auf ihn wartete, würde er zärtlich sein, wenn er heimkam? Wieder schüttelte sie den Kopf. Sie war eine Närrin.

Ingram hatte nach dem Vorfall auf dem Basar einige Tage lang nichts von sich hören lassen, worüber sie nicht unglücklich gewesen war. Dann jedoch hatte er wieder vor ihrer Tür gestanden, scheinbar zerknirscht, was sie ihm nicht eine Sekunde lang abgekauft hatte. Trotzdem war sie weich geworden und hatte ihn eingelassen, so wie viele Male danach, und sie vermochte kaum daran zu denken, ohne brennend rot zu werden.

Der Geruch von Tee mischte sich mit dem von altem Holz, und Gillians Nasenflügel bebten leicht, als sie beim Eintreten in das Kontor einatmete. Hinter dem Verkaufstresen war über die ganze Wand ein Regal angebracht mit Schubfächern aus weißem Porzellan, in denen der Tee gelagert wurde. Polierte Messingschilder gaben Auskunft über die Teesorten. Auf der rechten Seite war der Tee kistenweise gelagert, und ein ganzes Stück dahinter führte eine Holztreppe in das obere Geschoss. Die Bodendielen waren dunkel vom Alter und knarrten an einigen Stellen. Gillian fragte sich, wie es sein musste, mit so einem Besitz aufzuwachsen. Ob Aidans Frau sich hier als junges Mädchen oft aufgehalten hatte? Hatte sie auf dem hohen Stuhl gesessen, der halb versteckt in einer Ecke stand, links vom Verkaufstresen, und vor sich hingeträumt? Sie selbst, da war sich Gillian in diesem Moment absolut sicher, hätte es getan.

Ein junger Mann trat auf sie zu. Es war derselbe, der sie bei ihrem ersten Besuch bedient und sich dabei so ungeschickt angestellt hatte. Diesmal jedoch war kein Charles Ramsay in der Nähe – was sie mit leichter Enttäuschung feststellte –, so dass sein Auftreten wesentlich selbstbewusster war. Sie erwiderte seinen Gruß und lächelte.

»Die übliche Bestellung?«, fragte der Mann.

»Ja, und noch einige Sorten, die neu reingekommen sind. Ich habe hier …« Gillian kramte nach einem Zettel und ärgerte sich, ihn nicht hervorgeholt zu haben, ehe sie das Geschäft betreten hatte. Der Mann wartete geduldig, bis sie ihm das gefaltete Stück Papier überreichte. Beflissen nahm er es an sich und verschwand hinten im Lager.

Gillian nutzte die Zeit und sah sich ein wenig um. Es war sehr still hier, so früh am Tag, und sie fragte sich, ob Charles Ramsay überhaupt schon hier war. Beschämt über sich selbst und die Richtung, die ihre Gedanken nahmen, biss sie sich auf die Unterlippe und spähte in die Richtung, wo die Treppe war. Sie trat einen Schritt vor und sah neugierig nach oben, aber außer einem hölzernen Geländer, das eine Art Galerie umgab, war nichts zu erkennen.

Sie drehte sich um und erstarrte. In der Tür stand eine Frau, die ihr vage bekannt vorkam, aber es dauerte einige Sekunden, ehe

sie sie als Mrs. Ramsay erkannte. Die Frau sah sie mit leicht schräg gelegtem Kopf an.
»Mr. Finch«, sagte sie, an den jungen Mann gewandt, der eben aus dem Lager zurückkam. »Was wünscht die Dame?«
Gillian schoss das Blut in die Wangen, und auch der Mann – Mr. Finch – schien nicht so recht zu wissen, was er sagen sollte.
»Die Bestellung für die Teestube der Marks', Mrs. Ramsay«, entgegnete er schließlich.
Die Frau musterte Gillian von oben bis unten. »Tatsächlich? Der Name sagt mir nichts.«
»Langjährige Kunden, Ma'am«, entgegnete Mr. Finch.
»Nun, wenn ich mir das Personal anschaue, dann vermute ich, dass es keine Örtlichkeit ist, die ich aufzusuchen pflege«, sagte Mrs. Ramsay. »Und seit wann werden hier Frauen mit zweifelhaftem Ruf bedient?«
Gillians Wangen brannten, als sei sie geohrfeigt worden. Sie wollte sich verteidigen, aber ihr fehlten schlicht die Worte.
»Aber Ma'am«, sagte Mr. Finch an ihrer Stelle. »Mr. Ramsay hat bisher nicht …«
»Das war vermutlich, ehe wir sie in Begleitung eines Mannes angetroffen haben, dessen Verlobte zu unseren Bekannten zählt. Ich möchte nicht, dass man uns ins Gerede bringt.« Sie sah Gillian an. »Richten Sie den – wie hießen sie gleich? Marks? – aus, sie möchten bitte anständiges Personal schicken oder sich selbst herbemühen.«
Schritte knarrten auf den Stufen, und Charles Ramsay kam die Treppe hinunter. Er nickte Gillian zu und sah seine Frau kühl an. »Was gibt es?«
Aber ehe seine Frau etwas sagen konnte, wandte Gillian sich ab und lief aus dem Kontor. Ohne auf den Verkehr zu achten, wäre sie beinahe vor eine Kutsche gelaufen und konnte im letzten Moment ausweichen. Der Kutscher riss an den Zügeln und rief ihr etwas wenig Schmeichelhaftes nach.

Nachdem sie einige Minuten ziellos durch die Straßen gelaufen war, lehnte sich Gillian in einer Gasse mit dem Rücken an die Wand, schloss die Augen und atmete tief durch, kämpfte aufsteigende Tränen und das Gefühl der Demütigung zurück. Davonzulaufen, war dumm gewesen, impulsiv und unüberlegt. Selbstverständlich konnte sie nicht einfach unverrichteter Dinge zu den Marks' zurückkehren, aber wieder zum Ramsay-Teekontor zu gehen, war ihr unendlich peinlich. Wie hatte sie sich Charles Ramsay gegenüber so benehmen können? Gewiss hätte er alles geregelt. Entgegen dem, was seine Frau gesagt hatte, wusste er schließlich schon länger von ihrer Bekanntschaft mit Ingram und machte sich sicher keine Illusionen darüber, welcher Natur diese war.

Sie strich sich über das Haar und trat auf die Straße zurück. Es half ja doch alles nichts, sie konnte hier schließlich nicht den ganzen Tag stehen bleiben. Seufzend machte sie sich auf den Weg zurück ins Kontor. Mr. Finch stand am Verkaufstresen und sah auf, als sie den Raum betrat. Sein Gesicht färbte sich rot, und er deutete auf ihre Bestellung.

»Wir liefern alles, wie sonst auch«, sagte er.

Aus dem Obergeschoss drangen Stimmen, unverkennbar laut und aufgebracht, jedoch war nicht zu verstehen, was gesagt wurde. Gillian sah zur Treppe und dann wieder zu Mr. Finch. Dieser zuckte die Schultern und setzte dazu an, etwas zu sagen, als oben eine Tür aufgerissen wurde und wütende Schritte den Weg über den Holzboden und dann die Treppe herunterkamen. Weitere Schritte folgten, langsamer jedoch. Kurz darauf kam Mrs. Ramsay in den Verkaufsraum, rauschte an Gillian und Mr. Finch vorbei, ohne beide eines Blickes zu würdigen, und ging mit erhobenem Kopf zur Tür hinaus. Charles Ramsay, der ihr gefolgt war, sah ihr finster nach, dann fiel sein Blick auf Mr. Finch, der ebenfalls den Blick auf die Tür gerichtet hatte.

»Fehlt es Ihnen an Arbeit?«, fragte er scharf.

Der junge Mann zuckte zusammen und griff nach einem Buch, in dem er offenbar zuvor etwas aufgeschrieben hatte. Charles wandte sich an Gillian, das Gesicht immer noch düster.

»Ich bedaure, dass es offensichtlich ein Missverständnis gegeben hat, Miss McEwan.«

»Es …« Gillian schluckte. »Es ist nicht schlimm.«

Charles nickte, wünschte ihr einen schönen Tag und drehte sich um, um wieder die Treppe hinaufzugehen. Eine tiefe Enttäuschung erfasste Gillian, von der sie wusste, dass sie vollkommen töricht war.

# 20

## Ootacamund, August 1877

Sonnenstrahlen eines späten Nachmittags malten buttergelbes Licht auf die polierten Holzdielen, während seidene Vorhänge vor den geöffneten Balkontüren im Wind wisperten. Katrina war an diesem weitgehend trockenen Tag ein wenig spazieren gegangen und hatte sich danach hingelegt. Das sanfte Flüstern der Seide war einschläfernd, und die Wärme des Sonnenlichts, das sich langsam zu ihrem Bett vortastete, hüllte sie ein. Mit geschlossenen Augen spürte Katrina das Fortschreiten des Tages darin, wie die Strahlen ihr Gesicht berührten, erst eine Seite, dann ihre Lippen, die Nase, die Augenlider.

Als das leise Klappern der Tür sie weckte, war der Raum bereits in Dämmerlicht getaucht. Blinzelnd tastete Katrinas Blick sich durch den Raum, während sie sich aufrichtete. »Du bist zurück«, war alles, was ihr einfiel.

»Sehr gut gefolgert«, spöttelte Aidan und kam zu ihr. Er entzündete die Gaslampe an der Wand neben ihrem Bett und drehte das Licht so weit herunter, dass es ihren Augen so kurz nach dem Erwachen nicht unangenehm war. Dann beugte er sich zu ihr und schloss sie behutsam in die Arme.

»Sarita erwähnte unten bereits, dass du dich nicht so richtig gut fühlst. Was fehlt dir?«, fragte er, während er sich wieder aufrichtete.

»Die Schwangerschaft ist wohl etwas anstrengender, als ich erwartet hatte.«

»War ein Arzt hier?«

»Ja. Er sagte, ich hätte mich ein wenig überanstrengt.«

Aidan setzte sich an den Bettrand. »Und? Hast du?«

»Vermutlich. Ich habe es erst nicht gemerkt.« Katrina zuckte die Schultern, tat es als belanglos ab und hoffte, er würde nicht weiter fragen. »Caleb hat gejammert, weil er in deiner Abwesenheit nicht reiten durfte«, wechselte sie das Thema – zu schnell, wie sie an seinem Blick bemerkte, zu abrupt. Ein leichtes Heben einer Braue, der Ausdruck seiner Augen, der nur zu deutlich sagte, dass das Manöver durchschaut worden war, sowie das kaum sichtbare Stirnrunzeln – aus dieser Situation würde sie, das war Katrina augenblicklich klar, nicht herauskommen, ehe ihn all ihre Antworten zufriedenstellten.

»Liebes«, sagte er sanft, »soll ich fragen, oder erzählst du es mir von allein?«

»Es ist nichts weiter. Nur Schmerzen, aber die sind jetzt fast wieder weg.«

Aidans Augen verengten sich leicht.

»Es war eine Unachtsamkeit«, fuhr Katrina fort, seine unausgesprochene Frage beantwortend. »Ich bin gestürzt.«

Er neigte sich vor, sah sie forschend an. »War dir schwindlig?« Ein besorgter Unterton hatte sich in seine Stimme geschlichen.

»Nein ...«, antwortete Katrina zögernd. »Ich ...« Sie seufzte. »Nun gut, du würdest es vermutlich ohnehin erfahren. Stephen war hier, und als ich zum Haus zurücklaufen wollte, bin ich gestürzt.«

Aidan wirkte wie ein Panther, der zum Sprung ansetzte. »Bist du vor ihm geflohen? Hat er dich gestoßen? Werde deutlicher.«

Vermutlich meinte er es nicht so barsch, wie er es sagte, aber Katrina kannte ihn mittlerweile gut genug, um seinen Zorn zu fürchten, auch wenn er sich gegen andere richtete. »Er hat mir nichts getan«, sagte sie eilig. »Mir hat nicht gefallen, was er sagte, da bin ich gegangen und gestolpert.«

»Das klingt eher, als seiest du geflohen. Derart achtlos habe ich dich nie laufen sehen.«

»Vielleicht bin ich das – nein, ich bin es wohl ganz sicher, denn ich wollte ihm nicht länger zuhören.«

»Worum ging es?«
Katrina verschränkte die Arme vor der Brust. »Was denkst du wohl?«, fragte sie leise. Sie kam sich auf einmal vor wie auf einer Anklagebank, und obwohl sie sich nichts hatte zuschulden kommen lassen, nagte in ihr immer noch der Moment, in dem Erinnerungen aufgekeimt waren, die sie nicht mehr wollte und die sie lange erfolgreich verdrängt hatte.
Offenbar bemerkte Aidan ihr plötzliches Zurückziehen, denn er streckte die Hand aus und berührte ihre Wange. Aber Katrina drehte den Kopf leicht zur Seite und grub die Zähne in ihre Unterlippe. »Caleb hat dich vermisst«, sagte sie unvermittelt.
»Ich werde ihn gleich aufsuchen.« Seine Hand glitt tiefer und blieb in der Wölbung zwischen Hals und Schulter liegen. Unter seinem Daumen fing ihre Halsschlagader heftig an zu pochen.
Katrina wunderte sich, dass er ihren Bauch nicht berührte, nicht fühlte, ob sein Kind sich bewegte. Stephen hatte dergleichen oft getan, dachte sie und schalt sich augenblicklich dafür. Unwillig neigte sie den Kopf zur Seite. Nicht wieder der leidige Vergleich, nicht wieder eine Erinnerung, die sie mit ihm teilte.
»Gilt dein Widerwillen mir?«, fragte Aidan.
Katrina holte tief Luft, wollte verneinen, aber stattdessen brach aus ihr hervor: »Warum warst du nicht da?«
Augenblicklich zog sich seine Hand zurück. »Ich hatte es dir erklärt.«
»Und du denkst, das reicht?«
»Sagen wir, ich hatte es gehofft«, antwortete Aidan zurückhaltend. Sie gab keine Antwort mehr, und nach kurzem Zögern stand er auf.
»Mir reicht ein Brief nicht, wenn ich dich möchte«, sagte sie leise, als er schon fast bei der Tür war.
Langsam drehte er sich um und spähte durch das Dämmerlicht zu ihr. »Vielleicht hattest du damit schon mehr von mir, als du ahnst.«

Katrina setzte zu einer Antwort an, aber er hatte sich bereits wieder abgewandt und ging hinaus.

*

Ashley fragte sich, warum es ihr nicht, ähnlich wie Katrina, gelang, sich von den meisten gesellschaftlichen Verpflichtungen zu befreien. Ihre Freundin hatte bisher erst einen richtigen Empfang gegeben, einmal eine Soiree und gelegentlich ein Abendessen in ausgesuchtem Kreis. Zudem nahmen sie und Aidan nur selten Einladungen an, gerade genug, um den guten Ton zu wahren.

An diesem Abend fand ein Ball im Ooty-Club statt, und alle wichtigen Leute waren anwesend. Dieses Mal wäre auch Katrina nicht darum herumgekommen, aber nun entschuldigte ihre Schwangerschaft ihr Fortbleiben, und somit brauchte auch Aidan nicht zu erscheinen. Gelegentlich jedoch gestalteten sich solche Gesellschaften recht unterhaltsam, so auch in diesem Fall. Ashley bewegte sich in ihrem Kleid aus mitternachtsblauer Seide anmutig über den glänzenden Holzboden, während Diamanten an ihrem Hals und in ihrem Haar funkelnd das Licht auffingen. Nicolas war geradezu hingerissen von ihrer ansteckenden Fröhlichkeit, die sie nur zu selten an den Tag legte. Es gelang ihr sogar, Ingram Frazer zu ignorieren, obwohl er sie mit einer Anzüglichkeit maß, die abstoßend war. Anfangs vermeinte Ashley eine Spur von Berechnung in seinen Blicken zu erkennen, aber auch das ignorierte sie. Sie war dazu übergegangen, nicht mehr allein irgendwo hinzugehen, wenn sie wusste, dass er anwesend war, anders wusste sie sich nicht zu helfen.

Amelia Holt, die in Begleitung ihrer Schwiegereltern anwesend war, gesellte sich zu ihr. Sie fächelte sich Luft zu, denn in den Räumen wurde es langsam heiß, trotz der geöffneten Fenster, vor denen der Regen rauschte. Von allen Gästen war Amelia diejenige, die sich am wenigsten zu amüsieren schien, aber wen wunderte das? Durch Katrina hatte Ashley die junge Frau besser kennengelernt, und mittlerweile hatten sie eine Art loser Freundschaft geknüpft.

»Ich komme mir vor«, sagte Amelia mit Blick auf ihre Schwiegereltern, »als sei ich die Hauptdarstellerin eines Theaterstücks und laufe ständig Gefahr, meinen Text zu vergessen.«

Ashley nickte. Das Gefühl kannte sie zwar nicht aus Erfahrung, konnte es sich aber gut vorstellen.

»Ich wollte eigentlich gar nicht kommen«, vertraute Amelia ihr an, »aber *er*«, sie deutete auf ihren Schwiegervater, »denkt, ich solle öfter ausgehen. Wir sind übereingekommen, dass ich Daniel behalten darf, wenn ich den richtigen Ehemann finde.«

»Tatsächlich?«, fragte Ashley erstaunt. »Ist er dir doch so weit entgegengekommen?«

»Auf Drängen meiner Schwiegermutter, von der ich am wenigsten Beistand erwartet hätte. Aber offenbar erinnert sie sich daran, wie es für sie war, ihren Sohn zu verlieren, und möchte mir diese Erfahrung ersparen.« Ihr Mund verzog sich schmerzlich, so wie immer, wenn die Rede auf ihren verstorbenen Mann kam. Wer auch immer sie heiratete, dachte Ashley, würde ein hartes Stück Arbeit vor sich haben, diesen Geist zu besiegen.

Ihr Blick fiel auf Ingram, der sich wieder in ihre Nähe schob und sie ansah. An diesem Abend war er besonders penetrant, er wirkte geradezu wie ein Adler, der im Begriff ist, auf seine Beute hinabzustoßen. Aber sie würde ihm keine Gelegenheit bieten, sogar die Erfrischungsräume würde sie in Begleitung aufsuchen, wenn es sein musste. Irgendeine Ausrede würde ihr dafür schon einfallen. Amelia stellte eine Frage, aber Ashley hörte nicht hin, sondern wurde erst durch ihren abwartenden Blick aufmerksam.

»Entschuldige, meine Liebe, was sagtest du?«

»Du wirkst beunruhigt«, sagte Amelia. »Stimmt etwas nicht?«

»Es ist nichts, nur ein leichtes Unwohlsein.«
Amelia neigte den Kopf leicht. »Du bist doch nicht wieder guter Hoffnung?« Ein Lächeln umspielte ihre Lippen.
»Nein«, widersprach Ashley.
»Einen schönen guten Abend, die Damen«, erklang Ingrams Stimme hinter Ashley, und ein unangenehmes Kribbeln setzte zwischen ihren Schulterblättern ein.
»Guten Abend, Mr. Frazer«, sagte Amelia höflich. Ashley schloss einen gemurmelten Gruß an und mied seinen Blick.
»Ihre Eltern sind geradezu bezaubernde Gastgeber«, sagte Ingram, an Ashley gewandt. »Wissen Sie, dass ich in Kalkutta die Ehre hatte?«
Ashley sah ihn zögernd an. »Ihr Vater kennt meinen Vater, daher ist es nicht so abwegig, dass man Sie einlädt, wenn Sie in der Stadt sind.«
»Das ist wohl richtig.« Ingrams Lächeln wurde breiter. »Sie waren lange nicht mehr in Kalkutta, habe ich recht? Seit Ihrer Hochzeit nicht mehr?«
Ashley bejahte die Frage und sah sich nach einer Möglichkeit um, dem Gespräch mit ihm zu entgehen.
»Wie gefiel es Ihnen in der Stadt?«, sprang Amelia ein. »Ich war erst ein Mal dort.«
»Nun, sagen wir, es war ein sehr aufschlussreicher Besuch.« Ingram wandte sich Ashley zu, die seinen Blick unbewegt erwiderte. »Und es ging alles schneller, als ich dachte.«
»Wie erfreulich für Sie«, antwortete Ashley mit so viel Kühle, wie sie aufbringen konnte. Unbehaglich zog sie die Schultern hoch, als sein Blick auf ihre Brust fiel, und obwohl ihr Kleid recht hochgeschlossen war, hatte sie das Gefühl, vor ihm entblößt zu sein. Ob er sich gerade daran erinnerte, wie er seine Hand auf ihre Brust gelegt hatte? Bei dem Gedanken daran stieg Übelkeit in ihr auf, und sie schloss kurz die Augen.
Amelia berührte ihren Arm. »Liebes, ist dir nicht gut?« Sie

wandte sich an Ingram. »Wären Sie so freundlich, ein Glas Wasser zu holen?«
»Aber natürlich.« Ingram wandte sich elegant ab, ging zum Büfett und war wieder zurück, ehe Ashley auch nur einen Schritt in die Menge tun konnte.
Weil sie nicht gut ablehnen konnte, nahm sie das Glas und trank einen kleinen Schluck Wasser. Es half in der Tat ein wenig.
»Meine Liebe«, sagte Ingram, »Sie könnten mir beinahe leidtun.«
Amelia riss fassungslos die Augen auf. »Ich denke, dieser Ton ist unangebracht.«
»Oh, Sie haben allen Grund, empört zu sein.« Ingram feixte. »Doch bin nicht ich es, der diese Empörung verdient. Ich frage mich, was Ihr Schwiegervater davon hält, dass Sie Ihre Zeit mit einer Frau zweifelhafter Abstammung verbringen.«
Noch ehe Amelia antworten konnte, war Ashley das Glas entglitten und schlug mit einem Klirren auf dem Boden auf. Wasser spritzte auf ihres und Amelias Kleid sowie auf Ingrams Hose. Unwillkürlich wichen sowohl Ingram als auch Amelia zurück, was Ashley später als Sinnbild sah für das, was danach folgte.
Die Umstehenden sahen zu ihnen herüber, und ein Dienstbote erschien, um die Scherben einzusammeln und das Wasser aufzuwischen. Währenddessen war Amelia wieder an Ashleys Seite. »Komm, Liebes, offenbar hat Mr. Frazer etwas zu viel getrunken heute Abend«, sagte sie kalt.
»Keineswegs«, sagte Ingram laut genug, dass ihn jeder der Umstehenden hören konnte.
Indem sie das Glas fallen ließ, hatte Ashley sich keinen Dienst erwiesen, aber vermutlich, so dachte sie, hätte er sich ansonsten auf andere Art Gehör verschafft. Sie starrte ihn an und ahnte, dass dies die letzten Momente waren, in denen sie zu der Gesellschaft gehörte, in deren Mitte sie stand.

»Ich war immer der Meinung«, sagte Ingram laut, »dass in diesem Club nur Mitgliedern der Zutritt gewährt wird, die über jeden Zweifel erhaben sind.«

Das Orchester spielte immer noch, und hinter ihnen tanzten Paare, während der Kreis der Neugierigen um Ingram immer größer wurde. Noch wusste niemand, gegen wen er sich wandte.

»Mr. Holt«, sprach Ingram einen hochgewachsenen Mann an, »hat es Ihre Billigung, dass Ihre Schwiegertochter ihre Zeit mit einer Frau von fragwürdiger Abstammung verbringt?«

»Wovon reden Sie?«, fragte ein Mann, noch ehe Mr. Holt antworten konnte.

»Ingram!«, rief Mr. Frazer. »Was erlaubst du dir?«

»Es tut mir leid, Vater«, erwiderte Ingram, »aber ich denke, wenn ich so viel Geld zahle für eine Mitgliedschaft, dann möchte ich auch die Garantie haben, dass die Mitglieder aus den entsprechenden Kreisen stammen.«

Nun hatte sich auch Nicolas zu ihnen gesellt und stellte sich an Ashleys Seite. »Wovon redet dieser Possenreißer?«, fragte er leise.

»Vielleicht möchte Mrs. Allenger-Brown etwas dazu sagen?« Ingram sah Ashley an, und alle Blicke folgten ihm. Nicolas erstarrte.

»Schweigen?«, fragte Ingram.

»Kommen Sie zur Sache«, rief Mr. Holt, der eine solche Theatralik offenbar ganz und gar nicht schätzte.

»Ich war in Kalkutta«, fuhr Ingram fort, »und musste zu meinem Bedauern und Entsetzen feststellen, dass diese Frau, die ein freundschaftliches Verhältnis mit meiner Verlobten pflegt und in unserer Gesellschaft ein und aus geht, die Tochter einer portugiesischen Hure ist.«

Er hatte noch nicht fertig gesprochen, als Nicolas auf ihn losging und ihm mit einem gezielten Fausthieb die Nase brach.

Ingram ging zu Boden und presste sich die Hand aufs Gesicht. Blut quoll zwischen seinen Fingern hervor, und er war sichtlich erschrocken. Damit hatte er offenbar nicht gerechnet.
»Sie werden sich augenblicklich bei meiner Frau entschuldigen«, sagte Nicolas und legte die Hand an den Griff des Degens, der an seiner Seite hing.
»Haben Sie Beweise für eine solch unglaubliche Behauptung?«, rief eine Frau und wurde zischend zum Schweigen gebracht.
»Du entschuldigst dich augenblicklich bei der Ehefrau von Captain Allenger-Brown!«, rief Mr. Frazer.
Der Präsident des Clubs trat vor. »Derartige Entgleisungen können wir hier nicht dulden«, sagte er, an Ingram gewandt, der sich langsam wieder aufrappelte. »Ich muss Sie bitten, sich bei Mrs. Allenger-Brown zu entschuldigen und dann zu gehen.«
Ingram starrte Ashley hasserfüllt an. »Mich entschuldigen? Wofür denn?« Seine Stimme klang nasal. »Ich sage die Wahrheit. Sehen Sie sie sich doch nur mal an. Soll sie es doch abstreiten, und selbst dann kann ich Beweise bringen.«
Nicolas tat einen Schritt vor, wurde aber von zwei Männern festgehalten, ehe er Ingram erreichte. »Meine Ehefrau«, presste er zwischen den Zähnen hervor, »wird überhaupt nichts abstreiten. Eine solch ungeheuerliche Beleidigung kann nur auf eine Art beigelegt werden, deren Ausübung mir leider das Gesetz untersagt. Aber dennoch wird es ein Nachspiel haben, denn ich lasse weder die Ehre meiner Frau noch ihren Ruf besudeln.«
»Fragen Sie sie«, insistierte Ingram. »Los, fragen Sie sie doch.«
Aus den Augenwinkeln sah Ashley, wie Cynthia sich nach vorne schob und das Geschehen gespannt verfolgte. Ihre Fäuste krallten sich in die Seide ihres Rocks, zerknüllten sie, während ihr ganzer Körper so angespannt war, dass es schmerzte. Nicolas trat zurück an ihre Seite, legte die Hand auf ihre Schulter und wandte sich ab.

»Zu dem Thema ist das letzte Wort noch nicht gesprochen«, sagte er. Er führte Ashley durch die Menge und aus dem Ballsaal hinaus.
»Fragen Sie sie!«, rief Ingram ihm nach.

Die ganze Kutschfahrt über hatte Nicolas stumm neben ihr gesessen, beinahe geisterhaft bleich. Das Trommeln des Regens, das leichte Rumpeln der Kutschräder, das Platschen der Pferdehufe auf dem schlammigen Grund und das leise Schmatzen, mit dem sie sich wieder lösten – all das übertönte das Rauschen des Blutes in Ashleys Ohren.
Daheim legte sie ihr Cape ab und drehte sich zu Nicolas um. Dieser bedeutete ihr, ihm zu folgen, und ging voran in ihren privaten Salon.
»Keine Empörung, Ashley?«, fragte er, und seine Stimme zitterte, was so untypisch war, dass es bezeichnend schien für den Seelenzustand, in dem er sich befand. »Keine Fassungslosigkeit? Keine Entrüstung auf dem Weg nach Hause? Nur diese stumme Duldsamkeit?«
Ashley sah ihn schweigend an, während ihr Herz in harten, schnellen Schlägen pochte.
»Du sahst aus, als ob ...« Nicolas zögerte und rang sichtlich nach Worten. »Im Club wollte ich Ingram Frazer umbringen für eine derart ungeheuerliche Anschuldigung. Auf dem Heimweg jedoch ... ich kenne dich zu gut, Ashley.«
Noch immer schwieg sie.
»Verdammt«, rief er, »sprich mit mir!«
»Was ...« Ashleys Stimme brach, ging unter im Aufruhr, der in ihr tobte.
»Kann es sein, dass an dem, was er gesagt hat, an diesen Worten, die so unfassbar sind, dass ich mich weigere, sie zu wiederholen, etwas Wahres dran ist?«
Nach mehreren vergeblichen Versuchen, ein Wort über die Lip-

pen zu bringen, beschränkte Ashley sich auf ein Nicken, so leicht, dass es kaum sichtbar war.
Nicolas starrte sie ungläubig an. »Was davon ist wahr?«, fragte er mit einer Stimme, die kaum mehr war als ein Flüstern.
»Alles«, antwortete Ashley leise.
Nun war es Nicolas, der schwieg, der aussah, als breche seine Welt zusammen. Er wandte sich ab, ging einige Schritte durch den Raum und kam wieder zu ihr zurück. »Wer, um alles in der Welt, bist du?«
Ashley schloss die Augen, sammelte sich, dann zwang sie sich dazu, ihn anzusehen. »Mein Vater hatte eine Affäre mit einer Portugiesin … einer Frau von zweifelhaftem Ruf.«
»Einer Hure?«
»Sie verkaufte sich für Geld an Männer – ja, ich denke, man kann sie so nennen. Er war mit meiner – mit der einzigen Frau, die ich je meine Mutter nennen werde – bereits verlobt. Als ich geboren wurde, nahm er mich zu sich, und die Portugiesin zog in eine andere Stadt. Er versorgte sie mit so viel Geld, wie sie brauchte, um gut leben zu können … Sie ist vor ein paar Jahren gestorben.«
»Seit wann weißt du davon?« Die Fassungslosigkeit in Nicolas' Stimme war jener Art von Kälte gewichen, hinter der sich jede Empfindung versteckte, weil eine tiefere Verletzung nicht mehr zu ertragen wäre.
»Mein Vater hat es mir erzählt, kurz bevor wir Kalkutta verlassen haben.«
Nicolas presste die Lippen zusammen und sah sie auf eine Weise an, auf die noch nie zuvor jemand sie angesehen hatte. Ein Schauer überlief Ashley, und sie umschlang schützend ihren Oberkörper.
»Ja«, sagte Nicolas leise, beinahe nachdenklich, »jetzt macht das alles Sinn. Er umfasste den Griff seines Degens so hart, dass seine Fingerknöchel weiß hervortraten. »Du hast mich fast zwei-

einhalb Jahre hintergangen, Ashley.« Seine Stimme blieb ruhig, unbewegt wie ein Eissee. »Was habt ihr euch dabei gedacht, du und deine Familie?«

»Nicolas, ich …«

In diesem Moment brach seine Zurückhaltung. Nicolas zog seinen Degen und fegte mit einer Bewegung ein Tablett mitsamt Karaffe und Gläsern von einem Beistelltisch. »Ihr habt mich wie einen Narren aussehen lassen!«, brüllte er. »Ist dir klar, dass morgen jeder davon wissen wird? Dass Ingram vermutlich wirklich über die Beweise verfügt, von denen er spricht?«

Ashley war erschrocken zurückgezuckt, als das Tablett zu Boden fiel. Einen absurden Moment lang hatte sie geglaubt, er wolle den Degen gegen sie erheben.

Mit einem weiteren Degenschlag beförderte Nicolas zwei Vasen zu Boden. »Was habt ihr euch, verdammt noch mal, dabei gedacht?«

»Es ging nicht anders, bitte, Nicolas, glaub mir«, brach es aus Ashley heraus.

Nicolas schlug einen kleinen Tisch um, und der Degen hinterließ eine Kerbe im Holz. »Du hättest mir vertrauen können. Ich habe dir geschworen, dir beizustehen. Was denkst du? Dass ich dich verlassen hätte?«

Zögernd nickte Ashley.

»Großartig.« Nicolas schleuderte seinen Degen in die Ecke und rieb sich mit beiden Händen über das Gesicht. Sein Zorn schien verraucht zu sein. Als er sie wieder ansah, waren seine Augen wie verschleiert. »So ernst nimmst du meine Schwüre? Nach all dem, was zwischen uns war? Ich verwünsche den Tag, an dem ich mich in dich verliebt habe, und den, an dem ich dich mitsamt dem Lügengebilde um dich herum geheiratet habe.«

Ashley trat einen Schritt auf ihn zu, aber er hob beide Hände, als wolle er sie von sich stoßen, wenn sie ihn berührte. Ohne ein Wort zu sagen, drehte er sich um, riss die Tür auf und warf sie mit einer Wucht hinter sich ins Schloss, dass der Raum zu erzittern schien.

*

Regen rauschte in den Bäumen, die den Weg vor dem Haus säumten, die Teegärten waren wolkenverhangen und durchweht von kühlem Bergwind, und in der Luft lag der Geruch feuchter Erde. Die allzu schlammigen Wege meidend, machte Katrina, in ihr Cape gehüllt, einen Spaziergang. Obwohl sie beinahe bis auf die Haut durchnässt war, genoss sie die frische Luft. Es zermürbte sie, immer nur im Haus zu sitzen, so dass sie sogar während der Monsunzeit öfter kleinere Spaziergänge machte. Gerade jetzt, wo sie so viel liegen musste, waren diese raren Momente kostbar, auch wenn sie sich mittlerweile fühlte, als watschele sie nur noch kurzatmig durch die Gegend.

Als sie sich langsam auf den Weg zurück zum Haus machte, sah sie Aidan aus Richtung der Teegärten kommen. Erst bemerkte er sie nicht, dann jedoch blieb er stehen und wartete auf sie. Sie hatte ein schlechtes Gewissen, weil sie seit seiner Ankunft sehr unleidlich war. Er nahm jedoch ihre Launen hin, stritt nicht mit ihr, und Katrina vermutete, dass er dies als Stimmungsschwankungen einer Schwangeren abtat. Aber gut, sei's drum.

»Ich dachte, du sollst dich ausruhen«, begrüßte er sie und wischte sich den Regen aus den Augen, ein vergebliches Unterfangen.

»Ein wenig bewegen darf ich mich, und das viele Liegen macht mich unruhig. Außerdem liebe ich den Regen.« Wasser tropfte von der Kapuze ihres Capes, die sie sich über den Kopf gezogen hatte, und der Stoff klebte nass an ihrem Körper. An Aidans Seite ging sie ins Haus, wobei Aidan seine Schritte den ihren anpasste. Als sie die Treppe hinaufstiegen, keuchte Katrina, als sei sie eine Meile gelaufen.

Aidan sah sie aufmerksam an. »Überanstrengst du dich?«
»Nein«, antwortete Katrina ein wenig atemlos. »Bei Caleb war es noch schlimmer.«
»Das kann ich kaum glauben.«
Katrina warf einen giftigen Blick in seine Richtung, der ihr lediglich ein schiefes Lächeln einbrachte, in dem sie leichten Spott zu erkennen glaubte. Im Haus legte sie ihr Cape ab, und Aidan fuhr sich mit beiden Händen durch sein nasses Haar. Gemeinsam gingen sie die Treppe hinauf in ihr Zimmer, um sich umzukleiden.
Weil sie sich mit ihrem dicken Bauch vorkam wie ein gestrandeter Wal, schloss Katrina die Tür ihres Ankleidezimmers, während ihre *Ayah* sie aus den nassen Kleidern schälte und ihr danach beim Anziehen zur Hand ging. Aidan hatte sich über ihre plötzliche Schamhaftigkeit nach seiner Rückkehr mokiert, nahm sie aber hin.
Als sie zurück ins Schlafzimmer trat, war er zu ihrem Erstaunen immer noch dort. Die Hände auf dem Rücken verschränkt, sah er aus dem Fenster und wirkte gedankenverloren. Als sie die Tür hinter sich schloss, drehte er sich um.
»Trinken wir Tee zusammen?«, fragte er. »Ich möchte mit dir sprechen.«
Beunruhigt schaute Katrina ihn an und nickte.
»Keine Sorge.« Aidan bemerkte ihre Besorgnis offenbar. »Es ist nichts Schlimmes, nur ein paar Vorkehrungen für die Zukunft.«
In der Bibliothek flackerte ein Feuer im Kamin, weniger weil es kalt war, sondern um eine behagliche Atmosphäre während der düsteren Nachmittage zu schaffen. Aidan hatte eine Mappe mit Unterlagen mitgebracht, die er auf ein Tischchen vor dem Kamin legte, um das einige bequeme Sessel gruppiert waren. Etwas schwerfällig setzte Katrina sich hin.
»Es geht darum«, nahm Aidan das Gespräch auf, als das Dienst-

mädchen den Tee gebracht hatte und wieder gegangen war, »dass ich mir über Calebs Erbe Gedanken gemacht habe.« Er griff nach der Mappe und schlug sie auf. »Du weißt, dass die Plantage, sollte ich einen Sohn bekommen, an diesen fällt.«

»Dass es anders sein würde, habe ich nie angenommen.«

Aidan lächelte. »Das wollte ich damit auch nicht sagen. Wir beide wissen nicht, ob Stephen ihn nicht enterbt, denn dessen Haupterbe steht Caleb zu – falls du möchtest, dass er es annimmt.«

Katrina zögerte. »Das wird allein Calebs Entscheidung sein.«

»Damit er nicht gänzlich unversorgt bleibt oder leer ausgeht, habe ich ihm gestern ein Konto eingerichtet und einen Betrag von tausend Pfund Sterling eingezahlt. Jedes Jahr kommt ein bestimmter Betrag hinzu – je nachdem, wie die Ernte und die Verkäufe ausgefallen sind.« Er sah sie an, als warte er auf ihr Einverständnis. Katrina nickte.

»Das läuft bis zu seiner Volljährigkeit«, fuhr Aidan fort, »auch wenn mir zwischenzeitlich etwas zustößt. In dem Fall geht es treuhänderisch an dich.«

Bei dem Gedanken daran zuckte Katrina zusammen.

»Man muss an alle Möglichkeiten denken«, sagte Aidan.

»Ich weiß.« Katrina schluckte. »Aber der Gedanke daran behagt mir dennoch nicht.« Sie griff nach den Unterlagen und las sie durch, dann legte sie sie zurück. »Ich danke dir.« Wieder flackerte das schlechte Gewissen auf, wenn sie an das Gespräch mit Stephen dachte. Ein wenig mühsam stand sie auf und ging zum Kamin.

»Wenn ich nur wüsste, was dich die ganze Zeit so bekümmert.« Aidan erhob sich ebenfalls und trat hinter sie. Behutsam, als fürchte er, sie könne ihm ausweichen, umfasste er ihre Schultern. »Ist es wirklich nur meine Reise?«

Katrina rieb sich die Arme und beobachtete das Lichterspiel, das die Flammen auf ihren Rock warfen. Das Baby trat an ihre

Bauchdecke, und sie legte die Hand dorthin, wo sie den Tritt spürte. »Es ist nicht deine Reise«, hörte sie sich sagen.

Aidan verharrte schweigend, die Hände immer noch um ihre Schultern.

»Ich …« Katrina verstummte und suchte nach den richtigen Worten.

Nun begann Aidan mit einer Hand, ihre Schulter sanft zu drücken, mit der anderen strich er über ihren Nacken. »Was fällt dir so schwer zu sagen?«, fragte er leise.

Katrina holte tief Luft. »Hast du dich je erinnert?«

»Woran?«

»An die Frauen, die du vor mir hattest.« Jetzt war es heraus.

Aidan drehte sie zu sich um, sichtlich erstaunt, und sah sie an. »Du denkst doch nicht etwa, dass meine Reisen …«

»Nein«, unterbrach Katrina ihn hastig. »Ich spreche nicht von dir, sondern von mir. Ich wollte nur wissen …«

»Ich glaube, ich verstehe«, murmelte Aidan.

Ohne etwas zu sagen, forschte Katrina in seinem Gesicht, suchte nach Anzeichen von Ärger oder Misstrauen.

»Du redest die ganze Zeit von Stephen Alardyce, richtig?«

»Ja.«

Aidan runzelte die Stirn und wirkte plötzlich sehr nachdenklich.

»Er hat immer wieder davon gesprochen, wie es war«, sagte Katrina, »davon, was hätte werden können, hätte mein Bruder ihm das Geld gegeben, was meiner Mitgift entsprach …«

»Und was hätte werden können?«, fragte Aidan leise.

»Ich vermute, dasselbe, was auch so passiert ist, nur ein paar Jahre später.« Katrina spürte, wie ihr die Tränen in die Augen traten, und blinzelte unwillig.

»Wünschst du dir die Zeit zurück – mit einem anderen Ausgang?«

Nach kurzem Zögern schüttelte sie den Kopf.

»Warum dann diese Niedergeschlagenheit?« Aidan hob erneut seine Hand an ihren Nacken und berührte mit den Fingerspitzen ihr Haar.

»Weil ich mich an Dinge erinnert habe, an die ich nicht denken wollte. Er hat mir so viel Hässliches zugefügt, daran sollte ich denken, nicht …« Ihre Stimme brach.

»Nicht an die schönen Momente?« Aidan sah sie aufmerksam an. »Erinnerungen gehören zu uns, Katrina, und je mehr du dich gegen sie sträubst, umso hartnäckiger kehren sie zurück. Außerdem kann man die erste große Liebe nicht so ohne weiteres vergessen.« Er zwinkerte. »Glaub mir, ich weiß, wovon ich rede.«

Katrina spürte, wie sich in die Erleichterung, die sie unmittelbar durchströmte, auch ein Stich Eifersucht mischte, und offenbar bemerkte er es, denn seine Lippen deuteten ein belustigtes Lächeln an, dann zog er sie an sich und legte die Wange auf ihr Haar.

»Warum warst du nicht hier, als ich zwanzig war«, murmelte Katrina, während ihr Kopf an seiner Schulter ruhte.

Aidans Körper bebte leicht, als er leise lachte. »Ich wäre vor sieben Jahren ein sehr unzulänglicher Ehemann gewesen, Liebes.«

Die Tür flog auf, und erschrocken fuhren sie auseinander und drehten sich um. Ashley stand in der Tür, gekleidet in ein dunkelblaues Abendkleid, mit halb gelöstem Haar und völlig durchnässt. Mit einer knappen Handbewegung brachte Aidan den aufgebrachten *Chuprassi* zum Schweigen, der Ashley gefolgt war. Katrina wollte auf ihre Freundin zugehen, aber diese ignorierte sie und wandte sich an Aidan.

»Weißt du, wo Nicolas ist?«, rief sie. Beim Nähertreten konnte Katrina sehen, dass ihre Augen glasig und gerötet waren.

»Was ist passiert?«, fragte Aidan.

»Habt ihr es noch nicht mitbekommen?« Ashley schluchzte

auf. »Er weiß es, Aidan, er weiß von meiner Mutter. Ingram hat es herausgefunden und es gestern Nacht öffentlich im Club bekannt gegeben. Nicolas hat daraufhin daheim mit seinem Degen im Salon gewütet und ist verschwunden.« Sie barg das Gesicht in den Händen und weinte krampfhaft.

»Grundgütiger.« Aidan fuhr sich mit beiden Händen durch das Haar, während Katrina zu ihrer Freundin ging, vorsichtig, weil sie wusste, dass in einer derartigen Verzweiflung Trost oft nicht erwünscht war. Zudem war sie befremdet davon, dass es ein Geheimnis gab, das Aidan und Ashley offenbar miteinander teilten.

»Ich glaube, ich weiß, wo er ist«, sagte Aidan. »Ashley, du bleibst hier, und ich reite los und rede mit ihm.«

»Ich warte daheim auf ihn, ich muss da sein, wenn er kommt.«

»Nein.« Aidans Ton duldete keinen Widerspruch. »Katrina, kümmere dich um sie.«

Ashley senkte die Hände und schien zornig aufbegehren zu wollen, doch dann ließ ein neuer Weinkrampf ihren Körper erzittern. Weil sie das Gefühl hatte, dass sie mit praktischen Aktivitäten eher helfen konnte als mit Trost und Umarmungen, berührte Katrina Ashleys Schulter, um ihr zu bedeuten, mit ihr zu gehen.

»Ich gebe dir jetzt erst einmal etwas Trockenes zum Anziehen. Niemandem ist geholfen, wenn du dir eine Erkältung holst.«

Aidan warf ihr einen anerkennenden und zugleich dankbaren Blick zu – dass er aus der ganzen Geschichte nicht ohne ein ernstes Gespräch über Heimlichkeiten herauskam, musste ihm klar sein – und ging.

Südwestlich des Ooty-Sees befand sich der Fernhill-Palast, die Sommerresidenz des Maharadschas von Mysore. Regen prasselte auf den See, und in dunklem Grün erstreckte sich Rasen über die Böschung, während Farne sich über das Ufer wölbten. Ein

Stück weiter die Straße hinunter gelangte man zur Bergvilla des Nizams von Hyderabad. Fichten und Zedern umgaben den Fernhill-Palast, der mit seinen verschnörkelten Balustraden aus Gusseisen und den mit Schnitzereien verzierten Giebelbrettern an ein Schweizer Chalet erinnerte. Das Holz glänzte dunkel vor Nässe, und über die aufgeweichten Wege zogen sich Spuren von Kutschrädern.

Aidan ließ Granat langsam gehen, damit der Hengst nicht ausglitt. Ein Stück weit folgte er der Straße, dann verließ er den Weg und ritt zum See. Er hatte Nicolas zwar hier vermutet und darauf gehofft, ihn hier zu finden, aber als er die graue Uniform zwischen den Bäumen entdeckte, schimpfte er seinen Freund dennoch einen Narren.

Nicolas saß auf einem Steinblock am Ufer und sah auf, als Aidan näher kam. Wasser tropfte von seinem Haar, seinem Kinn, lief in seine Augen, und seine Uniform war durchnässt. Die Besätze, die seit 1876 nicht mehr braun, sondern scharlachrot waren, wirkten vor Nässe beinahe schwarz.

»Sag mir bitte, dass du nicht schon seit letzter Nacht hier sitzt.« Aidan ging das letzte Stück zu Fuß und führte Granat am Zügel hinter sich her.

Erst schien sein Freund nicht antworten zu wollen, dann jedoch schüttelte er den Kopf. »Erst bin ich durch die Gegend geritten, und als ich mein Pferd untergestellt habe, war ich für einige Zeit in einer Teestube. Danach bin ich hierhergekommen.«

Nachdem er Granats Zügel an einem Ast festgebunden hatte, stellte Aidan sich neben seinen Freund und sah auf den See. »Ashley ist bei uns.« Als keine Antwort kam, drehte er sich zu Nicolas um. »Sie ist außer sich vor Sorge.«

Nicolas stand auf, trat näher ans Ufer und stemmte die Hände in die Hüften. »Ich habe die ganze Zeit geahnt, dass etwas mit ihr nicht stimmt, aber ...« Er verstummte, dann drehte er sich zu Aidan herum. »Ich habe mich gefragt, warum sie sich distanziert, warum sie ... Vorkehrungen trifft, kein Kind zu bekommen – sie dachte ja, ich merke es nicht. Himmel, Aidan, ich befürchtete sogar schon, sie würde mich betrügen.« Der Regen schien ein wenig nachzulassen, und Nicolas sah zum Himmel, als forsche er nach der Ursache, dann sah er seinen Freund wieder an. »Ich ... Sie hatte ja immer diese unerklärliche Abneigung gegen dich, und ich dachte, vielleicht betrügt sie mich mit dir und will nur davon ablenken.« Es war ihm anzusehen, was dieses Geständnis ihn kostete.

Wäre die Situation nicht so ernst gewesen, hätte Aidan der Gedanke daran, dass Ashley sich auf eine Affäre mit ihm einlassen würde, zum Lachen gereizt. »Gänzlich unerklärlich ist diese Abneigung nicht«, sagte er.

Nicolas sah ihn erstaunt an.

»Ein Bekannter ihres Vaters – ich musste ihm Verschwiegenheit garantieren – hatte früher einmal eine Affäre mit derselben Frau, die später Ashley zur Welt brachte. Als Ashleys Vater sie verließ, hatte besagter Mann ihr angeboten, für sie zu sorgen. Er liebte sie ja schon länger. Wie er mir erzählte, hat er sogar die Hoffnung gehegt, das Mädchen sei seine Tochter, aber die Frau war bereits schwanger, und sechs Monate, nachdem dein Schwiegervater sie verlassen hat, ist sie mit Ashley niedergekommen.« Aidan zuckte die Schultern. »Es gab eigentlich keinen Grund, mir all das zu erzählen, die Frau ist seit einigen Jahren tot, und Ashley ist von Geburt an bei ihrem Vater aufgewachsen. Aber der Mann hatte wohl eine Schwäche für sie, vermutlich, weil sie ihrer Mutter so ähnlich war. Als du sie heiraten wolltest, hat er mir davon erzählt. Er war der Meinung, dass ihr Vater sie niemandem anvertrauen durfte, der nicht über ihre Vergangenheit Bescheid weiß, denn diese würde, wenn sie einmal ans Licht käme, der Ruin für das Mädchen sein, und dann sollte wenigstens garantiert sein, dass ihr Mann an ihrer Seite steht.«

Nicolas hatte ihm schweigend zugehört, das regennasse Gesicht wachsbleich. »Du hast es die ganze Zeit gewusst? Du und Ashley, ihr habt …«
»Nein«, fiel Aidan ihm ins Wort, »wir hatten keinen Komplott gegen dich geschmiedet, falls du das denkst.«
»Was du nicht sagst«, fuhr Nicolas auf. »Wie sonst sollte man es wohl bezeichnen?«
Aidan runzelte die Stirn und sprach langsam und bedacht. »Es ist nicht so einfach. Der Mann hat es mir eher aus persönlichem Kummer heraus erzählt – wir kennen uns schon lange, er war früher ein häufiger Gast im Haus meines Vaters. Und ich musste ihm versprechen, kein Wort darüber dir gegenüber verlauten zu lassen.«
»Ein wunderbarer Freund bist du«, entgegnete Nicolas sarkastisch.
»Es war ausgeschlossen. Wie hätte es ausgesehen, wenn du es von mir erfahren hättest? Sie ist deine Frau, und Derartiges sollte nicht hinter ihrem Rücken verbreitet werden, es hätte sie schlimmstenfalls ruiniert. Ich glaube, sie wusste es zu dem Zeitpunkt selbst noch nicht einmal.«
»Und wie kam es, dass ihr dieses Geheimnis dennoch geteilt habt? Hast du ihr erzählt, was du über sie weißt? Hat sie deshalb diese Abneigung gegen dich?«
Aidan schüttelte den Kopf. »Ich habe mit ihrem Vater gesprochen – selbstverständlich nur in Andeutungen. Ich habe ihn wissen lassen, dass er dir gegenüber ehrlich sein soll, wenn du seine Tochter heiratest. Aber er tat, als wisse er nicht, wovon ich spreche. Ich hätte es direkt aussprechen können, aber einem Mann zu sagen, dass seine einzige Tochter das Kind einer Hure ist, war natürlich nicht möglich. Und welche Notwendigkeit bestand dazu? Er hat ja gewusst, wovon ich rede.«
Ohne zu antworten, blickte Nicolas starr auf das Wasser, das sich im Regen kräuselte.

»Ich vermute«, fuhr Aidan fort, »dass er es ihr später erzählt und ihr gesagt hat, ich wüsste davon. Abgesehen davon, dass sie mich nie so recht gemocht zu haben scheint, glaube ich, dass sie Angst hatte, ich könnte sie verraten. Dabei hätte ich das längst getan, läge das in meiner Absicht.«
Nicolas zog ein nasses Taschentuch hervor und nieste hinein. Kein Wunder, wenn er sich erkältet, dachte Aidan. Er selbst fröstelte bereits ein wenig, obwohl er noch nicht so lange draußen war.
»Du kannst dir das nicht vorstellen«, sagte Nicolas. »Erst war ich so wütend auf Ingram Frazer, dass ich im wahrsten Sinne des Wortes rotgesehen habe. Aber als mir bewusst wurde, dass stimmen könnte, was er gesagt hat … Ashley war so seltsam danach, weißt du.«
»Verurteilst du sie für ihre Herkunft?«
»Nein, natürlich nicht. Aber sie hätte es mir erzählen müssen. Über zwei Jahre lang habe ich mich gefragt, was sie mir so entfremdet hat, und dann erfahre ich es auf diese Art und Weise …«
»Sie wird sich nicht getraut haben, es dir zu sagen.«
Zornig fuhr Nicolas herum. »Himmel, Aidan, weißt du, wie sehr ich sie liebe? Das kann ihr doch nicht entgangen sein. Und dennoch traut sie mir Derartiges zu?«
»Katrina war auch der festen Überzeugung, Stephen Alardyce liebe sie.«
»Du willst mich doch wohl nicht mit ihm vergleichen?«
»Sicher nicht. Allerdings leben Frauen in unserer Gesellschaft mit einem anderen Bewusstsein, Nicolas. Sie müssen wesentlich mehr auf sich aufpassen als wir, und ihr Fall ist, so er denn kommt, tief und meist endgültig. Würdest du den schmalen Grat über einen solchen Abgrund freiwillig nehmen wollen?«
»Ich hätte sie nicht verlassen«, antwortete Nicolas stur.
»Das ist mir klar, aber überleg mal, was das für ein Geständnis ist. Du kannst auf ihren Vater wütend sein, nicht auf sie. Sie

musste mehr als zwei Jahre lang mit diesem Geheimnis und der Angst, du könntest es erfahren, leben.«

Nicolas seufzte. »Auf jeden Fall ist nun plausibel, warum sie die ganze Zeit darauf beharrt, du hättest etwas zu verbergen. Sie wollte vermutlich von sich selbst ablenken.« Er drehte sich um und sah den Weg hoch, wo Granat stand, von dem Blätterdach nur unzureichend vor dem Regen geschützt. »Ich habe sehr hässliche Sachen zu ihr gesagt, Aidan, und ich habe ihr Angst gemacht.«

»Im Zorn tun wir alle bisweilen unbedachte Dinge.«

»Ich … ich wollte ihr weh tun, es war nicht nur in blinder Wut dahergesagt.«

»Du kannst die ganze Nacht nutzen, es gutzumachen«, antwortete Aidan mit Blick auf den sich wieder verdunkelnden Himmel. »Und dann wirst du dir überlegen müssen, wie es weitergeht. Das Thema dürfte ziemlich schnell die Runde machen, und allen muss klar sein, dass du an der Integrität deiner Frau keinen Zweifel hegst.«

Nicolas nickte und wirkte auf einmal sehr müde. In der Blässe seines Gesichts waren die Schatten unter seinen Augen schiefergrau. Schweigend wandte er sich ab und ging den Weg hoch, den sein Freund gekommen war. Aidan folgte ihm, löste Granats Zügel, und gemeinsam holten sie Nicolas' Pferd, um sich auf den Heimweg zu machen.

Obwohl Ashley lieber allein gewesen wäre, tat es ihr gut, mit Katrina zu sprechen, wohl auch, weil sie wusste, dass ihre Freundin weit davon entfernt sein würde, schockiert zu sein oder sie zu verurteilen. Katrina war wohl die einzige Person, die am eigenen Leib erfahren hatte, was Ashley noch bevorstehen würde. Und es war nicht notwendig, Ingrams Rolle in dem Ganzen zu erklären, was ihr bei Nicolas vermutlich noch bevorstand.

In einem Kleid, das ihr ein wenig zu groß war, saß Ashley am

Kaminfeuer in der Bibliothek und starrte in die Flammen. Ihr Haar hatte sie zu einem einfachen Knoten geschlungen. Glücklicherweise drang Katrina nicht weiter in sie, nachdem sie ihre Geschichte erzählt hatte, sondern blieb einfach bei ihr – eine schweigende Anwesenheit, die ihr guttat. Es war bereits dunkel, als sie die Haustür hörte. Eine Männerstimme sprach, dann näherten sich Schritte der Tür. Ashley sprang auf.

»Hast du ihn gefunden?«, fragte sie atemlos, als Aidan den Raum betrat. Er war vollkommen durchnässt, und Wasser tropfte von seinem Haar und seiner Kleidung.

»Ja, habe ich. Er ist auf dem Weg nach Hause.«

»Ist er … was hat er …«

»Sprich lieber selbst mit ihm.« Dann, als wolle er seine Antwort abmildern, lächelte er flüchtig. »Mach dir keine Sorgen.«

Plötzlich überkam Ashley ein schlechtes Gewissen, weil sie oft so abweisend zu ihm gewesen war. Sie wollte etwas sagen, beließ es dann jedoch bei einem Nicken.

»Deine Kutsche steht bereit«, fuhr Aidan fort. »Du kannst natürlich gerne noch bleiben, wenn du möchtest, aber ich halte es für das Beste, wenn ihr euch so bald wie möglich aussprecht.«

»Das denke ich auch.« Ashley tat einen tiefen Atemzug. »Ich danke dir, Aidan.«

»Ich bringe dich zur Tür«, bot Katrina an. »Und du«, sagte sie, an Aidan gewandt, »solltest dich jetzt lieber umziehen.«

Aidan verzog spöttisch die Mundwinkel. »Was du nicht sagst.«

Nach einem kurz gehaltenen Abschied eilte Ashley zur Kutsche und zog den Schlag hinter sich zu. Mit geschlossenen Augen lehnte sie sich zurück und lauschte dem Geräusch der Pferdehufe, Kutschräder und des Regens, der auf das Dach trommelte. Sie strich gedankenverloren über den Stoff des ihr fremden Kleides und dachte darüber nach, wie es wirken würde, wenn sie Nicolas so entgegenträte. Der Gedanke daran, dass ihre Schönheit ein gewisses Kapital war, war ihr von klein auf vertraut, aber vermutlich war diese Situation einfach zu verfahren, als dass sie darauf bauen konnte, ihn sich damit gewogener zu machen. Und in dem blauen Kleid, das sie seit letzter Nacht getragen hatte, wollte sie ihm erst recht nicht begegnen, es hätte etwas Mitleiderregendes gehabt, eine Zurschaustellung von Verzweiflung, die ihr zuwider war. Katrina würde das Kleid reinigen lassen und ihr schicken, aber Ashley bezweifelte, dass sie es jemals wieder würde tragen können. Mit einem bitteren Auflachen dachte sie, dass sich ihr wohl ohnehin kaum mehr die Gelegenheit bieten würde, ein Abendkleid zu tragen. Wenn man der Geschichte Glauben schenkte – und das würde man –, wäre sie ein gesellschaftlicher Paria. Niemand würde mehr mit ihr verkehren, und erst recht würde man sie nicht mehr einladen.

Als die Kutsche in den Hof zu ihrem Bungalow einfuhr, schlug Ashley das Herz bis zum Hals. Sie zögerte, dann holte sie tief Luft, stieß den Kutschschlag auf und stieg aus. Beinahe hätte sie sich in dem zu langen Rock verheddert, aber sie fing sich, ehe ihr ein Dienstbote zu Hilfe eilen konnte. Sie hob das Kleid an, damit der Saum nicht durch die Pfützen und den Schlamm schleifte.

»Ist der Sahib daheim?«, fragte sie den *Chuprassi*, als sie das Haus betrat.

»Ja, Memsahib, er ist vor wenigen Minuten gekommen.«

Ashley dankte ihm mit einem Nicken und ging zunächst in Robins Schlafzimmer. Er lag bereits im Bett, schlief jedoch noch nicht. Mit dem dunkelblonden Haar, der hellen Haut und den dunklen Augen war er ein herzzerreißend hübsches Kind. Ashley grüßte die *Ayah*, die sie neugierig ansah, und kniete sich neben das Bett, um auf einer Höhe mit ihrem Sohn zu sein. Sie strich über seine Wange, und als er sie anlächelte, zog es ihr die Brust zusammen. Würde Nicolas sich von ihr trennen, würde Robin ihm zugesprochen werden – darüber machte sie sich keinerlei Illusionen. Aber dann konnte Nicolas ihr ebenso gut das Herz bei lebendigem Leib herausschneiden, und das wusste er.

Behutsam nahm sie ihren Sohn auf den Arm und stand auf. Sie küsste ihn und rieb ihre Wange an seinem weichen Haar. Was, wenn Nicolas sie zwar immer noch liebte, aber nach einigen Monaten merkte, dass er ein Leben, das seine Familie von der Gesellschaft ausschloss, nicht mehr führen konnte. Schließlich musste er auch an seinen Sohn denken. Ashley spürte, wie ihr erneut die Tränen kamen, und blinzelte sie weg. Nachdem sie einige Zeit mit Robin im Zimmer herumgegangen und leise mit ihm gesprochen hatte, legte sie ihn ins Bett zurück. Noch länger konnte sie die Begegnung mit Nicolas nicht hinausschieben, und der Gedanke daran schnürte ihr die Luft ab.

Das Schlafzimmer war leer, lediglich das Kaminfeuer und die brennenden Lampen zeugten davon, dass jemand sich hier aufgehalten hatte. Als Ashley leise die Tür hinter sich schloss, hörte sie das leise Plätschern von Wasser aus dem Badezimmer. Weil sie ohnehin warten musste und sie sich in dem zu großen Kleid nicht wohl fühlte, läutete sie nach ihrer *Ayah*, die so schnell kam, dass der Schluss nahelag, sie habe in der Nähe des Zimmers gewartet. Eilig kleidete sie sich aus, streifte das noch feuchte Unterkleid ab und zog sich ein schlichtes helles Kleid an. Sie strich über den Rock und trat aus dem Ankleidezimmer in das Schlafzimmer zurück. Nervös setzte sie sich auf einen der Sessel vor dem Kamin und lehnte sich zurück. Die ganze letzte Nacht hatte sie nicht geschlafen, und zu der Anspannung gesellte sich eine bleierne Erschöpfung.

Die Tür zum Badezimmer öffnete sich, und Ashley erhob sich hastig. Nicolas trat heraus, in einen Morgenmantel gekleidet, barfuß und mit feuchtem Haar. Er sah sie an, schweigend, nachdenklich, aber nicht mit jenem Zorn, den sie in der Nacht zuvor an ihm bemerkt hatte. Jedoch wusste sie nicht, ob das etwas Gutes oder Schlechtes bedeutete, und beinahe wäre ihr ein Gefühlsausbruch lieber gewesen. Sie trat zögernd auf ihn zu, blieb jedoch am Bett stehen, eine Hand am Pfosten, als benötige sie Halt.

»Und nun?«, fragte sie, weil das Schweigen zu schwer wog. Unsicher klang ihre Stimme, beinahe zu dünn, um sich Gehör zu verschaffen.
Nicolas kam zu ihr, legte seine Hände um ihr Gesicht, schob eine Hand in ihr Haar, wühlte sich hinein, so dass die Haarnadeln mit einem leisen Klirren zu Boden fielen. Seine Augen spiegelten eine Zerrissenheit wider, die Ashley nie zuvor an ihm gesehen hatte. Ihr Haar fiel ihr offen über den Rücken, und nun griff er auch mit der anderen Hand hinein, zog beinahe ein wenig zu fest, so dass sie ihm ihr Gesicht entgegenheben musste.
Er stand so dicht bei ihr, dass sie die Wärme seines Körpers spüren konnte. Ihr Herz schlug heftig, und sie hatte das Gefühl, keine Luft mehr zu bekommen.
»Was mache ich nun mit dir?«, murmelte er.
Ihre Augen weiteten sich, aber ehe sie etwas sagen konnte, hatte er sie losgelassen und trat zurück. »Verzeih, ich wollte dir nicht weh tun.«
Ashley senkte den Kopf, so dass ihr Haar wie ein Vorhang nach vorn fiel, jenes schwarze Haar, das sie verraten hatte. Sie griff nach einer Strähne und sah sie an, so als sähe sie sie zum ersten Mal.
»Erzähl es mir«, sagte Nicolas.
»Das habe ich doch schon.«
»Ich möchte, dass du mir erzählst, was ich noch nicht weiß.«
Sie strich sich das Haar zurück und rieb die Hände an ihrem Rock. Das Gefühl glatter Baumwolle unter ihren Handflächen war seltsam beruhigend. »Ehe wir nach Kalkutta gereist sind«, setzte sie an, »hat mein Vater es mir erzählt.«
»Welchen Anlass hatte er dazu? Nach all der Zeit?«
»Er war, wie er sagte, schon länger der Überzeugung, Aidan wisse Bescheid, und er legte somit die Entscheidung, es dir zu erzählen, in meine Hände.« Sie lachte auf, ein harter, bitterer Laut, der in ihren Ohren unangenehm falsch klang. Sie bemerkte,

wie Nicolas nickte, so als bestätige sie ihm etwas, das er bereits gehört hatte.

»Und das ist der Grund, warum du Aidan nicht leiden kannst?«

»Nein, nicht das allein. Ich mochte ihn nie so besonders, weil er mir zu kühl und distanziert wirkt. Und ich bin nach wie vor der Meinung, auch er hat seine Geheimnisse. Aber ihm wird die Gesellschaft sie nachsehen, weil er ein Mann ist. Dass er von meinem Geheimnis wusste und es nur eines Wortes von ihm bedurfte, mich zu ruinieren – ja, das habe ich ihm übel genommen. Ich dachte, wenn ich seine Glaubwürdigkeit in Zweifel ziehe …« Hilflos zuckte sie die Schultern.

Nicolas taxierte sie. »Was ich nicht verstehe, ist, warum Ingram Frazer jetzt damit herausgerückt ist? Warum hat er sich die Mühe gemacht, ein so gut gehütetes Geheimnis zu enthüllen und dich öffentlich zu demütigen?«

Das war die Frage, die sie am meisten gefürchtet hatte. Ashley schloss die Augen und schluckte, während sie nach den richtigen Worten suchte. »Er …« Sie öffnete die Augen, sah aber an Nicolas vorbei. »Er wollte, dass ich seine Geliebte werde, und weil … weil ich das nicht wollte, hat er mir gedroht, das würde mir noch leidtun.«

»Er hat was?« Nicolas' Stimme war leise, aber es lag ein Ton darin, der Ashley einen Schauer über den Körper jagte. Mit beiden Händen fasste er sie an den Schultern, grub seine Finger hinein, dass sie zusammenzuckte.

»Du tust mir weh.«

»Was meinst du damit, er wollte dich als Geliebte? Hat er dir Avancen gemacht?«, fragte Nicolas, ohne sie loszulassen.

»So … so könnte man es nennen.« Sie bewegte vorsichtig ihre Schultern, und diesmal lockerte er seinen Griff.

»Grundgütiger, Ashley«, murmelte er fassungslos, dann sah er sie an, verstört und gleichzeitig mit einer seltsamen Distanz.

»Und so etwas verschweigst du mir? Warum? Hast du auch da gedacht, ich würde dich verlassen?«
Sie schüttelte den Kopf.
»Warum dann, um alles in der Welt?«, schrie er sie an.
Plötzlich wurde das alles zu viel für sie. Mit einem Ruck befreite sie ihre Schultern und wich vor ihrem Mann zurück. »Schrei mich nicht an!«, rief sie, und Tränen traten ihr in die Augen. »Er hat mir gedroht, damit ich es dir nicht sage. Ich wollte ja, aber er hat gesagt …«, ihre Stimme brach, und der Satz endete in einem erstickten Aufschluchzen. »Er hat gesagt, er würde es vor allen Leuten so darstellen, als hätten wir eine Affäre mit meiner Einwilligung, wenn ich es dir erzähle. Du weißt doch, wie das ist. Selbst wenn du mir geglaubt hättest – die Leute hätten es nicht, und ich wäre ruiniert gewesen, so wie Katrina es war.« Sie setzte sich aufs Bett, ihr Kopf sank nach vorn, und sie weinte.
Nicolas schwieg und rührte sich nicht. Dann trat er zu ihr und berührte ihr Haar, legte die Hand auf ihren Kopf, eine Geste, die in ihrer Unbeholfenheit etwas zutiefst Tröstliches hatte.
»Wir haben beide nicht geschlafen«, sagte er nach einer Weile in das Schweigen hinein, das nur von ihrem Weinen unterbrochen worden war. »Und wir beide haben Ruhe nötig.« Er trat zurück, und Ashley fragte sich einen Moment lang, ob er sich in ein anderes Zimmer zurückziehen würde.
»Komm.« Er streckte die Hand aus, die sie zögernd ergriff, und zog sie hoch. Dann drehte er sie um, hakte ihr Kleid auf und löste die Verschnürungen ihres Mieders.
»Ich sehe nach Robin«, sagte er schließlich und verließ das Zimmer.
Als koste jede Bewegung sie Mühe, streifte Ashley sich das Kleid von den Schultern und ließ es achtlos zu Boden fallen. Ihr Unterkleid folgte, das Mieder, die Strümpfe, bis sie gänzlich entkleidet war. Dann griff sie nach einem seidenen Nachthemd,

das am Fußende des Bettes gefaltet lag, und zog es an. Angenehm kühl floss die Seide über ihren Körper. Sie schlug die Decke zurück und setzte sich auf die Bettkante.

Wenige Minuten später kam Nicolas ins Zimmer. Erst jetzt bemerkte Ashley, wie glasig seine Augen wirkten, beinahe fiebrig. Er ging um das Bett herum und setzte sich auf seine Seite. »Wir sollten schlafen«, sagte er nur.

»Ich weiß nicht, ob ich das kann.«

Die Gaslampe zischte leise, als Nicolas sie ausdrehte, dann legte er sich hin. Zögernd drehte sie sich zu ihm um.

»Komm«, sagte er erneut und streckte die Hand nach ihr aus.

Sie drehte die Gaslampe auf ihrer Seite aus, und in völliger Dunkelheit fand sie den gewohnten Platz an seiner Seite in seinen Armen.

Ohne ein Wort zu sagen, hielt er sie und strich sanft über ihr Haar. Ashley schmiegte sich an ihn, und obwohl sie so unendlich erleichtert war, dass er zu ihr hielt, stieg erneut ein Schluchzen in ihr auf. Ihr Körper erzitterte, und sie biss sich auf die Lippen, um das Weinen zu ersticken.

»Schsch«, machte Nicolas leise, und sein Atem streichelte ihr Ohr. »Nicht mehr weinen, Liebes.« Er zog sie enger an sich.

Als sie sich schließlich beruhigt hatte, brach er erneut das Schweigen. »Das mit Ingram Frazer … Hat er … ist er zudringlich geworden?«

»Ja«, antwortete Ashley nach einer kurzen Pause.

»Hat er dich angefasst?«

Diesmal dauerte die Pause länger. »Ja«, sagte sie schließlich.

Sie spürte die Spannung, die durch seinen Körper ging. »Wann war das?«

»Letztes Jahr, als wir bei seinen Eltern eingeladen gewesen sind.«

»Jetzt verstehe ich so einiges«, entgegnete er kaum hörbar. »Aber wie kam er darauf, in deiner Vergangenheit zu forschen?«

»Er dachte, ich sei Eurasierin, und wollte mich damit erpressen. So dunkles Haar, hat er gesagt, hat keine Engländerin.«

Nicolas nahm eine ihrer Haarsträhnen, und sie spürte, wie er sie zwischen den Fingern rieb. Dann legte er seinen Arm wieder um sie. Er sagte nichts mehr, sondern hielt sie nur an sich gedrückt. Seine Atemzüge strichen über ihre Wange, und obwohl sie geglaubt hatte, nicht schlafen zu können, glitt sie langsam in eine schwere Dunkelheit.

# 21

## Ootacamund, September 1877

Der September brachte für Nicolas einige recht unerfreuliche Entwicklungen mit sich und für Aidan einen Einschnitt in sein Leben, von dem er erst später merkte, wie groß dieser war – Katrina brachte seine Tochter Mariana zur Welt. Die Geburt war komplikationslos und recht schnell gegangen. Aufgrund seiner vielen Reisen, seines Lebens bei Bergvölkern und nicht zuletzt der Tatsache, dass seine Schwestern die ersten Kinder entbunden hatten, als er vorübergehend in Bombay gelebt hatte, war Aidan nicht gänzlich unerfahren und wusste, wie lange eine Geburt allgemein dauerte und welche Schwierigkeiten auftreten konnten. Beigewohnt hatte er allerdings noch keiner, und auch bei Katrina machte er keine Ausnahme. Als am Abend die Wehen einsetzten, stand sie nach Abebben der ersten Schmerzwelle von dem Tisch im Speisezimmer auf, an dem sie gesessen hatten, bat Aidan ruhig, die Hebamme rufen zu lassen, und ging in ihr Zimmer. Aidan hatte im Nachhinein das Gefühl, im ersten Moment erschrockener über ihr plötzliches Zusammenkrümmen gewesen zu sein als sie selbst. Zwar wusste er sie bei Sarita und der Hebamme in besten Händen, dennoch war er nervös und versuchte, sich mit Arbeit abzulenken. Zwischendurch erstattete ihm ein Dienstmädchen Bericht, dass alles gut verlief, dennoch blieb eine unterschwellige Unruhe. Die Geburt dauerte vier Stunden, und war von Katrina während der ganzen Zeit nichts zu hören gewesen, so gellten zum Schluss hin ihre Schreie durch das Haus.

Danach dauerte es noch einmal beinahe eine Stunde, ehe man ihn zu ihr ließ. Es war kurz nach Mitternacht, und eine mondlose, in Regen getränkte Dunkelheit umhüllte das Haus. Als er das

Zimmer betrat, fiel sein Blick zuerst auf Katrina, die bleich und erschöpft aussah, aber auf deren Lippen ein glückliches Lächeln lag, das sich in ihren Augen widerspiegelte. Sie trug ein sauberes Nachthemd, das in der Stirn und an den Schläfen noch schweißfeuchte Haar war in einen Zopf geflochten worden, das Bett war frisch bezogen, und alles, was von der Geburt zeugte, hatte man vor seinem Eintreten entfernt.

Er ging zu ihr und setzte sich behutsam auf den Rand des Bettes. »Wie fühlst du dich?«

»Mir geht es gut.« Katrinas Lächeln konnte nicht über die feinen Linien der Erschöpfung hinwegtäuschen, aber sie wirkte dennoch so glücklich wie seit langem nicht mehr. »Es ist ein Mädchen.«

Sarita trat zu ihnen und legte Katrina ein weißes Bündel in die Arme, aus dem ein rotes Gesicht unter einem schwarzen Haarschopf hervorlugte. Aidan lächelte und hoffte, dass er begeistert aussah.

»Ist sie nicht hinreißend?«, fragte Katrina und sah verliebt auf das Baby.

Aidan murmelte etwas Zustimmendes.

»Sarita sagt, sie komme nach dir, aber das ist nichts Ungewöhnliches, weil Kinder anfangs immer ihren Vätern ähnlich sehen.«

Das, so befand Aidan im Stillen, war ein sehr zweifelhaftes Kompliment. Um Katrina nicht zu enttäuschen, neigte er sich vor und strich mit dem Finger über die Wange des Kindes. Vergeblich hoffte er auf ein Aufwallen von Zuneigung, Zärtlichkeit oder Ähnlichem. Was war er nur für ein Vater? Er war erleichtert darüber, dass Katrina die Geburt überstanden hatte, und froh, weil sie so glücklich aussah. Das Kind selbst blieb ihm so fremd wie vor seiner Geburt. Selbst zu Caleb fühlte er sich stärker hingezogen. Nicolas hatte die ersten Momente mit seinem Sohn als vollkommenes Glück beschrieben, und das war nun wirklich weit entfernt von dem, was Aidan empfand.

»Du siehst nachdenklich aus«, sagte Katrina.

Augenblicklich hatte er ein schlechtes Gewissen. »So etwas ist neu für mich«, antwortete er ausweichend.

»Möchtest du sie nehmen?«

Dagegen sprach nichts, und vielleicht stellten sich ja Vatergefühle ein, wenn er sein Kind erst in den Armen hielt. Vorsichtig nahm er die Kleine und sah auf das winzige verschrumpelte Gesicht. Die Augen waren zusammengekniffen, die Brauen so zart wie ein Federstrich, die Nase war eine kleine runde Erhebung, und der Mund glich einer roten Knospe. Sie war vollkommen, und Aidan dachte, dass kein Vater einem solchen Kind gegenüber so distanziert sein durfte. Er war wohl einfach zu lange allein gewesen.

»Mariana«, sagte er leise – der Name, auf den er und Katrina sich geeinigt hatten, der Name seiner Mutter. Kleine Mariana, dachte er, dein Vater wird dich eines Tages sicher über alles lieben, daher verzeih ihm, wenn du ihm jetzt noch fremd bist.

Er legte das Kind zurück in Katrinas Arme. »Möchtest du, dass ich während des Wochenbetts in ein anderes Zimmer ziehe?«, fragte er und kam damit auf die praktische Seite der Angelegenheit zu sprechen.

Katrina sah auf und wirkte verunsichert. »Wenn dir das lieber ist … Man handhabt es wohl so.«

Aidan befürchtete, sie verletzt zu haben. »Ich dachte, dass du Ruhe brauchst.« Dann lächelte er. »Man handhabt auch, dass der Ehemann das Zimmer räumen muss, wenn die Frau guter Hoffnung ist, was ich mitnichten getan habe.« Er legte seine Hand über ihre kalten Finger. »Ich tue das, was dir lieber ist.«

»Könntest du bleiben?«

Vorsichtig, um das Kind nicht zu erdrücken, neigte Aidan sich vor und küsste sie auf die Wange. »Du solltest jetzt schlafen«, sagte er und zog an dem Klingelstrang. »Die Kleine ist gut versorgt.«

»Ich bin gespannt, was Caleb sagt. Wo ist er überhaupt? Schläft er?«
»Ich habe ihn zu Charles bringen lassen, weil ich nicht wusste, wie die Niederkunft verläuft. Morgen früh hole ich ihn.«
Katrina wirkte enttäuscht, dann jedoch nickte sie. »Vermutlich war es so das Beste.«
Die Amme trat an Saritas Seite ein, und Aidan stand vom Bett auf, damit sie das Kind leichter aus Katrinas Armen nehmen konnte. Er sah zu, wie Sarita die Bettdecke aufschüttelte, dann verließ sie mit der Amme zusammen wieder das Zimmer. Aidan setzte sich erneut aufs Bett und nahm Katrinas Hand, um sie zwischen seinen Händen zu wärmen. Mit geschlossenen Augen lächelte sie.

Nicolas' stundenlanger Aufenthalt am See im Regen hatte ihm eine hartnäckige Erkältung eingebracht, durch die er beinahe drei Wochen ans Bett gefesselt gewesen war. Sowohl ihm als auch Ashley war es nur recht, dass dadurch erst einmal jegliche gesellschaftliche Aktivitäten hinfällig wurden. Zunächst hatte Nicolas die absurde Hoffnung gehegt, alles werde sich noch zum Guten wenden, aber das Ausbleiben jeglicher Besuche gab ihm bereits einen Vorgeschmack auf das, was noch zu erwarten war. Nachdem er wieder einigermaßen gesund war, stand Nicolas zunächst ein Gespräch mit seinem Vorgesetzten ins Haus, das sehr unerfreulich verlief.
»Sie haben keine Stellungnahme zu den Vorwürfen gegen Ihre Frau ergriffen, Captain Allenger-Brown?«, fragte Major Pratchet und zwirbelte seinen Schnurrbart.
»Es ist nicht an mir oder meiner Ehefrau, auf derart skandalöse Verleumdungen einzugehen, Sir«, antwortete Nicolas. Die Hände hinter dem Rücken verschränkt, sah er seinen Vorgesetzten an, der seinerseits im Raum auf und ab ging, den Rücken durchgedrückt, als wolle er seiner hageren Gestalt mehr Imposanz

verleihen. Auf Nicolas' Antwort hin blieb er ruckartig stehen und sah ihn an.
»Man wird nun davon ausgehen, die Anschuldigungen entsprächen der Wahrheit.« Er hob die Brauen. »Ist dem so, Captain Allenger-Brown?«
Nicolas senkte kurz den Blick.
»Ich hoffe, Sie erwägen nicht, die Wahrheit zu, hm, beugen, Captain. Derartiges kommt immer ans Licht.«
»Wollen Sie mich einen Lügner nennen, Sir? Noch ehe ich geantwortet habe?«
Major Pratchet lächelte ironisch. »Aber keineswegs.«
Vorsichtig wog Nicolas seine Antwort ab. »Es entspricht durchaus der Wahrheit, dass mein Schwiegervater sich vor der Geburt meiner Ehefrau gewisse Verfehlungen zuschulden kommen ließ.«
»Somit hat Mr. Frazer die Wahrheit gesagt?«
Nicolas' Kiefer spannte sich, und er brachte es nicht über sich, mehr zu tun, als zu nicken.
»Das ist überaus bedauerlich.« Major Pratchet seufzte. »Sehen Sie, mir ist es egal, uns allen ist es egal – solange die Dinge nicht öffentlich gemacht werden, interessieren sie nicht. Und Mr. Frazers Ausbruch war überaus peinlich. Wäre er mein Sohn, hätte ich ihn an dem Abend verdroschen, dass ihm Hören und Sehen vergeht. Aber darum geht es leider nicht.« Wieder seufzte er. »Es tut mir sehr leid, aber wenn ich Ihnen einen Rat geben darf, dann den, sich von Ihrer Frau zu trennen, wenn Sie eine Karriere und weitere Beförderungen anstreben.«
»Wie darf ich das verstehen, Sir?«, fragte Nicolas eisig.
»Sie kennen das doch. Man wird eingeladen, Beziehungen werden ausgespielt, und Sie werden nun entweder nicht eingeladen, oder man legt Ihnen nahe, ohne Ihre Frau zu erscheinen. Wie sieht es aus, wenn Sie Einladungen aussprechen möchten, was auf Dauer unausweichlich wäre? Ihre Frau kann nicht als

Gastgeberin der Ehefrauen von angesehenen und hochrangigen Offizieren fungieren.«
»Eine Scheidung kommt überhaupt nicht in Frage, Sir.«
Major Pratchet schüttelte den Kopf, als habe er einen unverständigen Jungen vor sich. »Captain Allenger-Brown, unter solch skandalösen Umständen wird jedes Gericht umgehend in eine Scheidung einwilligen. Niemand kann von Ihnen verlangen, mit einer Frau zusammenzuleben, die einer derartigen Verbindung entspringt, wie ihr Vater sie mit dieser Hure gehabt hat.«
»Die ganze Angelegenheit ist wohl schwerlich ihre Schuld, Sir.«
»Natürlich nicht. Aber wie die Dinge liegen, sollten Sie vor allem an Ihre Zukunft denken sowie an die Ihres Sohnes. Stellen Sie sich einmal vor, Sie bekämen eine Tochter.«
Nicolas presste die Zähne zusammen und atmete einige Male tief durch, ehe er antwortete. »Gibt es ein mir nicht bekanntes Gesetz, das vorschreibt, mit welchen Frauen man als britischer Offizier verheiratet sein darf?«
»Selbstverständlich nicht. Aber der gesunde Menschenverstand schreibt es vor. Ihre Frau wird sicher problemlos wieder heiraten können. Es gibt schließlich genug Eurasier hier, und Ihre Frau ist ja in der Tat ein hübsches Ding.«
»Sir!«
»Nichts für ungut, Captain.« Major Pratchet drehte sich um und ging zu seinem Schreibtisch. »Mehr habe ich dazu nicht zu sagen. Tun Sie, was Sie für richtig halten, aber behaupten Sie später nicht, Sie seien nicht gewarnt worden. Abtreten, Captain Allenger-Brown.«
Der darauffolgende Besuch im Club, zu dem Nicolas schriftlich gebeten worden war – um das Maß voll zu machen, hatte er den Brief bei seiner Heimkehr von seinem Gespräch mit seinem Vorgesetzten vorgefunden –, war um einiges unangenehmer. Zu-

nächst ließ man ihn warten, und Nicolas blieb erst einige Minuten im Raum stehen, setzte sich dann jedoch. Er trommelte mit den Fingern auf die Armlehne des Stuhls, auf dem er saß, und sah sich um. An einer Wand hing ein Bild von John Sullivan, in einem Sessel sitzend, das ovale, ebenmäßige Gesicht ernst, die Hand auf einem Stapel Bücher, die auf einem Tisch neben ihm lagen. Hinter ihm waren durch einen Nebelschleier seine geliebten Nilgiri Hills zu erahnen.

Schließlich trat das Komitee ein, das für die Aufnahme neuer Mitglieder und die Belange des Clubs zuständig war. Das Gespräch war kurz und äußerst unangenehm. Zunächst erklärte man Nicolas, dass seine Frau von der Mitgliedschaft ausgeschlossen wurde.

»Sie müssen das verstehen«, wurde erklärt, »wir haben ein Renommee und einen Ruf, den wir nicht vernachlässigen dürfen. Und unsere Regeln besagen sehr eindeutig, dass Mitglieder über jeden Zweifel erhaben sein müssen.«

Ihn selbst beträfe der Ausschluss selbstverständlich nicht, immerhin war er Offizier der Krone. Nicolas wollte protestieren, aber er erkannte an den Gesichtern seiner Gegenüber, dass jegliche Einwände sinnlos wären. Natürlich waren ihm die Regeln, denen die Mitglieder unterlagen, bekannt. Ihm stand nun bevor, es daheim Ashley zu erzählen, und er hatte nicht die geringste Ahnung, wie er es ihr sagen sollte. Das Gespräch mit seinem Vorgesetzten würde er ihr verschweigen, er wusste, dass sie im Stillen befürchtete, von ihm verlassen zu werden, auch wenn sie nicht mehr davon sprach. Da würde er ihr nicht auch noch sagen, dass ihm dergleichen nahegelegt wurde, um seine Karriere nicht zu gefährden.

Als er den Club verlassen wollte, sah er Aidan an der Bar stehen und mit jemandem reden. Er winkte ihm zu, und Aidan verabschiedete sich von seinem Gesprächspartner, um sich zu ihm zu gesellen.

»Gratuliere zur Geburt deiner Tochter«, sagte Nicolas mit gezwungenem Lächeln. »Leider hat es sich bisher noch nicht ergeben, dass wir euch besuchen. Ich war krank.«
»Davon habe ich gehört.«
»Nun …« Nicolas hob die Schultern.
»Komm, ich lade dich ein.«
Nach kurzem Zögern folgte Nicolas seinem Freund in einen den Männern vorbehaltenen Clubraum. Er war nicht hungrig, aber Aidan zuliebe bestellte er eine Kleinigkeit.
»Ich wollte dich besuchen«, sagte Aidan, nachdem er seine Bestellung aufgegeben hatte, »aber ich wusste nicht, ob es Ashley derzeit recht ist.«
»Sie ist immer daheim und bekommt keinen Besuch. Ihr seid nach wie vor willkommen.«
»Das habe ich nicht angezweifelt«, antwortete Aidan. »Aber die Situation ist nicht leicht, und ich denke, man kann davon ausgehen, dass es auch in Zukunft nicht leichter wird. Da ist es klar, dass Ashley etwas Zeit für sich braucht.«
»Amelia Holt war auch noch nicht da. Vermutlich ist sie sich ebenfalls unsicher …« Nicolas nahm die Gabel und drehte sie nachdenklich in der Hand. Das Licht der Gaslampen spiegelte sich in dem polierten Silber. »Heute Morgen legte mir Pratchet eine Scheidung nahe. Und gerade eben wurde meine Frau dieses Clubs verwiesen.« Er legte die Gabel auf den Tisch, als käme er erst jetzt zur Besinnung. »Ich sollte gar nicht hier sein.«
»Ingram Frazer hat man ebenfalls die Mitgliedschaft gekündigt«, sagte Aidan, als Nicolas sich schon halb erhoben hatte. Dieser hielt inne und starrte ihn an. »Ich habe gehört«, fuhr Aidan fort, »dass er am Tag nach seinem blamablen Auftritt hierherzitiert und ihm nahegelegt wurde, diese Räumlichkeiten in Zukunft zu meiden.«
Entschlossen schob Nicolas den Stuhl zurück. »Das macht es kaum besser.«

»Das wohl nicht, aber es tut doch recht gut, zu wissen, dass er nicht ungeschoren davonkommt. Der Vater seiner Verlobten erwägt jedenfalls, die Verlobung zu lösen. Er sagte, seine einzige Tochter und Erbin eines nicht geringen Vermögens heirate niemanden, der sich in der Öffentlichkeit aufführt wie ein Müllkutscher.«

Der Kellner erschien mit den bestellten Gerichten und stellte sie auf dem Tisch ab. »Fehlt es Ihnen an etwas, Captain?«, fragte er zuvorkommend, weil Nicolas noch immer stand.

»Mir fehlt es lediglich an frischer Luft, um wieder frei atmen zu können«, antwortete Nicolas barsch.

Der Kellner sah ihn irritiert an, und Aidan gab ihm ein Zeichen, zu gehen.

»Denkst du, wenn du jetzt theatralisch den Club verlässt, ändert sich etwas?«, fragte Aidan.

»Ich werde nicht hier in aller Seelenruhe essen, während meine Frau in diesen Räumen nicht mehr erwünscht ist.«

Aidan lehnte sich zurück. »Ich verstehe schon. Aber dennoch halte ich es für das Beste, dein Leben so normal wie möglich weiterzuführen. Wenn du dich selbst auch noch zum gesellschaftlichen Außenseiter machst, hilfst du Ashley keineswegs. Sieh dich nur um. Die Leute starren dich an, und heute Abend haben sie sich dann einiges zu erzählen. Wenn du aber gelassen bleibst, nimmst du ihnen den Wind aus den Segeln.«

Nicolas schaute sich um, und eilig senkten die übrigen Gäste wieder die Blicke. Wut stieg in ihm auf, und am liebsten hätte er den Tisch mit einer Handbewegung leergefegt. Zähneknirschend setzte er sich wieder und rückte den Stuhl zurecht.

»Warum hat er es eigentlich getan?«, fragte Aidan, während er ein zartes Stück Rindfleisch aufspießte.

»Was meinst du?« Unwirsch stocherte Nicolas in seinem Essen herum.

»Ingram Frazer. Warum hat er es auf Ashley abgesehen?«

Das Herumstochern wurde zögerlicher, dann sah Nicolas auf. »Er … hm … wollte Ashley als Geliebte und ist dabei wohl zudringlich geworden. Weil sie ihn abgewiesen hat, war das vermutlich seine Rache.« Wütend knallte er die Gabel auf den Tisch, was die Leute am Nachbartisch aufblicken ließ. Er warf ihnen einen scharfen Blick zu und fuhr mit gesenkter Stimme fort: »Ich hätte ihn töten können, als sie es mir erzählt hat. Ich könnte es noch.«

Aidan nickte. »Das verstehe ich in der Tat nur zu gut.«

»Ich frage mich«, fuhr Nicolas fort, »was er getan hätte, hätte er sie nicht für eine Eurasierin gehalten wegen ihrer dunklen Haare. Das war schließlich sein Druckmittel gegen sie.«

»Dann hätte er etwas anderes gefunden. Vielleicht hätte sie einmal zu oft mit einem anderen Mann getanzt, wäre an einem falschen Ort gesehen worden – die Liste der Verfehlungen, die sich Frauen zuschulden kommen lassen können, ist endlos, wie du weißt. Nichts ist so leicht ruiniert wie ihr Ruf.«

Mit einer Hand zerknüllte Nicolas die Serviette, während er die andere auf dem Tischtuch zur Faust ballte. Er sagte jedoch nichts und sah schweigend zu, wie Aidan sein Mahl beendete. Als dieser sein Besteck zur Seite legte, rückte Nicolas seinen Stuhl abrupt zurück.

»Dem Anstand ist wohl nun Genüge getan«, sagte er. »Du entschuldigst mich?« Ohne Aidans Abschiedsgruß abzuwarten, stand er auf und ging.

»Ist dein Bruder eigentlich sehr unglücklich in seiner Ehe?«, fragte Aidan. Er saß auf dem Boden, lehnte sich mit dem Rücken an einen Sessel und spielte mit Katrinas Haar, die vor dem Kamin ausgestreckt lag, den Kopf auf seinem Schoß.

»Fällt dir das jetzt erst auf?«

»Gemerkt habe ich es schon früher, nur war mir nie klar, wie unglücklich er sein muss.« Aidans Finger lösten den geflochtenen Zopf auf, so dass das Haar sich wie ein Fächer über seine Beine ausbreitete. »In seinem Leben gibt es nichts außer Tee.«

»Das war schon immer so, auch vor seiner Heirat. Mein Vater war genauso. Ich denke, Charles hätte einfach eine Frau heiraten sollen, die selbst einer Teepflanzer- oder zumindest -händlerfamilie entstammt. Cynthias Eltern lebten noch nicht lange in Indien, als sie und Charles sich kennengelernt haben. Sie war eine recht gute Partie, er auch, und irgendwie fanden beide wohl, sie passen zueinander.«

»Also ist er selbst schuld?«

»Sie war durchaus reizend zu Beginn«, sagte Katrina. Sie nahm Aidans Hand und strich gedankenverloren über die Fingerknöchel. »Aber für Charles wäre eine praktisch veranlagte Frau besser gewesen, eine, die etwas von dem versteht, das er liebt, und diese Liebe teilt. Wenn Charles anfängt, von Tee zu erzählen, verdreht Cynthia nur die Augen, und das verletzt ja selbst mich. Andererseits interessiert Charles sich für nichts, was Cynthia angeht.«

»Und das wäre?«

Katrinas Augen verengten sich nachdenklich. »Hm, mir fällt da jetzt nichts ein, aber sie hat sicherlich Interessen.«

Aidan lachte.

»Stephen hat mir geschrieben, der Brief kam heute an«, wechselte Katrina abrupt das Thema. »Nichts Schlimmes«, fügte sie eilig hinzu, »lediglich Glückwünsche zur Geburt und eine Entschuldigung für sein Verhalten, als du nicht da warst.« Eine Falte grub sich zwischen ihre Brauen.

»Und warum wirkst du beunruhigt?«

»Es ist … ich verstehe ihn nicht, Aidan.« Katrina sah ratlos zu ihm auf. »Ich weiß nicht, warum er so ist … Als er hier war, wollte er mich um jeden Preis an unsere guten Zeiten erinnern, und nun der Brief, der so geschrieben ist, als seien wir als Freunde auseinandergegangen.«

Aidan behagte der Kontakt, den Stephen Alardyce zu seiner Frau pflegte, ganz und gar nicht. »Vielleicht ändert er einfach die Taktik«, schlug er vor. »Oder ihm wird jetzt so langsam klar, was er verloren hat.«

»Das kann ich nicht glauben.«

»Nun, er hatte im Grunde genommen das, was ihm jetzt fehlt: eine Frau, die ihm einen Erben schenkt. Wenn er sich denkt, dass dein Bruder dir letzten Endes mehr Geld als Mitgift für mich gegeben hat, als Stephen Alardyce eingefordert hat, denkt er sich sicher, dass er einen enormen Aufwand betrieben hat und dennoch der Verlierer ist. Das behagt ihm natürlich nicht.«

»So habe ich das nie betrachtet.« Katrina drehte den Kopf und starrte in die Flammen. Die Geburt lag nun zwei Wochen zurück, und sie hatte abgenommen, war aber immer noch rundlicher als gewöhnlich, was sie bereits zu der Vermutung hinriss, sie werde bald so rund sein wie ein Fass. Aidan fand, dass ihr das etwas Fülligere recht gut stand, aber er würde sich hüten, das jemals wieder in ihrer Gegenwart zu sagen.

Katrina richtete sich auf und schüttelte ihr Haar zurück. »Ich gehe noch ein wenig im Garten spazieren.«

»Du sollst dich doch ausruhen«, wandte Aidan ein.

Mit einem spöttischen Lächeln sah Katrina ihn an. »Ich bin nicht krank, mein Lieber. Wochenbett heißt nicht, dass man wörtlich genommen wochenlang im Bett liegen soll. Ich überanstrenge mich ja auch nicht.«

»Nun gut«, lenkte Aidan großzügig ein. Er stand auf und zog sie hoch. »Aber wirklich nur kurz spazieren gehen.«

»Aidan …«

Beschwichtigend hob Aidan die Hände.

»Ich mache das nicht zum ersten Mal durch«, sagte Katrina.

»Nun, ich schon.«

Katrina musste lachen. »Na, dann leg du dich doch ins Bett.«

Dann jedoch wurde sie ernst. »Ich muss Ashley besuchen, so schnell wie möglich.«

»Ich habe Nicolas vorhin noch einmal getroffen. Ashley fährt in den nächsten Tagen nach Kalkutta zu ihrem Vater.«

»Was sagst du da? Und das erzählst du mir erst jetzt?«

»Du kannst momentan ohnehin nicht zu ihr.«

»Also weißt du, Aidan …« Brüsk wandte Katrina sich ab.

»Du weißt, dass die Gefahr, im Nachhinein noch zu erkranken, groß ist. Willst du dich jetzt in eine holprige Kutsche setzen und zu ihr fahren?«

»Nein, aber ich … ach, ich weiß es ja auch nicht.« Katrina drehte sich wieder zu ihm und wirkte nachdenklich.

»Du könntest ihr schreiben.«

»Das ist so unpersönlich.«

»Ich habe sie und Nicolas eingeladen, uns zu besuchen. Vielleicht tun sie das ja.«

Katrina seufzte und antwortete nicht. Sie läutete nach ihrer *Ayah*, um sich umzukleiden, und Aidan verließ das Zimmer. Auf dem Weg zur Treppe fiel ihm ein, dass er den ganzen Tag noch nicht nach seiner Tochter gesehen hatte. Er fragte sich, ob Katrina sein Desinteresse bemerkte. Sie selbst konnte ja kaum genug von der Kleinen kriegen und vermisste sie regelrecht, wenn sie sie nicht bei sich hatte.

Aidan öffnete die Tür zum Zimmer des Babys. Der Raum war in Creme- und Rosétönen eingerichtet, und der Geruch von Puder und Lavendel lag in der Luft. Leise ging er zur Wiege. Dass die Amme nicht da war, konnte nur bedeuten, dass seine Tochter schlief, und keinesfalls wollte er sie wecken und sich dem Gebrüll aussetzen, dem er völlig hilflos gegenüberstand.

Das Kind war jedoch wach, nuckelte an einer Faust und bewegte die Beinchen unter der Decke. Aidan neigte sich über die Wiege und sah es an. Das Kaminfeuer prasselte leise, und er schob die Decke ein wenig zurück, weil er glaubte, dem Baby müsse heiß sein. Einem Impuls folgend, legte er seine Hand auf den kleinen Brustkorb, eine Liebkosung, ein behutsames Berühren seiner Tochter. Er konnte den Oberkörper des Kindes mit einer Hand umspannen und fühlte unter einem Finger das Herz schlagen. Mit einem Mal spürte er, wie sein eigener Herzschlag sich beschleunigte. Sie war so hilflos, so schutzlos, dass es ihm die Brust zusammenzog. Vorsichtig hob er sie hoch und hielt sie in den Armen. Mit den Lippen berührte er das weiche Haar, küsste ihre Stirn und strich mit dem Finger über ihre Wange. Sie roch nach Puder und nach einem gänzlich eigenen Baby-Geruch. Ihre Hand griff nach seinem Finger und umschloss ihn.

»Nun, meine kleine Mariana«, murmelte er. »Habe ich dir nicht gesagt, wir bleiben uns nicht auf Dauer fremd?«

*

Obwohl Ashley sich vorgenommen hatte, keine Besucher – so sich denn welche zu ihr verirren sollten – zu empfangen, brachte sie es nicht übers Herz, Elizabeth Falk abzuweisen. Als das Mädchen gemeldet wurde, war ihr augenblicklich klar, dass sie gegen den Willen ihrer Eltern hier sein musste, und Ashley war nicht imstande, sie zurückzuschicken.

In der Tat war Elizabeths Gesicht tränenüberströmt, als sie den Salon betrat.

»Oh, Mrs. Allenger-Brown, ich musste Sie einfach sehen. Mein Vater hat es zwar verboten, aber ich habe gesagt, ich besuche eine Freundin. Das ist ja nicht einmal gelogen, nicht wahr?« Ihre Stimme war ganz klein geworden, und Hoffnung schwang unüberhörbar darin mit.

»Setzen Sie sich erst einmal.« Ashley wies mit der Hand auf einen Sessel und nahm ebenfalls Platz. Sie läutete nach einem Dienstmädchen und ließ einige Erfrischungen bringen.

»Papa sagt, ich dürfe keinen Kontakt mehr mit Ihnen haben. Aber ich …« Elizabeths große sanfte Augen schwammen in Tränen. »Aber er hat selbst einmal gesagt, Freunde lässt man in der Not nicht allein.«
Ashley fühlte einen Anflug von schlechtem Gewissen, weil sie das Mädchen stets so wenig ernst genommen hatte. »Ich freue mich sehr über Ihren Besuch, aber Sie sollten das Risiko nicht noch einmal auf sich nehmen. Ihr Vater könnte sehr ungehalten werden.«
»Das ist mir gleichgültig«, rief Elizabeth, obwohl das Kieksen in ihrer Stimme das Gegenteil bezeugte. Offenbar hatte sie bereits Angst vor ihrem eigenen Mut.
Ein indisches Dienstmädchen trat in den Salon und schob einen Teewagen vor sich her. Dienstbeflissen schenkte sie Tee in der Farbe von dunklem Kupfer in zwei Tassen aus feinstem Porzellan und stellte eine Schale mit Gebäck auf den kleinen Beistelltisch. Nachdem das Mädchen gegangen war, griff Ashley nach ihrer Tasse und hielt sie an die Lippen, um das Tee-Aroma einzuatmen. Der einzige Tee, den sie wirklich schätzte, war Assam-Tee *Second Flush* mit seinem kräftigen, malzigen Geschmack. Er war noch zu heiß, und sie nippte vorsichtig daran.
»Denken Sie, ich habe falsch gehandelt?«, fragte Elizabeth und sah sie unter tränenfeuchten Wimpern an. »Halten Sie mich nun für lügnerisch und verschlagen?«
Grundgütiger, dachte Ashley, wo hat das Mädchen diese Ausdrucksweise her? »Nein, natürlich nicht«, antwortete sie.
Elizabeth tupfte sich die Augen – ein sinnloses Unterfangen, denn ihre Tränen schienen unerschöpflich. »Papa hat die Verlobung mit Ingram gelöst.« Sie schniefte undamenhaft und hielt sich sofort ihr Taschentuch an die Nase, als würde ihr ihr Fehlverhalten umgehend bewusst. »Ich hätte ihn ohnehin nicht mehr heiraten wollen. Er soll mich angeblich mit einer Frau betrogen haben.«

Nur eine? Ashley trank einen weiteren Schluck Tee und setzte die Tasse ab.
»Eigentlich hat Papa ja auch nichts gegen Sie«, fuhr Elizabeth beherzt fort. »Er sagte, er schätze Ihren Mann sehr, er ist jedoch der Meinung, ein guter Umgang sei unabkömmlich, wenn ich eine gute Partie machen will.«
Ashley zwang ihre Lippen zu einem Lächeln. »So sagt man.«
»Sie sind die einzige Freundin, die sich wirklich immer um mich gekümmert hat«, brach es aus Elizabeth heraus. »Was soll ich nur tun, wenn Sie nicht mehr mit mir sprechen dürfen?«
»Aber, Elizabeth, Sie haben eine ganze Reihe von Freundinnen.« Das Gespräch strengte Ashley an, und auch wenn sie Mitleid mit dem Mädchen hatte, stieg langsam Gereiztheit in ihr auf. Fragte *sie* vielleicht jemand danach, wie es für sie war, wenn sie gemieden wurde? Wenn Väter ihren Töchtern und Ehemänner ihren Frauen verboten, mit ihr zu sprechen? Sie hatte immer geglaubt, nicht viel Wert auf die Gesellschaft zu legen. Nun wurde ihr bewusst, dass sie sich das allein deshalb hatte erlauben können, weil sie vollkommen selbstverständlich dazugehört hatte. Nicht zu Feiern gehen zu wollen, war etwas völlig anderes, als nicht hingehen zu dürfen. Allerdings wusste sie, dass sie Katrina und ihr Baby schon längst hätte besuchen sollen, aber mehr als einen Anflug schlechten Gewissens wegen dieses Versäumnisses konnte sie nicht aufbringen.
Elizabeth stellte mit einem Klirren ihre Teetasse ab. »Ich sollte gehen. Ich muss noch ein paar Besuche machen. Sicher fragt Papa, bei wem ich so lange gewesen bin, und wenn ich ein paar Namen nennen kann, dann interessiert ihn nicht weiter, wie lange ich bei wem war.« Obwohl ihr auch bei diesen Abschiedsworten die Augen überliefen, schaffte sie es, heroisch zu lächeln.
Ashley brachte sie selbst zur Tür. »Vielen Dank für Ihren Besuch, Elizabeth.«

»Oh, ich werde versuchen, so oft wie möglich zu kommen«, versprach das Mädchen eifrig. »Ich weiß ja nun, wie ich es bewerkstellige.«
Ashley jedoch ahnte, dass es bei diesem einen Besuch bleiben würde. Es sollte sie sehr wundern, wenn niemand in der Umgebung den Besuch der jungen Falk-Erbin bemerkt und es umgehend ihrem Vater zugetragen hatte, was dazu führen würde, dass ein wahres Donnerwetter über das Mädchen hereinbrach. Sie erfuhr noch am selben Abend von Nicolas, dass genau das geschehen war.

# 22

## Ootacamund, Dezember 1877

Weißt du, was das Schlimmste an einer Beziehung mit dir ist?«, fragte Ingram aufgebracht. »Dass alles immer so furchtbar mühsam ist. Als hätte ich nicht genug andere Sorgen.«
Ungerührt zuckte Gillian die Schultern. Sie hatte den Abend eigentlich allein sein wollen, aber plötzlich war Ingram aufgetaucht, und um nicht in Versuchung zu geraten, ihm wieder nachzugeben, hatte sie sich ihre Stola genommen und sich an ihm vorbei ins Treppenhaus gedrängt mit den Worten, ihr sei nach einem Spaziergang. Jetzt bereute sie ihren überstürzten Aufbruch bereits. Der Dezember war kalt, und die Temperaturen waren, wenn Gillian nach ihrem Gefühl ging, nahe am Gefrierpunkt. Und als genüge es nicht, zähneklappernd durch die Straßen zu laufen, musste sie nun auch noch Ingrams Jammertiraden anhören – so als ginge es ihr besser als ihm. Dabei war er selbst schuld an dem Ärger, den er hatte. Was Gillian bei der ganzen Sache wirklich wütend machte, war jedoch die Tatsache, dass er es überstehen würde – völlig unbeschadet, mal abgesehen davon, dass sein Stolz derzeit ein wenig litt. Nicht einmal die sichtbaren Folgen seiner gebrochenen Nase taten seinem Aussehen Abbruch, sondern verliehen ihm etwas Verwegenes.
»Wie lange willst du hier noch durch die Gegend laufen?« Ingram hatte frierend den Kragen seines Mantels hochgeschlagen. »Ich sollte dich gar nicht mehr aufsuchen. Eigentlich hatte ich mir ein wenig Abwechslung versprochen, aber ich müsste mittlerweile wissen, dass die Zusammenkünfte mit dir nicht annähernd so erfreulich sind, wie sie sein sollten.«
»Ich bin nicht deine persönliche Unterhalterin«, presste Gillian zwischen den Zähnen hervor. »Wenn du es mit mir so uner-

freulich findest, steht es dir jederzeit frei, dir eine andere Geliebte zu nehmen.«

»Ach, denk mal an. So weit war ich selbst schon, oder glaubst du wirklich, ich darbe jedes Mal wochenlang, ehe ich bei dir wieder auf meine Kosten komme?«

»Dann geh doch zu einer deiner … deiner Dirnen und lass mich in Ruhe.«

»Das würde ich gern, aber gerade heute hat keine von ihnen Zeit. Du glaubst doch nicht, sonst wäre ich vor deiner Tür gelandet.«

»Du bist widerlich«, fauchte Gillian.

Ingram jedoch war offenbar recht zufrieden mit dem kleinen Seitenhieb und gestattete sich ein Lächeln als Antwort. Mit einer knappen Bewegung zog Gillian ihre Stola enger um die Schultern und rieb sich die Oberarme.

»Kalt?«, fragte Ingram mit einem gehässigen Grinsen. »Ich war es nicht, der hier draußen herumlaufen wollte.«

Gillian fragte sich, wie sie ihn loswerden konnte, um endlich wieder heimgehen zu können. Ließ sie erst zu, dass er mit ihr kam, würde er sich auch Zutritt zu ihrer Wohnung verschaffen, inzwischen kannte sie das Spiel nur zu gut.

Ingram steuerte ein von einem Engländer betriebenes Wirtshaus an. »Vielleicht sind einige meiner Freunde hier. Der Abend mit dir allein erscheint mir unerquicklich genug, vielleicht wird es ja in Gesellschaft lustiger.« Als Gillian zögerte, lächelte er. »Falls du nicht möchtest und lieber heimgehen willst, nur zu. Mir wäre Letzteres auch lieber.«

Gillian schüttelte den Kopf. Zwar sagte ihr ein Abend im Wirtshaus nicht unbedingt zu, aber es erschien ihr immer noch besser, als mit Ingram zusammen zurückzugehen. Vielleicht schaffte sie es ja, sich unbemerkt davonzustehlen, wenn er erst anfing, mit seinen Freunden zu trinken.

Das Wirtshaus war recht gut besucht. Ingram ging an der Bar vorbei und steuerte einen Tisch an, an dem eine ganze Gruppe

junger Stutzer saß, die Gillian auf den ersten Blick mit der Bezeichnung »geckenhaft« belegte. Sie sah sich um. Es waren beinahe nur Männer anwesend. Die wenigen Frauen, die sich hierher verirrten, waren überwiegend von der Sorte, die ein Auskommen für die Nacht suchten – keine Frauen von der Straße, aber auch nicht fein genug für die gehobenen Etablissements.
Ingram wurde lautstark begrüßt, und offenbar war man sehr erfreut über Gillians Anwesenheit – brachte eine Frau doch etwas Farbe in die Männerrunde. Man behandelte sie mit jener Höflichkeit, mit der man eine Frau hofierte, deren kurzlebige Gunst man zu erobern trachtete. Gillian setzte sich auf einen Stuhl und ließ die Aufmerksamkeiten schweigend an sich abgleiten. Einer der Männer beugte sich übertrieben weit zu ihr vor und fragte sie, was sie zu trinken wünsche. Verneinend schüttelte Gillian den Kopf, was Ingram jedoch nicht davon abhielt, auch für sie eine Bestellung aufzugeben, die sie jedoch nicht anzurühren gedachte. Wenn er glaubte, sie betrunken machen zu können, hatte er sich geirrt.
Die Männer spielten Karten und bezogen Ingram großzügig mit in die Runde ein. Auf dem Tisch stapelten sich die Einsätze, und weil Gillian ohnehin nicht mitspielte, lehnte sie sich zurück und beobachtete die Männer. Ingram ließ ein paar Münzen auf den Tisch fallen, lachte und gab sich fröhlich, aber Gillian sah ihm an, dass er erbärmlich schlecht gelaunt war. Zurückweisungen ertrug er nach wie vor nicht, und dass er hier nur deswegen saß, weil sie sich weigerte, ihn zu empfangen, ärgerte ihn offenbar. Die Getränke wurden serviert, aber trotz Ingrams Aufforderung schüttelte Gillian nur den Kopf und rührte das Glas nicht an. Verstimmt wandte er sich ab und setzte sein Spiel fort.
Weitere Gäste betraten den Raum. Gillians Blick blieb jedoch nur an einem von ihnen hängen. Aidan war in Begleitung eines blonden Offiziers und zwei weiterer junger Männer gekommen, sah sie an, nickte kurz in ihre Richtung und setzte seine Unter-

haltung fort. Der Offizier in seiner Begleitung jedoch sah in Ingrams Richtung, stutzte sichtlich und blieb stehen. Ein leise geführter, jedoch heftiger Disput entspann sich, der auch anderen Gästen nicht entging, so dass einige zu ihnen hinüberblickten. Der Offizier schien das Wirtshaus verlassen zu wollen, wurde jedoch von seinen Freunden daran gehindert. Schließlich ließen sie sich an einem Tisch nieder, wobei die finstere Miene des Offiziers sich nicht um einen Deut aufhellte. Vielmehr schien es, als sei er im Begriff, aufzuspringen und den Raum zu verlassen, und könne sich nur mühsam beherrschen, es nicht zu tun.

»Streckst du deine Fühler schon anderweitig aus?«, fragte Ingram, und drei seiner Freunde blickten auf. »Die Männer dort sind alle verheiratet.«

Gillian gab keine Antwort, sondern wandte sich ab. Nach einer Weile sah sie wieder zu Aidan, der seinerseits aufblickte – entweder, weil er Ingram gehört hatte, oder weil er spürte, dass sie ihn beobachtete.

Sie schenkte dem Spiel keine Beachtung, ebenso wenig den Unterhaltungen und dem lauten Lachen. Die Männer wurden zunehmend ausgelassener, so dass Gillians Schweigen mit der Zeit immer auffälliger wurde. Als der Mann links von ihr seine Hand auf ihr Bein legte, wischte sie sie fort, als handle es sich um ein lästiges Insekt.

»Sonderlich gesellig ist deine Freundin ja nicht«, beschwerte sich der Mann bei Ingram.

Ingram zuckte nur die Schultern. Zwischen seine Brauen hatte sich eine tiefe Falte gegraben, die auch sein gelegentliches abgehacktes Lachen nicht zu glätten vermochte.

Wieder trafen sich Gillians und Aidans Blicke, und die Botschaft, die sie in seinen Augen las, war eindeutig. Sie zuckte die Schultern. Es war ja nicht so, dass sie nicht wusste, wie erniedrigend das alles war, und natürlich war ihr klar, dass sie längst hätte gehen sollen.

»Ich erhöhe den Einsatz«, rief Ingram. »Anstelle von Geld setze ich eine Nacht mit meiner Geliebten.«
Die Männer grölten, und Gillian fuhr herum, den Mund geöffnet zu einem empörten Widerspruch, von dem ihr jedoch kein Wort über die Lippen drang. Im nächsten Moment erhob Aidan sich von seinem Platz und war mit zwei Schritten an ihrem Tisch.
»Steh auf!« Er griff nach ihrem Arm, und ihm war anzusehen, dass er kurz davor war, die Beherrschung zu verlieren.
Gillian war so perplex, dass sie seiner Aufforderung ohne Widerworte nachkam.
»Ah, ich denke, jetzt weiß ich endlich den Grund für dein abweisendes Verhalten«, sagte Ingram mit einem mokanten Lächeln. »Betreibst du es nun doch professionell mit verheirateten Männern?«
Aidan sagte nichts, aber der Blick, den er Ingram zuwarf, fuhr selbst Gillian durch die Knochen, und obwohl Ingram sich sichtlich Mühe gab, unbeeindruckt zu wirken, zog er den Kopf kaum merklich ein, und sein Lächeln wirkte unsicher.
Ohne ein weiteres Wort drehte Aidan sich um und führte Gillian aus dem Gastraum hinaus in einen Nebenraum. Er ließ sie los, schloss die Tür hinter sich, griff in die Tasche seines Gehrocks und zog einen Geldbeutel hervor, den er auf eine Kommode an der Wand warf.
»Das reicht für eine Rückreise nach Kalkutta«, sagte er barsch. »Und nun tu dir selbst einen Gefallen und geh.«
Gillian rührte das Geld nicht an, sondern wich zurück, bis sie die Wand im Rücken hatte. »Ich habe dir schon unzählige Male gesagt, warum ich nicht zurückgehen kann.«
»Sei nicht dumm, Gilly. Das hier«, Aidan deutete auf die Tür zum Gastraum, »kann doch wohl nicht deine Alternative sein. So sollte sich keine Frau erniedrigen lassen, und mir ist es ein Rätsel, warum du dergleichen tust.«

»Mir hingegen ist es ein Rätsel, warum dich das so aufregt. Du hast dich bisher auch nicht darum geschert, was aus mir wird.«
Aidan schüttelte unwillig den Kopf. »Ich weiß nicht, warum du so stur bist. Du kannst doch nicht ernsthaft wieder dort hineingehen.«
»Ich komme schon klar.«
»Ja, das sehe ich. Es hat dich immerhin so weit gebracht, als Einsatz bei einem Kartenspiel zu enden.«
»Du glaubst doch nicht ernsthaft, dass ich mit einem dieser Kerle ins Bett gegangen wäre.«
»Bist du wirklich so naiv? Denkst du, wenn einer ernsthaft darauf aus ist und genug getrunken hat, hätte er dich gefragt? Du sitzt in einem Kreis von Männern in einem Wirtshaus. Wenn einer von ihnen dich mit Gewalt nimmt, wird jeder im Nachhinein sagen, du hättest es so gewollt – wirklich jeder.«
Gillian sog die Wangen ein und kaute auf den Innenseiten, dann sagte sie: »Ich ... ich hätte das auch ohne deine Hilfe bewältigt, so wie alles andere bisher auch.«
»Du willst jetzt nicht wirklich wieder zu ihm zurückgehen?«
»Und wenn?«
»Himmel, Gillian, siehst du nicht, was das für ein Mensch ist? Er hat die Ehefrau meines Freundes ruiniert.«
Gillian blinzelte. »Brian hat mich ruiniert. Hält dich das davon ab, mit ihm zu verkehren?«
»Das ist wohl schwerlich dasselbe.« In Aidans Stimme mischte sich Fassungslosigkeit mit Zorn. »Brian ist mein bester Freund seit vielen Jahren, während du für Ingram Frazer lediglich ein Bettwärmer bist, den er gerade zum Spieleinsatz gemacht hat. Als was willst du enden? Als Frau mit dem Ruf einer Hure?«
Aufgebracht trat Gillian einen Schritt vor. »Offenbar nicht das schlimmste Schicksal, wenn es sogar einen Mann wie dich dazu bringt, eine Frau mit einem solchen Ruf zu heiraten.«
Beinahe im selben Moment versetzte Aidan ihr eine Ohrfeige,

nicht fest, und Gillian war eher erschrocken, als dass es weh tat, dennoch fuhr sie zurück und sah ihn an, den Mund leicht geöffnet.

Aidan jedoch schenkte ihr kaum einen weiteren Blick. Er griff nach seinem Geldbeutel und steckte ihn ein. »Geh doch zum Teufel.« Dann wandte er sich ab und verließ den Raum, jedoch nicht in Richtung Gaststube, sondern durch eine gegenüberliegende Tür, die auf die Straße führte.

Gillian zitterte am ganzen Körper. Langsam tat sie ein paar Schritte zur Treppe und setzte sich auf eine Stufe. Das Gesicht in beide Hände gestützt, verharrte sie so lange, bis sich ihr Herzschlag wieder beruhigt hatte. Schließlich ließ sie die Hände sinken und starrte auf die Tür zur Gaststube. Der Nebenraum hatte holzverschalte Wände und wurde durch Gaslampen erhellt. Irgendwann spürte Gillian, wie ihre Glieder steif wurden. Sie stand auf, strich über ihren Rock und ihr Haar, dann ging sie zur Tür und betrat den Gastraum.

Die Blicke der Leute richteten sich auf sie, schließlich war Aidans Reaktion nicht gerade dazu angetan gewesen, keine Aufmerksamkeit zu erregen. Die Männer an Aidans Tisch sahen sie verblüfft an. Offenbar war man erstaunt, Aidan nicht in ihrer Gesellschaft zu sehen. Mit gesenkten Lidern und steifen Bewegungen ging Gillian zu dem Stuhl, auf dem sie zuvor gesessen hatte, und griff nach ihrer Stola. Ingram grinste.

»Allein? Hast du ihn so sehr erschöpft, dass er sich erst einmal erholen musste?«

Ruckartig warf Gillian die Stola um ihre Schultern. »Mich wundert es nicht, dass man dich in der besseren Gesellschaft nicht mehr gern sieht, Ingram, denn um deine Manieren ist es ebenso mangelhaft bestellt wie um deine Qualitäten als Liebhaber.«

Die Männer am Tisch lachten, Ingram jedoch sprang auf und versetzte ihr die zweite Ohrfeige an diesem Abend. Im Gegensatz zu Aidan schlug er jedoch so fest zu, dass Gillian ins Taumeln geriet, sich an der Stuhllehne festzuhalten suchte und zusammen mit dem Stuhl zu Boden fiel.

Mehrere Männer am Nebentisch standen auf, und auch einige Freunde von Ingram waren schlagartig ernüchtert.

»Na, na«, brummte einer von ihnen, während der Offizier, der zuvor bei Aidan am Tisch gesessen hatte, nach ihrem Arm griff und sie hochzog. Ihre Wange brannte, und in ihrem Kopf hämmerte es.

Der Offizier starrte Ingram an, dann winkte er nach dem Gastwirt, der mit hochrotem Gesicht durch den Raum lief.

»Wie kommt es«, fragte der Offizier drohend leise, »dass man einen Mann in diesen Räumlichkeiten duldet, der sich nicht schämt, öffentlich eine Frau zu schlagen.«

Ingram starrte den Offizier an. »Diese Frau, deren Ruf äußerst zweifelhaft ist, hat mich beleidigt. Aber ich brauche von einem Mann, der selbst mit einer übel beleumundeten Frau zusammenlebt, wohl kein Verständnis zu erwarten, nicht wahr, Captain Allenger-Brown?«

Der Offizier schien auf den Mann losgehen zu wollen, aber seine Freunde waren umgehend an seiner Seite, während der Wirt Ingram aufforderte, zu gehen.

»Warum?«, rief Ingram wütend. »Weil ich eine Hure in die Schranken gewiesen habe?«

Der Wirt jedoch ließ sich nicht erweichen, und auch seine Freunde gingen deutlich auf Distanz zu ihm. Zähneknirschend nahm Ingram seinen Mantel und verließ ohne ein weiteres Wort das Wirtshaus. An der Tür stieß er beinahe mit Aidan zusammen, der eben zurückkehrte.

Gillian murmelte eine Entschuldigung und beeilte sich ebenfalls, den Raum zu verlassen. Sie warf Aidan im Vorbeieilen einen flüchtigen Blick zu, den er jedoch nicht erwiderte. Auf der Straße lehnte sie sich an die Hauswand und atmete tief ein. Warum nur war sie immer wieder schwach geworden? Warum hatte sie In-

gram nicht an diesem Abend einfach gesagt, sie wolle ihn nicht sehen, und ihm die Tür vor der Nase zugeschlagen? Warum immer diese krampfhafte Suche nach Kompromissen?
Zögernd machte sie sich auf den Weg nach Hause. Erst allmählich sickerte die Befürchtung in ihr Bewusstsein, dass Ingram sich für die Schmach rächen könnte, dass er vielleicht hier irgendwo stand und in einem dunklen Hauseingang darauf wartete, dass sie vorbeikam, um ihr das anzutun, was er als angemessene Bestrafung ansah. Angespannt setzte Gillian einen Fuß vor den anderen, horchte auf fremde Geräusche. Aber kein Arm kam aus einer Gasse hervorgeschossen, keine Hand legte sich von hinten auf ihren Mund. Nichts war zu hören außer dem Klappern ihrer Schuhe auf dem Pflaster, das die klare Stille der eisigen Nacht durchschnitt.

Heftiges Klopfen an der Tür riss Gillian aus dem Schlaf. Verwirrt blinzelte sie und strich sich das wirre Haar aus dem Gesicht. Es war ihr freier Tag, und sie war zum Umfallen müde, weil sie die Nacht zuvor nach dem ganzen Ärger mit Ingram nur schwer hatte schlafen können. Erneut klopfte es, und widerwillig schwang sie die Beine aus dem Bett, griff nach ihrem Morgenmantel und ging zur Tür.
»Mrs. Marks«, begrüßte sie ihre Hauswirtin überrascht, weil diese sich sonst nie zu ihr verirrte. »Guten Morgen. Ist etwas passiert?« Ihr war es unangenehm, vormittags beim Schlafen angetroffen zu werden.
Die ältere Frau wirkte sichtlich unbehaglich. »Miss McEwan, mir sind heute Morgen einige recht unerfreuliche Geschichten zu Ohren gekommen, die es mir bedauerlicherweise unmöglich machen, Sie weiter zu beschäftigen und Ihnen Unterkunft in meinem Haus zu gewähren.«
Gillians Müdigkeit verflog schlagartig. »Ich ... ich verstehe nicht, Ma'am. Ich habe mir nichts zuschulden kommen lassen.«

»Trotz der frühen Stunde haben die Ereignisse der letzten Nacht bereits die Runde gemacht. Ich habe mich nicht in Ihr Leben eingemischt, solange Sie es diskret geführt und sich nicht der Hurerei hingegeben haben. Was gestern Nacht jedoch geschehen ist, hat mich und Mr. Marks zu der Entscheidung gebracht, dass es unserem Ruf nicht zuträglich ist, Sie weiterhin bei uns leben und arbeiten zu lassen.«

Ein Kälteschauer kroch Gillians Arme hoch. »Aber ich habe nichts getan, Ma'am.«

»Ganz so stellt es sich nicht dar, Miss McEwan. Sie haben sich als Einsatz in einem Kartenspiel einem Kreis von Männern angeboten, Sie haben offenbar eine Affäre mit einem verheirateten Mann, der noch dazu der Schwager unseres wichtigsten Teelieferanten ist, und am Ende wäre Ihretwegen beinahe eine Schlägerei entbrannt.«

Gillian war fassungslos. »Aber so ist es nicht gewesen.«

»Das mag sein, es mag auch nicht sein. Setzen wir mal voraus, ich glaube Ihnen – die Leute tun es nicht, und wir sind Geschäftsleute, wir können uns keinen Skandal leisten.«

Vor Gillians Augen begann es zu flimmern, und sie stützte sich mit der Hand am Türrahmen ab. »Ich … habe keine Affäre mit Aidan Landor, und ich habe mich auch nicht … angeboten. Der Mann, mit dem ich in dem Wirtshaus war, hat mich geschlagen, und ich bin danach gegangen.« Ich rede vollkommen wirres Zeug, dachte sie.

Mrs. Marks' Züge wurden weicher. »Ach, Mädchen, warum haben Sie nicht ein wenig besser auf sich achtgegeben? Sie kennen das doch: wenn erst einmal geredet wird, dann ist kein Einhalt zu bieten.« Sie seufzte. »Es tut mir leid, aber wir können Sie nicht weiter beschäftigen.«

»Muss ich«, Gillian tat einen tiefen Atemzug, um sich zu sammeln, »muss ich sofort gehen? Ich weiß nicht, wo ich hinsoll.«

»Sie können noch ein paar Tage bleiben, aber sobald wir jeman-

den gefunden haben, der Ihre Arbeit übernimmt, müssen Sie gehen, weil wir dann das Zimmer brauchen.«
Gillian nickte, und Mrs. Marks verabschiedete sich mit einem bedauernden Zungenschnalzen. Als sie die Tür wieder geschlossen hatte, ging Gillian zum Bett und ließ sich darauf fallen. Sie legte den Handrücken auf die Augen und begann zu zittern. Warum war sie nur mit Ingram in das Wirtshaus gegangen? Warum hatte sie ihn nicht abgewiesen, als er gekommen war? Er hätte sich wohl kaum gewaltsam Zutritt verschafft. Aber sie hatte ihn ja wieder und wieder empfangen, und nun rächten sich ihr Leichtsinn und ihre törichte Angst vor dem Alleinsein.
Ruckartig setzte sie sich auf. Jetzt hatte sie endlich den Bruch mit ihm, zu dem sie nie stark genug gewesen war, ausgerechnet jetzt, wo sie seine finanzielle Hilfe wirklich nötig hatte. Sie krampfte die Hände ineinander und überlegte, was sie tun sollte.

»Lieber Himmel, Katrina, natürlich habe ich keine Affäre mit dieser Frau«, rief Aidan entnervt. Er stand in seinem Arbeitszimmer, während Katrina vor ihm auf und ab lief.
»Die ganze Stadt redet davon.« Katrina blieb stehen und sah ihn an. »Was hast du dir dabei gedacht, diese Frau vom Tisch wegzuholen und mit ihr über eine halbe Stunde zu verschwinden?«
»Ich habe nur ein paar Minuten lang mit ihr geredet, danach bin ich eine Weile draußen gewesen, weil ich wütend auf sie war.«
»Du hast dich aufgeführt wie ein eifersüchtiger Liebhaber!«
»Ich wollte ihr nur helfen.« Oh, wie er das inzwischen bereute.
Ungläubig starrte Katrina ihn an. »Helfen? Sie bietet sich als Wetteinsatz an, du springst vom Tisch auf, reißt sie mit dir und verlässt die Gaststube. Eine derartige Reaktion nennst du Hilfe?« Ihre Stimme wurde beinahe schrill.

»Sie hat sich nicht angeboten, sondern Ingram Frazer hat sie als Einsatz gesetzt.«
»Das ist auch noch so eine Sache. Ausgerechnet mit Ingram Frazer, der Ashley so Schlimmes zugefügt hat, streitest du dich um eine Frau.«
Aidans Faust krachte auf den Tisch, und Katrina zuckte erschrocken zusammen. »Zum letzten Mal, ich habe keine Affäre mit Gillian, ich hatte nie eine, ich war und bin nicht eifersüchtig, und mir ist es vollkommen egal, mit wem sie es treibt«, sagte er grob. »Aber was Ingram getan hat, ging einfach zu weit, und ich wollte ihr Geld geben, damit sie nach Hause fahren kann. Nach dem, was Brian ihr angetan hat, ist sie irgendwie … verloren.«
»Selbst Nicolas war befremdet von deinem Verhalten.«
»Ich kann nicht glauben, dass du mit ihm darüber geredet hast.«
»Du warst ja nicht hier!«
»Ich reite morgens immer aus! Das ist kein Grund, sofort zu Nicolas zu rennen und ihn zu fragen, ob an der Geschichte etwas dran ist.« Aidan waren die Gerüchte morgens auf seinem üblichen Ritt am See zu Ohren gekommen. Ein Bekannter hatte ihm augenzwinkernd davon erzählt, woraufhin er endlich verstand, warum die Frauen ihn an diesem Morgen so missbilligend und die Männer mit unverhohlenem Amüsement betrachteten.
»Du wärst auch nicht ruhig zu Hause sitzen geblieben, wenn derartige Gerüchte über mich und einen Mann im Umlauf wären«, verteidigte Katrina sich mit gepresster Stimme. »Du bist ja schon eifersüchtig geworden, nur weil ich mich auf einer Gesellschaft mit Captain Maddox unterhalten habe.«
Ein Kapitel, an das Aidan sich nur sehr ungern erinnerte.
»Außerdem«, fuhr Katrina fort, »mal abgesehen davon, ob an der Geschichte etwas dran ist oder nicht, werde es wieder ich sein, die die ganze Häme abbekommt. Dir werden sie auf die Schulter klopfen. Für euch Männer ist das alles ja nur ein Spiel, weil ihr euch so furchtbar langweilt mit euren Frauen.«

Aidan rieb sich über die Augen. Dieser ganze Ärger hatte ihm gerade noch gefehlt, noch dazu, weil ihm bevorstand, Katrina davon zu unterrichten, dass er bald wieder verreisen würde. Die Nachricht war vor einigen Tagen gekommen, aber angesichts der Lage zwischen Russland, England und Afghanistan durfte ihn die Abberufung eigentlich nicht überraschen.

Die Türglocke läutete, und kurz darauf waren im Vorraum Stimmen zu hören. Charles. Aidan seufzte. Offenbar sollte ihm an diesem Morgen nichts erspart bleiben.

Charles kam in das Arbeitszimmer, noch ehe der *Chuprassi* ihn anmelden konnte. »Was, um alles in der Welt, denkst du dir dabei, Aidan?«, fuhr er seinen Schwager an.

»Dasselbe könnte ich dich fragen«, antwortete Aidan kühl. »Es ist mein Haus, in dem du dich gerade befindest.«

Charles wurde rot. »Spar dir die Überheblichkeit. Wie kommst du dazu, meine Schwester mit der Geliebten von Ingram Frazer zu betrügen?«

»Ich bin dir keine Rechenschaft schuldig.«

»Also stimmt die Geschichte.«

»Verdammt noch mal, nein, sie stimmt nicht.«

»Alle reden davon, Aidan, alle. Und jeder sagt, es sei ja nichts anderes zu erwarten gewesen. Man wundert sich nur, dass es so lange gedauert hat.« Charles wandte sich an Katrina. »Es tut mir leid, meine Liebe, aber du gerätst in der Tat immer an die falschen Männer.«

»Das reicht«, fuhr Aidan ihn an. »Verlass auf der Stelle mein Haus.«

»Hört auf, alle beide«, ging Katrina dazwischen.

»Du hältst dich da raus«, befahl Charles.

»Du hast meiner Ehefrau in unserem Haus nicht den Mund zu verbieten«, sagte Aidan.

»Spiel hier nicht den fürsorglichen Ehemann. Nach der Geschichte der letzten Nacht ist das wahrhaftig absurd.«

»Zum letzten Mal, Charles, ich habe Katrina nicht betrogen. Und selbst wenn, ginge es dich nichts an.«
Erneut ertönte die Türglocke, und Aidan wünschte im Stillen, es sei Nicolas. Ein wenig Beistand konnte er wahrlich gebrauchen. Leise Stimmen waren zu hören, dann das Klappern von Absätzen. Die Tür wurde geöffnet.
»Eine Memsahib wartet …«
Gillian schob sich an dem *Chuprassi* vorbei. »Aidan, du musst mir helfen, ich …« Sie brach ab, als sie sah, dass er nicht der Einzige im Raum war, und ihre Augen weiteten sich, als sie Katrinas ungläubigem und Charles' fassungslos zornigem Blick begegnete. »Verzeihung, ich dachte, du wärst allein.«
Damit war das Maß voll.
»Raus!«, brüllte Aidan.
»Du bist schuld daran, dass ich nun in Schwierigkeiten bin«, verteidigte sich Gillian aufgebracht. »Ich wäre schon allein mit Ingram fertig geworden. Nur wegen deiner Einmischung wurde ich auf die Straße gesetzt.«
Aidan ging auf sie zu, griff nach ihrem Arm und zerrte sie zur Tür, wo er ihr einen Stoß gab, dass sie in die Halle taumelte, sich mit dem Absatz in ihrem Rock verhedderte und fiel.
»Aidan!« Charles war außer sich und lief in die Halle, um ihr aufzuhelfen. »Sie ist wohl schwerlich die Alleinschuldige.«
Aidan jedoch nutzte die Gelegenheit, warf die Tür ins Schloss und drehte den Schlüssel. Er lehnte sich mit dem Rücken an die Tür und schloss die Augen. Schlimmer als an diesem Vormittag konnte es auch in Bedlam nicht zugehen.
Charles rüttelte an der Tür und klopfte. »Mach sofort auf!«
»Du träumst wohl«, murmelte Aidan. Sein Blick fiel auf Katrina, die sich auf den Stuhl hinter dem Tisch gesetzt hatte und ihr Gesicht in den Händen barg. Nach einigen Minuten richtete sie sich auf und sah ihn an.
»Ich denke, du musst mir einiges erklären.«

Während Charles Ramsay noch wütend an der Tür gerüttelt hatte, stand Gillian ratlos in der Halle und zerknüllte den Stoff ihres Kleides in beiden Fäusten. Schließlich gab er es auf, drehte sich zu ihr um und räusperte sich.
»Eine pikante Situation«, sagte er.
Gillian brachte lediglich ein zögerndes »Ja« zustande.
Stimmen waren hinter der Tür zu hören, ohne dass zu verstehen war, was gesagt wurde. Die Situation war ihr unendlich peinlich. Sie wich den Blicken von Charles aus und starrte zu Boden.
»Was genau ist passiert?«, fragte er.
»Nicht das, was erzählt wird.«
»Wie aufschlussreich.« Charles klang zunehmend ungehalten. »Aus unserer kurzen Begegnung auf dem Basar darf ich schließen, dass Sie sich persönlich kennen?«
»Ja.«
»Und weiter?«
Es war ihr nicht möglich, vor ihm über ihren früheren Liebhaber zu sprechen. »Wir hatten keine Affäre«, murmelte sie.
Charles fixierte sie aus schmalen Augen. »Tatsächlich?«
»Ich würde mich gewiss daran erinnern«, antwortete Gillian hitzig.
»Warum sind Sie gekommen? War Ihnen nicht klar, in was für eine unmögliche Situation Sie meine Schwester bringen?«
»Aidan Landor hat mich zuvor in eine unmögliche Situation gebracht. Ich habe seinetwegen kein Zuhause und keine Arbeit mehr. Nur weil er sich einmischen musste.« Gillian seufzte. »Auch, wenn er es gut gemeint hat.«
»Ich wüsste zu gerne, warum weder Sie noch Aidan mit der Sprache herauswollen, was sich gestern Nacht ereignet hat.«
Gillian grub die Zähne in ihre Unterlippe und sah zu Boden, betrachtete die feinen Maserungen im Marmor. Bitterkeit wallte in ihr auf. Sie hob den Kopf und sah Charles an. In knappen

Sätzen schilderte sie die Vorfälle, beginnend bei Ingrams Auftauchen an ihrer Tür und endend bei dem Besuch ihrer Hauswirtin am Vormittag.

»Wenn Ihnen die Anwesenheit von Ingram Frazer so zuwider ist«, sagte Charles, »warum haben Sie ihn nicht einfach fortgeschickt. Wofür dieser ganze … Umweg?«

Wie sollte sie ihm eine Frage beantworten, auf die sie sich nicht einmal selbst antworten konnte?

»Also zwischen Ihnen und Aidan war nichts? Er hat Sie praktisch aus einer sehr kompromittierenden Situation gerettet, und Sie werfen ihm vor, schuld daran zu sein, dass Sie Ihr Heim verloren haben? Ist das nicht widersinnig?«

»Niemand hätte etwas gemerkt, wenn er nicht die Aufmerksamkeit aller auf mich gezogen hätte, indem er mich vom Tisch weggezerrt hat. Ich … ich wäre einfach gegangen.«

Es war offensichtlich, dass er ihr nicht glaubte.

»Sie verstehen das vielleicht nicht«, fuhr sie fort, in dem Wunsch, sich zu rechtfertigen, »aber was an dem Tisch, an dem ich gesessen habe, gesagt wurde, war das kleinste Übel, solange niemand es mitbekommt. Die wenigen, die es gehört haben, hätten es vermutlich kurze Zeit später vergessen, wenn ich einfach gegangen wäre.«

»Es ist natürlich irritierend, dass Sie sich überhaupt in einen Kreis betrunkener Männer gesetzt haben.«

»Das habe ich doch gerade eben erklärt.«

»Wie dem auch sei, Mr. Landor hat offenbar versucht, Ihnen einen Rest von Würde zu erhalten.«

»Mir wäre lieber gewesen, er hätte es nicht getan.«

Charles maß sie mit Blicken. »Weil es nichts mehr zu erhalten gab?«

Ein Schatten fiel über Gillians Gesicht, als sie sich abwandte. Dergleichen von ihm zu hören, bestürzte sie mehr als jede Demütigung, die Ingram oder Brian ihr zugefügt hatten.

»Verzeihung«, sagte Charles sogleich. »Das war sehr grob und taktlos von mir.«

Gillian schwieg und vermied es, ihn anzusehen. Mit den Fingerspitzen glättete sie die Falten in ihrem Rock, wo sie den Stoff zerknüllt hatte, und verwünschte ihre törichte Enttäuschung. Sie war heimatlos, ohne Einkommen und hatte fast kein Geld mehr. Was zählte es da, dass ein Charles Ramsay befand, sie habe keine Würde mehr, die es zu verlieren galt.

Charles räusperte sich. »Aus meiner Sicht stellt sich die Sache unter Umständen anders dar als aus Ihrer.«

»Meine Sicht ist nicht so gänzlich anders als die Sicht einer Frau aus Ihren Kreisen«, antwortete Gillian sanft. »Ein lautstarker Skandal sollte um jeden Preis vermieden werden.«

»Ich bin mir sicher, Mr. Landor hat es gut gemeint.«

»Das bezweifle ich nicht. Aber dennoch …« Gillians Stimme verlor sich, als sie nachdenklich auf die Tür zu Aidans Arbeitszimmer sah, hinter der die Stimmen immer noch nicht verstummt waren. »Ich weiß, es war meine eigene Naivität, die mich hierhergebracht hat«, fuhr sie fort. »Ebenso töricht war es, mich mit Ingram Frazer einzulassen. Aber ich kannte Alleinsein früher nicht, und es war immer so still. Wussten Sie, dass Stille schwer ist? Sie drückt auf die Brust und nimmt einem die Atemluft.« Was redete sie da für konfuses Zeug? Plappernde Frauen – für Männer gab es nichts Schlimmeres, noch dazu, wenn es den Anschein hatte, als wollten sie mit ihrer Geschichte Mitleid erwecken.

»Kann ich Sie irgendwo absetzen, Miss McEwan?«, fragte Charles Ramsay.

Gillian forschte in seinem Gesicht, das eine glatte Maske der Höflichkeit war. »Nein, danke«, sagte sie leise.

Charles nickte und deutete zur Haustür. »Nach Ihnen.«

Unschlüssig sah Gillian noch einmal zum Arbeitszimmer. Hier war heute vermutlich nichts mehr zu machen, dabei lief ihr die

Zeit davon. Wenn Aidan ihr nicht half, gab es niemanden sonst, an den sie sich wenden konnte.

»Miss McEwan?« Charles klang ungeduldig.

Schuldbewusst wandte Gillian sich vom Arbeitszimmer ab, durchquerte die Halle und verließ das Haus, gefolgt von Charles.

»Ich kann Sie also nirgendwohin mitnehmen?«, fragte Charles und gab ihr noch einmal die Möglichkeit, sein Angebot anzunehmen, Gillian jedoch verneinte.

»Nun denn«, sagte Charles. »Dann wünsche ich Ihnen, dass sich alles zum Guten für Sie wendet.« Er stieg in seinen eleganten schwarzen Zweispänner.

Gillian sah ihm nach, wie er den Weg hinunterfuhr, und folgte ihm langsam zu Fuß.

*

Die Dunkelheit kam schnell zu dieser Jahreszeit in den Bergen. Nebelschleier in Schattierungen von Zartrosa bis Bleigrau hüllten die fernen Gipfel ein, und die Kälte ließ den Atem vor den Lippen stehen. Es würde Frost geben, Katrina kannte die Anzeichen. Sie stand am Rande der Teegärten und beobachtete die Arbeiter, die dabei waren, in mühevoller Arbeit die Teepflanzen zum Schutz vor dem Frost mit Farnblättern abzudecken. Sie hätten früher damit anfangen sollen, dachte Katrina. Noch nicht einmal die Hälfte der Arbeit war getan. Im Gegensatz zu den Teepflanzen im Norden, die den Frost recht gut überstanden, bedeutete es für den Süden meist das Ende der Tee-Ernte, wenn die Pflanzen Frost abbekamen; und auf die Hälfte der Ernte zur besten Erntezeit zu verzichten, würde sie finanziell so weit zurückwerfen, dass sie sich davon vermutlich über längere Zeit nicht erholen würden.

Von Ashley hatte sie nichts mehr gehört, seit diese nach Kalkutta abgereist war. Sie hatten sich vorher nicht mehr sehen können, und außer einigen Zeilen, in denen Ashley ihr zur Geburt von Mariana gratulierte und sie fragte, wie es ihr ging, hatte Katrina keine weiteren Briefe erhalten. Zwar hatte sie ihrerseits versucht, Kontakt aufzunehmen, aber sie wusste auch nicht so recht, wie sie das, was sie ihrer Freundin sagen wollte, in einen Brief fassen sollte, und so hatte sie erneut eine Einladung ausgesprochen, auf die Nicolas geantwortet hatte, Ashley sei bereits abgereist. Natürlich verstand Katrina ihre Freundin, aber verletzend war es dennoch.

Sie hörte Schritte, sah sich aber nicht um, sondern behielt die Arbeit im Auge.

»Möchtest du nicht ins Haus kommen?«, fragte Aidan und legte ihr die Hände auf die Schultern.

Katrina schüttelte den Kopf. »Ich möchte erst sichergehen, dass alle Pflanzen abgedeckt sind, ehe der Frost einsetzt.«

»Denkst du, sie arbeiten schneller, wenn du hier stehst?«

»Nein, das sicher nicht, aber ich fühle mich besser … Mein Vater hat es auch so gemacht.« Zwischen Aidan und ihr stand auch nach seinen Erklärungen nicht alles zum Besten, selbst wenn er sich aufrichtig um Versöhnung bemühte. Es war nicht einmal so, dass sie ihm nicht glaubte, aber sie nahm ihm das Gerede, das im Umlauf war, übel – auch wenn er, vernünftig betrachtet, nicht wirklich viel dafür konnte. Im Grunde genommen war sie Aidans Bemühungen gegenüber ja gar nicht abgeneigt, allerdings hatte der Besuch, den er am frühen Nachmittag empfangen hatte, ihre versöhnliche Stimmung wieder zunichtegemacht. Sarita hatte ihr davon erzählt, nachdem sie von einem Besuch bei Charles zurückgekommen war. Aidan neigte sich zu ihr, und sie spürte seinen warmen Atem an ihrem Hals.

»Warum hast du mir nicht erzählt, wer heute bei dir war«, fragte sie.

Obwohl er in unveränderter Haltung dastand, fühlte sie seinen

Atem nicht mehr. Er hielt für einen Moment die Luft an, und frostige Kälte schob sich erneut zwischen ihre Haut und sein Gesicht, dann atmete er aus und richtete sich auf. »Es war nicht von Bedeutung«, sagte er.

Katrina trat von ihm weg, so dass er die Hände von ihren Schultern nehmen musste, und drehte sich zu ihm um. »Ach ja? Kannst du mir auch verraten, was sie von dir will, dass sie dich daheim aufsucht?«

»Sie ist in Schwierigkeiten.«

Katrina sah ihn entsetzt an.

»Nein«, korrigierte er, »nicht diese Art von Schwierigkeiten. Wegen des Geredes hat sie ihre Arbeit und ihre Wohnung verloren, und sie wollte, dass ich ihr helfe.«

»Wieso du, Aidan? Euch verbindet doch nichts.«

»Sie ist der Meinung, dass ich schuld an ihren Problemen bin. Nun, so ganz falsch liegt sie damit wohl auch nicht, ich habe mit meinem Eingreifen das Augenmerk der Leute auf die Sache gelenkt.«

»Ah, darf ich das jetzt so verstehen, dass du ihr deine Hilfe gewährt hast?«

Ein leichter Wind kam auf, und Katrina rieb sich fröstelnd die Arme. Sie beobachtete Aidan, auf dessen Gesicht sie kein Unbehagen, sondern vielmehr Ungeduld las.

»Sie wollte Geld, sonst nichts«, antwortete er.

»Ich will nicht, dass sie dich aufsucht, und erst recht nicht hier. Kannst du dir vorstellen, was das wieder für ein Gerede gibt, wenn sie so unverschämt ist, dich sogar zu Hause zu besuchen, wenn ich nicht da bin?«

Aidan hob die Schultern. »Es wird sich nicht wiederholen, das habe ich ihr deutlich zu verstehen gegeben. Zudem weiß ich nicht, warum du wegen der Sache wütend auf mich bist. Ich habe sie ja schließlich nicht hierher eingeladen.«

Wie schafften Männer es nur ständig, die Dinge so zu verdre-

hen, dass man sich am Ende vorkam, als keife man grundlos herum und habe sich zu entschuldigen?
»Du hast sie empfangen, und sie war fast eine halbe Stunde lang bei dir.«
»Du hast dir ja sehr gründlich Bericht erstatten lassen.«
Katrina sah zu den Teegärten. Mittlerweile hatten die Arbeiter über die Hälfte der Pflanzen abgedeckt. Sie fuhr sich nachdenklich mit dem Zeigefinger über ihre Lippen.
»Wäre ich es«, nahm sie das Gespräch wieder auf, »die mit einem Mann ins Gerede käme, und würde ich diesen Mann daheim empfangen, dann könnte ich mich dir gegenüber sicher auch nicht mit dem Satz ›er wollte nur Geld‹ herausreden.«
»Nein«, gestand Aidan, »ganz sicher nicht.«
Brüsk wandte Katrina sich ab. Aidan berührte ihre Schulter und zog die Hand wieder zurück, als sie keine Anstalten machte, sich zu ihm zu drehen.
»Ich habe ihr kein Geld gegeben«, sagte er, »und als sie einsehen musste, dass ich nicht mit mir reden lasse, ist sie gegangen.«
Katrina nickte nur.
»Was die Leute angeht«, Aidan räusperte sich, »du kennst das doch. So etwas hält sich höchstens einige Wochen, und wenn sie sehen, dass wir uns nicht zerstritten haben, dann wird es ihnen langweilig, weiter zu spekulieren.«
»Vermutlich«, antwortete Katrina, den Blick weiterhin auf die Teegärten gerichtet. Ihre Schultern waren so verkrampft, dass sie ein Ziehen zwischen den Schulterblättern verspürte. Sie hörte Aidan leise seufzen, dann entfernten seine Schritte sich.

# 23

## Ootacamund, April 1878

Verspielt tanzten Sonnenstrahlen auf dem Ooty-See, vermischten sich miteinander, wenn ein leichter Wind die Wasseroberfläche kräuselte. Äste von Trauerweiden hingen fast bis in den See hinein, smaragdgrüne Rasenflächen erstreckten sich zum Ufer hin, wo kleine Ausflugsboote befestigt waren. Es war Anfang April, und die ersten Sommergäste aus Madras waren eingetroffen.

Es war die ungewohnte Einsamkeit, die Nicolas an den See trieb, obwohl er öffentliche Ereignisse wie Picknicke, Bootsfahrten oder die alljährliche Jagd sehr ungern besuchte. Vermeiden ließ es sich meist nicht, aber normalerweise hatte er Ashley an seiner Seite, und sie anzusehen, wie sie in einem weißen Sommerkleid elegant durch die Menge schritt, das schwarze Haar in so reizvollem Kontrast zu dem hellen Hut, einen Sonnenschirm in den behandschuhten Händen drehend, entschädigte ihn mehr als ausreichend für einen Nachmittag tödlicher Langeweile. Nun jedoch kamen ihm die weißgekleideten Frauen farblos vor, ätherische Wesen, oft beinahe zu schlank, mit schwanengleichen Hälsen, einige von ihnen anmutig in Gruppen flanierend, andere mit unsicheren Schritten über den Bootssteg trippelnd.

Männer saßen in Booten, streckten hilfreich die Hände nach Schwestern, Cousinen, Ehefrauen, Verlobten aus, helle Kleider wurden gerafft, vorsichtig, um beim Einsteigen in das Boot nicht mehr als den Knöchel zu entblößen. Ein Junge, kaum dem Schulalter entwachsen, saß mit einem jungen Mädchen in einem Boot, stand auf und schaukelte das Boot hin und her, so dass das Mädchen erschrocken quietschte. Eine korpulente

Frau, allem Anschein nach die Mutter der beiden, stand am Ufer und schimpfte, was den Jungen jedoch nicht zu beeindrucken schien.

Nicolas wandte sich ab. Ashley war gerne Boot gefahren, und obwohl er eher ungern ruderte, hatte Nicolas es ihr nie abschlagen können.

In der Nähe standen einige Bekannte, und er nickte ihnen grüßend zu. Er konnte Aidan erkennen, der sich mit seinem Schwager unterhielt, was beiden kein rechtes Vergnügen zu bereiten schien. Charles Ramsay redete, während Aidan immer nur knapp nickte und gelegentlich etwas erwiderte.

Wenige Schritte von sich entfernt, sah Nicolas Cynthia Ramsay, die mit dem Rücken zu ihm stand und sich angeregt mit ihren Freundinnen plauderte.

»Ich habe mir immer schon gedacht, dass mit ihr etwas nicht stimmen kann«, vertraute Cynthia Ramsay den anderen Frauen an. »Und jetzt ist sie auf und davon mit dem Kind.«

»Sie schien sich seit ihrer Ankunft hier für etwas Besseres zu halten«, antwortete eine der Frauen.

»Ich denke ja eher, er hat sie und das Kind rausgeschmissen«, sagte eine schlanke Brünette.

»Ich habe erfahren«, Cynthia Ramsays Lächeln war förmlich zu hören, »er will sich nicht von ihr trennen. Wenn man bedenkt«, sie senkte die Stimme, »sie ist die Tochter einer Hure. Ihr Mann wird schon seine Gründe haben, sie zu behalten.«

Die Frauen kicherten.

»Madam!« Das Lachen verstummte, und Cynthia drehte sich erschrocken um. »Haben Sie mir etwas zu sagen?«, rief Nicolas.

Charles Ramsay sah zu ihnen hinüber, ebenso etliche andere Leute, die gerade in der Nähe standen. Aidan kam auf Nicolas zugeeilt. Mit einem kurzen Blick zu Cynthia sagte er: »Woran mangelt es dir? An Takt, an Anstand oder an Verstand?«

Cynthia starrte ihn mit offenem Mund an, während Aidan seinem Freund bedeutete, ihm zu folgen. »Nicolas«, sagte er, während sie zum See hinuntergingen, »für einen Offizier der Krone fehlt es dir ganz entschieden an Diplomatie und Zurückhaltung.«

»Sie hat Ashley beleidigt.«

»Das glaube ich dir, und sie hat es sicher nicht das erste Mal getan. Aber mit einem solchen Ausbruch erreichst du gar nichts.«

»Das sagst ausgerechnet du mir?« Nicolas drehte sich um und sah zu Cynthia, die ihm immer noch nachschaute. »Du hast eine Wildfremde verteidigt, ich meine eigene Frau.«

»Fang nicht wieder damit an.«

Nicolas verschränkte die Arme vor der Brust und starrte auf den See.

»Du hast immer noch nichts von ihr gehört?«, fragte Aidan leise.

»Nur das Übliche, ein kurzer Brief als Antwort auf meine Fragen nach ihrer Rückkehr. Ihr und Robin geht es gut, sonst nichts. Sie ist seit fast fünf Monaten fort, Aidan.«

»Sie wird Ruhe brauchen.«

»Ach ja? Und ich? Was ist mit mir? Ständig muss ich mir Anspielungen anhören. Pratchet fragte mich kürzlich, ob ich mich nun doch dazu durchgerungen habe, mich von Ashley zu trennen. Einige Mütter entblößen sich nicht einmal, mir durch Andeutungen zu verstehen zu geben, dass ich auch nach der Scheidung noch eine gute Partie für ihre Töchter bin.« Er drehte sich um und bemerkte das Zucken um Aidans Mundwinkel. »Ah, amüsiert, ja?«

»Lediglich über die Vorstellung, wie dich Mütter mit Avancen verfolgen«, räumte Aidan ein.

»Über sechs Monate Ungewissheit. Jetzt weiß ich, wie sich Katrina fühlen muss, wenn du fort bist.« Diesen kleinen Seitenhieb konnte Nicolas sich nicht verkneifen.

Anstelle eines angedeuteten Lächelns zeigten sich nun Sorgenfalten um Aidans Mund. »Sie weiß noch nicht, dass ich bald wieder wegmuss.«
»Du scherzt?«
»Leider nein. Es war noch keine Gelegenheit.«
Nicolas hörte Lachen auf dem See, girrende Laute, die sich in leises Plätschern mischten. »Du weißt, dass du diesmal nicht so schnell wieder hier bist, falls Krieg ausbricht, nicht wahr?«
»Das ist anzunehmen.« Aidan schob die Hände in die Taschen. »Vielleicht hätte ich meinen Abschied nehmen sollen ...« Seine Stimme verlor sich.
»Aber das hättest du nicht gekonnt, richtig?«
Aidan schüttelte den Kopf, den Blick immer noch aufs Wasser gerichtet.
»Ich weiß da leider auch keinen Rat«, sagte Nicolas. »Nur wird es auf Dauer so nicht gehen, das muss dir klar sein.« Er hatte es bereits geahnt, noch ehe Aidan geheiratet hatte. Es war unmöglich, ihn dauerhaft festzuhalten und an den Reisen durch ein Land zu hindern, das er so sehr liebte. Ebenso gut hätte man von ihm verlangen können, nicht mehr zu atmen. »Vielleicht gibt es eine andere Möglichkeit. Aber du kannst Katrina hier nicht ständig allein lassen mit allen Problemen – die Teegärten, ihr früherer Ehemann ... Das geht so nicht, Aidan. Du hast Verantwortung übernommen.«
»Das weiß ich selbst«, antwortete Aidan heftig.
»Du führst eine gute Ehe, willst du das wirklich aufs Spiel setzen?«
»Ich glaube kaum, dass Katrina mich verlassen wird.«
Nicolas ließ ein leises Zungenschnalzen hören. »In deiner Arroganz, mein Freund, denkst du nicht daran, dass sie dich nicht verlassen muss, damit du sie verlierst.« Er musste bei diesen Worten an Ashley denken. Aber er hatte Ashley nicht verloren, sie hatte doch die ganze Zeit Angst gehabt, er könne sie

verlassen, und dann selbst fortzugehen, wäre schlichtweg dumm. Nicolas massierte sich mit Daumen und Zeigefinger die Nasenwurzel. Hatte sie vielleicht gedacht, er würde ihr Robin wegnehmen, und war deswegen lieber von sich aus mit ihm fortgegangen? Plötzlich wurde er wütend, wütend auf Ashley, wütend auf seine eigene Hilflosigkeit, wütend auf ihren Vater, der die Schuld an allem trug.

»Wann reist du nach Kalkutta?«, fragte er Aidan.

»In drei Wochen. Warum?«

»Nimmst du bitte einen Brief für mich mit und gibst ihn Ashley?«

»Sicher, aber …«

»Und sag ihr, sie soll dem Folge leisten, was ich ihr schreibe.«

Aidan hob eine Braue. »Das wäre?«

»Sie hat umgehend nach Hause zu kommen, oder ich komme persönlich und hole sie.«

»Ich mag mich irren, aber das ist vermutlich nicht der richtige Weg, um …«

»Das ist mir gleichgültig, hörst du? Und momentan ist es für mich der einzige Weg, also tu mir den Gefallen.«

Zwar nickte Aidan, wirkte jedoch nicht überzeugt. Nicolas ignorierte den zweifelnden Ausdruck im Gesicht seines Freundes. Er hatte lange genug gewartet.

*

Ein Bekannter ihres Vaters hatte Katrina, als sie ein Kind war, gesagt, die Nilgiris seien prachtvoll wie ein goldener Herbst in Südfrankreich und ein Frühling in Nordpersien. Von der Plattform aus, auf der Katrina stand, konnte sie den Eindruck nur bestätigen. Vor ihr erstreckte sich eine Landschaft, in der sich Grün und terrakottarote Erde ineinander verwoben im Schatten von gigantischen Eukalyptusbäumen. Einige Reisende sagten, das hier könne nicht Indien sein, es sei ein kleiner Teil von England, ein Exil für die von der Hitze gebeutelten Europäer, für die Soldaten, die hierhergeschickt wurden, um sich im St.-Bartholomew-Hospital von den Krankheiten zu erholen, denen sie in dem für sie so ungewohnten Klima erlagen. Katrina fand, dass diese Haltung der typischen Arroganz entsprang, mit dem die Engländer alles für sich beanspruchten, was sie kriegen konnten. Die Nilgiris mochten das sein, was die Engländer sich als England erträumten, eine Landschaft mit wilden Tieren, einer Luft, die nach Eukalyptus und selbst im Sommer noch nach Kälte schmeckte, den Morgenstunden, die trotz allem so eindeutig Indien waren – das Indien, das Katrina kannte. Die Wege, die durch Täler führten, vorbei an Flüssen mit Blick auf gezackte Silhouetten von Berggipfeln, all das konnte durchaus den Neid der Besitzlosen erwecken, so dass man sich nur zu gern einredete, daheim sei es genauso schön.

Hinter sich hörte Katrina Caleb und Daniel Holt lachen. Sie wandte sich um und sah Amelia, die an jeder Hand ein Kind hielt und sich so schnell mit ihnen im Kreis drehte, dass sie das Gleichgewicht verlor und ins Gras fiel. Jauchzend ließen sich die beiden Jungen mit ihr fallen und balgten sich im Gras. Amelia stand auf, lachte und schüttelte ihren Rock aus. Wann immer sie spazieren gingen und allein waren, konnte man erkennen, was für eine lebenslustige Frau sie vor ihrer Witwenschaft gewesen sein musste.

Katrina ging in letzter Zeit oft mit Caleb zusammen spazieren, nachdem dieser geklagt hatte, seit Marianas Geburt habe ihn niemand mehr lieb. Jeder Besucher wollte das Baby sehen und brachte Geschenke mit, was Caleb natürlich nicht entging. Ein wenig versöhnte ihn, dass Aidan ihn gelegentlich mitnahm, wenn er mit Granat ausritt. Einmal durfte er sogar auf seinem Pony reiten, das mit einer langen Leine an Granats Sattel befestigt worden war. Er maß sich mit Daniel und war stolz darauf, schon vor der ersten Unterrichtsstunde seinen Namen, »Mama« und »Pony« schreiben zu können, wohingegen Daniel lediglich seinen Namen schreiben konnte.

»Hast du von Ashley gehört?«, fragte Amelia.

Katrina verneinte. »Nicht einmal Nicolas hört von ihr, außer gelegentlich mal einige Zeilen.«

»Ich hätte sie besuchen sollen.« Das schlechte Gewissen nagte sichtlich an Amelia. »Aber mein Schwiegervater ... du weißt schon. Er hat mir deutlich zu verstehen gegeben, dass er es nicht gerne sieht, und als ich ihn endlich so weit hatte, einzulenken, war Ashley bereits fort. Ich hoffe, sie hat es mir nicht übel genommen.«

»Bestimmt nicht. Ihr selbst geht Robin über alles, sie wird es verstanden haben.«

Amelia wirkte unschlüssig, sagte aber nichts mehr zu dem Thema, sondern holte aus dem Wagen, mit dem sie gekommen waren, eine Decke, die sie auf dem Boden ausbreitete. Bäume umstanden die Wiese, die sich bis zu einem kleinen Abhang erstreckte, von dem aus man einen Blick auf eine von Bächen zerfurchte Talebene hatte.

Zu grollen, konnte auf Dauer sehr anstrengend sein, hatte Katrina festgestellt und Aidans Versöhnungsversuchen irgendwann nachgegeben, wenn auch zögerlich. Zwischen ihm und Charles stand es nach wie vor nicht zum Besten, wobei der Umstand, dass sie sich ohnehin nicht besonders gut leiden konnten, einer Versöhnung nicht gerade förderlich war. Derzeit verzichtete Katrina darauf, ihren Bruder mit Cynthia zum Essen einzuladen, und umgekehrt verhielt es sich ebenso. Wenn etwas bezüglich der Teeverkäufe zu besprechen war, regelte Charles das entweder mit ihr, oder er schrieb Aidan einen förmlichen Brief.

Ein Stück weit den Berg hoch befand sich das Lager von Saritas Toda-Stamm, und ihre frühere Amme war seit zwei Tagen dort, weil ein Mann ihrer Familie gestorben war. Katrina hatte den

Mann recht gut gekannt, schon seit ihrer Kindheit, als Sarita sie immer mal wieder mit zu ihren Leuten genommen hatte. Weil ihr verwehrt war, an dem Beerdigungszeremoniell teilzunehmen, hatte sie vor, es aus der Ferne anzusehen.

Es gab zwei Arten von Beisetzungen. Eine nannte sich die grüne Beerdigung, *hase kêdu*, die ein bis zwei Tage nach dem Tod durchgeführt wurde. Die andere wurde als trockene Beerdigung, *bara kêdu*, bezeichnet und galt in erster Linie dem Gedenken an den Toten. *Bara kêdu* fand in der Regel zwei bis drei Monate nach der ersten Beerdigung statt. In den letzten Jahren hatten jedoch Einschränkungen in Bezug auf das Schlachten von Rindern durch die Regierung von Madras dafür gesorgt, dass letzteres Zeremoniell nur noch selten stattfand und die Leute warteten, bis es mehrere Tote gab, deren Trauerfeier man zusammenlegen konnte. So konnten zwischen dem Tod eines Menschen und dem *bara kêdu* bis zu zwölf Monate liegen.

Katrina vergewisserte sich, dass Caleb von Daniels *Ayah* beaufsichtigt wurde, dann sagte sie Amelia, dass sie nun gehen würde. Ihre Freundin hatte es sich auf der Decke mit einem Buch gemütlich gemacht, den geöffneten Picknickkorb neben sich.

Der Weg führte in einer sanften Steigung den Berg hinauf, die für Katrina auch in ihrem enggeschnürten Kleid gut zu bewältigen war. Dennoch musste sie immer wieder innehalten, um zu Atem zu kommen.

Bei den Todas war es Brauch, dass ein Mann, wenn er so krank war, dass sein Tod zu befürchten stand, er mit Schmuck und Edelsteinen seines Hauses bekleidet wurde, die er bis zu seinem Tod trug. Gelegentlich kam es vor, dass der Betreffende wieder gesund wurde und das Geschmeide voller Stolz zur Schau stellte. Im Fall von Saritas Verwandten hatte sich das Sterben lange hingezogen, und als es schließlich so weit war, wurde dem Mann, als er dem Tod nahe war, Milch zu trinken gegeben. Gebete wurden nicht gesprochen. Danach wurde der Leichnam in einen Umhang gekleidet, in dessen Taschen man Essen und kleine Stücke Holz steckte – somit war er für die Reise gerüstet und hatte außerdem Nahrung für den Weg.

Im Grunde genommen bestand keine Notwendigkeit für Katrina, der Beerdigung beizuwohnen. Der Mann hatte sie, kaum dass sie dem Kindesalter entwachsen war, nicht mehr beachtet. Dennoch war die Erinnerung daran, wie er sie als kleines Mädchen gelegentlich herumgetragen und ihr Wörter in der Sprache der Todas beigebracht hatte, zu stark, als dass sie darauf verzichten wollte, seinen letzten Weg zumindest aus der Ferne zu begleiten.

Nach einer halben Stunde konnte sie das Dorf sehen. Sie näherte sich, soweit es ging, damit sie alles erkennen konnte, ohne selbst Aufmerksamkeit auf sich zu ziehen. Sie wollte die Zeremonie nicht stören. Erschöpft ließ sie sich auf einem flachen Felsen nieder und sah hinunter zum Dorf.

Nachdem sie eine Viertelstunde gewartet hatte, wurde der Körper des Toten aus einer kleinen Hütte geholt und vorsichtig auf eine Totenbahre gelegt. Es folgte der Abschied seiner Familie, und alle, sowohl die Alten als auch die Jungen, nahmen an der Beerdigung teil. Zweige und Blätter lagen verstreut auf dem Boden, die Tür des Hauses war fest verschlossen. Katrina beobachtete eine Katze, die sich an der Wand des *mund* rieb. Schließlich wurde die Totenbahre von vier Männern hochgehoben und zum *kêdu mand* getragen, wo die Beisetzung stattfand. Einige Rinder wurden von der Herde getrennt und mitgetrieben. Um die Bestattung sehen zu können, stand Katrina auf und folgte ungesehen in einigem Abstand.

Die Bahre lag auf den Schultern der Männer, Frauen nahmen ihre kleinen Kinder unter ihre Umhänge, während sie gingen. Ein frischer Wind kam auf, fuhr über das Gras, das in dem strahlenden Sonnenschein beinahe irritierend grün wirkte, wühlte in den Locken der Frauen und bauschte die Umhänge der Män-

ner. Die kleine Herde Rinder war unruhig, so als wisse sie, was sie zu erwarten hatte.
Das *kêdu mand* setzte sich zusammen aus einer primitiven Hütte und einem Rinderpferch. In der Hütte bereiteten Frauen Essen vor, während sich die Verwandten um den Toten versammelten. Ein Loch wurde ausgehoben und ein Feuer angefacht, das die Todas als heilig bezeichneten. Dann wurde der Körper dem Feuer übergeben, während zwei Kühe aus der Herde ausgewählt und von mehreren Männern festgehalten wurden. Katrina sah ein solches Ritual nicht zum ersten Mal, aber der Anblick des von Feuer ummantelten Körpers bewirkte, dass sich ihr Magen hob. Die beiden Kühe wurden an Hörnern und Hals festgehalten, und noch während jemand die Axt hob, wandte Katrina sich ab. Angestrengt atmete sie ein und aus. Sie wusste, was nun geschah, auch ohne hinzusehen. Männer, Frauen und Kinder würden sich um die Rinderköpfe versammeln und diese küssen. Schließlich würde man die Asche der Erde übergeben, einen Stein über die Stelle legen, und der Name des Toten würde nie mehr genannt werden.
Katrina setzte sich im Schutz einiger Felsen auf den Boden. Der Wind trug den Geruch des Feuers zu ihr, und das Geröll tat ihr an den Handflächen weh. Dennoch blieb sie sitzen, lehnte den Kopf zurück und schloss die Augen. Der Mann war nur wenig älter als Sarita, und plötzlich entstand vor ihr das Bild, wie man Sarita auf einer Totenbahre trug und dem Feuer übergab. Danach würde man ihren Namen nicht mehr nennen. Katrina erschauerte. Daran, dass es kein Grab geben würde, an dem sie ihre Amme besuchen konnte, hatte sie nie zuvor gedacht. Mit einem Mal konnte sie Amelias Verlust besser verstehen. Die Beisetzung ließ sie an die letzte Beerdigung denken, der sie beigewohnt hatte – die ihres Vaters.
Sie wusste nicht, wie lange sie dort gesessen hatte, als eine vertraute Stimme sie ansprach.

»Ich dachte mir, dass ich dich hier finde«, sagte Sarita.
Katrina erhob sich aus ihrer wenig damenhaften Haltung, schüttelte ihr Kleid aus und klopfte sich den Staub von den Handflächen.
»Warum hast du geweint?«, fragte Sarita. »So vertraut wart ihr doch nicht.«
»Ich musste an meinen Vater denken.«
Sarita sah sie forschend an, wirkte, als habe sie etwas erblickt, das sie zufriedenstellte, sie aber nicht enthüllen würde, und machte sich schweigend mit ihr auf den Weg zurück zu Amelia.

Katrina starrte an den Betthimmel, während sie Aidans ruhigen Atemzügen lauschte. Sein Kopf lag an ihrer Schulter und ihre Wange an seinem Haar. Sie spürte, wie sich seine Brust hob und senkte, wie sein Atem über ihren Hals strich. Ihre Hand lag an seinem Nacken, die Fingerspitzen berührten sein Haar, und zögernd hob sie die andere Hand, um mit dem Rücken ihrer Finger über seinen Wangenknochen zu streichen. Behutsam strich sie über seine Wange bis zu seinem Hals, ließ ihre Hand über seinen Arm gleiten, folgte den Konturen seiner Rippen, malte mit den Fingerspitzen Erhebungen und Senkungen seines Rippenbogens nach. Bald waren sie drei Jahre verheiratet, so lange, wie ihre und Stephens Ehe gedauert hatte.
Während sie über Aidans Rücken strich, bemerkte sie, dass sich seine Atmung verändert hatte, und sie neigte den Kopf, um in sein Gesicht zu sehen. Er hatte die Augen geöffnet und beobachtete sie so wie sie ihn. Langsam richtete er sich auf, ohne den Blick von ihr zu nehmen, dann senkte er den Kopf und küsste sie. Katrina legte beide Hände um sein Gesicht, zog ihn näher an sich, und als er sich von ihr löste, berührte sie seine Augenlider, Brauen, Schläfen. Die Dinge schienen sich zu verändern, während sie in seine Augen sah, deren von dunklen Wimpern

umkränztes Grau ihr so vertraut geworden war. Sie selbst fühlte sich unter seinen Blicken plötzlich verletzlich, und die Nähe zu ihm schien ihr weit über ihre Körperlichkeit hinauszugehen. Aidans Augen waren unverhüllt, wirkten zunächst forschend, dann erschüttert, als sehe er Dinge, die ihn bestürzten und auf die er keine Antwort wusste. Er senkte die Lider, und der Bann war gebrochen.

»Ich reise demnächst in den Norden«, sagte er.

Obwohl er sie nach wie vor hielt und sein Körper an ihrem lag, wurde Katrina kalt. »Du warst doch gerade erst weg.«

»Das war vor beinahe acht Monaten.« Er musste ihr Erstarren bemerken, denn seine Hände rieben sanft über ihre Schultern.

Katrina sah ihn aus geweiteten Augen an. »Hältst du es so schlecht daheim aus?«

Es war wie jedes Mal, wenn er ihr nicht antworten wollte, dieses Verschließen seines Gesichts, das vorsichtige Zurückziehen. »Das hat damit nichts zu tun.«

»Ach nein?« Katrina richtete sich auf und brachte ihn damit auf Abstand. »Und wenn ich nicht möchte, dass du fährst?«

»Ich reise nicht allein, sondern treffe in Kalkutta auf einen Freund. Abzusagen, ist mir nicht möglich.«

»Ah, ich verstehe. Mit mir darüber zu reden, ehe du die Vereinbarung mit deinem Freund getroffen hast, war dir offenbar auch nicht möglich.«

Aidan antwortete nicht.

»Du warst in Darjeeling und in etlichen anderen Anbaugebieten, du hast mit verschiedenen Teehändlern gesprochen – so langsam muss es doch gut sein mit dem Herumreisen.«

»Ich werde es nie gänzlich bleiben lassen können.«

»Als wir geheiratet haben, hast du mir gesagt, mit dem Herumtreiben sei Schluss.«

»Erstens«, sagte Aidan kalt, »treibe ich mich nicht herum. Zweitens kann ich mich an dergleichen Zusagen nicht erinnern.«

Katrina wickelte sich in ihre Decke und zog die Knie an. »Ich habe es für selbstverständlich gehalten. Gut, vielleicht hast du mich und Caleb nicht als vollwertige Familie angesehen, aber jetzt ist Mariana da. Oder reicht das auch noch nicht, weil sie kein Sohn ist?«

»Du weißt, dass du und Caleb meine Familie seid und dass ich Mariana nicht mehr lieben könnte, wenn sie ein Sohn wäre.«

Katrinas Blick fiel auf die Narbe an seinem rechten Oberarm. Noch vor einer Stunde hatte sie ihre Lippen auf diese Stelle gepresst. Plötzlich war sie froh, dass Aidan kurz zuvor den Blickkontakt abgebrochen hatte. Ansonsten hätte sie vielleicht durch irgendeine Geste oder ein Wort zu erkennen gegeben, wie es um ihre Gefühle stand. Sie hatte das erhalten, was sie damals vereinbart hatten: seinen Namen mit der Sicherheit, die dieser mit sich brachte, ein Zuhause für Caleb, den sie auf diese Weise Stephens Zugriff zu entziehen hoffte, und ihre Freiheit. Aber all das reichte auf einmal nicht mehr – ihr zumindest nicht. Aidan hingegen schien mit dem Erreichten recht zufrieden zu sein: eine Teeplantage, eine Frau, die sein Bett teilte, und die Freiheit, zu kommen und zu gehen, wann es ihm passte.

Sie sah ihn mit so viel Kühle an, wie sie aufbringen konnte. »Nun«, sagte sie, »dann geh doch. Mir ist es gleich.«

Für einen Moment vermeinte sie, Bestürzung in seinem Gesicht zu erkennen, aber sie wandte sich ab, noch ehe sie den Anblick greifen konnte.

# 24

## Ootacamund, Mai 1878

Gillian hatte wieder Quartier in der Herberge bezogen, die sie und Brian damals bewohnt hatten. Mit der Wirtin hatte es dieses Mal, entgegen ihrer Befürchtungen, keinen Ärger gegeben. Entweder erinnerte sich die Frau nicht mehr an sie, oder aber es war ihr mittlerweile egal, solange sie Geld verdienen konnte, zumal die Herberge nun in einem noch schlechteren Zustand war als drei Jahre zuvor.

Inzwischen waren beinahe alle Ersparnisse aufgebraucht. Sie hatte die wenigen Geschenke, die Ingram ihr gemacht hatte, verkauft, aber nicht sonderlich viel Geld dafür erhalten. Einen vollen Monat hatte sie noch in ihrem alten Zimmer leben können, dann jedoch hatten die Marks' jemanden gefunden, der ihre Stelle übernahm, und sie hatte gehen müssen. Um die Miete zahlen zu können, sparte sie am Essen, was dazu führte, dass sie in den letzten drei Monaten abgenommen hatte. Sie war immer schon schlank gewesen, aber jetzt waren ihr ihre Kleider zu weit, und wenn sie sich morgens in dem kleinen, fast blinden Spiegel ansah, kam sie sich vor wie ein magerer Vogel, der sich in eine Gegend verirrt hatte, in die er nicht gehörte.

Als Gillian am späten Nachmittag zurückkam, fror sie, obwohl es ein warmer Maitag war. Sie war erschöpft und zog ihre Stola enger um ihre Schultern. Wieder hatte sie keine Arbeit gefunden. Einer von Ingrams Freunden von jenem Abend war ihr begegnet und hatte sie kurz in ein Gespräch verwickelt. Als er herausbekam, wie es um sie stand, bot er ihr Geld an gegen gewisse Dienste ihrerseits, was Gillian rundheraus ablehnte. Ehe es so weit kam, würde sie lieber verhungern. Allerdings, so dachte sie, war das mit dem Stolz und dem Hunger so eine Sache, und sie wusste nicht, wie standhaft sie war, wenn sie wirklich einige Tage nichts mehr zu essen hatte.

Den Blick auf den Boden gerichtet, ging sie die letzten paar Meter bis zur Herberge. Fuhrwerke fuhren ratternd vorbei, Pferde schnaubten, hinter ihr stritten zwei Männer, ein Kind heulte. Gillian wusste, dass Charles Ramsays Kontor gegenüber der Herberge war, und weil es ihr zu peinlich gewesen wäre, wenn er sah, wie sie lebte, achtete sie beim Verlassen der Herberge darauf, dass er nicht auf der Straße war. Bei ihrer Rückkehr blieb sie immer kurz stehen, und wenn er nicht zu sehen war, ging sie rasch die letzten paar Schritte zu ihrer Unterkunft.

An diesem Tag jedoch war sie nachlässig und bemerkte den schwarzen Zweispänner erst, als er auf einer Höhe mit ihr war. Aufgeschreckt aus ihren trüben Gedanken, sah Gillian auf, als sie Charles Ramsay ihren Namen sagen hörte. Am liebsten wäre sie vor Verlegenheit im Boden versunken – nur zu bewusst war ihr ihr abgezerrtes Aussehen, das zu weite Kleid mit dem von der Straße staubigen Saum.

Charles ließ seinen Kutscher anhalten und musterte sie.

»Mr. Ramsay«, sagte sie leise, »wie geht es Ihnen?«

»Mir geht es gut, aber ich fürchte zu meinem Bedauern, dasselbe lässt sich nicht von Ihnen behaupten.« Er stieg aus und gab Anweisung, mit der Kutsche vor sein Kontor zu fahren. »Wie ist es Ihnen ergangen?«

Gillian zuckte die Schultern, gab aber keine Antwort, weil sie weder jammern noch lügen wollte.

»Wo wohnen Sie?«

»Hier, in der Herberge.« Gillian umschlang ihren Oberkörper, und ihre Hände verkrampften sich.

Für einen kurzen Augenblick war Charles' Blick unverhüllt mitleidig, aber er hatte sich schnell wieder im Griff. »Ich habe Sie hier noch nie gesehen, Sie wohnen meinem Kontor ja gleich gegenüber.«

»Ich«, Gillian räusperte sich, »ich bin tagsüber meist auf der Suche nach Arbeit.«

»Entnehme ich Ihrem Ton zu Recht, dass die Suche bisher erfolglos war?«

Aufmerksam forschte Gillian in seinem Gesicht nach Spuren von Häme oder Herablassung, konnte aber nichts außer distanzierter Anteilnahme erkennen. Sie berührte mit der Zungenspitze flüchtig die Lippen. »Das ist richtig, bisher bin ich in der Tat nicht erfolgreich gewesen.«

Ein Hund schnüffelte im Straßengraben, sah sie kurz aus gelben Augen an und trottete weiter.

»Warum interessiert Sie das?«, fragte Gillian.

»Nun, mein Schwager ist gewissermaßen, wenn auch ungewollt, schuld daran, dass Sie nun ohne richtiges Zuhause und Einkommen sind, und ich gehe vermutlich recht in der Annahme, dass er keine Hilfe angeboten hat, richtig?« Gillians Schweigen reichte ihm offenbar als Antwort. »Wie die Dinge nun einmal liegen, fühle ich mich gewissermaßen, hm, verantwortlich.«

Gillian kaute auf ihrer Unterlippe, dann sagte sie: »Das sind Sie nicht. Es … ich hätte vielleicht weniger leichtgläubig sein sollen.«

Zu höflich, um diesen Einwand zu kommentieren, schwieg Charles einen kurzen Augenblick. »Wie dem auch sei«, nahm er das Gespräch schließlich wieder auf, »wenn Sie möchten, kann ich mich umhören. Ich glaube, im St. Bartholomew werden immer mal wieder Krankenschwestern gesucht.«

»Das ist … aber ich habe überhaupt keine Erfahrung mit Krankenpflege.«

Ein flüchtiges Lächeln spielte um Charles' Mundwinkel. »Dasselbe möchte ich von einigen dort tätigen Krankenschwestern behaupten.« Er taxierte sie. »Die Arbeit ist natürlich nicht unbedingt sauber, und Sie werden mit allen Arten von Krankheiten zu tun haben.«

Gillian wusste, dass sie dieses Angebot nicht gut ablehnen konnte, auch wenn der Gedanke an eiternde Wunden und den Geruch nach Krankheit in ihr Übelkeit auslöste. Sie war jedoch vernünftig genug, einzusehen, dass ihr nicht viele Möglichkeiten offenstanden – im Grunde genommen gar keine. Dennoch fragte sie sich, warum er ihr helfen wollte. War es wirklich wegen Aidan? Oder wirkte sie so bemitleidenswert? Sie neigte den Kopf. »Ich bin Ihnen sehr dankbar«, murmelte sie.

»Ich schicke Ihnen morgen eine kurze Nachricht.« Dann, als falle es ihm erst im Nachhinein ein: »Sie können doch lesen?«

Hitze stieg Gillian ins Gesicht. »Natürlich.«

»Gut, dann hören Sie von mir.« Mit einem knappen Gruß verabschiedete er sich und ging über die Straße zu seinem Kontor.

Gillian zog die Stola enger um die Schultern und fühlte plötzlich umso deutlicher, welcher Gesellschaftsklasse sie angehörte. Es gab Frauen, die konnten dergleichen durch Schönheit, Witz und Geist ausgleichen – Vorzüge, die sie nicht besaß. Eine tiefe Mutlosigkeit bemächtigte sich ihrer. In Gegenwart von Charles Ramsay mit seiner gediegenen Eleganz und der kultivierten Art, zu sprechen, war sie sich ihrer eigenen Unzulänglichkeit nur zu bewusst.

*

Ehe Charles am kommenden Nachmittag erneut in sein Kontor aufbrach – er war nur kurz daheim gewesen, um zu essen –, machte er einen seiner seltenen Abstecher ins Spielzimmer seiner Töchter. Er war vormittags im St.-Bartholomew-Hospital gewesen, und weil man dort über jede helfende Hand froh war, hatte man seinem Anliegen nur zu gern entsprochen. Danach hatte er einen seiner Angestellten über die Straße geschickt, um Gillian McEwan sein kurzes Schreiben auszuhändigen.

Als er das Kinderzimmer betrat, sahen sowohl die Mädchen als auch die beiden *Ayahs* und die Gouvernante auf. Charles nickte den Frauen grüßend zu und ging zu dem Tisch, an dem seine neunjährige Tochter saß und an einer Karte zeichnete. Die rote Tinte, mit der sie die Linien zeichnete, war noch feucht, und in ihrer Aufregung, ihrem Vater die Karte zu zeigen, verschmierte sie eine Ecke.

»Das ist London«, erklärte sie ernsthaft und sah ihn erwartungsvoll an. Charles' Blick fiel auf die einfach gezeichnete Vorlage, und er strich dem Mädchen über das sorgsam gescheitelte und zu zwei Zöpfen geflochtene Haar.

»Ist das deine Hausaufgabe?«, fragte er.

»Ja«, krähte seine sechsjährige Tochter hinter ihm. »Jessamyn war zu langsam, ich bin schon lange fertig mit meinen Sachen.«

»Das bist du nur, weil deine Sachen Kinderkram sind«, verteidigte sich die Ältere.

»Nicht streiten, Kinder«, rief die Gouvernante dazwischen, und folgsam schwiegen die beiden Mädchen.

Charles legte seiner ältesten Tochter kurz die Hand auf die schmale Schulter, dann wandte er sich zu der Sechsjährigen um, die auf dem Boden saß und mit Puppen spielte.

»Sieh mal, Papa«, rief die Kleine und hielt eine porzellangesichtige Puppe hoch. »Die hat Mama mir gestern geschenkt. Sie kommt aus Paris, sagt sie.«

Charles lächelte, und von seiner Aufmerksamkeit ermutigt, zählte das Mädchen ihm die Namen aller Puppen auf, die um sie herumlagen. Er sah auf den hellen Schopf des Mädchens, ebenso gescheitelt und in Zöpfe geflochten wie das Haar der Ältesten. Gelegentlich kam Caleb zum Spielen, und obwohl er und seine zweitälteste Tochter beinahe gleich alt waren, konnten sie nicht viel miteinander anfangen. Zudem schien es, als sei Cynthia der Kontakt nicht recht.

Sein Blick fiel auf die Kleinste, die zwei Jahre und drei Monate alt war und am anderen Ende des Zimmers stand, wo sie versuchte, auf ein Schaukelpferd zu klettern. Eine der *Ayahs* stand auf, hob sie darauf und hielt sie fest, während sie hin- und herschaukelte. Dieses Zimmer, dachte Charles mit aufkeimendem Entsetzen, war ein Hort der Langeweile – genau das, wozu seine Töchter erzogen wurden. Er hatte keinen Anteil an ihrer Entwicklung, Cynthia hatte ihn von Anfang an davon ferngehalten, und er hatte seinerseits nie den Versuch gemacht, daran etwas zu ändern.

Während er seine Töchter ansah, bemerkte er, dass er kaum Empfindungen für sie hatte. Es waren seine Kinder, und er brachte ihnen eine gewisse Vaterliebe entgegen, aber mehr nicht. Für einen Moment war ihm, als sähe er sie vor sich, wie sie in zehn Jahren sein mochten: drei weitere junge Frauen, die die Gesellschaft langweilten oder sich von ihr langweilen ließen. Hätte er Cynthia widerstehen und sich mehr um die Mädchen kümmern sollen? Aber Erziehung, insbesondere die von Töchtern, war doch Frauensache, oder nicht? Dann fiel ihm sein Vater ein, der mit Katrina stundenlang durch die Teegärten gegangen war. Hatte sein Vater das Interesse seiner Tochter an Tee geweckt, oder war es Katrina gewesen, die zu ihrem Vater gekommen war? Er konnte sich beim besten Willen nicht mehr daran erinnern.

Seine jüngste Tochter schaukelte nach wie vor auf dem Pferd. Wie würde sie reagieren, wenn er sie einfach nahm und durch die Teegärten trug? Oder was wäre, wenn er die Älteste zu einem Spaziergang einlud? Und wenn es ihr gefiel, würden die anderen beiden sich zurückgesetzt fühlen?

Er wusste selbst nicht, warum ihn das plötzlich bekümmerte. Vielleicht, weil ihm beim Anblick von Gillian McEwan am Tag zuvor klar geworden war, wie verletzlich eine Frau in dieser Gesellschaft war. Nicht einmal Katrina hatte man davor bewahren können, dabei hatte sie die besten Voraussetzungen gehabt: eine gute Erziehung, eine angesehene Familie und schließlich eine scheinbar untadelige Heirat. Was, so fragte sich Charles, wäre, wenn eines seiner Mädchen in Schwierigkeiten geriet, er für sie ein Fremder war und keine Person, der sie ihr Vertrauen schenkte? Immerhin hatte Katrina den Rückhalt durch ihren Vater gehabt. Aber wie würde er selbst reagieren, wenn so etwas einer seiner Töchter passierte? Er war sehr ungnädig mit Katrina verfahren, sobald der Verdacht entstanden war, sie könne sich in der Öffentlichkeit falsch verhalten haben. Aber auch er war an die gesellschaftlichen Konventionen gebunden und konnte sie nicht so ohne weiteres abschütteln. Wieder blickte er seine Töchter an, die auf dem besten Wege schienen, so zu werden wie ihre Mutter, und er sah nicht die geringste Möglichkeit, daran etwas zu ändern.

Als er auf den Flur trat und die Tür zum Kinderzimmer hinter sich schloss, kam ihm Cynthia entgegen, die Hände auf ihrem Bauch, der bisher noch nichts davon verriet, dass sie wieder guter Hoffnung war. Allein die Konsequenz, mit der sie Charles ihr Schlafzimmer verboten hatte, ließ auf ihren Zustand schließen. Nun stand sie vor ihm und sah ihn erstaunt an.

»Du hast mir nicht gesagt, dass du zu den Mädchen gehst.«

»Ich wusste nicht, dass ich Besuche bei unseren Töchtern vorher bei dir anmelden muss.«

»Es gibt keinen Grund, ungehalten zu werden. Was wolltest du bei ihnen?«

Ärger, gepaart mit Abneigung, kroch in ihm hoch. »Brauche ich einen Grund, unsere Kinder zu sehen?«

»Nein, aber …«

»Dann ist es ja gut. Was machen sie eigentlich den ganzen Tag? Wenn sie nicht gerade lernen oder in ihrem Kinderzimmer spielen?«

Cynthia war sichtlich verwirrt. »Einmal am Tag gehen sie mit der Gouvernante eine halbe Stunde lang spazieren.«

»Und sonst?«
»Was soll das werden, Charles?«, fragte Cynthia unwirsch. »Hältst du mich auf einmal für unfähig, meine Kinder zu erziehen?«
*Meine* Kinder. Charles hatte die feinen Unterscheidungen und Nuancen nie bemerkt, wenn es um ihre Töchter ging. »Lernen sie reiten?«, fragte er.
»Dafür ist es noch zu früh.«
»Das denke ich nicht. Eine Dame sollte es können, und je früher sie damit anfängt, umso sicherer sitzt sie im Sattel. Ich werde mich morgen auf die Suche nach einem Lehrer machen, der sie täglich eine Stunde unterrichtet.«
Zwei rote Flecken erschienen auf Cynthias Wangen – einstmals hatte er das entzückend gefunden, nun jedoch stieß ihn der Anblick ab. »Die Mädchen haben sich zuerst auf ihre gesellschaftlichen Pflichten vorzubereiten«, widersprach Cynthia erregt.
»Das können sie gerne tun, ich sprach ja lediglich von einer Reitstunde am Tag, nicht wahr?«
»Und was ist, wenn sie Angst haben vor Pferden?«
»Woher sollten sie die haben? Ist etwas passiert, von dem ich nichts weiß?«
»Natürlich nicht!« Cynthia sah zur Tür des Kinderzimmers. Man konnte förmlich sehen, wie es in ihr arbeitete.
»Solltest du die nächsten Tage nutzen, den Mädchen irgendwelche Ängste vor dem Reiten einzureden, werde ich davon erfahren, Cynthia, und ich glaube, was dann geschieht, sollten wir uns beiden ersparen.«
»Drohst du mir?«
»Nenn es, wie du willst.« Charles zuckte die Schultern und wandte sich zum Gehen.
»Was ist nur in dich gefahren?«, schrie Cynthia. »Mich aufzuregen, und das in meinem Zustand!«
Charles sah ungerührt auf ihren Bauch. »Um in der Gesellschaft

fleißig auszuteilen, geht es dir ja offenbar gut genug, warum also nicht, um auch mal einzustecken.« Damit drehte er sich um und ging.
Auf dem Weg zu seiner Kutsche kam ihm Gillian McEwan wieder in den Sinn. Sie strahlte eine eigentümliche Sinnlichkeit aus, nicht auf die herkömmliche Art – ihre Figur war eher schlank als üppig, und ihre Kleidung, die alles andere als aufreizend war, schien keiner ihm bekannten Mode zu folgen. Es war ihr Mund, der fesselte, sowie ihre Art, die Augenlider zu senken, wenn er sie ansprach, was keineswegs kalkuliert wirkte, sondern scheu – mehr als es in Anbetracht ihres Lebenswandels zu erwarten war. Cynthia neigte ebenfalls dazu, den Blick zu senken, wenn sie etwas besonders Skandalöses erzählte und den Anschein erwecken wollte, es sei ihr unangenehm. Er hatte gelernt, diese Geste zu hassen, umso mehr wunderte es ihn, wie sehr sie ihm auf einmal in ihrer Ungekünsteltheit gefiel.
Gedankenverloren bestieg er seine Kutsche und sah noch einmal kurz zum Haus. Ein Gefühl von Wohlbehagen stellte sich schon seit langem nicht mehr ein. Offenbar war Katrina nicht die Einzige, die seinerzeit mit der Wahl des Ehepartners gründlich danebengegriffen hatte.

*

Als Aidan sein Gepäck auf den Weg gebracht hatte, war Katrina klar gewesen, dass es ihm wirklich ernst war mit der Reise. Er handhabte es für gewöhnlich so, dass er Gepäck nach Kalkutta schickte und sich dann mit Granat auf den Weg machte. Das Gepäck ließ er in Kalkutta zwischenlagern und holte es dann dort ab.
Am Tag seiner Abreise ging Katrina ihm aus dem Weg. Sie wollte ihn weder sehen noch sprechen, zu sehr nagte der Unmut an

ihr, weil er trotz ihres Widerwillens reiste. Zudem hatte sie diesmal ein ungutes Gefühl bei der Sache, aber als sie das am Vorabend zur Sprache gebracht hatte, war Aidan lediglich mit einigen nichtssagenden Worten darüber hinweggegangen. Sie verhielt sich seit seiner Eröffnung, er werde bald wieder verreisen, recht kühl ihm gegenüber, und das behagte ihm nicht.

Während sie in ihrem Arbeitszimmer saß und blind auf die Bilanzen starrte, hörte sie ihn in der Halle mit dem *Khansana* reden. Kurz darauf waren Schritte zu hören, und Aidans Stimme, die eben noch energisch geklungen hatte, war nun so sanft und leise, dass sie sie kaum verstand. Sie stand auf und ging in die Halle, wo Aidan mit Mariana auf dem Arm stand. Er war reisefertig und hatte sich das Kind offenbar bringen lassen, um sich zu verabschieden. Ohne ein weiteres Wort ging Katrina an ihm vorbei in den Salon.

Es dauerte nicht lange, bis Aidan ihr folgte.

»Wird es nicht langsam Zeit, dass du aufhörst zu grollen?«, fragte er.

»Es wäre von deiner Seite aus nicht viel nötig gewesen, es gar nicht erst dazu kommen zu lassen.«

Aidan seufzte entnervt. »Du erwartest wohl nicht, dass ich das jetzt noch mit dir erörtere?«

»Keineswegs. Ich hätte erwartet, dass du auf meine Wünsche Rücksicht nimmst.«

»Ich habe dir gesagt, die Reise ist seit längerem geplant.«

Ohne eine Antwort zu geben, drehte Katrina ihm den Rücken zu und verschränkte die Arme vor der Brust.

»Wenn ich wieder zurück bin, bleibe ich für länger«, versprach Aidan.

»Wie großzügig von dir.«

Sie hörte seine Schritte, als er näher kam, dann legten sich seine Hände warm um ihre Schultern. »Sei mir nicht böse«, sagte er leise.

Als Katrina keine Antwort gab, ließ er sie los. »Ich muss jetzt gehen.«
Sie nickte lediglich.
»Katrina, wir sehen uns jetzt eine ganze Weile nicht. Willst du dich nicht wenigstens von mir verabschieden?«
Stoisch schwieg sie weiterhin und widerstand der Versuchung, sich zu ihm umzudrehen. Einige Sekunden lang blieb er hinter ihr stehen, dann drehte er sich um, und seine Schritte entfernten sich, schnell, ohne innezuhalten. Kurz darauf fiel die Tür mit einem Knall ins Schloss.
Katrina zog die Schultern hoch und schloss die Augen. Hitze sammelte sich hinter ihren Lidern, und Tränen quollen dazwischen hervor. Sie war versucht, hinter Aidan herzulaufen, ihn zu umarmen und ihn zu bitten, nicht fortzugehen, aber sie wusste, das hätte keinen Sinn. Vor dem Fenster hörte sie Hufgetrappel, und zögernd trat sie näher, um in den Hof zu sehen. Aidan hielt Granat am Zügel und stieg auf. Er wusste, dass sie ihn vom Fenster des Salons aus sehen konnte, aber er drehte sich nicht um. Nachdem er einige Worte mit dem Stalljungen gewechselt hatte, ritt er vom Hof. Es dauerte nicht lange, bis er außer Sichtweite war, und Katrina wurde mit einem Mal bewusst, dass sie ihn nicht ohne Abschied hätte gehen lassen dürfen.

# 25

## Kalkutta, Juni 1878

Wasser wirbelte in kleinen Strudeln auf, während das Schiff über den Hugli glitt, vorbei an Ufern, die bunt waren von Menschentrauben. Stufen führten vom Wasser aus zu Tempeln hinauf, und an den Ghats vor den Häusern, deren hohe steinerne Wände bis auf halbe Höhe fensterlos waren, lagen schmale lange Boote vertäut. Rotgolden brach sich das Licht der Spätnachmittagssonne auf der Wasseroberfläche.

Ashley stand am Steuerbord des Schiffes, strich mit den Fingern über das polierte Holz der Reling und sah aufs Wasser. Feine Tropfen, die vom Bug des Schiffes aufgewirbelt wurden, verfingen sich in ihren Wimpern und ihrem Haar. Ein breitkrempiger Hut schützte ihr Gesicht vor der sengenden Sonne. Nach einer Weile fuhr sie sich mit ihrer behandschuhten Hand vorsichtig über die Augen, blinzelte den Rest Nässe weg und machte einen Spaziergang über das Deck. Das Schiff gehörte einem Freund ihres Vaters, und gelegentlich ließ sie sich zu einer kleinen Spazierfahrt überreden, zusammen mit ihrem Vater, Robin und dessen *Ayah*. Ihre Mutter wäre ebenfalls gerne mitgekommen, wurde aber beim kleinsten Schaukeln seekrank.

Sie sah Robin auf pummeligen Beinen über das Deck laufen, hinter ihm seine *Ayah*, die aufpasste, dass er seinen weißen Matrosenanzug mit dem blauen Kragen nicht schmutzig machte. Ashley lächelte bei seinem Anblick, und ihre Brust zog sich ein wenig zusammen. Er war ihr ähnlich, nur die blonden Haare waren die Nicolas'. Dennoch fühlte sie sich oft an ihren Mann erinnert, wenn sie ihren Sohn ansah, und nicht selten meldete sich dabei das schlechte Gewissen wie ein Nadelstich.

Der Brief, den er ihr geschickt hatte, war im Gegensatz zu seinen sonstigen in einem Befehlston geschrieben, der nichts mehr mit dem sanften Ton seiner vorherigen Episteln zu tun hatte. Hinzu kam, dass er ihr von Aidan hatte ausrichten lassen, sie möge seiner im Brief formulierten Bitte Folge leisten – wobei Ashley keinen Moment daran zweifelte, dass Aidan die Nachricht ein wenig umformuliert hatte, um ihr die Schärfe zu nehmen. Sie wusste, wie sehr Nicolas unter ihrer Abwesenheit leiden musste, damit er so weit ging, dennoch zögerte sie, zurückzufahren. Sicher, auch hier war sie vor dem Tratsch nicht sicher, aber in Ooty erschien es ihr ungleich schlimmer. In Kalkutta hatte man immer noch einen gewissen Respekt vor ihrem Vater.
Ihre Brüder waren außer sich gewesen vor Zorn und hätten Ingram Frazer am liebsten eigenhändig den Hals umgedreht, während ihr Vater sich große Vorwürfe machte. Allein Ashleys Mutter war ruhig und besonnen geblieben, obwohl die Ursache, die die Tochter zurück in die Arme der Familie getrieben hatte, sie sehr betrübte.
Angus Morgan trat nun ebenfalls an Deck, tupfte sich die Stirn mit einem Taschentuch ab, das er nachlässig gefaltet wieder verstaute. Er war ein schlanker Mann, dessen beinahe völlig ergrautes Haar sich über der Stirn lichtete. Die Hitze setzte ihm sichtlich zu, dennoch lagen in seinen Bewegungen eine Eleganz und Dynamik, als sei ihm bewusst, dass ein Mann seiner Position keine Schwäche zeigen durfte.
Ashley blieb an der Reling stehen und wartete, bis er sich zu ihr gesellte. »Wann legen wir an, Papa?«, fragte sie.
»Wann du möchtest, mein Kind. Ist dir langweilig?«
»Es ist immer dasselbe, Tag für Tag. Ich glaube, ich bin zu unruhig dafür.«
»Du solltest zurückkehren zu deinem Mann.«
Schweigend blickte Ashley auf das vorbeigleitende Ufer. Ein

*Sadhu* in einem Lendenschurz saß auf einer der untersten Gangesstufen und sah aufs Wasser, unbeeindruckt von dem Trubel, der sich hinter ihm abspielte.

»Kann Nicolas sich nicht hierher versetzen lassen?«, fuhr Angus Morgan fort.

»Du weißt, dass das nicht geht.«

»Wie sieht es aus mit einer anderen *Hill Station*?«

Ashley legte beide Hände flach auf die Reling. »Papa, selbst wenn wir nach England gingen oder nach Afrika – es ist gleichgültig, an welchen Ort im Empire –, früher oder später würde uns die Geschichte folgen.«

»Ich ... es tut mir so leid.«

Weil sie es nicht ertragen konnte, ihren Vater, den sie stets als imposante Persönlichkeit gekannt hatte, so gebrochen zu sehen, streckte sie die Hand aus und legte sie über seine. »Irgendwie wird es sich fügen.« Ihre Stimme klang sanft.

»Mr. Frazer hat mir mehrmals geschrieben und sich für seinen Sohn entschuldigt«, sagte er, wie schon so viele Male zuvor. »Wir kennen uns so lange, nie hätte ich gedacht ...«

»Ich weiß.« Sie zwang sich zu einem Lächeln. »Mach dir bitte keine Gedanken mehr.«

Aber sie konnte an seiner gefurchten Stirn sehen, dass Angus Morgan weit davon entfernt war, sich keine Gedanken zu machen. Seit sie nach Kalkutta gekommen war, schien ihr, als sinke er von Tag zu Tag mehr in sich zusammen und als verlange die Haltung, die er sich auferlegte, immer mehr Kraft von ihm.

»Du warst mir anfangs sehr böse, Ashley, das weiß ich.«

»Ich war dir böse, weil du es mir erzählt hast und ich meine Ehe mit einem Geheimnis beginnen musste. Es vor Nicolas zu verbergen, ist mir nicht immer leichtgefallen, oft war es sogar ausgesprochen schwierig. Er hat gemerkt, dass etwas nicht stimmt, und ...« Sie verstummte. Dass sie alles getan hatte, um keine

Kinder zu bekommen, war zu persönlich und intim, um es in Gegenwart ihres Vaters auszusprechen.
Angus Morgan sagte nichts mehr. Zu oft hatten sie über das Thema gesprochen, immer und immer wieder war dasselbe gesagt worden, und trotz ihrer Beteuerungen, sie trage ihm nichts nach und grolle ihm nicht, lasteten seine Schuldgefühle wie ein Stein auf ihm.
»Lass uns zurückfahren, Papa«, bat Ashley.
Beinahe schien es, als sei er froh über die Bitte seiner Tochter. Er legte ihr einen flüchtigen Moment lang die Hand an die Wange, dann ging er, um dem Kapitän Bescheid zu geben.

Aidan stand an der Anlegestelle und wartete bereits seit über einer Stunde auf die Rückkehr des Schiffes. Ihm war heiß, die Menschen um ihn herum schubsten und drängelten, und einmal wäre er beinahe ins Wasser gestoßen worden, das schlammig gegen die Kaimauer schwappte. Übellaunig beobachtete er das vor Anker gehende Schiff und kniff die Augen leicht zusammen, um auf die Entfernung erkennen zu können, ob es das Schiff von Mr. Morgans Freund war, auf dem Ashley des Öfteren unterwegs war. Beiboote wurden herabgelassen, und beim Näherrudern erkannte Aidan Ashley, Angus Morgan, Robin und dessen *Ayah*. Robin war unruhig und zappelig, und mehr als einmal musste er festgehalten werden, damit er nicht über den Bootsrand fiel.
Aidan bahnte sich einen Weg durch das Gedränge und trat auf den Bootssteg. Der junge Matrose, der das Boot ruderte, warf die Leine ans Ufer, wo sie jemand auffing und vertäute. Mr. Morgan stieg aus und half erst seiner Tochter und dann seinem Enkelkind an Land. Ashley schüttelte ihr helles Kleid aus, rückte den Hut zurecht und war im Begriff, über den Steg an Land zu gehen, als sie Aidan sah und kurz erstarrte.
»Guten Tag, Ashley«, sagte er, dann grüßte er Mr. Morgan, der den Gruß knapp erwiderte.

»Was führt Sie hierher, Captain Landor?«, fragte er. »Man könnte beinahe den Eindruck bekommen, Sie hätten auf uns gewartet.«
»Das ist richtig. Ich würde gerne einen Moment mit Mrs. Allenger-Brown reden.« Er sah Ashley an und bot ihr seinen Arm.
Zögernd und sichtlich irritiert, legte sie die Hand darauf und ließ sich von ihm über den Bootssteg führen.
»Sollen wir in der Kutsche auf dich warten?«, fragte Angus Morgan seine Tochter.
»Ich bringe sie nach Hause«, erbot sich Aidan.
Ashley nickte, als ihr Vater sie fragend ansah, und verabschiedete sich.
Rikschas drängten sich auf den Straßen, einige magere Ziegen liefen herum, verfolgt von einem Jungen, der sichtlich überfordert damit war, sie zusammenzuhalten. Bettler, Frauen in bunten Saris, Hausdiener in heller Kleidung, die Besorgungen für ihre Sahibs tätigten, und Kutschen wohlhabender Engländer bestimmten das Straßenbild. Wie eine gläserne Glocke hing die Hitze über der Stadt, und Aidan dachte, dass jeder, der noch klar bei Verstand war, die Sommermonate nutzen sollte, um in die Sommerresidenzen von Simla zu ziehen.
Nachdem Aidan sie aus dem Gedränge herausgeführt hatte, ließ Ashley seinen Arm los und sah ihn erwartungsvoll an.
»Nicolas hat mir geschrieben«, sagte er. »Ich soll dich an seinen Brief erinnern.«
Für einen Augenblick flammten Unglauben und Wut in Ashleys Augen auf, dann verschloss sich ihr Gesicht. »Darf ich fragen, warum Nicolas es für angeraten hält, dich mit unseren häuslichen Dingen zu beauftragen?«
»Nun, vermutlich aus demselben Grund, aus dem Katrina dich bereits mit meinen häuslichen Angelegenheiten beauftragt hat.«

»Das hat sie getan, weil du nicht auffindbar warst und sie sich keinen Rat wusste.«
»Ach? Und inwiefern liegen die Dinge nun anders?«
»Nicolas weiß, wo ich bin, er kann mir jederzeit schreiben.«
Aidan sah sie in gespieltem Erstaunen an. »Daraus schließe ich, du hast seinen Brief beantwortet. Vermutlich befindet er sich noch auf dem Postweg?«
»Das geht dich überhaupt nichts an«, fauchte Ashley, in deren Gesicht sich nur zu gut ablesen ließ, dass sie die Antwort noch nicht einmal verfasst hatte.
»Ich bin lediglich Überbringer der Botschaft, Ashley. Was du damit tust, ist deine Sache. Ich würde dir allerdings raten, die Angelegenheit nicht noch länger auszureizen und heimzureisen.«
»Das sagst gerade du mir? Du bist damals abgereist, während Katrina schwanger war, und auch nun wieder, obwohl dein Kind noch kein Jahr alt ist.«
Aidan stemmte die Hände in die Hüften. »Es geht hier gerade nicht um mich. Es ist nicht meine Ehe, die auf der Kippe steht.«
Schlagartig wich Ashley alle Farbe aus dem Gesicht. »Was sagst du da?«
Es tat Aidan leid, ihr so zuzusetzen, aber andererseits hielt er dies für die beste Möglichkeit, sie zur Rückkehr zu bewegen. »Die Leute spekulieren bereits darüber, ob eure Ehe am Ende ist. Einige denken, du hättest Nicolas verlassen, andere wiederum vermuten, er hätte dich verstoßen und Robin gleich mit. Außerdem wird er bereits wieder von Müttern umworben, die in ihm eine glänzende Partie für ihre Töchter sehen.«
Ashleys Lippen zitterten leicht. »Davon hat er mir nichts geschrieben.«
»Dich mit etwas Derartigem unter Druck zu setzen, ist nicht seine Art. Daher tue ich es jetzt.«

»Denkst du …«, sie schluckte, »denkst du, er will sich von mir trennen?«
»Würde er dann schreiben, du sollst zurückkommen?«
Sie standen in der Nähe eines Ganesha-Tempels, aus dem der Geruch von Weihrauch wehte. Leise Musik ertönte, beinahe unhörbar im Lärm der Straße. Menschen gingen die Treppen hoch zum Eingangstor, wo sie ihre Schuhe auszogen, ehe sie den Tempel betraten. Das Licht der Spätnachmittagssonne war dem Abenddunst gewichen, und den Himmel färbte jenes Blassblau, das dem Farbenspiel des Sonnenuntergangs folgte. Von den Minaretten der Stadt riefen Muezzins zum Gebet.
»Bring mich heim«, bat Ashley, die Stimme matt und kaum hörbar.
Aidan reichte ihr erneut seinen Arm, und diesmal zögerte sie nicht, ihn zu nehmen.

*

Der Vorraum zu Major Maddox' Besprechungszimmer war in hellen Cremetönen gehalten, mit Möbeln aus dunklem Holz, deren polierte Oberflächen wie Seide glänzten. Gemälde großer Schlachten hingen an cremefarbenen Wänden, Vorhänge sperrten die Sonne aus, mit rotem Samt bezogene Sessel standen um einen kleinen Tisch herum, und der honigfarbene Parkettboden sah aus, als sei er erst wenige Stunden zuvor mit Wachs eingerieben worden.
Die Hände hinter dem Rücken verschränkt, stand Brian vor einem Gemälde, das die Schlacht von Waterloo zeigte. Er drehte sich nicht um, als Aidan den Raum betrat, sondern sagte nur: »Meinst du, einer von uns wird je den Ruhm eines General Wellingtons erlangen?«
»Das Ziel habe ich in der Armee, ehrlich gesagt, nie angestrebt«, antwortete Aidan beim Näherkommen.

»Falls es zum Krieg mit Afghanistan kommt, wäre das eine Möglichkeit, sich zu beweisen.« Brian hatte eine Hand an seiner Seite leicht zur Faust geballt. »Gerade für die Armee ist es nach dem Aufstand der erste große Kampf.«

Nach dem Sepoy-Aufstand, der von 1856 bis 1858 gedauert und das Ende der East India Company besiegelt hatte, war die British Indian Army 1861 der englischen Krone unterstellt worden und nannte sich seither Soldiers of the Queen.

Brian drehte sich um. »War das gestern Abend die Frau von Nicolas Allenger-Brown, mit der du zusammen warst?«

Fragend hob Aidan die Brauen.

»Ich war in der Nähe des Piers, als du mit ihr vorbeigekommen bist. Allerdings war ich gerade auf dem Weg zu einer Verabredung und ohnehin schon spät dran, daher hatte ich keine Zeit für einen Schwatz.« Brian schlenderte zu einem Sessel und ließ sich darauf fallen, die Beine elegant von sich gestreckt. »Stimmt es, dass er sie fortgeschickt hat?«

»Nein.«

»Die Leute erzählen es.«

»Die Leute irren sich wie so oft. Sie brauchte ein wenig Ruhe, das ist alles.«

Brian zog die Schultern hoch. »Unglückliche Geschichte. Trotzdem hätte es mich gewundert, wenn er sie verlässt – eine so schöne Frau. Zudem ist sie ja ehelich aufgewachsen, und die Familienverhältnisse sind erstklassig.«

»Ich glaube, er verlässt sie ganz einfach deshalb nicht, weil er sie liebt.«

Ein flüchtiges Lächeln flog über Brians Gesicht. »Sie ist ja auch hinreißend.«

Aidan deutete mit dem Kinn auf Maddox' Besprechungszimmer, von wo aus die ganze Zeit über Stimmen zu hören waren. »Was ist dort los?«

»Ein Kadett hat sich ausgerechnet von Maddox dabei erwischen lassen, wie er eine Runde auf dessen Pferd drehen wollte. Es war eine Wette unter Freunden. Du kennst so etwas ja …«

»Armer Kerl, aber würde jemand dergleichen bei Granat versuchen, wäre ich vermutlich auch ungehalten, und Maddox kann bekanntermaßen sehr ungnädig sein.«

»Das kann ich dir sagen. Du warst ja dabei, als die Sache mit der verhinderten Witwenverbrennung zur Sprache kam. Ich hatte mich damals schon gewundert, warum Thackery so ruhig geblieben ist, aber der wird gewusst haben, was mir seitens Maddox blüht.« Brian schnitt eine Grimasse. »So hatte ich mich das letzte Mal als Kind gefühlt, wenn mein Vater mir für irgendeine Ungezogenheit Prügel angedroht hat.«

Die Tür ging auf, und ein junger Mann trat rückwärtsgehend aus dem Raum.

»Nun gehen Sie mir schon aus den Augen«, erklang Maddox' kalte beherrschte Stimme.

»Ja, Sir. Ich bitte um Verzeihung, Sir.«

»Und nehmen Sie Haltung an, solange Sie einem diensthöheren Offizier gegenüberstehen!«

Der Kadett gab sich einen solchen Ruck, dass es schon beinahe lächerlich aussah. »Natürlich, Sir, ich entschuldige mich vielmals …«

»Zum letzten Mal: Abtreten!«

Der Kadett schloss die Tür und drehte sich um. Sein Gesicht war bleich und schweißnass. Offenbar bemerkte er erst jetzt, dass er nicht allein war, und nach einem irritierten Blick auf die Rangabzeichen von Aidan und Brian bemühte er sich erneut um Haltung, was kläglich scheiterte. Er salutierte kurz und verabschiedete sich mit den Worten: »Zu Ihren Diensten, Sirs.«

Brian grinste.

Die Tür zu Maddox' Besprechungszimmer öffnete sich ein weiteres Mal, und diesmal war es der Major selbst. »Ah, Captain Landor, Lieutenant Casey, ich habe schon gedacht, ich müsste

Sie holen lassen. Ja, schon gut, lassen Sie die Förmlichkeiten, und kommen Sie.«

Der Raum, den sie betraten, lag an der Westseite, so dass er bis zum Abend nicht der Sonne ausgesetzt war. Gemälde großer Generäle zierten die Wände, Bücherregale mit ledergebundenen Folianten standen zur Linken, wenn man das Zimmer betrat. Auf einem großen Tisch an der rechten Wand lagen Karten ausgebreitet, auf einem kleineren Tisch direkt daneben befanden sich verschiedene Geräte zur Vermessung. Mit dunklem Samt bespannte Stühle waren von den Tischen weggerückt worden, als brauche man den Platz, um schneller von einer Karte zur anderen gehen zu können. Die Mitte des Raumes nahm Maddox' Schreibtisch ein, auf dem ebenfalls Papiere ausgebreitet waren, so dass von der ledernen Einlegearbeit auf der Platte nur ein schmaler Rand zu sehen war. Eine *Punkah* an der Decke bewegte sich langsam, so als sei der Junge, an dessen Zeh das Band des Fächers befestigt war, mittlerweile müde.

Maddox setzte sich in seinen Stuhl hinter dem Schreibtisch und gebot Aidan und Brian mit einer Handbewegung, auf den beiden Stühlen vor dem Tisch Platz zu nehmen.

»Wie Sie sicher wissen«, begann Maddox, »macht uns Russlands wieder einmal Sorgen.« Das Zarenreich hatte 1877/78 einen erfolgreichen Krieg gegen die Türken geführt und wandte sich nun erneut Zentralasien zu, wo es seit 1867 über Westturkestan herrschte. »Meinen Quellen zufolge wurde bereits ein Abgesandter Richtung Kabul geschickt.«

»Führt das nicht unter Umständen zu diplomatischen Verwirrungen mit Sher Ali?«, fragte Aidan. Er kannte den Führer der Afghanen nicht gut genug, um ihn einschätzen zu können. Ihm war jedoch bekannt, dass man den Briten bisher keinen Stützpunkt in Kandahar erlaubte und dass sich die Situation zwischen England und dem afghanischen Führer stetig verschlechterte.

»Das soll nicht unsere Sorge sein«, entgegnete Maddox. »Aber wie Sie wissen, entzieht sich Afghanistan den Briten seit Jahren. Es wäre äußerst unerfreulich, wenn es Russland gelingen sollte, dort Fuß zu fassen.«

Das war, so dachte Aidan, ein Verhalten, das England den Afghanen einfach nicht verzeihen konnte: diese stete Weigerung, sich unter britisches Joch zwingen zu lassen. Und nun stand Sher Ali gleich zwischen zwei – wie man ihm beiderseitig versicherte – Freunden. Aidans Mundwinkel zuckten. Wer solche Freunde hatte, brauchte in der Tat keine Feinde.

»Captain Landor, wenn Sie der ganzen Sache eine humorvolle Seite abgewinnen können, die mir verschlossen bleibt, dann wüsste ich gerne, welche das ist«, sagte Maddox kühl.

»Was genau ist nun unsere Aufgabe, Sir?«, fragte Brian, offensichtlich, um die Situation zu retten und das Gespräch wieder auf das richtige Thema zu führen.

»Sie, Lieutenant, reiten in drei Tagen mit Havildar Major Khan vom dritten Infanterieregiment nach Peschawar und warten dort auf weitere Anweisungen. Captain Landor, Sie hingegen«, Aidan ahnte bei dem Ton nichts Gutes, »reiten übermorgen zum Khaiberpass und beobachten die Aktivitäten, insbesondere die der Russen. Dann warten Sie auf Nachricht von mir, ehe ich Sie weiter nach Kabul schicke.«

»Ich nehme an, ich soll allein reiten, Sir?«

»Entnehmen Sie meinen Worten etwas Gegenteiliges, Captain?«

»Nein, Sir.«

Maddox nickte. »Das wäre es so weit, meine Herren.« Er stand auf, womit klar war, sie waren entlassen.

»Ach, übrigens, Captain Landor, wie geht es Ihrer reizenden Ehefrau?«

»Bestens, Sir, vielen Dank«, antwortete Aidan knapp.

»Ich hörte, Sie wurden kürzlich Vater?«

»Ganz recht, Sir.«

Maddox lächelte breit. »Meinen herzlichen Glückwunsch. Ein Sohn?«

»Eine Tochter, Sir.«

»Nun ja, es kann nicht alles gleich beim ersten Mal klappen, nicht wahr?«

Aidan rang mühsam um Beherrschung. »Ich betrachte meine Tochter als überaus gelungen, Sir.«

»Das möchte ich annehmen, bei einer solch hinreißenden Mutter. Entrichten Sie ihr meine herzlichsten Grüße, wenn Sie wieder daheim sind.« Wann auch immer das sein wird – dieser Satz hing unausgesprochen im Raum.

»Das werde ich, Sir.«

»Sie sind entlassen. Abtreten.«

Aidan und Brian nahmen Haltung an und verließen den Raum.

»Ich fasse es nicht«, sagte Brian, kaum dass er die Tür hinter ihnen geschlossen hatte. »Du bist eifersüchtig auf *Maddox*?«

»Rede keinen Unsinn.«

»Mein Freund, ich kenne dich lange genug.« Brian feixte.

»Dann weißt du hoffentlich auch, wann es angeraten ist, den Mund zu halten.«

Brian zuckte die Schultern, grinste aber weiterhin.

»Jetzt lass den Blödsinn«, herrschte Aidan ihn an. »Es ist eine Menge vorzubereiten.«

»Nimmst du dieses Mal Granat mit?«

»Es wäre sicher sinnvoll, weil ich danach weiter nach Kabul soll.« Aidan runzelte die Stirn. »Andererseits ist es zu auffällig, und mit einem solchen Pferd allein in den Bergen biete ich mich als Ziel für Banditen geradezu an.« Wenn er ebenfalls nach Peschawar und später in einer – was zweifellos geplant war – diplomatischen Mission nach Kabul weitergeschickt worden wäre, hätte er sein Pferd nehmen können, in dem Fall wäre er ohnehin als britischer Soldat aufgetreten.

»Hoffen wir, dass die Sache schnell über die Bühne geht«, sagte Brian.

Als Aidan eine halbe Stunde später in sein Hotelzimmer trat, fand er dort auf einem silbernen Tablett einen verschlossenen Brief vor. Sein Name war in zierlichen Buchstaben, offensichtlich die Handschrift einer Frau, geschrieben. Von Katrina war der Brief nicht, ihre Handschrift war kühner, weniger geschwungen.

Er erbrach das Siegel und entfaltete das Schreiben. Ashley teilte ihm in einigen knappen Zeilen mit, dass sie bald nach Ooty zurückzukehren gedenke, und fragte ihn, ob er ihr etwas für Katrina mitgeben wolle. Im ersten Moment war Aidan versucht, ein Geschenk oder wenigstens ein Schreiben mitzuschicken, dann jedoch stand ihm die Erinnerung deutlich vor Augen, wie sie ihm den Rücken zudrehte und sich weigerte, ihn zu verabschieden. Er konnte verstehen, dass sie verärgert war, aber dennoch war ein solches Verhalten unangebracht. Aidan legte den Brief auf den Schreibtisch. Er würde ihn später beantworten.

# 26

## Ootacamund, August 1878

Gillian konnte der Arbeit im Krankenhaus nicht viel abgewinnen. Der Geruch von Krankheit verursachte in ihr einen permanenten Brechreiz, ebenso der Anblick schwärender Wunden und Geschwüre. Es gab in dem Krankenhaus getrennte Abteilungen für Europäer und Einheimische, wobei die Abteilungen der Einheimischen wesentlich enger und gedrängter waren. Offiziere, die das Militär krankgeschrieben hatte, wurden – ebenso wie ihre Familien – umsonst behandelt. Außerdem gab es eine Abteilung für ansteckende Krankheiten und eine Küche. Hinter dem Krankenhaus waren an dem zum See abfallenden Ufer Räume, wo verdrecktes Leinen gewaschen und getrocknet wurde. Ursprünglich war das Rekonvaleszenz-Lager für kranke Soldaten in den Southdowns gewesen, bis man 1867 das St. Bartholomew's in einem ehemaligen Gefängnis gegründet hatte. Es hatte erst wenige Jahre zuvor, 1874, seinen endgültigen Namen erhalten.

Weil sie neu im Krankenhaus war, wurde sie nicht mit dem Wechseln der Verbände und dem Waschen der Kranken betraut – was ihr nur zu recht war –, sondern sie musste die Böden wischen und überall sauber machen. Anfangs hielt sie das für die bessere Alternative, aber als es daran ging, Krankenzimmer zu schrubben, Erbrochenes aufzuwischen, Nachttöpfe zu leeren und verschmutzte Betten abzuziehen, war sie sich nicht mehr sicher, ob sie es wirklich so gut getroffen hatte. Allerdings war es nicht so, dass sie die Wahl hatte. Als Neuankömmling musste sie sich herumkommandieren lassen, und insbesondere vor den Damen des Damen-Komitees galt es, einen guten Eindruck zu machen, denn diese trugen an der Entwicklung des Krankenhauses maßgeblichen Anteil und hatten die Finanzen gut im Blick. Aber abgesehen davon, ließ man sie in Ruhe. Niemand spielte darauf an, dass ihr Ruf nicht untadelig war. Es gab strikte Regeln, nicht mit männlichen Patienten und dem männlichen Personal, das überwiegend aus Ärzten bestand, zu plaudern, aber weil Gillian ohnehin nicht auf Männerbekanntschaften aus war, war diese Auflage problemlos zu erfüllen. Die übrigen Schwestern waren im Großen und Ganzen freundlich zu ihr, wenn sich auch ein Verhältnis, das einer Freundschaft nahekam, nicht entwickeln wollte.

Abends taten ihr die Arme, die Schultern und der Rücken weh. Der Saum ihrer grauen Schwesterntracht war bereits nachmittags völlig durchnässt, und ihr Haar, das sie so straff zurückbinden und feststecken musste, dass ihr keine Strähne ins Gesicht hing, verursachte ihr Kopfschmerzen. Sie sehnte die Zeit in der Teestube zurück, verdammte ihre eigene Dummheit, die sie in diese Situation gebracht hatte. Warum nur, fragte sie sich wieder und wieder, hatte sie Ingram nicht ein für alle Mal aus ihrem Leben verbannt? Jetzt trug sie die Konsequenzen, während er wieder einmal ungeschoren davonkam, ebenso wie nach der Sache mit der Ehefrau von Aidans Freund. Einige kleine Unannehmlichkeiten hatte er gehabt, sicher, aber was war das schon im Vergleich zu dem Schaden, den er angerichtet hatte?

Nach der Arbeit zog sie sich um, wusch sich, so gut es ging, mit kaltem Wasser, löste ihr Haar, um es etwas lockerer wieder aufzustecken, und machte sich auf den Heimweg. An diesem Abend rechnete sie aus, wie viel Geld sie zur Seite legen konnte, wenn sie weiterhin in der Herberge blieb. So heruntergekommen das Zimmer war, so günstig war es, und Gillian war momentan einfach nur glücklich, sich abends ins Bett legen zu können. Von einem schöneren Zimmer hätte sie vermutlich nicht viel gehabt, sagte sie sich. Dennoch vermisste sie ihre behagliche kleine Wohnung.

Der Regen hatte gegen Abend ein wenig nachgelassen, dennoch zog Gillian zum Schutz vor der Nässe ihre Stola über den Kopf und hielt sie mit einer Hand unter dem Kinn fest. Es war kühl, und nach wenigen Schritten begann sie zu frieren.
Die Lichter der Herberge waren bereits zu sehen, als sie in die Straße einbog, und von weitem wirkte es fast anheimelnd. Sie musste an den Abend denken, als sie mit Brian und Aidan hier angekommen war. Die Reise war strapaziös gewesen, aber Gillian, die ein derartiges Abenteuer noch nie zuvor erlebt hatte, fand alles wunderbar. Als sie damals an Brians Seite von weitem die blauen Berge gesehen hatte, war sie sich in ihrer Naivität sicher gewesen, hier glücklich werden zu können. Nicht einmal die Schäbigkeit der Herberge hatte ihr etwas ausgemacht, im Gegensatz zu Aidan, der sich umgesehen hatte, als sei er auf einer Müllhalde gelandet. Warum er und Brian sich für diese Unterkunft entschieden hatten, war ihr nicht klar gewesen, denn beide hatten offensichtlich genug Geld. Sicher, auf der Reise hatten sie oft in Zelten oder sehr einfachen Gasthäusern übernachtet, das war für Gillian Teil des Abenteuers gewesen. In Ooty jedoch schienen sie am Ziel zu sein. Brian hatte sie an jenem Abend sofort mit in das Zimmer genommen, während sie Aidan die folgenden Tage nicht mehr zu Gesicht bekommen hatte, bis er ihr am Vormittag nach Brians Abreise auf der Treppe begegnet war.
In Gedanken versunken, bemerkte sie nicht, dass sie angesprochen wurde, und sah erstaunt auf. Sie war nur wenige Schritte vom Ramsay-Teekontor entfernt, und Charles Ramsay, den sie um diese Zeit und bei diesem Wetter nicht zu treffen erwartet hatte, stand in der Tür des Kontors und sah auf die Straße.
»Wie geht es Ihnen?«, fragte er.
Gillian strich sich das Regenwasser aus den Augen. »Recht gut, vielen Dank.« Unentschlossen stand sie vor ihm, nicht wissend, ob er sie einfach nur im Vorbeigehen grüßen oder mit ihr ein

kurzes Gespräch führen wollte. War es unhöflich, weiterzugehen, oder aufdringlich, zu bleiben?
»Was treibt Sie bei diesem Wetter auf die Straße?«, fragte er.
»Ich habe gearbeitet.«
Das erstaunte ihn sichtlich. Was dachte er eigentlich, fragte sich Gillian, wie lang der Arbeitstag für eine Frau war, die nicht seinen Kreisen angehörte?
»Warten Sie auf jemanden?« Kaum war ihr die Frage entschlüpft, bereute sie sie bereits, denn sie erschien ihr zu neugierig.
»Ich mag den Regen«, gab er ihr bereitwillig Auskunft.
Hinter ihm fiel ein matter Lichtschein auf die Straße, und Gillian konnte sich nur zu gut vorstellen, wie behaglich das nachgedunkelte Holz, die Porzellanschubladen und die Messing- und Lederbeschläge in dem warmen Lichtschein wirkten.
Charles sah sie an, als bemerke er erst jetzt, dass er im Trockenen stand, während der Regen auf sie niederging. Er räusperte sich. »Ich nehme an, Sie sind müde, ich wollte Sie nicht aufhalten.«
»Das tun Sie nicht«, antwortete Gillian eine Spur zu hastig. Sie sah kurz über die Straße zu der Herberge, deren Lichter ihr auf einmal nicht mehr anheimelnd erschienen.
»Möchten Sie auf einen Tee hereinkommen? Ich weiß, die offizielle Teezeit ist bereits vorüber«, er lächelte, »aber vielleicht möchten Sie sich ja aufwärmen, und ich glaube, dort«, er nickte zur anderen Straßenseite hin, »werden Sie um diese Zeit nichts Heißes mehr bekommen.«
Gillian sah ihn überrascht an.
»Ich wollte Ihnen keinesfalls zu nahe treten«, sagte Charles, der ihren Blick offenbar falsch deutete. »Wenn Sie lieber heimgehen möchten, dann verstehe ich das sehr gut.«
»Nein«, erwiderte Gillian, »ich … ein Tee wäre wunderbar.« Flüchtig sah sie sich um, ob jemand sie beobachtete, dann ging

sie an Charles, der einen Schritt zur Seite getreten war, vorbei in das Kontor.

Gillian ließ die Stola von ihrem Haar gleiten und sah sich um. Der Raum war im abendlichen Halbdunkel so, wie sie ihn sich vorgestellt hatte. Warm lag der Lichtschein auf dem polierten Verkaufstisch, den Porzellanschubladen mit den Messingschildern, den Holzmöbeln und verlor sich im hinteren Teil des Zimmers, wo er von Schatten geschluckt wurde.

Charles wies mit der Hand in die andere Richtung, und sie ging mit ihm bis zur Treppe. Der Geruch nach Tee überlagerte den von Holz, und Gillians Nasenflügel blähten sich leicht, während sie die Treppe hinaufging. Als sie Charles' Schritte hinter sich hörte, wurde ihr peinlich bewusst, dass der nasse Rocksaum ihres Kleides wenig elegant um ihre Knöchel schlackerte. Um einen Anschein von Würde zu wahren, straffte sie die Schultern und hielt ihren Rücken gerade durchgedrückt.

Am Treppenabsatz blieb sie stehen und sah sich nach Charles um. Dieser ging an ihr vorbei und öffnete eine Tür, die in ein geräumiges Zimmer führte. Gegenüber der Tür war eine Fensterfront, es gab zwei edel gearbeitete Schränke, Regale standen an den Wänden, vollgestellt mit Ordnern, Büchern und Unterlagen. Ein weiteres Regal enthielt verschiedene Teedosen und Schachteln, die offenbar für Gebäck bestimmt waren. Den Raum beherrschte ein großer Schreibtisch, hinter dem ein lederbespannter, bequem aussehender Stuhl stand. Zwei weitere Stühle befanden sich vor dem Schreibtisch, und damit erschöpften sich die Sitzgelegenheiten bereits. Auf einem kleinen, mit Schnitzereien verzierten Tisch stand ein Tablett mit einer Teekanne aus weißem Porzellan und einer Tasse, die so fein wirkte, als würde sie bei der geringsten Berührung zerspringen. Auf einem Regal daneben standen weitere Tassen, eine Zuckerdose und ein Sahnekännchen.

Charles nahm ihr ihre Stola ab und hängte sie über einen der

Stühle, während er ihr bedeutete, auf dem anderen Platz zu nehmen. Vorsichtig versuchte Gillian, ihr Haar in Ordnung zu bringen, als Charles ihr den Rücken zudrehte und aus einem der Schränke eine weitere Tasse holte. Nach einigen Versuchen gab sie es auf, ihr derangiertes Äußeres halbwegs annehmbar erscheinen zu lassen.

Der Raum war angenehm warm, und als Gillian sich umdrehte, bemerkte sie den Ofen, der in der Ecke stand. Charles goss aus einer großen Kanne Wasser in eine kleinere und stellte diese auf den Ofen, danach griff er nach einer der Teedosen und füllte Teeblätter in eine Kanne aus Steingut.

Es war Gillian unangenehm, sich von ihm bedienen zu lassen, und so stand sie auf. »Soll ich das machen?«

Er drehte sich um und hob die Brauen. »Trauen Sie meinen Fähigkeiten nicht?«

»Doch, natürlich«, sagte sie eilig, und die Verlegenheit trieb ihr die Hitze in die Wangen. Dann sah sie sein Lächeln und bemerkte, dass er nur gescherzt hatte. Zögernd setzte sie sich wieder hin und sah sich die Dinge auf seinem Schreibtisch an. Ein großes Buch mit Zahlenreihen lag aufgeschlagen auf der Schreibplatte, mehrere Briefe lagen unter einem Briefbeschwerer aus Messing in Form eines Dreimasters, und vereinzelt lagen lose Blätter herum. Am Rand des Tisches stand ein Globus, der – Gillian beugte sich vor, um lesen zu können – portugiesischer Herkunft war.

»Er hat meinem Vater gehört.«

Gillian schreckte zurück, als habe man sie bei einer verbotenen Handlung ertappt.

»Sehen Sie ihn sich ruhig an. Einen ähnlich schönen habe ich bislang noch nicht gesehen. Mein Vater hat ihn von einer Reise mitgebracht, das war früher, ehe er sich in den Nilgiris niedergelassen hat.«

Gillian neigte sich erneut vor, betrachtete die glänzende Oberfläche der Erdkugel und stellte sich vor, wie es sein musste, nach Belieben von einem Ort zum anderen reisen zu können, bis das Geräusch von siedendem Wasser sie aus ihren Gedanken riss. Sie drehte sich um und beobachtete Charles, der das Wasser in die Steingutkanne füllte.

»Die Zubereitung verschiedener Tees habe ich damals im Teehaus gelernt«, sagte sie, um überhaupt etwas zu sagen und weil sie glaubte, ein Gespräch über Tee könne ihn interessieren.

»Hat Ihnen die Arbeit Spaß gemacht?«

Gillian nickte. »Ja, sehr sogar. Freiwillig hätte ich dort sicher nicht aufgehört.« Sie verstummte, weil sie vom Thema Tee wieder auf ihre eigene derzeit äußerst desolate Situation zu sprechen gekommen war, und die wollte sie nun ganz und gar nicht erörtern.

Nach einem kurzen Blick auf die Uhr goss Charles den Tee durch ein Sieb in die Porzellankanne, dann stellte er alles auf ein Tablett und trug es zum Schreibtisch, wo er es abstellte. Während er zu seinem Platz ging, das Rechnungsbuch zuschlug und zur Seite räumte, stand Gillian auf und schenkte erst ihm, dann sich Tee ein. Auf ihre Frage hin, ob er Zucker oder Milch wünsche, verneinte er beides, und so süßte sie lediglich ihren eigenen Tee ein wenig. Charles nahm seine Tasse entgegen, bedankte sich und lehnte sich entspannt zurück.

Gillian nippte ihrerseits an dem goldgelben Tee, der noch sehr heiß war und ein feines, frisches Aroma, gepaart mit mildem Geschmack, hatte. Sie fühlte sich unwohl in dem feuchten Kleid, und weil ihr Herz so schnell schlug, kam es ihr vor, als schnüre ihr zugeknöpfter Kragen ihr die Luft ab, aber einen der Knöpfe zu lösen, kam keinesfalls in Frage. Zudem hatten sich etliche kleine Strähnen gelöst und kitzelten ihre Wangen. Vermutlich sah sie aus, als käme sie geradewegs aus der Gosse, und obwohl sie sich sagte, dass ihr das jetzt egal sein musste, weil sie es ohnehin nicht ändern konnte, war es ihr entsetzlich peinlich.

»Es ist schön hier«, sagte sie, während sie sich umsah.
Charles lächelte breit, und in seinen Augen blitzte echte Erheiterung. »Hier? Sie sind die erste Frau, die das sagt.«
Wieder nippte Gillian an ihrem Tee, um ihre Verlegenheit zu überspielen. »Ich finde, der Raum ist«, sie suchte nach dem richtigen Wort, »warm, so als sei er von Menschen eingerichtet worden, die das lieben, was sie tun.«
Flüchtiges Erstaunen trat auf sein Gesicht. »Das ist in der Tat so.« Er beobachtete sie, während sie trank. »Schmeckt Ihnen der Tee? Es ist einer aus meinen eigenen Gärten.«
»Er ist sehr gut. Sie sind der erste Mann, den ich kenne, der Tee kochen kann.«
Charles lachte schallend. »Dann haben Sie hier offenbar noch nicht die richtigen Leute kennengelernt.« Er schenkte ihr und sich erneut Tee ein. »Sie kommen aus Kalkutta, habe ich das richtig in Erinnerung?«
»Ja.« Sie musste an ihre Begegnung am See denken und danach bei Aidan zu Hause. Letzteres Zusammentreffen erfüllte sie jetzt noch mit tiefem Unbehagen, und sie fragte sich, ob Charles Ramsay nach wie vor dachte, sie sei eine von Aidans Gespielinnen gewesen. Nun gut, die Wahrheit war kaum schmeichelhafter. »Ich … es war eine Verkettung von Umständen, die mich hierhergeführt hat.«
»Ist es das nicht meistens?«, fragte er. »Eine Verkettung von Umständen, die uns irgendwohin führt?« Er stellte seine Teetasse ab und lehnte sich zurück. »Sie führen ein recht hartes Leben hier. Gefällt Ihnen Ooty so gut, dass Sie dafür auf die Bequemlichkeit eines Elternhauses verzichten möchten?«
Gillians Hand hob sich unwillkürlich zu ihrem Kragen, aber im letzten Moment verzichtete sie darauf, ihn zu öffnen, und spielte nur mit einem Knopf herum. Sie wollte eben zu einer Antwort ansetzen, als Charles sagte: »Wenn meine Frage zu persönlich war, dann …«

»Nein«, fiel sie ihm hastig ins Wort. »Es ist … schon gut. Mein Vater hat mir untersagt, nach Hause zu kommen.«
Charles runzelte ungläubig die Stirn.
»Er war in Bezug auf den Mann – Aidans Freund –, mit dem ich gegangen bin, anderer Ansicht als ich. Leider hat er recht behalten.« Sie ließ den Knopf los und fuhr mit der Hand fahrig über ihr Kleid, versuchte, den feuchten Stoff ein wenig in Form zu ziehen. »Ich dachte wirklich, er würde mich heiraten.«
Betroffenheit und Mitleid flogen über Charles' Gesicht.
»Aidan war wütend, als er zu uns stieß und mich gesehen hat. Er hat mir sehr deutlich zu verstehen gegeben, dass ich daheim besser aufgehoben bin, und es gab einige Streitereien mit seinem Freund.« Gillian zuckte die Schultern, als sei das Thema nicht wert, vertieft zu werden. Ein häufiges Schicksal junger Frauen, und sie gehörte eben zu denen, die dumm genug waren, sich darin zu verfangen.
Sie lächelte gezwungen in der peinlichen Schweigepause. »Haben Sie Kinder?«, fragte sie, um das Thema zu wechseln.
Charles wirkte sichtlich erleichtert. »Ja, drei Töchter, ein viertes Kind ist unterwegs.«
Sie dachte an seine Frau, die ihr herrisch und kalt erschienen war. Aber um ein Kind zu zeugen, brauchte es nicht viel Leidenschaft. Unwillkürlich fragte sie sich, ob er enttäuscht war, bis jetzt keinen Erben bekommen zu haben. Als sich erneut das Schweigen zwischen ihnen ausdehnte, stellte sie die Tasse ab und stand auf. »Ich sollte allmählich gehen.«
Charles machte keine Anstalten, sie zurückzuhalten, sondern erhob sich ebenfalls. An der Tür verabschiedete er sich von ihr, und Gillian zog die Stola über ihr Haar, ehe sie in den Regen hinaustrat. Sie hörte, wie sich die Tür hinter ihr schloss, und ohne dass sie hätte sagen können, warum, ließ das Geräusch eine tiefe Traurigkeit in ihr aufsteigen.

»Noch etwas Tee, Captain Allenger-Brown?« Mrs. Webberly beugte ihre füllige Gestalt ein wenig nach vorn, was das Oberteil ihres Kleides einer argen Belastungsprobe aussetzte, und griff nach der Teekanne. Noch ehe Nicolas die Möglichkeit hatte, abzulehnen, ergoss sich ein dampfender Strahl Assam-Tees – jenes Tees, den Nicolas nie gerne getrunken hatte – in seine Tasse. Einen Seufzer unterdrückend, süßte er reichlich und goss Sahne nach. Mittlerweile bereute er es zutiefst, die Einladung angenommen zu haben, jedoch hatte sich die Frau einfach nicht abwimmeln lassen.

Jetzt saß er in ihrem überaus geschmackvoll eingerichteten Salon, sah sich den Blicken ihrer drei – wie er zugeben musste, äußerst reizenden – Töchter ausgesetzt und hörte sich an, wie sehr sie sich alle nach England zurücksehnten, auch wenn man es hier durchaus aushalten konnte, wie die älteste Tochter rasch hinzufügte. Offenbar entsann sie sich ihrer Rolle als Eheanwärterin – noch etwas, das Nicolas Unbehagen bereitete. Er hoffte zutiefst, dass sein Erscheinen zum Nachmittagstee nicht als Zugeständnis aufgefasst wurde. Nun gut, er hatte nicht ahnen können, dass er der einzige Gast der Damen war. Der Vater sowie der ältere Bruder waren kurz nach seinem Erscheinen unter fadenscheinigen Begründungen verschwunden, wobei ihm der Bruder einen mitleidigen Blick geschenkt hatte und peinlich berührt schien.

Vorsichtig lotete er aus, wie lange man ihn hier noch festzuhalten gedachte. Anhand der Tatsache, dass man ihm neuen Tee eingeschenkt und das Gebäck noch einige Zentimeter weiter in seine Richtung geschoben hatte, rechnete er mit noch mindestens einer Viertelstunde.

»Schwärmen Sie auch so für die Jagd?«, fragte Mrs. Webberly. »Meine Eliza«, sie blickte strahlend zu ihrer ältesten Tochter, »hat sich schon in England sehr rege an der Fuchsjagd beteiligt.«

»Ich schätze die Jagd nicht, wenn sie aus reinem Vergnügen und nicht aus Notwendigkeit durchgeführt wird«, antwortete Nicolas. Unvermittelt stand ihm Ashley vor Augen in ihrem Jagdkostüm aus dunklem Tuch. Sie selbst mochte die Jagd ebenfalls nicht, sondern hatte lediglich für ein Foto posiert, das nun in Nicolas' Arbeitszimmer hing.
»Tatsächlich?« Mrs. Webberly schien erstaunt. »Welche Vergnügungen bevorzugen Sie?«
Ah, dachte Nicolas, Strategieänderung. Jetzt würde er seine Vorlieben aufzählen, die, wie Mrs. Webberly ihm versichern würde, alle von Eliza geteilt wurden. Halbherzig nannte er eine Reihe der üblichen Aktivitäten, die er zwar nicht leidenschaftlich betrieb, gegen die er allerdings auch keine sonderliche Abneigung hegte. Er fragte sich, ob Aidan es geschafft hatte, Ashley zu überzeugen. Wohl war ihm nicht dabei gewesen, den letzten Brief abzuschicken, aber er war es leid, zu warten. Warum nur ließ sie ihm nicht wenigstens eine Antwort zukommen? Der nächste Schritt würde sein – und er hatte nie vorgehabt, so weit zu gehen –, Robin nach Hause zu holen. Ohne ihn würde Ashley nicht einen Tag länger in Kalkutta bleiben. Es widerstrebte ihm, sie auf diese Art in sein Haus zurückzuzwingen, aber länger auf sie verzichten mochte er auch nicht. Wenn sie wirklich Abstand brauchte, was er nur zu gut verstehen konnte, warum reisten sie dann nicht gemeinsam für einige Zeit in eine andere Stadt?
Eliza richtete das Wort an ihn und fragte mit sanfter Stimme, wo er in England Familie hatte. An ihr erschien ihm alles mahagonifarben: Haare, Augen, Brauen, dazu hatte sie einen zarten Teint und wusste diesen durch ein Kleid in warmen Herbstfarben zu unterstreichen. Hübsches Kind, dachte Nicolas, während er ihr antwortete.
Als hätte sie auf ein Kommando gewartet, erhob sich Mrs. Webberly, und auf ihren Wink hin standen die beiden jüngeren

Töchter ebenfalls auf. »Sie möchten sich sicher ein wenig unterhalten. Ich habe noch einige Verpflichtungen im Haus, und die Mädchen müssen auf dem Pianoforte üben.« Sie lächelte und warf ihrer Ältesten einen eindringlichen Blick zu.

Nicolas gab die Überlegung auf, wie er sich elegant aus der Affäre ziehen konnte. Das hier ging eindeutig zu weit. »Madam«, sagte er frostig und erhob sich ebenfalls, »ist Ihnen entgangen, dass ich ein verheirateter Mann bin? Verstößt es nicht gegen jeden Anstand, Ihre Tochter mit mir allein zu lassen, obwohl Sie genau wissen, dass ich nicht um sie werben werde? Oder wollen Sie sie auf Abwege bringen?«

Eliza wurde blutrot, was ihm leidtat, denn sie war in der Tat am wenigsten für die Situation verantwortlich. Mrs. Webberly öffnete den Mund, brachte jedoch nicht ein Wort heraus.

»Ich werde Ihren Ehemann hiervon in Kenntnis setzen müssen«, fuhr Nicolas fort, jedes ihrer Motive mit Absicht missverstehend. »Immerhin trifft ihn die Verantwortung, wenn die Mädchen mit einem falschen Sinn für das, was sich gehört, erzogen werden.«

»Aber … das ist unerhört«, rief Mrs. Webberly, die nunmehr kreidebleich geworden war. »Ich habe nicht …«

Nicolas jedoch ließ sie nicht aussprechen. »Einen schönen Tag noch, Madam.« Er nickte den Mädchen zu. »Meine Damen.«

Als er in seiner Kutsche auf dem Weg nach Hause saß, seufzte er laut auf. Das war ein gesellschaftliches Desaster. In seiner Wut über die Peinlichkeit der Situation fiel es ihm nur zu leicht, Ashley die Schuld daran zu geben. Keiner Frau stand es zu, ihren Ehemann beinahe ein Jahr lang zu verlassen, während dieser in Ungewissheit wartete.

Als er die Eingangshalle seines Bungalows betrat, war er übelster Laune und hätte den Dienstboten, der ihm entgegenkam, beinahe angeherrscht, ihn allein zu lassen.

»Die Memsahib ist zurück, Captain Sahib.«

Nicolas erstarrte. »Was sagst du da? Wann ist sie gekommen?«
»Vor einer Stunde, Captain Sahib.«
Nicolas nickte knapp und ging zum Schlafzimmer, wo er sie nach einer so strapaziösen Reise vermutete. Mit einer heftigen Bewegung stieß er die Tür auf, und Ashley, die an dem Sekretär an der gegenüberliegenden Wand saß, schrak auf. Hastig erhob sie sich und hätte fast den Stuhl umgekippt. Sie trug ihr Reisekostüm nicht mehr, sondern ein beigefarbenes Nachmittagskleid, dessen Rock gerafft und sattbraun unterlegt war. Unwillkürlich musste Nicolas an Eliza denken, und sein Zorn loderte heftiger als zuvor.
»Die Dame des Hauses geruht, heimzukehren?«
Ashleys Augen weiteten sich kaum merklich. Sie sah müde und erschöpft aus. »Nicolas, ich weiß, du musst verärgert sein, aber ich …«
»Verärgert trifft es nicht ganz, meine Liebe. Ich nehme an, du hast meinen Brief vor einigen Monaten erhalten?«
»Aidan hat ihn mir überbracht.«
»Aber natürlich hast du dich nicht bemüßigt gesehen, meinem Wunsch zu entsprechen?«
»Ich … brauchte Zeit, Nicolas. Nach deinem Brief an Aidan Anfang Juni habe ich die Abreise vorbereitet, aber es hat nicht vor Mitte Juli geklappt. Du weißt, dass ich eine Reisegruppe brauche, wenn ich eine so weite Reise allein mache.«
»Du bist im September letzten Jahres abgereist, jetzt haben wir August. Fast ein Jahr ohne Nachricht. Wie erklärst du mir das?«
»Ich habe dir geschrieben.«
»Ah, richtig. Zwischendurch kam die eine oder andere knappe Zeile zu deinem und Robins Befinden. Wo ist er eigentlich?«
»Er schläft. Die Reise war sehr beschwerlich.« Nicht nur für ihn, dachte Nicolas, als er seine Frau ansah. Ashley war sehr

blass, und im matten Licht, das von draußen in den Raum fiel, wirkte die Haut unter ihren Augen beinahe durchscheinend.

»Ich nehme an, er ist ein gutes Stück gewachsen, nicht wahr? Es hat dir ja nicht gereicht, fortzugehen, du musstest mir all die Monate auch meinen Sohn vorenthalten.«

»Ich hätte ihn wohl kaum hierlassen können«, verteidigte sie sich matt.

»Du hättest früher heimkehren können, aber gut, lassen wir das, ich denke, wir drehen uns im Kreis.« Nicolas nickte zum Bett hin. »Schlaf ein wenig. Du siehst müde aus.«

Sie zögerte. »Warum reden wir nicht, Nicolas? Ich kann später schlafen. Ich bin extra wach geblieben, um auf dich zu warten. Warst du im Club?«

»Nein«, antwortete Nicolas, und in dem plötzlichen Wunsch, sie zu verletzen, fügte er hinzu: »Ich war bei Mrs. Webberly eingeladen, die mich mit ihrer ältesten Tochter verkuppeln wollte. Angesichts deiner langen Abwesenheit dachte sie, wie vermutlich fast jeder andere hier in der Stadt, wir hätten uns getrennt.« Er bereute das Gesagte umgehend, als er sah, wie sie anfing zu schwanken, als würde sie ohnmächtig. Unwillkürlich trat er einen Schritt auf sie zu, aber sie hatte sich bereits wieder gefangen.

»Geh schlafen«, sagte er erneut. »Ich bin ja später auch noch da, dann reden wir.« Er konnte das Flattern des Pulses in ihrem Hals sehen, und plötzlich tat sie ihm leid. Nach kurzem Zögern trat er auf sie zu und löste den feinen Schal, der ihr Haar im Nacken zusammenhielt, dann ließ er die Strähnen, die sich kühl und weich wie Seide anfühlten, zwischen seine Finger gleiten.

»Du brauchst Ruhe«, sagte er erneut. »Mach dir keine Sorgen, ich gehe nicht weg.«

»Hast du«, sie schluckte, »hast du es in Erwägung gezogen, eine andere Frau zu heiraten?«

»Hätte ich dir dann gesagt, du sollst heimkommen?« Er ließ sie

los. »Mach dir keine Sorgen, daran, dich zu verlassen, denke ich nicht.«
Sie strich das gelöste Haar zurück. »Ich wollte dich nicht verletzen, aber hier habe ich es nicht mehr ausgehalten. Diese Blicke, das Flüstern …«
»Vermutlich wird es jetzt noch schlimmer, die Leute hatten allen Grund zum Reden, du weißt, wie das läuft.«
Ashleys Augenlider wirkten schwer, als sie den Blick senkte. »Vielleicht glaubst du mir nicht, aber du hast mir gefehlt.«
»Du mir auch«, antwortete Nicolas und ließ sie allein.

*

Katrina schlug die Rechnungsbücher zu, lehnte sich mit geschlossenen Augen in ihrem Stuhl zurück und lauschte dem Regen. Keine Nachricht von Aidan, nicht eine Zeile hatte er ihr geschrieben. Gut, er mochte verärgert sein, weil sie sich nicht verabschiedet hatte, aber hatte sie nicht viel mehr Grund, wütend zu sein? Katrina schob Unterlagen zusammen und stand auf.
Wenigstens musste sie sich wegen Stephen momentan keine Sorgen machen. Zwischen ihren und seinen Anwälten gingen Schreiben hin und her, und der Richter, der sich der Sache angenommen hatte, hatte Stephen klargemacht, dass es ihn doch arg verwundere, dass er so sehr um ein Kind kämpfe, an dessen Herkunft er, wie den Unterlagen zu entnehmen sei, berechtigte Zweifel gehabt hatte. Wie erkläre Mr. Alardyce ihm das? Bestanden die Zweifel am Ende gar nicht? Wolle Mr. Alardyce womöglich bewusste Irreführung des Gerichts gestehen? Katrina hatte eine tiefe Genugtuung erfasst, als ihr Anwalt ihr eine Kopie des Schreibens zukommen ließ, und sie konnte das hämische Grinsen des Mannes, der seinerzeit ein enger Freund ihres Vater gewesen war, förmlich vor sich sehen, als er den Brief erhielt.

Katrina war weniger schadenfroh als erleichtert gewesen. Seinerzeit hatte Stephen sich von Caleb distanziert, um noch deutlicher zu machen, wie untreu sie war – denn welcher Vater verzichtete schon freiwillig auf einen Sohn –, und nun sprach genau das gegen ihn. Ihm war seinerzeit wichtiger gewesen, zu noch mehr Wohlstand zu gelangen, und damit, keine Kinder mit seiner zweiten Frau bekommen zu können, konnte er unmöglich gerechnet haben.

Als sie in Calebs Studierzimmer ging, saß dieser an seinem Schreibtisch und schrieb in ein Heft. Im März war er sieben Jahre alt geworden und seither noch einmal ein gutes Stück gewachsen. Aber noch waren seine Wangen kindlich rund, auch wenn sich der Babyspeck so langsam verlor. Sein Pony stand mittlerweile bei Charles, weil der Reitlehrer seiner Cousinen auch ihn unterrichtete. Zwar hatte Katrina anfangs Einwände dagegen gehabt, aber Charles hatte ihr recht klar zu verstehen gegeben, dass sie sich zu sehr an ihren Sohn klammere. Immerhin würde er seine Töchter keinem Lehrer anvertrauen, der nicht über jeden Zweifel erhaben war. Schweren Herzens hatte Katrina schließlich nachgegeben, und Caleb war überglücklich, nun jeden Tag eine Stunde reiten zu dürfen. Zudem fühlte er sich sehr überlegen, weil er bereits einigermaßen gut reiten konnte, während seine Cousinen gerade die ersten Versuche starteten. Die Älteste saß recht schnell sicher im Sattel, aber die Jüngere mühte sich arg ab.

»Freust du dich schon darauf, morgen wieder zu Onkel Charles zu gehen?«

»Ja.« Caleb zuckte die Schultern. Er wirkte unschlüssig, und Katrina zog einen Stuhl heran und setzte sich neben ihn.

»Bedrückt dich etwas, Caleb?«

Er schien zu überlegen, ob er ihr antworten sollte, und sagte schließlich: »Jessamyn hat gesagt, Papa ist nur Marianas Vater, nicht meiner.«

Sie würde mit Charles über seine Tochter sprechen müssen, dachte Katrina. Vielleicht hatte das Mädchen es nicht böse gemeint, aber wenn es Gehässigkeit war, dann musste ihr Bruder zusehen, dass er ihre Erziehung in eine andere Richtung lenkte. Sie strich Caleb über das Haar.

»Ich habe dir doch das mit deinen beiden Vätern erzählt, erinnerst du dich?«

Caleb nickte.

Fieberhaft überlege Katrina, wie sie es ihm erklären konnte. »Damals, als du geboren wurdest, hat dein erster Vater bei mir gelebt, so wie dein jetziger Vater bei mir lebt, als Mariana zur Welt kam. Jetzt ist er Marianas erster Vater und dein zweiter.«

Caleb sah sie verständnislos an.

Grundgütiger, dachte Katrina und griff kurzerhand zu einer leichteren Erklärung. »Jessamyn wollte dich nur ärgern.«

»Und Papa hat Mariana nicht mehr lieb als mich?«

»Natürlich nicht«, antwortete Katrina und hoffte zutiefst, dass das auch stimmte.

Offenbar beruhigte ihn diese Antwort, denn die Falte zwischen seinen Brauen glättete sich, und in seinen Wangen zeigten sich Grübchen. Katrina schmolz förmlich dahin und zog ihn an sich, um ihm einen Kuss zu geben. Das wiederum ließ Caleb nur äußerst widerwillig über sich ergehen – er war schließlich ein Schuljunge und kein Baby mehr.

Nachdem sie ihn wieder allein gelassen hatte, sprach Katrina mit dem Koch die Speisenfolge durch, trug dem *Khansana* auf, was noch alles eingekauft werden musste, damit er jemanden zu den entsprechenden Händlern schickte, und erkundigte sich nach dem Kind, das die Frau des Gärtners einige Tage zuvor zur Welt gebracht hatte.

Später, als sie am Fenster stand und den Pflückerinnen zusah, die in bunten Saris, die ihnen durchnässt vom Regen am Körper klebten, in den Teegärten arbeiteten, meldete ihr der *Chuprassi*, dass Besuch für sie im Damensalon warte.

»Die Memsahib des Captain Sahib Allenger-Brown.«

Verblüfft eilte Katrina die Treppe hinunter in die Eingangshalle. Mit Ashley hatte sie nun überhaupt nicht gerechnet, sie wusste nicht einmal, dass diese wieder in der Stadt war. Sie durchmaß die Halle und ging durch einen Korridor zum Damensalon, der im hinteren Teil des Hauses gelegen und Freunden der Familie vorbehalten war.

Ashley hatte sich nicht hingesetzt, sondern stand wartend im Salon, als Katrina eintrat, so als wisse sie nicht, ob sie bleiben dürfe. Sie sah in dem cremefarbenen, blau abgesetzten Kleid hinreißend aus, auch wenn sie ungewöhnlich blass war.

»Nimm doch Platz«, sagte Katrina nach einer kurzen Begrüßung. Sie läutete nach einem Dienstboten. »Seit wann bist du wieder hier?«

»Seit zwei Tagen.«

Ein junger Inder in weißer Kleidung betrat den Raum, und Katrina trug ihm auf, Tee und Gebäck zu bringen, dann setzte sie sich selbst und ordnete ihren Rock um sich herum an.

»Bist du mir böse?«, frage Ashley.

»Nein. Ich konnte verstehen, das du von hier fortgehen musstest.«

»Aber du verstehst nicht, dass ich mich nicht bei dir gemeldet habe, richtig?«

Katrina zuckte leicht die Schultern.

»Selbst bei Nicolas habe ich mich nur selten gemeldet. Ich brauchte Abstand von allem.« Sie wirkte bedrückt. »Aber Nicolas hat das auch nicht verstanden.«

»Im Grunde genommen verstehe ich dich schon, Ashley, ich war ja in einer ähnlichen Situation, nur hatte ich keine Freunde, an die ich mich hätte wenden können. Aber ich glaube,

wenn ich die Möglichkeit gehabt hätte, aus Ooty zu fliehen, hätte ich sie vermutlich auch ergriffen.«
Eine Windböe trieb Regentropfen prasselnd gegen die Scheiben, und der Raum lag im Halbdunkel, weil die grauen Wolken mittlerweile beinahe das letzte Tageslicht geschluckt hatten. Katrina stand auf, entzündete die Gaslampen und drehte sie auf. Kurz darauf kam der Dienstbote zurück mit einem Servierwagen, auf dem eine Teekanne mit Tassen, Zuckerdose und Milchkännchen aus weißem, mit Blumenmuster versehenem Meißner Porzellan stand, daneben waren auf einem Teller kleine belegte Brote angeordnet. Katrina schenkte sich und Ashley Tee ein, reichte ihrer Freundin die Tasse und setzte sich.
Ashley sah sie forschend an. »Du und Aidan habt euch nicht im Guten getrennt, ja?«
»Woher weißt du das?«
»Es war nicht zu übersehen.«
Nachdenklich rührte Katrina in ihrer Teetasse. »Ich war wütend auf ihn, weil er einfach abgereist ist, also habe ich mich nicht einmal von ihm verabschiedet. Das hat ihn wohl verärgert.«
Ashley wirkte betroffen. »So etwas hätte ich nicht gekonnt. Warum hast du ihm nicht geschrieben? Er war noch bis Ende Juni in Kalkutta.«
»Ich muss ehrlich sagen, ganz wohl ist mir im Nachhinein nicht dabei, aber ihm zu schreiben ...«
»Hätte dein Stolz nicht erlaubt«, ergänzte Ashley. »Nun ja, er ist offenbar in der Tat verärgert, denn auf meine Frage hin, ob ich etwas für dich mitnehmen soll, hat er verneint.«
Das bedrückte Katrina, obwohl sie Aidan mittlerweile gut genug kannte, um zu wissen, dass er einen derartigen Abschied nicht einfach vergaß. »Du sagst, er war bis Ende Juni in Kalkutta. Weißt du, wo er danach hingegangen ist?«
»Ich ahne es nicht. Brian Casey war ebenfalls in Kalkutta. Vielleicht sind sie zusammen abgereist.«

Katrina stellte mit einem leisen Klirren ihre Tasse zurück auf den Servierwagen. Im Grunde genommen war es ohnehin unwichtig, schneller kam er deswegen nicht zurück. Wenn sie daran dachte, dass es so die nächsten Jahre ihres Lebens weitergehen würde, erfasste sie beinahe Verzweiflung. Ihm seine Reisen ausreden zu können, war vermutlich auch in Zukunft nicht möglich, immerhin wusste er, dass ihr seine häufige Abwesenheit nicht gefiel, was ihn mitnichten dazu veranlasste, diesen Umstand zu ändern.

»Was ist mit dir und Nicolas?«, fragte sie, um das Thema zu wechseln.

Ein wenig Farbe trat auf Ashleys Wangen, so dass sie nicht mehr ganz so blass wirkte. »Ich habe versucht, ihm alles zu erklären. Er war wütend auf mich, ich fürchte, er ist es noch, auch wenn er sich in gewisser Weise natürlich darüber freut, dass ich wieder da bin.« Das warme Licht der Gaslampen spielte auf ihrem dunklen Haar, als sie den Kopf senkte. »Er kann für meine lange Abwesenheit nach wie vor kein Verständnis aufbringen.«

»Ich hatte ein schlechtes Gewissen, weil ich dich nach der ganzen Sache nicht einmal besucht habe. Als Aidan mir sagte, dass du fortgehst, wollte ich zu dir kommen, aber ich konnte so kurz nach der Entbindung noch nicht wieder aus dem Haus.«

»Das schlechte Gewissen müsste eher ich haben, weil ich deine kleine Tochter noch nicht einmal gesehen habe und, ohne mich zu verabschieden, gegangen bin.« Ashleys Schultern wirkten steif und angespannt. »Aber wie ich schon sagte, ich wollte niemanden um mich haben, und ich wünschte, das würde einfach hingenommen werden, ohne dass ich mich laufend rechtfertigen muss. Alle, die mir nahestehen, wissen, was Ingram Frazer mir angetan hat und antun wollte, und trotzdem muss ich immer noch Erklärungen abgeben, warum ich so und nicht anders handele.«

Katrina legte die Hand auf den Arm ihrer Freundin und drückte

ihn leicht. »Nicolas wird sich beruhigen. Er fühlt sich hilflos, und so etwas erträgt kein Mann gerne.«
Mit einem etwas angestrengten Lächeln hob Ashley den Kopf. »Ich habe deine Tochter noch gar nicht gesehen.«
Glücklich über den Themenwechsel, stand Katrina auf, und gemeinsam gingen sie hoch in das Kinderzimmer. Sarita saß mit Mariana auf dem Boden und spielte mit ihr. Als Mariana ihre Mutter sah, kam sie mit tapsigen Schritten und lachend auf sie zu. Ashley ging in die Knie und fing sie auf.
»Das ist wirklich unverkennbar Aidans Tochter«, sagte sie. »Zumindest die Augen und das Haar. Beim Gesicht kann man es noch nicht so recht erkennen.« Sie musterte sie prüfend. »Aber ehrlich gesagt, kann ich dir leider nicht viel Hoffnung machen, dass sie nach dir kommt«, spöttelte Ashley.
Caleb kam aus den Nebenzimmer – offenbar hatte er die Stimmen gehört. »Guten Tag, Tante Ashley«, sagte er.
»Guten Tag, Caleb.« Sie stand auf und ging zu ihm. »Du bist ja so groß geworden.«
Calebs Wangen wurden rot vor Freude. »Ich kann schon richtig lesen, schreiben und rechnen.«
»Wirklich?« Sie beugte sich vor, um ihm in die Augen zu sehen. »Geh mal nach unten, dort habe ich in der Eingangshalle eine Schachtel mit Sahnebonbons für dich hingestellt.«
Mit kugelrunden Augen sah Caleb erst sie an, dann seine Mutter, die ihm zunickte, und wollte aus dem Zimmer laufen, als Katrina ihn zurückhielt. »Hast du nicht etwas vergessen?«
Er hielt nur kurz inne. »Danke, Tante Ashley.«
»Nicht alle auf einmal essen!«, rief Katrina ihm nach.
Ashley sah nachdenklich Mariana an, dann schloss sie kurz die Augen, als wolle sie einen Gedanken abschütteln. Sie wirkte so unglücklich, dass Katrina am liebsten zu Nicolas gegangen wäre, um ihm in aller Deutlichkeit zu sagen, er solle sich besser um sie kümmern, anstatt ihr auch noch Vorwürfe zu machen.

»Ich mache mich auf den Weg nach Hause«, sagte Ashley. »Besuch mich doch in den nächsten Tagen. Du kannst Mariana mitbringen, Robin freut sich sicher über Gesellschaft.«
Katrina versprach, so bald als möglich zu kommen, und brachte ihre Freundin bis zur Tür. Ein Dienstbote brachte Ashley mit einem Schirm bis zu ihrer Kutsche. Schlamm und Wasser spritzte unter den Rädern auf, als die Pferde des Zweispänners sich in Bewegung setzten. In der Ferne lichtete sich die Wolkendecke ein wenig, als würde ein Vorbote für das Ende des Monsuns geschickt.

# 27

## Khaiberpass, September 1878

Im Juli 1878 hatten die Russen es geschafft, in Kabul einen Abgesandten zu plazieren, so wie Maddox es bei ihrem Gespräch bereits vermutet hatte. Am vierzehnten August hatten die Briten gefordert, dass Sher Ali ebenfalls eine britische Mission akzeptierte.

Aidan saß auf seinem Posten in einer Höhle und behielt die Landschaft im Auge. Es war mittlerweile September, und er war bereits den dritten Monat hier. In diesem Monat hatte seine kleine Mariana ihren ersten Geburtstag gefeiert, und wann immer er daran dachte, durchfuhr ihn ein Stich des Bedauerns, weil er nicht dabei sein konnte. Vor einigen Tagen hatte sich Sharif zu ihm gesellt, davor war er, abgesehen von gelegentlichen Nachrichten, die Maddox ihm zukommen ließ, und vereinzelt vorbeiziehenden Händlern, allein gewesen. Sharif war derzeit von seinen Aufgaben als Führer entbunden, und Aidan vermutete, dass er nur gekommen war, um ihm ein wenig Gesellschaft zu leisten und zu sehen, was sich am Pass tat. Seinem Gefährten behagte das Ringen zwischen England und Russland nicht, und er ahnte wohl ebenso wie Aidan, dass, wenn es zum Krieg käme, dieser nicht auf Differenzen zwischen England und Afghanistan zurückzuführen wäre, sondern in erster Linie der Rivalität mit Russland geschuldet war.

Kaum hatte man von dem Vorstoß der Russen gehört, entsandte Lord Lytton, der Vizekönig von Indien, seinerseits einen Gesandten. Durch die ihm zugetragenen Meldungen wusste Aidan, dass General Neville Chamberlain in diesem Monat beauftragt worden war, das Recht einer Repräsentation in Kabul zu erwirken.

Sharif war auf einem der edlen schwarzen Pferde gekommen, mit denen seine Leute handelten. Er hatte das Tier neben Aidans Pony angepflockt, verborgen im Dickicht, das den Höhleneingang schützte. Aidan war froh über seine Gesellschaft. Auch wenn er das Alleinsein schätzte, war es ihm in den letzten Wochen oftmals zu einsam gewesen.

»Denkst du, es wird wirklich zu Auseinandersetzungen kommen?«, fragte Sharif, während er mit Aidan zusammen auf einer Plattform vor der Höhle saß. »Werdet ihr Sher Ali unter Druck setzen, sich für Russland oder England zu entscheiden, und ihn damit zwingen, entweder einen Krieg mit Russland oder mit England zu führen?«

»Ich weiß es nicht, allerdings fürchte ich, dass es darauf hinausläuft.«

Aidan blickte in die karge Landschaft, deren Grau nur vereinzelt von Grün durchbrochen wurde. Der Wind war kalt, und es würde ein harter Winter werden, so wie immer in den Bergen. Er wickelte sich enger in seinen Umhang.

»Falls es dazu kommt, werden wir uns vermutlich längere Zeit nicht sehen«, fuhr Sharif nachdenklich fort.

Seit Aidan in dieser Gegend eingesetzt wurde, stand ihm Sharif als Führer durch eine oftmals fremde Gegend zur Seite. Aidan hatte Sharifs Stamm kennen- und schätzen gelernt, wobei dessen Leute nicht wussten, dass Aidan Engländer und kein indischer Händler war. Auch von Sharifs Aktivitäten ahnte niemand etwas. Manchmal, so wie in diesem Augenblick, fragte sich Aidan, auf welcher Seite Sharif eigentlich stand. Im Grunde genommen konnte sich Aidan nicht vorstellen, dass dieser stolze junge Mann sich zum Diener der britischen Krone machen ließ. Zwar diente er den Briten durchaus, indem er ihre Soldaten durch die Berge führte, aber gleichzeitig behielt er jede ihrer Bewegungen im Auge, und Aidan wusste, dass er sich im Zweifelsfall immer für seine eigenen Leute entscheiden würde,

so wie jetzt, da er angesichts eines drohenden Krieges seine Dienste als Führer verweigerte.
»Schließt du dich den übrigen Soldaten an?«, fragte Sharif.
Aidan zuckte die Schultern. »Wenn sie es mir befehlen, werde ich es müssen.«
»Das ist nicht deine Welt, du hättest wesentlich früher deinen Abschied nehmen müssen. Hier in den Bergen leben, ist eine Sache, aktiv in einem Krieg mitmischen, eine andere, und dafür bist du nicht gemacht, dafür hast du die hier lebenden Stämme immer mit zu viel Respekt behandelt.«
Der Gedanke daran, die Afghanen in ihrem eigenen Land mit Waffengewalt anzugreifen, bereitete Aidan in der Tat seit Wochen Kopfzerbrechen. Er klammerte sich immer noch an die Hoffnung, dass es nicht zum Krieg gegen Afghanistan kommen würde. Es war nicht so, dass er nicht bereit gewesen wäre, seinen Beitrag im Dienst der Krone zu leisten. Würden England und Russland sich gegenseitig den Krieg erklären, würde er, ohne zu zögern, tun, was man von ihm verlangte. Aber Afghanistan war der unbeteiligte Dritte, das Land, dem einfach nicht verziehen werden konnte, dass es sich dem Zugriff der Briten so beharrlich entzog.
»Ich dachte, du hättest im Süden eine Heimat gefunden«, fuhr Sharif fort. »Können weder dein Zuhause noch deine Frau dich halten? Du hast doch inzwischen auch ein Kind.«
»Wir haben uns im Streit getrennt. Sie war mir böse, weil ich sie wieder allein lasse, und hat sich geweigert, sich von mir zu verabschieden.«
Sharif runzelte die Stirn, antwortete jedoch nicht.
»Anfangs war das ja alles nur eine Vernunftehe«, sagte Aidan. »Aber etwas hat sich verändert. Ich glaube, sie hat sich in mich verliebt.«
Ein leichtes Lächeln umspielte Sharifs Mundwinkel. »Du klingst so ungläubig. So neu dürfte es dir doch nicht sein, dass sich eine Frau in dich verliebt.«

»Ich habe das Gefühl, ich verdiene es nicht. So ging es mir bisher noch nie.«
Sharif lachte. »Es klingt beinahe so, als hättest du dich ebenfalls verliebt.«
In dumpfes Brüten versunken, starrte Aidan auf den Weg, der die Verbindung zwischen Afghanistan und Pakistan darstellte. Er fragte sich kurz, ob Brian wohl noch in Peschawar war.
»Willst du wirklich so weitermachen, Girilal?«, fragte Sharif, der ihn nie mit seinem englischen Namen ansprach.
Aidan war unschlüssig, was er darauf antworten sollte. Sich von dem, was er tat, für immer zu verabschieden, wäre so schwer. Aber andererseits sah er natürlich ein, dass er Katrina nicht dauerhaft in dem Bewusstsein lassen konnte, ihre Gefühle seien ihm gleichgültig.
»Ihr habt euch nicht einmal voneinander verabschiedet. Ich kenne fast nichts Schlimmeres für zwei verheiratete Menschen, als sich unversöhnt zu trennen.«
»Sie hat sich nicht von mir verabschiedet, das ist ein Unterschied.« Dennoch wusste Aidan, dass sein Freund im Grunde genommen recht hatte, und er wünschte, er hätte die Gelegenheit, ihr zu schreiben, genutzt, als er es noch konnte. Jetzt würde er warten müssen, bis er wieder in die Stadt kam. Natürlich hätte er einem der vorbeiziehenden Soldaten einen Brief mitgeben können, aber er wusste nicht, ob dieser wirklich abgeschickt würde, noch dazu, wo es jederzeit sein konnte, dass besagter Soldat in den Afghanistan-Konflikt verwickelt und somit sicher andere Sorgen haben würde.
Sharif lehnte sich mit dem Rücken gegen den Felsen und stellte einen Fuß auf. »Eine verärgerte Ehefrau sollte man versöhnen, sonst fällt die Heimkehr nicht besonders freundlich aus.« Er sah Aidan forschend an. »Jeder Mann sollte seinen Stolz haben, Girilal, aber niemals gegenüber Menschen, die ihn brauchen.«
Aus den Augenwinkeln nahm Aidan eine Bewegung wahr und

drehte sich alarmiert um, doch so angestrengt er auch in die Richtung spähte, er konnte niemanden entdecken. Auch Sharif war nun aufmerksam geworden.

»Hast du jemanden gesehen?«

»Nur kurz, ich bin mir nicht sicher …«

»Ich habe bereits länger das Gefühl, dass wir nicht allein sind.«

Aidan zog die Brauen zusammen. »Ich dachte schon, es ginge nur mir so.« Er stand auf, nahm seinen Dolch und ging in die Richtung, wo er die Bewegung ausgemacht zu haben glaubte. Es war kein Rascheln zu hören und kein losgetretenes Geröll von jemandem, der eilig die Flucht antrat. Sosehr Aidan auch mit Blicken die Gegend absuchte, es war niemand zu sehen.

»Vielleicht hast du dich geirrt?«

Aidan zuckte die Schultern, blieb jedoch wachsam.

»Es könnte ein Tier gewesen sein«, sagte Sharif.

»Möglicherweise.«

Aidan spähte noch ein weiteres Mal in die Richtung, in der er die Bewegung gesehen zu haben glaubte, aber alles war ruhig. Schweigend ließ er seine Blicke wieder ins Tal gleiten.

*

Es war keineswegs im Sinne der Engländer, den Khaiberpass in anderen Händen als ihren eigenen zu sehen. Somit war abzusehen, dass Bemühungen unternommen wurden, diese wichtige Durchgangsstraße so bald wie möglich zu besetzen und zu sichern. Einige Offiziere vom *Corps of Guides* berichteten Aidan Anfang Oktober vom bisherigen Verlauf der Verhandlungen. Sie waren auf dem Weg nach Kabul und machten eine kurze Pause, um über offenem Feuer gekochten Kaffee zu trinken. Für einen Unbeteiligten musste es aussehen, als ließen sich die

Soldaten von einem Paschtunen und einem indischen Händler verköstigen.
General Neville Chamberlain war nach seinem Versuch, auf Lord Lyttons Geheiß hin in Kabul ebenfalls das Recht einer britischen Repräsentation zu erwirken, recht unrühmlich zurückgeschickt worden. »Man hat sich nicht nur geweigert, einen britischen Abgesandten zu empfangen«, erzählte ein Lieutenant mit Namen Winston Hazard, »sondern es ist regelrecht Gewalt angedroht worden, wenn England sich darüber hinwegsetzt. Die Mission kam nicht weiter als bis zum nördlichen Eingang des Khaiberpasses.«
»Wann war das?«, fragte Aidan.
»Am einundzwanzigsten«, gab ein anderer Offizier Auskunft.
Also erst vor wenigen Tagen. Aidan zog die Stirn kraus.
»Wie verfährt Lytton nun?«
»Er hat Afghanistan den Krieg erklärt. Vierzigtausend Männer wurden in Militär-Kolonnen verteilt, und von drei Punkten aus soll der Einmarsch erfolgen.«
Aidan spürte, wie Sharif neben ihm erstarrte. Offenbar nahmen auch die Offiziere dies wahr, und Lieutenant Hazard taxierte ihn. Dass der Paschtune sich bei Aidan aufhielt, zerstreute seine Bedenken offenbar, wenn auch eine Spur von Misstrauen blieb.
Die Offiziere blieben noch ein wenig am Feuer sitzen, ehe sie wieder aufbrachen. Der von Lieutenant Harry Lumsden im Dezember 1846 gegründete *Corps of Guides* war die Elitetruppe der Krone im britisch-indischen Reich und umfasste eine Truppe Kavallerie und zwei Kompanien Infanterie, insgesamt dreihundert Soldaten. Sie hatten einen hervorragenden Ruf wegen ihrer Tapferkeit und Leistungsfähigkeit, was bei anderen Abteilungen oftmals Neid auslöste. Brian wünschte sich sehr, dazuzugehören. Vielleicht würde er jetzt ja Gelegenheit bekommen, sich zu bewähren.

Sharif hatte die Arme auf seine angewinkelten Knie gelegt und legte die Stirn darauf. Diese Haltung nahm er immer an, wenn ihn etwas beschäftigte und er nicht angesprochen werden wollte. Aidan seinerseits war ohnehin nicht in redseliger Stimmung. Es wäre nur eine Frage der Zeit, bis Maddox ihn abkommandierte und nach Kabul schickte. Eine Zeitlang wälzte er das Problem im Kopf, und schließlich wandte er sich an Sharif, der immer noch in derselben Haltung dasaß.

»Wie ist Kabul?«, fragte er in die Stille hinein.

Es dauerte einige Sekunden, ehe Sharif den Kopf hob und ihn ansah. »Jetzt stehen die Bäume in Herbstlaub, und überall findest du die Farben Gold und Rot in allen Schattierungen. Im Garten des Cousins meiner Mutter stehen Trauerweiden, Nussbäume und Zedern. Das Gras ist bedeckt von einem Teppich aus Blättern, der aussieht wie aus Gold- und Brauntönen gewebt. Im Winter wird es klirrend kalt, so wie du es auch von hier kennst. So schön die Stadt aussieht im Schnee, meide ich sie dennoch. Irgendwie habe ich das Gefühl, dass die Häuser noch schlechter warm werden als unsere Zelte. Es gibt einen großen Raum, in dem eine Art Tisch steht, der beheizt wird. Über dem Tisch liegt eine Decke, und diese Decke legt man sich über die Beine, wenn man beisammensitzt. Anders ist die Kälte nicht zu ertragen. Die Gemäuer saugen sich förmlich voll damit.« Er lächelte. »Wenn du Kabul unter einem weißen Schleier sehen möchtest, brauchst du aber nicht im Winter hinzureisen, sondern verschiebst es auf das weitaus angenehmere Frühjahr, wenn die Mandelbäume in weißer Blüte stehen.«

Obwohl er wusste, dass es Unsinn war, hätte Aidan lieber gehört, dass die Stadt überlaufen war von blutrünstigen Barbaren, die zur Räson gerufen werden mussten. Das würde vieles erleichtern. Grundgütiger, dachte er, warum habe ich nicht meinen Abschied erwirkt, als ich noch konnte?

Aidan wusste nicht, ob Sharif schlief oder sich nur schlafend stellte. Seine Atemzüge waren flach und gleichmäßig, und in der Höhle herrschte tiefe Dunkelheit, die kein Mondschein erhellte. Für Aidan war der Schlaf in weite Ferne gerückt, und anfangs wälzte er sich auf seinem Lager herum, um irgendwann mit hinter dem Kopf verschränkten Händen in die Finsternis zu starren und zu grübeln. Nie zuvor hatte er sich mit dieser Intensität gewünscht, Katrina an seiner Seite zu haben. In letzter Zeit dachte er ohnehin oft an sie. Er stellte sich vor, wie es wäre, wenn er ihr von dem erzählte, was ihn bewegte und ihm den Schlaf raubte. In diese Versuchung war er bisher noch nicht gekommen, und nun wollte er nichts lieber, als sie hier neben sich zu haben. Natürlich würde sie auch keine Lösung für sein Problem wissen, aber sie würde zuhören und sich danach von ihm lieben lassen, bis der Morgen sich mit einem ersten Lichtreif über den Bergen erhob.

Vor seiner Abreise war sie angesichts der Unstimmigkeiten zwischen ihnen nicht gerade generös gewesen, und obwohl sie sich nie verweigert hatte, war sie keineswegs entgegenkommend, so, dass es Aidan vorgekommen war, als dulde sie es lediglich schweigend, dass er sich ihres Körpers bediente, was sich als sehr wenig zufriedenstellend erwies. Ein solches Verhalten hatte er bei noch keiner Frau zuvor erlebt, und es hatte die Kluft, die sich vor seiner Abreise zwischen ihnen aufgetan hatte, nur noch vertieft. Selbst jetzt stieg Ärger in ihm auf, wenn er daran dachte.

Irgendwann musste er dennoch eingeschlafen sein, denn er schreckte vom Schnauben und Scharren der Pferde auf. Ein blasser Lichtschein fiel in die Höhle, und im ersten Moment blinzelte Aidan irritiert. Kurz raschelte es auf der Seite, auf der Sharif lag, dann ertönte ein erstickter Laut. Aidan richtete sich mit einem Ruck auf und tastete nach seinem Dolch. Im selben Moment wurde er gepackt, und jeglicher Laut von Sharif verstummte. Aidan wollte sich mit einer Drehung befreien und erneut nach seinem Dolch greifen, als etwas Hartes auf seinen Kopf niederkrachte.

Milchig blau floss Morgenlicht über die Berge, als Aidan die Augen wieder aufschlug. Er hing bäuchlings über dem Rücken eines Maulesels, und mit jedem der harten Tritte des Tieres pochte der Schmerz in seinem Kopf stärker. Ein muffig schmeckender Knebel steckte in seinem Mund, und seine Hände waren auf den Rücken gefesselt. Vorsichtig hob Aidan den Kopf und spähte umher. Diese unbedachte Bewegung löste eine heftige Schmerzwelle aus, und er grub die Zähne in den Knebel. Zumindest hatte er Sharif gesehen, und dieser war, wenn auch in kaum einer besseren Situation als er selbst, glücklicherweise am Leben.

Mehrere Männer auf Pferden begleiteten sie, zwei von ihnen hatten die Leinen der Maulesel an ihren Sätteln befestigt. Weil niemand von ihnen ein Wort sprach, konnte Aidan nicht sagen, in wessen Hände sie geraten waren. Afghanen konnten es nicht sein, denn Sharif war unübersehbar Paschtune. Welcher Grund bestünde auch, sie zu entführen? Sharif war einer der Ihren und Aidan offiziell ein indischer Händler. Niemandem von ihnen war anzusehen, ob er in die Politik involviert war oder nicht.

Die Pfade, über die sie ritten, kamen Aidan nicht einmal vage bekannt vor. Sie überquerten einige Gebirgsbäche, deren Wasser unter den Hufen der Tiere aufspritzte und sein Gesicht benetzte. Weiter ging es über Geröll, schmale steinige Wege und vorbei an Schluchten. Schließlich wurden Stimmen laut, und mit einer leichten Drehung des Kopfes erkannte Aidan, dass sie auf ein Lager zuritten. Beim Näherkommen konnte er hören, dass Hindustani gesprochen wurde, und dann erkannte er auch, in wessen Hand er war – keine in die Politik involvierten Gruppen, sondern schlichte Banditen, schloss Aidan nach dem ersten Blick. Der Khaiberpass lag weit hinter ihnen, hier waren sie wieder auf indischem Gebiet.

Ein Mann in einem Pelzumhang und mit einem buschigen Bart

trat aus einem der Zelte auf die Gruppe zu. »Wo wart ihr so lange?« Er sah zu Aidan und Sharif. »Und wer sind diese beiden? Seit wann bringen wir Gefangene ins Lager?«

Der Mann, der die Gruppe angeführt hatte, stieg vom Pferd und nahm den anderen Mann zur Seite. Beide redeten miteinander, leise, aber unübersehbar erregt. Sosehr Aidan sich jedoch anstrengte, er konnte nichts verstehen. Jemand packte ihn an der Schulter und zog ihn grob vom Rücken des Maulesels, so dass er hart auf dem Boden landete, was eine erneute Schmerzwelle durch seinen Kopf jagte. Aus dem Augenwinkel sah er, dass Sharif dieselbe Behandlung erfuhr, und dessen Stöhnen zeugte davon, dass es um ihn keinesfalls besser bestellt war.

Die Tiere wurden weggeführt, und die beiden Männer lagen gefesselt und weitgehend unbeachtet auf dem Boden. Einige neugierige Blicke trafen sie, während die Leute sich unterhielten und Neuigkeiten austauschten. Hätte Aidan es nicht besser gewusst, hätte er sie für einen einfachen Stamm umherziehender Nomaden gehalten.

Die beiden Männer hatten ihren Disput offenbar beendet und traten auf Aidan zu, der aus seiner liegenden Haltung zu ihnen aufsah und sich dabei unerträglich hilflos fühlte.

»Du bist Engländer?«, fragte der Bärtige auf Urdu.

Aidan schwieg und versuchte, sich seine Verblüffung nicht anmerken zu lassen.

»Engländer?«, fragte der Mann erneut, dieses Mal in knarrendem Englisch.

Weil die Frage so offensichtlich darauf hindeutete, dass man ihn nicht für den indischen Reisenden hielt, für den er sich ausgab, befand Aidan, dass die Frage keiner Antwort bedürfe. Ihn beunruhigte vielmehr, dass man ihn enttarnt hatte und es für angebracht hielt, diesen Umstand zu nutzen, ihn hierher zu verschleppen. Keinesfalls würde er ihnen weitere Informationen geben.

Der Mann, der die Gruppe angeführt hatte, trat ihm kräftig in

die Rippen. Aufkeuchend krümmte Aidan sich zusammen, schwieg aber weiterhin.
»Bist du dir sicher, dass du recht hast?«, fragte der Bärtige den anderen Mann.
»Ja, auch wenn es eher Zufall war. Er hat mit englischen Soldaten gesprochen – auf Englisch, und es war offensichtlich, dass er zu ihnen gehörte.«
»Warum habt ihr mich beobachtet?«, fragte Aidan auf fehlerfreiem Hindustani, ohne eine Antwort zu erwarten.
Der Mann sah auf ihn hinab. »Das haben wir nicht. Wir waren auf Beutezug und wollten dich ausrauben und töten, ebenso ihn.« Er deutete mit dem Kinn auf Sharif. »Dein Glück, dass an diesem Tag ein Trupp britischer Soldaten kam und wir herausbekommen haben, dass du nicht der bist, als der du dich ausgibst. Er jedoch«, wieder ein Blick zu Sharif, »ist kein Engländer, wie es scheint, aber er tut sich mit euch zusammen. Spion gegen sein Volk.« Der Mann grinste.
»Wie ist dein Name?«, fragte der Bärtige.
Wieder schwieg Aidan.
»Dein Dienstrang?«
Die Männer sahen sich an, und diesmal trat der Bärtige zu, so heftig, dass Aidan die Luft wegblieb und ihm einen Moment lang schwarz vor Augen wurde. Der Bärtige wiederholte seine Frage. Als Aidan erneut schwieg, trat der andere Mann hinter ihn, packte ihn an den Armen, riss ihn auf die Beine und hielt ihn fest.
Der Bärtige öffnete Aidans Umhang, seine Jacke und die wollenen Hemden. Aidan erschauerte, nicht nur wegen der kalten Luft, sondern weil der Mann ein Messer an seine Rippen setzte – unterhalb des Herzens.
»Dein Name und Dienstrang.«
Als keine Antwort kam, fuhr er mit dem Messer über die Haut, so dass ein Schnitt entstand, der eine Handbreit lang war. Ai-

dan biss die Zähne zusammen und schwieg weiterhin. Erneut wurde das Messer angesetzt und durch denselben Schnitt gezogen. Mit einem Zittern schloss Aidan kurz die Augen. Die Prozedur wiederholte sich noch zwei weitere Male, dann ließ der Bärtige von ihm ab und ging zu Sharif. Er kniete bei ihm nieder und setzte ihm das Messer an die Kehle.

»Den hier brauchen wir ohnehin nicht mehr.« Er sah Sharif an. »Oder sagst du uns, was wir wissen wollen.«

Sharif schwieg ebenfalls, sein Blick traf Aidan jedoch über den Arm des Mannes hinweg. Aidan war bereit, Schmerzen zu ertragen oder auch sein Leben zu opfern, aber das ging zu weit, das konnte niemand von ihm verlangen.

»Nicht!«, rief er.

Der Bärtige drückte Sharif das Messer nach wie vor an den Hals, sah nun jedoch zu Aidan auf. »Ja?«

»Lass ihn los, ich sage euch, was ihr wissen müsst.«

Der Mann ließ von Sharif ab und trat zu Aidan, das Messer immer noch in der Hand.

»Captain Aidan Landor, achtes Regiment der Bengalen-Kavallerie.«

Zähne blitzten in dem dunklen Bart auf. »Warum nicht gleich so.« Er nickte in Sharifs Richtung. »Und der da?«

Aidan überlegte fieberhaft. »Mein Führer durch das Gebiet.«

»Also ein Verräter an seinen eigenen Leuten.«

»Nein!«, ertönte Sharifs Stimme.

Der Mann beachtete ihn nicht. »Wie viel bist du deinem Regiment wert?«

Wieder gab Aidan keine Antwort, diesmal jedoch, weil er schlicht nichts darauf zu sagen wusste.

»Die Engländer haben mehrere unserer Leute inhaftiert, darunter zwei meiner Brüder, und alle haben ein Todesurteil zu erwarten, weil sie so töricht waren, englische Soldaten zu überfallen und zu töten.«

Davon hatte Aidan gehört. »Ich kann da nichts ausrichten«, sagte er.
»Nein, aber ich kann dich gegen sie eintauschen.«
Aidan hätte am liebsten gelacht. Darauf würde sich niemand einlassen.
»Meine Männer und ein Lösegeld, damit wir dich laufen lassen. Euer Land ist im Krieg, da werden doch sicher die ranghohen Offiziere gebraucht.« Er deutete auf Sharif. »Für den da kriegen wir vermutlich nichts, also versuchen wir, ihn an seine Leute zu verkaufen, ein Spion aus ihren eigenen Reihen.«
Aidan sah, dass Sharif kreideweiß wurde. Nicht nur, dass er in dem Fall entehrt war, es wäre vermutlich sein Todesurteil. »Ich zahle mehr als die Afghanen«, sagte er. »Sobald ich frei bin, schicke ich Geld.«
Der Bärtige sah ihn forschend an, gab jedoch keine Antwort. Daran, dass man ihn auf irgendeine Weise befreien würde, zweifelte Aidan nicht. Sicher würde man nicht auf die absurden Forderungen eingehen, aber irgendeinen Weg würde man finden. Er machte sich weniger um sich selbst Sorgen als um seinen Gefährten, der immer noch am Boden lag und aussah, als hätte man ihm einen tödlichen Stoß versetzt.
»Gut«, sagte der Bärtige und wandte sich an den Mann, der hinter Aidan stand. »Bring sie dort hinein.« Er deutete auf ein kleines Zelt, das wenige Schritte entfernt stand.
Nachdem man sie auf den Boden gestoßen hatte, bemerkte Aidan, dass sein Hemd dort, wo es über der Wunde lag, blutdurchtränkt war. Ebenso war Blut über seinen Bauch bis zum Bund seiner Hose geronnen. Sharif setzte sich auf und sah ihn an. Beide hatten die Hände nach wie vor auf den Rücken gefesselt, woraus Aidan schloss, dass man den Eingang nicht bewachte.
»Das sieht ernst aus, Girilal«, sagte er, wobei Aidan nicht wusste, ob er die Wunde meinte, die Situation oder vielleicht beides.

# 28

## Ootacamund, Januar 1879

Am Morgen noch hatte der Nebel die Berge umhüllt und feucht auf den Lippen geschmeckt. Katrina war bereits früh aufgestanden und auf den Balkon getreten, in nichts weiter gekleidet als ein Nachthemd und einen leichten Morgenmantel, zitternd in der Kälte des Tagesanbruchs. Rot färbte sich der Schleier, der die Berge verbarg. »*Wieder einmal zog ein junger Tag sein leuchtendes Morgengewand aus Brokat an*«, zitierte Katrina leise. Ihr Vater hatte persische Liebesdichtung geliebt.

Nachmittags brachte sie Caleb zu ihrem Bruder, damit er eine Reitstunde erhielt. Caleb stand auf dem untersten Querbalken des Gatters und sah seinen beiden Cousinen zu, wobei die Ältere mittlerweile eine recht passable Figur auf dem Pony machte. Die Jüngere schaffte es gerade, sich aufrecht zu halten, und sobald es ans Traben ging, gelang ihr nicht einmal mehr das.

Charles gesellte sich zu Katrina und Caleb. Bei seinem Anblick bemühte seine jüngere Tochter sich um eine bessere Haltung, scheiterte jedoch kläglich.

»Sie hat nicht sonderlich viel Spaß dabei«, bemerkte Katrina.

»Das sehe ich. Aber sie wird es lernen.«

»Denkst du, es ist der richtige Weg, sie zu zwingen?«

»Eine Dame muss reiten können, und wenn ich jetzt nachgebe, wird sie es sicher niemals lernen. Sie muss ja keine brillante Reiterin werden, aber für den normalen Gebrauch sollte es reichen.«

»Ich kann schon richtig reiten, Onkel Charles«, mischte Caleb sich ein.

Charles zauste ihm das Haar. »Ich weiß.«

»Sogar Galopp«, klärte Caleb seine entsetzte Mutter auf.

»Was dachtest du?«, fragte Charles auf ihren Blick hin. »Dass er sein Leben lang nur Schritt und Trab reitet?«

»Zumindest könnte man es ruhiger angehen, bis er ein wenig älter ist.«

»Vertrau dem Reitlehrer, Katrina, dem ich meine eigenen Töchter anvertraue.« Er wandte sich an Caleb. »Willst du dich nicht langsam mal um dein Pony kümmern?«

Ohne zu widersprechen, sprang Caleb von dem Gatter auf den Boden und lief zum Stall.

»Hast du etwas von Aidan gehört?«

Katrina schüttelte den Kopf. »Gehört habe ich nichts, und geschrieben habe ich ihm auch nicht.«

Verärgerung zeichnete sich auf Charles' Gesicht ab, wobei Katrina nicht sagen konnte, ob es daran lag, dass Aidan nichts von sich hören ließ oder dass sie ihm nicht geschrieben hatte. Ein Aufschrei zog die Aufmerksamkeit beider wieder auf den Reitplatz. Emma, Charles' jüngere Tochter, war vom Pferd gefallen und saß weinend auf dem Boden. Im selben Moment kam Cynthia, die offenbar vom Fenster aus zugesehen hatte, aus dem Haus gerannt, was sich mit ihrem voluminösen Umfang – sie stand kurz vor der Entbindung – nicht so einfach gestaltete.

Der Reitlehrer half der Kleinen auf und sagte ihr, sie solle wieder aufsteigen. Charles beobachtete die Szene schweigend, dann sah er zu seiner aufgebrachten Ehefrau.

»Ich habe ja gesagt, dass so etwas passiert!«, kreischte Cynthia.

»Bitte beherrsch dich«, antwortete Charles und wandte sich an Emma. »Steig wieder auf.«

»Das wird sie auf keinen Fall tun«, widersprach Cynthia heftig. »Komm her, Emma. Mit den Reitstunden ist jetzt Schluss.«

Der Reitlehrer blickte von einem zum anderen und sah schließlich peinlich berührt zu Jessamyn, die ihrerseits ihr Pony gewendet hatte und zurückgeritten war.

»Sitz auf, Em«, sagte sie.

Emma war sichtlich verwirrt und zerrissen zwischen dem Wunsch, ihrem Vater zu gehorchen, und zu ihrer Mutter zu gehen und somit erlöst zu sein.

»Nun komm schon, Liebes«, sagte Cynthia. »Und du, Jessamyn, wirst auch aufhören. Ich möchte nicht, dass du auch noch verunglückst.«

»Es reicht«, sagte Charles ruhig, und nur Katrina konnte erkennen, wie mühsam er sich beherrschte. »Du bist hysterisch, was angesichts deines Zustandes nur zu verständlich ist.«

»Darf ich nicht mehr reiten, Papa?«, fragte Jessamyn.

»Natürlich darfst du«, antwortete Charles. Er öffnete das Gatter und ging zu Emma.

Cynthia setzte offenbar zu einer weiteren Schimpftirade an, als Katrina ihren Arm leicht drückte. »Du machst dich und deinen Mann vor einem Angestellten lächerlich«, sagte sie leise. »Willst du, dass sich diese Szene herumspricht?« Damit hatte sie das einzige Argument gefunden, auf das Cynthia reagierte: das Gerede der Leute. Verwirrt sah ihre Schwägerin zu dem Reitlehrer, der ihren Blick nur kurz erwiderte.

»Ich glaube, ich muss mich hinlegen«, murmelte sie.

»Soll ich dich ins Haus bringen?«

Cynthia schüttelte den Kopf und sah noch einmal bestürzt zu Charles, der sich vor seine Tochter gehockt hatte und beruhigend auf sie einsprach. Plötzlich hatte Katrina Mitleid, und sie nahm den Arm ihrer Schwägerin, um sie trotz der Ablehnung zu begleiten.

Im Haus brach Cynthia in Tränen aus. »Er ist so seltsam geworden«, sagte sie. »Ich glaube, er hält mich für eine schlechte Mutter.«

»So ein Unsinn.«

»Warum zwingt er die Mädchen zu gefährlichen Dingen? Glaubst du, er möchte mir zeigen, dass er mir übel nimmt, ihm keinen Sohn geschenkt zu haben?«

Katrina war einigermaßen erstaunt über die plötzliche Vertrauensseligkeit ihrer Schwägerin. Andererseits neigte man während einer Schwangerschaft zu Gefühlsausbrüchen, das kannte sie von sich selbst nur zu gut.

»Es ist eine Stunde am Tag, an der er über die Zeit der Mädchen verfügt«, sagte sie. »Gönn ihm diese Stunde, er nimmt sonst so wenig teil an ihrem Leben.«

»Es ist ja auch Sache der Mutter, Töchter zu erziehen.«

»Das tust du doch auch. Du solltest dich beruhigen und hinlegen. Wenn du so aufgebracht bist, schadest du dir und dem Kind. Warte erst einmal ab, bis das Baby da ist, dann wirst du dich besser fühlen, und vielleicht sieht dann alles auch wieder ganz anders aus.«

Cynthia war erstaunlich nachgiebig. Sie nickte und ging zur Treppe, die nach oben zu den Schlafzimmern führte.

Als Katrina die Haustür öffnete, um wieder zum Reitplatz zu gehen, kam ihr Charles entgegen, mit einem Gesichtsausdruck, der nichts Gutes für seine Frau verhieß. Sie umfasste seine Arme, um ihn aufzuhalten.

»Schimpf nicht mit ihr, Charles. Sie ist aufgebracht, und du weißt ja, ihr Zustand …«

»Damit redet sie sich ständig heraus«, unterbrach Charles sie barsch. »Geh mir aus dem Weg.«

»Versuch erst einmal, dich zu beruhigen.«

Charles befreite sich unsanft aus ihrem Griff und schob sie beiseite, dann eilte er die Treppe hoch.

Anstatt zum Reitplatz zu gehen, schlug Katrina den Weg zu den Teegärten ein. Charles bewirtschaftete ein weitaus größeres Areal als sie und Aidan. Hinter den Teegärten erstreckten sich Obstgärten, ein Nebenerwerb, auf den er zwar nicht mehr angewiesen war, den er aber in einer Art von Sentimentalität weiter betrieb. Während sie den Teepflückerinnen zusah, überlegte sie, wie sie die Plantage weiterhin führen sollte, wenn die Arbeit beinahe komplett an ihr hängen blieb. Derzeit war sie zu erschöpft, um sich um alles zu kümmern, und Charles hatte ihr bereits gesagt, dass die Qualität zu wünschen übrig ließ, was sie allerdings selbst gemerkt hatte, wenn es auch mittlerweile besser geworden war, seit sie den neuen Aufseher eingestellt hatte. Aber es würde noch einige Zeit dauern, ehe wirklich alles auf einem Standard war, der sie zufriedenstellte.

Kurze Zeit später gesellte sich Charles zu ihr.

»Ich hoffe, du bist nicht zu hart mit ihr umgesprungen«, sagte Katrina.

Er sah sie kurz an und schwieg.

»Ich möchte zwei Männer einstellen, die mich mit der Buchführung und der Verwaltung entlasten«, wechselte sie das Thema.

»Die Idee ist nicht schlecht, aber kannst du dir das leisten?«

»Ich muss es irgendwie hinbekommen, allein schaffe ich die ganze Arbeit nicht.«

»Wenn du möchtest, höre ich mich um.«

Zwar widerstrebte es Katrina, wieder seine Hilfe anzunehmen, aber sie wusste auch, dass sie keine Wahl hatte. »Ich danke dir«, murmelte sie.

Den Blick auf die Teegärten gerichtet, war sie sich sicher, dass eine gemeinsame Zukunft mit Aidan kaum möglich war. Er würde tun und lassen, was er wollte, und sie wäre an die Teeplantage gebunden, die er nur aufsuchte, wenn er einen Ruhepol brauchte. Wieder Einsamkeit, nur anders. Sie hatte einfach kein Glück mit den Männern.

»Du hast einfach kein Glück mit den Männern«, sagte Charles.

*

Katrina hatte kaum gemerkt, wie der Dezember in den Januar übergegangen war. Sie zählte die Zeit nach Wochen, in denen

Aidan fort war und sie nichts von ihm gehört hatte. Sechsunddreißig Wochen und zwei Tage.
Es war noch recht früh am Tag, als sie gerufen wurde, weil die Maschine, die die Teeblätter nach dem Welken rollte, nicht mehr funktionierte. In der Tat war der Raum, der ansonsten angefüllt war vom Lärm der Motoren, unheilverkündend still. Katrina stand ratlos vor der Maschine.
»Ist sie gerade eben erst kaputt gegangen?«, fragte sie.
»Ja, Memsahib«, sagte der Vorarbeiter. »Wir haben bereits nach jemandem schicken lassen, der sie sich ansieht. Ich hoffe, es ist nur ein kleiner Defekt, der sich schnell beheben lässt.«
Das hoffte Katrina ebenfalls zutiefst, ansonsten stünde sie vor einem großen Problem. Geistesabwesend drehte sie eine gelöste Haarsträhne um ihren Finger und überlegte, welche Lösung sich bot, wenn die Maschine nicht schnellstens repariert werden konnte. Sie wollte nicht schon wieder zu Charles rennen, davon abgesehen, dass dieser momentan selbst bis zum Hals in Arbeit steckte.
»Wir kümmern uns um alles, Memsahib«, sagte der Vorarbeiter beruhigend. Offenbar machte sie den Eindruck, als stünde sie kurz vor einem Zusammenbruch. Sie hatte den Mann im Sommer eingestellt, und er leistete hervorragende Arbeit.
»Bitte sagen Sie mir Bescheid, wenn Sie etwas wissen, Rohit«, erwiderte sie.
Auf dem Hof kam ihr der Stallmeister entgegen und unterrichtete sie davon, dass ihre Stute eine Prellung an der linken Hinterhand hatte.
»Sie stand auf der Koppel mit den Kutschpferden«, erklärte er, »vermutlich hat es eine Keilerei gegeben.«
»Ist es schlimm?«, fragte Katrina besorgt.
»Es sieht schlimm aus, aber ich habe es bereits versorgt, und sie steht nun im Stall. In zwei Wochen wissen wir mehr. Meiner Erfahrung nach müsste es aber wieder verheilen.«

Katrina nickte und beschloss, später im Stall nach dem Pferd zu sehen. Jetzt musste sie erst einmal überlegen, was sie tun sollte, wenn die Maschine nicht wieder in Gang zu kriegen war.

Caleb hangelte mit einer Hand auf den unteren Treppenstufen am Geländer herum, als Katrina das Haus betrat. Auf dem Arm hielt er eine kleine Katze, die er vor einigen Tagen von seinem Onkel geschenkt bekommen hatte. Auf Charles' Hof gab es einen Wurf, und er hatte sich ein Kätzchen aussuchen dürfen.

»Kannst du deine Unterrichtspausen nicht sinnvoller nutzen, als auf der Treppe allen im Weg zu stehen?«, herrschte sie ihn an.

Caleb hielt inne und sah verletzt zu ihr auf. Dann drehte er sich auf dem Treppenabsatz um und lief nach oben. Katrina biss sich auf die Lippen und schämte sich für ihren Ausbruch. Sie steckte die gelöste Haarsträhne fest und sagte sich, dass es kaum noch schlimmer würde kommen können.

In ihrem Arbeitszimmer suchte sie das Buch mit den Bilanzen, um zu sehen, ob sie sich einen Ernteausfall würde leisten können. Wenn die Maschine nicht wieder in Gang zu setzen war, würde sie eine neue kaufen müssen, und das dauerte seine Zeit. Mit einem Ruck zog sie das ledergebundene Buch hervor und mit ihm mehrere Hefte mit losen Zetteln, die allesamt zu Boden fielen.

»Verdammt«, schimpfte Katrina und war mittlerweile kurz davor, in Tränen auszubrechen. Wütend hockte sie sich hin, sammelte alles auf und legte es in einem unordentlichen Stapel auf den Tisch.

Die Zahlen waren gar nicht einmal so schlecht, stellte sie fest, als sie die Kosten abgezogen hatte, die die Reparatur der Maschine betragen würde. Sie zog von dem verbleibenden Betrag das ab, was sie mit ihrer Haupternte vermutlich weniger einnahm, und das, was übrig blieb, war zwar nicht gerade üppig, aber sie würden auch nicht darben müssen. Sicher, größere Ausgaben waren nicht damit zu tätigen, und zwei neue Angestellte einzustellen, würde sie auch aufschieben müssen. Katrina notierte noch zu erwartende Beträge aus Teeverkäufen und rechnete alles zusammen. Ganz so düster, wie sie noch eine Stunde zuvor gedacht hatte, sah es nicht aus. Sie blickte auf, als die Tür geöffnet wurde.

»Ein Herr wünscht Sie zu sprechen, Memsahib«, sagte der *Chuprassi.* »Er wartet im Besuchersalon.«

»Wer ist es?«

»Er hat seinen Namen nicht genannt, Memsahib.«

Also war es nicht Stephen, wie sie zuerst befürchtet hatte – ihn hätte der *Chuprassi* erkannt. Sie stand auf, strich ordnend über Haar und Kleid, dann verließ sie den Raum, durchquerte die Halle und ging in den Besuchersalon. An der Tür holte sie tief Luft, dann trat sie ein, und der Gruß gefror ihr auf den Lippen.

»Ich wollte dich nicht überfallen«, sagte Raymond Landor, »aber ich dachte mir, dass du mich vermutlich nicht empfängst, wenn ich dir ausrichten lasse, dass ich es bin, der wartet.«

Katrinas Hand lag immer noch auf der Türklinke. »Aidan ist nicht da.«

»Das weiß ich. Schließ bitte die Tür, ich möchte mit dir reden.«

Zögernd kam Katrina seinem Wunsch nach. Gedanken stürmten auf sie ein, allen voran der an Mariana, von der Aidans Familie nichts wusste. Seit ihrer Abreise aus Bombay beschränkte sich der Kontakt auf das Nötigste.

»Kann ich dir Tee anbieten?«, fragte Katrina, um das Schweigen zu brechen. Aidan war schon so lange fort. Hatte ihr Schwiegervater davon gehört und wollte sie zur Rede stellen, weil er der Meinung war, sie erfülle ihre Pflichten als Ehefrau nicht ausreichend? Dann hatte er sich genau den richtigen Tag ausgesucht, denn nach dem ganzen Ärger, den sie allein zu tragen hatte, war sie so wütend auf Aidan, dass ihr ein Ventil dafür nur zu willkommen erschien.

Raymond Landor schien ihr Angebot ablehnen zu wollen, bejahte dann jedoch. Katrina zog am Klingelstrang und trug dem eintretenden Dienstboten auf, Tee und Gebäck zu bringen.
»Ich kann mir denken, dass du nicht sonderlich erfreut bist, mich zu sehen«, sagte Raymond Landor, als sie wieder allein waren.
Katrina machte sich nicht die Mühe, höflich zu sein, und sie wurde einer Antwort enthoben, als Caleb den Salon betrat, sein Kätzchen im Arm. Das Tier war noch keine zwei Monate alt, hatte ein weißes Fell und einen großen schwarzen Fleck auf der Brust. Caleb hing hingebungsvoll an ihm.
»Was gibt es?«, fragte Katrina sanft, als sie bemerkte, wie ihr Sohn beim Anblick ihres Schwiegervaters zögerte. »Komm, begrüß deinen Großvater.«
Caleb kam näher und murmelte einen Gruß. Er blieb neben seiner Mutter stehen und sah seinen Großvater an.
»Ich habe dir leider nichts mitgebracht«, sagte Raymond Landor.
»Dergleichen hätte auch niemand hier erwartet«, erwiderte Katrina spitz. Dann wandte sie sich an Caleb. »Was ist, mein Schatz?«
»Darf ich zu Daniel?«
»Erst wenn du mit deinen Aufgaben fertig bist.«
»Ja, bin ich. Darf Wilhelmina mit?«
Katrina fragte sich zum wiederholten Mal, wie er auf diesen Namen für die Katze verfallen war. »Lass sie lieber hier.«
»Aber sie hat Angst, wenn ich nicht da bin.«
Der Dienstbote trat ein und schob einen Servierwagen in das Zimmer. Während er den Tee servierte, klärte Katrina mit Caleb die Frage, ob er die Katze mitnehmen dürfe oder nicht, und weil sie immer noch ein schlechtes Gewissen hatte, ging ihr Sohn als Sieger aus dem Disput hervor.
Raymond Landor trank seinen Tee und verzichtete auf Gebäck

und Süßrahm. Er wirkte nachdenklich, beinahe bedrückt. Kaum waren sie wieder allein, stellte er die Tasse ab und sah Katrina ernst an. »Ich würde dir gerne jede Aufregung ersparen.«

»Ich fürchte, allein durch diese Anspielung hast du die Möglichkeit dazu vertan.«

In Raymonds Gesicht wetterleuchtete es. »Katrina, ich bin bereit, einzuräumen, dass ich es dir gegenüber an Höflichkeit habe mangeln lassen, aber das bedeutet mitnichten, dass du einen solchen Ton mir gegenüber an den Tag legen darfst.«

»Wir befinden uns nun nicht mehr in deinem Haus, sondern in meinem. Als ich damals zu euch gereist bin, habe ich mir alle Mühe gegeben, mit euch auszukommen. Nach der Behandlung, die ich erfahren musste, kann es dich wirklich nicht wundern, dass ich nicht sonderlich gut auf dich zu sprechen bin.«

Raymond hob beide Hände. »Ich bin nicht gekommen, um mit dir zu streiten.«

»Du sagtest, du wüsstest, dass Aidan nicht hier sei, und du wolltest mit mir reden? Bist du extra deshalb aus Bombay gekommen?«

»Ja.«

Obwohl sie nicht hungrig war, griff Katrina nach einem Stück Mürbegebäck und strich Süßrahm darauf, um ihre Hände zu beschäftigen.

»Es geht um Aidan«, sagte Raymond. »Du wirst es nicht gerne hören, fürchte ich, aber er hat dich hintergangen.«

Der Bissen in Katrinas Mund wurde staubtrocken, und sie trank Tee, um ihn hinunterzuwürgen. Ihr erster Gedanke war, dass Aidan eine Beziehung zu einer anderen Frau hatte. Das würde seine lange Abwesenheit erklären. Ihre Hände zitterten leicht, und sie vergrub sie in den Falten ihres Kleides.

»Er hatte nicht nur vor dir Geheimnisse, sondern vor uns allen. Was hat er dir erzählt, warum er so oft fortmuss? Mit seiner Liebe, zu reisen, kann er sich nicht dauerhaft herausgeredet haben.«

»Er sagte, er bereise Teeanbaugebiete.« Katrinas Herz schlug so heftig, dass sie ihre eigene Stimme kaum hörte.
»Dass er nicht mehr im aktiven Dienst der Armee ist, hat er ja so deutlich nie gesagt, im Nachhinein wundert mich das nicht, Lügen hat Aidan immer schon vermieden. Vermutlich hat er in der Tat Anbaugebiete aufgesucht, nur kurz, um bei der Wahrheit zu bleiben, und vielleicht auch, um sich dort sehen zu lassen. Was seinen aktiven Dienst angeht, so hat er uns verschwiegen, dass er diesen keineswegs aufgegeben hat.« Raymond schwieg bedeutungsvoll, dann sprach er weiter, und seiner Stimme war die zunehmende Erregung deutlich anzuhören. »Er ist für die Kundschafter tätig, reist also in Gebiete, in denen Unruhen zu erwarten sind, und betätigt sich quasi als Spion.« Seine Faust ballte sich, so dass die Knöchel weiß hervortraten. »Daher die vielen Reisen, die lange Abwesenheit … Er spricht mehrere Sprachen und Dialekte akzentfrei, natürlich, da bietet es sich ja sozusagen an, ausgerechnet diese Art von Arbeit zu machen.«
Die Erleichterung, die Katrina durchfloss, war so köstlich, dass ihr einen Moment lang schwindlig wurde. Dann jedoch wurde ihr bitter bewusst, dass sie über drei Jahre lang hintergangen worden war. Sie dachte an Aidans oftmals verschlossenes Gesicht, daran, wie unnachgiebig er an seinen Reisen festhielt, und daran, wie wenig wichtig sie ihm im Vergleich zu dem, was er tat, sein musste. Er hatte sie dazu gebraucht, eine Teeplantage zu kaufen, was aber offenbar mitnichten bedeutete, dass er vorhatte, mehr zu sein als ein gelegentlicher Besucher seines Zuhauses, und damit hatte er sie bewusst getäuscht.
Ihr Blick begegnete dem ihres Schwiegervaters. »Du bist den ganzen Weg von Bombay hierhergekommen, um mir etwas mitzuteilen, das du auch per Brief hättest sagen können?«
»Ich bin noch nicht fertig, Katrina. Das alles, was ich dir erzähle, dürfte ich im Grunde genommen nicht wissen, aber weil die Umstände derzeit nun einmal sind, wie sie sind, hat mir ein

Freund, der General bei der Bombay-Kavallerie ist, einige Dinge erzählt …« Er schien nicht zu wissen, wie er fortfahren sollte. »Vor drei Monaten wurde Aidan überfallen. Es waren keine Rebellen oder Paschtunen, die ihn gefangen genommen haben, sondern eine Gruppe von simplen Verbrechern. Sie lassen ihn gegen ein Lösegeld und die Freisetzung einiger Gefangener laufen. Abgesehen davon, dass sich niemand auf derartige Verhandlungen einlässt – Aidan ist zwar wichtig, aber nicht unentbehrlich –, hat derzeit der Krieg mit Afghanistan oberste Priorität. Man sagt sich – vermutlich zu Recht –, dass Aidan selbst schuld ist, wenn er in eine derartige Lage gerät, die unbedingt hätte vermieden werden müssen. Wäre er ein politischer Gefangener, sähe das alles vermutlich anders aus.«

Schweigen lastete schwer auf dem Raum.

»Ist er in ernsthafter Gefahr?«

»Ich fürchte, ja.«

»Hätten sie«, Katrina schluckte, »hätten sie es mir irgendwann mitgeteilt?«

»Ja, ich denke, das hätten sie getan, wenn es keine Hoffnung mehr auf Rettung gäbe. Denn im Grunde genommen achtet man, so lange es geht, darauf, dass Aidans Tätigkeit geheim bleibt.«

»Aber warum vor mir?«

»Gerade vor einer Ehefrau«, sagte Raymond mit beinahe herablassender Nachsichtigkeit.

»Und warum hast du dich dann bemüßigt gefühlt, extra anzureisen, um es mir zu erzählen?«

»Weil ich denke, du hast ein Recht, es zu erfahren. Ich heiße nicht gut, was Aidan getan hat, aber das ist eine Sache zwischen euch beiden. Was ich allerdings vermeiden möchte, ist, dass du erst erfährst, wie es um ihn steht, wenn man ihn bereits aufgegeben hat.«

Katrina fühlte sich wie betäubt. Sie presste die Hände aneinander und starrte ziellos in den Raum. Schließlich sagte sie mit trockenem Mund: »Nun ja, dir war ja ohnehin nicht recht, dass er mit mir zusammenlebt.«

»Sprich nicht wie eine Närrin«, fuhr Raymond auf. »Ja, ich wollte nicht, dass er dich heiratet, aber das bedeutet nicht, dass ich ihn lieber tot sähe. Vielleicht wäre ich auch gar nicht gekommen, wenn ich nicht das Gefühl gehabt hätte, dir Unrecht getan zu haben, indem ich dir vorgeworfen habe, Aidan aus dem Haus zu treiben, weil du als Ehefrau unzulänglich bist.«

Sie hörte ihm kaum zu. Der Moment, in dem Aidan sich von ihr verabschiedet hatte, stand ihr vor Augen. Hätte sie ihm nur geantwortet. Erst allmählich tropfte die Erkenntnis, dass sie ihn vielleicht nie mehr wiedersah, in ihr Bewusstsein. Wenn sie ihm wenigstens geschrieben hätte.

»Ich muss gestehen«, nahm Raymond das Gespräch wieder auf, »ich bin derzeit etwas ratlos. Die ganze Situation wird einfach dadurch erschwert, dass Aidan in die Hände der falschen Leuten geraten ist. Als politischer Gefangener hätte er einen anderen Stellenwert für mögliche Verhandlungen. Zwar fügt es sich für die Regierung so günstiger, denn sie muss sich auf keinerlei Verhandlungen einlassen, aber für Aidan wäre es zweifellos besser gewesen. Ich weiß nicht, wie weit Gebirgsräuber gehen, wenn sie sehen, dass ihr Gefangener keinen Wert für sie hat. Wäre es nur das Geld – das könnte ich beschaffen.«

»Kennst du niemanden, der Einfluss genug hat …« Katrinas Stimme erstarb.

»Leider nein, sonst hätte ich bereits etwas in die Wege geleitet. Derzeit konzentriert sich alles auf den Krieg, der, wenn du mich fragst, so gut wie aussichtslos ist. Vielleicht weiß man das auch und stürzt sich deshalb so verbissen hinein.«

Katrina fragte sich, ob Nicolas etwas gewusst hatte. Vermutlich war das der Fall, denn beide kannten sich aus Kalkutta, und Nicolas war als Offizier sicher in derartige Geheimnisse eingeweiht. Sie dachte an die Blicke, die die beiden Männer oftmals getauscht hatten, und fragte sich, ob sie sich, wenn sie allein waren, über ihre Naivität und darüber, wie leicht sie getäuscht werden konnte, lustig machten. Der Gedanke daran trieb ihr das Blut ins Gesicht. Dann wiederum nahm ihr die Vorstellung, Aidan könne nie mehr zurückkehren, den Atem. Unvermittelt stand sie auf. Selbst wenn sie nichts tun konnte, das Herumsitzen zerrte an ihren Nerven. Sie würde zu Nicolas fahren und eine Erklärung verlangen.

»Was hast du vor?«, fragte Raymond und erhob sich ebenfalls.

»Ich muss kurz weg.«

»Du solltest dich lieber hinlegen, ehe du noch eine Dummheit begehst.«

»Ich bin kein Kind mehr«, rief Katrina aufgebracht.

»Nein, aber eine Frau, die offenbar im Begriff ist, überstürzt zu handeln.«

Ohne eine Antwort zu geben, wirbelte Katrina herum und lief aus dem Salon. Zwar hörte sie, wie ihr Schwiegervater nach ihr rief, aber sie beachtete ihn nicht, auch dann nicht, als sie seine Schritte hörte.

In der Eingangshalle stieß sie auf den Vorarbeiter, der ihr mitteilte, dass an der Maschine lediglich ein kleines Teil defekt war, das innerhalb weniger Tage repariert werden konnte. Katrina nickte lediglich und ging nicht weiter darauf ein. Sie rief einen Dienstboten, um im Stall Bescheid zu geben, dass eingespannt werden solle, als es an der Tür läutete.

»Hast du nicht gehört, was ich dir gesagt habe?«, fragte Raymond verärgert und griff nach ihrem Arm.

Katrina wollte sich eben mit einem Ruck befreien, als sie die Stimmen von Charles' Töchtern hörte.

»Memsahib Ramsay liegt in den Wehen«, erklärte die *Ayah*, die die drei Mädchen begleitete.

Jessamyn und Emma sahen sie ängstlich an, während die kleine Laura sich lediglich neugierig umschaute.

»Was ist mit Mama?«, fragte Jessamyn.
»Deine Mutter«, antwortete Katrina und löste ihren Arm aus dem Griff ihres Schwiegervaters, »braucht heute Abend nur ein wenig Ruhe.«
»Aber wir sind doch nicht laut«, widersprach Emma.
Katrina hatte mit Kindern noch nicht genug Erfahrung, um eine solche Situation meistern zu können, und überlegte, wie sie es kindgerecht formulieren konnte. Als Laura geboren worden war, hatte es sich so gefügt, dass die Mädchen ohnehin bei einer Freundin gewesen waren und sie dann einfach dort übernachteten, aber daran konnte sich Emma kaum mehr erinnern.
»Eure Mutter«, mischte sich Raymond Landor ein, »wartet darauf, dass euer neues Geschwisterchen ankommt, und möchte euch damit überraschen.«
Die beiden Mädchen rissen die Augen auf. »Wirklich?«, rief Jessamyn.
»Ein richtiges kleines Baby?«, fragte Emma und klatschte begeistert in die Hände.
»Ganz recht«, antwortete Katrina nun, »ein richtiges Baby.« Sie lächelte ein wenig gezwungen und wies die *Ayah* an, die Mädchen nach oben zu bringen. »Möchtet ihr Kuchen haben?«
Die beiden Älteren stimmten freudig zu, und auch die Kleinste lachte.
»Danke«, sagte Katrina zu ihrem Schwiegervater, als die Mädchen die Treppe hochgingen.
Dieser winkte ab. »Ich habe fünf Kinder und etliche Enkelkinder, da lernt man so einiges.«
Lakshmi, Marianas Amme, kam mit dem Kind auf dem Arm aus dem großen Salon, der zum Garten hinausführte. Sie war mit der Kleinen draußen gewesen und wirkte ein wenig besorgt.
»Ich glaube, sie fiebert, Memsahib«, sagte sie.

Katrina legte ihrer Tochter die Hand auf die Stirn, die in der Tat heiß war. Abgesehen davon, dass ihre Augen ein wenig zu sehr glänzten und ihre Wangen gerötet waren, wirkte Mariana jedoch sehr vergnügt. Dennoch beschloss Katrina, einen Arzt rufen zu lassen.

»Leg sie hin, Lakshmi, ich komme sofort.« Sie wollte sich umdrehen und einen Dienstboten zu Dr. Davidson schicken, als sie den fassungslosen Blick bemerkte, mit dem ihr Schwiegervater Mariana ansah. Ach, richtig, dachte Katrina, er kennt sie ja noch nicht.

»Warte einen Augenblick, Lakshmi«, sagte sie und nahm ihr das Kind ab, dann wandte sie sich an Raymond, den sie noch nie so blass gesehen hatte. »Deine Enkeltochter Mariana«, sagte sie kühl.

»Wann hattet ihr vor, mir das mitzuteilen?«

Katrina zuckte die Schultern. »Die Entscheidung lag bei Aidan.«

»Gibst du sie mir?« Er nahm sie ihr behutsam aus den Armen und sah die Kleine an. »Sie hat den Namen meiner ersten Frau.«

»Aidan wollte sie nach seiner Mutter benennen.«

»Wann ist sie geboren?«

»Letztes Jahr im September.«

Raymond runzelte die Stirn, und Katrina sah ihm förmlich an, dass er zurückrechnete. Ein Schatten schlechten Gewissens flog über seine Züge, dann wandte er sich ab. »Ihr hättet es uns damals sagen sollen. Oder habt ihr es nicht gewusst?«

»Du meinst, dann hättet ihr mich anders behandelt?«

Er gab keine Antwort, und sie nahm ihm ihre Tochter wieder ab, um sie der Amme zu geben, die sich mit ihr zurückzog.

Katrina ließ für einen Moment den Kopf hängen. Sie fühlte sich ausgelaugt und erschöpft. Charles' Töchter fielen ihr ein, und sie ging, um in der Küche Bescheid zu geben, man möchte einen

Teller mit Kuchen nach oben schicken. Außerdem musste für die Kinder ein Schlafzimmer vorbereitet werden.
Raymond stand immer noch in der Halle, als sie aus der Küche kam.
»Ich habe deinem Kutscher gesagt, er könne wieder ausspannen lassen«, sagte er.
In Katrinas Schläfen begann es zu pochen. »In meinem Haus entscheide ich, ob ich ausgehe oder nicht. Ebenso gebe ich meinem Personal Anweisungen und nicht einer meiner Besucher.«
»Mir liegt es fern, mich in deine häuslichen Belange einzumischen, allerdings scheinst du derzeit außerstande zu sein, vernünftige Entscheidungen zu treffen.«
»Was glaubst du eigentlich, wer hier derzeit die Entscheidungen trifft?«, fuhr Katrina ihn an. »Wer, denkst du, verwaltet das hier alles?«
»Ich bin …«
»Und nicht, dass du denkst, es sei in den letzten Jahren anders gewesen. Nach unserer Rückkehr aus Bombay bis kurz vor Marianas Geburt war ich allein mit allem, ebenso wie jetzt auch. Ich hätte jemanden gebraucht, der mir gelegentlich zur Seite steht, aber nicht jemanden, der hier hereinplatzt und meint, mich wie ein Kind behandeln zu müssen.« Katrinas Stimme überschlug sich beinahe. »Noch dazu jemand, der noch vor kurzem mit mir gesprochen hat, als sei ich eine Hure.«
Raymond wirkte für einen kurzen Augenblick betroffen. »Wie ich mitbekommen habe, fiebert deine Tochter, und du sagtest doch eben, du wolltest zu ihr.«
Katrina spürte das heftige Pulsieren ihrer Halsschlagader, und in ihren Ohren dröhnte es. Sie tat einen tiefen Atemzug und rieb sich die Schläfen. Der Streit lohnte nicht, sie hätte ohnehin ausspannen lassen, denn auch wenn sie Nicolas dringend sprechen wollte, ging ihre Tochter nun vor.
»Entschuldige mich bitte, ich muss nach Mariana sehen.«

Raymond schien ihr die Hand auf die Schulter legen zu wollen, unterließ es dann jedoch. »Ich habe meine Koffer ins Empire bringen lassen, weil ich nicht wusste, ob ich hier willkommen bin.«

»Doch, natürlich«, sagte Katrina automatisch und wünschte sich umgehend, sie könne die Worte zurücknehmen. Sie wollte ihn nicht hier haben.

Raymond jedoch lächelte, als habe er nichts anderes erwartet. »Du erlaubst, dass ich einen Dienstboten schicke?«

»Bitte.« Katrina machte halbherzig eine einladende Handbewegung, die aussagte, ihr Haus gehöre ihm. »Wenn du mich nun entschuldigst.«

Anstatt ins Kinderzimmer ging sie erst in ihr eigenes Zimmer. Sie brauchte einige Minuten Ruhe, um sich zu sammeln, danach würde sie sich um alles kümmern. Sie schloss die Tür ab und legte sich aufs Bett. Erst jetzt wurde ihr allmählich die Tragweite dessen bewusst, was sie erfahren hatte. Hatte sie jemals geglaubt, es würde eine Vertrautheit zwischen ihr und Aidan bestehen, so musste sie sich eingestehen, dass dieser zwar alles von ihr gewusst hatte, sie jedoch nur das, was er sie wissen lassen wollte, und das schloss entscheidende Bereiche seines Lebens aus. Sie fragte sich, ob er ihr wirklich treu gewesen war die ganze Zeit über. Der Gedanke daran war ihr unerträglich, dennoch konnte sie ihn nicht abschütteln. Zudem hatte sie nicht die geringste Vorstellung davon, wie sie das Alleinsein ertragen sollte, wenn er nicht mehr zurückkam. Sie hatte es bisher ausgehalten, weil sie sich gesagt hatte, dass die Zeit seiner Abwesenheit begrenzt war. Wenn sie sich jedoch vorstellte, dass dies nun ihr Leben sein würde, war ihr, als lege sich ein Schatten auf ihr Gemüt.

Zu unruhig, um liegen zu bleiben, stand sie auf und ging zu Aidans Truhe, in die sie nur gelegentlich mal einen Blick geworfen hatte, wenn er etwas herausholte. Große Geheimnisse

gab sie auch jetzt nicht preis. Keine geheimen Briefe oder Tagebücher, lediglich einige Erinnerungsstücke, Fotos, ein alter Uniformrock, ein Ponyhalfter – lauter Dinge, von denen er sich offenbar nicht trennen mochte. Zwischen den Bildern fand Katrina die gerahmte Fotografie eines sehr jungen Aidan in Uniform, der ernst in die Kamera sah. Sein mit Tressen verzierter Uniformrock, dessen Kragen und Ärmelaufschläge sich dunkel abhoben, lief hinten spitz zu und war über den Hüften halbrund zugeschnitten, dazu trug er Stiefel mit Sporen und einen Schwertgürtel über den Kummerbund um die Taille gegürtet. Unter dem einen Arm hielt er seinen Helm, die andere Hand ruhte auf dem Griff seines Degens.
Versonnen betrachtete Katrina das Bild, und für einen Moment überlagerte Kummer vollständig ihre Wut. Der Aidan auf dem Foto war ebenso ein Fremder für sie wie der, an dessen Seite sie lebte. Oder gelebt hatte.

In der Nacht hatten die Schreie aufgehört. Charles' anfängliche Erleichterung schlug um in Sorge, als er plötzlich überhaupt nichts mehr hörte. Er ging die Treppe hinauf, lauschte auf das Weinen eines Babys. In den Stunden, während er wartete, hatte er gehofft, es möge endlich vorbei sein, wobei er nicht einmal sagen konnte, ob es Mitleid mit Cynthias gemartertem Körper war oder Gereiztheit, weil die Schreie an seinen Nerven zerrten.
Ein Wimmern war zu hören, aber er vermochte nicht zu unterscheiden, ob es von Cynthia kam oder von dem Baby. Stimmengemurmel schwoll an, dann ein erneuter Schrei, wieder Stimmen, Schreie, die anschwollen, abebbten, und schließlich das Weinen eines Kindes. Charles rieb sich die Augen und atmete auf.
Es dauerte eine halbe Stunde, ehe man ihn ins Zimmer ließ. Cynthia lag im Bett, die Augen geschlossen, das Gesicht wachsbleich.

»Eine Tochter, Sahib«, sagte die Hebamme und musterte ihn vorsichtig. Niemand war gerne der Überbringer schlechter Nachrichten.
Charles nickte und ging zur Wiege, in der das kleine weiße Bündel lag. Er staunte jedes Mal von Neuem, wie winzig sie nach der Geburt waren.
»Lasst uns allein«, befahl er, und die Hebamme, die *Ayah* sowie einige Dienstmädchen, die bei der Geburt geholfen hatten, verließen den Raum.
»Es tut mir leid«, murmelte Cynthia vom Bett her. »Ich hatte gehofft, es würde ein Sohn.«
Charles wollte gereizt auffahren, weil sie offenbar glaubte, er beabsichtige, ihr Vorwürfe zu machen, besann sich jedoch beim Blick in ihr von Schmerzen gezeichnetes Gesicht. All die Qualen, und am Ende blieb ihr nichts als das Gefühl der Enttäuschung, dachte er, und wenn er ehrlich sein sollte, war es auch das gewesen, was er im ersten Moment empfunden hatte. Wieder sah er seine kleine Tochter an und dachte an die Ungerechtigkeit, die ihr durch ihre Eltern widerfuhr und die ihre ersten Atemzüge begleitete. So sollte kein Kind bei seiner Geburt empfangen werden, und auch Cynthia hatte nach allem, was sie in den letzten Stunden durchgestanden hatte, mehr verdient als sein Schweigen, von dem sie annehmen musste, es entspränge Enttäuschung und Groll auf sie.
»Sie ist reizend«, sagte er und hörte, wie schwach das Zugeständnis klang.
»Ja«, flüsterte Cynthia.
Behutsam hob Charles die Kleine aus der Wiege und ging zum Bett seiner Frau. Cynthia hatte die Augen geöffnet und beobachtete ihn.
»Wie möchtest du sie nennen?«, fragte er.
»Mir würde Celeste gefallen.«
Er lächelte. »Dann soll sie so heißen.«

Cynthia befeuchtete ihre Lippen mit der Zungenspitze. »Das Nächste wird gewiss ein Junge. Ich kenne eine Frau, die vor ihrem Sohn auch erst einige Mädchen zur Welt gebracht hat.«
»Ich mache dir nicht den geringsten Vorwurf.«
»Aber du bist enttäuscht. Du verzichtest sogar darauf, einen Namen vorzuschlagen.«
»Ich dachte, es würde dir Freude bereiten, es dieses Mal allein zu entscheiden.«
»Das hat es auch. Entschuldige bitte.«
Charles legte ihr das Baby in die Arme. »Du musst dich für nichts entschuldigen.« Er wusste, es war falsch, enttäuscht von ihr zu sein, aber das Gefühl stieg wieder und wieder in ihm auf. Was erwartete er denn von ihr? Dass sie aufgrund ihres Willens einem Sohn ins Leben half? Er war ungerecht, und die Tatsache, dass er nicht aufhören konnte, es zu sein, machte ihm zu schaffen.
Mit einem leisen Lächeln sah Cynthia auf ihr Kind, aber Charles bemerkte die Sorgenfalten auf ihrem Gesicht. Das Gefühl des Versagens lastete schwer auf ihr.

*

Am folgenden Nachmittag brachte Katrina auf eine Nachricht ihres Bruders hin die Mädchen nach Hause und besuchte ihre Schwägerin. Die kleine Celeste war reizend, und ihre älteren Schwestern stießen Rufe des Entzückens aus. Katrinas Sorgen drückten sie zu sehr nieder, als dass sie dem Baby mehr als flüchtige Aufmerksamkeit schenken konnte. Sie bemerkte die keineswegs ungetrübte Freude ihrer Schwägerin, aber sie hatte nicht die Nerven, darauf einzugehen. Am liebsten hätte sie Charles alles von Aidan erzählt, aber dann dachte sie, dass das egoistisch wäre. Die nächsten Tage sollte seine Aufmerksamkeit allein seiner Familie gehören, und obschon sie seine forschenden Blicke spürte, schwieg sie.

Mariana fieberte immer noch, der Arzt hatte jedoch nur ein harmloses Schnupfenfieber diagnostiziert. Ein wenig beunruhigt war Katrina dennoch, aber weil Mariana ansonsten recht munter war, hatte sie sich von Sarita beruhigen lassen. Sie hatte die halbe Nacht bei ihrer Tochter am Bett verbracht, weil die Kleine nachts quengelig gewesen war und Katrina es nicht übers Herz gebracht hatte, sie allein zu lassen und nur der Amme anzuvertrauen.

Ihrem Schwiegervater war sie bisher aus dem Weg gegangen, und das Frühstück hatte sie sich ins Zimmer bringen lassen. Später war sie umgehend in ihr Arbeitszimmer und danach durch die Teegärten gegangen. Als sie wieder ins Haus zurückkehrte, war Raymond zu ihrer Erleichterung nicht da und hatte nur die kurze Notiz hinterlassen, er esse auswärts.

Sie blieb nur eine halbe Stunde bei Charles, wobei ihr Cynthias noch geschwächter Zustand eine gute Entschuldigung lieferte. Vom Haus ihres Bruders aus schlug sie umgehend den Weg zu Nicolas und Ashley ein. Sie brannte auf Antworten, und während sie in der Kutsche saß, wuchs in ihr die Gewissheit, dass Aidan seinen Freund die ganze Zeit über hinter ihrem Rücken auf dem Laufenden gehalten hatte.

Als sie schließlich vor Nicolas' Bungalow vorfuhr, hatte Katrina sich so in ihren Zorn hineingesteigert, dass sie kaum die Geduld hatte, sich aus der Kutsche helfen zu lassen. Ein Dienstbote öffnete ihr die Tür und trat beiseite, um sie einzulassen. Katrina zählte im Haus Allenger-Brown zu den Gästen, die immer empfangen wurden.

»Wo ist der Captain?«, fragte Katrina.

»In der Bibliothek, zusammen mit der Memsahib.« Der Dienstbote ging voran, und sie folgte ihm.

Nicolas stand neben einem Regal mit einem Buch in der Hand und sah überrascht auf, als sie den Raum betrat, jedoch verflog sein Lächeln sofort wieder. »Was ist …«

»Wusstest du es?«, fiel Katrina ihm ins Wort, so ruhig sie konnte.
»Wovon redest du?«
»Hast du jedes Mal gewusst, wohin er will, während ich keine Ahnung hatte? Habt ihr euch amüsiert, du und Aidan, darüber, wie naiv ich jedes Mal auf ihn warte?« Erst jetzt nahm Katrina aus den Augenwinkeln eine Bewegung wahr und hörte das Rascheln eines Kleides, als Ashley näher kam, sichtlich verstört.
Nicolas war blass geworden. »Katrina, ich …«
»Hat er dich vor jeder Reise eingeweiht und nur mich im Ungewissen gelassen?«
»Woher weißt du davon?«, fragte Nicolas.
»Also stimmt es, ja? Er hat nur mich hintergangen.«
»So war es nicht, Katrina. Er hat es nie als Hintergehen …«
»Als was hat er es denn bezeichnet?« Ihre Stimme wurde immer lauter.
»Vielleicht beruhigst du dich erst einmal.«
»Sag mir nicht, ich solle mich beruhigen! Jeder sagt mir, ich solle mich beruhigen, aber ich will jetzt nicht ruhig sein!«, schrie sie ihn an.
»Was, um alles in der Welt, ist denn passiert?«, fragte Ashley. »Wovon redet ihr, Nicolas?«
Ohne Nicolas die Gelegenheit zur Antwort zu geben, fuhr Katrina zu ihrer Freundin herum. »Aidan hat all die Jahre weiter für die Armee gearbeitet als Spion, daher war er immer so lange weg und hat mich ständig allein gelassen.«
»Er durfte es dir nicht sagen, und ich ebenso wenig. Das sind Militärgeheimnisse.«
»Verteidige ihn nicht, und versuch nicht, dich mit Verschwiegenheitspflicht herauszureden«, antwortete Katrina aufgebracht. »Als er mich geheiratet hat, hat er mich in dem Glauben gelassen, wir würden eine Ehe führen, Er hat mich glauben lassen, er

wolle sich als Teepflanzer betätigen, und stattdessen hat er nur jemanden gebraucht, der ihm sein Urlaubsdomizil finanziert.«

»Glaub mir, Katrina, so war es nicht.«

»Natürlich war es so. Wenn es für ihn wieder so weit war, fortzugehen, wurde ich einfach beiseitegeschoben. Nicht einmal die Tatsache, dass ich damals Mariana erwartet habe, hat ihn interessiert, weil es für ihn unwichtig war.« Tränen erstickten ihre letzten Worte.

»Ich habe ja geahnt, dass es eines Tages so weit kommt«, sagte Nicolas leise und hob in einer hilflos wirkenden Geste eine Hand.

»Tatsächlich?«, fragte Ashley mit eisiger Stimme. Sie trat zu Katrina und berührte deren Arm. »Ich weiß, du willst es nicht hören«, ihre Stimme klang nun sanft, »aber du solltest dich wirklich beruhigen. Aidan kannst du ohnehin erst zur Rede stellen, wenn er hier ist.«

»*Wenn*, Ashley«, sagte Katrina matt. »Es ist fraglich, ob er überhaupt zurückkommt.«

»Was willst du damit sagen?«, rief Nicolas scharf. »Was weißt du, Katrina?«

»Sein Vater ist bei mir. Aidan ist am Khaiberpass überfallen worden und wird nun gefangen gehalten von irgendeinem räuberischen Stamm in den Bergen.« Katrina erschauerte. »Weil er kein politischer Gefangener ist, hat seine Befreiung momentan keine Priorität.«

Nicolas' Augen weiteten sich entsetzt. »Du meinst, er wird nicht befreit?«

»So sieht es aus.«

»Und du kommst allen Ernstes zu mir, um mir Vorwürfe zu machen, weil er dich hintergangen hat, obwohl derzeit fraglich ist, ob er überhaupt lebend zurückkommt?«, rief Nicolas mit zornbebender Stimme. »Wie kannst du ihm vorwerfen, ein untauglicher Ehemann zu sein, wenn du selbst offenbar nicht gerade das Bild einer liebenden Ehefrau abgibst?«

»Nicolas!« Ashleys Ausruf schnitt seine Worte ab wie ein Peitschenknall.

Katrina hatte das Gefühl, ihre Rippen müssten bersten von dem immer schneller werdenden Herzschlag, während es in ihren Ohren rauschte. Sie wollte sich gegen Nicolas' ungewohnte Worte zur Wehr setzen, aber obwohl sie den Mund öffnete, schien ihre Zunge unfähig zu sein, Laute zu artikulieren. Ashley umfasste ihren Arm stärker, und Katrina sah, wie sich Nicolas' Gesichtsausdruck änderte und er auf sie zutrat. Ehe sie zurückweichen konnte, spürte sie seinen Griff um ihre Schultern, dann wurde es schwarz um sie.

Licht schmerzte in ihren Augen, als sie langsam blinzelnd die Lider hob. Sie drehte den Kopf und brauchte einige Augenblicke, um sich daran zu erinnern, wo sie war. Offenbar hatte man sie in Ashleys privaten Salon gebracht, wo sie nun auf dem Diwan lag. Die Tür war halb geöffnet, und vom Flur war Ashleys aufgebrachte Stimme zu hören.

» … unangebracht und grob.«

»Himmel, ich habe es nicht so gemeint, es tut mir ja auch leid.«

»Die ganze Zeit über hast du mit ihm gemeinsame Sache gemacht, Nicolas. Wie konntest du nur?«

»Er ist mein Freund, Ashley, und ich habe ihm oft genug gesagt, dass er so nicht weitermachen kann.«

Seide raschelte. »Selbst seine Heiratspläne hast du unterstützt und mich einbezogen, indem ich seine Familie beschäftige, damit er freies Feld hat.«

»Er wollte heiraten und sich niederlassen, und ich kann daran nichts Verwerfliches sehen.«

»Ach nein?« Ashleys Stimme troff vor Sarkasmus. »Aber es fügt

sich ja großartig für ihn, nicht wahr? Ein Haus, in das er jederzeit heimkommen kann, mehr Geld, als er zuvor hatte, und nicht zu vergessen, eine jederzeit verfügbare Bettgespielin.«
Längeres Schweigen folgte.
»Seine Motive«, sagte Nicolas schließlich, »waren nicht so niederträchtig, wie du und Katrina sie darstellt.«
»Ich kann nicht verstehen, wie du ihn die ganze Zeit darin unterstützen konntest, seine Ehefrau zu hintergehen.«
»Ich habe ihn in überhaupt nichts unterstützt, Ashley, und wenn du mir vorwerfen willst, dass ich seine Geheimnisse nicht ausplaudere, dann frage ich dich, wie du es mit denen deiner Freundinnen hältst. Abgesehen davon, handelt es sich um Militärgeheimnisse, darüber muss selbstverständlich Stillschweigen bewahrt werden.«
»War er ihr wenigstens treu?«
»Ich nehme es an, von einer Geliebten ist mir nichts bekannt.«
Ein verächtliches Schnauben folgte.
Weil Katrina nicht länger heimlich lauschen wollte, richtete sie sich auf und hustete. Umgehend hörte sie Schritte, das Rascheln von Seide, und Ashley erschien im Salon.
»Geht es dir besser?«, fragte sie besorgt.
»Ja, nur ein kurzer Schwächeanfall.«
Nicolas betrat den Raum und blieb, an den Türrahmen gelehnt, stehen. Er hatte sein Jackett abgelegt und die Ärmel seines Hemdes über die Handgelenke aufgerollt. »Es tut mir leid, dass ich mich offenbar im Ton vergriffen habe«, sagte er. »Aber angesichts dessen, was du mir erzählt hast, kann ich nicht verstehen, warum die vorherrschende Sorge deinem verletzten Stolz und nicht der Sicherheit deines Ehemanns gilt.«
»Nicolas, bitte«, zischte Ashley.
Katrina schwieg. Weder hatte sie die Lust noch die Kraft, sich zu rechtfertigen und Nicolas zu sagen, dass es ihr keineswegs vor-

rangig um ihren verletzten Stolz ging, sondern dass sie einfach nicht mehr wusste, was sie tun sollte, und Aidans Leben, das er hinter ihrem Rücken geführt hatte, war in der Person Nicolas' für sie greifbarer als seine Gefangenschaft, an der alles so nebulös schien.

»Ich begleite dich nach Hause«, sagte Ashley.

»Das brauchst du nicht, meine Kutsche steht ja draußen.«

Ashley kam dennoch mit und begleitete sie nicht nur heim, sondern auch in ihr Zimmer. Glücklicherweise war Raymond ausgegangen, so dass sie sich nicht auch noch zu Gesprächen mit ihm gezwungen sah.

*

Charles stand vor Katrinas Maschine in dem an die Welkhalle angrenzenden Raum und besah sich das Malheur persönlich. Warum Katrina über eine Woche gewartet hatte, ehe sie ihm davon erzählte, war ihm ein Rätsel, ansonsten hätte er ihr sofort sagen können, dass der Schaden größer war als zunächst gedacht. Er hätte seine eigenen Leute danach schauen lassen, dann wäre recht schnell klar gewesen, was mit der Maschine los war. So hatte Katrina viele wertvolle Tage verloren, Tage, in denen der Tee in der Welkhalle vor sich hin schimmelte, und Charles drehte sich das Herz um bei einer solchen Verschwendung.

Er machte auf dem Absatz kehrt und verließ die Halle, um Katrina aufzusuchen. Die Maschine hatte, nachdem das defekte Teil ausgetauscht worden war, kurzzeitig wieder funktioniert und war dann erneut ausgefallen. Katrina hatte einige Tage gewartet, ob ihre Leute den Fehler beheben konnten, und schließlich ihren Bruder aufgesucht. Charles wiederum hatte mehrere Tage gebraucht, um eine Lösung zu finden.

Im Haus durchquerte er die Eingangshalle und ging zur Treppe, als ein älterer Mann aus einem der privaten Salons trat. Die Hände hinter dem Rücken verschränkt, musterte der Mann ihn in einer Art, die Charles nicht anders als befremdlich bezeichnen konnte, ja, beinahe schon unverschämt.

»Dürfte ich wissen«, fragte der Mann, »was Sie hier tun?«

Charles hob die Brauen. »Darf ich meinerseits wissen, was Sie das angeht? Wer, um alles in der Welt, sind Sie überhaupt?«

»Ich bin Mrs. Landors Schwiegervater, Raymond Landor, dritter Baron Montbatton. Sie befinden sich hier im Haus meines Sohnes. Wenn Sie mir nun freundlicherweise sagen könnten, was Sie hier zu suchen haben?«

»Aidans Vater?« Charles runzelte die Stirn. »Ja, ich muss zugeben, jetzt wundert mich gar nichts mehr.«

»Oh, Charles, du bist schon da?« Katrina eilte die Treppe herunter. »Ich hatte dich erst heute Nachmittag erwartet.«

Charles streifte den Schwiegervater seiner Schwester mit einem kurzen Blick, dann wandte er sich an Katrina. »Sind wir irgendwo ungestört?«

»Im Arbeitszimmer.« Katrina ging ihm voraus.

»Einen Augenblick!«, rief Raymond ihnen nach. »Was hat das zu bedeuten?«

»Ich verstehe nicht, was du meinst«, antwortete Katrina und drehte sich zu ihm um.

»Wer ist dieser Mann?«

Charles spürte Katrinas Erstarren. »Was denkst du wohl? Dass ich meinen Liebhaber unter deinen Augen in meinem Haus empfange?«

»Ich bin ihr Bruder«, sagte Charles, ehe seine Schwester sich um Kopf und Kragen redete. »Charles Ramsay. Und ein derartiger Ton ist gänzlich unangebracht, denn wäre Ihr Sohn dort, wo er hingehört, und hätte er seine Pflichten hier besser erfüllt, wäre meine Anwesenheit heute mitnichten erforderlich.«

Katrina warf ihrem Schwiegervater einen wütenden Blick zu,

drehte sich dann kommentarlos um und ging ins Arbeitszimmer.
»Was hatte denn das zu bedeuten?«, fragte Charles.
»Beachte ihn gar nicht. Hast du Neuigkeiten für mich?«
»Keine erfreulichen. Meine Männer sagen, du musst mehrere Teile der Maschine komplett erneuern – was, das muss ich dazu sagen, nicht nötig gewesen wäre, hättet ihr sie von Anfang an besser gewartet.«
Katrina sah ihn entsetzt an. »Aber … aber das geht nicht, nicht jetzt.«
»Dir wird kaum etwas anderes übrig bleiben. Ich habe bereits nach Madras geschrieben, und die Ersatzteile können, wenn alles gut läuft, in eineinhalb Monaten hier sein, und dann rechne noch mal mit zwei bis drei Wochen Reparaturzeit. Was deine Ernte angeht, habe ich noch ausreichend Kapazitäten frei, deine halbe Ernte mitzuverarbeiten. Auf *Orchard Hollow* hat Mr. Sharatt sich bereit erklärt, die andere Hälfte zu übernehmen. Gegen eine entsprechende Bezahlung, versteht sich.«
Charles zog einen Zettel aus seinem Jackett, ging zu ihrem Schreibtisch und notierte einige Zahlen. »Diese Ausgaben kommen in etwa auf dich zu.«
Mechanisch nahm Katrina das Blatt entgegen, dann schlug sie das Rechenbuch auf, in dem sie ihre Berechnungen gemacht hatte. Diese Ausgabe würde sie nicht tragen können, davon sprach ihre Mimik nur zu deutlich.
»Ich kann dir Geld leihen«, bot er an.
»Schulden hatte ich nach Möglichkeit vermeiden wollen.«
»Dann sag mir, welche Alternativen dir bleiben.« Charles verschränkte die Arme vor der Brust. »Ich kann euch nicht verstehen, dich und Aidan. Ihr hattet nun wirklich alle Voraussetzungen, und gerade von dir erwarte ich, dass du weißt, wie wichtig es ist, Maschinen zu warten und alles zu tun, was einen reibungslosen Ernteablauf gewährleistet.«

Katrina nickte und sah so unglücklich aus, dass Charles seine harschen Worte leidtaten. Sie brauchte jemanden an ihrer Seite, der sie entlastete, und offenbar hatte Aidan sich dazu entschieden, nicht derjenige zu sein. Er ging um den Tisch herum und umarmte sie. Nach kurzem Zögern legte sie den Kopf an seine Schulter und die Arme um seine Mitte. Er würde mit Aidan ein ernstes Wort reden müssen, ein sehr ernstes Wort.
»Was möchte eigentlich dein Schwiegervater bei dir?«
Ihre Brust hob sich, als sie tief Luft holte, dann seufzte sie. Und begann zu erzählen.

# 29

## Ladakh, Region Kaschmir, Januar 1879

Tagelang waren sie gereist und hatten kaum gerastet. Aidan taten jetzt noch die Rippen weh von den vielen Stunden, die er bäuchlings auf einem Maulesel liegend verbringen musste, und seine schlecht verheilende Wunde war immer wieder aufgegangen, so dass sein Hemd an jener Stelle hart war von verkrustetem Blut. Zwar hatte Sharif sich bemüht, die Wunde zwischendurch immer wieder auszuwaschen und neu zu verbinden, aber weil er sie nicht nähen konnte, verheilte sie nicht, solange sie unterwegs waren. Erst jetzt schloss sie sich langsam.
Aidan war lange nicht mehr in Kaschmir gewesen, das letzte Mal vor mehreren Jahren und dann auch nur im Süden. Ladakh hatte er immer schon besuchen wollen, aber mitnichten unter diesen Umständen. Das Lager der Männer, die sie entführt hatten, lag in der Nähe des Indus, der Kaschmir wie ein silbernes Band teilte. Ladakh, jenes am höchsten gelegene Gebiet Indiens, erstreckte sich über die Gebirgsketten des Himalaja und Karakorums. Obwohl er beinahe halb Kaschmir einnahm, war es der bevölkerungsärmste Distrikt Indiens, was ein Grund dafür sein mochte, warum jene Gruppe von Verbrechern sich ausgerechnet diesen Ort für ihr Lager ausgesucht hatten. In den Bergen war eine Verfolgung beinahe unmöglich und eine Suche so gut wie aussichtslos.
Selbst nach mehreren Tagen im Lager hörte die Wunde nicht auf, zu schmerzen und zu pulsieren, und Sharifs Bitte um Wasser zum Auswaschen wurde wohl nur deswegen erfüllt, weil man fürchtete, einen wertvollen Gefangenen zu verlieren. Aidan rechnete aus, wie lange er wohl noch hier würde bleiben müssen. Dass man ihn auslöste, daran zweifelte er nicht – wenn auch nicht zu

den unverschämten Forderungen, aber man würde sicher über akzeptable Bedingungen verhandeln. Keinesfalls würde man ihn einfach in den Händen von Menschen lassen, die kurzen Prozess mit ihm machten. Oder irrte er sich da? Je länger er den Gedanken herumwälzte, umso unruhiger wurde er.
In dieser Nacht dachte er wieder an Katrina und Mariana. Wann immer er nicht einschlafen konnte, stellte er sich vor, wie seine kleine Tochter nun aussehen mochte. Vermutlich konnte sie mittlerweile schon laufen und die ersten Worte sprechen, die er nicht hatte hören dürfen. Ebenso wie er nie ihre ersten Gehversuche sehen würde. Er hatte es sich selbst ausgesucht, aber nun, wo diese Momente unwiderruflich verloren waren, erfasste ihn ein tiefes Bedauern. Vermutlich würde sie ihn für einen Fremden halten, wenn sie ihn das erste Mal nach so langer Zeit wiedersah. Noch vier Monate, und er war ein Jahr fort, ohne dass Katrina von ihm gehört hatte. Gleichgültig, mit wie viel Unmut sie sich getrennt hatten, das war unverzeihlich.
Er rieb sich die Augen und starrte in die Dunkelheit. Selbst mehrere Wolldecken halfen nicht gegen die Kälte im Januar in der hochgelegenen Ebene des Himalaja. Er fror erbärmlich. Dass er lange wegbleiben würde, falls es zum Krieg kam, hatte er geahnt, wenngleich er gehofft hatte, es würde ihm erspart bleiben. Jedoch wäre es in diesem Fall immer noch möglich gewesen, Katrina zu sagen, man habe ihn eingezogen, was im Kriegsfall nicht abwegig war.
Aidan hörte Sharif im Schlaf husten, das Stroh seines Lagers raschelte, dann kam er zur Ruhe, tat einen tiefen Atemzug und schlief weiter. Was man mit Sharif machen würde, wenn Aidan nicht bald freikam, konnte dieser sich nur zu gut ausmalen, und dann würde es vermutlich nicht lange dauern, bis man auch mit ihm kurzen Prozess machte. Er hatte nie diese Art von Angst gekannt. Selbst angesichts von Gefahr hatte er einen gewissen Nervenkitzel gespürt, was vermutlich daran lag, dass er immer

selbst hatte aktiv werden können, indem er sich verteidigte oder floh. Er hatte sich niemals so hilflos gefühlt wie jetzt, wo er nur warten konnte, während andere entschieden, was mit ihm geschehen sollte.

Der Himmel wölbte sich mit milchigem Schimmer über dem Bergmassiv, ließ blauseidene Nebelschwaden aufsteigen und färbte sich am Horizont in mattes Morgenrot. Aidan erhielt einen Stoß zwischen die Schulterblätter und ging in die Knie. Er schauderte in der morgendlichen Kälte, und seine Glieder waren schwer vom Schlaf. Jedoch war das Frühlicht die einzige Zeit, zu der ihm und Sharif zugestanden wurde, sich zu waschen und ihre Kleidung notdürftig zu säubern.

Ladakh war mit seiner beeindruckend schönen Berglandschaft eine überaus trockene Region. Zwar gab es einige Quellen in der Nähe des Indus, doch diese gehörten meist buddhistischen Klöstern. Es gab kaum Bäume in der Region, und so wirkte sie in dem kalten Winterlicht beinahe unnahbar in ihrer kargen Schönheit.

Aidan holte tief Luft, als er sich aus seinem Umhang, der pelzgefütterten Jacke und den wollenen Hemden schälte. Die Luft schnitt in seine Haut, während ihn ein Schauer überlief. Taubengrau spiegelte sich das Frühlicht auf dem Fluss, an dessen Rand er kniete, und langsam beugte er sich hinab, nahm eine Handvoll Wasser und rieb sich das Gesicht ab, fuhr mit den Fingern durch den Bart, den er sich nicht rasieren konnte, dann wusch er sich Arme und Oberkörper. Vorsichtig löste er den Verband, der um seine Brust lag. Normalerweise tat Sharif das täglich, aber mittlerweile widerte ihn das schmutzige Stück Stoff an, und er fürchtete, die Wunde könne brandig werden.

Eisiges Wasser prickelte auf seinen Händen, als er den Verband auswusch und nach kurzem Zögern auch das Hemd, das er zuunterst trug. Vermutlich war er sträflich leichtsinnig, denn ohne ein wärmendes Feuer würde es sicher auch in einer Woche nicht trocken sein, aber er ertrug den vor Dreck klebrigen Stoff nicht mehr, der auf der Haut juckte und ohnehin keine nennenswerte Wärme mehr zu spenden schien. Bisher hatte er immer nur das Nötigste getan und lediglich den blutstarren Fleck herausgerieben.

Drei Männer standen hinter ihm, einer hatte ein Gewehr im Anschlag, die anderen beiden hielten ihre Pistolen auf ihn gerichtet, als sei er imstande, in dieser Gegend zu Fuß zu fliehen. Als er seine Jacke angezogen und den Umhang umgelegt hatte, erlaubte man ihm, sich an eine von Felsen verborgene Stelle zurückzuziehen, wo er ebenfalls nicht hätte fliehen können, weil sich an zwei Seiten steile Felsen und auf der dritten Seite der Fluss befanden. Meist nutzte er die Zeit, schnell bis zu den Hüften ins Wasser zu gehen, danach jedoch waren seine Beine meist taub vor Kälte, auch wenn er nur sehr kurz im Wasser blieb, gerade lange genug, um sich ein wenig sauberer zu fühlen.

Eine halbe Stunde später saß er im Zelt, als Sharif zurückgeführt wurde von seinem morgendlichen Ausflug an den Fluss. Aidans Hemd hing tropfend von einer Stange am Zelteingang, was Sharif mit einem finsteren Blick quittierte.

»Gute Idee, wo wir es hier so warm und behaglich haben.«

Aidan hatte keine Lust auf einen Disput und hüllte sich in Schweigen.

»Man könnte meinen, du hättest in all den Jahren in den Bergen einiges gelernt, Girilal.« Dann holte er eine hölzerne Schale, in der ihm am Vortag etwas zu trinken gebracht worden war, und stellte sie unter das Hemd, um die Tropfen aufzufangen. Man gestand ihm für seine rituellen Waschungen für die Gebete nur wenig Wasser zu, so dass er die Gelegenheit nutzte. Missbilligend sah er den Verband an, den Aidan nachlässig zusammengeknüllt in die Ecke geworfen hatte.

»Was macht die Wunde?«

»Verheilt so allmählich. Wenn ich mich nicht zu viel bewege, müsste es auch ohne Verband gehen.«
»Sollte sie nicht vollständig geschlossen sein, kann sie immer noch brandig werden.«
»Mit diesem schmutzigen Verband wäre sie das sicher erst recht geworden.«
»Und gänzlich ohne bist du zuversichtlicher?« Sharif ging noch einmal zum Zelteingang.
»Was hast du vor?«
»Ich frage, ob ich noch ein Stück Stoff haben kann, um deine Wunde zu verbinden, weil du offenbar glaubst, dich an diesem Morgen närrisch aufführen zu müssen.«
»Sie werden dir nichts geben.«
»Doch, werden sie. Tot nützt du ihnen nichts.«
Sharif erhielt in der Tat einen langen Streifen Stoff, den er Aidan fest um die Brust band. »Denkst du«, sagte er, während er den Stoff feststeckte, »sie lassen mich wirklich laufen, wenn du erst weg bist und sie haben, was sie wollen?«
»Sobald ich in Kalkutta bin, werde ich den Geldtransfer aus Ooty veranlassen. Das wird vermutlich einige Zeit dauern, daher werde ich es mir vorher von jemandem leihen und zurückzahlen, wenn mein Geld auf der Bank in Kalkutta eintrifft. Brian hat genug Geld, und ich würde selbst Maddox darum bitten, wenn es sein muss.« Aidan schloss die Bänder und Knöpfe seiner Jacke.
»Ich habe meine Frau noch nie so lange ohne Nachricht gelassen.« Sharif wirkte bekümmert. »Sie wird in großer Sorge sein. Kannst du ihr eine Nachricht zukommen lassen, wenn du frei bist?«
»Du wirst mir bald folgen, so Gott will, dafür sorge ich.«
»Ich habe das Gefühl, sie«, Sharif deutete mit dem Kinn zum Zelteingang, »sind in Stimmung, zu töten. Sie werden ungeduldig.«

»Der Bote ist erst seit drei Monaten fort. In Kalkutta wird alles drunter und drüber gehen, und der Weg bis dort nimmt einige Zeit in Anspruch.«

Sharif stand auf und ging zu seinem Lager, wo er sich in Decken hüllte und hinlegte. Graues Licht sickerte durch den dicken Zeltstoff, und der Atem stand den beiden Männern vor dem Mund. Aidan starrte auf den Zelteingang, der mit einer Bahn aus dickem grünem Stoff verhängt war. Er musste an die Wiesen in Ooty denken und stellte sich Mariana vor, nicht als Baby, sondern als junges Mädchen, das barfuß durchs Gras lief.

# 30

## Ootacamund, März 1879

Ich kann mir nicht vorstellen«, sagte Raymond Landor am Mittagstisch, »dass man es hier als anständig ansieht, wenn sich eine Frau ständig unter das arbeitende Volk mischt.«

Katrina zerknüllte ihre Serviette in der Hand und versuchte, ruhig zu bleiben. »Irgendwer muss mit dem Verwalter reden, nicht wahr? Das ist nun einmal Sache des Teepflanzers.«

»Du hast doch einen Bruder. Warum kümmert er sich in Aidans Abwesenheit nicht um alles?«

»Mein Bruder«, antwortete Katrina mühsam beherrscht, »hat einen Besitz, der gut das Doppelte von meinem ausmacht, außerdem ist er Teehändler, was bedeutet, er hat ein Kontor in der Stadt, in dem er ebenfalls täglich erscheinen muss, und dann wäre da, nicht zu vergessen, seine Familie. Er ist verheiratet und hat vier Kinder, die, wie ich denke, auch ein Anrecht auf seine Aufmerksamkeit haben.«

Charles hatte auf das, was sie ihm über Aidan erzählt hatte, zwar überrascht reagiert, jedoch nicht in dem erwarteten Ausmaß. Ihm sei schon seit längerem klar, so seine Erklärung, dass da etwas nicht stimme. Was ihn jedoch entsetzte, war das, was sie ihm über Aidans Verbleib eröffnete. Er hatte es zwar nicht gesagt, aber sie wusste, dass er seither darüber nachdachte, wie es mit ihr weitergehen würde, wenn Aidan nicht mehr zurück kam – ein Gedanke, den sie, so gut es ging, verdrängte. Nur nachts gelang ihr das nicht. Sobald sie im Bett lag, war sie den Bildern, die sie überfluteten, wehrlos ausgesetzt, und nicht selten lag sie bis in die Morgenstunden wach und weinte.

»Nun gut, du hast vermutlich recht«, fuhr Raymond fort. »Aber ich muss gestehen, ich bin ein wenig in Sorge um dich.«

»Das brauchst du nicht, es geht mir gut.« Aber es ging ihr nicht gut, ihr war entsetzlich elend zumute, auch ihr Gemütszustand ließ sie befürchten, in eine tiefe Schwermut abzugleiten – und sie sah Raymond an, dass er dergleichen ahnte.

»Ich weiß«, sagte er, »dass du mich nur sehr ungern hier hast, aber ich werde nicht gehen – nicht, ehe ich weiß, dass für dich gesorgt ist. Nach allem, was Aidan angerichtet hat, bin ich es dir und meinem Enkelkind schuldig, denke ich.«

»Könntest du in Kalkutta nicht mehr für Aidan tun? Ich komme hier schon zurecht.«

»Wie ich vorgehe, überlass nur mir, Mädchen.«

Katrina biss sich auf die Lippen und legte ihr Besteck hin. Sie wusste, dass ihr Schwiegervater mittlerweile alle Orte frequentierte, in denen die höhere Gesellschaft verkehrte. Selbst in den Ooty-Club hatte man ihn aufgenommen.

»Du bist eng befreundet mit der Ehefrau von Captain Allenger-Brown«, sagte er übergangslos. »Ich habe von ihrem gesellschaftlichen Fall gehört. Wirklich überaus unerfreulich und bedauerlich.«

Ein wenig erstaunt sah Katrina ihn an und murmelte eine Zustimmung.

»Ich kann es nur befürworten, dass der Captain ihr so zur Seite steht, das spricht für einen Mann von Charakter, und sie ist ja auch eine äußerst bezaubernde Frau.«

Katrina fragte sich, ob in ihrem Fall das Urteil ebenso gnädig ausgefallen wäre oder ob er Aidan gründlich ins Gewissen geredet hätte. Angesichts dessen, was in Bombay vorgefallen war, vermutete sie Letzteres.

»Woher kennst du sie überhaupt?«, fragte sie.

»Ich bin in letzter Zeit öfter mal mit Captain Allenger-Brown ins Gespräch gekommen, und gestern hat er mich zu sich nach Hause eingeladen.«

»Ah ja.«

»Wir sind jetzt gleich im Club verabredet, auch wenn er nur noch widerwillig dorthin geht. Aber vermeiden lässt es sich in seiner Position wohl nicht.«

»Das weiß ich. Ich kenne ihn schon seit einiger Zeit.«

Raymond wartete höflich, bis sie sich erhob, und stand dann ebenfalls auf. »Du scheinst heute in einer recht reizbaren Stimmung zu sein. Vielleicht solltest du dich doch lieber hinlegen.«

Im Sinne eines friedlichen Auseinandergehens verzichtete Katrina auf eine Antwort. Sie ging nach draußen, um zu sehen, wie die Arbeiten an der Maschine vorangingen. Aidan hatte vermutlich Geld auf seinem Privatkonto, auf das auch die Rente von seinem Vater einmal jährlich aus Bombay transferiert wurde, aber darauf hatte sie keinen Zugriff.

Auf dem Weg zurück zum Haus blieb sie stehen. Ein kühler Wind löste einige Haarsträhnen und blies sie ihr ins Gesicht. Wie Wellen wogte das Gras, und Äste bogen sich. Katrina hörte ihre Stute im Stall wiehern und mit dem Huf gegen die Boxentür schlagen. Arme Bhairavi, dachte Katrina. Aber die Gefangenschaft war zu ihrem Besten, schließlich musste das Bein noch geschont werden, auch wenn es recht gut verheilt war. Sie durfte nur wenige Stunden am Tag allein in einen Auslauf. Katrina blinzelte gegen die kalte Wintersonne zum Stalltor. Es kostete sie nicht viel Vorstellungskraft, ein Bild von Aidan heraufzubeschwören, dessen Konturen sich aus dem Dunkeln schälten.

Am frühen Abend machte Katrina es sich in ihrem privaten Salon gemütlich, setzte sich an den Kamin und legte die Füße recht undamenhaft auf einen Hocker. Den ganzen Tag über war sie auf den Beinen gewesen, aber sie fürchtete sich beinahe davor, zu Bett zu gehen, weil sie ahnte, welche Gedanken auf sie einstürmen würden, kaum dass sie das Licht löschte. Seufzend schloss sie die Augen und sah erst auf, als Sarita ihr einen Becher mit Gewürztee brachte.

»Brauchst du sonst noch etwas, Missy?«, fragte sie.

Katrina lächelte. »Nein, nur ein wenig Ruhe. Ich war den ganzen Tag auf den Beinen.« Der Tee dampfte, und Katrina nippte vorsichtig daran. »Was machen die Kinder?«, fragte sie, als sie die Tasse absetzte.

»Caleb sitzt in seinem Zimmer und spielt, und Mariana wird gefüttert.«

»Ich werde gleich nach ihnen sehen.« Die Kinder kamen einfach zu kurz, vor allem Mariana. Caleb wusste sich schon in Erinnerung zu bringen, wenn er sich vernachlässigt fühlte. Vor einigen Tagen hatten sie seinen achten Geburtstag gefeiert, und er fühlte sich nun recht erwachsen, weil sein Alter bald zwei ganze Hände voll betrug.

Schritte näherten sich dem Salon, klackerten auf dem Marmor des Korridors, und Katrina richtete sich erstaunt auf. Sie erwartete keinen Besuch, und dies war eindeutig eine Frau.

Ashley stieß die Tür zum Salon auf. »Ich muss mit dir reden«, sagte sie, ohne sich mit einer Begrüßung aufzuhalten.

Sarita verließ kommentarlos den Raum, und Katrina nahm die Füße vom Hocker und wollte aufstehen, aber Ashley bedeutete ihr mit einer Handbewegung, sitzen zu bleiben.

»Dein Schwiegervater war bei uns«, sagte sie, ein leichtes Zittern in der Stimme.

Besorgt richtete Katrina sich auf. Sie erinnerte sich an seine Fragen bei Tisch. »Hat er dich gekränkt?«

»Gekränkt? Wenn es das nur wäre. Hast du gewusst, dass er sich in letzter Zeit oft mit Nicolas trifft?«

»Er hat etwas in der Art erwähnt.«

»Hat er auch erwähnt, dass er Nicolas einbezogen hat in seine Pläne, Aidan zurückzubringen?«

Katrina setzte sich mit einem Ruck auf. »Aidan zurückbringen? Kann Nicolas da etwas tun?«

»Nein, kann er nicht«, antwortete Ashley heftig, und ihre Au-

gen wurden schmal. »Aber dennoch glaubt dein Schwiegervater, es ihm einreden zu müssen. Sogar mit seinem Vorgesetzten hat er gesprochen.« Ashley lief im Raum auf und ab. »Und Nicolas stimmt natürlich zu.«
»Was genau meinst du? Dass Nicolas in den Norden reist, um Aidan zu befreien?« Ein Funke Hoffnung glomm in Katrina auf, und offenbar bemerkte Ashley dies.
»Der Gedanke scheint dir ja zu gefallen«, bemerkte sie kalt.
»Ich …«
»Aber das ist wohl verständlich, immerhin soll die ganze Sache dir ja deinen Ehemann zurückbringen. Dass meiner sich dabei in Gefahr begibt, ist natürlich nebensächlich.«
»Du bist ungerecht. Ich hatte keine Ahnung von den Plänen meines Schwiegervaters.«
Nun setzte Ashley sich doch, wenn sie auch so angespannt blieb, als drücke jemand die Spitze eines Stocks in ihren Rücken. »Dein Schwiegervater hat mit Nicolas darüber gesprochen, dass zwar von den im Afghanistan-Krieg beteiligten Armeen niemand entbehrlich ist, um zu Aidan geschickt zu werden, dass es aber sicher machbar ist, sich freiwillig zu melden, wenn man einem völlig anderen Regiment angehört. Nicolas war natürlich angetan von der Idee – für Männer ist das ja alles ein Spiel.«
»Warum sprichst du dann nicht mit ihm darüber und sagst ihm deine Meinung dazu.«
»Denkst du wirklich, das hätte ich nicht längst getan? Aber dein Schwiegervater hat ihm versprochen, dafür zu sorgen, dass ich wieder gesellschaftsfähig werde.« Sie lachte spöttisch. »Er meinte, einige Einladungen bei den richtigen Leuten – nun, du weißt ja, wie das läuft. Das hat Nicolas natürlich in seinem Vorhaben bestärkt.«
Katrina wusste nicht, was sie antworten sollte, und sie konnte auch kaum sagen, sie bedaure, dass Nicolas sich auf die Suche nach Aidan machte.

»Aidan hat gewusst, worauf er sich einlässt«, fuhr Ashley fort. »Aber Nicolas hat damit nichts zu tun.«

Schweigend starrte Katrina in das Kaminfeuer und biss sich auf die Lippen, weil sie nicht wusste, was sie sagen sollte.

»Im Grunde genommen passt es dir doch recht gut, dass sich endlich jemand um alles kümmert, nicht wahr?«, fragte Ashley. »Oder willst du mir sagen, dass du dich dagegen aussprechen würdest, wenn du könntest?«

»Ich weiß nicht, warum du auf mich wütend bist, ich habe von den Plänen meines Schwiegervaters keine Ahnung gehabt.«

»Das beantwortet meine letzte Frage nicht.«

»Da gibt es auch nichts zu beantworten. In der Sache habe ich ohnehin nicht mitzureden.«

Ashley neigte sich vor. »Aber es findet sicher deine Einwilligung, richtig?«

»Was ich denke oder nicht, spielt doch überhaupt keine Rolle. Schließlich habe nicht ich Nicolas dazu gebracht, in den Norden zu reisen.«

Ashley setzte zu einer Antwort an, als Raymond Landor den Raum betrat. Beinahe augenblicklich stand sie auf. »Sind Sie zufrieden mit dem, was Sie angerichtet haben?«

»Guten Abend, die Damen«, antwortete Raymond und richtete dann einen kühlen Blick auf Ashley. »Darf ich erfahren, wovon Sie sprechen?«

»Warum ausgerechnet mein Mann? Die ganze Sache setzt ihn nur unnötiger Gefahr aus.«

»Grundgütiger! Er ist Soldat, ein Offizier der Krone.«

»Er war noch nie im Norden, er kennt die Sprachen nicht, die dort gesprochen werden … Wie können Sie da von ihm verlangen, dass er sich zu Verhandlungen anbietet mit einer Bande von Verbrechern?«

»Ich habe ihn gefragt, und er hat eingewilligt. Er ist ein erwachsener Mann und offenbar durchaus fähig, Entscheidungen zu treffen. Sie sollten das hinnehmen, ohne hier einen hysterischen Ausbruch zu bekommen.«

»Sprich nicht in diesem Ton mit ihr«, ging Katrina dazwischen.

»Lass es gut sein«, sagte Ashley. »Ich werde gehen und noch einmal mit Nicolas reden. Hier kann ich ohnehin nichts mehr ausrichten.«

Noch ehe Katrina aufstehen konnte, um ihre Freundin zur Tür zu begleiten, hatte Ashley sich umgedreht und rauschte hinaus.

»Ich kann nicht glauben, dass du ihr zustimmst«, wandte sich Raymond an seine Schwiegertochter.

Katrina stützte sich mit einer Hand auf die Rückenlehne ihres Sessels. Sie war zu schnell aufgestanden, und nun war ihr schwindlig. »Ich habe nichts dergleichen gesagt.«

»Es ist ja nicht so«, fuhr Raymond fort, ohne ihren Einwand zu beachten, »als hätte ich nicht meinerseits angeboten, ihr und ihrem Ehemann zu helfen. Ihr kann es doch nur recht sein, wenn sie sich wieder als vollwertiges Mitglied der Gesellschaft bewegen kann.«

Der Schwindel ließ nicht nach, und Katrina legte eine Hand über die Augen. Sie schwankte ein wenig und wollte sich wieder setzen, als sie einen festen Griff um die Schultern spürte.

»Du hast dich überanstrengt«, sagte Raymond. »Komm, ich bringe dich nach oben.«

Sie wollte sagen, das sei nicht nötig, aber dann ließ sie sich widerstandslos aus dem Raum führen und ging, gestützt auf ihren Schwiegervater, die Treppe hinauf. Es sollte Aidan sein, an den sie sich anlehnte und von dem sie in ihr Zimmer gebracht wurde.

»Geht es dir wieder besser?«, fragte Raymond, nachdem sie sich auf ihr Bett gesetzt und er nach ihrer *Ayah* geläutet hatte.

»Ja, danke. Mir war nur ein wenig schwindlig.«

Er blieb bei ihr, bis Akhila kam, dann zog er sich zurück. Katrina ließ sich aus ihrem Kleid helfen und glitt zwischen die Laken, während Akhila das Feuer schürte und Holz nachlegte, damit es wieder aufloderte.

»Brauchen Sie sonst noch etwas, Memsahib?«

Katrina verneinte, und das Mädchen zog sich zurück.

Obwohl sie müde war, konnte Katrina nicht schlafen, weil ihr zu viele Gedanken im Kopf herumgingen. Auch wenn sie es Ashley gegenüber nicht zugeben mochte, war sie erleichtert, weil endlich konkret etwas geschah, das ihr Aidan zurückbringen würde. Dennoch nagte der Gedanke an Ashleys Groll sowie die mögliche Gefahr, der Nicolas sich aussetzte, an ihr. Irgendwann schlief sie jedoch ein und träumte von einem kargen Bergmassiv und einem roten Pferd, das reiterlos über Gebirgspfade galoppierte, so dass kleine Steine unter den Hufen aufstoben.

*

Mondlicht spann Silberfäden in die Luft. Das Kaminfeuer war bis auf einige rotglühende Reste heruntergebrannt, aber noch immer hing ein Rest der wohligen Wärme im Raum. Auf Ashleys Seite des Bettes war der Baldachin zum Kamin hin geöffnet. Nicolas wollte über sie hinweggreifen und den Baldachin schließen, aber er blieb reglos auf einen Ellbogen gestützt liegen und betrachtete sie. Hatte er es bereits genossen, sie anzusehen, während der Feuerschein einen goldenen Schleier um sie wob, so fand er sie nun ebenso schön in der sich langsam abkühlenden mondlichtgetränkten Dunkelheit.

Ihr Haar lag gelöst auf dem Kissen, er mochte es nicht, wenn sie ihr Haar für die Nacht einflocht, und so ließ sie es für gewöhnlich offen. In ruhigen Atemzügen hob und senkte sich ihre Brust. Zu Beginn ihrer Ehe hatte Nicolas sie oft angesehen, wenn sie schlief, nachdem sie ihm die Gunst ihres Körpers so hingebungsvoll gewährt hatte. Manchmal fragte er sich, ob er ihr auch nur einen Teil der Freude abgalt, den er durch sie empfing.

Sie hatte inzwischen hingenommen, dass er am Folgetag abreisen würde, wenn sie auch nach wie vor nicht damit einverstanden war. Es tat ihm leid, dass sie sich offenbar mit Katrina deswegen überworfen hatte, denn diese war für das Abkommen nun wirklich am wenigsten verantwortlich. Erwartete Ashley, dass sie ihr zustimmte und ihn dazu überredete, nicht nach Aidan zu suchen?

Von seinem Vorgesetzten die Erlaubnis zu erwirken, in den Norden reisen und Verhandlungen zur Befreiung eines Offiziers durchführen zu dürfen, hatte keinerlei Hindernis dargestellt. Es hieß zwar, dass sich die Armee von Madras nicht einmischen werde, aber was die Verhandlungen anging, so konnte Nicolas sich an die Bengalen-Armee wenden, wo man ihm sicher behilflich sein würde. Natürlich begrüßte man es sehr, dass er sich freiwillig meldete, ließ es sich aber nicht nehmen, in einem Begleitschreiben darauf hinzuweisen, man stelle der Bengalen-Armee einen Offizier der Madras-Armee zur Verfügung.

Ashley blinzelte und schlug die Augen auf. Ihr Blick war noch verhangen vom Schlaf, und mit einer beinahe trägen Bewegung zog sie die Decke über ihren Körper. »Es ist kalt geworden«, murmelte sie.

Nicolas strich ihr das dunkle Haar aus dem Gesicht.

»Wie spät ist es?«

»Beinahe zwei Uhr«, antwortete Nicolas.

»Dann bleibst du nicht mehr lange bei mir …«

»Noch einige Stunden.« Nicolas beugte sich vor und küsste sie, aber sie drehte ihren Kopf zur Seite. Dann jedoch, als besinne sie sich, wandte sie sich ihm wieder zu, legte ihre Hand auf seinen Hinterkopf und presste ihre Lippen auf seinen Mund.

Ashley wurde wach, als sie Nicolas im Raum herumlaufen hörte. Schläfrig richtete sie sich auf und sah im Halbdämmer, wie er gerade dabei war, seinen Schwertgürtel umzulegen. Er war vollständig angekleidet, und seine Pistole lag neben ihm auf einem kleinen Abstelltisch. Das Rascheln der Bettwäsche ließ ihn aufblicken.

»Hättest du mich nicht geweckt?«, fragte sie.

»Doch, aber ich wollte dich, so lange es geht, schlafen lassen.«

»Und ich möchte jede noch verbleibende Minute in deiner Nähe sein.«

Nicolas lächelte. »Du tust gerade so, als käme ich nicht zurück.«

Ein Schauer überlief Ashley, und sie drückte die Decke gegen die Brust. Schließlich griff sie nach ihrem seidenen cremeweißen Nachthemd, das auf dem Boden neben dem Bett lag, und stand auf. Von der Stuhllehne nahm sie einen zum Nachthemd passenden gefütterten Morgenmantel und schlüpfte in Samtpantoffeln.

Nicolas hatte sein Gepäck vorausgeschickt, auf diese Weise würde er leichter reisen können. Er setzte sich seinen Spitzhelm auf, dessen Riemen zwischen Unterlippe und Kinn verlief, steckte die Pistole ein und zog Handschuhe an, dann wandte er sich an Ashley.

»Nun denn.« Er wirkte unschlüssig, als wisse er nicht, wie er den Abschied am besten hinter sich bringen sollte.

»Ich begleite dich zur Tür.«

Nicolas betrachtete skeptisch ihren Aufzug.

»Es ist noch kein Mensch wach, abgesehen vom Stallpersonal«, sagte sie.

Anstelle einer Antwort nickte Nicolas lediglich.

Ashley blieb an der Haustür stehen, als er im Stall verschwand. Er hatte dem Stallburschen am Vorabend gesagt, wann er aufbrechen wollte, und Anweisungen gegeben, dass sein Pferd bis dahin gesattelt war. Kurz darauf trat er in den Hof, seinen braunen Vollblüter mit sich führend. Er band das Pferd fest und ging noch einmal zu Ashley.

»Ich muss los, mein Herz.«

Ashley schlang wortlos die Arme um ihn, und er küsste sie. Dann löste er sich beinahe abrupt. Als er aufsaß und vom Hof reiten wollte, drehte er sich noch einmal um und winkte ihr zu. Ashley hob die Hand und winkte zurück. Während sie ihm nachsah, nahm ihr das stetig anwachsende Gefühl, ihn das letzte Mal gesehen zu haben, beinahe den Atem.

# 31

## Kalkutta, April 1879

»Ist Ihnen nicht gut, Captain Allenger-Brown?«
Nicolas tupfte sich die Stirn ab und blinzelte kurz, damit sich sein Blick wieder klärte, aber noch immer erschien ihm alles verschwommen. Natürlich hatte er die Hitze nicht vergessen, aber in der Kühle der Berge hatte sie ihren Schrecken verloren. Er war gerade seit einem Tag in der Stadt, und es fühlte sich bereits an, als drückten von allen Seiten flimmernde Wände auf ihn ein. Es war April, die Temperaturen hatten ihren Höhepunkt erreicht.
»Es ist nichts«, sagte er. »Offenbar bin ich das Klima nicht mehr gewohnt.« Er blickte seinen früheren Vorgesetzten, Lieutenant Colonel Quade, an, den er nun zwar immer noch unscharf, aber wenigstens nicht mehr doppelt sah.
Quade seinerseits war offenbar an seinem Zustand nicht mehr interessiert, sondern starrte erneut auf das Schreiben, das Brian mit sich geführt hatte. An Quades Seite stand, tadellos wie immer, Major Liam Maddox, der neben der untersetzten Gestalt seines Vorgesetzten noch schneidiger wirkte, als er ohnehin schon war. Er hatte Nicolas empfangen, sich sein Anliegen angehört und ihn dann ohne ein weiteres Wort zu Quade geführt. Wie Maddox zu der Sache stand, war seinem Gesicht nicht abzulesen gewesen.
»Wir bedauern natürlich aufrichtig, was Captain Landor widerfahren ist«, sagte Quade schließlich zögernd.
*Aber*, dachte Nicolas.
»Aber uns fehlen derzeit einfach die Möglichkeiten, aktiv einzugreifen.« Quade seufzte. »Und auf die Forderungen einzugehen, ist natürlich indiskutabel.«

»Wird in solchen Fällen nicht wenigstens verhandelt, Sir?«
»Derzeit steht der Konflikt in Afghanistan an erster Stelle. Captain Landor ist kein Kriegsgefangener, sondern er befindet sich in den Händen gewöhnlicher Verbrecher. Da wird nicht verhandelt.«
Nicolas sah zu Maddox, der, die Hände auf dem Rücken verschränkt, dastand und den Blick abgewandt hatte, um scheinbar angelegentlich ein Bild an der Wand zu betrachten. Er wandte sich wieder an Quade.
»Wie ist es damit, zum Schein auf die Forderung einzugehen und die Männer dann zu ihrem Lager zu verfolgen, Sir?«
Quade zog die Stirn kraus. »Denken Sie mal an, auf die Idee sind auch wir schon gekommen. Aber es ist so, dass eine Teileinlösung vorab gefordert wird. Dann würde die Übergabe erfolgen, zweifellos an einem Ort, an dem wir strategisch im Nachteil sind. Zudem ist es uns einfach nicht möglich, inhaftierte Verbrecher laufen zu lassen, selbst um Captain Landors willen nicht. Ich bedaure das sehr.«
»Ich habe von meinem Vorgesetzten die Befugnis bekommen, in dem Fall etwas unternehmen zu dürfen, aber allein wird das schlechterdings nicht möglich sein, Sir.«
»Es ist sehr erfreulich, dass sich die Madras-Kavallerie der Sache annimmt.« Quade lächelte schmal. »Dabei bitte ich jedoch zu bedenken, dass wir hier einfach niemanden entbehren können. Zudem wüsste ich gerne, wie Sie die Sache anzufangen gedenken.«
Nicolas ging nicht darauf ein. »Warum hat der Bote keine Angst, sich hier so ungehindert mit einer derart dreisten Forderung zu bewegen? Muss er nicht befürchten, inhaftiert zu werden, Sir?«
»Er ist zwar allein gekommen, hat uns aber zu verstehen gegeben, dass auf ihn außerhalb der Stadt Männer warten, die, sollte er sich nicht zu bestimmten Zeiten zurückmelden, zum Lager

reiten und uns den Kopf des Captains zuschicken würden.« Quade hob seine Hand. »Und ehe Sie nun einwenden, man hätte dem Mann ja folgen und seine Kameraden festsetzen können – wir wissen nicht, wie viele es sind und ob sie wirklich alle an einer Stelle hocken. Das Risiko ist zu groß.«
»Ich habe gehört, Sie hätten die Forderung noch nicht rundheraus abgelehnt, Sir.«
Quade hob seine massigen Schultern, und sein Mund verzog sich. »Wir haben uns Bedenkzeit erbeten, schon in Hinblick auf die Situation, in der England derzeit steckt. Andere Dinge haben Priorität. Wenn wir auf diese Weise Zeit herausschlagen, dann wird Captain Landor vielleicht eine Möglichkeit finden, seinerseits zu entkommen.«
Nicolas schob zwei Finger zwischen seinen Hals und den Hemdkragen, der mittlerweile durchgeschwitzt war. Die *Punkah* an der Decke bewegte sich stetig und ohne nennenswerte Abkühlung zu bringen. Vielmehr war es, als wirbele sie nur die Hitze auf, um sie als warmen Windstoß wieder herabzuschicken.
»Captain Landor hat sich äußerst verdient gemacht«, ließ Maddox nun verlauten. »Wenn wir hier nicht die Möglichkeiten haben, ihm zu helfen, es aber doch, wie Sie ja des Öfteren betonten, gerne tun würden, dann sollten wir Captain Allenger-Brown jede mögliche Unterstützung gewähren, denke ich, Sir.«
Schützenhilfe von dieser Seite hatte Nicolas nicht erwartet, ebenso wenig Quade, wovon dessen erstaunter Blick zeugte.
»Ähm, allerdings, Major Maddox. Von meiner Seite aus werden ihm gewiss keine Steine in den Weg gelegt.«
Maddox lächelte. »Das dachte ich mir, Sir. Daher habe ich mir schon überlegt, wie Hilfe von unserer Seite aus zu bewerkstelligen ist.«
Quade sah ihn abwartend an und, wie Nicolas fand, mit einem Ausdruck, als erwarte er einen Angriff von einer Seite, die sein

Vertrauen genoss und von der er sich Unterstützung erhofft hatte.

»Wie Captain Allenger-Brown vorzugehen wünscht, hat er uns noch nicht offenbart«, fuhr Maddox fort, »wohl jedoch, dass er sein Vorhaben nicht allein durchführen kann. Daher sollten wir ihm zwei erfahrene und in den Bergen kundige Männer mitgeben, Sir.«

Quade schnaubte. »Bei allem Respekt, Major, aber Sie scheinen zu vergessen, dass wir uns im Krieg befinden. Wie soll ich jetzt zwei Männer entbehren?«

»Ich spreche nicht von Generälen oder Regimentsführern, Sir, sondern von zwei einfachen Offizieren. Natürlich ist es richtig, dass wir derzeit alle verfügbaren Kapazitäten nutzen müssen, aber wird dieser Krieg wirklich daran scheitern, dass wir zwei Männer weniger hinschicken?«

»Nun ja.« Quade räusperte sich vernehmlich.

»Bisher scheiterte es daran, dass wir niemanden entbehren konnten, der das Kommando sowie die Planung für eine solche Aktion übernimmt. Captain Allenger-Brown hat sich nun aber genau dazu bereit erklärt. Also unterstellen wir ihm doch zwei Männer«, insistierte Maddox.

Quade steckte sichtlich in einer Zwickmühle. Nicolas war nie aufgefallen, wie schwächlich er im Grunde genommen war, wie überfordert mit einer Situation, die so gänzlich von dem abwich, was ihm täglich begegnete oder dem er mit militärischer Strategie entgegenwirken konnte.

»Ich würde«, sagte er, »meinem Vorgesetzten ungern mitteilen, dass mir hier die Hände gebunden wurden, Sir.«

Ein unwirscher Blick von Quade traf ihn. »Wir beabsichtigen nichts dergleichen, Captain. Vielmehr werde ich mir alles in Ruhe überlegen und dann auch darüber nachdenken, wen ich Ihnen mitgeben kann.«

Das schnelle Einlenken erstaunte Nicolas, und im selben Mo-

ment wurde ihm klar, dass der Lieutenant Colonel dadurch wieder Zeit herausgeschlagen hatte. Denn wie lange er brauchen würde, um jemand Passenden zu finden, konnte niemand wissen.
Maddox hegte offenbar denselben Gedanken, denn mit einem glatten Lächeln sagte er: »Darüber habe ich bereits nachgedacht, Sir. Lieutenant Casey und Havildar Major Khan sind noch in der Stadt. Sie sollen demnächst mit dem Regiment nach Kabul geschickt werden.«
»Vielleicht möchten die beiden sich lieber im Krieg verdient machen.«
»Beide kennen die Berge und haben vermutlich ein persönliches Interesse an der Rettung des Captains, Sir.«
Es war offensichtlich, dass Quade in einer Zwickmühle steckte. Konnte es wirklich sein, dass alles von diesem Mann abhing, fragte sich Nicolas. Es erschien ihm unfassbar.
»Äh, ja, also wenn die beiden Männer einverstanden sind, soll es mir recht sein«, sagte Quade schließlich. »Aber weitere Hilfestellungen können wir nicht geben, bei aller Anteilnahme am Schicksal des Captains.« Er sah auf seine Taschenuhr. »Wenn Sie mich nun bitte entschuldigen würden? Sie können abtreten.«
Maddox und Nicolas nahmen Haltung an, verabschiedeten sich und verließen den Raum.
»Vielen Dank, Sir«, sagte Nicolas, als er an Maddox' Seite die Treppe hinunterging.
Maddox gestattete sich ein flüchtiges Lächeln. »Danken Sie mir nicht. Es wäre eine ungeheure Verschwendung, ihn nicht zu retten. Sie sollten umgehend mit Lieutenant Casey und Havildar Major Khan reden. Beide finden Sie entweder in der Kaserne oder in der Kasematte.«
Am Fuß der Treppe verabschiedeten sie sich knapp voneinander, und Nicolas schlug den Weg zur Kaserne ein. Kaum war er

wieder auf der Straße, umschlang ihn die Hitze wie ein wabernder Mantel. Das Hemd klebte ihm am Körper, und Schweiß rann ihm in die Augen. Nicolas zog ein Tuch aus der Tasche und wischte sich Stirn und Schläfen ab. Die Sonne brannte, der Lärm um ihn herum verschwamm zu einem Rauschen, und er wich das eine oder andere Mal im letzten Moment einem Fuhrwerk, einer Kuh oder streunenden Hunden aus. Eselkarren bevölkerten die Straße, Rikschas und Menschen, die schwere Lasten schleppten. Nicolas hatte jedoch keinen weiteren Blick für seine Umgebung und floh in die Kaserne, wo er in der relativen Kühle des Gemäuers erst einmal aufatmete.
Er traf Brian in dessen Kammer an, wo er ausgestreckt auf dem Bett lag und ein Buch las. Der Offizier, der mit ihm das Zimmer teilte und Nicolas die Tür geöffnet hatte, erkannte ihn als ranghöher und salutierte.
»Besuch für dich, Brian«, rief er über die Schulter.
»Nicolas?« Brian legte das Buch zur Seite und stand auf. »Na, so eine Überraschung. Was hat dich hierher verschlagen? Meldest du dich auch an die Front?«
»Nein, ich bin aus anderen Gründen hier. Können wir irgendwo reden?«
Der Offizier, der Nicolas die Tür geöffnet hatte, verstand. »Ich wollte ohnehin gehen. Wir sehen uns später, Brian«, rief er zum Abschied und verließ den Raum.
Mit einem Aufseufzen setzte Nicolas sich auf einen Holzstuhl, der an einem Tisch in der Mitte des Raumes stand. Das Zimmer war eher karg eingerichtet, zwei Betten mit Nachtschränkchen, zwei Schränke und ein Tisch mit zwei Stühlen. Das Fenster war mit Holzläden verschlossen, um die Sonne auszusperren, und zwei Gaslampen brannten. Der Holzboden war dunkel vom Alter und an einigen Stellen deutlich ausgetreten.
»Was führt dich her?«, fragte Brian schließlich. Er klappte sein Buch zu und legte es auf den Nachtschrank.

Nicolas streckte die Beine aus und schlug sie übereinander. Seine schwarzen, vormals polierten Stiefel waren grau vom Straßenstaub. »Du hast von Aidan gehört?«
»In der Tat.« Brians Gesicht verfinsterte sich kummervoll. »Ich hatte mich bei Maddox sogar freiwillig angeboten, falls man jemanden zu seiner Rettung losschicken möchte, aber Quade weigert sich, ihm zu helfen.«
»Das weiß ich. Daher bin ich hier.« Nicolas öffnete die Knöpfe seines Uniformrocks und die oberen seines Hemdes. »Ich habe eine Erlaubnis meines Vorgesetzten, mich um die Sache zu kümmern.«
»Warum interessiert man sich in Madras dafür?«
»Tut man nicht. Es ist Aidans Vater, der mich über alles aufgeklärt hat.«
Brians Augen weiteten sich. »Woher weiß er davon?«
»Beziehungen vermutlich, ich weiß es nicht, er hat nichts dazu gesagt, wahrscheinlich, weil derjenige ihm das nicht hätte erzählen dürfen.«
»Darauf wette ich«, knurrte Brian. »Weiß Aidans Frau auch Bescheid?«
»Ja.« Nicolas legte den Kopf schräg. »Aidan kann sich auf ein recht unbehagliches Heimkommen freuen.«
»Sofern er überhaupt heimkehrt.« Besorgnis huschte über Brians Züge. »Aber niemand interessiert sich für ihn. Er war nur gut genug, für sie die Wege auszukundschaften, die sie gefahrlos begehen wollten. Was genau willst du tun? Du kennst dich hier doch überhaupt nicht aus.«
»Ich gehe auch nicht allein. Major Maddox hat Lieutenant Colonel Quade dazu gebracht, mir zwei Männer zu unterstellen, und dabei an dich und Havildar Major Khan gedacht.«
Brian fuhr auf. »Ist das dein Ernst? Maddox? Ich dachte, das sei ihm alles gleichgültig. Wann brechen wir auf?«
»Sobald wie möglich, aber erst einmal müssen wir besprechen,

wie wir vorgehen.« Nicolas beugte sich vor. »Wie kriegen wir den Boten dazu, zu seinem Lager zurückzureiten?«
»Entweder indem wir auf seine Forderungen eingehen oder sie ablehnen.«
»Richtig. Und ich dachte an Letzteres. Quade lehnt rundheraus ab, sagt, dass man keineswegs vorhabe, Verbrecher und Mörder, die auf ihren Prozess warten, freizulassen, und dass Aidan lieber als Held stirbt, als dergleichen auf sich zu nehmen.«
Brian atmete tief ein und stieß die Luft mit einem Pfeifen wieder aus. »Da müssen wir aber schnell sein, und wir dürfen den Boten keineswegs aus den Augen verlieren, denn wenn das passiert, ist Aidan so gut wie tot.« Er legte den Kopf leicht schräg. »Wir sind dir zwar unterstellt, aber in dem Fall wirst du uns folgen müssen. In diesen Dingen sind Havildar Major Khan und ich erfahrener als du.«
Nicolas zuckte die Schultern. »Was immer der Sache dient.«
Als habe er einen Stoß erhalten, sprang Brian vom Bett. »Wir müssen Ranjan, also Havildar Major Khan, suchen.« Seine Augen leuchteten. »Endlich kann ich etwas tun. Hab vielen Dank, dass du gekommen bist. Die ganze Sache mit Aidan hat mir den Einsatz im Krieg ohnehin verleidet. Was nützt mir der Ruhm, wenn mein bester Freund stirbt, weil ich ihm nicht helfen darf. Ich werde mich schon noch verdient machen, wenn ich erst wieder hier bin.«
Nicolas knöpfte Hemd und Uniformrock wieder zu, und die Männer verließen die Kaserne. »Ich vermute, Ranjan ist in seinem Zimmer. Es ist dort drüben, hinter dem Platz. Ausgang haben wir beide heute nicht, und in der Kasematte ist er nicht, wenn er nicht dort sein muss.«
Auf dem Übungsplatz sah Nicolas Soldaten sich auf ihren Aufbruch nach Afghanistan vorbereiten. Im November hatten die Briten den Khaiberpass besetzt, nachdem Sher Ali das von Lord Lytton gesetzte Ultimatum hatte verstreichen lassen. Am zwan-

zigsten November hatte der Einmarsch in Afghanistan begonnen, und er ließ sich überaus erfolgversprechend an. Drei Kolonnen marschierten los, eine unter General Browne zum Khaiberpass, die andere unter Roberts zum Kurrampass, und die dritte unter Biddulph von Quetta aus. Am zwanzigsten Dezember besetzte Browne Dschelalabad, und Roberts schlug am siebten Januar 1879 die Afghanen im Chofttal. Einen Tag später rückte General Stewart in Kandahar ein. Sher Ali war bereits kurz nach Brownes Eintreffen in Kabul im Gefolge einer russischen Gesandtschaft nach Turan geflüchtet und starb im Februar in Mazara Sharif. Die Herrschaft wurde seinem Sohn Yakub übertragen, der seinerseits einem Friedensabkommen durchaus geneigt war – nicht jedoch seine Untertanen. Am ersten April waren die Engländer von Dschelalabad nach Kabul ausgerückt, um Druck auf die Bevölkerung auszuüben, schlugen sich siegreich bei Nimla Bagh und reisten weiter nach Kabul.

»Ich bin mir noch nicht sicher«, sagte Brian, »ob es mit dem Friedensschluss wirklich klappt.«

»Warst du bei den Gefechten dabei?«

»Nein, ich war in Peschawar stationiert. Eigentlich sollte ich nach Kabul. Zum Friedensschluss hätte ich da sein müssen.« Flüchtiges Bedauern flog über seine Züge. Er legte die Hand auf den Türgriff zur Kaserne und sah Nicolas an. »Ranjan wird sich freuen. Er wollte nicht nach Kabul, die Sache mit Aidan hat ihn beinahe dazu gebracht, seinen Dienst zu quittieren. Im Grunde genommen stehen sie sich nicht sonderlich nahe, aber er ist einer der loyalsten Menschen, die ich kenne.« Er lächelte flüchtig. »Und er ist oft ziemlich grimmig, also lass dich nicht abschrecken.« Damit stieß er die Tür auf, und Nicolas blinzelte ins Halbdunkel eines langen Korridors.

# 32

## Ootacamund, Mai 1879

Das Licht der Gaslampen warf Schatten an die alten holzvertäfelten Wände, in die eine Reihe mit glänzenden Messingschildern versehener Schubfächer eingelassen war. Jedes Fach enthielt bestimmte Ingredienzien für Teemischungen. Es gab getrocknete Orangenblüten, Rosenblüten, Sonnenblumenblüten, Blüten von Kornblumen, Malvenblüten, Bergamotte, Orangenschalen, getrocknete Äpfel, Orangen, Aprikosen, außerdem Karamell, Krokant, Marzipan, Gewürznelken, Anis, Ingwer und Unzähliges mehr, so dass der Raum erfüllt war von Düften.

Obwohl der Maitag sehr mild gewesen war, wurde es zum Abend hin kühl, und Charles überlegte, ob er den kleinen Kachelofen in der Ecke beheizen sollte. Er saß seit dem frühen Nachmittag über den Teemischungen. Bis vor einer Stunde hatten ihm zwei Mitarbeiter zur Seite gestanden, aber nun war er allein im Kontor. In ein kleines Buch notierte er jede Mischung, die ihm vielversprechend erschien. Es waren fein aufeinander abgestimmte Kompositionen, einige zart, frisch, blumig, andere kräftig und würzig, fruchtig, süß, weich, bitter, lieblich – eine unerschöpfliche Palette an geschmacklichen Nuancen, zarter Aromagebilde und filigraner Gerüche.

In einer Porzellanschale lagen Vanilleschoten, die an diesem Tag geliefert worden waren. Cynthia hatte eine Schwäche für Tee mit Vanille, ebenso James Lockwood und noch einige andere Kunden, für die Charles spezielle Mischungen anfertigen ließ. Für Katrina hatte er an diesem Tag Tee mit Orange und einem Hauch Ingwer gemischt und für sich selbst eine Mischung aus verschieden kräftigen schwarzen Tees mit Rotsandelholz, Gewürznelken und Zimt. Er fragte sich, welche Mischung Gillian McEwan bevorzugen würde. Vielleicht ein Tee, der beim Trinken an von Nebel verhangene Täler denken ließ, auf denen die erste Morgensonne lag. Er schüttelte den Kopf. Was dachte er da nur für einen Blödsinn?

Dennoch ließ er seine Gedanken immer wieder zu ihr abschweifen. Gelegentlich stand er am Fenster und sah sie, wie sie abends heimkehrte, oftmals mit hängenden Schultern und gesenktem Kopf, die Schritte schleppend vor Müdigkeit. Nicht selten war er in Versuchung, hinunterzugehen, um sie zu einer Tasse Tee einzuladen, aber er hielt sich jedes Mal zurück.

Cynthia trieb ihn mit ihren Selbstvorwürfen wegen Celestes Geburt zur Verzweiflung. Charles hoffte, dass die Kleine nie erfahren würde, wie unerwünscht sie war. Dabei war es nicht einmal so, dass Cynthia das Kind nicht liebte, sie lehnte es nur deshalb ab, weil sie dachte, sie hätte ihre Pflicht ihrem Ehemann gegenüber nicht erfüllt, und er müsse enttäuscht und verärgert sein. Gleichgültig, wie oft er ihr versicherte, dies sei nicht der Fall, sie hörte nicht auf damit.

Er lehnte den Kopf zurück, und sein Blick fiel auf die gerahmten Zeichnungen indischer Landschaften. Die Bilder waren bereits alt und vergilbt, Darstellungen vom Gangesdelta, von den schneebedeckten Gipfeln des Himalaja, dem Kanchenjunga, dem alten Fort von Kalkutta und der Koromandelküste vor Madras.

Unter dem Fenster rollte eine Kutsche vorbei, Männer lachten, und eine Frau stimmte kreischend ein. Charles schloss die Augen und überlegte, ob Cynthia wohl noch wach war, wenn er jetzt nach Hause ging. Jessamyn fing an, ein wenig zugänglicher zu werden, und erstarrte nicht gleich respektvoll, wenn er in ihre Nähe kam. Die Reitstunden gaben ihr ein Selbstbewusstsein, das sie vorher nicht gehabt hatte, vor allem, weil sie jetzt mit Caleb zusammen unterrichtet wurde und sich mit ihm maß.

Wenn Charles nachmittags in das Spielzimmer der Mädchen trat, plauderte sie unbefangen mit ihm. Gelegentlich begleitete sie ihn sogar auf einem morgendlichen Ritt um den See herum, gekleidet in ein Reitkostüm aus dunkelblauem Tuch und mit einen Hut auf dem blonden Haar, das ihre *Ayah* ihr vorher mit einem Schal zurückband. Auch wenn sie es nicht zugab, war an Cynthias beifälligen Blicken zu erkennen, dass ihr das damenhafte Auftreten ihrer Tochter durchaus gefiel.
Mit Blick auf die Uhr stellte Charles fest, dass Gillian McEwan bald heimkommen musste. Als er sie das letzte Mal getroffen hatte, war es ebenfalls neun Uhr gewesen, und auch die wenigen Male, die er sie auf der Straße gesehen hatte, lagen in diesem Zeitraum, wenn er sich richtig erinnerte. Einem Impuls folgend, stand er auf und ging die Treppe hinunter zur Tür.
Es dauerte nicht lange, bis er sie sah. Sie trug ein hochgeschlossenes dunkelgrünes Kleid, dessen Schnitt vollkommen aus der Mode war, einen kleinen Hut auf dem hochgesteckten Haar und um die Schultern einen breiten Schal, das einzig Modische an ihr. Dennoch fand Charles sie hübsch in der ruhigen Anmut, in der sie sich sogar dann bewegte, wenn ihre Schritte schwerfällig waren vor Erschöpfung. Sie sah ihn erst, als sie beinahe unmittelbar am Kontor war, und mit einem überraschten Gesichtsausdruck blieb sie stehen.
»Guten Abend, Mr. Ramsay.«
Charles erwiderte ihren Gruß lächelnd. »Wie geht es Ihnen?«
Sie hob die Schultern. »Es geht mir gut.«
»Darf ich Sie auf eine Tasse Tee einladen?«
Erstaunt sah sie ihn an, dann glitt ein flüchtiges Lächeln über ihr Gesicht. »Sehr gern, haben Sie vielen Dank.«
Wie schon einmal führte er sie in sein Arbeitszimmer, und wieder sah sie sich neugierig um, als sehe sie den Raum zum ersten Mal. Charles heizte den Ofen an und goss Wasser aus einem Behälter, der mehrmals täglich aufgefüllt wurde, in eine Metallkanne.

»Wie ist es Ihnen diesen Winter ergangen?«, fragte er.
»Es war kalt. Das Krankenhaus wird nicht in allen Gängen beheizt, und daheim habe ich keinen Ofen im Zimmer.« Sie verstummte und biss sich auf die Lippen, als befürchte sie, zu viel gesagt zu haben.
Charles indessen versuchte, sich einen Winter vorzustellen, in dem nicht geheizt wurde. Er löffelte Ceylon-Tee in eine Steingutkanne und nahm das kochende Wasser vom Feuer.
»Wie kommen Sie im Krankenhaus zurecht?«, wechselte er das Thema, weil er nicht wollte, dass sie dachte, er bemitleide sie – was er zweifelsohne tat.
»Mittlerweile gut, obwohl es sehr anstrengend ist.«
»Lässt man Sie in die Krankenpflege?«
»Nein, aber das ist auch gut so.« Sie erschauerte leicht.
Er trug das Tablett zum Tisch, und wie beim letzten Mal schenkte sie erst ihm und dann sich selbst Tee ein. Die Wärme, die der Ofen in ihrem Rücken spendete, zauberte einen Hauch Farbe auf ihre Wangen. Sie war still an diesem Abend, antwortete leise auf seine Fragen und stellte gelegentlich eine Gegenfrage.
Charles beobachtete eine kleine Strähne, die sich gelöst hatte und sich über ihrem Ohr kringelte. Ihr Hals wirkte schmal und zerbrechlich in dem dunklen Kragen, und die Lippen, die sich um den Rand der Teetasse schlossen, waren ein wenig zu bleich. Sie stellte die Tasse ab und sah sich erneut im Raum um.
»In letzter Zeit frage ich mich, ob ich nicht doch riskieren soll, nach Kalkutta zurückzukehren«, sagte sie unvermittelt. »Hier ist nichts so, wie ich es erwartet hatte, als ich gekommen bin. Wenn ich wenigstens bei Mr. und Mrs. Marks hätte bleiben können.«
Charles kannte die Zimmer der Herberge nicht, aber nach ihrem Äußeren zu schließen, konnte es damit nicht weit her sein. Von der Arbeit im Krankenhaus konnte er sich erst recht kein Bild machen, weil er außer den Ärzten das Personal dort nie wirklich wahrgenommen hatte.

Ihr Blick fiel auf ein Foto von den Nilgiris, das ihm ein Freund zu Celestes Geburt geschenkt hatte. Es war eine gerahmte Fotografie, die die Landschaft in Sepiatönen eingefangen hatte.
»Sehen Sie es sich ruhig an«, sagte er, als er bemerkte, wie fasziniert ihr Blick daran hing.
Nach kurzem Zögern stand sie auf und ging zu dem Bild, um es genau in Augenschein zu nehmen. »Es ist sehr gekonnt«, bemerkte sie.
Charles stand auf und trat hinter sie. »Mein Freund ist in einem dieser Fotografie-Clubs, Sie wissen schon, diese jungen Männer, die mit ihren Kameras und Stativen in der Gegend herumlaufen und Motive suchen.« Er grinste.
Versonnen betrachtete sie das Bild, den Kopf leicht schief gelegt. Charles konnte das Pulsieren der Schlagader unter der blassen Haut ihres Halses erkennen. Das Verlangen danach, seine Lippen auf diese Stelle zu pressen, wallte so jäh in ihm auf, dass er erschrak und sich innerlich zur Räson rief.
»Ich habe von der Umgebung nur bei meiner Reise hierher etwas gesehen«, sagte Gillian. »Sie ist wirklich zauberhaft.«
Charles räusperte sich. »Das ist sie in der Tat.«
»Ich …« Gillian holte tief Luft. »Ich hatte gehofft, es irgendwie zu schaffen und hier bleiben zu können oder aber ehrbar genug zu werden, dass ich mich nach Hause trauen kann.«
Darauf wusste Charles keine Antwort. Stattdessen hob er die Hand und berührte in einer behutsamen und, wie er hoffte, tröstenden Geste ihre Schulter. Er spürte das leichte Versteifen, was keine Ablehnung war, sondern eine Art Abwarten. Vorsichtig strich er mit dem Rücken seiner Finger über ihren Hals unterhalb ihres Ohrläppchens. Jetzt konnte er das Pochen spüren, das nun wesentlich heftiger schien als zuvor. Gillian drehte den Kopf zu ihm, die Lippen leicht geöffnet. Obwohl er wusste, dass er dabei war, einen großen Fehler zu begehen, konnte Charles sich nicht länger zurückhalten, und er senkte seinen Mund

auf ihren. Erst zuckte sie kurz zurück, und dann kam sie ihm entgegen, wie er es in seiner Ehe mit Cynthia nie erlebt hatte. Sie schlang die Arme um seinen Hals, erwiderte seinen Kuss und zog ihn enger an sich. Charles löste sich von ihren Lippen und küsste ihre Wangen, ihren Hals, berührte mit dem Mund die zarte Mulde unter ihrem Ohrläppchen. Erst als sie mit einem Schluchzer einatmete, kam er wieder zur Vernunft und ließ sie beinahe abrupt los. Er wagte es kaum, ihren Blick zu erwidern. Gerade eben hatte sie noch davon geredet, dass sie nicht mehr weiterwusste, dass sie hatte ehrbar werden wollen, und nun verhielt er sich nicht besser als die Männer, die sie zuvor gekannt hatte. Als er schließlich doch wagte, sie anzusehen, hatte sie die Hand auf die Brust gepresst, die sich in schnellen Atemzügen hob und senkte.

»Das ist doch hoffnungslos«, flüsterte sie. »Es ist ja noch hoffnungsloser als mit Ingram.« Ohne ein weiteres Wort lief sie an ihm vorbei, riss die Tür auf, und wenige Sekunden später hörte er das Klacken ihrer Absätze auf der hölzernen Treppe. Kurz darauf fiel die schwere Eingangstür ins Schloss.

*

Allmählich hatte sich Katrina an die Anwesenheit ihres Schwiegervaters gewöhnt. Sie hatte nicht die geringste Ahnung, wie lange er noch zu bleiben gedachte, aber solange sie sich aus dem Weg gingen und nur zu den Mahlzeiten sahen, war es zu ertragen. Gelegentlich ging er mit Mariana, die neben ihm herstolperte, im Garten spazieren.

An diesem Morgen saßen sie schweigend am Frühstückstisch, als ein Hausdiener die Zeitungen – den *Neilgherry Excelsior* und den *South of India Observer* – sowie die Post brachte. Es waren einige Briefe für Raymond dabei, die dieser regelmäßig von seinen Kindern erhielt. Bisher hatte er ihnen verschwiegen, was es mit Aidans Reisen auf sich hatte, und so wiegten sie sich in dem Glauben, er sei in Ooty, um eine Versöhnung herbeizuführen. Lediglich Ralph wusste Bescheid, aber den Frauen hatte ihr Schwiegervater nichts erzählt, weil er sie nicht beunruhigen wollte. Insbesondere Ava würde es nur schwer verkraften können. So kam es, dass an diesem Morgen auch ein Brief von Annabelle an Aidan in der Post lag, den Katrina nach kurzem Schlucken zu seiner übrigen Post legte. Sie trug auf, den Stapel ins Arbeitszimmer zu bringen. Später würde sie durchsehen, was unbedingt beantwortet werden musste, den Rest ließ sie für gewöhnlich verschlossen und legte ihn in den Korb für seine unbeantworteten Briefe. Nach dem Tod ihres Vaters waren noch Wochen später an ihn gerichtete Briefe angekommen. Warum dachte sie gerade jetzt daran? Unwillig schüttelte sie den Kopf, konnte jedoch nicht verhindern, dass der Gedanke Schlieren wie von Spinnweben in ihr hinterließ.

»Annabelle ist guter Hoffnung«, rief Raymond strahlend. »Im Herbst wird es so weit sein.«

Katrina sah auf und lächelte gezwungen. »Das ist ja wunderbar.«

»Sie sagt, sie hätte auch Aidan geschrieben.«

»Der Brief ist vorhin angekommen, ich werde ihn für ihn beiseitelegen.«

Raymond runzelte die Stirn. »Sie wird enttäuscht sein, wenn Aidan ihr nicht antwortet.«

»Er ist so häufig auf Reisen, dass Annabelle sicher nicht glaubt, sein Schweigen entspringe mangelndem Interesse.«

Die Tür flog auf, und Caleb kam mit einem Strauß Blumen, die er offenbar schon frühmorgens im Garten gepflückt hatte, in den Raum gelaufen. Er legte die Blumen auf den Tisch und drückte Katrina einen Kuss auf die Wange.

»Alles Gute zum Geburtstag, Mama.«

»Danke, mein Schatz.«

Caleb zog einen Stuhl zurück, um sich hinzusetzen, und warf seinem Großvater ein flüchtiges »guten Morgen« hin. »Bringt Tante Amelia Daniel mit, wenn sie heute kommt?«
»Da bin ich mir ganz sicher. Onkel Charles kommt auch mit Tante Cynthia und deinen Cousinen.«
»Jessamyn ist für ein Mädchen nicht übel«, räumte Caleb großzügig ein. »Weißt du, dass sie ein größeres Pony hat als ich? Onkel Charles sagte, meins ist bald zu klein für mich.«
Eines der Themen, die Katrina nicht gerne erörterte. Je kleiner das Pony, um so ungefährlicher der Sturz. Aber natürlich war ihr klar, dass es auf Dauer so nicht gehen würde.
»Mein Pony kann Laura dann haben.« Offenbar hatte Caleb sich alles schon genau überlegt. »Und später kriegt Mariana es. Onkel Charles sagt, ich kann vielleicht auch ein richtiges Pferd haben.«
»Auf keinen Fall, ein Pony reicht erst einmal.«
»Warum denn, Katrina?«, mischte sich ihr Schwiegervater ein. »Ralph und Aidan haben auch recht früh Reitpferde bekommen.«
Ein wenig ärgerte es Katrina, dass der Zuspruch ausgerechnet aus dieser Ecke kam, und sie fühlte sich ausmanövriert. »Ich denke darüber nach«, sagte sie, und damit musste Caleb sich zufriedengeben. »Möchtest du heute ausnahmsweise mal mit uns frühstücken?«
»Ich habe schon etwas gegessen.« Caleb war bereits aufgestanden und schob den Stuhl an den Tisch. »Ich muss jetzt nach draußen. Wilhelmina hat sich schon wieder im Garten versteckt.«
»Na dann viel Glück bei der Suche.«
Wieder allein mit Raymond, widmete Katrina sich ihrem Toast. Ihr Schwiegervater stand auf, entschuldigte sich und verließ den Raum. Nur wenig später kam er zurück, in der Hand eine flache dunkle Schachtel, die, wie Katrina bei seinem Näher-

kommen feststellte, mit Samt überzogen war. Sie stellte ihre Teetasse ab und sah ihn fragend an.
»Ich habe es natürlich nicht vergessen.« Er wirkte ungewohnt verlegen. »Alles Gute.«
Ein wenig befangen nahm Katrina die Schachtel entgegen und klappte sie auf. Ein Kollier aus feinen, wie gesponnenen Goldfäden lag auf dunkelrotem Samt. Winzige Perlen auf dem Gold wirkten wie Tautropfen. Katrina starrte darauf und wusste nichts zu sagen.
»Ich habe überlegt, was am besten zu dir passt, und schwerer Schmuck erschien mir nicht richtig, daher dachte ich, etwas Filigranes würde dir gefallen.«
»Es ist wunderschön«, sagte Katrina leise, als sie ihre Stimme wiedergefunden hatte. Behutsam nahm sie das Kollier von seinem Samtbett. Es war makellos gearbeitet. Sie sah ihren Schwiegervater an und lächelte. »Hab vielen Dank.«
»Ja dann …«, er räusperte sich, »ich freue mich, dass es dir gefällt.«
Wäre es Aidan oder Charles gewesen, der ihr das Geschenk gemacht hätte, hätte Katrina ihn umarmt und auf diese Weise ihre Freude zum Ausdruck gebracht. Das bisherige Verhältnis zu ihrem Schwiegervater ließ dergleichen jedoch nicht zu, auch wenn sich offenbar eine Besserung anbahnte. Er sah das wohl ebenso, und als sie das Kollier in die Schachtel zurücklegte, verabschiedete er sich mit den Worten, er wolle ein wenig in den Club fahren.
Raymond führte mittlerweile ein sehr reges Gesellschaftsleben in Ooty, wozu auch häufige Ausritte an den See gehörten, so dass Katrina, weil sie außer ihrer Stute nur zwei Kutschpferde besaß, eines der Reitpferde ihres Bruders vorübergehend ausgeliehen und bei sich im Stall untergestellt hatte. Zum wiederholten Mal fragte sie sich, wie er so viel ausgehen und Menschen treffen konnte, während sein Sohn vermutlich in Lebensgefahr

war. Aber offenbar war das einfach seine Art, damit umzugehen, weil es ihn vom Grübeln abhielt, denn wann immer er sich unbeobachtet glaubte, bemerkte Katrina einen abgründigen Schmerz in seinen Augen.
Im Grunde genommen stand ihr nicht der Sinn nach abendlicher Gesellschaft. Es kam ihr frivol vor, in einer solchen Situation Geburtstag zu feiern, aber sie konnte sich nicht die ganze Zeit über isolieren. Es war schlimm genug, dass die Leute über Aidans lange Abwesenheit bereits spekulierten.
Charles würde mit seiner Familie bereits am Nachmittag kommen, ebenso Amelia und Ashley mit ihren Söhnen. Das Verhältnis zu Ashley hatte sich seit Nicolas' Abreise merklich abgekühlt, und Katrina war sich beinahe sicher gewesen, dass sie ihre Einladung ausschlagen würde. Die gesellschaftliche Ächtung, die sie erfuhr, hatte sich zwar nicht geändert, aber der Skandal war nicht mehr aktuell, vielmehr schien es, als meide man sie nur, weil es sich so gehörte. Im Grunde genommen war es Ingram, der seinen Fehler mittlerweile in vollem Umfang zu spüren bekam, denn man nahm es ihm offenbar übel, die bezaubernde und in der Gesellschaft so geschätzte Mrs. Allenger-Brown zur Unperson gemacht zu haben. Katrina war sich sicher, dass es Raymond mit den richtigen Kontakten gelingen würde, sie wieder zu rehabilitieren. Momentan sträubte Ashley sich jedoch gegen jeglichen Kontakt zu ihm.
Später am Tag, zum Abendessen, würde James Lockwood erscheinen sowie Mr. und Mrs. Sharatt, mit denen Katrina in Kontakt stand, seit sie ihr bei ihrer Ernte geholfen hatten. Katrina erhob sich, um die Bilanzen zu überprüfen. Später würde sie ein wenig mit Caleb und Mariana spazieren gehen, und dann war auch schon Zeit, die letzten Vorbereitungen für den Abend zu treffen.

Nachdem sie den Nachmittag zusammen verbracht hatten, fuhren Ashley, Cynthia und Amelia nach Hause, um ihre Kinder heimzubringen und sich für das Abendessen umzukleiden. Das Zusammensein mit Ashley hatte sich als nicht so schwierig herausgestellt wie erwartet, wozu wohl auch die Tatsache beigetragen hatte, dass sie nicht allein waren. Amelia hatte immer neue interessante Gesprächsthemen angeschnitten, die keine langen Schweigepausen erlaubten. Außer Ashley, Charles und Raymond wusste niemand über Aidan Bescheid, und Katrina fühlte sich die ganze Zeit, als wandle sie auf einem schmalen Grat. Cynthia beteiligte sich sehr wenig an den Gesprächen. Zwar hatte sie mittlerweile ihre spitze Zunge besser unter Kontrolle und war überhaupt seit der Geburt ihres vierten Kindes eher schweigsam, aber die Gesellschaft von Ashley und Amelia schätzte sie dennoch nicht besonders, ungeachtet dessen, dass sie sich um Erstere früher stets bemüht hatte. Aber sie folgte immer dem gesellschaftlichen Diktat.

Das Abendessen gestaltete sich anstrengender. Mrs. Sharatt war eine äußerst reizende Dame in den Vierzigern, sie reagierte jedoch überaus zurückhaltend, als sie Ashleys Anwesenheit bemerkte. Katrina konnte ihr förmlich ansehen, wie es in ihrem Kopf arbeitete und sie sich überlegte, ob es für sie Nachteile hatte, wenn sich herumsprach, dass sie mit einer von der Gesellschaft geächteten Person am selben Tisch saß und Konversation führte. Andererseits war da auch wieder die Anwesenheit des Barons und Mr. Ramsays, der im gesamten Distrikt einen hervorragenden Ruf genoss.

Obwohl es sich um eine kleine Gesellschaft in persönlichem Rahmen handelte, hatte Katrina Tischkarten anfertigen lassen, denn es galt, die anwesenden Personen so geschickt wie möglich zu plazieren, damit es keinesfalls dazu kam, dass sich Ashley neben Raymond Landor setzte oder Cynthia neben James Lockwood, mit dem sie überhaupt nicht zurechtkam und der sie seinerseits nicht mochte. Als Katrina am Kopfende des Tisches Platz nahm, saßen zu ihrer Rechten Charles, Cynthia und dane-

ben Mr. und Mrs. Sharatt, und zu ihrer Linken Raymond Landor, Amelia Holt in einem rauchblauen Taftkleid, dessen Farbe an das Meer im Morgenzwielicht erinnerte, James Lockwood und Ashley, die in ihrem Kleid aus pflaumenblauer Seide aufregend und lebhaft aussah, obgleich sie sehr blass war.
Ein Kronleuchter warf Kaskaden warmen Kerzenlichts in den Raum, das die gewachsten Holzflächen glänzen ließ, den honigfarbenen Parkettboden vergoldete und sich in Silberbesteck, dem silbernen Tafelaufsatz auf der Mitte des Tisches und den Ziervasen auf den Kommoden brach. Landschaftsgemälde hingen an den Wänden, und die großen Fenster waren verhängt mit dunkelroten Samtportieren. Diener trugen das Essen auf, schenkten Getränke ein und stellten sich dann in einigem Abstand zum Tisch auf, darauf wartend, dass man sie benötigte, wenn es darum ging, abzutragen und den nächsten Gang zu bringen.
Während der Vorspeise, einer mild gewürzten Fischsuppe, drehte sich das Gespräch allgemein um gesellschaftliche Themen. Später, bei Geflügel, scharf gewürztem Chutney und Reis, sprach Mr. Sharatt über den Zuzug eines Teehändlers nach Coonoor.
»Er versucht, die Preise zu drücken, indem er die hiesigen Händler unterbietet.«
»Er verkauft mindere Qualität«, antwortete Charles, »da ist das kein Kunststück.«
»Ein ziemlich gewagtes Unterfangen, ausgerechnet in dieser Gegend«, sagte James Lockwood. »Ich könnte mir vorstellen, dass er damit in London mehr Erfolg hat, bei den Leuten, die sich keinen guten Tee leisten können.«
»Davon gibt es hier auch genug«, entgegnete Mrs. Sharatt.
»Nun ja, aber sicher nicht ausreichend, um ein solches Geschäft längerfristig zu tragen«, widersprach Charles. »Aber wie dem auch sei, ein ernstzunehmender Konkurrent ist er nicht.«
Mr. Sharatt tupfte sich mit einer Serviette den Mund ab und seufzte zufrieden, als Seezunge mit Curry-Reis und verschiede-

nen Soßen aufgetragen wurde. Dazu wurde knusprig gebackenes Brot gereicht. Er spießte mit der Gabel ein Stück Fisch auf und wandte sich an Ashley, die ihm schräg gegenübersaß. »Ich hörte, Ihr Ehemann hat sich den Truppen in Afghanistan angeschlossen, Mrs. Allenger-Brown?«

Ashley sah von ihrem Teller auf. »Er ist in den Norden gereist, das ist richtig«, antwortete sie zögernd, während sie ihre Worte sorgsam abzuwägen schien, »aber nicht nach Afghanistan.«

»Ah, dann sind offenbar falsche Gerüchte im Umlauf«, antwortete Mr. Sharatt.

Raymond mischte sich ein. »Mrs. Allenger-Browns Bescheidenheit erlaubt ihr offenbar nicht, zu sagen, dass ihr Ehemann derzeit auf dem Weg ist, einen in Gefahr geratenen Offizier zu befreien.«

»Tatsächlich?« Mr. Sharatt war sichtlich erstaunt. »Nur keine falsche Bescheidenheit, meine Liebe, damit müssen Sie wahrlich nicht hinter dem Berg halten.«

Rote Flecken erschienen auf Ashleys Wangen und ihrem Hals, was aber jemand, der sie nicht kannte, fälschlich auf Verlegenheit zurückführen mochte.

»Dann sind Sie in letzter Zeit aber sehr lange getrennt gewesen«, sagte Cynthia, die offensichtlich nicht länger an sich halten konnte. »Erst waren Sie beinahe ein Jahr weg, und nun ist Ihr Ehemann fort. Er wird sicher auch länger wegbleiben, wenn das Unterfangen so gefährlich ist, wie es klingt. Falls er überhaupt zurückkommt.«

Ashley ließ ihre Gabel mit einem Klirren auf den Teller fallen, und ihr Blick wirkte mit einem Mal gehetzt.

»Ich muss mich für meine Frau entschuldigen, Mrs. Allenger-Brown«, sagte Charles, dem Cynthias Taktlosigkeit sichtlich peinlich war.

Mr. und Mrs. Sharatt jedoch waren unübersehbar berührt von

Ashleys offenkundiger Angst um Nicolas, und Katrina konnte die aufkeimende Sympathie spüren.
»Natürlich hoffen wir alle, Captain Allenger-Brown kommt wohlbehalten zurück«, sagte Raymond. »Ebenso wünschen wir ihm, dass sein Auftrag Erfolg hat.«
Ashley warf ihm einen Blick zu, der flüchtig wirkte wie Dankbarkeit, in dem Katrina jedoch sprühenden Hass bemerkte, etwas, das sie bei Ashley noch nie gesehen hatte. Erschüttert legte sie ihr Besteck beiseite. Jeglicher Gedanke an Essen löste plötzlich Übelkeit in ihr aus.
Cynthia wandte sich an Katrina. »Wann dürfen wir eigentlich mit der Rückkehr deines Ehemanns rechnen?«
»Ich hoffe, so bald wie möglich«, antwortete Katrina, so ruhig sie konnte.
»Er ist in der Tat schon sehr lange fort«, sagte Mrs. Sharatt. »Ist er immer noch im Norden?«
»Ja, das ist er.« Katrina kam ihre eigene Stimme brüchig vor.
Schweigen breitete sich aus. Mr. und Mrs. Sharatt wussten natürlich um Katrinas Schwierigkeiten während der Tee-Ernte und dass sie mit allem allein dagestanden hatten, und auch sonst war niemand am Tisch, der sich Illusionen darüber machte, wie es derzeit um die Ehe stehen musste. Selbst Cynthia schwieg.
Charles räusperte sich. »Mr. Wyatt soll dieses Jahr zwei außergewöhnlich schöne Reitpferde gekauft haben.«

Es ging auf Mitternacht zu, als Amelia mit Katrina auf die Veranda trat. Alle Gäste waren bereits gegangen, und Raymond Landor hatte sich zurückgezogen, um noch ein wenig zu lesen und dann schlafen zu gehen. Katrina zupfte an dem Chiffon, der um den Rock ihres blassgrünen Seidenkleides gerafft war, mit der anderen Hand spielte sie an den feinen Goldfäden ihres Kolliers. Charles hatte schlecht ausgesehen, und sie fragte sich, ob das erst seit kurzem so war oder ob sie es wegen ihrer eigenen Probleme einfach nicht bemerkt hatte.

»Was ist mit dir und Ashley?«, fragte Amelia.

Katrina drehte sich zu ihr um. »Sie möchte offenbar momentan mehr für sich sein, wegen der Sache mit Nicolas.«

»Wenn du nicht darüber reden möchtest, dann sag es ruhig, aber weich nicht so offensichtlich aus.«

Die Schultern wegen der Abendkühle hochgezogen, schwieg Katrina einige Sekunden lang. »Mein Schwiegervater«, sagte sie schließlich, »hat Nicolas auf die Idee gebracht, in den Norden zu gehen. Nun ja, er ist Soldat … Nicolas hat sich für die Idee begeistert, und weil Baron Montbatton ihn noch darin bestärkt hat, ist er schließlich abgereist.« Sie bemühte sich, so nah wie möglich bei der Wahrheit zu bleiben. »Nun ist Ashley ihm böse und mir damit wohl auch.«

»Oh.« Amelia wirkte betroffen. »Das ist natürlich eine schwierige Situation. Aber ich gestehe, dass ich an ihrer Stelle vermutlich nicht anders gehandelt hätte.«

Katrina sog ihre Unterlippe ein und sah durch die erleuchteten Glasscheiben in das Innere des Salons.

»Dein Schwiegervater ist übrigens sehr charmant«, wechselte Amelia das Thema. »Wie schade, dass er beinahe dreißig Jahre älter ist als ich.«

Erstaunt neigte Katrina den Kopf. Das war das erste Mal, dass Amelia einen Mann nicht an Ian maß – ein Vergleich, dem bisher keiner hatte standhalten können. »Nun ja«, antwortete sie, »er kann sicher durchaus, hm, freundlich sein.«

Amelia rieb sich die Oberarme und lächelte ein wenig versonnen. »Ich finde ihn hinreißend.«

Entsetzt starrte Katrina ihre Freundin an und fragte sich, ob sie eine sich anbahnende Romanze vor ihren Augen übersehen hatte. Bilder von Amelia als ihre Schwiegermutter, Aidans Stiefmutter, Daniel als sein Stiefbruder und Calebs Onkel stiegen vor ihr auf. »Er ist in der Tat sehr viel älter als du«, sagte sie.

»Mir selbst wäre es gleichgültig, aber ich kann das natürlich Daniel nicht antun.«

»Da hast du vollkommen recht.«

Amelia sah sie an und lächelte eine Spur zu spöttisch, wie Katrina fand, als habe sie ihre Gedanken erraten. »Ich sollte mich auch so langsam auf den Weg machen.«

Katrina begleitete sie ins Haus zurück und brachte sie zur Tür, wo Amelia sie kurz umarmte. Auf der Treppe drehte sie sich noch einmal um, halb verschmolzen mit den Schatten um sie herum.

»Mach dir nicht zu viele Sorgen«, sagte sie. »Nicolas und Aidan werden sicher wohlbehalten heimkehren, und dann wird auch Ashley einsehen, dass ein guter Freund nun einmal nicht anders handeln kann.«

Ohne Katrina die Möglichkeit einer Antwort zu geben, ging sie die Treppe hinunter und eilte im milchigen Licht der Laterne zu ihrer Kutsche.

*

Die Jagd war eine Beschäftigung, der Raymond Landor bisher lediglich in England nachging. Unter anderen Umständen hätte er sicher auch hier die Gelegenheit ergriffen, Möglichkeiten genug bot der Ooty-Club, der Jagden auf Schakale anstelle von englischen Füchsen organisierte. Die Sorge um Aidan jedoch ließ ihn für derartige Dinge keine Muße finden, und so begnügte er sich damit, dem Aufbruch der Jagdgesellschaft zuzusehen. Die Hundemeute bestand aus Spaniels, Settern, Terriern und etlichen anderen jagdtauglichen Rassen. Morgendunst hing über den Wegen, Pferde schnaubten, Sporen und Reitgeschirr klirrten leise, Hunde bellten, Männer und Frauen in Jagdkleidung saßen in aufgeregter Erwartung auf ihren Pferden, als endlich das Signal zur Jagd gegeben wurde.

Raymond sah den Reitern nach und schob die Hände in die Taschen, eine sehr legere Haltung, die er sich nur gestattete, weil er sich allein wähnte. Es konnte einem hier in der Tat vorkommen, als sei man in England, das Angebot an sportlichen Aktivitäten war überaus reizvoll. Neben der Jagd und dem Schießsport gab es Bootsfahrten, Pferderennen, Polo, Kricket sowie richtige Sportfeste und Reitveranstaltungen. Außerdem gab es, wie in allen *Hill Stations*, wunderbare Spazierwege.

»Haben Sie auch keine Schwäche für die Jagd?«, fragte eine Stimme hinter ihm.

Raymond nahm die Hände aus den Taschen und drehte sich um. Den dunkelhaarigen Mann, der auf ihn zutrat, kannte er nicht. »An und für sich schon. Mit wem habe ich das Vergnügen?«

»Stephen Alardyce.« Der Mann lächelte gewinnend.

»Raymond Landor, Baron Montbatton«, stellte Raymond sich förmlich vor. Das Erstaunen seines Gegenübers erkannte er als nur gespielt, denn dieser schien genau gewusst zu haben, wen er vor sich hatte.

»Aidan Landors Vater«, sagte Stephen Alardyce gedehnt, »ja, ich hörte schon, dass Sie in der Stadt sind. Wie geht es Katrina?«

Die persönliche Art, in der der Mann den Namen seiner Schwiegertochter aussprach, behagte Raymond ganz und gar nicht. »Es geht ihr gut, danke der Nachfrage.«

»Ich habe sie länger nicht mehr gesehen, wir verkehren derzeit nur schriftlich miteinander. Man erzählt, sie ziehe sich absichtlich zurück. Ich hoffe, es besteht kein Grund zur Sorge.«

»Keineswegs.«

»Mein Interesse an ihrem Befinden ist nicht ganz unbegründet, immerhin lebt mein Sohn bei ihr.«

»Das ist mir bekannt.«
»Wobei ich sagen muss, ich bin mir derzeit nicht sicher, ob sie ihm das familiäre Umfeld bietet, das er braucht.«
Raymond wartete schweigend.
»Momentan sind Sie bei ihr und können sie auffangen, wenn sie in Schwermut verfällt, was in den letzten Jahren öfter vorgekommen sein soll. Wenn Sie jedoch fort sind und Mr. Landor noch nicht wieder zurück ist …« Stephen hob die Schultern in einer scheinbar hilflosen Geste.
»Ich verstehe Ihre Bedenken.«
»Zudem erzählt man sich, dass Sie und Katrina, mit Verlaub, sich nicht sonderlich gut verstehen. Eine solche Atmosphäre kann für ein so kleines Kind nicht gut sein.«
Raymond nickte langsam. »Das erzählt man sich also?«
»Nun ja«, Stephen Alardyce lächelte, »weder Sie noch sonst jemand aus der Familie war bei der Hochzeit, und auch jetzt sieht man Sie so gut wie nie gemeinsam gesellschaftliche Anlässe besuchen. Meine Sorge muss Ihnen doch berechtigt erscheinen, Sie sehen Katrina ja jeden Tag. Als Mann von Welt sind Sie doch sicher auch der Meinung, dass ein Sohn besser bei seinem Vater aufgehoben ist, gerade unter diesen Umständen.«
»Ich muss gestehen, Caleb war mir nie sonderlich nahe«, gestand Raymond und taxierte sein Gegenüber, ohne dass dieser es merkte. »Aber einen Mangel in seiner Erziehung konnte ich bisher nicht feststellen.«
»Ich könnte mir denken, dass sich die familiäre Situation insgesamt bessert, wenn Mr. Landor nicht mehr den Vater für ein fremdes Kind spielen muss. Vielleicht ist das ja einer der Gründe, warum er so oft und so lange fort ist.«
Raymond fand die Aussage reichlich unverschämt, obwohl er einräumen musste, dass dies exakt das war, was er seinerzeit gedacht hatte. Allerdings gefiel ihm nicht, dass Stephen Alardyce offenbar der Meinung war, er habe einen Narren vor sich, den er

für seine Belange einspannen konnte. »Bei allem Respekt«, sagte er, »aber die familiären Belange meines Sohnes werde ich keineswegs hier auf der Straße erörtern, und Caleb gehört nun einmal zu seiner Familie, nicht zu Ihrer. Sie haben ihn ja nicht haben wollen.«

»Die Gründe sind Ihnen doch sicher bekannt, nicht wahr?« Stephens Stimme hatte sich kaum merklich abgekühlt.

»In der Tat. Daher weiß ich nicht, was Sie veranlasst, nun doch die Legitimität anzuerkennen.«

»Weil diese Möglichkeit immerhin besteht und weil er bei mir besser aufgehoben ist. Katrina ist allein, und sie ist schon sehr lange ohne ihren Ehemann. Ich war lange genug mit ihr verheiratet, um zu wissen, dass sie eine so lange Zeit ohne Mann nicht erträgt, daher halte ich sie für ein moralisch äußerst fragwürdiges Vorbild.«

Raymond verschränkte die Hände hinter seinem Rücken und sah den Mann distanziert an. »Momentan bin ich versucht, in Ihnen das weitaus fragwürdigere Vorbild zu sehen. Was, um alles in der Welt, unterstehen Sie sich, die Ehefrau meines Sohnes zu verunglimpfen?«

Sichtlich aus dem Konzept gebracht, antwortete Stephen: »Katrina ist mir egal, ich möchte nur Caleb, und ich hatte gedacht, das Familienleben Ihres Sohnes wäre Ihnen wichtig genug, vielleicht zu intervenieren, dass sie ihn weggibt.«

»Mr. Alardyce, was ich derzeit sehe, ist, dass Caleb genau die Kinderstube bekommt, die Ihnen seinerzeit offenbar gefehlt hat.«

»Nun gut.« Stephen verschränkte die Arme vor der Brust. »Ich hatte es wirklich auf jedem möglichen Weg versucht, aber ich werde auch irgendwann einen Richter finden, der zu meinen Gunsten urteilt und meine Rechte anerkennt.«

»So wie damals, als Sie sich Ihrer Frau entledigen wollten?« Mit einigem Erstaunen bemerkte Raymond, dass der Mann den Anstand hatte, verlegen zu werden.

»Das steht jetzt nicht zur Debatte.«

»Ich rate Ihnen, die Familie meines Sohnes in Ruhe zu lassen. Es mag sein, dass Ihnen Aidan als nicht einschüchternd genug erscheint, aber ich versichere Ihnen, mein Einfluss reicht um einiges weiter. In meinen Kreisen kennt man sich, Mr. Alardyce, und man ist sich immer den einen oder anderen Gefallen schuldig. Gesellschaftliche Ächtung ist eine schlimme Sache, und ich kann mir vorstellen, dass Sie sich dergleichen gerne ersparen möchten.«

»Wollen Sie mir drohen?«

»Aber keineswegs. Ich weise Sie nur darauf hin, dass ein Mensch Ihres Charakters zweifellos seine Schwachpunkte hat, und diese sollten nicht ans Licht der Öffentlichkeit gelangen.«

Stephen lachte verächtlich, was gekünstelt und nicht sehr überzeugend wirkte. »Finden Sie es nicht armselig, Druck auszuüben, indem Sie jemandem drohen, seinen Ruf zu ruinieren?«

»Kannten Sie dergleichen Skrupel damals, als Sie Ihre Ehefrau der öffentlichen Schande preisgegeben haben?«

Stephens Versuch, ihn abschätzig zu mustern, misslang gründlich. Ohne einen Abschiedsgruß drehte er sich um und ging. Kopfschüttelnd sah Raymond ihm nach, und einmal mehr machte er sich Vorwürfe, weil er die Geschichte, die sich um ihn und Katrina rankte, je geglaubt hatte. Er zog in Erwägung, ihr von dem Gespräch zu erzählen, verwarf den Gedanken jedoch. Wofür ihr noch mehr Kummer bereiten?

# 33

## Ootacamund, Juni 1879

»Ich weiß, du hörst es nicht gerne«, sagte Charles, als er es sich in ihrem Arbeitszimmer mit einer Tasse Tee an dem kleinen Tisch unter dem Fenster gemütlich gemacht hatte, »aber du solltest dir Gedanken darüber machen, wie es weitergeht, sollte Aidan nicht zurückkommen.«

Katrina saß in dem Sessel ihm gegenüber und erstarrte. »Das ist momentan das Letzte, über das ich nachdenken möchte.«

»Ich kann dich verstehen, aber solange du nicht weißt, was wird, solltest du dir überlegen, wie es weitergeht. Du kannst nicht das gesamte Gut allein führen, du bist ja jetzt schon überfordert. Zudem brauchen deine Kinder einen Vater, und du bist zu jung, um allein zu bleiben.«

Ungläubig sah Katrina ihn an. »Du meinst, ich soll mir schon mal Gedanken darüber machen, wen ich heiraten werde, falls Aidan mich zur Witwe macht?«

»Zumindest solltest du die Möglichkeit nicht rundheraus ablehnen.«

»Das ist ziemlich gefühllos, findest du nicht?«

Charles zuckte die Schultern. »Du kannst ja nun nicht sagen, dass eure Ehe sonderlich glücklich verläuft, oder?«

»Du vergisst, dass ich immerhin ein Kind mit ihm habe, da fällt es mir durchaus schwer, ihn einfach zu ersetzen.«

»Von Stephen hast du auch eins, und ihn hast du immerhin geliebt. Trotzdem konntest du ihn ersetzen, was auch gut so war.«

Katrina stellte ihre Tasse mit einem lauten Klirren auf den Tisch. »Was macht dich so sicher, dass ich Aidan nicht noch mehr liebe als Stephen?« Augenblicklich biss sie sich auf die

Lippen, weniger wegen des Geständnisses ihrem Bruder gegenüber als vielmehr, weil sie in Worte gefasst hatte, was sie sich selbst nicht hatte eingestehen wollen.

Erstaunt weiteten sich Charles' Augen, aber noch ehe er eine Antwort geben konnte, war lautes Kindergeschrei aus dem Garten zu hören. Sowohl er als auch Katrina standen auf und eilten aus dem Raum.

Im Garten stand Emma und weinte, neben ihr standen Daniel und Caleb, Ersterer mit ihrem Zopf in der Hand, dessen kümmerlicher Rest sich über Emmas Ohr sträubte, Letzterer mit einer Schere. Katrina sog erschrocken die Luft ein, da hatte Charles den beiden Jungen bereits eine Backpfeife verpasst.

»Sie hat gesagt, wir trauen uns nicht«, verteidigte sich Caleb.

Jessamyn kam nun ebenfalls angelaufen, in der Hand einen Strauß Blumen, die verdächtige Ähnlichkeit mit jenen hatten, die Katrina erst vor kurzem gepflanzt hatte. Sie sah ihre Schwester an und schlug sich die Hand vor den Mund, schaffte es jedoch nicht, ein Kieksen zu unterdrücken.

»Ich hoffe, du bist nicht schadenfroh, junge Dame«, ermahnte Charles sie streng, als er vor Emma in die Hocke ging und den Schaden besah.

»Kinder spielen ab und zu ein bisschen wild«, sagte Katrina, während sie Caleb die Schere abnahm.

»Meine Tochter verunstalten nennst du ein bisschen wild spielen?«

Daniel trat unbehaglich von einem Fuß auf den anderen und ließ den Zopf hinter seinem Rücken verschwinden, als könne er dadurch noch etwas retten.

»Du hast einen Monat Hausarrest, Freundchen«, sagte Katrina zu Caleb. »Und reiten darfst du in der Zeit auch nicht.«

»Das ist ungerecht«, empörte sich Caleb. »Die Haare wachsen doch wieder.«

Katrina ging nicht darauf ein. »Außerdem will ich nie wieder sehen, dass du mit einer Schere spielst. Wo hast du sie überhaupt her?«

Nun wirkte Caleb doch ein wenig betreten. »Aus Papas Arbeitszimmer.«

»Bis die Haare wieder so lang sind wie vorher, dauert es bestimmt ein paar Jahre«, sagte Jessamyn wenig hilfreich. »Mary Rogerson musste ihre mal abschneiden, als sie krank war, und da hat es auch so lange gedauert.«

Emma heulte noch lauter.

»Du machst die Sache nicht gerade leichter«, schalt Charles seine Älteste.

Jessamyn schien eine Antwort auf der Zunge zu liegen, aber offenbar erkannte sie am Blick ihres Vaters, dass in diesem Fall Schweigen die bessere Wahl war.

»Mit kurzen Haaren kann ich keine Prinzessin mehr sein«, stieß Emma zwischen zwei Schluchzern hervor.

»Doch, mein Herz«, tröstete Charles sie. »Wir schauen zu Hause mal, was wir mit deinem Haar machen.«

»Vielleicht eine Perücke?«, schlug Jessamyn vor, verstummte jedoch, als Charles sich zu ihr umdrehte.

»Noch ein Wort«, warnte er.

Katrina brachte ihren Bruder und ihre Nichten zur Tür, dann ließ sie einspannen, um Daniel nach Hause zu bringen und dessen Mutter von seiner Untat zu unterrichten.

*

Mariana hielt einen Pfirsich in beiden Händen und raspelte mit ihren Zähnchen kleine Stücke ab, während sie über den Hof lief. Sie trug ein helles Sommerkleid, weiße Strümpfchen und rosafarbene geknöpfte Schuhe. Ursprünglich hatte sie auch eine Haube getragen, aber dieser hatte sie sich recht schnell entledigt. Auf der Treppe vor dem Haus saß Caleb mit einem Block

auf dem Schoß und einem Kohlestift, mit dem er ein Schiff zeichnete. Sein Hausarrest erstreckte sich auf Garten und Hof, weiter weg durfte er nicht. Nach anfänglichem Murren hatte er sich gefügt, vermutlich weniger, weil er sich mit der Strafe abfand, als vielmehr, weil er ohnehin ein recht ruhiges Kind geworden war, das seine Zeit mit Zeichnen von Schiffen und Eisenbahnen verbrachte und gelegentlich ein Buch las. Zudem kam Daniel weiterhin zum Unterricht, wenn sie auch darüber hinaus nicht miteinander spielen durften. Einzig die Reitstunden fehlten ihm, und beinahe jeden zweiten Tag focht er einen tränenreichen Kampf mit seiner Mutter aus. Cynthia hatte sich furchtbar aufgeregt und wollte Caleb den Umgang mit ihren Töchtern gänzlich verbieten, was Katrina wegen eines Jungenstreichs nun doch reichlich übertrieben fand.
Sie stand am Brunnen in der Mitte des Hofes und beobachtete ihre Kinder. Als Caleb von seiner Zeichnung aufsah und versonnen in die Ferne blickte, hatte er Ähnlichkeit mit Stephen. Je älter er wurde, umso mehr zeigte sich das Erbe seines Vaters, weniger im Aussehen als vielmehr in Nuancen seiner Mimik und seiner Bewegungen.
Während sie ihn und Mariana ansah, kamen ihr Charles' Worte wieder in den Sinn. Wie stellte er sich das denn vor? Hatte er eine Ahnung davon, wie verstört Caleb wäre, wenn sie ihm erneut einen anderen Vater präsentierte? Mariana war noch klein, aber irgendwann würde auch sie wissen, dass der Mann an der Seite ihrer Mutter nicht ihr Vater war. Dann wuchsen beide Kinder auf einer Teeplantage auf, die keiner von ihnen zu erben berechtigt war, wenn auch Mariana wahrscheinlich zeitlebens in Aidans Testament mit einer Rente bedacht war. Katrina schüttelte den Gedanken ab. Sie wollte sich ein Leben ohne Aidan nicht vorstellen, wenn sie auch nicht so recht wusste, wie es weitergehen sollte. Was, wenn Aidan zwar zurückkam, aber nicht von seinem Lebenswandel ablassen wollte?

Mariana kam zu ihr gelaufen und legte den von allen Seiten angenagten Pfirsich auf den Brunnenrand. Ihr dunkles Haar wurde zwar mit zwei Spangen gebändigt, aber hier und da stahlen sich die weichen, feinen Locken heraus und kringelten sich über ihren Ohren und ihrem Nacken. Katrina hockte sich vor die Kleine und wischte ihr mit einem Taschentuch Hände und Mund ab. Dann nahm sie sie in den Arm, drückte und küsste sie.
Vor einigen Tagen hatte sie einen Brief von Stephen bekommen, in dem dieser ihr recht knapp mitteilte, dass er von weiteren Versuchen, seinen Sohn zu bekommen, absah. Darüber hinaus würde Caleb ausdrücklich enterbt werden, denn er werde kein Erbe für einen Sohn aufbauen, den er nicht aufziehe. Für Katrina hatte Stephen damit seinen Schrecken verloren, den er bisher gehabt hatte, obwohl ihr Anwalt ihr damals geschrieben hatte, dass man seinem Wunsch nicht stattgeben würde und das Kind bei ihr blieb. Was die Erbschaft anging, so hätte Katrina es in Calebs Ermessen gestellt, ob er das Erbe eines solchen Vaters annehmen wollte – eines Mannes, der keinerlei moralische Werte hatte, keinen Respekt seiner Ehefrau und Mutter seines Sohnes gegenüber.
Schritte näherten sich vom Haus her, und Katrina setzte Mariana ab, um aufzustehen. Sie schüttelte ihren Rock aus und klopfte den Staub ab.
»Ich dachte, du wolltest ausgehen«, sagte sie zu ihrem Schwiegervater.
Raymond gesellte sich zu ihr. »Ich habe es mir anders überlegt. Es mag zeitweise eine recht angenehme Zerstreuung sein, die vom Grübeln abhält, aber derzeit scheint nichts zu helfen.«
Das war ein ungewöhnliches Geständnis, und als Katrina ihren Schwiegervater ansah, bemerkte sie neben den Lachfältchen Sorgenfalten, die vorher nicht dagewesen waren. Als wolle er ihrer Musterung entgehen, beugte er sich zu Mariana hinunter und nahm sie auf den Arm.

»Gehen wir ein wenig spazieren?«, fragte er.
»Ja, sehr gerne«, antwortete Katrina irritiert. Sie schlugen den Weg entlang der Teegärten ein, und sie bemerkte, dass Caleb ihnen nachsah, ausgeschlossen wie immer, wenn sein Großvater ins Spiel kam. Hausarrest hin oder her, dachte Katrina und winkte ihm zu, ihnen zu folgen. Caleb legte seinen Block beiseite und sprang auf, um ihnen nachzulaufen.
Eine Weile gingen sie schweigend nebeneinander her, bis Caleb, der es nie lange aushielt, langsam zu gehen, vorauslief und sich immer mal wieder bückte, um einen Stein aufzuheben und zu betrachten.
»Es ist wirklich wunderschön hier«, sagte Raymond mit Blick auf die Berge, deren zackige Gipfel sich an diesem Tag klar in der Ferne abzeichneten. »Ich habe Aidan damals nicht so recht verstehen können, als er sich unbedingt hier niederlassen wollte.«
»Ich könnte mir auch nicht vorstellen, woanders zu leben.«
»Wie«, er räusperte sich, »wie seid ihr eigentlich auf die Idee gekommen, zu heiraten? Ihr müsst euch doch irgendwo kennengelernt haben.«
Erstaunt sah Katrina ihn an. »Wir ... Aidan hat mich seinerzeit im Club angesprochen, noch ehe er etwas über mich wusste. Er wollte sich einfach unterhalten.« Sie musste lächeln, als sie an sein Gesicht dachte, während sie ihm eine so unhöfliche Abfuhr erteilte. »Irgendwann sind wir uns wieder begegnet, und er hat angefangen, Erkundigungen über mich einzuholen.«
»Und schließlich hat er dir einen Antrag gemacht.«
»Nun ja«, Katrina musste leise lachen, »es sollte wohl ein Antrag sein, aber formuliert war es wie ein geschäftliches Angebot.«
»Aidan, wie er leibt und lebt«, brummte Raymond. »Danach habt ihr dann geheiratet?«
»Ich hatte zunächst abgelehnt, aber dann tauchte mein früherer

Mann auf, der Caleb haben wollte, daraufhin habe ich den, hm, Antrag doch angenommen.« Sie wusste nicht, warum sie ihrem Schwiegervater das alles so genau erzählte, hatte er sich doch bisher auch nicht um diese Dinge gekümmert. Aber vielleicht machte gerade das den Unterschied, dass er nun wissen wollte, was sie damals bewogen hatte, zu heiraten. Zudem war ihnen nun die Sorge um Aidan gemeinsam.
»Du hast ihn also weniger um deinet- oder seinetwillen geheiratet, sondern vielmehr, um deinen Sohn behalten zu dürfen?«
»Er hat mich um der Plantage willen geheiratet, wir schulden uns also nichts.«
Raymond hob begütigend eine Hand. »Das sollte kein Tadel sein.« Er verlagerte Mariana auf seinem Arm, die den Kopf an seine Schulter gelegt hatte und deren Lider sich langsam senkten. »Ich hatte nur an ein Gespräch gedacht, das ich mit Aidan in Bombay geführt habe ... nicht nur ich, sondern wir alle.« Er schien nicht recht zu wissen, wie er weitersprechen sollte. »Mir kam es so vor, als stünde dein Sohn einem richtigen Familienleben im Weg, und ich dachte, wenn er erst bei seinem Vater ist, würde das Gerede aufhören, und ihr könntet euch auf eigene Kinder konzentrieren. Daher habe ich versucht, Aidan unter Druck zu setzen, damit er dafür sorgt, dass Caleb deinem früheren Mann gegeben wird.«
Katrina schwieg einige Atemzüge lang. »Das weiß ich alles, er hat es mir erzählt.«
»Ich habe nie ein Geheimnis daraus gemacht, dass ich die Ehe zutiefst missbilligt habe.«
»Nein, das hast du nicht.«
»Mir ist durchaus aufgefallen, wie viel Mühe du dir gegeben hast, mit uns auszukommen, und sicher hätten Ava und Jennifer dich freundlicher behandelt, hätte ich es getan. Wir waren ungerecht zu dir, und ich gestehe, ich habe erst sehr spät erkannt, wie wenig du das verdient hast. Aber ich war zornig, weil Aidan

eine Ehe geschlossen hat, die nicht dem entsprach, was ich für meine Kinder wollte. Es war nicht einmal so, dass es an dir lag, aber mir war auch nicht daran gelegen, dich kennenzulernen.«

Katrina senkte die Lider, um sich ihre Verblüffung nicht anmerken zu lassen. Weil sie nicht wusste, was sie antworten sollte, zuckte sie lediglich die Schultern und setzte ihren Weg schweigend fort.

»Aidan war so wütend auf mich, auf die ganze Familie – vielleicht mal abgesehen von Ralph und Annabelle –, und er war verletzt. Ich bin mir sicher, er hatte gehofft, die Einladung zu Annabelles Hochzeit sei ein Zeichen dafür, dass ich mich mit ihm aussöhne.«

»Das hat er in der Tat.«

Raymond strich Mariana, die mittlerweile schlief, über das Haar. »Mir war es gleichgültig, wie wütend oder verletzt er ist, wenn er sich nur meinem Willen beugt.« Er tat einen tiefen zittrigen Atemzug. »Damals wusste ich nicht, dass ich ihn vielleicht das letzte Mal sehe.« Seine Stimme brach.

Katrina fiel darauf keine Antwort ein, weil sie selbst nicht im Guten mit Aidan auseinandergegangen war. Wie sehr hatte sie sich seither gewünscht, ihm auf Wiedersehen gesagt oder ihm wenigstens geschrieben zu haben. Sie war wütend auf ihn gewesen, und sicher musste sie sich nicht die Art von Vorwürfen machen, mit denen sein Vater sich plagte, aber dennoch hätten sie sich nicht so trennen dürfen. Es war so vieles ungesagt geblieben. Plötzlich wünschte sie sich, sie hätten es ein Mal gewagt, wirklich miteinander zu reden.

»Hat er jemals gesagt, dass er mir die Vorfälle in Bombay verziehen hat?«, fragte Raymond und klang nun wieder gefasst.

Katrina wusste, dass ihm die Antwort auf diese Frage sehr wichtig war, aber sie konnte sich nicht überwinden, ihm zu sagen, was er hören wollte, es wäre ihr mit Missklang über die Lippen gekommen. »Gehört habe ich dergleichen nie von ihm.«

Es war nur eine einzige Tasche, in der Gillian all ihre Habseligkeiten verstaut hatte. Sie saß auf ihrem Bett und sah sich in dem schäbigen Zimmer um, in dem sie sich nie hatte heimisch fühlen können. Ihre Kündigung im Krankenhaus lag nun schon einige Tage zurück, und ihr Geld würde gerade für eine Reise nach Kalkutta reichen – wenn sie sparsam war, dann vielleicht sogar für die ersten Tage in der Stadt, falls ihre Familie nicht bereit war, sie wieder aufzunehmen.
Sie stand auf und trat zu dem kleinen Spiegel, dessen Ränder blind waren und der das Oval ihres Gesichts gerade noch einzufangen vermochte. Als sie hierhergekommen war, war sie einundzwanzig Jahre alt gewesen, ihre Wangen waren zwar nie voll, aber doch immer weich gewesen und hatten einen Hauch Farbe gehabt. Auch hatte ihr blondes Haar lange Zeit seinen Schimmer behalten und ihn erst in den letzten Monaten verloren, so dass es stumpf wirkte, so wie ihre Lippen blass waren und ihre Augen matter. Es war, als hätte dieses Jahr jegliche Farbe aus ihr herausgesogen.
Gillian wandte sich abrupt ab und ging zurück zum Bett, wo sie sich fallen ließ und auf das Kissen sank. Nun kam also das endgültige Lebewohl, und sooft sie geglaubt hatte, es würde ihr leichtfallen, weil ihr Leben ihr inzwischen unerträglich schien, so war ihr doch, als sei die Stadt mit ihrem Grün und den lavendelblauen Bergen Teil von ihr, als beherbergte sie alle Farben, die ihr genommen waren.
Ihre Gedanken wanderten zu Brian, zu Ingram und zu Charles Ramsay, in den sie, nun konnte sie es sich ja eingestehen, rettungslos verliebt war. Was er an ihr gefunden hatte an jenem Abend ihrer letzten Begegnung, wusste sie nicht. Sie war sich hässlich vorgekommen, armselig und bar jeden weiblichen Zaubers. Dennoch hatte er sie geküsst. Nein, korrigierte sich Gillian, es war nicht nur ein Kuss, sondern vielmehr ein verzehrender Hunger gewesen, den er an ihren Lippen zu stillen versucht

hatte. Sie erinnerte sich nur zu gut an seinen Blick danach – nicht Abscheu, wie sie es im ersten Moment erwartet hatte, sondern Verwirrung und eine Spur schlechten Gewissens.
Dunkelheit war schon vor Stunden über die Berge gekrochen und hatte sich auf die Stadt gesenkt. Ein flackerndes Gaslicht warf einen milchigen Schimmer und zackige Schatten in den Raum. Noch immer lag Gillian auf dem Bett, unfähig, den letzten Schritt zum Abschied zu tun. Sie griff nach einem Umschlag aus billigem Papier, in dem ein Brief steckte, einige kurze Zeilen, die sie Charles Ramsay geschrieben hatte, nichts Großartiges, lediglich Worte des Abschieds und gute Wünsche für die Zukunft. Den Umschlag in der Hand drehend, fragte sie sich, ob er es als unhöflich empfinden würde, dass sie sich einfach so davonmachte, ohne persönlichen Abschiedsgruß, war er doch von allen Menschen in der Stadt derjenige gewesen, der sie am besten behandelt hatte. Aber durfte sie riskieren, noch einmal mit ihm allein zu sein, und somit Dinge heraufbeschwören, die sie beide noch unglücklicher zurücklassen würden? Gillian brauchte nicht lange zu überlegen, wie die Antwort darauf lauten musste.
Langsam erhob sie sich, setzte einen Hut auf, griff nach ihrer Reisetasche und löschte die Lampe. Schmutzig gelbes Licht aus dem Flur fiel in die Kammer, als sie die Tür öffnete und hinaustrat. Gezahlt hatte sie bereits, so dass sie gehen konnte, ohne noch einmal jemandem begegnen zu müssen.
Die Reisekutsche würde morgens um sechs Uhr fahren, aber Gillian wollte die Stunden bis zum Morgengrauen im Freien verbringen, um noch einmal zu sehen, wie das Frühlicht sich über die Berge tastete und das Land langsam erwachte. In all den Jahren hatte sie sich diesen Anblick viel zu selten gegönnt.
Sie warf den Brief im Kontor ein und machte sich auf den Weg zur Reisestation. Zwischendurch musste sie mehrmals die Ta-

sche von einer Hand in die andere wechseln, weil sie zu schwer war. Außer Atem kam sie schließlich an und setzte sich auf eine Bank. Sie war allein. Eine Lampe warf gelbes Licht in die Dunkelheit, und Blätter raschelten leise im nächtlichen Wind. Gillian atmete die frische, nach Eukalyptus duftende Luft ein. Es war kein Vollmond, so dass die Berge nichts waren als eine schwarze Wand in beinahe völliger Finsternis. Schweigend nahm sie Abschied, sprach ein stummes Lebewohl. Charles Ramsays Gesicht tauchte vor ihr auf, und sie malte in Gedanken jede einzelne Kontur nach, um es nicht zu vergessen. Mit einem Mal überlagerte Brians Gestalt ihre Vorstellung, und sosehr sie es versuchte, sie vermochte nicht, ihn zu verdrängen. Wieder stand er vor ihr, lächelte sie an mit seinem jungenhaften Charme und streckte ihr die Hand mit der Halskette entgegen. Dieses Mal jedoch nahm sie sie nicht an.

# 34

## Ladakh, August 1879

Durch seine Lage im Regenschatten des Himalaja – und dadurch weitgehend abgeschirmt vom indischen Monsun – glich Ladakh einer Gebirgswüste. Hauptquelle für Wasser war der Schneefall im Winter. Nicolas hatte schon einiges gehört über Bergregionen, gesehen hatte er bisher jedoch nur die Nilgiris und jene Berge, die auf dem Weg dorthin zu überqueren waren. Eine derart karge Gegend sah er zum ersten Mal. Brian und Ranjan schienen völlig in ihrem Element zu sein. Den größten Teil der Gegend nahmen hohe Berge und zerklüftete Täler ein. Gebirgszüge bestimmten den natürlichen Lauf der Flüsse, von Südosten nach Nordosten erstreckten sich die schneebedeckten Bergketten des Ladakh- und Zanskar-Range.

Bei dem Boten aus Kalkutta waren noch zwei weitere Gefährten, die außerhalb der Stadt auf ihn warteten. Als man den Boten darüber aufklärte, dass jegliche Verhandlungen kategorisch abgelehnt wurden, brach die kleine Gruppe auf der Stelle auf. Zwar versuchte der Bote es vorher noch mit Drohungen, aber Quade hatte ihm unmissverständlich ausrichten lassen, Captain Landor sterbe lieber als Held, als für die Freilassung von Mördern verantwortlich zu sein.

Seit ihrem Aufbruch aus Kalkutta vor vier Monaten folgten Nicolas, Brian und Ranjan den drei Männern in so großem Abstand, dass man sie aus der Ferne gerade noch ausmachen konnte. Sie folgten ihren Spuren und vermieden es, Aufmerksamkeit auf sich zu ziehen, was bedeutete, dass auch in den kalten Bergregionen kein Feuer gemacht werden konnte. Weil in den Bergen die Verfolgung von Spuren schwieriger war, hatten Brian und Ranjan entschieden, den Abstand zwischen sich und den drei Männern zu verkleinern. Das Gebirge bot ausreichend Möglichkeiten zur Deckung. Statt ihrer Pferde ritten sie robuste Bergponys, die in dieser Region wesentlich trittsicherer waren. Das Einzige, was für Nicolas ungewohnt war, war die Kleidung, die er anziehen musste, so als sei er ein einheimischer Reisender. Sein Haar hatte er wie Brian mit Walnussöl dunkel gefärbt, und auch das Gesicht rieb er täglich mit verdünntem Walnusssud ein, damit Bartstoppeln nicht so schnell zu sehen waren, falls sie nicht dazu kamen, sich diese umgehend abzuschaben.

Die Luft war dünn durch Höhe und Mangel an Vegetation, und Nicolas konnte sich nur schwer daran gewöhnen. Die Kälte machte ihm nicht viel aus, aber er geriet immer häufiger außer Atem. Glücklicherweise hatten die Männer, denen sie folgten, es nicht allzu eilig, vermutlich, weil sie nur ungern mit schlechten Nachrichten zurückkamen. Sie legten tagsüber und nachts eine Rast ein, und wann immer sie rasteten, schlich Brian oder Ranjan sich näher, um beobachten zu können, wann sie wieder aufbrachen.

Bei einer mittäglichen Rast zog Nicolas eine Karte aus seinem Gepäck und breitete sie aus, um den Weg zu verfolgen, den sie gekommen waren. Er hatte zwar einen recht guten Orientierungssinn, aber dieser versagte in den Bergen beinahe völlig. Einen Kompass neben sich, betrachtete er die Karte.

Die nördliche Grenze von Ladakh formte eine Bergwand. Der Indus nahm südlich der Hauptstadt Leh im Industal seinen Weg am Fuß des Karakorum-Gebirges entlang und traf auf den Shayok, der das Nubratal teilte. Ladakh, das Urdu-Wort für Land der hohen Pässe. Im Nordosten grenzte das Land an China und im Süden an Himachal Pradesh und den Punjab. Die Dörfer lagen an Gebirgsbächen, und die Felder wurden mit dem Schmelzwasser der Gletscher bewässert.

»Man nennt das hier auch Klein-Tibet«, sagte Brian, der sich neben ihm niedergelassen hatte. »Wegen der buddhistischen

Klöster. Die Gegend hat einen starken Einfluss durch die tibetanische Kultur erfahren. Das Kastensystem, wie wir es von den Indern kennen, existiert hier nicht, wohl aber ein stark ausgeprägtes Klassenbewusstsein.«

»Warst du hier schon mal?«

Brian setzte die Wasserflasche ab, aus der er einen Schluck genommen hatte, und wischte sich über den Mund. »Einmal nur. Der Indus«, er folgte mit dem Finger auf der Karte der Linie des Flusses, »führt im Mai nach der Schneeschmelze wesentlich mehr Wasser als normal, daher die schlammige Farbe, du hast es ja gesehen. Im Herbst ist er wesentlich reizvoller, kristallklar und beinahe türkisblau.«

Kaschmir und der Bezirk Ladakh waren seit 1860 wieder im Visier der Briten. Russland war ins westliche Turkestan expandiert, und in Hinblick auf die Vormachtstellung in Südasien konnte England nicht anders, als darauf zu reagieren. Um eine Straße von Nordindien durch Ladakh nach Ostturkestan führen zu lassen, unterzeichneten die Engländer 1870 einen Vertrag mit dem Maharadscha von Kaschmir.

Ranjan war ein Stück vorausgegangen, um die Männer im Blick zu behalten, was die Rauchsäule von deren Feuer erleichterte.

»Können wir nicht zwischendurch auch ein Feuer machen?«, fragte Nicolas. »Es wird doch in der Gegend auch normale Reisende geben.«

Brian grinste. »Ja, aber die sollten sich von Verbrechern lieber nicht entdecken lassen. Vergiss nicht, was das für Menschen sind, denen wir folgen.«

»Hattest du schon einmal mit solchen Menschen zu tun?«

»Ich nicht, aber Aidan vor nicht allzu langer Zeit. Er trägt an seinem rechten Arm auch eine hübsche Erinnerung daran. Ranjan ist damals gerade rechtzeitig eingetroffen.« Brian nahm einen Stein auf und drehte ihn spielerisch in der Hand. »Aidan scheint ein Händchen für Ärger mit diesen Leuten zu haben.«

»Von dem Vorfall hat er mir erzählt.« Die Beine von sich gestreckt, lehnte Nicolas sich zurück. »Die Gegend hier hat ihren Reiz«, wechselte er das Thema.

»Unzweifelhaft eine der schönsten Bergregionen, die ich kenne.« Der Stein fiel aus Brians Hand und schlug mit einem leisen Klacken auf. »Aber ich glaube, ich muss euch mal besuchen. Mein letzter Abstecher in Ooty war ja nur sehr kurz, und ich fand die Gegend wirklich ansprechend. Außerdem muss ich mir Aidans Teeplantage ansehen und die Frau, die er immer wieder verlässt, aber der er dennoch so treu ergeben ist.«

Wenigstens das, dachte Nicolas, der sich nicht wirklich sicher gewesen war, wie es um Aidans Treue bestellt war.

Nach vier weiteren Tagesreisen sahen sie in der Ferne die Rauchsäule zweier Feuer, und die Männer vor ihnen beschleunigten ihren Ritt. Nicolas hatte mit Brian und Ranjan das Vorgehen vor ihrer Abreise besprochen. Auf keinen Fall durften die Männer im Lager ankommen und Bericht erstatten, denn dann wäre Aidan so gut wie tot.

Ranjan, Brian und Nicolas trieben ihre Pferde nun ebenfalls an. Als sie sich auf mehrere Fuß Entfernung genähert hatten, wurden die Männer auf sie aufmerksam, aber es dauerte noch einmal einen Moment, ehe sie in den angaloppierenden Reitern eine Bedrohung sahen. Zunächst wirkten sie verblüfft, dann alarmiert. Aber noch bevor sie ihre Waffen ziehen konnten, hatten Ranjan, Nicolas und Brian ihre Pistolen bereits gezogen und auf sie gerichtet. Die Männer hielten in ihren Bewegungen inne, hoben die Hände und kehrten langsam die Handflächen nach außen, um zu zeigen, dass sie unbewaffnet waren. Brian stieg vom Pferd.

»Absitzen«, befahl er.

Die Männer kamen seinem Befehl nach, während Nicolas absaß und die Pferde übernahm. Als er neben einem der Männer stand, sah er aus dem Augenwinkel eine Bewegung, aber noch ehe er reagieren konnte, sank der Mann mit einem Aufstöhnen zu Boden, Ranjans Messer bis zum Heft in der rechten Schulter. Ranjan saß immer noch auf seinem Pferd und spannte den Hahn seiner Pistole. Währenddessen nahm Brian ein Seil vom Sattel und trat hinter die Männer, um ihnen die Arme auf den Rücken zu fesseln.

»Bei uns ist nichts zu holen«, sagte einer von ihnen.

»Dies ist unser Revier!«

Ranjan schnalzte mit der Zunge und schwieg. Als Brian auch dem am Boden liegenden Mann die Arme auf den Rücken gefesselt hatte, stieg Ranjan vom Pferd und riss dem Mann seinen Dolch aus der Schulter. Ein Blutstrom lief aus der Wunde, und ein Schrei folgte.

»Ich hätte nie gedacht, dass sie es uns so leicht machen, Captain Sahib«, sagte Ranjan zu Nicolas, dann half er Brian, die Männer bäuchlings über deren Pferde zu legen, und steckte jedem einen Knebel in den Mund.

»Und wenn dies nicht das Lager ist, sondern sie nur rasten wollten?«, fragte Nicolas Brian leise.

»Hast du sie auf dem ganzen Weg einmal Rast in einer menschlichen Siedlung machen sehen? Sie überfallen und ermorden Menschen, sie müssen damit rechnen, erkannt zu werden.« Brian sah zu ihnen hinüber.

Eine halbe Stunde später waren sie in der Nähe des Lagers angelangt. Unsanft warf Ranjan die Männer von den Pferden, bedeutete ihnen mit gezogener Pistole, sich in eine Felsnische zu kauern, band ihnen die Beine zusammen und prüfte ihre Knebel.

»Wenigstens haben wir jetzt ein Pferd für Aidan, das erspart uns die Mühe, eines aus dem Lager mitzunehmen«, sagte er, während er seine Pistole wieder einsteckte und sich zu den anderen gesellte. Sie führten die Tiere ein Stück weit mit sich und banden sie dann an, so dass sie verborgen hinter den Felsen standen und nicht entdeckt werden konnten.

Über einen schmalen Pfad näherten sie sich dem Lager, legten sich bäuchlings auf den Boden und spähten durch trockenes Gestrüpp nach unten. Das Lager war größer, als sie erwartet hatten. Es mussten an die fünfzig Männer sein und mindestens dreißig Zelte. Ein großer Pferch mit Pferden befand sich zur Rechten des Lagers.

»Was denken Sie, Captain Sahib?«, fragte Ranjan nach einer Weile.

»Was ist mit dem Zelt rechts?«, antwortete Nicolas. »Das, vor dem die beiden Männer sitzen.«

»Das müssen keine Wachen sein«, erwiderte Brian. »Da hinten sitzen auch Männer vor einem Zelt. Und falls man Aidan gefesselt hat, brauchen sie auch keine Wachen.«

»Sollen wir die dort fragen?« Nicolas deutete in die Richtung, wo die Männer gefesselt lagen.

»Die würden eher sterben, als zu reden, Captain Sahib, Sir«, erwiderte Ranjan. »Von der Sorte habe ich genügend kennengelernt.«

»Wir können es probieren.«

»Ja, und riskieren, dass sie uns durch Schreie verraten«, widersprach Brian.

»Und was machen wir nun?«, fragte Nicolas.

»Warten.« Ranjan deutete auf ein großes Zelt in der Mitte. »Das dürfte ihrem Anführer gehören.«

»Das nützt uns nur jetzt nichts.« Brian runzelte missmutig die Stirn.

»Irgendwann werden sie ihm Essen bringen müssen«, sagte Nicolas und richtete sich auf den Ellbogen ein Stück weit auf.

»Wir haben uns noch nicht auf eine Vorgehensweise geeinigt«, sagte Ranjan zu Brian.

»Das ist doch ganz einfach. Sobald wir wissen, wo er ist, schleichen wir uns hinunter und holen ihn.«

»Ah, so einfach, ja?«, spottete Ranjan.

Sie krochen zurück, standen auf und gingen zu den Pferden.

»Dass es einfach wird, habe ich nicht gesagt«, entgegnete Brian hitzig, »aber wir müssen es wagen.«

»Das ist doch viel zu gefährlich. Du hast gesehen, wie viele Männer dort herumlaufen«, widersprach Ranjan.

»Nachts werden die meisten von ihnen schlafen.«

»Was denkst du eigentlich, mit wem wir es hier zu tun haben?«

»Es ist die beste Lösung, anders geht es nicht.«

»Es geht immer anders, wir müssen uns etwas Besseres einfallen lassen.«

»Ich denke«, mischte sich Nicolas nun ein, »dass Lieutenant Casey recht hat. Wir sollten es wagen.«

»Großartig«, murmelte Ranjan. »Ich habe noch nie so etwas Dummes gehört.«

»Ich glaube, Sie vergreifen sich im Ton, Havildar Major Khan«, wies ihn Nicolas zurecht.

»Ich bitte um Verzeihung, Captain Sahib.« Ranjans Stimme troff vor Sarkasmus.

»Das reicht«, ging Brian dazwischen. »Wenn du eine bessere Idee hast, dann raus damit.«

»Wir sollten sie ablenken.«

»Oh, hervorragend«, höhnte Brian. »Und wie stellst du dir das vor? Soll einer von uns da hinuntergehen und den Clown spielen?«

Ranjan schien zu einer Erwiderung ansetzen zu wollen, schwieg dann jedoch. Lediglich die Adern an seinem Hals traten hervor und zeugten davon, wie wütend er war. »Mach doch, was du willst«, murmelte er, während er sich an dem Zügel seines Ponys zu schaffen machte.

»Du kannst ja hier warten, während wir hinuntergehen«, sagte

Brian. »Vielleicht ist es sogar ganz gut, wenn einer von uns hierbleibt, sollte doch etwas schieflaufen.«
Mit einem verächtlichen Schnauben wandte Ranjan sich ab und widmete sich seinem Gepäck.

*

Im Grunde genommen hatte es sich überaus glücklich gefügt, dass Aidan sich im Januar diesen hartnäckigen Husten eingefangen und man befürchtet hatte, seinen wertvollen Gefangenen zu verlieren. Fortan erhielten Aidan und Sharif ein Becken mit glühenden Kohlen, um das Zelt zu wärmen. Von einem seiner morgendlichen Gänge zum Fluss brachte Sharif eines Tages vier faustgroße Steine mit, die er zwischen die Kohlen legte und später in Stoff wickelte, so dass sie sich, in ihre Decken gehüllt, daran wärmen konnten.
Aidans Husten wurde zwar nicht besser, jedoch auch nicht schlimmer. Zum Fluss konnte er nicht mehr gehen, dafür war er zu schwach, und so wusch er sich nur mit dem bisschen Wasser, das ihm in einer Schale hingestellt wurde, und verrichtete die Notdurft in einen Eimer am Zelteingang, den Sharif mitnahm, wenn er zum Fluss ging, und später zurückbrachte. Während Sharif keinerlei Probleme mit der Kälte und dem eisigen Wasser zu haben schien, war es Aidan, als erlahmten seine Kräfte von Tag zu Tag mehr.
»Du wirkst fiebrig«, sagte Sharif, als Aidan auf seinem Lager lag. Die Nacht war hereingebrochen, und mit ihr endete ein weiterer Tag, der Aidan immer tiefer in einen Abgrund von Niedergeschlagenheit trieb.
»Ich fühle mich auch so.«
Aus der Wunde an Aidans Rippen war eine lange silbrige Narbe geworden. Glücklicherweise verursachte sie keinerlei Beschwerden, und brandig war sie auch nicht geworden. Er verstand

nicht, warum er nichts aus Kalkutta hörte. Es war August, so langsam musste der Bote doch zurückkommen.
»Ich habe auch schon darüber nachgedacht«, sagte Sharif, als Aidan seinen Gedanken laut äußerte. »Der Mann ist bald ein Jahr fort.«
»Vermutlich haben sie ihn ins Gefängnis gesteckt und denken sich, ich kann sehen, wo ich bleibe.«
Sharif runzelte die Stirn. »Glaubst du wirklich? Sie wissen doch, welche Arbeit du für sie leistest.«
»Wenn ich ehrlich sein soll, weiß ich nicht, ob es nicht einfacher für sie ist, mich zu ersetzen.« Aidan rieb sich die brennenden Augen. »Sicher sind sie mit der momentanen politischen Lage so überfordert, dass ihnen alles andere egal ist.«
»Wenn das wirklich der Fall ist, werden die Männer hier dich töten und mich als Verräter meinen Leuten übergeben.«
»Darauf wird es vermutlich hinauslaufen.«
»Meine Frau wird denken, ich hätte sie verraten.«
»Und meine wird erfahren, dass ich sie die ganze Zeit hintergangen habe.« Aidan stieß den Atem zwischen den Zähnen aus. »Hätte ich nur die Möglichkeit gehabt, ihr alles zu erklären.« Er sah Sharif an. »Es tut mir leid, mein Freund.«
Sharif saß neben dem Kohlebecken, und das rotglühende Licht ließ sein Gesicht wie gemeißelt aussehen. »Es ist nicht deine Schuld. Man lässt dich sterben, weil dein Volk gerade dabei ist, meines niederzumetzeln.«
»Vielleicht konnte der Krieg noch abgewendet werden.«
»Glaubst du das wirklich?«
Aidan schwieg und starrte in die Dunkelheit, während Sharif in die Kohlen blies, die daraufhin stärker aufglühten, einen roten Schimmer in die Finsternis warfen und dann wieder in ihr vorheriges Glimmen verfielen. Er war beinahe eingeschlafen, als er laute Stimmen hörte, Schreie, das Klirren von Schwertern. Ein Schuss fiel.

»Was war das?«, ertönte Sharifs Stimme aus der Dunkelheit. Aidan hatte nicht mitbekommen, dass er sich hingelegt hatte.
»Ich habe keine Ahnung.«
Sharif stand auf und ging zum Zelteingang. Aufgeregt redeten die Männer durcheinander, bis eine befehlsgewohnte Stimme, die Aidan inzwischen nur zu gut kannte, Ruhe befahl. Kurz darauf wurde der Zeltverschlag aufgerissen, und zwei Männer kamen herein, warfen Sharif zu Boden und fesselten seine Hände hinter dem Rücken, dann wandten sie sich Aidan zu. Als sie fertig waren, stießen sie die beiden vor sich her nach draußen auf eine Ansammlung von Menschen zu, die, das erkannte Aidan, als man ihnen Platz machte, im Kreis um zwei am Boden kniende Gestalten standen. Befremdet sah Aidan zu ihnen, dann zu dem Anführer, jenem bärtigen Mann, dessen Namen er immer noch nicht wusste.
»Gehören die da zu euch?«
Fackeln wurden hochgehalten, und nun erkannte Aidan die beiden Männer und erschrak. Weil er nicht wusste, ob er sie gefährdete, wenn er es zugab, schwieg er jedoch.
»Sie wurden bei dem stümperhaften Versuch entdeckt, euch zu befreien.« Der Bärtige trug einen schweren hölzernen Stab, einer Keule gleich, in den Händen. »Einer der Wächter ist tot.« Er deutete auf Brian. »Und der dort hat eben meinen Sohn erschossen.« Noch ehe jemand reagieren konnte, krachte der Knüppel auf Brians Schädel nieder. Aidan würde das Geräusch, mit dem der Schädel seines Freundes zerschmettert wurde, niemals vergessen können. Brian fiel vornüber, die offenen Augen gebrochen, ein Ausdruck des Erstaunens auf seinem Gesicht. Der Mann holte erneut aus, diesmal in Richtung von Nicolas, und Aidan sprang dazwischen, stieß Nicolas zur Seite, so dass die Keule auf seinen Oberarm unmittelbar unter seiner Schulter niederging. Er konnte sich nicht daran erinnern, je solche Schmerzen gehabt zu haben, als er neben Brian zu Boden ging.

»Die Männer sind britische Offiziere!«, rief Sharif.
Der Bärtige sah ihn an. »Kennst du sie?«
»Den Toten kannte ich, der andere …«
»Ist ebenfalls Offizier«, presste Aidan hervor, der immer noch am Boden lag und das Gefühl hatte, seine Schulter sei zertrümmert. Zwar hatte er das Gesicht von Brian abgewandt, jedoch blieb das Gefühl, noch die Wärme von dessen Körper zu spüren. Er wollte aufstehen, fort von Brian, dessen Tod er noch nicht so recht begreifen konnte, aber es war, als sei jede Kraft aus seinen Beinen gewichen.
»Wer bist du?«, fragte der Bärtige auf Urdu.
Nicolas nannte in gebrochenem Urdu seinen Dienstrang und Namen sowie das Regiment, zu dem er gehörte.
»Wo sind die Männer, die ich zu euch geschickt habe?«
Angestrengt formte Nicolas Worte in Urdu, mit denen er sagte, dass die Boten sich noch auf dem Weg befanden.
»Ist der dort«, der Mann zeigte auf Aidan, »so wichtig, dass man zwei Offiziere schickt, ihn zu befreien? Was ist mit der Forderung, die ich gestellt habe? Wird sie erfüllt? Sie wird nicht mehr ausreichend sein, wenn man dich ebenfalls zurückhaben will.«
»Ich …« Nicolas suchte sichtlich nach Worten.
»Wenn sie nicht erfüllt wird, seid ihr wertlos für mich. Wie weit sind meine Boten entfernt?«
»Das … weiß ich nicht. Es dürfte noch etwas dauern.«
»Sie sind schon so lange weg, dass ich langsam daran zweifle, dass sie noch am Leben sind.«
»Man hat sie unbehelligt ziehen lassen«, antwortete Nicolas.
Der Bärtige gab keine Antwort mehr, sondern sprach leise mit seinen Männern. Einer von ihnen zerrte Aidan wieder auf die Beine, zwei weitere nahmen Brian an Händen und Füßen, trugen ihn zum Felsrand und warfen ihn in die Schlucht. Aidan schloss die Augen.

»Was für eine hirnverbrannte Dummheit«, murmelte Aidan wieder und wieder. Man hatte ihnen die Fesseln abgenommen, aber seinen linken Arm konnte er ohnehin nicht bewegen. Die Schulter und der Oberarm waren geschwollen, und es fühlte sich an, als seien sämtliche Knochen zertrümmert. Sharif saß schweigend auf seinem Lager, den Blick nach innen gekehrt.
»Warum seid ihr gekommen?«, wandte sich Aidan nun direkt an Nicolas. Es fiel ihm schwer, Wörter zu artikulieren. »Wie konntet ihr etwas so Leichtsinniges tun?«
»Eine andere Möglichkeit gab es für dich nicht.«
»Was hast du überhaupt mit der Sache zu schaffen? Die Madras-Kavallerie ist doch überhaupt nicht involviert.«
»Lieutenant Colonel Quade hatte nicht vor, die Sache überhaupt zu verhandeln. Er hat den Boten hingehalten und gehofft, du würdest dich schon irgendwie selbst befreien.«
Aidan biss sich auf die Unterlippe und lehnte den Kopf zurück. Das Geräusch, als der Holzknüppel auf Brians Kopf auftraf, hallte wieder und wieder in ihm nach. Mühsam verdrängte er es und sah Nicolas an. »Ihr habt also eigenmächtig gehandelt? Wie hast du überhaupt davon erfahren?«
»Nicht eigenmächtig, sondern mit Erlaubnis meines Vorgesetzten. Ich habe daraufhin bei Quade vorgesprochen, und dieser wollte zunächst ablehnen, aber Maddox ist mir zu Hilfe gekommen und hat mir Brian und Havildar Major Khan unterstellt. Zusammen sind wir dem Boten und zwei weiteren Männern gefolgt, haben sie überwältigt, und nun liegen sie gefesselt in einer Höhle.«
»Ranjan ist hier?«
»Versteckt in den Bergen.« Nicolas rieb sich mit beiden Händen die Augen. »Er war dagegen, dass wir so handeln, wie wir es getan haben, und weil es ohnehin angeraten schien, dass einer sich versteckt hält, hat Brian gesagt, wir würden allein gehen.«
»Ihr habt ihn also lieber zurückgelassen, anstatt auf ihn zu hö-

ren?« Aidans Stimme klang selbst in seinen Ohren blechern und kalt. »Warum? Weil er dir im Rang unterlegen war und du nicht auf einen einheimischen Soldaten hören wolltest, der weiß, wovon er spricht?«
»Brian und ich waren einer Meinung«, erwiderte Nicolas kaum hörbar.
Darauf gab Aidan keine Antwort. Stattdessen sagte er: »Du hast meine Frage nicht beantwortet. Woher wusstest du von der ganzen Sache?«
Nicolas zögerte. »Von deinem Vater.«
Es war, als ginge ein Stoß durch Aidans Körper, so ruckartig richtete er sich auf. Schmerz wühlte sich in seine Schulter, als bohrten unzählige Knochensplitter sich in das wunde Fleisch. »Mein Vater?«, fragte er heiser. »Ist er in Ooty?«
»Ja, er wohnt bei deiner Frau, schon seit Januar. Er hat es über irgendeine Quelle erfahren, die er nicht benennen wollte. Ach ja, und ehe du fragst, Katrina weiß Bescheid.«
Aidan war, als sei jede Wärme aus seinem Körper gewichen, nur seine Schulter brannte wie Feuer. »Mein ...« Seine Stimme versagte, und er schluckte. »Mein Vater hat dich geschickt?«
»Er hat mir von der Sache erzählt, und ich habe die Möglichkeit, dir zu helfen, natürlich nicht ausgeschlagen. Es ist allerdings nicht dein Vater, um den du dir Gedanken machen solltest. Katrina war bei mir und außer sich vor Wut.«
»Grundgütiger«, murmelte Aidan. »Grundgütiger.«
Nicolas sah zu Sharif und dann wieder zu Aidan. »Wir hatten keine Ahnung, dass ihr zu zweit seid.«
Aidan schüttelte lediglich den Kopf und schwieg. Wieder hörte er Brians Schädel brechen, gefolgt vom Blick der leblosen Augen, vor den sich Bilder seines Vaters und Katrinas schoben. Sein gesamtes Leben schien ihm mit einem Mal zu entgleiten, auf eine gänzlich andere Art, als er es noch Stunden zuvor wegen der Möglichkeit, getötet zu werden, empfunden hatte. Sei-

ne Betäubung entlud sich plötzlich mit einer solchen Wut, dass ihm schwindlig wurde. »Mein Vater hat Katrina alles erzählt?«, schrie er Nicolas an. »Er hat euch geschickt, damit ihr mich hier herausholt, ohne zu bedenken, dass es euer Leben kosten würde? Ich wollte, du hättest abgelehnt, Nicolas. Ich wollte, du hättest Brian herausgehalten, so dass ich nicht damit leben müsste, dass er meinetwegen gestorben ist.«

Nicolas starrte ihn an, und noch ehe er antworten konnte, fuhr Sharif auf.

»Du bist wahrhaftig der undankbarste Mensch, der mir in meinem ganzen Leben begegnet ist«, sagte er mit einer Stimme, die in ihrem Zorn ruhig und beherrscht war. »Dein Vater sorgt sich um dich, weiß vermutlich, dass es keine andere Rettung für dich gibt, und du verurteilst ihn. Deine beiden Freunde riskieren ihr Leben für dich, und du verurteilst den, der den anderen um Mithilfe gebeten hat. Dein bester Freund stirbt für dich, und du hast nichts anderes zu tun, als andere dafür schuldig zu sprechen, nur weil du nicht damit leben möchtest, dass man aus Freundschaft ein solches Opfer gebracht hat.« Er beugte sich vor. »So ist das, wenn man Rechnungen präsentiert bekommt, mein Freund. Sie müssen einem nicht gefallen, aber sie müssen bezahlt werden.«

Aidans aufgeflammter Zorn war nach seinem Ausbruch wie erkaltete Asche in sich zusammengefallen. Er schlug mit seinem unverletzten Arm eine Decke um sich und versank in Schweigen. Auch die beiden anderen Männer sagten nichts, und im Laufe der fortschreitenden Nacht hörte er ihre ruhiger werdenden Atemzüge. Nicolas war auf den Boden gesunken, in eine von Sharifs Decken gewickelt, während Sharif auf seinem Lager lag.

Blass sickerte das Frühlicht durch die Zeltbahnen, und die Dunkelheit wich einem milchigen Grau. Aidan hatte nicht geschlafen, sondern saß immer noch an die Zeltwand gelehnt und starrte ins Leere. Sein Körper schien zu glühen, und seine Schulter

war so dick angeschwollen, dass sein linker Arm unbeweglich war. Der Schmerz war einem dumpfen Pochen gewichen.
Sharif bewegte sich auf seinem Lager und richtete sich langsam auf. Sein Blick war der eines Menschen, der nach dem kurzen Vergessen des Schlafs wieder alle Ereignisse des Vortags vor Augen hatte. Er stand auf und ging zu Aidan.
»Hast du nicht geschlafen?«
Aidan schüttelte nur leicht den Kopf.
»Soll ich mir deine Schulter mal ansehen?«
»Ich glaube nicht, dass du da viel machen kannst, aber sieh sie dir ruhig an.« Aidan legte die Decke ab und knöpfte seine Kleidung auf, so dass Sharif die linke Schulter freilegen konnte. Am Luftschnappen Sharifs war zu erahnen, welcher Anblick sich ihm bot. Vorsichtig drehte Aidan den Kopf, um ebenfalls zu sehen, wie es um seine Schulter bestellt war, und im ersten Augenblick erschrak er. Ein beinahe schwarzer Bluterguss zog sich über die Schulter und seinen Arm hinunter bis zum Ellbogen. Jedoch war es nicht die Schulter, die so dick geschwollen war, sondern der Oberarm.
Sharif schürzte die Lippen. »Wo genau hat er dich getroffen?«
»Direkt unterhalb der Schulter.«
Behutsam tastete Sharif über den Arm, und das Pochen wuchs an zu einem schmerzvollen Hämmern. »Es könnte sein, dass nur dein Arm gebrochen ist, nicht die ganze Schulter.«
Aidan nickte lediglich und fuhr sich mit der rechten Hand über das Gesicht, massierte die Nasenwurzel und verdrängte das Bild von Brians leblosen Augen.
»Hättest du in Kauf genommen, für deinen Freund hier zu sterben?«, fragte Sharif auf Paschtu.
»Sonst hätte ich mich kaum dazwischengeworfen.«
»Wäre Brian in deiner Situation gewesen, und die Engländer hätten ihm nicht geholfen, wärst du dann auch unter Gefahr für dein eigenes Leben hierhergekommen?«

Aidan nahm die Hand von den Augen und sah ihn an. »Ja.«
»Dann hör auf, dir, dem Captain und deinem Vater die Schuld für etwas zu geben, das unabwendbar war. Egal, wie du dich im Laufe deines Lebens entscheidest, immer verweben sich Schicksalsfäden ineinander, Girilal.«
Schweigend zog Aidan sich wieder an. Nicolas wurde wach, blinzelte, wirkte für einen Moment verwirrt, ehe er sich wieder erinnerte. »Ich … ich hatte gehofft, Brians Tod … ich habe davon geträumt.«
Aidan sah durch ihn hindurch und gab keine Antwort. Nicolas blickte zu Sharif, der nur die Schultern zuckte.
An diesem Morgen brachte sie niemand zum Fluss, Wasser zum Waschen wurde auch nicht gebracht, ebenso wenig neue Kohle für das Becken. Irgendwann tauchte ein Mann auf, brachte ein wenig Brot, drei Schalen Wasser und ging wieder.
»Offenbar hat man uns bereits abgeschrieben«, sagte Sharif.
»Das ist nicht unwahrscheinlich.« Aidan rührte das Essen nicht an. »Was soll jetzt noch passieren? Die Boten liegen gefesselt irgendwo, werden also sicher nicht in den nächsten Tagen hier auftauchen, und Ranjan sitzt allein in den Bergen.«

*

Nach zwei Tagen kehrte wieder Normalität im Lager ein, und die erhöhte Wachsamkeit vor dem Zelt ließ nach. Offenbar hatte man befürchtet, in den Bergen hielten sich noch mehr Engländer versteckt. Aidan war sich sicher, dass man Späher ausgeschickt hatte, und er hoffte zutiefst, dass wenigstens Ranjan sich retten konnte.
Wasser zum Waschen gab es immer noch nicht, lediglich der Eimer am Zelteingang wurde gelegentlich geholt und später wiedergebracht. Ansonsten gab es morgens und abends Brot, kalten Brei und ein wenig Wasser. Die drei Männer schwiegen,

obwohl es noch so viel zu sagen gegeben hätte. Aidan hätte Nicolas gerne gefragt, ob Katrina ihm immer noch grollte, ob sie ihn gar hasste. Er wollte wissen, ob Ashley Katrina die Schuld geben würde, wenn ihr Ehemann nicht mehr heimkam. Außerdem hätte er gerne gewusst, wie das Verhältnis zwischen seinem Vater und Katrina war, und ob dieser ihr Vorwürfe machte, weil er glaubte, sie genüge ihm nicht als Ehefrau und dass er deshalb nicht von dem unsteten Leben abließ. Aber keine dieser Fragen kam ihm über die Lippen, vielmehr schob sich ihm wieder und wieder das Bild von Brians leblosem Gesicht vor Augen. Er versuchte, sich einen lachenden, unbeschwerten Brian vorzustellen, aber je mehr er sich anstrengte, umso schneller entglitt ihm dieses Bild.

Wieder brach eine Nacht herein, und Aidan fragte sich, wie viele davon sie noch erleben würden. Er lag auf der rechten Seite, weil nur diese Position mit der schmerzenden Schulter zu ertragen war. Wie in den Nächten zuvor wollte sich kein Schlaf einstellen, außer einem gelegentlichen Einnicken, aus dem ihn das kleinste Geräusch wieder aufschreckte. So hörte er denn auch das vereinzelte Wiehern von Pferden, das unruhige Stampfen und Schnauben. Er richtete sich auf und lauschte in die Dunkelheit. Dann, als rolle ein Gewitter über das Tal, schien der Boden zu dröhnen, als unzählige Hufe darüberdonnerten. Das Wiehern wurde lauter, es klang, als würden Kessel umgeworfen, Ton ging zu Bruch. Menschenstimmen wurden laut, schrien aufgeregt durcheinander. Fackeln flammten auf, und durch den Zeltstoff waren zackige Silhouetten erkennbar, die immer wieder ineinanderflossen.

Sharif und Nicolas waren nun ebenfalls wach und hatten sich aufgesetzt.

»Was ist passiert?«, fragte Nicolas.

»Ich weiß es nicht.« Aidan stand auf. »Es klingt, als hätte jemand die Pferde freigelassen.«

Nun erhoben sich auch Sharif und Nicolas und traten an die Zeltwand, als könnten sie dadurch erkennen, was geschehen war. Als Nicolas sich ratlos zu Aidan drehte, wurde der Zeltschlag geöffnet, und eine Gestalt schob sich in die Schatten.
»Raus, schnell!«
»Ranjan«, keuchte Aidan.
»Los, raus! Wir haben keine Zeit.«
Ohne ein weiteres Wort zu verlieren, folgten Sharif, Nicolas und Aidan ihm, liefen ihm nach, ohne sich umzusehen, obwohl um sie herum Menschen und Pferde durcheinanderliefen. Im Gebüsch lag ein Mann, so dass sie beinahe über ihn gestolpert wären. Es war einer ihrer Wächter, die Augen blicklos zum Himmel gerichtet, eine klaffende Wunde quer über der Kehle. Ein Stück weiter den Weg hoch lag der andere Mann, ebenfalls tot.
Aidan biss die Zähne so fest zusammen, dass es ihm in den Ohren knackte, aber anders war der Schmerz nicht zu ertragen, den jede Erschütterung beim Laufen durch seine Schulter jagte. Sie liefen über einen schmalen Pfad, der im Licht des Sichelmondes kaum zu erkennen war. Schatten ragten vor ihnen auf, Aidan schürfte sich an Felsen die Hand auf, und karges Gebüsch ließ ihn beinahe stolpern. Ohne innezuhalten, folgten sie Ranjan, bis sie schließlich an einem breiteren Weg ankamen, der steil nach oben führte und dem sie etwa zehn Minuten folgten. Aidan, der in der beinahe einjährigen Gefangenschaft gänzlich aus der Übung war, bekam Stiche in der Seite, und das Atmen schmerzte in den Lungen. Sharifs Keuchen entnahm er, dass es diesem ebenso erging. Dennoch verlangsamte Ranjan nicht, sondern lief weiter, ohne sich nach ihnen umzusehen. Als sie auf einer Plattform angelangt waren, blieb er stehen.
»Die Pferde sind noch ein Stück weiter den Berg hoch.«
»So weit waren wir doch vorher nicht entfernt«, sagte Nicolas.
»Als ich gesehen habe, was passiert ist, wusste ich, dass sie Spä-

her ausschicken werden, und habe mich in Sicherheit gebracht. Los, wir haben keine Zeit zu verlieren.« Er drehte sich wieder um und lief weiter.

Ein Pfad wand sich um das Bergmassiv herum, und schließlich kamen sie bei einer Höhle an, wo ein Pferd und drei Ponys standen, die Beine zusammengebunden, damit sie nicht fortlaufen konnten.

Ranjan bückte sich, um die Fesseln zu lösen, und Sharif kam ihm zu Hilfe.

»Wo sind die anderen Pferde?«, fragte Nicolas, während er eines der Ponys aus der Höhle führte.

»Die habe ich auf der anderen Seite des Lagers laufen lassen, und ein Stück entfernt liegen die drei Boten. Ich hoffe, das stiftet erst einmal Verwirrung.« Er schwang sich auf sein Pony.

Sharif half Aidan auf das dritte Pony, damit dieser den linken Arm entlasten konnte. Er selbst nahm das Pferd. Sie ritten über den schmalen Pfad weiter nach oben, von dort aus auf einen Weg, der in eine Talsenke führte. Hier ließen sie die Tiere antraben und verfielen dann in gestreckten Galopp, so dass das Geröll unter den Hufen aufstob. Aidan wusste, man würde sie verfolgen, sobald man die Toten entdeckt hatte, und das allein ließ ihn den bohrenden Schmerz in seiner Schulter ignorieren, auch wenn es sich anfühlte, als stünde sie in Flammen.

Sie galoppierten, bis die Tiere keuchten und ins Stolpern gerieten, dann erst zügelte Ranjan sein Pony. Das kleine Tal lag weit hinter ihnen, aber die Angst, dort gesehen worden zu sein, blieb, und immer wieder schauten sie sich um, während sie die Tiere im Schritt gehen ließen. Das Trappen von Hufen auf Stein war zu hören, sonst nichts. Aidan liefen Schweißtropfen vom Haaransatz in die Brauen, seinen linken Arm konnte er nicht mehr bewegen, und ihm war abwechselnd heiß und kalt.

»Ich wusste nicht, dass du in Aidans Begleitung bist«, sagte Ranjan zu Sharif. »Wir dachten, Aidan sei allein. Als ich gese-

hen habe, wie Brian … wie … Neben Aidan wurde ein weiterer Mann aus dem Zelt geführt. Hätte ich das nicht gesehen, hätte ich ein Pferd zu wenig zurückbehalten.«
»Ich danke dir, Ranjan«, sagte Aidan matt. »Was du heute getan hast, werde ich dir nie vergessen.«
Sharif und Nicolas schlossen sich ihm an, Ranjan jedoch antwortete nur mit einem Schulterzucken.
»Es tut mir leid, Havildar Major Khan«, sagte Nicolas leise. »Ich wünschte, wir hätten auf Sie gehört.«
»Ja«, antwortete Ranjan kaum hörbar. »Das wünschte ich auch.«

*

Auf dem Weg bis Simla hatten sie verschiedentlich in Siedlungen haltgemacht, um sich mit Proviant einzudecken und Aidans Arm von einem Heilkundigen ansehen zu lassen. Ranjan und Sharif hatten ihn vorab notdürftig mit zwei Ästen geschient, es stellte sich jedoch heraus, dass es ein gesplitterter Bruch war, so dass der Heiler den Arm mit Hilfe von Ranjan wieder in die richtige Position bringen musste. Trotz aller Bemühungen zeigten sich nur langsam Anzeichen der Heilung, wenn auch der Schmerz langsam nachgelassen hatte und der Bluterguss verblasste.
In Simla wurden sie sehr überrascht empfangen und verbrachten einige Nächte dort, während Aidan von dem Regimentsarzt versorgt wurde. Erst hier kamen sie wirklich zur Ruhe, und die Angst, verfolgt zu werden, fiel allmählich von ihnen ab. Sie wurden mit Uniformen ausgestattet, und während Sharif sich aufmachte zu seinen Leuten, reisten Aidan, Nicolas und Ranjan weiter bis Delhi, von wo aus sie den Zug nach Kalkutta nahmen. Insgesamt hatten sie den Weg in knapp drei Monaten geschafft. Es war früher Nachmittag, als sie in Kalkutta ankamen.

Vor der Kaserne verstellte ihnen einer der diensthabenden Soldaten den Weg. »Herzlich willkommen zurück, Captain Landor«, sagte er, dann salutierte er in Nicolas' Richtung, den er ebenfalls als ranghöher erkannte, »Captain, Havildar Major Khan. Wir hätten nicht gedacht, dass Sie es schaffen würden.«
»Schön, Sie wohlbehalten anzutreffen, Captain Landor«, sagte ein weiterer Soldat. »Wo ist Lieutenant Casey, Sir?«
»Tot«, antwortete Ranjan lediglich. Ohne sich weiter um das betroffene Schweigen zu kümmern, ritten die vier in den Kasernenhof.
Soldaten eilten herbei, nahmen ihnen die Ponys ab, kaum dass sie sie erkannten, begrüßten Aidan, beglückwünschten Nicolas zu der gelungenen Rettung, betrauerten Brian und klopften Ranjan auf die Schulter.
Major Maddox trat in den Hof. »Grundgütiger. Sie haben es geschafft, Captain Allenger-Brown!«, rief er. Aidan, Nicolas und Ranjan nahmen Haltung an, er winkte jedoch ab. »Sie können mir später Bericht erstatten. Captain Landor, Sie sind verletzt? Ich lasse einen Arzt kommen. Was ist mit Lieutenant Casey?«
»Er ist tot, Sir«, antwortete Nicolas.
Bedauern flog über Maddox' Züge, aber er fasste sich schnell. Er wies Soldaten an, die drei Männer in Quartieren unterzubringen, einen Arzt zu rufen und ihnen alles zu bringen, was sie brauchten.
Ranjan brachte man zu dem Bereich, wo die einheimischen Soldaten und Offiziere untergebracht waren. Aidan betrat seinen Raum, den er immer nur kurz aufsuchte, wenn er in Kalkutta war. Es war das Zimmer, wo er seine Kleidung wechselte und schlief, ehe er aufbrach. Ein sauber bezogenes Bett befand sich darin, ein Schrank, ein Tisch mit einem Stuhl, eine Kommode, und eine rückwärtige Tür führte zu einem kleinen Badezimmer. Es war einer jener Räume, die den höherrangigen Offizieren

vorbehalten waren. Kurz überlegte Aidan, ob er auf den Arzt warten sollte, entschied sich dann jedoch dagegen und begann, sich auszuziehen. Nur noch in seine Hosen gekleidet, ließ er Wasser in die Zinnbadewanne laufen, genoss das Gefühl, als das warme Wasser über seine Hand floss.

Es klopfte an der Tür, und Aidan zuckte kurz zusammen. Dann richtete er sich auf und rief »Herein«. Ein junger Soldat betrat den Raum, das bartlose Gesicht rosig, das blonde Haar glatt zurückgekämmt. Er salutierte.

»Ich soll mich melden, um Ihnen zur Hand zu gehen, Sir«, sagte der junge Mann. »Brauchen Sie Hilfe mit Ihrem Arm?« Er deutete auf den Verband.

»Nein, danke«, antwortete Aidan. »Wenn Sie nur dem Arzt Bescheid geben könnten, dass er warten möchte, bis ich mich gewaschen habe.«

»Natürlich, Sir.« Er stellte sich neben die Tür. »Ich bin hier, wenn Sie etwas brauchen.«

Wäre Aidan dazu imstande gewesen, er hätte gelächelt über den Eifer des jungen Mannes, der vermutlich noch neu war in der Armee.

»Wenn ich das sagen darf, Sir«, setzte der Soldat an.

»Ja?«

»Ich bin froh, dass Sie es geschafft haben. Aus einer solchen Situation herauszukommen, ist bewundernswert, Sir.«

»Bewundern Sie nicht mich, sondern diejenigen, die ihr Leben riskiert haben, um mich zu retten.«

Das Gesicht des Mannes wurde noch eine Spur röter. »Natürlich, Sir. Wir bedauern den Tod von Lieutenant Casey sehr.«

Aidan ging ins Badezimmer und schloss die Tür hinter sich. Seine Hose warf er zu dem Rest der Kleidung auf einen Haufen.

Eine Stunde später fand sich Aidan mit fest verbundenem Arm, gekleidet in seine Uniform, in Maddox' Besprechungszimmer

ein. Er hatte gebadet, sich rasiert und war schließlich von dem Regimentsarzt versorgt worden, der sich seinen Arm angesehen hatte und einigermaßen zufrieden mit der Heilung schien.
Ranjan und Nicolas waren nun ebenfalls anwesend, beide in Uniform.
Maddox und Quade traten ein. Ranjan, Nicolas und Aidan nahmen Haltung an.
»Schon gut«, sagte Quade und winkte ab. »Captain Landor, wir alle sind überaus froh, dass Ihre Rettung erfolgreich war, wenn wir auch den Tod von Lieutenant Casey außerordentlich bedauern.« Er verschränkte die Hände hinter dem Rücken. »Captain Allenger-Brown, ich muss sagen, das war eine ganz außerordentliche Leistung. Und nun, Captain Landor, erzählen Sie mir bitte genau, was passiert ist.«
Aidan begann, von der Gefangennahme zu berichten, davon, wie man ihn und Sharif verschleppt hatte, und handelte die Monate der Gefangenschaft in einigen Sätzen ab, weil es nicht viel dazu zu sagen gab.
»Sie haben also Ihren Dienstrang preisgegeben, um einen Mann zu retten, den wir angesichts der bisherigen politischen Situation zum feindlichen Lager zählen?«, fragte Quade mit missbilligend zusammengezogenen Brauen.
»Nein, Sir, ich tat es, um einen Freund zu retten.«
Quade kniff die Augen kurz zusammen. »Fahren Sie fort, was geschah dann?«
Nicolas nahm das Gespräch auf, wobei er seinen und Brians Übergriff nicht beschönigte, Ranjans Warnungen erwähnte sowie dessen Manöver, das zu ihrer aller Rettung geführt hatte.
»Nun«, sagte Quade gedehnt und holte tief Luft, »Sie, Captain Landor, haben sich bei der ganzen Sache nicht gerade mit Ruhm bekleckert. Man könnte beinahe sagen, dass Sie durch Ihre Unachtsamkeit Lieutenant Casey auf dem Gewissen haben.«
Aidan erstarrte. »Sir!«

»Lieutenant Casey wird posthum für seine Tapferkeit mit den nötigen Ehrungen bedacht werden«, fuhr Quade ungerührt fort. »Major Maddox, sorgen Sie bitte dafür, dass seiner Familie in England umgehend telegrafiert wird.«

»Ja, Sir.«

»Captain Allenger-Brown, Ihnen werde ich eine Empfehlung für Ihren Vorgesetzten mitgeben. Ich bin mir sicher, dass Ihr Einsatz ins Gewicht fällt, wenn die Überlegung einer Beförderung ansteht.« Mit einem Räuspern wandte er sich an Ranjan. »Havildar Major Khan – gute Arbeit, sehr gute Arbeit.«

Er rieb sich die Hände, als habe er eine schwere Aufgabe hinter sich gebracht. »Sie können abtreten, meine Herren.«

Aidan war wie betäubt, und sein Blick traf Ranjan, in dessen Augen ein undeutbarer Ausdruck lag. Sie salutierten vor Maddox und Quade, dann verließen sie den Raum.

»Gute Arbeit«, zischte Ranjan auf der Treppe in das untere Stockwerk. »Das soll alles sein?«

»Ranjan«, sagte Aidan und blieb am Fuß der Treppe stehen, »er …«

»Missversteh mich nicht, ich gönne es Brian fürwahr, er war auch mein Freund. Aber warum wird das, was ich getan habe, als so gering erachtet. Bei allem Respekt, Captain Sahib Allenger-Brown, aber Ihr Vorstoß war bedenklich, wie sich gezeigt hat.«

»Es liegt sicher nicht an meinem Bericht, dass Ihre Leistung nicht entsprechend gewürdigt wurde«, antwortete Nicolas.

Aidan wusste, dass das für Ranjan die große Möglichkeit gewesen wäre, in den Rang eines Viceroy's Commissioned Officer aufzusteigen, jene indischen Offiziere, die den britischen Warrant Officers gleichgestellt waren und sogar von den Engländern mit Respekt behandelt und mit *Subedar Sahib* angesprochen wurden.

»Es tut mir leid, Ranjan«, sagte er.

»Aber nicht doch«, antwortete Ranjan zornig. »Es ist doch typisch für das, was hier wieder und wieder passiert. Sharif hatte recht damit, sich nie in euren Dienst zu stellen. Wir können tun, was wir wollen, wir ziehen immer den Kürzeren.«
»Du weißt, Quade spricht nicht für uns alle.«
»Oh, sicher nicht für dich, und für ihn«, er deutete mit einem Nicken auf Nicolas, »vermutlich auch nicht, aber sonst für fast jeden hier. Aber eines Tages, Aidan, eines Tages werdet ihr die Rechnung dafür präsentiert bekommen. Irgendwann werdet ihr hier endlich verschwinden müssen. So wie eure *East India Company* abgeschafft wurde, wird man eurer Krone die Herrschaft über unser Land entziehen.« Damit drehte er sich um und ließ die beiden stehen.

*

Aidan verschloss den letzten Koffer mit Brians Habseligkeiten, die mit dem nächsten Schiff nach England überstellt werden sollten. Brians Familie hatte ihm telegrafiert. Man würde an seiner Stelle seine Uniform im Familiengrab bestatten.
Heftig zog Aidan den Gurt um den Koffer zu, so gut es ihm mit einer Hand möglich war. Er wollte keine Hilfe bei diesem letzten Freundschaftsdienst, den er Brian erfüllte. Mr. und Mrs. Casey hatten um die gesamte persönliche Habe ihres Sohnes gebeten, nur das Pferd sollte er in Indien behalten.
*Es würde uns zu sehr an ihn erinnern, du weißt ja, wie sehr er an dem Tier gehangen hat. Es zu verkaufen, würden wir nicht übers Herz bringen, also hoffen wir, dass du dich seiner annimmst.*
Aidan kniete vor dem Koffer und strich mit der Hand über das verkratzte und vernarbte Leder. Letzte Nacht hatte er wieder von dem Moment geträumt, in dem er Brian das letzte Mal gesehen hatte, ehe er getötet worden war, auf dem Boden kniend, die Hände auf den Rücken gefesselt, irritiert, verstört, vielleicht

weil er geahnt hatte, dass es keinen Ausweg mehr gab. Brian, der in seiner Unbeschwertheit nie an Ausweglosigkeit gedacht hatte.

Langsam stand Aidan auf und sah sich in der Kammer um, als sein Blick auf eine Mappe fiel, die er auf dem Tisch vergessen hatte. Er seufzte auf. Nun würde er den Koffer wieder öffnen müssen. Es waren Fotos, die anzusehen er bisher vermieden hatte. Nun jedoch zogen sie ihn unweigerlich an, und er schlug die Mappe auf. Ganz oben lag ein Foto von Brian, das schon viele Jahre alt war. Sie hatten seinerzeit jeder ein Bild machen lassen in Uniform, den Helm unter dem Arm, die Hand auf dem Degen. Später hatten sie zusammen darüber gelacht, weil die Bilder einen Ernst ausstrahlten, der den beiden jungen Männern zu jener Zeit fremd gewesen war. Fotos von Brians Familie waren dabei, von seinen Brüdern und seiner Schwester. Aidan hatte oft die Ferien dort verbracht.

*Du darfst niemals denken, dass wir Groll gegen dich hegen, wissen wir doch, dass du für Brian ebenso gehandelt hättest. Wir wussten ja, dass sein Weg mit Gefahren verbunden sein würde, wenn uns auch nie klar gewesen war, welcher Art diese sein würden.*

Ebenso wie Aidan hatte Brian Stillschweigen über den wahren Charakter seiner Tätigkeit wahren müssen. Erneut entstand vor ihm das Bild von Brians leblosen Augen, und wieder kämpfte er dagegen an, erfolgreich dieses Mal. In Gedanken ließ er den unbeschwerten Charme seines Freundes wieder aufleben, hörte dessen Lachen, wenn er mit Frauen tändelte, mit jenen Geschöpfen, die er so sehr liebte, die er ruinierte, die er so bezaubernd fand, dass er ihnen jeden gesellschaftlichen Makel verzieh, für die er sein Leben riskierte, um sie vor dem Flammentod zu retten.

Maddox hatte ihn einige Tage zuvor angesprochen und ihm erzählt, dass Brian Teil der Gesandtschaft hätte sein sollen, die Major Cavagnari am vierundzwanzigsten Juli nach Kabul begleitet hatte und die am zweiten September bei einem Überfall auf Kabul einem Massenangriff zum Opfer fiel. »Niemand hat überlebt, Captain«, schloss Maddox. »Denken Sie daran, wenn Sie sich das nächste Mal Vorwürfe machen.«

*Egal, wie du dich im Laufe deines Lebens entscheidest, immer verweben sich Schicksalsfäden ineinander, Girilal.*

Aidan fegte die Fotos mit einer Armbewegung vom Tisch, presste seine rechte Hand auf die Augen und weinte.

# 35

## Ootacamund, Dezember 1879

Es war, als hätten die Berge sich in taubenblaue Mäntel gekleidet. Die Nacht würde Nebel und Frost bringen. Während Charles durch die Teegärten ging, wo die Arbeiter die Teepflanzen mit Farnwedeln abdeckten, dachte er wie so oft zuvor an den Morgen, an dem er Gillians Abschiedsbrief gefunden hatte. Unverfängliche Zeilen, in denen sie sich für seine Freundlichkeit bedankte und ihm alles Gute für die Zukunft wünschte. Ihre Entscheidung war richtig gewesen, eine junge unverheiratete Frau gehörte in die sichere Umgebung einer Familie. Er hätte nur zu gerne gewusst, wie man sie aufnahm und ob sie überhaupt willkommen war. Inzwischen musste sie bereits angekommen sein, und er hoffte zutiefst, man würde sie nicht auf die Straße zurückstoßen.

Sein Blick fiel auf Jessamyn, die vor ihm herlief und deren Haar in langen Locken unter der Pelzmütze hervorquoll und sich über ihren Rücken ergoss. Sie war erst elf Jahre alt, aber irgendwann würde auch sie in dem Alter sein, in dem sie für Männer interessant wurde, und er fragte sich, wie er handeln würde, widerführe ihr all das, was Gillian durchgemacht hatte. Wenn sie dann Jahre später blass und ausgehungert vor seiner Tür stünde, überlegte Charles, würde er sich vermutlich mit einer geladenen Flinte auf die Suche nach dem Mann machen, der seinem Kind so viel Leid verursacht hatte. Vielleicht würde Gillians Vater ebenso handeln. Eine Drohung war schnell ausgesprochen, ja, in der Tat würde auch er seiner Jessamyn Derartiges androhen, sollte sie gegen seinen ausdrücklichen Willen mit einem Halunken auf und davon wollen.

Dennoch wollte das Unbehagen nicht weichen. Vermutlich,

weil es nicht allein der Tatsache entsprang, dass Gillian vielleicht immer noch heimatlos war, sondern weil er sich nun sicher sein konnte, sie nie mehr wiederzusehen. Insgeheim schimpfte er sich einen Narren. Was hatte er sich denn vorgestellt? Sie zu seiner Geliebten zu machen, wäre keinesfalls in Frage gekommen, und doch wäre es darauf hinausgelaufen, da ließ sich nichts leugnen.

»Papa?« Jessamyn zupfte an seinem Ärmel, und irritiert sah er sie an. Er hatte gar nicht mitbekommen, dass sie auf einmal neben ihm war.

»Du hörst mir ja gar nicht zu«, beklagte sie sich schmollend.

»Es tut mir leid, Prinzessin. Was hast du gesagt?«

»Mr. Bent hat zwei neue Reitpferde gekauft, Emily Rose hat es mir erzählt. Sie sagte, er hat sie von einem Händler im Wynaad, der schöne Damenreitpferde hat. Können wir dorthin fahren?«

»Wynaad?« Charles runzelte die Stirn.

»Du hast gesagt, ich kriege ein richtiges Pferd, weil ich so gut reiten kann.«

»Ich weiß, was ich gesagt habe. Aber vor Frühjahr kann ich hier nicht weg.«

»Drei Monate kann ich noch auf meinem Pony reiten«, bot Jessamyn großzügig an. Sie blickte aus grünen Augen zu ihm auf, fragend, aber auch in dem Bewusstsein, zu bekommen, was sie wünschte.

»Wir reden im März noch einmal darüber. Aber mach dir keine Sorgen, du kriegst dein Pferd.«

Jessamyn strahlte ihn an und tanzte ihm voraus, dass die blonden Locken flogen.

Mittags gingen sie zurück zum Haus, und Jessamyn lief die Treppe hoch in ihr Zimmer. Emma kehrte von einem Spaziergang mit ihrer *Ayah* zurück. Ihr Haar war jetzt kurz, und aus den abgeschnittenen Zöpfen hatte Cynthia ein Haarteil anfertigen lassen, so dass man das kurze Haar nicht bemerkte.

»Deine Schwester ist eben gekommen«, begrüßte Cynthia ihn in der Halle. »Sie wartet im Arbeitszimmer auf dich. Ich hatte ihr gesagt, du bist draußen, aber sie wollte wohl mit dir allein sein.« Ihr Gesichtsausdruck besagte deutlich, dass das wieder einmal nichts anderes als Ärger bedeuten konnte.

Katrinas Anblick, als er das Arbeitszimmer betrat, schien Cynthias Annahme zu bestätigen. Sie saß in einem Sessel neben dem Kamin, und für einen Augenblick erinnerte Charles der Anblick an die Zeit, als sein Vater noch gelebt hatte. Dieser Platz war immer Katrinas gewesen, während sein Vater am Schreibtisch gesessen hatte, selbst in jenen Monaten, in denen es so warm war, dass kein Feuer benötigt wurde.

»Was ist passiert«, fragte er, während er die Tür hinter sich schloss.

Katrina hatte die Arme um ihren Oberkörper geschlungen, als sei ihr sogar neben dem Kaminfeuer kalt. »Aidan hat geschrieben. Von Kalkutta aus.«

»Das ist doch erfreulich.« Charles taxierte sie. »Oder siehst du das anders?«

»Nein, ich …«, sie schluckte, »ich weiß nicht, wie ich ihm begegnen soll. Als sein Brief kam, war ich so erleichtert, aber im nächsten Moment habe ich bemerkt, wie knapp das Schreiben gehalten war, nur wenige Zeilen, und davon keine einzige persönliche. Es war, als käme der Brief von einem fernen Verwandten, der seinen Besuch ankündigt.«

»Vergiss nicht, dass er einiges durchgemacht haben muss.« Charles setzte sich ihr gegenüber. »Und er wird vielleicht seinerseits nicht wissen, wie er dir gegenübertreten soll.«

»Ashley war heute bei mir. Wir haben lange geredet, und sie hat sich bei mir entschuldigt, weil sie mir die Mitschuld an Nicolas' Entscheidung gegeben hat. Nun ja, bei ihr ist heute auch ein Brief eingegangen, das wird ihren Meinungsumschwung bewirkt haben. Aber ich will nicht ungerecht sein, an ihrer Stelle hätte ich vermutlich nicht anders gehandelt.« Sie holte tief Luft, hielt den Atem an und stieß ihn dann langsam wieder aus. »Nicolas hat ihr einen sehr langen und ausführlichen Brief geschrieben und ihr alles erzählt, was passiert ist, vielleicht auch, damit sie es mir erzählt, ehe Aidan kommt. Sein bester Freund ist vor seinen Augen erschlagen worden, und als man dasselbe mit Nicolas vorhatte, ist Aidan dazwischengegangen, was ihm einen gesplitterten Armbruch eingebracht hat.« Sie zog die Unterlippe zwischen die Zähne und schwieg einige Sekunden lang. »Er ist seither sehr in sich gekehrt und schweigsam – wobei es ja nun nicht so ist, als hätte er vorher das Herz auf der Zunge getragen. Aber ich weiß nicht, wie ich ihm begegnen soll. Es ist zu viel zerbrochen, Charles, und so erleichtert ich bin, dass er lebt …« Sie verstummte.

»Du kannst nicht vergessen, dass er dich hintergangen hat.«

Sie sah ihn an und nickte.

»Ich weiß leider nicht, wie ich dir da raten kann, Katrina. Natürlich bin ich froh darüber, dass er dir als Ehemann erhalten bleibt, aber nichtsdestotrotz bin ich recht verärgert über sein Benehmen und die Heimlichtuerei. Was ihm letzten Endes widerfahren ist, ist selbstverständlich überaus bedauerlich.«

»Aber es ändert nichts«, flüsterte Katrina, halb als Frage.

»Nein, das tut es in der Tat nicht.« Er sah ihr an, dass ihr noch etliches mehr auf der Zunge lag, aber sie schwieg, das Gesicht nachdenklich zum Kamin gewandt.

»Wann kommt er?«

»Ich schätze, in wenigen Tagen.« Noch immer hielt sie den Blick abgewandt. »Den Brief hat er abgeschickt, kurz bevor er selbst aufbrechen wollte.«

»Für Mariana wird er ein Fremder sein.«

Katrina stand auf und ordnete die Falten ihres Kleides konzentriert und sorgsam, dann sah sie auf. »Aber das war er für uns alle doch immer schon.«

Lampen warfen milchig gelbe Lichtpfützen auf den Hof, als Aidan auf Granat durch das Tor ritt. Schon auf dem gewundenen Pfad, der im Frühjahr grün umschattet und nun in frostiger Stille dalag, hatte er eine seltsam schmerzende Vertrautheit verspürt, die er zum ersten Mal beim Heimkehren empfand. Nun überrollte ihn das Gefühl geradezu, und er saß reglos auf dem Pferd, das er in der Mitte des Hofes zügelte, und sah sich um. Der langbeinige dunkelbraune Vollblüter, den er am langen Zügel mit sich führte, schnaubte und warf den Kopf hoch.

Das Stalltor wurde aufgestoßen, Licht fiel auf den Hof, und zwei Männer kamen auf Aidan zu. Granat hob witternd den Kopf, wieherte, und die Pferde im Stall antworteten. Nun ließ auch der Braune einen zitternden Laut ertönen.

Aidan stieg aus dem Sattel, grüßte die beiden Stallburschen, die ihm Granat und den Braunen abnahmen, und sah zum Haus. Er klopfte seinem Hengst den Hals, strich über die seidigen Nüstern und überließ ihn dem Stallburschen, damit dieser ihn zum Stall führte.

Die Schritte zum Haus nahm er nicht leicht wie sonst, sondern mit einem Zögern, das ihm selbst fremd war. Normalerweise konnte er davon ausgehen, von Katrina mit einer gewissen Wärme begrüßt zu werden, auch wenn sie sich vor seiner Abreise uneins gewesen waren. Nun jedoch waren nicht nur die Umstände seiner Reise äußerst ungünstig gewesen, es waren auch jede Menge Probleme hinzugekommen. Er konnte sich nur zu gut vorstellen, was sie von ihm denken mochte.

Langsam ging er die breite Treppe zur Eingangstür hoch, zog an der Türglocke und wartete. Schritte näherten sich, Stimmen wurden laut, dann öffnete sich die Tür, und der *Chuprassi* stand vor ihm und leuchtete mit einer Laterne hinaus. Verblüfft starrte der Mann ihn an, dann besann er sich auf seine Manieren und hieß ihn willkommen.

»Mein Gepäck habe ich aufgegeben, es müsste morgen hier

sein«, antwortete Aidan, nachdem er den Gruß des Domestiken erwidert hatte. »Wo ist die Memsahib?«
»In der Bibliothek. Soll ich ihr Bescheid sagen, Sahib?«
»Nein«, antwortete Aidan dem *Chuprassi*, »ich gehe selbst zu ihr.«
Er durchquerte die Halle, ging durch den Korridor und blieb vor der Tür zur Bibliothek stehen. Die Hand auf dem Griff, holte er tief Luft, dann stieß er die Tür auf. Anstelle von Katrina stand ihm sein Vater gegenüber, ein Buch in der Hand, in dem er offenbar geblättert hatte, und sah ihn aus großen Augen an.
»Aidan ...«
An die Anwesenheit seines Vaters hatte er nicht mehr gedacht, zu sehr hielt Katrina seine Gedanken gefangen. Nun jedoch drängte sich alles wieder an die Oberfläche – der Groll, die verletzten Gefühle, die Kälte. Dann jedoch, und Aidan glaubte im ersten Moment, seinen Augen nicht trauen zu können, lief seinem Vater eine einzelne Träne über das Gesicht.
Raymond Landor legte das Buch achtlos beiseite, trat auf seinen Sohn zu und legte ihm eine Hand auf die Schulter, unbeholfen, so als sei die Geste ihm gänzlich unvertraut. Schmerz flog über sein Gesicht. »Ich dachte, ich sehe dich nie wieder«, sagte er leise. Er zog ihn an sich, nur kurz, zu ungewohnt war eine solche Zuneigungsbekundung.
Das Rascheln von Seide war vom Fenster her zu hören, und nun erst sah Aidan Katrina, die ihn aus Augen anblickte, die im Licht der Gaslampen dunkel wirkten. Sie war sehr blass.
Aidan bekam kaum mit, wie sein Vater diskret den Raum verließ, nur das leise Klicken der Tür drang in sein Bewusstsein, während er Katrina ansah, als begegne er ihr das erste Mal. Keine Vorwürfe, bat er im Stillen, keine Ablehnung oder Zurückweisung. Er hatte seit Brians Tod keine Nacht mehr ohne Alpträume geschlafen, und er hoffte, sie würde ihm den Trost spenden, dessen er so dringend bedurfte.

Katrina kam zu ihm, und Hoffnung keimte in ihm auf. »Da bist du ja«, sagte sie sanft.

Er umfasste ihre Schultern, um sie an sich zu ziehen, was sie geschehen ließ, und doch war es nicht wie sonst. Obwohl sie sich nicht sträubte, war ihr Körper wie der einer Strohpuppe. Vorsichtig löste er sich gerade so weit von ihr, dass er die rechte Hand an ihr Gesicht legen und sich dieses entgegenheben konnte. Seine Lippen senkten sich auf ihre, durstig, bittend, dann drängend und schließlich verzweifelt, als er den ihren keine Reaktion entlocken konnte. Irritiert ließ er sie los, und sie trat einen Schritt zurück.

»Wie geht es dir mit dem gebrochenen Arm?«, fragte sie. »Er wirkt so steif.«

»Der Bruch ist verheilt, aber ich kann ihn aus der Schulter heraus immer noch nicht richtig bewegen. Das gibt sich jedoch mit der Zeit, sagt der Arzt.«

»Tut es weh?«

»Nein.«

Sie nickte und wirkte konzentriert, als müsse sie sich jedes Wort überlegen. »Das mit deinem Freund tut mir leid.«

Wieder wallte der inzwischen vertraute Schmerz auf, hallte der Knall des Schlags auf Brians Kopf in ihm nach.

»Du wirst müde sein«, fuhr sie fort. »Ich lasse dir ein Bad bereiten und den Kamin im Schlafzimmer heizen. Warte so lange in der Bibliothek, hier ist es wenigstens warm.«

Sie ging an ihm vorbei, aber er griff, einem Impuls folgend, nach ihrem Arm. Als sie stehen blieb und ihn fragend ansah, suchte er in ihren Augen nach Spuren der Wärme, die er früher darin gesehen hatte.

»Was ist denn, Aidan?«

Er ließ sie los. »Nichts.«

Während er ihr nachblickte, war er sich auf einmal sicher, nicht nur Brian, sondern auch Katrina und Mariana verloren zu haben.

Er hatte mitbekommen, dass Katrina irgendwann gekommen war. Sie bewegte sich leise, behutsam, um ihn nicht aus dem Schlaf zu reißen und ohne zu wissen, dass er jede ihrer Bewegungen hörte und sich die Geschmeidigkeit ihres Körpers vorstellte, den er so oft umfangen und mit der Selbstverständlichkeit des Besitzenden genossen hatte. Als sie sich hinlegte, lauschte er auf ihre Atemzüge, die ihm bewiesen, dass sie noch lange wach lag. Sie wälzte sich nicht herum, als suche sie verzweifelt Schlaf, sondern hing offenbar ihren Gedanken nach, ebenso wie er. Irgendwann wurde ihr Atem flacher, und Aidan ließ sich ebenfalls in den Schlaf gleiten.

Am kommenden Morgen war Katrinas Seite des Bettes bereits leer, als Aidan die Augen aufschlug. So etwas hatte es bisher nie gegeben, und er griff nach seiner Taschenuhr, die auf dem Nachtschrank lag. Es ging bereits auf den Vormittag zu, und noch während er sich fragte, wie er so lange hatte schlafen können, fiel ihm auf, dass es dieses Mal keinen Nachhall schlechter Träume in ihm gab.

Anstatt direkt frühstücken zu gehen, nahm Aidan zwei Wege, die er hinter sich bringen wollte – die Begrüßung von Caleb und Mariana. Es war ein seltsames Gefühl, zu befürchten, in Calebs Augen nicht die übliche Bewunderung zu finden, sondern Enttäuschung und Ablehnung. Aber dann sagte er sich, dass Caleb keine Ahnung haben konnte, was sich am Charakter seiner Reisen geändert hatte. Jedoch, widersprach er sich umgehend, wusste Caleb wohl nur zu genau, dass sein Stiefvater ihn mehr als eineinhalb Jahre allein gelassen hatte, und das war für ein so kleines Kind eine lange Zeit. Was Mariana anging, so wäre er ein gänzlich Fremder für sie, und der Gedanke daran war nur schwer zu ertragen.

Leise Stimmen drangen aus Calebs Studierzimmer und riefen Aidan in Erinnerung, dass der Lehrer noch da sein musste. Erst zögerte er, dann stieß er die Tür auf. Sei's drum, er hatte schließlich das Recht, den Unterricht zu unterbrechen, wenn er seinen Stiefsohn begrüßen wollte.

Der Lehrer sah sich um, als Aidan den Raum betrat, die Stirn gefurcht, als sei er verärgert über die Unterbrechung. »Mr. Landor«, sagte er, und seine Stirn glättete sich. »Was für eine erfreuliche Überraschung.«

»Papa!«, jubelte Caleb und sprang auf. Ohne sich um den Lehrer zu kümmern, kam er um den Tisch gelaufen und umarmte seinen Vater stürmisch. »Mama hat gesagt, ich soll dich schlafen lassen.«

Aidan zauste Caleb das Haar, und Wärme durchflutete ihn, die selbst die Kälte in ihm für wenige Sekunden überlagerte. »Du bist groß geworden«, stellte er erstaunt fest und schob ihn ein kleines Stück von sich, um ihn mit schräg gelegtem Kopf anzusehen.

»In drei Monaten werde ich neun«, antwortete Caleb, als müsse er ihm diese Tatsache ins Gedächtnis rufen.

Aidan wandte sich an den Lehrer. »Könnten Sie uns ein paar Minuten allein lassen?«

»Natürlich.« Der junge Mann lächelte. »Komm, Daniel, du hast Pause.«

Calebs Freund, der die Szene mit offenem Mund beobachtet hatte, folgte dem Lehrer aus dem Zimmer.

»Wie geht es dir?« Aidan setzte sich auf einen der Stühle, und Caleb nahm ihm gegenüber am Studiertisch Platz. Achtlos stützte er die Arme auf die ausgebreiteten Karten und legte das Kinn auf die Hände. Die kindlichen Rundungen seiner Wangen hatte er beinahe gänzlich verloren, und sein Körper wirkte geschmeidiger als zuvor. Er sah seinen Stiefvater an und grinste.

»Ich reite jetzt jeden Tag. Onkel Charles hat einen Reitlehrer eingestellt, damit ich zusammen mit Jessy und Emma reiten lerne.«

»Charles' Töchter lernen reiten?«, fragte Aidan erstaunt.

»Jessy ist richtig gut. Also für ein Mädchen.«
Aidan musste lachen, was sich ungewohnt anfühlte, so als habe er es verlernt. Er forderte Caleb auf, ein wenig davon zu erzählen, was sich in seiner Abwesenheit so zugetragen hatte. Er erfuhr allerlei Kleinigkeiten, die für Erwachsene gänzlich bedeutungslos schienen und für ein Kind einen unermesslichen Erfahrungsschatz darstellten. Auch kleine Streiche beichtete Caleb ihm mit verschwörerischem Blick. Als er davon erzählte, wie er Emmas Zopf abgeschnitten hatte, lachte Aidan erneut. Das Gesicht seines Schwagers konnte er sich nur zu gut vorstellen.
»Vorgestern habe ich Mariana auf mein Pony gesetzt«, fuhr Caleb fort. »Ich habe sie aber gut festgehalten«, fügte er eilig hinzu, als Aidan eine Braue hob.
»Nun, mein Freund, das hätte selbst ich dir nicht durchgehen lassen.«
»Mama ist auch ganz schön böse geworden. Ich habe gar nicht gewusst, dass sie so schnell rennen kann.« Caleb feixte. »Aber Mariana hatte Spaß, und sie hat richtig geweint, als Mama sie vom Pony gehoben hat.«
»Zum Reiten ist sie aber noch ein bisschen zu klein, möchte ich annehmen.«
»Das Pony war ja festgebunden, und ich stand daneben. Es war ganz ungefährlich, wirklich.« Caleb lehnte sich zurück und pendelte mit den Beinen.
»Reitest du dein Pony immer noch?«
»Nein, es ist zu klein für mich. Ich kriege immer eines von Onkel Charles' Reitponys.«
Als Aidan das Kind ansah, wusste er plötzlich, wem Brians Brauner gehören sollte, und er fragte sich, warum ihm das erst jetzt klar wurde. »Wenn du gleich frei hast, geh mal hinunter in den Stall. In der Box neben Granat steht ein dunkelbraunes Pferd. Es heißt Schirokko wie die Südwinde, und ich glaube, ihr könnt Freunde werden. Wenn du es magst, gehört es dir.«

Calebs Augen wurden kugelrund. »Du meinst, du hast mir ein Pferd mitgebracht? Ein richtiges Pferd, kein Pony?«
»Es stammt aus demselben Stall wie Granat.«
»Oh, Papa, danke.« Caleb sprang so hastig auf, dass der Stuhl umkippte, und fiel Aidan um den Hals. »Darf ich jetzt gleich hingehen?«
»Hast du nicht noch Unterricht?«
»Nur gucken, dann komme ich auch sofort wieder, versprochen.«
Aidan lächelte. »Na, dann los.«
Er sah Caleb nach, wie dieser aus dem Zimmer rannte, und folgte ihm langsam hinaus. Auf dem Korridor fiel die Wärme, die er in Calebs Gegenwart verspürt hatte, wie eine Decke, die man losließ, von ihm ab. Seufzend schlug er den Weg zu Marianas Spielzimmer ein.
Sarita sah auf, als er den Raum betrat, und ein Leuchten flog über ihre Züge. »Sahib.« Sie lächelte und drehte sich um. »Mariana, schau, wer gekommen ist.«
Ein kleines Mädchen in einem gerüschten blau-weiß-gestreiften Winterkleid saß an einem niedrigen Tisch, auf dem ein Miniatur-Teeservice stand. Sie kletterte von ihrem Stuhl und lief zu Sarita. Aus großen Augen starrte sie Aidan an, das Gesicht umrahmt von dunklen Korkenzieherlocken, die ihr bis ans Kinn reichten.
»Wer bist du?«, fragte sie schließlich.
»Dein Vater.«
Sie sah ihn ernst an, schien diese Aussage jedoch zu akzeptieren. Aidan beugte sich zu ihr und hob sie hoch, was sie widerstandslos geschehen ließ. So vieles hatte er verpasst, und es fiel ihm schwer, in diesem entzückenden kleinen Wesen das Baby zu sehen, das er gekannt hatte.
»Wie geht es dir, Mariana«, fragte er und ließ ihren Namen sanft durch seinen Mund rollen.
»Ich darf nicht draußen spielen.«

»Es ist dafür auch zu kalt.«
Gründe interessierten Mariana sichtlich wenig.
»Ah, lernt ihr euch kennen?«, ertönte die Stimme von Raymond Landor.
Aidan drehte sich zu ihm um. Kaum hatte Mariana ihren Großvater gesehen, strebte sie von Aidan fort zu ihm hin, und noch während er sie seinem Vater überließ, verspürte er einen so heftigen Stich von Eifersucht, dass er sich am liebsten gekrümmt hätte.
»Trinkst du Tee, Großpapa?«, fragte Mariana.
»Sehr gerne, mein Kind.« Raymond setzte das Mädchen ab. »Dein Vater möchte sicher auch welchen.«
Mariana zeigte mit keinem Wort und keiner Geste, dass sie das gehört hatte, aber sie kam dennoch mit zwei Tassen zurück, die sie behutsam auf den Untertassen balancierte.
Raymond Landor neigte sich zu ihr, nahm ihr die eine Tasse ab, und als sie sich ihrem Vater zuwandte und ihm die andere Tasse hinhielt, wäre Aidan am liebsten neben ihr in die Knie gegangen, um sie an sich zu ziehen. Er nahm die Tasse, und unter den erwartungsvollen Blicken des Mädchens taten beide Männer so, als würden sie einen tiefen Schluck nehmen. Dergleichen Spiele kannte Aidan noch von Annabelle und von seinen kleinen Nichten. Beide Männer bedankten sich und gaben Mariana die Tassen zurück.
»Sie spielt gerne im Garten, manchmal stundenlang«, sagte Raymond, während sie der Kleinen nachsahen, die zu ihrem Teetisch zurückging. »Um diese Jahreszeit ist es natürlich zu kalt, aber Spaziergänge mag sie.«
Aidan nickte. Es kam ihm seltsam vor, dass sein Vater ihm helfen musste, seine Tochter kennenzulernen. Zudem konnte man ja nicht gerade behaupten, dass zwischen ihnen alles zum Besten stand, daher wunderte ihn diese unbefangene Plauderei ein wenig.

»Hast du schon gefrühstückt?«, fragte Raymond.
»Nein, ich wollte erst nach den Kindern sehen.«
»Wenn du nichts dagegen hast, leiste ich dir gleich Gesellschaft. Ich möchte mit dir reden.«
Dergleichen Ankündigungen hatten in Aidan immer schon Unwohlsein ausgelöst, und so war er nur mäßig begeistert von dem Vorschlag. Er ging zu Mariana, um sich von ihr zu verabschieden, und kniete sich neben sie.
»Ich gehe jetzt wieder«, sagte er zu ihr. »Vielleicht komme ich nachher noch einmal wieder.« Er neigte sich vor und küsste sie, wobei ihre weichen Locken seine Wange streichelten. »Gibst du mir auch einen Kuss?«
Diesen Wunsch war sie offenbar gewohnt, denn ohne zu zögern, legte sie die Arme um seinen Hals und drückte ihm einen feuchten Kuss auf die Wange.
Raymond winkte ihr zum Abschied, dann gingen er und Aidan zusammen zum Frühstückszimmer. Das Büfett war an der Längsseite der Wand entlang aufgebaut, aber Aidan nahm sich nichts zu essen, sondern schenkte sich lediglich eine Tasse starken Kaffee ein, den er schwarz trank.
»Kannst du dir diese Angewohnheit nicht einmal hier abgewöhnen, wo du aus den Teebeständen deines Schwagers wirklich wie aus einem Fass ohne Boden schöpfen könntest?«
Aidan zuckte die Schultern, gab jedoch keine Antwort. Sein Vater trug einem Diener auf, ihm Tee zu bringen, und ging zum Frühstückstisch.
»Möchtest du dich nicht setzen?«
Ein Aufseufzen unterdrückend, zog Aidan einen Stuhl zurück und ließ sich darauf nieder.
»Ich muss sagen, ich kann verstehen, warum es dich so sehr hierher gezogen hat«, sagte Raymond. »Die Gegend ist wunderschön, ebenso deine Plantage. Daher fand ich es umso erstaunlicher, dass du so selten hier bist.«

»Darüber müssen wir nun nicht sprechen, Vater, denn wenn ich jemandem Rechenschaft schuldig bin, dann Katrina, nicht dir.«

»Ich erwarte keine Rechenschaft.« Raymond Landor mied den Blick seines Sohnes. »Während du fort warst, war ich der festen Überzeugung, dich niemals wiederzusehen, und der Gedanke daran, dass wir uns vorher nicht versöhnt haben, war mir unerträglich.«

Aidan setzte die Tasse an die Lippen und senkte die Lider halb, um sein Erstaunen zu verbergen.

»Ich«, Raymond rang nach Worten, »ich wusste ja, dass ich an dem Bruch schuld war. Es … ich war der festen Überzeugung, dass du die falsche Frau geheiratet hast und dass es an dir sei, dein stures Verhalten abzulegen.«

»Du hast dir nicht einmal die Mühe gemacht, sie kennenzulernen.« Obwohl er wusste, was seinen Vater das Geständnis kostete, konnte Aidan Bitterkeit und Groll nicht aus seiner Stimme heraushalten.

»Nein, das habe ich nicht, und ich habe verhindert, dass deine Geschwister sie kennenlernen.«

»Ich habe gehört, du bist seit gut einem Jahr hier. Darf ich annehmen, du hast dir nun ein anderes Urteil gebildet, nachdem sie dich so lange bewirten durfte?«

Die Stirn seines Vaters umwölkte sich, wie immer, wenn sich jemand in seiner Gegenwart im Ton vergriff. Er verzichtete jedoch auf eine Zurechtweisung. »Ich muss gestehen, ich habe sie recht gern.«

Aidan nickte bedächtig und drehte die Tasse, so dass die dunkle Flüssigkeit sich leicht bewegte. »Weiß sie das?«

»Das nehme ich an.« Sein Vater räusperte sich. »All das, was ich dir gerade gesagt habe, habe ich auch zu ihr gesagt. Dein gesamter Lebensweg war für mich immer so schwer zu verstehen … und ist es noch.«

Ein Diener brachte Tee und zog sich wieder zurück, nachdem er sich erkundigt hatte, ob alles zur Zufriedenheit sei.
»Du solltest deinen Schwestern schreiben«, fuhr Raymond fort. »Sie wissen nicht, was hier vor sich gegangen ist, aber ich vermute, sie können sich denken, dass etwas nicht stimmt.«
»Ralph weiß Bescheid?«
»Ja.«
Aidan stellte seine Tasse auf den Tisch und stand auf. »Du entschuldigst mich? Ich möchte sehen, was sich hier in meiner Abwesenheit getan hat.«
»Natürlich. Geh nur. Ach, ehe ich es vergesse. Annabelle hat einen Sohn bekommen.«
»Das ist erfreulich«, sagte Aidan mit einem flüchtigen Lächeln. »Wie geht es ihr?«
»Sehr gut. Sie hat dir geschrieben.«
»Ich schaue gleich nach meiner Post, dann antworte ich ihr.«
Er war schon fast bei der Tür, als sein Vater ihn zurückrief.
»Ich bin so froh, dass du wieder da bist. Ich hätte es nicht ertragen, dich zu verlieren.«
Weil er nicht wusste, was er darauf antworten sollte, und solche Gespräche mit seinem Vater gänzlich ungewohnt waren, schwieg Aidan kurz.
»Ich bin ebenfalls froh«, sagte er dann und verließ das Frühstückszimmer.

Katrina hatte den ganzen Vormittag und einen großen Teil des Nachmittags außer Haus verbracht. Sie war ausgeritten und später zu ihrem Bruder gegangen. Es hatte sich herumgesprochen, dass Aidan zurück war, und ihr Auftauchen in der Stadt hätte nur wieder zu Spekulationen geführt. Charles war erstaunt gewesen, sie zu sehen, sagte jedoch nichts und erlaubte ihr, ihm bei der Arbeit zur Hand zu gehen. Am späten Nachmittag kam Katrina sich wie ein Feigling vor, weil sie lieber flüchtete, als

sich Aidan zu stellen. Aber sie hatte Angst, sowohl vor dem, was aus ihnen wurde, als auch vor ihren eigenen Gefühlen. Was dachte er denn? Dass er heimkam, sie küsste und später womöglich die Nacht mit ihr verbrachte, so wie er es jedes Mal tat?
Am frühen Abend schließlich überwand sie sich und ritt nach Hause. Sie war müde und fühlte sich ausgelaugt, als hätte sie Schwerstarbeit geleistet. War sie vielleicht zu unnahbar gewesen? Hatte Aidan reden wollen, und sie hatte ihn nicht gelassen? Aber in seinen Augen war wieder das Dunkle, Verschlossene gewesen, und sie hätte es einfach nicht ertragen, erneut das Gefühl zu haben, vor einer Wand zu stehen. Trotz allem, was war, liebte sie ihn mit einer Intensität, die ihr beängstigend erschien.
Sie ging die Treppe hoch zum Schlafzimmer und wäre am liebsten wieder umgekehrt, als sie unter dem Türspalt Licht sah. Grundgütiger, dachte sie, was ist nur mit mir? Noch vor wenigen Wochen hatte sie wach gelegen, weil sie nicht wusste, ob sie ihn jemals wiedersah, und nun war er hier, und sie war nicht imstande, ihm gegenüberzutreten.
Nach einigem Zaudern stieß sie die Tür auf und trat ins Zimmer. Die Tür zu Aidans Ankleideraum stand offen. Leise fiel die Schlafzimmertür hinter ihr ins Schloss, und kurz darauf trat Aidan aus dem Ankleideraum, in Hosen und Stiefel gekleidet, das weiße Hemd geöffnet, als sei er eben im Begriff, es anzuziehen.
»Möchtest du ausgehen?«, fragte sie.
»Nur ein wenig ausreiten. Ich wusste nicht, wann du kommst.«
Ihr Blick fiel auf eine silbrige Linie, die sich über seine Rippen zog, und sie sog die Luft ein, als sie sich die Wunde, nur eine Handbreit unter seinem Herzen, ausmalte. Aidan wusste offenbar, was sie gesehen hatte, denn er zog das Hemd zu und schloss die Knopfleiste. Wieder Schweigen.
»Warum sagst du mir nicht, was es mit der Narbe auf sich hat?«

»Es ist eine verheilte Verletzung, sonst nichts.«
Katrina erfasste eine solch heftige Wut, dass sie ihn am liebsten geschüttelt hätte. »Weißt du, Aidan, als Stephen aufgehört hat, mit mir zu reden, war unsere Ehe am Ende. Du jedoch hast nie mit dem Reden angefangen.«
»Du weißt doch alles, was geschehen ist.«
»Nein, Aidan, ich weiß überhaupt nichts.«
»Du weißt von dem wahren Charakter meiner Reisen, du weißt von meiner Gefangenschaft und vom Tod meines besten Freundes, was soll ich dir dazu noch erzählen?«
»Allmächtiger.« Katrina wandte sich ab und wollte den Raum verlassen, aber Aidan holte sie ein, griff nach ihrem Arm und drehte sie zu sich herum.
»Gestern konnte ich keinerlei Wunsch nach Nähe bei dir entdecken«, sagte er, »heute bist du mir den ganzen Tag aus dem Weg gegangen.«
Sie versuchte, ihm ihren Arm zu entwinden, vergeblich. »Ich habe seit unserer Hochzeit versucht, dir nahe zu sein, aber du warst es immer, der mich zurückgestoßen hat. Was hättest du getan, Aidan, hätte ich dich so hintergangen wie du mich?« Sie sah ihm an, dass er die Antwort darauf nicht geben konnte. »Vielleicht ist es für mich einfach erträglicher, dir aus dem Weg zu gehen«, schloss sie und sah an dem Zucken auf seinem Gesicht, wie sehr ihn das traf.
»Mir ging es nie darum, dich zu verletzen.«
»Du hast es aber getan.« Katrina spürte das Brennen von Tränen und blinzelte. »Das kann dir doch nicht entgangen sein. Wieder und wieder bist du gegangen, du hast mich bitten und betteln lassen, zu bleiben, und bist dabei ruhig und zurückweisend geblieben ... Hast du auch nur die geringste Vorstellung davon, wie demütigend das ist und wie weh du mir damit tust?«
»Katrina, ich ...«
»Merkst du nicht, dass es so nicht mehr weitergeht? Ich kann so

nicht mehr mit dir zusammenleben, immer in dieser Ungewissheit, was in dir vorgeht. Warum versuchst du nicht, die Dinge mit meinen Augen zu sehen? Selbst jetzt schweigst du wieder, wenn ich einen Schritt auf dich zukomme.«

»Ich …« Er suchte sichtlich nach Worten. »Darüber reden, würde bedeuten, es noch einmal zu erleben, und das kann ich nicht.«

»Selbst das zu hören, ist besser als Schweigen.«

Aidan ließ sie los und ging zum Fenster. Der Raum war kalt, weil noch kein Feuer im Kamin brannte. Normalerweise wurde hier erst später geheizt.

»Er hat oft gesagt, er wolle dich kennenlernen«, sagte Aidan, ohne sich zu ihr umzudrehen. »Er konnte sich nicht vorstellen, dass ich heirate, und noch weniger konnte er sich vorstellen, dass ich einer einzigen Frau treu ergeben bleibe.«

Katrina spürte die harten schnellen Schläge ihres Herzens und presste die Hände auf die Brust, als könne sie es damit beruhigen. »Ich hatte Angst, du wärst es nicht«, sagte sie leise.

Er drehte sich zu ihr um. »Ich habe dir doch gesagt, dass ich bei all meinen Fehlern niemals einen geleisteten Schwur breche.«

»Du hast auch gesagt, dass es dir mit mir und der Plantage ernst ist.«

Bestürzung zeichnete sich für einen kurzen Moment auf seinen Zügen ab. »Das ist es auch, selbst wenn es dir angesichts der Umstände nicht so erscheinen mag.«

»Du konntest dich nicht mir zuliebe von deinem alten Leben verabschieden. Ich war nur ein Mittel zum Zweck, damit du einen Rückzugsort hast, denn mehr kann dies hier für dich nicht gewesen sein.«

»Du warst niemals Mittel zum Zweck.«

Katrina lachte bitter auf und wandte sich ab. Ihr war trotz der Kühle im Raum heiß geworden in ihrem wollenen Kleid, und sie knöpfte den Kragen auf.

»Ich habe meinen Abschied genommen.«
Schweigen breitete sich aus, wurde schwer, drückte auf die Brust und nahm den Atem. Katrina drehte sich nach einer Weile um und sah Aidan an, erinnerte sich daran, wie sehr es geschmerzt hatte, an ihn zu denken, in dem Bewusstsein, ihn nie wieder leibhaftig vor Augen zu haben. Aber sein Anblick war beinahe ebenso schmerzhaft, weil ihre Gefühle für ihn sie einsam machten.
»Selbst wenn alles anders gekommen wäre, hätte ich so nicht weitergemacht«, sagte er. »Mir war schon vor meiner Abreise klar, dass ich dich nie wieder so unglücklich sehen kann.«
»Das hat dich nicht daran gehindert, zu gehen.«
»Du weißt doch, dass ich bei meiner letzten Reise keine Wahl gehabt habe. Es ging um politische Interessen, und ich war nach wie vor der Armee verpflichtet.«
»Die Wahl, einen anderen Weg zu wählen, hattest du lange zuvor.«
Er ging zu ihr und berührte mit den Fingerspitzen ihre Wange, folgte einer Linie von ihrem Augenwinkel bis zu ihrem Kinn, forschte in ihrem Gesicht, doch dieses Mal war sie es, die schwieg.
»Von Leidenschaften«, sagte er kaum hörbar, »kommt man nur schwer los.« Er zögerte, als warte er auf eine Antwort, die ihn davon entband, mehr zu sagen, dann fuhr er fort, langsam, als müsse er sich darauf konzentrieren, die Worte zu formen: »Sogar, wenn man liebt.«

Aidan wusste nicht, wie oft er die Worte im Laufe der Nacht wiederholt hatte, sie waren ihm wieder und wieder über die Lippen gekommen, wie ein Sturzbach, dessen Damm gebrochen war. Erwiderte Gefühle offenbarten sich ihm allein in der Art, wie Katrina ihn ansah, den Zärtlichkeiten, die er ihren Lippen entrang, und der Hingabe, mit der sie sich ihm überließ. In den frühen Morgenstunden war er immer noch wach, als sie schon lange schlief. Behutsam ließ er sie aus seinen Armen aufs Bett gleiten, stand auf, sammelte seine Kleidung auf und zog sich an.

Es war noch dunkel, die Berge waren in der Ferne nur schemenhaft auszumachen, und die Teegärten lagen in dem Dunst des frühen Tages. Kälte umhüllte die Ebene wie ein frostiger Mantel. Aidan trat auf den Hof hinaus, von dem aus ein sanft absteigender Weg in die Talmulde führte. In der Dunkelheit hier lag nichts Bedrohliches, die Schatten aus dem Himalaja hatten ihn nicht bis hierher verfolgt.

Wieder dachte er an Brian, diesmal jedoch war es das Lächeln seines Freundes, der unwiderstehliche Charme, dem einst Gillian erlegen war. Ein kurzer Stich durchfuhr ihn, als ihm einfiel, dass sie immer noch in Ooty sein musste, voll Groll auf den Mann, der schuld war an ihrem Elend. Zu spät für Abbitte, dachte Aidan, den der Gedanke an all jene verpassten Gelegenheiten schmerzte.

Brians Worte in Kalkutta fielen ihm ein. *Es ist ja gut, du hast recht, sie war anständig. Sollte ich sie jemals wiedersehen, werde ich mich entschuldigen.* Er durfte nicht vergessen, ihr davon zu erzählen.

# Personen

*Aidan Landor*, Lieutenant, später Captain der Bengalen-Kavallerie, der sich in Ooty niederlässt
*Raymond Landor, Baron Montbatton*, sein Vater
*Ralph, Ava, Jennifer, Annabelle*, seine Geschwister
*Katrina Landor (ehem. Alardyce, geb. Ramsay)*: Tochter eines Teepflanzers in Ooty und Aidans Ehefrau
*Caleb Alardyce*, ihr Sohn aus erster Ehe
*Mariana Landor*, ihre Tochter aus zweiter Ehe
*Charles Ramsay*, ihr Bruder
*Cynthia Ramsay*, ihre Schwägerin
*Jessamyn, Emma, Laura, Celeste*, ihre Nichten
*Stephen Alardyce*, Teepflanzer aus Coonoor und Katrinas erster Ehemann
*Nicolas Allenger-Brown*, Captain der Madras-Kavallerie und Aidans Freund
*Ashley Allenger-Brown*, seine Ehefrau und Freundin von Katrina
*Robin*, sein Sohn
*Brian Casey*, Lieutenant der Bengalen-Kavallerie und Aidans bester Freund
*Gillian McEwan*, seine frühere Geliebte
*Ranjan Khan*, Kompanie Havildar Major der Bengalen-Infanterie
*Sharif Jahan*, Paschtune und Freund Aidans
*Liam Maddox*, Captain, später Major der Bengalen-Infanterie und Aidans Vorgesetzter

# Danksagung

Mein besonderer Dank geht an:
Meine Agentin Tanja Heitmann von der Agentur Schlück, für ihre engagierte Betreuung, ihre unermüdliche Begleitung durch den Text und ihr Bestreben um Qualität.
Thomas Holz von TeeGschwendner für geduldiges Beantworten meiner unzähligen Fragen und dafür, mir faszinierende Einblicke in die mir anfangs so fremde Welt des Tees gewährt zu haben.

Bedanken möchte ich mich außerdem bei (in alphabetischer Reihenfolge):
Andrea Kammann, die mit der Büchereule eine Plattform betreibt, die sowohl für Autoren als auch für Leser ein großer Gewinn ist.
Iris Kammerer für Zuspruch und Hilfe bei der Textarbeit.
Meiner Lektorin Dr. Andrea Müller für eine wunderbare Zusammenarbeit und ihr Bemühen, meinen Texten den letzten Schliff zu geben.
Judith Merchant, mit der ich bei vielen Tassen Tee über den Roman gesprochen habe und die so gerne einmal mit dem Nilgiri-Express fahren würde.
Michaela Rabe, Leiterin der Bibliothek des historischen Seminars der Universität Köln, für ihre Hilfe bei den Recherchen.
Kirsten Schützhofer für Austausch und ausführliche Textkritik.
Nicole C. Vosseler, mit der sich oft lange und hilfreiche Diskussionen um einzelne Textpassagen entsponnen haben und die mir auch sonst im gesamten Schaffensprozess zur Seite stand.
Des Weiteren geht mein Dank an meinen Mann Mohab, der mir in kritischen Phasen den Rücken freigehalten hat, und an meine Familie für Unterstützung und geduldige Akzeptanz meiner »Einigelungszeiten« insbesondere zum Ende des Schreibens hin.

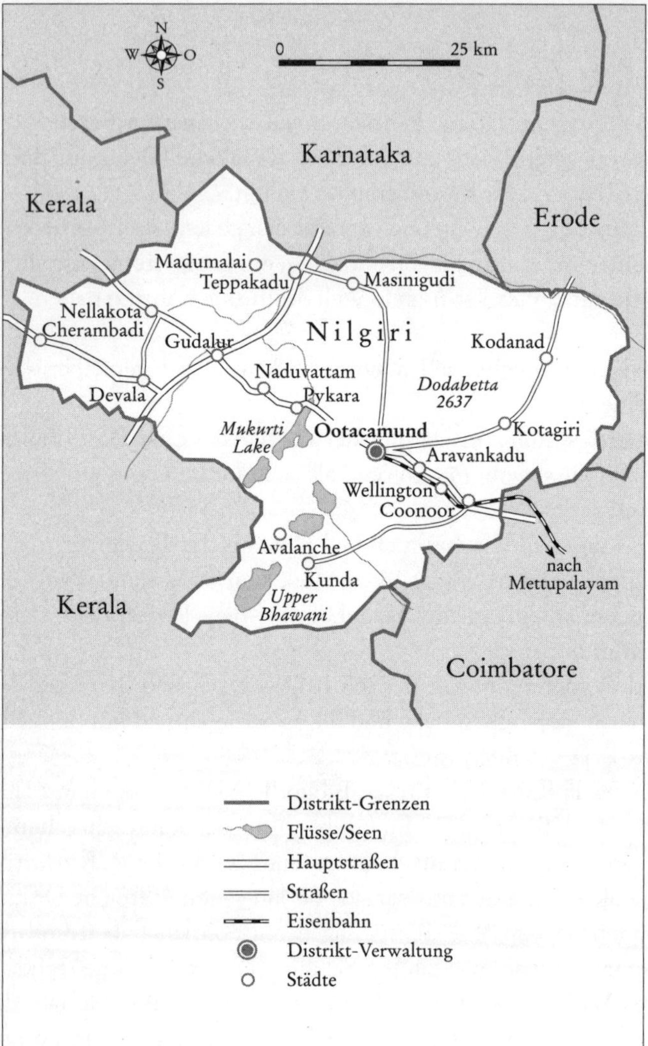
N
W
O
S
0
25 km
Karnataka
Kerala
Erode
Madumalai
Teppakadu
Masinigudi
Nellakota
Cherambadi
Gudalur
Nilgiri
Kodanad
Naduvattam
Devala
Pykara
Dodabetta
2637
Mukurti
Lake
Ootacamund
Kotagiri
Aravankadu
Wellington
Coonoor
Avalanche
Kunda
nach
Mettupalayam
Upper
Bhawani
Kerala
Coimbatore
Distrikt-Grenzen
Flüsse/Seen
Hauptstraßen
Straßen
Eisenbahn
Distrikt-Verwaltung
Städte